Erico Verissimo

O tempo e o vento parte II
O RETRATO vols. I e II

Prefácio
MARCO ANTONIO VILLA

COMPANHIA DAS LETRAS

Copyright © 2004 by Herdeiros de Erico Verissimo
Texto fixado pelo Acervo Literário de Erico Verissimo (PUC-RS) com base
na edição princeps, *sob coordenação de Maria da Glória Bordini.*

Grafia atualizada segundo o Acordo Ortográfico da Língua Portuguesa de 1990,
que entrou em vigor no Brasil em 2009.

Capa
CELSO KOYAMA
Imagens: © Leonid Streliaev

Supervisão Editorial
FLÁVIO AGUIAR

Crônica biográfica e cronologia
FLÁVIO AGUIAR

Pesquisa
ANITA DE MORAES

Preparação
MARIA CECÍLIA CAROPRESO

Revisão
RENATO POTENZA RODRIGUES
ÉRICA BORGES CORREA

Atualização ortográfica
PÁGINA VIVA

Os personagens e as situações desta obra são reais apenas no universo da ficção;
não se referem a pessoas e fatos concretos, e sobre eles não emitem opinião.

Dados Internacionais de Catalogação na Publicação (CIP)
(Câmara Brasileira do Livro, SP, Brasil)

Verissimo, Erico, 1905-1975.
   O tempo e o vento, parte II : O Retrato, vols. I e II / Erico
Verissimo. — 4ª ed. — São Paulo: Companhia das Letras, 2017.

   ISBN 978-85-359-2968-3

   1. Romance brasileiro I. Villa, Marco Antonio. II. Título.

17-06171   CDD-869.3

Índice para catálogo sistemático:
1. Romances : Literatura brasileira 869.3

6ª reimpressão

2024

Todos os direitos desta edição reservados à
EDITORA SCHWARCZ S.A.
Rua Bandeira Paulista, 702, cj. 32
04532-002 — São Paulo — SP
Telefone: (11) 3707-3500
www.companhiadasletras.com.br
www.blogdacompanhia.com.br
facebook.com/companhiadasletras
instagram.com/companhiadasletras
twitter.com/cialetras

O tempo e o vento parte II

O RETRATO vols. I e II

Sumário

Prefácio — O Retrato de Erico Verissimo 7
Árvore genealógica da família Terra Cambará 11

O RETRATO VOL. I
Rosa-dos-Ventos 14
Chantecler 56

O RETRATO VOL. II
Chantecler [continuação] 288
A sombra do anjo 400
Uma vela pro Negrinho 552

Cronologia 570
Crônica biográfica 577
Sobre o autor 579
Obras de Erico Verissimo 580

Prefácio
O Retrato de Erico Verissimo

Em *O Retrato*, segunda parte da trilogia *O tempo e o vento*, temos a continuidade da saga da família Terra Cambará, sempre envolvida com a luta política no Rio Grande do Sul, ora palco sangrento de guerras civis, ora tendo ativa participação nas guerras do Prata. O pano de fundo central desta parte são os anos finais do século XIX e as duas primeiras décadas do século XX, do governo do paulista Campos Sales à presidência do mineiro Venceslau Brás. A presença de um paulista e de um mineiro não foi acidental, mas produto do domínio exercido pelos dois estados na cena política nacional: era a chamada "política café com leite". A República já tinha se consolidado — não se falava ou especulava sobre uma possível restauração monárquica. Agora, no horizonte político estavam presentes as divergências sobre a forma de gerir a coisa pública e o espaço reservado à oposição.

Rodrigo Terra Cambará é um republicano insatisfeito, um desiludido do novo regime. Porém, não tem clareza sobre a forma de agir politicamente em defesa de seus princípios liberais. Simpatiza com algumas figuras dominantes — como é o caso do senador Pinheiro Machado, o condestável da República —, mas não consegue dissociá-las do grupo que domina o Rio Grande do Sul desde 1889, os castilhistas. Depois da morte de seu líder, Júlio de Castilhos, em 1903, Borges de Medeiros assumiu o governo e o manteve até 1928, eliminando qualquer espaço para manifestação da oposição por via legal, sempre lançando mão da Constituição gaúcha de 1891, eivada de positivismo do começo ao fim.

As eleições, como vemos em *O Retrato*, eram uma farsa, não havia voto secreto e os eleitores eram coagidos a sufragar sempre o candidato da situação. Quando isso não ocorria, a urna da seção eleitoral era considerada nula e a manifestação do eleitorado, solenemente ignorada. Dessa forma, os caudilhos locais se perpetuaram no poder e não deram à oposição outro espaço de manifestação a não ser a revolta aberta, armada, a rebelião, como a ocorrida entre 1893 e 1895, na chamada Revolução Federalista, brevemente mencionada por alguns personagens do romance.

Santa Fé é um microcosmo do Rio Grande. Titi Trindade é a versão local de Borges de Medeiros: despoticamente inibe as manifestações de seus opositores e mantém com mão de ferro seu poder, espalhando terror por onde passa. O funcionalismo municipal, o jornal local e a polícia são instrumentos usados pelo tiranete para se perpetuar no poder. Nem as famílias economicamente poderosas do lugar, como os Terra Cambará, escapam de seu arbítrio. Mesmo estes, quando se posicionam, por qualquer motivo, contra seus caprichos, também sofrem perseguições. Não há adversários políticos mas inimigos, e com inimigos não se convive; eliminam-se.

Em meio à violência e ao despotismo político estão os imigrantes italianos e alemães. Muitos deles vivem isolados em colônias, distantes da sede do município, onde mantêm seus costumes (língua, festas e hábitos), mas também são vítimas do coronelismo, obrigados a obedecer ao que é imposto por Trindade, especialmente no momento das eleições — caso contrário, também seriam perseguidos, sem ter a quem recorrer.

No desenho das classes sociais, temos os pequeno-burgueses de Santa Fé, que necessitam para sobreviver da proteção de algum potentado local — e terão de servi-lo docilmente —, sem nenhuma perspectiva de autonomia econômica ou política. Já os pobres e miseráveis não fazem parte da sociedade, não são considerados cidadãos: vivem em bairros imundos — desprovidos de quaisquer benefícios —, nas eleições são obrigados a votar nos candidatos do coronel e são úteis somente para serem explorados e terem suas filhas defloradas pelos filhos dos latifundiários. Um corpo estranho — porque não constituem habitantes permanentes da cidade — são os oficiais militares, provenientes de diversos estados do Brasil. Não podiam se envolver na política local, mas acabam participando dos embates no campo das ideias. Ou defendem a ditadura positivista, tal qual o coronel Jairo — e a referência é Augusto Comte —, ou a ditadura militar — tendo raízes no pensamento de extrema direita da França e da Alemanha —, como o capitão Rubim. Esses oficiais divergem, polemizam com ardor não sobre as vantagens da democracia, mas sobre qual tipo de ditadura seria mais adequada ao Brasil.

Santa Fé, como qualquer cidade gaúcha da época, é uma sociedade machista. Às mulheres, desde o nascimento, está reservado um lugar preciso na comunidade: devem obrigatoriamente se casar, parir filhos, cuidar dos afazeres domésticos e obedecer a seus maridos. Não há nenhum espaço de independência para elas: devem ser uma pálida sombra de seus maridos e viver em função deles.

O Retrato tem como personagem principal Rodrigo Terra Cambará, um reformador, que deseja ardentemente modernizar Santa Fé, sempre da perspectiva da classe dominante: as propostas são suas, não foram produto de uma consulta à comunidade ou de alguma forma de diálogo mesmo que com seus amigos. Sua visão de mundo encontra campo fértil quando da vitória dos gaúchos na Revolução de 1930 e da ascensão de Getulio Vargas à presidência da República — o que, como informa o autor no início e no final do volume, acaba levando Rodrigo para a capital federal, o Rio de Janeiro, onde, simbolicamente, amarra seus cavalos no obelisco da avenida Rio Branco.

Erico Verissimo contrapôs a vida na cidade — centrada na residência da família Cambará, o Sobrado — ao Angico, a estância da família. Licurgo, o pai, e Toríbio, o irmão, são felizes quando permanecem no campo, onde mantêm o modo tradicional de vida gaúcho. Rodrigo, não. Sempre foi o homem da modernidade, da grande cidade, que estava sintonizado com a última moda europeia no vestir e no comer. Mas não só: defendia enfaticamente a instalação da energia elétrica na cidade, símbolo de progresso no início do século XX.

O progresso traz consigo as relações capitalistas de produção e estabelece um novo padrão de relações sociais: confronta-se a modernidade com o paternalismo dos estancieiros. E os três filhos homens de Rodrigo representam essa virada, em 1945: Eduardo, o filho mais novo, é o porta-voz incômodo da luta de classes; Jango está ligado à terra — mantendo a tradição da família —, e Floriano é um intelectual que compreende a crise do velho modelo de dominação mas não tem nenhum entusiasmo pelo marxismo, tal qual Eduardo, ou pela pecuária, como Jango. Representa a indefinição do novo, que não era só dele, mas de uma sociedade que estava em declínio e de outra que estava sendo gestada.

A doença terminal de Rodrigo Cambará não passa de uma metáfora. Com ele morria a Santa Fé que esteve com o civilismo de Rui Barbosa, em 1910, e vinte anos depois com Getulio Vargas, na Aliança Liberal. Paradoxalmente, foram dos pampas à capital federal, do interior para o litoral, e de lá lançaram as bases do moderno Estado brasileiro. Mas na caminhada do Rio Grande para o Rio de Janeiro, acabaram perdendo suas raízes. Maria Valéria, que sempre permaneceu no Sobrado, desde os duros tempos da Revolução Federalista até a queda de Getulio Vargas, resume o dilema dos Cambará, em 1945, ao acender uma vela e fazer uma promessa para o Negrinho do Pastoreio: "É pr'aquela gente achar o que perdeu".

Em *O Retrato*, Erico Verissimo realiza algo raro na literatura brasileira: o romance histórico. Combina com maestria a história do Rio Grande do Sul com o gênero romance, sem que nenhuma das construções fique prejudicada. Quando apresenta um personagem histórico, o faz de tal forma que sua entrada no livro é absorvida naturalmente na estrutura do romance: assim, para o leitor nada distingue Rodrigo Cambará do senador Pinheiro Machado. Além da incorporação da história, Verissimo insere a geografia da região dos pampas como parte do livro. Como fala um personagem: "A culpa é do vento. A gente fica meio fora de si. É essa maldita ventania". E o leitor, de tal forma integrado com o livro, sente o minuano soprando...

A literatura de Erico Verissimo, e isto está presente em *O Retrato*, não faz concessão ao romance engajado, ao panfletarismo estéril. Deixa que o leitor tire suas próprias conclusões, julgue os personagens — a maioria deles absolutamente distinta do herói da literatura do realismo socialista, tão em moda na época. Seus personagens têm dúvidas, são contraditórios, heróis e bandidos ao mesmo tempo. Não são criações de tipos ideais, distantes do concreto real, mas filhos e produtos do seu tempo e de suas contradições.

Depois de lermos a última página de *O Retrato*, ficamos com saudades dos personagens e de Santa Fé: de Rodrigo Terra Cambará e seu voluntarismo, do realismo trágico de Maria Valéria, do positivismo ingênuo do coronel Jairo, do anarquismo inconsequente do pintor espanhol Pepe García, de Toríbio e sua relação de amor com a vida e o trabalho no Angico. Esta é uma das qualidades da literatura de Erico Verissimo: desenha personagens, descreve cenas, cria situações que não só prendem a atenção do leitor como vão paulatinamente transformando o leitor em partícipe da história, em cúmplice do escritor.

Marco Antonio Villa
Doutor em história social pela Universidade de São Paulo e professor do
Departamento de Ciências Sociais da Universidade Federal de São Carlos

Árvore genealógica da família Terra Cambará

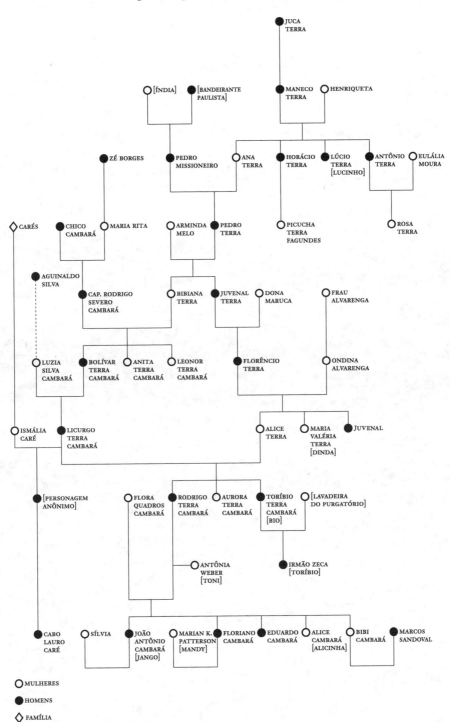

O RETRATO vol. I

Rosa-dos-Ventos

Naquela tarde de princípios de novembro, o sueste que soprava sob os céus de Santa Fé punha inquietos os cata-ventos, as pandorgas, as nuvens e as gentes; fazia bater portas e janelas; arrebatava de cordas e cercas as roupas postas a secar nos quintais; erguia as saias das mulheres, desmanchava-lhes os cabelos; arremessava no ar o cisco e a poeira das ruas, dando à atmosfera uma certa aspereza e um agourento arrepio de fim de mundo.

Por volta das três horas, um funcionário da Prefeitura assomou à janela da repartição e olhou por um instante para as árvores agitadas da praça, exclamando: "Ooô tempinho brabo!".

Num quintal próximo, recolhendo às tontas as roupas que o vento arrancara do coradouro e espalhara pelo chão, uma dona de casa resmungava: "É pr'um vivente ficar fora do juízo!".

Na sua meia-água caiada como um túmulo, a "Gioconda" sentou-se ao piano e, em meio de seus sete gatos, começou a tocar a marcha fúnebre de Chopin.

O proprietário da Farmácia Humanidade, dirigindo-se ao prático que, debruçado sobre o balcão, mascava ainda o palito do almoço, resmungou: "Dia de vender colírio e aspirina".

Por trás das vidraças duma das casas da praça da Matriz, um menino de cara tristonha olhava, fascinado, ora para o cata-vento da torre da igreja, cujo galo de ferro rodopiava, ora para as pandorgas coloridas que, entre a torre e as nuvens, davam bruscas rabanadas no ar.

Um trem apitou tremulamente na curva do cemitério, e de repente, como se tivesse surgido do bojo duma nuvem, um pequeno aparelho do aeroclube de Santa Fé começou a sobrevoar a cidade a uns mil metros do solo. Era um teco-teco amarelo, cujo nome — *Rosa-dos-Ventos* — estava pintado em letras negras nos costados da nacela. Alguns santa-fezenses ergueram os olhos para o céu e acharam que era loucura voar num dia daqueles. E por algum tempo, acima do uivar do vento, ouviu-se o fosco matraquear do motor do avião. De súbito, os alto-falantes da Rádio Anunciadora Serrana, presos aos postes telefônicos ao longo da rua do Comércio, começaram a funcionar, e o ar se encheu de sons que pareciam

15

sair da boca de enormes robôs. O vento varria as vozes metálicas que apregoavam a excelência de dentifrícios, inseticidas, sabonetes, e pediam ao público que só comprasse na "tradicional Loja Caramês, onde um cruzeiro vale três". Quando as vozes se calaram, romperam dos alto-falantes os acordes lânguidos dum velho tango argentino, e o choro das cordeonas abafou a lamúria do vento.

Naquele minuto o Veiguinha saiu da Casa Sol, caminhou até a beira da calçada, trazendo debaixo do braço um quadro que durante sete anos tivera pendurado na parede do escritório, e, olhando para um mulato que passava, exclamou:

— Este é o dia mais feliz da minha vida!

Dito isso, agarrou o quadro com ambas as mãos e bateu com ele violentamente contra a quina da calçada, partindo a moldura e o vidro. Depois, numa fúria que o deixava apopléctico, arrancou dentre os destroços do quadro o retrato do ex-presidente e rasgou-o em muitos pedaços, lançando-os ao vento num gesto dramático:

— Este é o fim de todos os tiranos!

O mulato parou, olhou para o proprietário da Casa Sol e disse:

— Deixe estar, um dia esse retrato volta pra parede. Os milicos derrubaram o Velho, mas ele caiu de pé nos braços do povo!

Isso foi o princípio duma discussão de caráter político, que atraiu a atenção de alguns passantes, os quais mais tarde, ao tentarem reconstituir o áspero diálogo que terminara numa troca de bofetadas, lamentavam não terem podido ouvir tudo quanto os contendores diziam, pois na hora do bate-boca a voz de Carlito Gardel enchia poderosamente a rua, abafando todas as outras.

Afirmava-se, entretanto, com unanimidade, que em dado momento o Veiguinha, quase a tocar com a ponta do indicador o nariz do mulato, bradara: "Teve a sorte que merecia, era um traidor!", ao que o outro retrucara: "Traidor é você, cachorro!".

Como que impelido pelo vento, o braço do negociante projetou-se no ar como uma catapulta, e ouviu-se o estalo duma bofetada. Ao receber o golpe inesperado, o mulato quase caiu, mas, recuperando logo o equilíbrio, desferiu um soco no ouvido do Veiguinha, atirando-o contra a parede da casa. Foi nesse momento que os circunstantes intervieram, separando-os a custo. O Veiguinha voltou para a loja, vociferando bravatas, ao passo que o mulato, arrastado rua abaixo por dois desconhecidos, berrava a plenos pulmões:

— Viva o nosso presidente! Viva o Estado Novo!

Do outro lado da rua, à frente da Casa Sol, lia-se no muro caiado, em largas letras de piche: *Queremos Getulio*. Logo abaixo, em garranchos brancos: VIVA PRESTES! MORRA O FASCISMO! E, entre a foice e o martelo, um moleque gravara no reboco, a ponta de prego, um nome feio.

Gardel silenciara: agora os violinos cantavam em melosa surdina, e a voz do sueste parecia também fazer parte da orquestra, bem como o rufar do motor do *Rosa-dos-Ventos*.

A notícia do conflito espalhou-se rápida por toda a rua.

À porta duma engraxataria, um negrão de cara lustrosa, o torso musculoso modelado por uma camiseta amarela, comentou a briga com um freguês e concluiu:

— A culpa é do vento. A gente fica meio fora de si. É essa maldita ventania...

O vento, porém, não tinha a menor influência irritante sobre os nervos de Aderbal Quadros — o velho Babalo. Acocorado no pomar de sua chácara, nos arredores de Santa Fé, estava ele, havia alguns minutos, a arrancar guanxumas do chão, e naquele momento fazia uma pausa para reacender o cigarrão de palha que tinha preso entre os dentes. Com as mãos sujas de terra, tomou do isqueiro, bateu a pederneira e, voltando as costas para o vento, a fim de proteger a chama do pavio, acendeu o cigarro e deu-lhe um longo e gostoso chupão, ao mesmo tempo que lançava para sua horta um olhar morno de ternura, como se os repolhos e as alfaces fossem membros de sua família. Depois espraiou o olhar pelo campo e tornou a sentir saudade de suas estâncias — uma saudade que lhe apertava o peito, quase como uma dor. Era bem triste uma pessoa depois de madura perder tudo que tinha: casa, terras, gado, dinheiro; e era até ridículo um estancieiro que já possuíra dezenas de quadras de campo e milhares de cabeças de gado, ficar reduzido a uma chacrinha de seis hectares, e ainda por cima arrendada! Xô égua! Mas um homem não se entrega nunca, o que passou passou, e águas passadas não movem moinho...

Tirou por alguns segundos o cigarro da boca, cuspiu no chão, como para espantar os maus pensamentos, e acariciou com a ponta do indicador a verruga que tinha na face esquerda, da qual saíam três fios de cabelo crespo. Contemplando o campo dum verde vivo, respingado aqui e ali pelo amarelo das marias--moles, de novo pensou em aumentar a plantação de trigo. O diabo era que dispunha de pouca terra, de pouco dinheiro e talvez de pouco tempo de vida. Depois dos oitenta, um homem nunca sabe se vai ver o sol do dia seguinte. Para falar bem a verdade — refletiu ele, soltando um fundo suspiro —, nos dias que correm ninguém sabe o que vai acontecer no minuto seguinte...

Passara a manhã inteira a trabalhar na chácara, distraído, compondo cercas, dando de comer aos porcos e às galinhas, procurando, enfim, não pensar em certas coisas. Mas essas coisas acabavam sempre por voltar-lhe aos pensamentos, piores que mutuca quando inventa de azucrinar um pobre matungo. E agora de novo Babalo estava às voltas com elas. O melhor que tinha a fazer era ir o quanto antes ao Sobrado, falar com Rodrigo e tirar tudo a limpo. Quando chegara a Santa Fé a notícia de que os generais haviam apeado Getulio Vargas do governo, seu primeiro pensamento fora para o genro: "Que será que vai acontecer agora pro Rodrigo?". A resposta lá estava. Rodrigo Cambará saíra do Rio precipitadamente com toda a família e chegara a Santa Fé havia pouco mais de vinte e quatro horas. A situação estava confusa, a cidade cheia de boatos.

Babalo limpou as mãos nas bombachas de riscado e ficou a olhar pensativo para o chão. Rodrigo nunca devia ter deixado Santa Fé, o Sobrado e o Angico. Uma pessoa deve ficar no lugar onde nasceu, onde tem seus parentes, seus amigos, as coisas que lhe pertencem. Cidade grande é o diabo: tem muita falsidade, muita perdição, muita máquina, muito modernismo, e essas coisas todas acabam mudando o caráter e os costumes duma pessoa. Que era que o Rodrigo tinha arranjado com todos aqueles anos de estadia no Rio, metido na política, amigo do peito de figurões, sempre envolvido em negócios, comitês, festas e entrevistas de jornal? Fizera inimigos, fora caluniado e — pior que tudo — criara mal os filhos. Depois, há pessoas invejosas que não podem ver ninguém subir. Babalo sabia das coisas horríveis que ali em Santa Fé se diziam do genro: que fora um dos príncipes do câmbio negro, que andara metido em grossas patifarias de advocacia administrativa...

Ele positivamente não acreditava naquelas maledicências. Mas calúnia é calúnia, sempre deixa sua marca.

Ergueu a cabeça e ficou a contemplar as nuvens que o vento tangia como a uma ponta de enormes baios brancos. No Sobrado já deviam estar estranhando o fato de ele não ter ainda aparecido. Mas não era fácil aquela visita. Fazia muito que ele e o genro não se entendiam em matéria de política. Para falar a verdade, ultimamente havia entre ambos um desentendimento em quase todos os outros assuntos... Mas ele estimava Rodrigo e era por isso que o encontro ia ser difícil. Fosse como fosse, tinha de ir. Desejava ver a filha, os netos, desejava também ver o genro, a quem queria como a um filho...

Por um instante o velho Babalo ficou a olhar para as nuvens, as falripas de cabelos brancos agitadas pelo vento, o sol a bater-lhe em cheio no rosto tostado e ossudo.

Foi então que avistou uma mancha amarela contra o horizonte e ficou imediatamente numa atitude de defesa. Pôs a mão em pala sobre os olhos e procurou ver melhor. A mancha movia-se na direção da chácara: era um avião que vinha da cidade, em voo muito baixo. Babalo ainda não se habituara à vizinhança do aeroporto. O ruído dos motores não o incomodava, pois ele era surdo, mas não se sentia bem quando via aquelas engenhocas passarem por cima de sua cabeça. Ninguém lhe tirava da ideia que aeroplano era uma coisa contra a natureza. Depois, estava vendo o dia em que um daqueles aparelhos ia cair-lhe no quintal ou em cima da casa. Nos primeiros tempos, sempre que os teco-tecos cruzavam seu território, Babalo erguia os punhos e bradava: "Vagabundos! Isto não é serviço pra homem! Venham pegar no cabo duma enxada, seus lorpas!". E os rapazes do aeroplano, sabedores da aversão do velho às máquinas em geral e aos aeroplanos em particular, mangavam com ele, passavam pela chácara em voo baixo, fazendo às vezes as rodas dos aviões tocarem a copa das árvores. Não raro atiravam coisas: bolas de trapos, laranjas, sapatos velhos ou então, enrolados em pedras, papéis com versos pornográficos... A princípio, Aderbal Quadros ficava indignado, pois tudo aquilo lhe parecia uma grandessíssima falta de respeito. Aos poucos, porém, começou a achar uma certa graça na coisa toda e foi tratando de pagar aos rapazes na mesma moeda. Quando um teco-teco passava a poucos metros acima de sua cabeça, o velho arremessava contra ele torrões de terra, pedaços de pau ou frutas podres, juntamente com uma rajada de impropérios, os quais nunca iam além de: nulidades! filhos da mãe! índios vadios!, pois era sabido que Aderbal Quadros não costumava dizer nomes feios.

Agora lá vinha aquela coisa amarela na direção da chácara. Na certa o piloto ia fazer uma molecagem, como sempre... Babalo apanhou um torrão de terra e ficou alerta, esperando. O teco-teco voava tão baixo, que dava a impressão de que ia descer na chácara. E alguns segundos depois, quando cruzou perigosamente pelo estreito espaço que havia entre dois eucaliptos, Babalo tratou de identificar o piloto, mas não conseguiu. A geringonça passou zunindo como uma bala... O mais que pôde ver foi que o aviador lhe acenava com um lenço. Ah! Viu cair também a seus pés uma coisa branca... Na certa era algum papelucho com bandalheiras e má-criações. Hesitou por um instante, depois inclinou-se, apanhou a pedra, desenrolou o papel que a envolvia e viu que havia nele algo escrito. Tirou do bolso do colete os óculos, acavalou-os no nariz e leu:

Vovô:

Não deixe de aparecer hoje no Sobrado. A família já está estranhando a sua ausência. O velho teve ontem uma rebordosa e quase bateu com a cola na cerca. Outra vez o coração. Um abraço do

Eduardo.

Então quem ia no aeroplano era o Eduardo, o seu neto... Que maroto! Que salafrário! Tornou a ler o bilhete. Uma desgraça nunca vem só — refletiu. Como se não bastasse o desastre político, lá estava o Rodrigo outra vez com os seus ataques de coração. Precisava ir vê-lo o quanto antes.

Especou o cigarro apagado atrás da orelha, soltou um prolongado suspiro e encaminhou-se para casa.

Eduardo voltou a cabeça e vislumbrou lá embaixo, no quintal da chácara — imagem que minguava à medida que o avião se afastava dela —, o vulto do velho. Fitou depois os olhos no altímetro, mas sempre a pensar no avô. Era comovente ver aquele homem de mais de oitenta anos, que até princípios do século fora o estancieiro mais rico de todo o município, reduzido agora à simples condição de arrendatário duma pequena chácara onde por assim dizer "brincava de estância", para aliviar a saudade dos bons tempos. Mas esses bons tempos — refletia Eduardo — não voltariam mais para o velho Aderbal Quadros nem para os outros estancieiros em idêntica situação econômica. Mais tarde ou mais cedo o latifúndio tinha de ser liquidado, os Carés haviam de ganhar seu pedaço de terra, ao passo que os Amarais, os Teixeiras, os Fagundes e os Cambarás — sim, a sua rica gente! — iam acabar perdendo os feudos. Talvez não tardasse muito a ser dado o primeiro passo para a solução do problema agrário no Brasil. Luiz Carlos Prestes estava solto, a liberdade de imprensa fora estabelecida e o Partido vivia na legalidade. Era verdade que muitos comunistas, habituados àqueles longos anos de heroica luta subterrânea, sentiam-se ainda meio bisonhos, agora que tinham vindo para a luz do sol e podiam falar, escrever e reunir-se sob o olhar tolerante da polícia. Em alguns companheiros Eduardo notara até um certo esmorecimento de entusiasmo, como se a legalidade lhes tivesse roubado à causa metade do romantismo e não houvesse agora muito mérito em ser comunista. Por outro lado havia aqueles a quem a liberdade dava uma euforia perigosa... Fosse como fosse, ele não acreditava que aquela lua de mel com a lei e a polícia durasse muito tempo. Sabia que dentro em breve as forças da reação conseguiriam fazer que o PC fosse de novo posto fora da lei. Era por isso que se fazia necessário agir, agir depressa e com segurança: organizar os quadros do Partido, esclarecer, politizar as massas. Desde que chegara a Santa Fé, havia duas semanas, Eduardo tratava de dar rigoroso balanço nas possibilidades democráticas locais. Existiam poucos comunistas puros no município, mas era apreciável o número de elementos de esquerda ou esquerdizantes capazes de colaborar com o Partido. Podia-se contar também com os liberais e com os chamados progressistas. (Estes últimos sempre lhe lembravam certas mulheres que exerciam a prostituição secretamente, com um sagrado horror ao palavrão de quatro letras; eram as "reservadas", as que passavam por moças de família: gozavam de todas as vantagens do ofício, ao mesmo tempo que mantinham uma fachada de respeitabilidade perante a sociedade, pois "duma hora para outra, pode aparecer um burguês apatacado, querendo casar com a gente...") Era preciso reunir todos esses elementos democráticos num bloco antifascista. A hora era oportuna e a tarefa sedutora. Prestes desconcertava os inimigos com discursos e manifestos em que declarava não haver ainda no Brasil nem as mais elementares condições, quer psicológicas quer objetivas, para uma revolução socialista. O que convinha à classe operária brasileira — afirmava ele — era liquidar os restos de feudalismo que existiam no país e promover o desenvolvimento do capitalismo. Essa era a razão por que pregava uma ação democrática conjunta do proletariado e da burguesia progressista.

Eduardo sorria. Não acreditava na possibilidade daquele entendimento. Que era em última análise a "burguesia progressista" senão a burguesia mais assustada que, vendo as forças da esquerda ganharem terreno, procurava desde já ficar bem com elas? A rigor não podia haver nenhuma liga possível. A coisa toda não passava duma trégua, dum acordo precário e constrangedor, tão precário e constrangedor (mas ao mesmo tempo quão prático!) quanto a aliança russo-alemã de 39. Como Stalin, Prestes era um realista: deixava de lado seus ressentimentos pessoais, passava por cima de todos os preconceitos burgueses e agia apenas de acordo com os interesses da Causa. Mas a mim — refletia Eduardo —, a mim me repugna um pouco essa aliança pela simples razão de que, apesar de tudo, ainda raciocino com valores burgueses e, queira ou não queira, sou um Cambará. Eduardo sabia — e isso o perturbava — que muitos de seus camaradas duvidavam ainda de sua sinceridade e firmeza por ser ele filho do dr. Rodrigo Terra Cambará, figurão do Estado Novo, comensal do Palácio Guanabara, senhor do Sobrado, do Angico, e sócio de várias empresas industriais.

O *Rosa-dos-Ventos* voava agora com o sueste pela cauda. Para Eduardo Cambará não havia no mundo muitos prazeres que se comparassem com o de pilotar um aeroplano. Não achava a menor graça em voar como passageiro dum avião comercial: ia fechado dentro daquele torpedo de alumínio, inerte, sem participar ativamente da aventura: não podia sentir na cara o vento das alturas, nem ver o céu sobre a cabeça: era o mesmo que estar num trem, e num trem parado! Mas pilotar um teco-teco era quase realizar o sonho infantil de alçar-se no espaço com um simples mover de braços. Eduardo tinha a impressão de que ele e o avião formavam um corpo, de que era sua própria força que impelia o aparelho, de que aquele pulsar rítmico e explosivo não vinha do motor, mas de seu próprio coração. Isso lhe dava um certo orgulho, aumentado pelo fato de se achar sozinho e em perigo, e pela esquisita sensação de estar desafiando a lei da gravidade, o vento, as nuvens, Deus... Gostava tanto de voar que era sempre com uma sensação de culpa que aterrava no campo do aeroclube, depois daqueles voos solitários que duravam no mínimo uma hora. Quando voava, esquecia uma série de probleminhas cotidianos que o aborreciam, fugia ao sistema terreno de coordenadas para entrar numa nova dimensão em que perdia a perspectiva do tempo, ignorava o passado, descuidava-se do futuro, começando a existir num prolongado e vertiginoso *agora* que o fazia sentir-se como um juvenil acrobata no seu trapézio volante, feliz por estar fazendo o que gostava e ao mesmo tempo cheio dum fero orgulho, pois o que fazia era arriscado e até certo ponto gratuito. Mas não! A gratuidade era um luxo de intelectual decadente. Voar sem objetivo útil, voar simplesmente por um prazer individualista que não trazia nenhum proveito à coletividade, era sem a menor dúvida um divertimento burguês. Consolava-o, então, mas vagamente, a ideia de que um dia, dum modo ou de outro, seu brevê de piloto pudesse ser de utilidade para a Causa.

Olhou para baixo. Estava de novo sobrevoando sua cidade natal. Como Santa Fé tinha crescido naqueles últimos anos! Lá estava ela esparramada sobre suas três colinas, com seu casario esbranquiçado, os telhados antigos e pardacentos a contrastar com o coral vivo das telhas francesas das construções mais novas; as faixas cinzentas das ruas calçadas de pedra-ferro a seguirem paralelamente ou a cortarem nítidas a sanguínea das ruas de terra batida; e, enchendo dum verde-escuro as casas daquele tabuleiro de xadrez, as maciças manchas do arvoredo de pomares e praças. Vista do alto, Santa Fé tinha um jeito miniatural e morto de maqueta, dum brinquedo a que a luz do sol, ao bater nas superfícies de vidro, água e metal, dava um certo lustro de verniz e coruscações de lantejoula. A cidade estava cercada de coxilhas que fugiam na direção de todos os horizontes, cortadas pela fita de ocre avermelhado das estradas. Era uma verde e impetuosa amplidão onde se desenhavam chácaras e fazendolas com suas casas brancas, moinhos de vento, pomares, hortas, cercados, pastagens, açudes... Aqui e ali, como remendos de diferente tecido naquele tapete ondulado, recortavam-se os quadriláteros cor de ferrugem das roças de terra recém-virada ou os contornos simétricos dos bosques de eucaliptos. De vez em quando, interpondo-se entre o sol e a terra, nuvens lançavam suas sombras sobre a face dos campos e das águas. Olhando para o norte, Eduardo avistou Nova Pomerânia, com a esguia torre de sua igreja numa paródia gótica; voltando a cabeça para as bandas do poente, divisou os telhados de Garibaldina entre parreirais e ciprestes.

Voando agora contra o vento, o teco-teco corcoveava como um potro. Eduardo achava delicioso e tranquilizador ouvir, acima do uivo daquele sueste de primavera, o ronco do motor: era o sinal de que o coração do *Rosa-dos-Ventos* pulsava forte, a certeza de que o pequeno avião estava vivo e lutava. Sim, não havia nada mais estimulante do que a sensação de estar vivo e de lutar. Achava também esquisitamente agradável a impressão de se encontrar desligado da terra, pairando acima dos homens e daqueles urubus que voavam ao redor duma carniça lá embaixo. Era embriagador o másculo orgulho de estar só, longe, sem medo.

Como tudo na terra parecia limpo e simples! A própria carniça perdia sua sordidez, porque a distância a tornava invisível, sem cheiro e sem horror. Até o *Rosa-dos-Ventos* não chegava o perfume dos ricos que viviam nos melhores palacetes de Santa Fé, nem a fedentina dos miseráveis que vegetavam nas malocas do Barro Preto, do Purgatório e da Sibéria. Voar — concluiu Eduardo — é mau, porque nos dá uma perspectiva errada das pessoas e dos fatos sociais, levando-nos a considerar mais as coisas limpas dos céus do que as coisas podres da terra. Será por olhar o mundo dum ângulo tão remoto que o velho Deus perdeu por completo o senso de proporção e de justiça?

Eduardo tornou a pensar no avô. Criticando a aviação, o velho Babalo lhe dissera um dia que os Terras e os Quadros haviam sido sempre homens de terra firme, cujo meio de transporte preferido era invariavelmente o cavalo e os veículos de tração animal. Rodrigo Cambará fora o primeiro santa-fezense a adquirir um automóvel, por volta de 1912. Agora era ele, Eduardo, o primeiro da família a tirar um brevê de aviador. Se a coisa continuasse naquela progressão, que seria de seus filhos, de seus netos? Voariam em aviões supersônicos — respondeu Eduardo a si mesmo, sorrindo —, pilotariam torpedos aéreos em viagem de ida e volta à Lua, riscariam luminosamente os espaços dentro de incríveis engenhos voadores impulsionados pela energia atômica. E nessas prodigiosas máquinas passariam — os monstrinhos humanos do futuro — sobre aqueles campos pelos quais o cap. Rodrigo burlequeara montado em seu pingo, sobre aquelas invernadas onde o velho Licurgo parara tantos rodeios, sobre aquelas serras, coxilhas e planuras que o velho Babalo cruzara tantas vezes com sua lerda carreta.

Eduardo fez o avião perder altura aos poucos, e, numa desobediência às leis que regiam o voo sobre centros populosos, deixou o *Rosa-dos-Ventos* descer tanto, que suas rodas quase tocaram as copas das árvores mais altas da praça Ipiranga. Um homem naquele momento atravessava a rua do Faxinal, e, ao ouvir o ronco medonho do aparelho, estacou, encolheu-se e levou as mãos à cabeça.

Era Cuca Lopes, oficial de justiça.

— Credo, que louco! — exclamou ele, erguendo os olhos para o céu.

Em seguida retomou a marcha e entrou na rua do Comércio, no seu passinho miúdo e rápido. Sua cabeça, demasiadamente grande para ombros tão estreitos, voltava-se dum lado para outro, em movimentos bruscos de passarinho. O vento fazia drapejar seu casaco de alpaca azul, que deixava à mostra os fundilhos reluzentes sobre o bandolim das nádegas postas em relevo pelas calças apertadas e um pouco curtas, que descobriam as meias de ordinário desbeiçadas e caídas sobre os sapatos.

Cuca Lopes tinha a fama de ser o maior mexeriqueiro da cidade. Quando o viam, as pessoas logo iam perguntando: "Qual é a última, Cuca?". Sabia de tudo, conhecia a vida de toda a gente, gostava de lançar olhares bisbilhoteiros para dentro das casas quando passava pela calçada e via alguma janela aberta; parava, indiscreto, para escutar as conversas a que não era chamado, e contava-se que mais de uma vez fora apanhado a espiar pelo buraco das fechaduras.

Aquela tarde, Cuca Lopes ia embriagado de primavera e mexericos. O cheiro de campo e flor que andava no ar, o vento desabrido, os sons do dobrado que agora jorravam dos alto-falantes, e a cujo ritmo ele procurava marchar em cadência militar bem como nos tempos de rapaz, quando seguia pelas ruas a banda de música do Regimento da Infantaria — tudo isso e mais as novidades que levava, deixavam-no tão excitado, que sentia necessidade de desabafar o quanto antes para não estourar. Que semana, aquela! — pensou, cheirando a ponta dos dedos. Fora ele um dos primeiros em Santa Fé a ouvir pelo rádio a notícia da deposição de Getulio Vargas. Correra ao Clube Comercial, entrara inquieto como um esquilo na sala onde se jogavam pôquer e pife-pafe, passara aos bilhares e ao bolão. Depois embarafustara pelo Café Minuano e fora espalhando a notícia: "Sabem da última? Os generais acabam de derrubar o Getulio. O Rio está em pé de guerra, tanques nas ruas, soldados com metralhadoras. A coisa está preta...".

Que semana! Cuca esfregava as mãos de puro contentamento, caminhando quase aos pulinhos, desatento agora ao ritmo da marcha.

O "prato" mais recente era a chegada intempestiva do dr. Rodrigo Cambará com toda a família. Não se falava noutra coisa em Santa Fé desde o dia anterior. Cuca estava aflito por passar adiante umas coisinhas que ficara sabendo através de gente muito chegada ao Sobrado...

Sorria, cheirava os dedos, olhava para a direita e para a esquerda à procura de conhecidos. Nunca andava em linha reta e marcha regular. Seus passos geralmente seguiam uma linha mista. Fazia paradas repentinas, olhava para os lados e para trás, como se quisesse verificar se estava ou não sendo seguido. E de quando em quando, sem que ninguém nunca pudesse explicar por quê, interrompia a marcha, rodopiava sobre os calcanhares, com um movimento de piorra, e a seguir retomava caminho.

Estava ele agora no meio da quadra quando lhe aconteceu olhar para a casa do coletor estadual — a única pintada de azul em toda a rua — e ver que d. Esmeralda, debruçada à sua janela, acenava para ele freneticamente, gritando:

— Vem cá, Cuca!

O oficial de justiça atravessou a rua quase a correr e parou junto da janela onde estava reclinada a mulher de Marcos Pinto, com os braços roliços apoiados na almofada de veludo grená que forrava o peitoril, os amplos seios derramados flacidamente sobre os braços. Cuca costumava dizer aos íntimos: "A língua que mais respeito nesta terra é a de Esmeralda Pinto". Todos sabiam que para ela nada era sagrado: falava mal dos vivos, dos mortos, dos estranhos, dos parentes, dos amigos e principalmente do marido e dos filhos. Dizia-se que tinha tamanha volúpia em difamar as pessoas, que seria até capaz de, na falta doutra vítima, caluniar-se a si mesma. Como vivesse à janela fazendo parar os transeuntes para falar mal do próximo, tinham-lhe posto o cognome de Marta-Pescadora.

Agora estou fisgado como um peixe — pensou Cuca, erguendo os olhos para Esmeralda. Mas sentira-se contente: queria saber até que ponto a mulher de Marcos Pinto estava informada do que se passava no Sobrado.

— Então, Cuca, quais são as últimas? — perguntou ela. Tinha a voz pastosa e doce como gemada.

Cuca rodopiou nos calcanhares, fez uma volta completa e ficou de novo com o rosto voltado para a interlocutora.

— Então, não sabe?

Piscou o olho, como a dizer: "Eu não nasci ontem". E seus olhos se fixaram no vértice do decote de Esmeralda, a qual, percebendo a intenção do olhar do oficial de justiça, levou a mão automaticamente ao peito.

— Mas tu és bem ordinário... Que é que estás olhando, sem-vergonha?

Cuca Lopes encostou as pontas dos dedos no nariz e sorriu amarelo. Havia de ter graça que ele quisesse ver os peitos daquela velhota! Esmeralda pintava os cabelos, botava na cara tudo quanto era pomada, besuntava os beiços de batom e o resultado era aquilo que ali estava: uma careta de palhaço. Havia de ter graça ele querer ver os peitos dela, ai! ai!

— Então, não sabes nenhuma novidade? — perguntou a Marta-Pescadora.

— Pedro Álvares Cabral descobriu o Brasil — troçou ele.

— Sai, nojento! Vai debochar da tua mãe, ouviu?

O vento frio soprava os cabelos de Esmeralda, arrepiando-lhe a pele dos braços, que parecia — comparou o Cuca — a pelanca duma galinha depenada.

— Mas, falando sério — disse ele —, que é que a senhora conta de novo?

— Tu bem que sabes...

— Não sei, não, palavra de honra.

— Olha, toma — ciciou ela, dando-lhe uma figa furtiva por baixo da almofada.

O oficial de justiça gozava a situação. Sabia que Esmeralda Pinto ardia por falar na gente do Sobrado. Ele também estava ansioso por contar suas novidades, mas não queria começar. Aquilo até parecia uma partida de pôquer — refletia. Tinha o palpite de que a Marta-Pescadora estava blefando...

— Tu bem que sabes e estás te fazendo de bobo. Pois por castigo não vou te contar uma coisa que me disseram da Bibi Cambará...

Cuca cheirava furiosamente a ponta dos dedos. Esmeralda brincava com a cruz de ouro que lhe pendia do pescoço, presa a uma fita de veludo negro.

— Que é que há com a Bibi? — perguntou ele, gritando para se fazer ouvir, pois a voz de lata do *speaker* da Rádio Anunciadora agora engolfava a rua. — Vai se divorciar outra vez?

Esmeralda fez um muxoxo.

— Divorciar? A Bibi não é casada com aquele tipo...

Cuca falou com mais suavidade:

— Mas... que foi que lhe contaram dela?

Os olhos de Esmeralda pousaram, muito frios, no rosto do oficial de justiça. Os alto-falantes naquele momento começaram a regurgitar a melodia duma rumba. Um homem passou a cavalo pela frente da casa de Marcos Pinto, com o pala de seda a tremular ao vento.

— O amante dela está pra chegar... — confidenciou a Marta-Pescadora, num sussurro teatral.

— Não diga! Mas que amante?

— Um ministro.

— Ministro do quê?

— Ora, um ministro, Cuca.

— Tem muitos, dona. Da Fazenda, da Guerra, da Agricultura... Uns sete ou oito.

Esmeralda Pinto encolheu os ombros bem fornidos.

— Só sei que ele vem aí. Dizem que está louco de saudade, não pode aguentar mais. Eu só quero ver a mexida que vai sair disso tudo...

— Mas como é que a senhora soube da coisa?

— Um passarinho me contou.

Cuca estava desapontado. Como era que ele não sabia ainda daquela novidade? Esmeralda tinha ganho a parada, podia arrastar as fichas — concluiu com relutância. Ficou olhando o rosto da mulher do Marcos Pinto, observando como o vento lhe arrancava das pestanas partículas negras de rímel, e desejando que toda aquela máscara de *pancake* se gretasse e caísse, para que a vaca ficasse como era: enrugada, velha, ridícula, medonha. Seus olhos de novo desceram, numa fascinação enojada, para o rego dos seios de Esmeralda.

— A coisa não deve andar muito boa lá pelo Sobrado... — murmurou ele.

— Tantas o Rodrigo fez que agora está pagando com juros. Ninguém perde por esperar. Deus é grande.

— Deus é grande — repetiu Cuca.

— Depois que os Cambarás foram morar no Rio, a Flora parece que ficou com o rei na barriga. Pensas que ela cumprimentava a gente como antes? Ai! ai! Mal mexia a cabeça. A Bibi, essa então até fingia que não conhecia os outros, aquela nojenta! Muitas vezes mijou no meu colo quando era criança. Pois essas cadelas só falavam na grã-finagem carioca, era o presidente disto, o ministro daquilo, o comendador Fulano, o conde Sicrano. Porque a festa do Jockey, porque passei um mês no Quitandinha, porque o embaixador do Canadá me disse não sei o quê... Credo, que nojo! — Fez uma careta e depois, mudando de tom, acrescentou: — Agora estão aí, com o rabo entre as pernas, como cachorro surrado. Bem feito! Quem ri por último ri melhor. Deus é grande.

— E o doutor Camerino disse que se o Rodrigo não se cuidar, pode estourar duma hora pra outra. A senhora soube do ataque?

— Também não era brinquedo a vida que ele levava no Rio, sempre em orgias, com amantes, champanha, noites em claro nos cassinos, jogando roleta e bacará!

Cuca sorriu, seus dentes de ouro e seus olhinhos reluziram:

— Dizem que a última amante dele tem vinte e dois anos.

— Vinte! Decerto a qualquer hora ela chega também.

Cuca rodopiou nos calcanhares, dizendo:

— Eu dava o braço direito pra estar invisível lá dentro do Sobrado escutando todas as conversas e vendo tudo o que está acontecendo...

— Deve estar um angu danado... — sorriu Esmeralda.

— Um angu danado — repetiu Cuca. — E por cima de tudo, o Rodrigo com esse negócio no coração. Infarto do miocárdio.

Ou seria incardo do miofarto? — perguntou ele a si mesmo, numa dúvida. Fosse como fosse, era uma doença terrível, dessas que podem matar dum minuto para outro.

— Quem faz paga — sentenciou a mulher do Marcos Pinto.

— Mas o Rodrigo é uma boa alma — disse Cuca sem convicção, mais para dar uma deixa à interlocutora. O peixe tentava fazer a pescadora morder a isca.

Esmeralda entortou a boca num sorriso perverso:

— Bom? Pois sim, cheiroso. Já te esqueceste das moças que ele desencaminhou, dos lares que desmanchou? Já te esqueceste de todas as sem-vergonhices que ele vem fazendo desde moço, só porque é rico?

— Não é tanto assim. Há muita invenção...

Esmeralda lançou-lhe um olhar enviesado que exprimia ao mesmo tempo desprezo, desconfiança e estranheza. Endireitou o busto, mudou a posição dos braços sobre a almofada: tornou a debruçar-se, lançando primeiro um olhar para a esquerda, depois outro para a direita. Cuca esfregou as mãos:

— Eu também sei dumas coisinhas boas sobre o Sobrado — anunciou, com ar de conspirador.

— Despeja logo, homem.

O oficial de justiça fez uma pausa dramática, como para dar mais importância ao que ia dizer. E jogou a primeira carta:

— As brigas já começaram.

— É? — fez Esmeralda, arregalando subitamente os olhos. Seu duplo queixo tremeu como gelatina. Depois, dominando-se, lançou para baixo um olhar oblíquo e desdenhoso, murmurando num tom de indiferença: — Eu já sabia...

— A Bibi e o marido querem voltar pro Rio o quanto antes. O Rodrigo não quer. Fala até em emigrar pra Argentina.

— Decerto tem medo que os generais mandem abrir um inquérito e descubram todas as falcatruas que ele fez lá pelo Rio...

— Pois é. O Rodrigo não quer. Ah! Ainda tem mais. Logo de chegada, o Eduardo teve uma briga feia com o Jango, por causa de política. O Eduardo, a senhora sabe, é comunista...

— Fresco comunismo, esse do Eduardo, montado nos dinheiros do pai...

— Pois é. Fresco comunismo. Mas sei que foi uma discussão braba, quase chegaram às vias de fato. Se não fosse a velha Maria Valéria, eles se pegavam à unha. Imagine só, irmão contra irmão.

— Tudo isso é castigo, Cuca.

O outro levou os dedos às narinas, pensativo.

— Ah! — exclamou. — A velha Maria Valéria não gostou da cara do novo marido da Bibi. Olhou pra ele e disse assim no focinho do homem: "O senhor é um caçador de dotes, e está louco que o Rodrigo morra pra entrar na herança e voltar pra calaçaria".

— É?

Esmeralda de novo brincava com o crucifixo de ouro. A rumba continuava, dando ao oficial de justiça ímpetos de dançar. Uma rajada mais forte de vento arrancou-lhe da cabeça o chapéu e quase o arrastou rua em fora. Cuca, porém, conseguiu apanhá-lo em tempo.

— Bom, preciso ir andando — disse, limpando o chapéu com a manga do casaco.

Tinha de descer pela rua do Comércio, fazendo escalas nos lugares de costume. Queria, no fim da peregrinação, chegar a tempo para o chimarrão das cinco na Armadora Pitomba, que ficava estrategicamente na esquina fronteira à do Sobrado.

— Vais descer toda essa rua falando da vida alheia, hein, Cuca? — sorriu Esmeralda, pondo à mostra os dentes amarelados e graúdos.

— Pois é. A senhora é que nunca fala de ninguém, não é, dona Esmeralda? Uma santa criatura! Um anjo!

— Vai debochar da tua mãe, cafajeste!

Cuca afastou-se no seu passo curto e lépido, imaginando os horrores que Marta-Pescadora ia dizer dele ao primeiro "peixe" que fisgasse. Arreganhou os dentes num largo sorriso e depois começou a assobiar, acompanhando a melodia da rumba e olhando para os lados.

Não encontrava ninguém que pagasse a pena de parar e começar uma conversa, naquele vento incomodativo. Embarafustou para dentro da Barbearia Elite. Duas de suas três cadeiras estavam ocupadas, e o oficial da terceira, que lia um exemplar da *Careta*, ao vê-lo entrar ergueu a cabeça e exclamou:

— Olá, Cuca! Que é que há de novo?

— Muita galinha e pouco ovo — respondeu ele, desatando a rir como se tivesse dito a coisa mais engraçada deste mundo.

— Cabelo ou barba, Cuca? — perguntou, irônico, o Neco Rosa, proprietário da barbearia.

Sabia que Cuca era sovina, cortava o cabelo quando muito uma vez por mês e fazia a barba em casa duas vezes por semana. Cuca postou-se diante dum dos espelhos, passou a palma da mão direita pelas faces e pelo queixo e, depois de cuidadoso exame, decidiu:

— Não. Hoje não vai nada.

— Então conta logo a novidade, homem! — gritou o dono da casa.

— Ué... Quem te disse que tenho novidade?

Cuca estava desapontado. Não gostava de ser tratado daquela maneira. Ficou a olhar para Neco, que barbeava seu freguês sem sequer dignar-se a erguer os olhos para o recém-chegado. Era um homem alto e corpulento, de cara tostada, nariz chato marcado de bexigas, bigode espesso e grisalho, longas e largas costeletas que lhe desciam nas faces até a altura das aletas do nariz.

Famoso tocador de violão e seresteiro, gozava também da fama de valentão, e suas brigas e farras dos tempos de moço constituíam as páginas mais pitorescas da história noturna de Santa Fé. Embora lhe quisesse mal, Cuca votava-lhe um grande respeito, que no fundo era puro medo. Como sabia que Neco apreciava um boatozinho, sempre que tinha um o oficial de justiça vinha servilmente trazê-lo à barbearia. Não gostava, porém, do jeito ríspido e superior do outro. Mas que era que se podia esperar dum homem sem educação como aquele?

Cuca sentou-se numa cadeira, pegou dum jornal e resolveu não falar. Olhava desatento para a página. Por algum tempo ficou a escutar o pique-pique da tesoura do segundo barbeiro e o rascar da navalha de Neco Rosa no rosto do freguês. Houve uma pausa de alguns segundos, que para Cuca pareceu sem fim. Quis dizer alguma coisa como, por exemplo: "Que ventania desgraçada!" ou "A situação ainda está feia". Mas continuou calado. Se ninguém tornasse a perguntar-lhe pelas novidades, iria embora sem falar. Mal, porém, acabara de tomar essa resolução, o barbeiro da segunda cadeira, um sujeito baixote e magro, de cabelos crespos, falou:

— Então os Cambarás estão de novo na terra, não? — disse ele sem tirar os olhos da cabeça dum homem louro e rubicundo, cujos cabelos aparava.

Cuca ergueu vivamente o olhar, já assanhado. O cidadão que estava sendo barbeado observou:

— Quem diria, hein? Todo o mundo invejava o doutor Rodrigo por causa da sua bela posição no governo. Quando ele vinha passar o verão aqui, tratavam-no à vela de libra. Era doutor Rodrigo para cá, doutor Rodrigo para lá, e homenagens, banquetes e não sei mais o quê. Aposto como agora ninguém vai procurá-lo. Rei morto, rei posto.

Com os seus olhos de pálpebras pregueadas fitos no freguês, um toco de cigarro colado ao lábio inferior, Neco passava a navalha no assentador sem dizer palavra. O barbeiro que lia a *Careta* atirou a revista sobre a mesinha e disse:

— Mas esse negócio não vai ficar assim. Sou getulista até debaixo d'água. — Apontou para o retrato do ex-presidente, que estava colado ao espelho, à frente de sua cadeira. — O "Baixinho" ainda volta.

— Volta mas é para a estância dele em São Borja — resmungou o freguês, enquanto Neco lhe ensaboava de novo a cara.

— Pois o meu homem é o Prestes — proclamou o barbeiro baixo e crespo. — Sou prestista desde 24. Meu irmão fez toda a marcha da coluna Prestes, foi morto na Bahia pelas forças do primeiro batalhão da Polícia Estadual. Quando o Prestes virou comunista eu virei também. É o maior homem do Brasil, o líder do povo.

De olhos cerrados, mas movendo os lábios, o freguês de Neco murmurou:

— Pois o meu homem é ainda o doutor Borges de Medeiros. Em 23 peguei em armas para defender a legalidade contra os assisistas. Tenho até no peito uma cicatriz de bala. Digam o que disserem, o doutor Borges é um republicano da primeira hora, um verdadeiro varão de Plutarco.

Neco esboçou um risinho irônico e depois, cuspindo o cigarro apagado dentro duma escarradeira, declarou:

— Pois não tenho nenhum homem. Eu gosto é de mulher.

— Quem é que não gosta? — interveio o Cuca, que estava ansioso por voltar aos Cambarás. — E por muito gostar de mulher é que o Rodrigo está naquele estado.

Neco parou de escanhoar o freguês, lançou um olhar mortiço para Cuca e perguntou:

— Que estado?

— Ora, então vocês não sabem que ele está com um incardo do miofarto?

— Infarto do miocárdio — corrigiu o partidário do dr. Borges de Medeiros.

— Pois é. Então tu não sabes, Neco?

— Sei. Mas que tem isso?

Cuca levantou-se, já com as pontas dos dedos a procurarem aflitamente o nariz.

— Dizem que se estragou de tanta farra.

— Não digas asneiras! — trovejou o Neco.

O oficial de justiça ficou intimidado.

— Não sou eu que digo — balbuciou —, andam falando por aí...

29

— Pois é uma mentira! — vociferou o seresteiro, belicosamente, brandindo a navalha. — Então um homem vive uma vida agitada, metido em revoluções, campanhas, o diabo, e depois vem essa cachorrada dizer que ele ficou doente do coração por gostar de mulher?! Mulher nunca fez mal pra ninguém.

Cuca estava petrificado.

— Neco — disse ele, apaziguador —, tu sabes como sou amigo do Rodrigo. A bem dizer nos criamos juntos. Quantas vezes jogamos bandeira debaixo da figueira da praça? Meu Deus! O Rodrigo é mesmo que meu irmão...

Neco Rosa parecia não dar-lhe ouvidos. Continuou:

— Quando o Rodrigo estava por cima, vocês viviam lhe lambendo os sapatos. Agora, como pensam que o homem está no chão, querem mijar em cima dele.

— Credo, Neco! — protestou Cuca, procurando dar à voz um tom sentido. — Eu não era capaz de falar mal duma pessoa que sempre foi tão boa pra mim...

Mais calmo, Neco continuou a escanhoar o borgista, que se mantinha de olhos cerrados, num silêncio cauteloso. O homem rubicundo da segunda cadeira mirava Cuca pelo espelho, com um olhar neutro.

O rosto de Neco Rosa estava agora completamente desanuviado. Foi ele quem quebrou o silêncio para dizer:

— O senhor me desculpe, doutor, mas eu perco as estribeiras quando vejo uma injustiça ou uma ingratidão. Sou e sempre fui amigo do doutor Rodrigo e devo muitos favores a ele. Não é amizade de ontem, não senhor, é coisa que vem de longe. E depois, doutor, não há homem que tenha feito mais benefícios pra esta cidade que ele. No tempo que clinicava, quase ninguém pagava consulta. O doutor Rodrigo nunca fez questão. O hospital dele estava aberto pra todo o mundo, fosse rico ou fosse pobre. Tem dinheiro pra pagar? Então paga. Não tem? Pois então não paga. O doutor Rodrigo foi sempre o pai da pobreza, a casa dele sempre viveu de porta aberta, qualquer vagabundo entrava lá...

Aqui Neco lançou um olhar enviesado na direção do oficial de justiça.

— ... sentava na mesa dele, comia a comida dele, bebia os vinhos dele. Hoje ninguém se lembra mais disso. O senhor já tratou com o doutor Rodrigo? É uma moça, doutor, uma flor. Quando fica brabo, é um deus nos acuda, é preciso quatro pra agarrar o homem. Mas quando está de boa veia, tira até a camisa pra dar pros outros.

O freguês abriu os olhos e disse com uma prudência cheia de dignidade:

— Eu não conheço pessoalmente o doutor Rodrigo Cambará.

Neco fez uma pausa para acender um cigarro.

Cuca observava-o com ar apreensivo. Ficou mais aliviado quando viu o proprietário da barbearia sorrir ao contar:

— Agora, vamos e venhamos, que o doutor Rodrigo gosta de mulher, isso gosta mesmo. Boas farras fizemos juntos, nos bons tempos. Nunca me esqueço duma, na Pensão Veneza... Uma pensão de mulheres, o senhor sabe, doutor. Foi lá por 903 ou 4... O Rodrigo ainda era estudante. Ah! Mas dantes havia boas pensões em Santa Fé, com raparigas de primeira, não é como hoje, essas porcarias, boates, *dancings* e não sei mais o quê, com uns meninos afrescalhados, de gomina no cabelo. Naquele tempo quem ia à pensão era macho, homens de faca na cava do colete e revólver na cintura.

Continuou a escanhoar o freguês. Os outros esperavam a história, num silêncio interessado.

— Mas, como eu ia dizendo, uma noite o Rodrigo e eu entramos na Pensão Veneza, já meio tocados, tínhamos bebido umas cervejinhas no quiosque da praça, e de repente o Rodrigo olha pras chinas e grita pra gerente da pensão: "Dona Annunciata, mande esses homens embora e feche a porta. A noite hoje é minha". Fiquei frio. Tinha lá uns cinco ou seis sujeitos, uns até mal-encarados. Ninguém disse nada no primeiro momento, assim como se não tivessem entendido direito. E quando o Rodrigo gritou de novo que fossem embora se não quisessem levar bordoadas, uns dois ou três deles foram saindo de fininho sem dizer nada, não porque tivessem medo, mas porque estimavam o Rodrigo e não queriam brigar com ele. Mas três se levantaram, disseram que não iam e resolveram virar bicho. Foi uma pegada muito feia, três contra dois. Não sei como começou a coisa, só sei que de repente vi o Rodrigo avançar pro maior dos três caras, de garrafa em punho. Então também agarrei a minha garrafa e me fui pra cima de outro. E começaram a voar cadeiras, pratos, copos, vasos, garrafas, e era só mulher gritando e fugindo. Como brigava lindo o Rodrigo! Brigava dando risada e dizendo gracinhas. Pra encurtar o caso, o fervo durou uns dez minutos e quando a coisa terminou, um dos sujeitos saiu fedendo pela janela e os outros dois estavam no chão, sem sentidos. E já o Rodrigo pediu arnica e iodo pra dona da pensão e foi fazer curativos nos inimigos. Eu estava todo rasgado, com um galo na testa, um talho na mão esquerda, os beiços sangrando. Quando olhei pro Rodrigo bem de perto, vi que a camisa dele estava toda manchada de sangue. "Que é isso, Rodrigo? Te feriram?" "Não é nada", respondeu, "foi só um arranhão." E continuou rindo. Depois chamou a dona Annunciata, botou na mão dela uma pelega de cinquenta mil-réis, que naquele tempo era muito dinheiro, e disse: "Muito obrigado por não ter chamado a polícia". Ajudou a botar os dois homens numa cama e em seguida gritou: "Onde estão as raparigas?". Elas foram aparecendo uma por uma, muito assustadas, com a cara mais branca que papel. O Rodrigo examinou bem todas elas e depois disse: "Eu fico com estas três". E se fechou com elas no quarto.

Neco calou-se, com a navalha no ar, o olhar sonhador, os dentes à mostra num ricto canino.

— Não me arrependo das farras que fiz, doutor — disse ele, olhando para o freguês. — O que a gente leva da vida são essas coisas... Falam do doutor Rodrigo, porque isto, porque aquilo. Todo o mundo tem vontade de fazer o que ele fez: comer bem, vestir bem, dormir com boas mulheres, gozar a vida. Só que nem todos têm a coragem que ele sempre teve de fazer o que lhe dava na veneta.

— Isso é verdade — concordou o Cuca, adulão.

Neco pegou no pulverizador de álcool e, antes de borrifar a cara do republicano, olhou para Cuca:

— Pois é, seu Lopes. Quem falar mal do Rodrigo na minha frente, briga comigo.

— E comigo também — replicou Cuca, com voz solene.

Via então que não arranjava mais nada na Barbearia Elite. Aproveitou o primeiro pretexto e esgueirou-se para fora.

A rua continuava varrida de vento e música. Cuca decidiu entrar no Comercial. Subiu as escadas de mármore de dois em dois degraus, imaginando quem poderia estar lá dentro, e sentindo ao mesmo tempo um vago desconforto que lhe vinha do fato de estar seis meses atrasado no pagamento de suas mensalidades de sócio daquele clube. Mas que diabo! Conhecia gente graúda que também estava atrasada: muitos estancieiros só resgatavam os recibos do Comercial uma vez por ano, depois da safra. Que me importa! — pensou ele, sacudindo os ombros e entrando na sala dos bilhares. Olhou em torno: havia ali apenas quatro rapazes a jogar *snooker*. Ninguém que valha a pena — concluiu. Sabia, entretanto, que ia encontrar na sala de jogo carteado os jogadores de pife-pafe, conhecidos como "a turma do diurno": começavam a sessão às duas da tarde e iam até às sete, sem arredar pé do pano verde.

Cuca preparou a frase: "Boa tarde, minha gente! Estamos de parabéns, hein?". Naturalmente iam perguntar por quê, ele então responderia: "O doutor Rodrigo está na terra. Decerto logo vocês vão ter mais um parceiro pro pife-pafe...". Era um ótimo mote que na certa os outros glosariam com prazer.

Parou à porta. A sala estava cheia de fumaça de cigarros e charutos, e andava no ar um aroma agradável de café recém-passado. Só então Cuca percebeu que não havia tirado o chapéu: descobriu-se, num gesto rápido, e deu um passo à frente. Nesse instante, porém, avistou o Calgembrino Leal, proprietário do Cinema Recreio. Estava ele à mesa de jogo, de cabeça baixa, um palito no canto da boca, os olhos postos nas cartas que tinha nas mãos, dispostas em forma de leque. Cuca disfarçou, fez meia-volta e afastou-se, apressado. O Calgembrino era seu inimigo. Haviam tido uma discussão, fazia algumas semanas, e o desaforado lhe dissera: "De hoje em diante, se alguma vez tu te sentares perto de mim ou te aproximares dum grupo onde eu esteja, te quebro a cara, ouviste?".

Estou sem sorte hoje — refletiu o Cuca, encaminhando-se para a sala da biblioteca. Atirou para dentro um olhar distraído, e ia passar de largo quando avistou o vigário, que lia um jornal sentado numa poltrona.

— O senhor por aqui, padre! — exclamou ele, aproximando-se do sacerdote.

O pe. Josué lançou um olhar para Cuca por cima dos óculos. Era um homenzinho franzino, de ar humilde e mãos de criança.

— Olá, Cuca. Como vai essa bizarria?

— Mal, vigário, muito mal — queixou-se o oficial de justiça, sem saber exatamente por que dizia isso.

— Sente-se, meu filho.

Cuca obedeceu. O sacerdote dobrou o jornal com muito cuidado, pô-lo em cima da mesa, cruzou as pernas, tirou os óculos do nariz e começou a limpar as lentes na manga da batina.

O pe. Josué tinha sido enviado pelo céu — pensava Cuca. Era íntimo do Sobrado e devia saber o que estava se passando lá dentro.

— Então, reverendo — indagou Cuca com voz compungida —, é verdade que o nosso Rodrigo está passando muito mal?

— Pois é... — respondeu o padre com ar vago. — Teve outro ataque.

— Outro? — repetiu Cuca, fingindo surpresa. — Então não é o primeiro?

O vigário sacudiu negativamente a cabeça grisalha.

— É o terceiro... ou quarto, nem sei!

— E dizem que a coisa é muito séria, não?

— Muito. Pode morrer duma hora para outra.

— Pobre do Rodrigo!

— Se ele ficar em absoluto repouso e seguir a dieta que o médico recomendou, pode viver ainda muito tempo.

— Deus lhe ouça.

O vigário fez um gesto de dúvida.

— Mas tu conheces bem o Rodrigo. Não é homem de meias medidas.

Em pensamento Cuca esfregava as mãos: a conversa ia tomando o rumo que lhe convinha.

— É verdade que o senhor já lhe deu os santos óleos?

— Por que desejas saber?

— Pura curiosidade.

O padre, que conhecia bem a reputação de Cuca, replicou:

— Há um certo tipo de curiosidade, meu filho, que não é nada agradável aos olhos de Deus.

— Eu lhe explico, reverendo... — disse Cuca. E mentiu: — Apostei com um amigo como o Rodrigo ia se confessar antes de morrer. Esse amigo acha que não, porque o Rodrigo é herege. Me conte uma coisa, padre Josué, ele se confessou?

— Por que desejas tanto saber?

— Por nada. É triste uma pessoa morrer cheia de pecados mortais...

— E quem foi que te disse que o Rodrigo cometeu pecados mortais?

— Ora, padre...

— Quem foi?

O vigário olhou Cuca bem de frente, e seus olhos azuis de menino tinham uma expressão de tal modo destituída de malícia, que o outro por alguns segundos ficou desconcertado.

— Ora, todos têm pecados.

— Ah! Pensei que sabias de algum pecado horrível que o Rodrigo tivesse cometido...

Cuca achava difícil enfrentar o olhar límpido e transparente daquele homem cuja vida nunca dera o menor motivo para maledicência.

— Quer dizer... — balbuciou ele, embora achando que devia calar a boca e ir embora, para não se comprometer ainda mais.

— Quer dizer... o quê?

— Bom, padre, quem diz não sou eu...

— Quem é que diz?

— O povo.

— Que é que o povo diz?

— Muita coisa...

— Por exemplo...

Cuca estava já arrependido de ter começado, mas agora era tarde demais para recuar. De resto, ele sentia uma certa volúpia em brincar com fogo.

— Dizem que o doutor Rodrigo lá no Rio não teve uma vida muito... — ia dizer *limpa* mas conteve-se a tempo e disse: — santa.

— Não acredite...

— É o que eu digo sempre, há muita conversa fiada por aí, muita invenção.

Cuca olhava, fascinado, para uma espinha muito madura que amarelava na ponta do nariz do padre.

— Quando um homem chega à posição que o doutor Rodrigo conquistou — disse o sacerdote —, é natural que os outros comecem a inventar histórias caluniosas. Há muita maldade no mundo, meu filho. Claro, ninguém é perfeito, mas eu não acredito em nada do que se conta por aí do doutor Rodrigo Cambará.

— Muito bem — apoiou o Cuca. — E eu não quero que o senhor pense que eu...

O padre atalhou-o:

— Não estou pensando coisa alguma, Cuca. Só estou dizendo que não acredito.

Segurou com terna intimidade um dos botões do casaco do oficial de justiça e, aproximando bem seu rosto do interlocutor, disse com voz clara e macia:

— A vida duma pessoa é como uma moeda: tem verso e reverso e quem vê um lado nem sempre vê o outro. Um padre quase sempre pode ver os dois lados. É o que te digo, Cuca, não julgues ninguém pelas aparências nem pelo que ouves dizer.

Cuca não tirava os olhos do rosto do padre, com uma vontade desesperada de espremer-lhe a espinha do nariz.

— Eu sou amigo do doutor Rodrigo.

— Pois conserve-se amigo dele. É um homem como poucos, ouve o que te digo. É um bom católico e um patriota.

— E um excelente chefe de família — acrescentou Cuca, pensando na amante que Rodrigo deixara no Rio.

O pe. Josué largou o botão, reclinou-se na cadeira e abafou um bocejo.

— Hoje enforquei a minha sesta...

Cuca tirou o relógio do bolso do colete. Olhou distraído para o mostrador e disse:

— Bom, vigário, vou andando.

— Deus te acompanhe e te dê sempre boa vontade para julgares teus semelhantes!

De repente Cuca sentiu que estava com o rosto e as orelhas em fogo.

— Amém — murmurou, rodopiando nos calcanhares e saindo apressado da biblioteca.

Entrou no bufete, pediu um cafezinho, tomou-o em goles curtos e rápidos, atirou quarenta centavos em cima do balcão e saiu para a rua, murmurando: "Estou mesmo pesado hoje!".

Desceu aos pulinhos a escadaria que levava à calçada.

Cuca nunca passava pela Casa Sol sem entrar para dar uma prosa com os caixeiros ou com o Veiguinha. Era aquele um dos estabelecimentos comerciais mais antigos e mais fortes da região serrana. Fora fundado em 1860 pelo bisavô do Veiguinha, um homem famoso pela avareza e pelo amor ao trabalho, e cujos pais tinham vindo de Portugal — dizia-se — no mesmo navio que trouxera dom João VI e sua corte. Era uma casa de secos, molhados, ferragens e armarinho: cheirava a couro curtido, queijo, fazenda, charque e rapadura, e era a preferida da freguesia das colônias e dos outros distritos do município. Ao passo que as outras lojas de Santa Fé na grande maioria se modernizavam, o Veiguinha mantinha a sua quase tal como era havia cinquenta anos, tendo até conseguido da Prefeitura uma licença especial para conservar na calçada, ao lado da casa, os frades de pedra a que, nos velhos tempos, gaúchos e colonos amarravam os cavalos enquanto faziam suas compras.

Cuca entrou na Casa Sol de cabeça alçada, à procura do Veiguinha, com o qual queria comentar sua briga com o mulato queremista. Havia àquela hora uns cinco ou seis fregueses ao longo do comprido balcão, e num deles Cuca reconheceu a Anaurelina, proprietária do Ponto Chic. Esquecendo o Veiguinha, aproximou-se dela, olhando para os lados com movimentos rápidos de cabeça, para verificar se não havia por ali alguma "família" que se pudesse escandalizar ante o fato de estar ele, um homem casado, a conversar abertamente com uma prostituta em plena luz do dia.

— Mas então, Anaurelina! — exclamou em surdina. — Como vai essa beleza?

— Olha só quem está aqui! — saudou-o ela. — Eu vou bem, e tu?

Anaurelina deixou os cortes de seda que estava examinando e voltou-se para o oficial de justiça. Era uma mulata clara, quarentona, muito gorda, de cabelos crespos dum negro lustroso, rosto redondo de boneca, de duplo queixo e lábios carnudos. Cuca mirou-a com ar safado, já excitado pelo simples fato de estar de certo modo a violar uma lei social. Gostava de Anaurelina, achava-a muito limpa e recatada. O Ponto Chic era uma pensão de toda a confiança, dessas que um homem casado pode frequentar sem medo de pegar doenças ou envolver-se em badernas.

— Vem cá, meu bem — murmurou ele, recuando alguns passos na direção dum manequim masculino que vestia um poncho cor de chumbo e tinha enfiado na cabeça um chapéu de abas largas. — Quero te dizer uma coisa...

Anaurelina aproximou-se. Seus olhos, que lembravam a Cuca os de um bicho — veado? porco? cachorro? —, postaram-se nele numa tépida curiosidade.

— Sabes quem está na terra?

— Não.

— O doutor Rodrigo Cambará.

— Ah! — fez a mulata, entreabrindo os lábios besuntados de batom cor de ciclâmen. — Eu já sabia.

Cuca piscou o olho.

— Tu conheces bem o Rodrigo dos bons tempos, hein?

Ela sorriu. Seus fartos peitos subiam e desciam cadenciados, e Cuca teve vontade de morder aqueles braços gordos como presuntos, e foi com prazer que aspirou o cheiro de Anaurelina, mistura de água-de-colônia, pó de arroz e suor de corpo limpo.

— Se eu conheço bem ele? — repetiu a mulher. Aproximando-se mais de Cuca, confidenciou: — Não sabes então que foi o doutor Rodrigo que me botou na vida?

— Não diga!

— Pois foi. Eu devia ter uns dezesseis ou dezessete anos...

Cuca começou a cheirar a ponta dos dedos, assanhado. Lembrava-se bem de Anaurelina dos tempos de menina. Era uma mulatinha muito benfeita de corpo, os seios pontudos, a cintura fina. Um amor! Naquele tempo — lembrou-se ele — dizia-se: "o suco!".

O oficial de justiça estava ansioso por detalhes:

— Me conta bem como foi essa história — pediu, olhando aflito para a porta, temendo que entrasse alguma senhora sua conhecida.

O suor rorejava o buço de Anaurelina, e seus olhinhos inexpressivos estavam imóveis sob as pálpebras reluzentes de vaselina.

— Não tem nada pra contar. O doutor Rodrigo me fez mal e eu caí na vida.

— Mas onde foi que se deu a coisa? Na tua casa? Na casa dele?

— Ora, Cuca, que é que adianta saber agora? Foi no consultório dele, num dia que a minha mãe me mandou lá pra lavar o soalho...

— E não ficaste com vontade de tomar lisol?

— A troco de quê, homem?

— Não, Anaurelina. O que eu quero saber é se, depois que ele te fez mal, tu não quiseste te matar.

— Eu? Não.

— Ficaste com muita raiva dele?

— Não. Só fiquei meio com medo de pegar filho.

Cuca estava decepcionado. Sorrindo, Anaurelina fez um sinal tranquilizador para o caixeiro que a esperava atrás do balcão:

— Já vou lá, moço.

— Mas tu não achas — insistiu Cuca — que se não fosse o doutor Rodrigo, tu podias ter casado direito com um bom sujeito e tido a tua casa, os teus filhos?

A mulata encolheu os ombros roliços.

— Mas eu sou tão feliz, Cuca. Se o doutor Rodrigo não tivesse me botado na vida eu decerto hoje era cozinheira duma dessas grã-finas, como minha mãe foi, ou então tinha casado com um diabo qualquer e no fim ainda por cima tinha de trabalhar pra sustentar ele.

— Ah, isso é...

Anaurelina abriu sua enorme bolsa de couro de jacaré e tirou de dentro dela um lencinho que recendia a Madeiras do Oriente, passou-o pelo buço e, baixando mais a voz, disse:

— Na minha vida tenho andado com muitos homens, Cuca, homens de todo jeito, paisano, soldado, rico, pobre, sargento, tenente, deputado, coronel, fiscal de imposto, tudo, Cuca. Mas uma coisa te garanto, nunca estive com um homem que chegasse aos pés do doutor Rodrigo.

— É mesmo, é? — indagou Cuca, afobado, já ansioso por detalhes.

Mas a dona do Ponto Chic voltou-lhe as costas, acercou-se do balcão e perguntou ao empregado:

— O senhor tem veludo *chiffon* roxo?

No Café Minuano Cuca encontrou Don Pepe García, o pintor, sentado a uma mesa, diante duma garrafa de cerveja. Ia fingir que não o tinha visto — pois o espanhol ultimamente vivia bêbado e não raro se tornava inconveniente —, quando lhe ocorreu que Don Pepe era o autor do famoso retrato de corpo inteiro de Rodrigo Cambará, pintado logo que este, com vinte e quatro anos de idade, chegara à sua terra natal, recém-formado em medicina. Existiam na cidade muitos retratos a óleo — pequenos, grandes, bons, maus e medíocres —, mas a obra de Don Pepe era para todos os efeitos o Retrato, com *R* maiúsculo, uma das maravilhas de Santa Fé. Quando chegava algum forasteiro, a primeira coisa que lhe perguntavam era: "Já viu o Retrato?" — e ficavam um tanto ofendidos quando o visitante declarava ignorar a existência da portentosa obra de arte. Conhecedores de pintura afirmavam que se tratava dum trabalho de mestre, digno dum museu de Paris ou Londres; e os que conheciam Rodrigo e o Retrato atestavam que a presença era positivamente fotográfica. Contava-se que, depois dessa obra, Pepe García como que se esgotara e não fizera mais nada que prestasse. De resto, que futuro podia ter um pintor numa cidade provinciana como aquela? Santa Fé inteira conhecia a crônica daquele boêmio espanhol que era por assim dizer um herói do folclore municipal. Passava a vida em grupos de café a dispersar-se em conversas e bebedeiras. E era nessas rodas boêmias que Pepe García contava suas andanças pelo mundo, falava mal do clero, da burguesia e, choramingando, dizia do que podia ter sido sua vida e sua arte se não tivesse encalhado nas praias secas de Santa Fé, como um barco desarvorado sem bússola nem leme. Suas conversas começavam com bravatas e acabavam em choro. Quando lhe perguntavam por que não reagia, não voltava a pintar, respondia que era tarde, estava velho, a visão começava a faltar-lhe e as mãos já lhe tremiam. A troco de magro ordenado, sujeitava-se agora à humilhação de pintar cartazes para o Cinema Recreio. Era por isso que, depois do papa, o homem a quem mais odiava no mundo era o proprietário do cinema local, o Calgembrino, para ele o símbolo da burguesia endinheirada, a qual, unida ao clero obscurantista, era responsável pelas desgraças do mundo, por todas as injustiças sociais e principalmente pela incompreensão em que viviam os verdadeiros artistas.

Agora, nos dias de sua decadência, quando se sentia muito deprimido, Don Pepe batia à porta do Sobrado e pedia às gentes da casa que lhe permitissem ver o Retrato. D. Maria Valéria mandava o pintor entrar e deixava-o sozinho na sala de visitas. O espanhol sentava-se diante de sua obra-prima e ali ficava por longo tempo, levantando-se de quando em quando para abrir ou fechar as cortinas das janelas a fim de poder observar a tela sob vários efeitos de luz. Depois, retirava-se sem dizer palavra e nessas ocasiões tomava as suas bebedeiras mais formidáveis.

Era esse homem tão ligado ao passado de Rodrigo que ali estava, sentado a uma mesa, no café deserto.

Cuca aproximou-se dele e pôs-lhe a mão no ombro.

— Como vai essa força, Don Pepe?

O pintor ergueu os olhos.

— Cuca... — murmurou, sem nenhum entusiasmo. — Senta.

Cuca sentou-se.

— Toma um troço — convidou Don Pepe.

— Não, obrigado.

— Toma um troço.

— Não. É muito cedo.

— Então vai-te pro diabo!

— Também é muito cedo.

O espanhol deu de ombros e com suas mãos muito longas, de dedos finos com unhas debruadas de preto, pegou o copo de cerveja, levou-o tremulamente aos lábios e bebeu num sorvo. Lambeu a espuma que lhe ficara nas pontas dos bigodes dum branco amarelado, e fitou os olhos injetados no interlocutor.

— Entonces, qué quieres? — perguntou.

— Eu? Nada, homem.

Don Pepe ficou a olhar fixamente para o copo de cerveja, em cujo conteúdo cor de âmbar as portas do café se refletiam em quadriláteros luminosos.

Cuca achou melhor atacar o assunto de frente.

— Já sabes que o doutor Rodrigo está na terra?

Por alguns instantes o espanhol continuou calado, como se não tivesse ouvido a pergunta. Depois, com sua voz áspera, disse:

— Don Rodrigo nunca saiu de Santa Fé. Me refiro ao Rodrigo verdadeiro, o do Retrato. — Animou-se um pouco, chegou a empertigar o busto, a abrir bem os olhos líquidos. — Esse que chegou do Rio é o fantasma do outro. Mas tu não entendes dessas coisas, Cuca. — Fez uma pausa e tornou a convidar: — Toma um troço!

— Quem diria, hein, Don Pepe? Ontem o homem estava no Palácio Guanabara, amigo do presidente, cheio de prestígio, hoje está lá no Sobrado com o coração escangalhado, dizem que até a extrema-unção já tomou.

O pintor bateu com o punho na mesa, fazendo o copo e a garrafa tremerem.

— Malditos curas! São como urubus rondando a morte. Mal veem um pobre homem agonizando já começam a devorar-lhe as carnes.

— Rodrigo é católico.

— Cala-te a boca. Tu não sabes nada.

Cuca resolveu provocar o outro:

— E tu sabes?

Don Pepe lançou-lhe um olhar duro, esmurrou o peito ossudo e disse:

— Eu sei tudo. Eu previ. Mas ninguém me crê.

— Mas o que é que tu sabes?

— Tudo!

Cuca tirou do bolso uma carteira de cigarros e ofereceu um a Don Pepe, que aceitou, sorrindo ironicamente:

— Queres comprar meu segredo com um cigarro, eh, miserável?

O oficial de justiça começava a ficar curioso. Saberia mesmo o castelhano alguma coisa sobre Rodrigo?

Don Pepe prendeu o cigarro entre os lábios e pediu:

— Fogo.

Cuca riscou um fósforo, acendeu o cigarro do pintor, que, depois de tirar uma baforada céptica, murmurou:

— És muito tonto. Mas te vou a dizer uma cousa.

Cuca tinha um cigarro apagado entre os lábios. Don Pepe tomou novo gole de cerveja e o oficial de justiça de repente ficou alarmado, temendo que o outro o obrigasse a pagar a bebida. Pensou em sair, mas a curiosidade chumbava-o à cadeira.

— Tu viste o Retrato, claro... — principiou o espanhol.

— Naturalmente.

— Que achas dele?

— Muito chique.

Don Pepe tornou a bater na mesa com o punho fechado.

— Coño, hombre! Chique! Tu não sabes nada. És um burro. Aquele retrato, chique? Vai-te para o diabo! Não falo mais. És um filisteu.

Em pensamentos Cuca reagiu imediatamente: "Filisteu é a mãe". Seus lábios, porém, continuaram imóveis, prendendo o cigarro.

— Garçom! — gritou o pintor. — Mais uma cerveja.

O empregado trouxe outra garrafa. Cuca ficou a olhar para o artista, enquanto este enchia o copo.

— O Retrato é uma beleza — emendou ele. — Todo o mundo sabe. Eu é que não me expressei direito...

Don Pepe lançou-lhe um olhar de desprezo.

— Não necessito de tua opinião nem da opinião de ninguém. Um artista sabe o que faz. Me quedo satisfeito sabendo que não gostaste da minha obra. Mas toma um troço, Cuca.

— Não, obrigado. Tenho de ir andando.

Don Pepe segurou-lhe o pulso fortemente.

— Fica quieto. Não te vás.

Cuca acendeu o cigarro e esperou. O outro recostou a cabeça na parede e fechou os olhos, como se de repente tivesse sentido uma canseira mortal.

— Um dia, há muitos anos, mirei Rodrigo e disse: vou a pintar-te o retrato...

Don Pepe sorria, sempre de cabeça reclinada e olhos cerrados.

— O muchacho tinha um rosto formoso, trigueiro, um olhar de gavião, um nariz nobre, uma boca palpitante e sensual, feita para dar ordens e para beijar... Tinha no rosto qualquer coisa que lembrava Lord Byron; mas estou perdendo tempo, porque tu, animal, não sabes quem foi Lord Byron...

— Mas me lembro do Rodrigo dos tempos de moço!

— As mulheres andavam loucas por ele. Don Rodrigo era o senhor do Sobrado, tinha muita prata, era inteligente, encantador, trajava bem e, coño!, como adorava la vida!

De súbito Don Pepe entesou o busto, abriu os olhos, fez avançar a cabeça na direção de Cuca Lopes e bafejou-lhe o rosto com seu hálito ácido, dizendo:

— Madre de Diós! Nunca em toda mi perra existência encontrei um homem que gostasse tanto da vida como ele! Era generoso, tinha um coração grande e quente como um sol. Te digo, Cuca, quando eu olhava para o Rodrigo é que compreendia profundamente o sentido da expressão "personalidade magnética". Caramba! Nunca vi tanta sensualidade numa fisionomia, nem tanta... tanto... — As mãos de Don Pepe apalpavam o ar, como a ajudá-lo na busca da palavra que lhe faltava — ... tanta... mierda!... tanto apetite de vida. Não era só amando que ele ia ao orgasmo, mas também comendo, bebendo, falando e até brigando. Mira, Cuca, tu não sabes nada, mas te vou a dizer. Quando tive na minha frente o modelo e a tela vazia, pensei: Don Pepe, esta vai ser a grande obra de tua vida. Mas não pintes apenas o corpo de Rodrigo, pinta também sua alma. Não fixes apenas este momento, mas também o passado e o futuro.

Fez um silêncio para beber um gole de cerveja. Cuca não sabia aonde o outro queria chegar e por isso estava já impaciente. Tudo aquilo podia acabar em conversa fiada, como acontecera sempre em todos os diálogos que no passado mantivera com o pintor.

— Tu não sabes nada, homem. Mas todo o artista tem uma obra em que ele bota tudo que possui, sua experiência do mundo, seus sonhos, sua alma, seu gênio. E depois se queda vazio. Foi o que ocorreu comigo. Pintei o Retrato não apenas com tinta, mas com sangue, e não só usei pincéis, mas também meus nervos. Pintei com paixão. Estou gastando pólvora em chimango, porque tu não entendes essas coisas, Cuca. Mas te vou a dizer algo mui extraordinário: o Retrato é profético, é mágico, porque dentro dele está tudo: Don Rodrigo aos vinte e quatro anos, seu passado, seus antepassados e também o futuro com todas as suas vitórias e derrotas...

— Imagine...

— Quando terminei a obra, dona Maria Valéria mirou o quadro e disse "Só falta falar". Mas estava enganada. O Retrato falava. Dizia tudo. Só os surdos não ouviam. Só os cegos não viam. — Don Pepe segurou com força a lapela do casaco do oficial de justiça, vociferando: — Todos estão surdos, cegos em Santa Fé, todos estão mortos! Mas tu não sabes nada, não podes compreender...

— Eu sou muito burro — resmungou Cuca com orgulhosa humildade.

— Todo o artista tem um pouco de louco e de profeta. A primeira vez que vi o senador Pinheiro Machado foi no Sobrado em 910. Don Licurgo me perguntou depois que era que eu pensava dele. Respondi: "Tem um ar de chefe gitano e olhos de águia. Ainda será a mão de ferro que vai a governar o Brasil". — A voz do espanhol desceu a um sussurro dramático: — "Mas um dia há de cair ferido pelo ferro". Dito e feito. Cinco anos depois, Pinheiro Machado era apunhalado pelas costas no Hotel dos Estrangeiros.

— Veja só...

— Um dia me mirei no espelho e de repente vi o futuro escrito nos meus olhos. Esta decadência, esta miséria, esta pobreza e até o maldito Calgembrino, burguês de mierda, sinvergonha, explorador, miserável. Vi tudo em meus olhos, como vi o futuro de Rodrigo quando pintei o Retrato. Está tudo lá no quadro. Vai a ver. Tudo: a glória, sua carreira, suas viagens, a Revolução de 30, o Estado Novo, as mulheres que ele amou, e também este final desastroso...

Fez uma pausa ofegante e depois:

— É um retrato profético — repetiu. — Mas tu não entendes dessas coisas. És um burro. Esse Rodrigo que aí está é o cadáver do outro. Todos somos cadáveres, eu, tu, o Calgembrino, o prefeito, o papa... Só as obras de arte é que estão vivas, e sempre estarão vivas. Todo o artista atinge seu ponto máximo uma vez na vida e depois começa a descida. Meu pico é o Retrato. Deixei nele tudo que tinha de melhor. Depois me quedei seco. Por isso bebo. Os vivos não bebem álcool: bebem vida. Vai a ver o Retrato. Pero eu estou morto. Agora pinto cartazes pra esse cachorro do Calgembrino que se lo encontro lo rompo, por Diós. Y maldita sea la madre que cien mil veces lo parió! Me cago en la leche de su madre y de todas las madres del mundo, inclusive la mía.

Estas últimas palavras não foram propriamente pronunciadas, mas babadas. Cuca achou que era hora de ir embora: não sabia, porém, o que dizer para despedir-se. O pintor emborcou o copo e Cuca ficou olhando para o movimento de seu pomo de adão.

— E tu não vais visitar o doutor Rodrigo? — perguntou ele, só para dizer alguma coisa.

Don Pepe tornou a pôr o copo em cima da mesa e, antes de responder, soltou um arroto explosivo.

— Só que seja para matá-lo.

— Ué? Por quê?

— Porque Rodrigo é um traidor.

— Como, Don Pepe?

Cuca mordia e babava a ponta do cigarro, que de novo se apagara.

— Tu não compreendes, és um imbecil. Rodrigo é o culpado da minha decadência. Ele e o Calgembrino — vociferou, dando um soco sobre a mesa. — Maldita sea la madre que lo recontra cien mil veces parió. Garçom, outra cerveja!

Cuca achava que Pepe García estava começando a ficar inconveniente. Curiosos agora paravam à porta do café e ficavam a olhar para o pintor, sorrindo. O oficial de justiça começou a sentir uma espécie de formigueiro dentro das calças. Mas uma atração inexplicável o prendia àquela cadeira, e ele não podia afastar os olhos da face terrosa e enrugada do espanhol.

— Vou a dizer-te um segredo, Cuca. O tempo é como um verme que nos está roendo despacito, porque é do lado de cá da sepultura que nosotros começamos a apodrecer. Não te iludas. Já estás metade podre, Cuca. Eu também.

Fitou no homenzinho dois olhos infinitamente tristes, duma tristeza alcoólica, avermelhada e lacrimejante. E depois, com voz arrastada, num falsete cortado por novo arroto, acrescentou, subitamente cordial:

— Toma um troço.

Eram cinco horas menos um quarto quando Cuca Lopes chegou à praça da Matriz. Parou a uma esquina e ficou a contemplar o Sobrado. Lá estava o casarão com suas paredes caiadas, os caixilhos das janelas e o da grande porta pintados dum azul-anil, os azulejos do portão a reverberar à luz da tarde. As copas de algumas das árvores do quintal apontavam acima do telhado, e, entre o muro e a parede lateral da casa, havia um pé de três-marias todo carregado de flores purpúreas.

O vento perdera muito de seu ímpeto, o céu agora estava limpo de nuvens e a luz do sol tinha uma mornidão macia e dourada.

Cuca começou a atravessar a praça em diagonal, olhando para a própria sombra na terra batida, dum vermelho queimado. Lembrava-se das muitas vezes em que ele e Rodrigo, ainda meninos, cruzaram aquela praça, pisando aquele chão onde as sombras de ambos se confundiam... Cuca estava perturbado. A proximidade do Sobrado lhe causava uma certa emoção. Menino pobre, orgulhava-se de frequentar aquela casa grande e rica, de ser amigo de Toríbio e Rodrigo. Gostava dos losangos de doce de leite que d. Maria Valéria lhe dava, dos brinquedos de Rodrigo, de suas roupas, de seus petiços, de seu carro puxado por dois belos tordilhos...

Os canteiros da praça estavam pintalgados de margaridas amarelas. A fragrância das flores dos cinamomos impregnava o ar. Um soldado do Regimento de Artilharia conversava com uma chinoca, sob a grande figueira da praça. No centro dum tabuleiro de relva, o busto de bronze do cel. Ricardo Amaral olhava na direção do palacete da Prefeitura, que lá se erguia, pesadão e achaparrado, com a sua cúpula parda, a fachada *art nouveau* e as paredes escurecidas por uma pátina sem história. O galo do cata-vento da Matriz estava agora tranquilo. E duma grande paineira que ficava bem à frente do casarão dos Amarais, desprendiam-se flocos esfiapados de paina, que caíam com uma graça lenta, leve e ondulante, e iam juncando o chão ao redor do tronco. Hora linda, pensou Cuca. Parou na calçada fronteira ao Sobrado e ficou a olhar para as janelas da casa, desejando e ao mesmo tempo temendo ver Rodrigo assomar a uma delas. Voltou depois o olhar para os azulejos do portão, que tanto o fascinavam. Quantas vezes brincara com Rodrigo ali naquele muro, que para ambos era nada mais nada menos que a própria Muralha da China! E como ele gostava do quintal do Sobrado, com suas árvores altas e copadas, que em certos trechos davam à gente a impressão de estar numa floresta virgem... (Eram as matas do Ceilão e de Madagascar — explicava Rodrigo, que tinha lido sobre essas ilhas fabulosas em livros ilustrados.) Havia também no quintal um poço assombrado, onde, diziam, todas as meias-noites apareciam as almas penadas dos homens que ali tinham sido mortos durante a revolução de 93, quando o Sobrado ficara sitiado pelos maragatos durante dez dias. Contava-se que nessa ocasião uma filha do cel. Licurgo, que nascera morta, tivera de ser enterrada no porão. Todas essas coisas emprestavam um certo ar de mistério e lenda àquele casarão onde Cuca não tornara a entrar desde que Rodrigo se mudara para o Rio.

O oficial de justiça voltou a cabeça na direção da Padaria Estrela-d'Alva, que ficava à esquerda do Sobrado, e avistou seu proprietário, o Francisco Paes, que era conhecido na cidade como Chico Pão. O padeiro fez-lhe um sinal amistoso, atravessou a rua e foi apertar-lhe a mão.

— Ó Cuca!

— Então o nosso amigo está na terra, hein?

— É verdade — respondeu Chico Pão, com sua voz fosca —, o bom filho à casa torna.

Soltou um sentido suspiro e começou a coçar os braços morenos e cabeludos, que a camiseta de meia, de mangas curtas, deixava à mostra. O velho Paes andava sempre de chinelos sem meias, e suas calças, muito frouxas, pareciam prestes a cair. Usava cabelo à escovinha, e tinha sobrancelhas grossas e híspidas sob as quais luzia tristemente um par de olhos duma mansidão e duma ternura bovinas. Ninguém na cidade vira Chico Pão envelhecer, pois como desde moço andasse

43

com a cabeça sempre respingada de farinha de trigo, quando lhe chegaram os cabelos brancos os outros não deram por isso.

— Então, Chico, que novidades me contas?

— Tudo velho.

O padeiro ficou a olhar melancolicamente para a figueira grande. Um menino descalço passou chutando uma bola de trapos, seguido por um cachorro.

— Já foste ao Sobrado? — indagou Cuca.

— Já.

— Como vai o nosso grande homem?

— Não pude falar com ele. Estava de cama. O médico diz que ele precisa de descanso. Falei com dona Flora, ela disse que o doutor Rodrigo estava um pouco melhor...

— Mas parece que a coisa não tem jeito...

Chico Pão fez um gesto de desamparo.

— Um homem como esse não devia morrer nunca, Cuca. É a maior injustiça do mundo. Por que será que Deus não leva um pobre-diabo como eu e deixa viver um homem como o doutor Rodrigo?

— Deus sabe o que faz.

— Às vezes até duvido... Deus que me perdoe!

— O povo também é muito ingrato e muito falso, Chico. Andam dizendo cobras e lagartos do nosso amigo...

— Que malvadeza! — exclamou o padeiro, sacudindo a cabeça. — Se há no mundo criatura boa e direita, é o doutor Rodrigo. Eu que diga. Faz quase cinquenta anos que estou vizinhando com o Sobrado. Naquela casa só se come o nosso pão desd'o dia que meu pai abriu esta padaria em 98 com o dinheiro que o finado coronel Licurgo emprestou pra ele. E o pão que eles estão comendo hoje é feito por estas mãos — acrescentou, erguendo ambas as mãos e olhando para elas com simpatia e um humilde orgulho. — O seu Curgo até brincava comigo: "Chico, tu não tem direito de adoecer nem morrer, porque se tu adoece ou morre, quem é que vai fazer o nosso pão?".

— Teu pão sovado é um colosso — elogiou Cuca, batendo de leve no ombro do padeiro. — É o melhor da cidade.

Chico Pão sorriu, mostrando os dentes miúdos e esverdeados.

— Todas as noites antes de ir pra cama o coronel Licurgo ia lá em casa buscar pão quente, recém-saído do forno, mesmo que chovesse ou caísse raio. O Rodrigo e o irmão dele, o falecido Bio, quando eram meninos pulavam de noite a cerca, vinham até o forno onde eu estava trabalhando e diziam sempre a mesma coisa: "Tem pão quente, seu Chico?". Isso todas as noites. O Rodrigo se formou, ficou doutor, veio clinicar aqui e continuou meu amigo, sempre tratou de mim e nunca quis me cobrar um tostão. Quando eu pedia a conta ele ria: "Tu já me pagaste, Chico, com aqueles pães quentes, te lembra? Ainda estou te devendo...". Veja só que homem, Cuca.

— É uma grande alma — murmurou Cuca, olhando para os azulejos do portão do Sobrado e lembrando-se da noite em que, ainda menino, tentara roubar um dos ladrilhos, arrancando-o do muro com uma faca. — Um coração de ouro!

— Isso mesmo. Disse bem: um coração de ouro. Estava formado, era rico, querido de todo o mundo e nunca fez pouco de mim nem da minha gente, até tirava o chapéu quando nos cumprimentava. Um dia peguei uma pulmonia e quase embarquei pro outro mundo. Pois o doutor Rodrigo tratou de mim, passou noites em claro na minha cabeceira, e não descansou enquanto não me botou de pé. Quando fiquei bom, disse assim pra ele: "Por que o senhor me salvou, doutor? Não presto pra nada, sou um pobre coitado sem serventia, não valia a pena". Sabe o que ele me respondeu, Cuca? São dessas coisas que a gente não esquece mais, nem que viva cem anos. "Mas Chico, tu é um homem muito importante nesta cidade. O vigário dá o pão pra alma e tu dá o pão pro corpo. Se morre o intendente, a gente faz uma eleição e escolhe outro. Mas se tu morre, quem é que vai ficar no teu lugar? Não tem ninguém na região serrana que saiba fazer pão cabrito tão bem como tu." Veja só, Cuca, que coração! Homens como esse estão se acabando. Eu vi o corpo do finado Toríbio velado na sala grande do Sobrado. Foi lá também que velaram dona Alice e a velha Bibiana, que morreu com quase cem anos. Naquela mesma sala vi a filha querida do doutor Rodrigo entre quatro velas. Só peço a Deus que não me deixe ver o velório de mais ninguém naquela casa. É demais.

Chico Pão agora chorava de mansinho, e as lágrimas lhe escorriam pelo rosto. Fungou, olhou para a ponta das chinelas e perguntou:

— Não quer ir lá em casa um pouco, Cuca?

— Não. Tenho que ir ver o Pitombo. Está na hora do chimarrão.

Chico Pão olhou na direção da Armadora Pitombo.

— Aquela casa de defunto ali perto do Sobrado até parece mau agouro. Quando olho pra lá fico frio. O Pitombo de vez em quando vem pra porta e fica olhando pro Sobrado, parece que está esperando que venham dizer que o Rodrigo morreu e precisa dum caixão...

— Ele vive disso...

O padeiro fez uma careta de repugnância.

— Mil vezes carregar pedra a ter que viver da desgraça dos outros.

— Até logo, Chico.

O oficial de justiça saiu a andar na direção da casa do Pitombo. Ao passar pela frente do Sobrado teve a curiosa impressão de que a uma das janelas ia surgir de repente alguém para despejar-lhe em cima um balde d'água fria. Lançou um rápido olhar para os olhos de boi pelos quais o porão da casa respirava. Lá é que tinham enterrado a recém-nascida... Agora era uma adega. Muitas vezes nos bons tempos ele entrara ali com o Rodrigo para escolher os vinhos mais velhos e levá-los para cima, onde amigos os esperavam. Que festas! Que tempos!

* * *

A Armadora Pitombo era uma casa de duas portas e duas vitrinas, nas quais estavam expostas velas, anjinhos, braços, mãos e pernas de cera. No interior havia uma sombra fresca, quase fria, e nas prateleiras os galões, fechos e alças de metal brilhavam, em tons de prata e ouro, contra o negro dos esquifes. Cuca detestava o ambiente, mas adorava o chimarrão das cinco, onde costumavam reunir-se bons companheiros para uma prosa em que se falava muito da vida alheia e se contavam novidades. Quando menino, Cuca sempre evitava olhar para os caixões de defunto quando passava pela Armadora, naqueles tempos atendida pelo velho Pitombo, o qual, além de vender artigos funerários, era um hábil carpinteiro. O que mais apavorava Cuca eram os caixões brancos e pequenos, que sua mãe lhe dissera terem sido feitos especialmente para os "anjinhos".

O oficial de justiça esperava encontrar o grupo de sempre reunido junto ao balcão da Armadora e ficou um pouco decepcionado ao ver a sala vazia, pois não enxergou Pitombo, que estava sentado atrás do balcão. Aos poucos, porém, a figura do armador foi emergindo da penumbra — primeiro a calva muito reluzente, depois as sobrancelhas grisalhas, os vidros dos óculos, acavalados no narigão vermelho e lustroso, e por fim as suas famosas orelhas. Cuca parou junto da porta. Pitombo não lhe distinguiu as feições mas reconheceu-lhe o vulto.

— Ó de casa!

— Entra! — gritou Pitombo. — Ora viva, até que afinal. A turma hoje está atrasada. És o primeiro...

— Também estou um pouco atrasado.

— Abanque-se.

Cuca tirou o chapéu, pô-lo sobre o vidro do balcão e sentou-se. Pitombo agarrou a chaleira de água quente que tinha a seu lado, no chão, encheu a cuia e passou-a ao amigo.

— O amargo hoje está bom.

Tinha uma voz de cana rachada e falava com excesso de saliva. Cuca estava ansioso por entrar logo no "assunto". Chupando na bomba de prata, lançava para o Sobrado, através da porta, olhares compridos e carregados de significação.

— Eu sei no que estás pensando... — rosnou Pitombo.

— Então diz o que é.

— No Rodrigo.

— Isso mesmo. Como foi que adivinhaste?

— Desde ontem ninguém fala noutra coisa na cidade.

— E então?

— Então o quê?

— O homem morre ou não morre?

— Sou suspeito...

Cuca riu, deu um chupão na bomba, engoliu o líquido com muito ruído e depois perguntou:

— Tu que estás aqui, a bem dizer na boca do lobo, que é que me contas de novo?

Pitombo cofiava a bigodeira grisalha. Tinha olhos cinzentos sobre os quais se franziam as pálpebras moles e arroxeadas. Duas rugas lhe saíam das aletas do nariz e desciam, profundas, até a comissura dos lábios, dando-lhe à fisionomia uma permanente expressão de azedume.

Muitas vezes ali naquela casa tinham discutido Rodrigo Cambará à hora do chimarrão. Pitombo também fora seu colega de curso primário, e todos sabiam que o armador invejava o homem do Sobrado. Na presença de Rodrigo tratava-o com uma cortesia adulona: pelas costas dizia horrores dele, mas da maneira mais inocente, assim com um ar vago e apalpador de quem não se quer comprometer antes de saber a opinião do interlocutor. Dizia-se que nunca esquecera ter sido Rodrigo quem no colégio lhe pusera a desagradável alcunha de "Filho do Defunteiro". Era por isso que até hoje — sabia-o José Pitombo — ele era conhecido na cidade como Zé Defunteiro.

— Não há nada como um dia depois do outro — filosofou o armador, brincando com a grande tesoura que jazia sobre o balcão. — Todos eles acabam aqui...

Fez com a beiçola esticada um sinal na direção dos ataúdes. Cuca devolveu-lhe a cuia, que o dono da casa tornou a encher.

— Ricos, pobres e remediados, doutores, deputados, caixeiros de loja, todos acabam aqui. Pra uns, caixões de madeira de lei, com fechos e alças de metal. Pra outros, caixões ordinários de pinho cobertos de fazenda barata. Mas no fim dá no mesmo. Todos vão pra baixo da terra. E apodrecem!

Pitombo falava com certa volúpia.

— Primeiro eles se estragam por aí — prosseguiu — nos cafés, no Ponto Chic, no cinema; em todos esses lugares gastam o dinheiro e a saúde. Quando se sentem mal, gritam pelo médico, quando estão agonizando chamam o padre, mas é no velho Pitombo que todos acabam. Eu sou Ômega, o fim.

— Não acreditas na imortalidade da alma?

— Sei lá! O que sei é que o corpo acaba aqui. O que vem depois é outro assunto, ninguém tem certeza. *Vanitas, vanitatum, et omnia vanitas,* como dizia o Eclesiastes.

— Estás bom no latim. Devias ter estudado pra padre — disse Cuca, levando a ponta dos dedos às narinas.

— De que me serviu estudar? Aprendi o meu latim, a minha álgebra, a minha história, o meu português. De que serviu? O Cervi mal sabe assinar o nome e está milionário. O Porfírio Fagundes é analfabeto e tem mais campo do que não sei quê. De que me serviu estudar? Há um verso que diz:

Se fores ao rio pescar,
E a fortuna te não deixe,

Atira a rede e espera
Quanto mais burro, mais peixe.

Cuca soltou uma risada que lhe descobriu todos os dentes de ouro.

— Mas o Rodrigo é inteligente e venceu na vida — objetou ele.

— O Rodrigo nasceu em berço de ouro e púrpura e criou-se no meio da abastança. E o meio é tudo, Cuca.

O oficial de justiça cruzou as pernas e perguntou:

— Tu acreditas mesmo em todas essas coisas que dizem dele?

— *Vox populi, vox Dei.*

— Hein?

— Voz do povo, voz de Deus.

— Tu falas com um sujeito e ele te diz que o doutor Rodrigo é o melhor homem do mundo. Falas com outro e ele te garante que o doutor Rodrigo é um canalha.

— Tudo é relativo na vida. Nós todos temos muito de anjo e muito de demônio dentro de nós.

Naquele instante Cuca olhava para o anjo de cera que, do interior do balcão envidraçado, parecia fitá-lo com seus olhos vazios.

— E o doutor Rodrigo será mais anjo que demônio?

— Isso é uma questão de ponto de vista. Depende...

— É. Depende...

— Pergunte pro Mané Lucas o que é que ele pensa do Rodrigo, e ele te dirá que o Rodrigo é um miserável, um infame. E sabes por quê? Porque um dia o Mané Lucas convidou o Rodrigo para batizar-lhe a filha... O Rodrigo batizou, a menina cresceu e quando ela chegou ali pelos dezesseis, o padrinho meteu-se com ela e desonrou-a.

Cuca endireitou o busto bruscamente, animado.

— Foi mesmo?

Pitombo mirou-o com estranheza.

— Tens a memória fraca, Cuca. Então não te lembras? Foi em 1918, no tempo da espanhola...

— É mesmo, agora me lembro. Até comentaram muito.

— Primeiro o Mané quis matar o doutor Rodrigo, depois acomodou-se. Dinheiro arranja tudo. O escândalo foi abafado e acabaram comprando um pobre-diabo pra casar com a menina.

— Essa é formidável, Pitombo!

— Pois é. Pergunta pro Tonico Cabral o que é que ele acha do nosso homem. Vai te dizer que é Deus no céu e o doutor Rodrigo na terra. O Cabral estava mal de negócios, com uma letra protestada e ia meter uma bala na cabeça quando o doutor Rodrigo apareceu, a bem dizer tirou o revólver da mão dele e emprestou-lhe, qual!, deu-lhe de presente, vinte contos pra pagar a dívida. O Tonico endireitou a vida e está aí hoje feliz e próspero.

48

Cuca olhava pensativo para as bochechas do anjo de cera. Pitombo perguntou:

— Tu te recordas daquele fiscal do imposto de consumo que andou por aqui em novecentos e dezenove ou vinte? Não me lembro do nome dele. Pois um dia o homem chamou o Rodrigo pra ver a mulher que estava adoentada, e deixou os dois sozinhos no quarto. Quando voltou e entrou sem bater, encontrou o Rodrigo deitado na cama com a paciente, aos beijos e abraços. Não deu um tiro nos dois por falta de coragem. Mas pediu transferência pra outro lugar e parece que acabou abandonando a desgraçada.

Pitombo ergueu-se e foi até a porta. Cuca seguiu-o e ambos ficaram a olhar para as janelas laterais do Sobrado.

— Depois que chegaram não botaram nem a cabeça pra fora de casa — contou o armador.

— Por que será?

Pitombo encolheu os ombros.

— Não sei. Não quero nem mandar perguntar como vai o doente. Podem pensar que estou esperando que ele morra pra vender um caixão...

— Que situação, hein, Pitombo?

O sol da tardinha envolvia o Sobrado, laminando-lhe as vidraças dum ouro vivo e coruscante.

— O homem teve outro ataque ontem ao anoitecer... A coisa foi feia, e quando vi o padre Josué sair da igreja todo paramentado e entrar no Sobrado, cheguei a separar os castiçais, o pano preto e tudo mais. Passei a noite sem dormir direito, esperando a todo o momento que viessem bater na porta.

Da cozinha da casa armadora chegava até a loja um cheiro de fumaça e carne assada, que Cuca aspirava com delícia.

Voltaram ambos para junto do balcão e Pitombo gritou para a mulher que lhe trouxesse mais água quente. E depois, olhando para o amigo, disse:

— Enquanto o Rodrigo andava lá pelo Rio no seu bom Cadillac, gozando a vida, jantando com o Getulio no Palácio Guanabara, indo ao Municipal de casaca, passando os fins de semana no Quitandinha; enquanto o Rodrigo dormia com lindas mulheres, o velho Pitombo estava aqui no batente, comendo feijão e arroz, vendendo caixão de defunto, trabalhando de sol a sol e às vezes pulando da cama de madrugada para atender um freguês. A vida é assim mesmo, Cuca. Olha bem. Nasci na mesma cidade onde o Rodrigo nasceu, sou de carne, osso e nervo como ele; o pai dele não era melhor que o meu; no colégio sempre tirei notas melhores que as do Rodrigo. E no entanto, Cuca, por que é que nosso destino foi tão diferente, ele tendo tudo e eu quase nada? Por quê?

— Injustiças...

— Nunca fiz mal a ninguém, desde que me casei só tive uma mulher: a que recebi perante Deus e o padre Kolb, ali na igreja do outro lado da rua. Nunca desgracei moça nenhuma, nunca me meti em politicagem, ganho honestamente a minha vida e trabalho como um cavalo. Mas veja o que eu tenho e o que o Rodrigo tem. Quando ele morrer, o retrato dele vai aparecer em todos os jornais do Brasil com elogios deste tamanho, e todos vão dizer: "Era um grande homem, um grande patriota". Quando o Pitombo morrer, o mais que podem dizer, meio rindo, é: "O Defunteiro esticou a canela". Por quê, Cuca?

O outro procurou consolá-lo.

— Mas acontece que o Rodrigo está lá estendido na cama, com o coração em petição de miséria, e tu aqui forte e são de lombo.

— Isso não é consolo. Olha as coisas que ele gozou e fez, enquanto eu estava aqui neste ramerrão, nesta obscuridade. E, depois, não tenho saúde como pensas. Bem sabes que sou um poço de doenças. É a asma, a bronquite e agora me apareceu uma furunculose que está me deixando quase doido.

Ficou de repente muito abatido, como se só então tivesse sentido o peso de todos aqueles males. O anjo de cera olhava para os dois amigos e parecia entender as coisas tristes que diziam.

A mulher do Pitombo gritou da cozinha:

— Já vai a água. Está no fogo.

O armador aproximou-se duma prateleira, voltou a cabeça para o oficial de justiça e disse:

— Vem cá, Cuca. Na tua opinião, que altura tem o Rodrigo?

Cuca ficou um instante a pensar.

— Um metro e setenta e cinco... por aí.

— Estás vendo este caixão? — Apontou para um pesado esquife de madeira negra esculpida, com um crucifixo prateado sobre a tampa. — Este caixão serve bem pra um homem do tamanho do Rodrigo. Mandei fazer esta beleza quando o velho Macedo adoeceu e todo mundo dizia que ele ia morrer. É a mercadoria mais cara que tenho em casa. Não é pra qualquer um. Poucas pessoas em Santa Fé podem dar-se o luxo de ir pro cemitério dentro duma preciosidade destas.

Fitou em Cuca os olhos empapuçados e melancólicos.

— Pois o velho Macedo se salvou e até hoje anda por aí, forte como um jequitibá. Mas nunca me passou pela cabeça, Cuca, que este caixão ainda pudesse vir a ser pro Rodrigo, meu amigo de infância...

— Veja só como são as coisas...

Pitombo sorria. Foi numa surdina quase poética que contou:

— Estou me lembrando duma coisa muito interessante que aconteceu quando eu, o Rodrigo e o Toríbio éramos meninos. O Bio costumava dizer: "Zé, o que será que a gente sente dentro dum caixão de defunto?". "Como é que vou saber", respondi, "se nunca fui defunto?" Pois o diabo do rapaz aproveitou uma hora que meu pai estava sesteando, entrou aqui na loja, abriu um caixão e se meteu dentro. Eu me lembro bem: era um ataúde fino, coberto de cetim preto, com enfeites dourados.

Cuca escutava, atento, cheirando a ponta dos dedos.

— E tu sabes duma coincidência horrível? — continuou o armador. — Três dias depois, dona Alice, mãe do Rodrigo e do Toríbio, morreu e foi enterrada justamente nesse caixão.

Cuca sentiu um frio mal-estar, pois naquele momento surpreendia-se a perguntar mentalmente dentro de qual daqueles caixões seria ele enterrado...

Naquele mesmo dia, ao anoitecer, circulou pela cidade a notícia de que Rodrigo Cambará tinha vencido a crise e estava, pelo menos momentaneamente, fora de perigo. Cuca Lopes jantou às pressas a fim de poder sair cedo para a rua a catar novos boatos e espalhar os que sabia. Enfiou na cabeça o amassado chapéu-carteira e, mastigando um palito, seguiu rua do Comércio acima, na direção da praça da Matriz. Na rua principal de Santa Fé havia àquela hora um grande movimento, principalmente nas quadras onde ficavam o Cinema Recreio, o Café Minuano, a Confeitaria Schnitzler e o Clube Comercial.

Na praça da Matriz, mocinhas passeavam aos bandos pelas calçadas, fazendo voltas completas ao quadrado, em passo lento, enquanto os rapazes se deixavam ficar sentados nos bancos ou de pé junto do meio-fio, vendo-as desfilar. A noite estava calma e fresca, e, ao olhar para uma das torres da igreja, Cuca teve a impressão de que o galo do cata-vento tinha a lua cheia espetada no bico. Nas extremidades dos postes nova-lux, as esferas de louça branca que protegiam as lâmpadas pareciam outras tantas luas. O perfume das flores do cinamomo, mais ativo desde o anoitecer, embalsamava o ar.

Cuca notou que as janelas do Sobrado estavam todas iluminadas como para um baile. Atravessou a praça em passadas rápidas, foi sentar-se num banco de cimento situado na calçada fronteira à casa de Rodrigo Cambará, e dali se pôs a olhar intensamente para suas janelas.

Alguém se sentou a seu lado, Cuca voltou a cabeça e reconheceu no recém-chegado o velho José Lírio, com o chapéu desabado sobre os olhos e seu inseparável bengalão de unicórnio.

— Ó Liroca! Então não conhece mais a gente?

O outro levou algum tempo para responder: a sombra dum plátano escurecia o rosto de Cuca. Por fim, identificando o companheiro de banco, o velho exclamou:

— Cuca! Boa noite, vivente.

Apertou-lhe molemente a mão.

— Então, que é que há de novo, Liroca velho?

Era bom estarem num lugar sombrio — refletiu Cuca —, pois ele não podia ver os enormes cravos pretos no narigão de Liroca sem ficar com uma vontade desesperada de espremê-los.

— Tudo velho, triste e acabado — respondeu José Lírio. — Este mundo não tem mais compostura.

Cuca coçava nervosamente a coxa. Liroca era amigo da gente do Sobrado: devia saber de muita coisa...

— Então, já foste visitar os Cambarás?

Liroca puxou um longo pigarro antes de responder:

— Os amigos são pras ocasiões. E há ocasiões em que a gente deve respeitar a intimidade dos amigos. A cada passo mando saber como vai o Rodrigo. Só isso é que me interessa agora. Se eu fosse me meter lá dentro, podiam pensar que eu queria bisbilhotar.

— Ninguém ia pensar uma coisa dessas.

— Ia sim, Cuca, e tu eras o primeiro. O Rodrigo e a família devem estar atravessando um desses momentos danados em que a gente só quer ficar sozinho pra pensar.

Liroca voltou o olhar para o Sobrado.

— Mundo velho sem porteira! — exclamou, com voz cheia de mágoa. Depois, apontando para o casarão com a bengala, acrescentou: — Não posso ver essa casa sem me lembrar de 93...

Para evitar que Liroca repetisse uma história que toda a gente estava cansada de saber, Cuca adiantou-se:

— Eu sei. O Sobrado estava cercado pelos federalistas, e te mandaram ficar de vigia na torre da igreja, não foi? Já me contaste.

Liroca, entretanto, não lhe deu ouvidos. Com o olhar focado sempre no Sobrado, parecia estar falando mais para si mesmo do que para o homem que se achava a seu lado.

— Me lembro como se a coisa tivesse acontecido ontem — prosseguiu, com a voz apagada. — Foi numa Noite de São João e dona Alice estava pra ter uma criança, a coitada, que Deus a tenha. Fiquei ali na torre de olho vivo, bombeando o quintal do Sobrado, e de repente vi um vulto se mexendo devagarinho...

— Era um dos homens do coronel Licurgo que ia buscar água — interrompeu-o Cuca. — Eu conheço a história.

— Pensei cá comigo: atiro ou não atiro? O homem vai buscar água pros meninos, pra dona Alice, pra dona Maria Valéria e pra dona Bibiana, tão velhinha. Não sejas bandido, Liroca, disse cá com os meus botões, dá um tiro pro ar. E dei.

— E do Sobrado veio uma bala que bateu no sino e tu levaste um bruto susto... já sei.

Cuca cheirava a ponta dos dedos. Aquelas histórias de 93 não o interessavam. Ele ardia por saber o que se estava passando dentro do Sobrado *agora*.

— Mundo velho sem porteira! — repetiu Liroca. — Depois que a revolução terminou, muitos companheiros se bandearam pro outro lado do Uruguai. Eu fiquei, me entreguei, me prenderam mas depois fui solto. Nunca mais o Curgo quis olhar pra mim, me virava a cara na rua, eu vivia rondando o Sobrado assim como um cachorro escorraçado. Tu sabias que eu quis casar com dona Maria Valéria e ela nunca me deu confiança?

— Todo o mundo sabe disso — respondeu Cuca, impaciente.

— Pois é. Depois que a revolução terminou, ela me cortou também o cumprimento.

Liroca suspirou. Um cachorro começou a ladrar, longe. As raparigas passavam na calçada, e Cuca namorava-lhes casualmente as pernas.

— Foi só em 1910 — prosseguiu José Lírio —, no tempo da campanha civilista, que voltei ao Sobrado, graças ao Rodrigo. Ele insistiu tanto com o pai, que o Curgo acabou dizendo: "Pois traga esse homem. O que passou passou". E no dia que entrei naquela casa quase me lavei em pranto, não tenho vergonha de contar. Tudo graças ao Rodrigo! Então não hei de querer bem a esse homem? E se não morri da espanhola também foi graças a ele. E a Deus — acrescentou com alguma relutância.

— Se tu tivesses morrido — disse-lhe Cuca em pensamento —, não se perdia nada. Mas vaso ruim não se quebra...

Um vulto apareceu numa das janelas do casarão. Cuca ficou alvoroçado:

— Quem será aquele lá? — perguntou. — Acho que é o Eduardo...

Liroca pareceu não tê-lo ouvido, porque disse:

— É engraçado. Tenho a impressão que o Sobrado agora também está cercado como em 95.

— Cercado? Como?

— Sim, Cuca, sitiado. Os Cambarás estão lá dentro, acabam de perder uma batalha e todos nós estamos aqui fora dormindo na pontaria.

— Que comparação boba!

— Não é boba, não. Pensa bem. Tu e todos os outros estão loucos que eles se entreguem e saiam de cabeça baixa, desmoralizados.

— Que ideia!

— Mas Cambará não se entrega. Ouve bem o que te digo.

— Ninguém está dando tiro no Sobrado.

Liroca sacudiu a cabeça numa lenta, convicta afirmativa.

— Estás enganado. Não estão dando tiro de espingarda nem de revólver, mas estão dando tiro com a língua, estão falando mal da família, Cuca. E ninguém briga a peito descoberto, todos ficam de tocaia, atiram à traição.

Cuca sentiu que a conversa chegava aonde ele queria.

— E muitos desses que falam mal do Rodrigo — continuou o velho — já comeram na mesa dele, já beberam o vinho dele, já receberam favores das mãos dele. Mas o mundo é assim mesmo. Bem dizia o finado meu pai que...

Calou-se, sem revelar o que o finado dizia.

— Mas tu achas, Liroca, que tudo que contam do Rodrigo é mentira?

José Lírio voltou o rosto para o interlocutor.

— O Rodrigo é meu amigo, e pra mim amizade é coisa sagrada. Ninguém é perfeito, só santo, e lugar de santo é no altar ou no céu, não neste mundo. Homem sem defeitos não é bem homem.

— Mas tu não conheces a vida que o Rodrigo levou no Rio depois de 30...

— E tu conheces? Tu estavas lá?

— Não, mas ouvi dizer.

— Pois eu também ouvi dizer que andas metido com a mulher do Mendes da fábrica de sabão.

— É uma mentira! — vociferou Cuca, ficando muito vermelho, mas achando melhor não insistir no assunto.

— Pois é. Tu vês como o povo fala sem motivo.

— Mas com o Rodrigo é diferente, Liroca.

— Não sei por quê...

— Ainda hoje encontrei a Anaurelina do Ponto Chic... Sabes o que ela me contou? Que foi o Rodrigo quem fez mal pra ela.

— Gabolices daquela mulata. O que ela quer é se dar importância.

— Não te lembras duma menina afilhada do Rodrigo?

— Não me lembro de nada e acho melhor ires calando a boca.

Cuca teve vontade de esbofetear o velho, que estava simplesmente deitando a perder uma conversa que podia ser tão saborosa e cheia de revelações. Ninguém conhecia Rodrigo melhor do que José Lírio, que por tantos anos vivera no Sobrado, à sombra dos Cambarás.

— Eu só estou repetindo o que dizem por aí — explicou Cuca, cauteloso.

— Também sou amigo do Rodrigo, devo muitos favores a ele.

— E quem não deve neste município e em muitos outros? Nunca vi homem de melhor coração nem amigo mais leal. O que era dele era do próximo. Ninguém fazia nenhuma injustiça perto do Rodrigo porque ele estava sempre do lado do mais fraco.

— Isso é verdade...

Liroca começou a enrolar um cigarro. As raparigas continuavam a passar, tagarelando e rindo.

— E se o Rodrigo tem defeitos — rematou o velhote, com um certo riso na voz —, são defeitos lindos. — Repetiu com ênfase: — Lindos defeitos. Lugar de santo é na igreja ou no céu, não neste mundo velho sem porteira!

Levou o cigarro à boca e acendeu-o. Cuca continuava a olhar para as janelas do Sobrado, por trás de cujas vidraças passavam vultos.

— Pra mim o Sobrado é como uma pessoa, como um amigo... — prosseguiu Liroca. — Lá dentro passei as horas mais felizes da minha vida. Muita festa boa deu o Rodrigo depois que se formou... E por falar nisso, nunca me esqueço do dia que ele veio de Porto Alegre com o diploma de doutor. Me lembro muito bem: 20 de dezembro de 1909. Por sinal foi um verão muito quente e todo o mundo andava assustado porque diziam que em maio de 1910 ia aparecer um grande cometa, bater com o rabo na Terra e o mundo ia à gaita. Lorotas! O mundo se acaba mas é pra quem morre. Mas, como eu ia dizendo — continuou, mudando de tom e dando um chupão no cigarro —, quando correu a notícia que o Rodrigo ia chegar, pensei cá comigo: quero ser o primeiro a abraçar esse menino. Encilhei o cavalo e de manhã cedinho, sem dizer nada pra ninguém, me toquei pra estação de Flexilha e lá fiquei esperando o trem, perto dos trilhos.

Como sempre, o bruto chegou atrasado e tive de ficar uma boa hora na soalhei-ra. Mas valeu a pena, Cuca, valeu. Porque eu queria que tu visses a cara do Ro-drigo quando me avistou. Pulou do trem e veio correndo me abraçar...

José Lírio calou-se e soltou, junto com a fumaça que tragara, um suspiro de saudade arrancado das profundezas do peito.

Chantecler

Capítulo 1

1

Rodrigo saltou do trem e precipitou-se a correr na direção de Liroca.

— Cuidado, moço! — exclamou um homem que estava à janela do vagão. — A demora aqui é curta.

Alvoroçado, Liroca apeou do cavalo ao encontro do amigo. Atiraram-se um nos braços do outro e ficaram por algum tempo a se darem sonoras palmadas nas costas.

— Liroca velho! — exclamou Rodrigo. — Que surpresa agradável!

A princípio o outro estava como que engasgado; por fim conseguiu falar:

— Pois é. Vim especialmente pra te esperar. Quis ser o primeiro a te abraçar.

Rodrigo sentia o cheiro acre e quente da pele suada de José Lírio e via-lhe os olhos muito injetados, pisca-piscando à luz crua daquele meio-dia de dezembro.

— Sei que és meu amigo de verdade, Liroca — disse, segurando com ambas as mãos os braços do outro.

— Até debaixo d'água, menino. Pro que der e vier.

— E como vai tua gente?

— Minha gente agora sou eu mesmo. Depois que a titia morreu, faz seis meses e oito dias, fiquei sozinho no mundo.

— Ainda tens amigos!

— Mas não são muitos, Rodrigo.

— Qual o quê!

Os lábios de Liroca tremeram, como se ele estivesse prestes a romper o pranto. De repente desabafou:

— O Sobrado ainda está fechado pra mim — queixou-se. — Teu pai não quer saber do Liroca. Nem ele nem dona Maria Valéria.

— Temos que dar um jeito nisso, homem. Os meus amigos têm de ser amigos de meu pai.

Liroca baixou os olhos para a terra cor de ferrugem.

— Qual! A coisa não tem mais compostura.

Olhando por cima do ombro do amigo para a plataforma da estação, Rodrigo viu o agente, de boné escarlate, puxar na corda do sino, dando o sinal de partida. A locomotiva apitou. Rodrigo tornou a abraçar Liroca e depois afastou-se dele na direção do trem, que começava a movimentar-se. Voltou-se ainda para perguntar:

— Estão me esperando na estação?

— Com banda de música! — bradou Liroca, as lágrimas a lhe escorrerem pelas faces, misturadas com o suor. — Até por lá!

— Até por lá!

Rodrigo saltou para a plataforma do último carro e dali ficou a acenar para o amigo, tomado duma sensação que ele próprio achava difícil descrever. A expectativa da chegada deixava-o numa exaltação nervosa, à qual se juntava a irritação causada pelo calor e pelo desconforto daquela viagem longa, poeirenta e cansativa. Não conseguira dormir no hotel de Santa Maria, onde pernoitara, e agora ali estava com uma sensação de vácuo na cabeça, os olhos pesados, a fome como que a broquear-lhe o estômago.

As coxilhas se estendiam, cobertas de macegas, à luz intensa do sol a pino, e do chão escaldante subia um trêmulo vapor. Por alguns instantes Rodrigo permaneceu na plataforma a contemplar o campo e o céu, a aspirar, meio nauseado, a fumaça de carvão de pedra que a locomotiva despedia, e a ouvir o tan-tan cadenciado das rodas. Era um ruído evocativo, aquele. Veio-lhe à mente a imagem de Toríbio. Quando meninos ele e o irmão gostavam de correr ao lado dos trens (ah! que fascinante mistério envolvia a palavra *Auxiliaire* pintada nos costados dos vagões!) procurando imitar a voz resfolegante da locomotiva: já te pego já te largo — já te pego já te largo... Pensando nisso, os olhos postos nas paralelas coruscantes dos trilhos a fugirem vertiginosamente para o horizonte, Rodrigo foi ficando tonto, de sorte que, à sensação de fome, cansaço e irritação, misturou-se a de vertigem e náusea. E, suando frio, sentindo asperamente nos lábios partículas de poeira e carvão, voltou meio cambaleante para seu lugar, atirou-se no banco, reclinou a cabeça contra o respaldo e cerrou os olhos.

2

— Quer uma banana?

Rodrigo abriu os olhos. Quem lhe fazia a pergunta era o irmão marista que embarcara em Santa Maria e com o qual viera palestrando desde o amanhecer. Ali estava à sua frente o jovem religioso, com sua cara simpática e rosada, os olhos dum límpido azul, o cabelo à escovinha. Sorria dum modo aliciante, embora um pouco tímido, e lhe oferecia uma banana.

Rodrigo ia recusar, mas, pensando que o enjoo talvez viesse do fato de ter o estômago vazio, tomou da banana e agradeceu.

Descascou-a, sempre com a cabeça recostada, e começou a comê-la. Naquele instante entrou no carro um homenzarrão que vestia um pala-poncho de seda e bombachas pretas, trazendo à cabeça um chapéu de abas largas com barbicacho. Negrejava-lhe, na face bronzeada de olhos oblíquos, um bigode espesso. O homem caminhava com grande estardalhaço, gritando *com licenças* que mais pareciam ordens que pedidos. Trazia debaixo do braço esquerdo a mala de pano, e debaixo do direito os arreios. Cabeças voltaram-se para o recém-chegado, que, parando ao lado do marista, exclamou:

— Ainda que mal pergunte, moço, este lugar tem dono?

— Não tem, não senhor — respondeu o marista, com ar submisso, ao mesmo tempo que se afastava para junto da janela, a fim de fazer espaço para o outro.

O gaúcho sentou-se, depois de acomodar a mala e os arreios num vão entre dois bancos.

Rodrigo entreabriu os olhos e fitou-os no novo companheiro de viagem. Não o conhecia.

— Que calor, não? — disse o irmão, para puxar conversa.

— E o senhor metido nessa batina deve se ver mal, hein? — observou o desconhecido.

Tirou o chapéu e o pala e afrouxou o nó do lenço encarnado que lhe envolvia o pescoço. Olhou para o marista de soslaio e em voz alta, para que todos ouvissem, disse:

— Tem padre no trem. É por isso que esta geringonça está atrasada.

O religioso sorriu amarelo e observou:

— Oh! Creio que isso é apenas uma superstição.

Era francês e falava com erres rascantes.

O outro soltou uma risada, que terminou num acesso de tosse.

— Mas o senhor não vá ficar brabo comigo — pediu, com os olhos cheios de lágrimas. — Não falei por mal. Gosto de brincar com as pessoas. Sou um tal de Maneco Vieira, tropeiro.

Estendeu a mão calosa, que o marista apertou timidamente, murmurando:

— Irmão Jacques Meunier.

— Muito prazer.

O tropeiro começou a fazer um cigarro. O marista contou que ia lecionar no Colégio Champagnat, em Santa Fé. Maneco Vieira explicou a razão por que estava no trem com seus arreios. Tinha ido levar uma tropa a certa estância nas proximidades da estação de Flexilha e um touro xucro lhe matara o cavalo com uma chifrada.

— Não tive outro remédio senão entrar nesta droga — concluiu.

Vendo Rodrigo abrir os olhos, o marista disse:

— Pois esse cavalheiro aí também é de Santa Fé. Acaba de formar-se em medicina pela Faculdade de Porto Alegre. É o doutor Rodrigo Cambará.

O tropeiro franziu o cenho.

— Cambará? Parente do coronel Licurgo?

— Filho — respondeu Rodrigo, endireitando o busto.

— Não diga! — exclamou o gaúcho, apertando a mão do rapaz com efusão. — Muita tropa vendi pro seu pai. É um homem muito direito, dos antigos.

Entrecerrou os olhos e fitou-os longamente no rosto de Rodrigo, como para estudá-lo melhor.

— Mas não me lembro do senhor. Conheço bem é o seu mano, o Toríbio.

— Tenho estado sempre em Porto Alegre estes últimos anos...

Rodrigo percebeu que o tropeiro o examinava da cabeça aos pés, detendo o olhar crítico sobre suas botinas de verniz com cano de camurça.

— Pelo que vejo — observou Maneco Vieira — o amigo agora já tem licença do governo pra matar gente, não?

Disse isso e soltou uma gargalhada. O marista olhou vivamente para Rodrigo, como para ver se devia ou não achar graça na observação do tropeiro; e, como visse o moço sorrir, sorriu também, mas à sua maneira tímida e vaga.

Rodrigo contemplava o gaúcho com simpatia. Gostava do tipo, que lhe lembrava um pouco o velho Fandango.

— Queira Deus que o senhor não venha a cair um dia nas minhas mãos! — troçou ele.

O tropeiro picava fumo com seu facão de lâmina enferrujada.

— Nunca fiquei doente em toda a minha vida, moço — retrucou ele, botando a faca na bainha e começando a amassar com a mão direita o fumo depositado no côncavo da esquerda.

Desde que a viagem começara, Rodrigo fizera camaradagem praticamente com quase todos os passageiros do vagão. Discutira política com um coronel da Guarda Nacional que embarcara em Restinga Seca e era partidário da candidatura do marechal Hermes à presidência da República. Empenhara-se num torneio de anedotas com um caixeiro-viajante que descera do trem em Cachoeira. Em Santo Amaro, ao ver na estação uma velhinha solitária prestes a embarcar, tomou-lhe do baú de lata, ajudou-a a subir para o carro, acomodou-a num banco e passou o resto da viagem a cuidar dela, dando-lhe frutas, trazendo-lhe água, chamando-lhe todo o tempo de *vovó*. Em Santa Maria levara-a para seu hotel, pagara-lhe todas as despesas e no dia seguinte tornara a acomodá-la no trem da serra, num banco ao lado do seu. Agora lá estava ela, com sua cara murcha e terrosa, e seus olhos líquidos: de quando em quando, sorria para Rodrigo como a dizer-lhe "A velha ainda está aqui e vai indo muito bem. Obrigada por tudo, meu filho".

Maneco Vieira começou a fazer perguntas sobre o Angico, a estância dos Cambarás. Rodrigo respondeu-as como pôde e deixou morrer a conversa. Queria agora ficar em silêncio e paz para pensar. Dentro de vinte minutos estaria em Santa Fé, e isso o deixava comovido. Daquela vez não se tratava de voltar apenas para as férias de verão: ficaria para sempre. Para sempre! E a ideia de que terminara o curso e ia começar a viver, mas por conta própria, com responsabilidade de médico e talvez muito breve (quem sabe?) de chefe de família — causava-lhe um alvoroço agradável. Tornou a recostar a cabeça no respaldo do banco e a fechar os olhos. O trem corria agora com maior velocidade; o vagão sacolejava e as rodas continuavam no seu matraquear duro e ritmado.

— Vamos socando canjica, padre — gritou Maneco Vieira.

Rodrigo sorriu sem descerrar os olhos. Pensava nos colegas a quem havia pouco dissera adeus; via-os desfilar em companhia das muitas outras pessoas que tinham povoado seu mundo de estudante: os hóspedes da pensão onde passara o último ano; o bedel da faculdade, com sua asma e suas casmurrices; o encarregado do necrotério, com sua quebradeira crônica, sempre a pedir dinheiro aos acadêmicos, a criadinha morena que arrumava os quartos da pensão, e que passara pela cama de todos os hóspedes solteiros; namoradas efêmeras que tivera na Cidade Baixa, moças janeleiras que cheiravam a Corilopsis do Japão ou Floramie de Pivert... Cenas da cerimônia da colação de grau passaram-lhe rápidas pelo campo da memória, como paisagens noturnas entrevistas fugazmente à luz de relâmpagos. Mas foi com uma lenta volúpia que ficou a recordar a última farra que fizera com os colegas na casa de Mélanie. Que grande mulher! Emprestava dinheiro aos estudantes quando estes estavam em apertos e cuidava deles quando adoeciam. A turma mantinha com ela uma espécie de conta-corrente que nunca chegava a encerrar-se; e agora que os recém-formados voltavam para suas casas, em diversas localidades do estado, a conta ficaria com um eterno saldo favorável à francesa. Mélanie merecia um monumento!

Era curioso — refletia Rodrigo —, mas a voz daquele marista lhe lembrava a da prostituta. Abriu os olhos, fitou-os no rosto do religioso, que comia uma banana, enquanto o tropeiro lhe descrevia um duelo a facão que presenciara no município de Soledade, entre dois estancieiros.

— Ficaram os dois estendidos no campo, se esvaindo em sangue...

Rodrigo voltou a cabeça para a direita a fim de ver como estava sua "avó". A velhinha dirigiu-lhe um sorriso tranquilizador, e ele, sorrindo também, tornou a fechar os olhos.

Num banco próximo, dois homens conversavam em voz muito alta sobre o cometa de Halley. Almanaques e jornais marcavam o aparecimento do grande cometa para maio do ano próximo. Temia-se a possibilidade de sua cauda bater na Terra, partindo-a em pedaços.

— E se bater — disse um dos homens, com sotaque alemão —, *kaputt*. Era uma vez a Terra.

O homem com quem o teuto-brasileiro conversava, um velhote magro que fumava um toco de charuto, tinha uma voz estrídula:

— Vai ser um castigo de Deus — proclamou ele — por causa das malvadezas do nosso mundo. O senhor se lembra do que aconteceu na Rússia há cinco anos? O czar mandou massacrar o povo. Depois, foi aquela guerra braba com o Japão. Tivemos o desastre do Aquidabã. E a vergonheira de Canudos. Nós aqui mesmo no estado vimos o caso dos fanáticos do Ferrabraz, os Muckers. Isso para não falar nos banditismos e nas ladroeiras da politicagem. Lhe digo, amigo, o mundo

61

está bem louco. Não duvido que Deus ande com tenções de acabar com esta porcaria. E o melhor jeito, mesmo, é um bom cometa.

Maneco Vieira escutava, com um dos olhos fechados e o outro muito aceso. Voltou a cabeça para o marista e perguntou:

— O senhor acredita que o mundo vai acabar assim de repente?

Irmão Jacques limpou os lábios com um lenço cheio de nódoas de sebo e respondeu:

— Se Deus quiser que o mundo acabe, o mundo acabará.

— Mas o senhor acha que Deus quer?

— Como é que vou saber?

— Ué! O senhor não é padre?

— A culpa é nossa, se o mundo acabar — intrometeu-se o senhor gordo que comia uma perna de galinha com farofa, num dos bancos vizinhos. — O povo está ficando louco. Meu filho, que é professor público, leu no jornal que lá nas Europas já andam voando numa máquina, diz que inventada por um patrício nosso. Pois é. Onde se viu homem voar? Deus fez o homem pra andar com os pés na terra ou então montado no lombo dum cavalo. Voar é pra passarinho.

Calou-se, fincou os dentes na perna de galinha, arrancou-lhe um bom naco de carne, ficando com a ponta do nariz e os beiços salpicados de farofa.

— Se um dia eu enxergar esse tal de auroplano voando por perto de mim — ameaçou Maneco Vieira sem tirar o cigarro da boca —, palavra de honra que arranco o revólver e meto bala no bicho.

— Há maldade por demais em toda a parte — disse o homenzinho do charuto. — Aqui mesmo no município de Santa Fé se vê muita malvadez. Um dia destes deram um tiro no peito do Joaquim Piririca. E sabem o que fizeram pro filho do capitão Janguta a semana passada? Amarraram o rapaz numa árvore e degolaram ele com um talho de orelha a orelha. E os criminosos andam soltos por aí como gente de bem.

— E essa história de vacina obrigatória? — interveio o homem gordo, brandindo a perna de galinha. — Não é mesmo coisa de gente louca? Onde é que estamos?

O velhote concluiu:

— O que merecemos mesmo é um bom fim de mundo.

Atirou o toco de charuto pela janela, num gesto indignado.

O teuto-brasileiro declarou que pelas dúvidas ia dar tal jeito em seus negócios, que em maio estaria em casa com a família. "A gente nunca sabe...", explicou. O velhote de voz estrídula retrucou que o melhor era que cada um desde já começasse a arrepender-se de seus pecados, a orar e a fazer boas obras.

Rodrigo sorria, pensando na carta que sua madrinha Maria Valéria lhe escrevera em princípios daquele dezembro, e na qual lhe pedia viesse para casa o quanto antes, porque *dizem que vem aí um tal de cometa e que é o fim do mundo, eu não acredito muito nessas bobagens mas é sempre bom a gente estar de sobreaviso.* Como aquilo era típico de sua tia! — pensou Rodrigo. Não só dela mas de todas as mulheres do Rio Grande. Eram realistas, sabiam por experiência não só própria como também herdada que as coisas más sempre acontecem.

Rodrigo, entretanto, não acreditava naquelas histórias. Não passavam de superstições. Quantas vezes, no decorrer dos séculos, sábios, santos e profetas haviam predito o fim do mundo? No entanto a Terra ali estava, inteira, bela, tranquila e farta — refletiu ele, debruçado à janela do carro, a contemplar a paisagem nativa com olhos de namorado.

3

O fim do mundo? Não. Para ele era o princípio do mundo. Estava formado, era moço, tinha pai rico, amava sua casa, sua gente, sua terra: adorava a vida. Com a cabeça para fora do vagão e achando um sabor ríspido e quase heroico em receber na cara o bafo do forno da soalheira e a poeira da estrada, Rodrigo ficou a pensar nas grandes coisas que pretendia fazer. Não se conformaria com ser um simples médico da roça, desses que enriquecem na clínica e acabam criando uma barriguinha imbecil. Não. Estava decidido a não abandonar os livros, nem seu contato espiritual com a Europa. Reformaria o Sobrado, alegraria aquelas paredes austeras, pendurando nelas reproduções de quadros de pintores célebres; forraria o chão de belos tapetes fofos e espalharia pelas salas poltronas cômodas. E para não pensarem que não respeitava o passado e a tradição, conservaria os móveis antigos, o grande relógio de pêndulo da sala de jantar, o espelho de moldura dourada, o consolo de jacarandá, enfim as peças do mobiliário que, a seu arbítrio, parecessem dignas de continuar. Queria, em suma, dar melhor aspecto e trazer mais conforto àquela casa que ele tanto amava e da qual não pretendia jamais separar-se.

O marista terminava de comer a última banana. A cabeça de Maneco Vieira estava envolta na fumaça azulada que lhe saía do cigarrão de palha, e Rodrigo notou que o gaúcho de novo examinava com olho crítico suas botinas de cano de camurça.

Tornou a olhar para fora e, vendo os campos do município de Santa Fé, pensou nos primeiros paulistas que por ali haviam andado no século XVIII, à caça de índios e cavalos selvagens, e nos tropeiros que mais tarde vieram de Sorocaba a comprar mulas... Era quase certo que entre essa gente remota havia antepassados seus. Pensou nos muitos Terras e Cambarás que tinham cruzado aquelas mesmas coxilhas com suas tropas, suas carretas ou seus soldados, em andanças de paz ou de guerra. Rodrigo crescera ouvindo contar as proezas dum fabuloso bisavô, seu homônimo, uma espécie de espadachim aventureiro que amava a guerra, as mulheres, o violão e o baralho. Ninguém na família lhe sabia ao certo a origem, pois contava-se que, quando lhe perguntavam donde viera, o capitão respondia com um gesto largo: "De muitas guerras".

Rodrigo sempre tivera orgulho desse antepassado quixotesco. E, por aqueles campos que ele agora via da janela do trem em movimento, na certa passara um dia o cap. Rodrigo Cambará, montado no seu flete, de espada à cinta, violão a tiracolo, chapéu de aba quebrada sobre a fronte altiva. De certo modo ele simbolizava a tradição de hombridade do Rio Grande, uma tradição — achava Rodrigo — que as gerações novas deviam manter, embora dentro dum outro ambiente. Tinham-se acabado as guerras com os castelhanos. As fronteiras estavam definitivamente traçadas. Trilhos de estrada de ferro cortavam os campos, e ao longo dessas paralelas de aço, através de centenas de quilômetros, estavam plantados postes telegráficos. Em algumas cidades havia já telefones e até luz elétrica. Os inventos e descobrimentos da ciência, as máquinas que a inteligência e o engenho humano inventavam e construíam para melhorar e facilitar a vida, aos poucos iam entrando no Rio Grande e um dia chegariam também a Santa Fé. Agora naquele trem viajava um homem de vinte e quatro anos que trazia nas veias o sangue do cap. Rodrigo. Era o primeiro Cambará letrado na história da família, o primeiro a vestir um *smoking* e a ler e falar francês. Levava na mala um diploma de doutor (e agora uma imagem maravilhosa lhe ocorria) e podia, ou melhor, *devia* usar esse diploma como o cap. Cambará usara sua espada: na defesa dos fracos e dos oprimidos. O fato de o progresso ter entrado no Rio Grande não significava que o cavalheirismo e a coragem do gaúcho tivessem de morrer. Não! Seu penacho devia ser mantido bem alto, pensou Rodrigo num calafrio de entusiasmo. Sim, manter o penacho — podia resumir nessa simples frase todo um másculo programa de vida. O cap. Rodrigo nunca manchara o seu... Não só ele, mas milhares de outros homens naquele estado haviam morrido na defesa de seus penachos. Aqueles campos tinham sido teatro de duelos, revoluções e guerras. Aquela terra se havia empapado de muito sangue. Essas coisas — decidiu Rodrigo — não podiam de modo algum ficar esquecidas ou ignoradas. Tinham uma significação tremenda, eram uma lição permanente às gerações moças.

Vieram-lhe à mente os versos finais de *Cyrano de Bergerac*. Como ele vibrara ao ler pela primeira vez a cena da morte de Cyrano! Agora tornava a ver mentalmente o feio e grotesco herói de Rostand, a esgrimir no ar a espada e o imenso nariz contra inimigos imaginários, bradando:

Oui, vous m'arrachez tout, le laurier et la rose!
Arrachez! Il y a malgré vous quelque chose
Que j'emporte, et ce soir, quand j'entrerai chez Dieu,
Mon salut balaiera largement le seuil bleu,
Quelque chose que sans un pli, sans une tache,
J'emporte malgré vous, et c'est....

Roxana se inclina sobre Cyrano e beija-lhe a fronte, perguntando: *C'est?*...
E o herói, abrindo os olhos e reconhecendo a bem-amada, termina: *Mon panache.*
Mais forte que a sensação de náusea, fome e cansaço, Rodrigo sentiu novo

calafrio de entusiasmo. E ficou ouvindo as rodas do trem, que pareciam dizer cadenciadamente: mon-pa-na-che-mon-pa-na-che-mon-pa-na-che...

— Está sentindo alguma coisa, moço?

Era o vozeirão do tropeiro. Rodrigo abriu os olhos, meio alarmado, e fitou-os em Maneco Vieira:

— Oh! Não. Estou só meio cansado.

O gaúcho olhou para fora e disse:

— Estamos perto de Santa Fé. Já se enxerga o cemitério.

Rodrigo avistou em cima duma coxilha os muros brancos do cemitério, e seu pensamento levou-o de volta a uma noite terrível, à mais viva recordação de sua infância.

Capítulo II

1

Às dez horas daquela noite de dezembro de 1899 o Sobrado estava já silencioso, com suas gentes recolhidas, e todas as luzes apagadas. Todas? Não. Quem da praça olhasse para a fachada do casarão veria duas vidraças no andar superior tingidas duma luz alaranjada. Eram as janelas do quarto de Toríbio e Rodrigo. Sentados em suas camas, com as costas apoiadas nas cabeceiras de ferro, os dois meninos liam à luz dum lampião de querosene. O primeiro deles tinha nas mãos uma velha brochura — *O mistério da estalagem* —, seus olhos estavam fixos na página amarelada, a boca entreaberta, a testa franzida no esforço da atenção concentrada; a respiração forte escapava-lhe pelas narinas em silvos sincopados.

Rodrigo, que naquele instante chegara à última página de *As minas de prata*, atirou a brochura no chão, estendeu-se na cama e, puxando a barra do camisolão para cima do peito, ficou de pernas nuas e abertas a olhar para o teto. Inspirou com força, encheu os pulmões de ar, depois expirou lentamente pelo nariz, friccionando o baixo-ventre e achando gostoso o contato de seus dedos mornos e meio úmidos. Por alguns segundos as personagens do romance moveram-se e falaram em seus pensamentos: Estácio, Cristóvão, Inês... Depois, todos se sumiram e ficou apenas Inês. Rodrigo começou a despi-la devagarinho, e seus dedos já não mais friccionavam o próprio ventre: agora acariciavam os ombros nus de Inês, desciam-lhe pelas costas, pelas nádegas, pelas coxas... Um calor formigante começou a tomar-lhe conta do corpo.

— Tu me leva mesmo na casa da Noca? — perguntou ele.

Toríbio lançou-lhe um olhar casual e respondeu:

— Já disse que levo. Mas tira essa mão daí, porcalhão!

Rodrigo baixou a camisola, remexeu-se na cama e ficou deitado de borco, com os punhos cerrados apertados entre o colchão e o peito.

— Mas quando? — insistiu ele. Como falasse com a boca contra o travesseiro, sua voz saiu abafada. Agora ele beijava Inês, cuja pele era branca e lisa como uma fronha de linho.

— Qualquer dia...

— Mas que dia?

— Cale essa boca!

Bio já conhecia mulher, pitava cigarros de palha às escondidas, sabia e fazia tudo que um homem grande sabe e faz.

— Me leva amanhã...

Rodrigo babava o travesseiro, sentindo agora mais forte o surdo pulsar do coração. Toríbio, que continuava com a atenção concentrada na leitura, umedeceu na língua a ponta do indicador e virou uma página. A cena que lia era tão excitante — um duelo à beira dum precipício — que ele murmurava:

— A la fresca... la fresca...

Rodrigo ficou a escutar o ruído crepitante que vinha dum dos cantos do quarto. Decerto eram ratos roendo o rodapé: todas as noites, depois que a casa ficava em silêncio, eles vinham e começavam seu trabalho. Ele ouvira contar histórias terríveis sobre aqueles bichos. Um dia um homem estava dormindo e um rato subiu para a cama e começou a roer-lhe os pés...

Encolheu as pernas e apertou as mãos entre os joelhos. Houve então um prolongado silêncio naquele quarto de paredes nuas e caiadas, com um pesado guarda-roupa de cedro encostado à parede que dava para o corredor, e entre as duas camas de ferro, uma mesinha de cabeceira onde estava o lampião, de cuja manga subia uma fumaça escura e espessa.

Rodrigo cerrou os olhos e começou a contar nos dedos os dias que faltavam para o fim do ano. Dez! Lembrou-se das palavras do pai, naquele anoitecer, à hora do jantar: "Nem todas as pessoas podem se gabar de ter visto entrar um século novo. A bisavó de vocês, meninos, nasceu em princípios dos mil e oitocentos e quase chegou a ver a entrada dos mil e novecentos". Rodrigo só queria saber se no novo século as pessoas iam mudar, se a cara dos dias ia ser a mesma... Será que a gente nota alguma diferença no sol, no céu, no ar?

— Vai mudar alguma coisa quando entrar o século XX? — perguntou, abrindo os olhos.

Sem desviar a atenção do romance, o irmão resmungou:

— Vai.

— O quê?

— A folhinha.

— Besta!

Rodrigo sabia de muitas mudanças importantes em sua vida que o novo século ia trazer. Em março de 1900, ele e Toríbio seriam mandados para um internato em Porto Alegre, a fim de tirarem os preparatórios. Só de pensar nisso sentia um frio na barriga, um aperto no coração. Em 1900 ele ia conhecer mulher...

Toríbio fungava, coçando ferozmente a cabeça. Rodrigo olhava para a sombra do irmão projetada na parede e pensava na lanterna mágica que o pai lhe prometera como presente de Natal.

De repente ouviu-se um estalo, e a porta do quarto abriu-se bruscamente. Rodrigo sentou-se na cama, sobressaltado. Toríbio alçou vivamente os olhos. Emoldurada pela porta, com uma das mãos no trinco e a outra a segurar o castiçal com uma vela acesa, a figura de tia Maria Valéria se desenhou contra o fundo escuro do corredor.

— Alarifes! — exclamou ela. — Eu não disse pra apagarem a luz? Logo vi que iam desobedecer.

Rodrigo tornou a deitar-se, encolhido e humilde, puxando a colcha até o queixo e fechando os olhos, sem dizer palavra. Toríbio, porém, atirou a brochura com força contra a parede e apagou o lampião com um sopro, de mistura com muito cuspe e muito ódio.

Maria Valéria aproximou-se da cama do sobrinho e exclamou...

— Ainda por cima malcriado!

Apanhou o lampião de cima da mesinha e voltou-se para sair. Mas deteve-se, como quem se lembra de alguma coisa, pousou o lampião no chão, meteu a mão debaixo do colchão da cama de Toríbio e de lá tirou três tocos de vela.

— Eu bem que desconfiava... Tem mais?

Por um instante Toríbio ficou calado. Havia coberto a cabeça com a colcha e rilhava os dentes. A tia alteou a voz:

— Tem mais?

— Não — respondeu ele, de lábios apertados.

— Então durmam.

Tornou a apanhar o lampião e caminhou para a porta. Sua sombra recortava-se na parede e, como um enorme boneco de papel, dobrava-se ao meio e continuava horizontalmente no teto.

Mal a tia desapareceu, Toríbio vociferou sem tomar fôlego:

— Nojenta bruaca cadela!

— Não diz nome pra minha madrinha! — censurou-o Rodrigo.

— Digo e sustento.

— Tu tem boca suja.

Toríbio abriu as janelas de par em par: a noite entrou no quarto com seu tépido bafo perfumado de madressilvas e a mansa claridade duma lua em quarto crescente.

Toríbio atirou as pernas para fora da cama e ali ficou, no seu camisolão muito comprido, os cotovelos apoiados nas coxas e ambas as mãos a segurar o rosto. Rodrigo imitou-o.

— Sabe duma coisa? — disse Bio, depois de alguns segundos. — Vou arranjar uma vela.

— Mas onde?

— No cemitério.

Rodrigo engoliu em seco. Decerto não tinha ouvido direito...

— Onde?

— No cemitério. Está surdo?

Rodrigo não sabia que dizer. Finalmente arriscou:

— É brinquedo, não é?

— Não. É sério.

— Ué?

— Defunto não precisa de vela. Eu preciso, quero acabar de ler o meu romance.

Ergueu-se, tirou o camisolão e ficou completamente nu no meio do quarto. Tinha um torso musculoso e bíceps maciços. Rodrigo admirava o irmão, que às vezes o fazia pensar num touro xucro. Era difícil acompanhá-lo em suas aventuras. Bio era bruto — achava ele —, só gostava de brinquedos violentos. Vivia a provocar brigas, e o pior era que só procurava lutar com meninos mais velhos que ele. Um dia convidou um mulato de dezessete anos para "pular pra fora" e aplicou-lhe de saída um soco no queixo. O outro perdeu o equilíbrio e caiu, mas, quando Bio saltou para cima dele, o mulato o esperou de faca em punho e conseguiu feri-lo no braço. Mesmo assim Bio tirou a faca da mão do inimigo, jogou-a longe e ficou a esmurrar-lhe a boca, os olhos e a cabeça, até obrigá-lo a pedir perdão. Voltou depois para casa perdendo muito sangue, e o dr. Matias teve de dar-lhe seis pontos no talho. Bio aguentou o curativo sem soltar um ai.

Sentado na cama, Rodrigo contemplava o irmão sem compreender direito o que ele pretendia fazer. Toríbio calçou as alpercatas, enfiou as calças de riscado, vestiu a camisa e perguntou:

— Tu vai ou não vai comigo ao cemitério?

— Eu?

— Aaah! Tu é um galinha!

Rodrigo, que não suportava que o considerassem covarde, sentiu um formigueiro no corpo.

— Galinha é a tua mãe! — replicou ele automaticamente.

— Minha mãe é morta e merece missa — retrucou Bio. — A tua é viva e merece...

Calou-se antes de soltar o palavrão, lembrando-se decerto que eram ambos filhos da mesma mãe.

Deus te perdoe — pensou Rodrigo. E por alguns momentos teve na mente um quadro triste: o velório, lá embaixo, na sala grande — a chuva a bater nas vidraças, papai de preto, os olhos vermelhos, e, estendida no caixão feito pelo Pitombo Defunteiro, mamãe toda coberta de flores, um lenço branco sobre o rosto... E agora ela estava sepultada no jazigo da família, no cemitério; e era a esse cemitério que o maluco do Bio queria ir àquela hora da noite, para roubar velas. Mas não... decerto ele estava só brincando. Rodrigo tornou a deitar-se, conservando sempre as pernas para fora da cama.

— É bom tu não ir — disse o outro. — Não quero nenhum calça-frouxa pra me atrapalhar.

Rodrigo olhava para o teto.

— Não sou medroso — murmurou.

— Duvido.

— Te mostro.

— Então te veste e vamos.

Rodrigo não se moveu. Teve a impressão de que seu coração não estava dentro do peito: pulsava-lhe na garganta, quase a afogá-lo. O suor escorria-lhe pela testa e começava a empapar-lhe o camisolão. Quando falou, foi num tom de voz cauteloso.

— Por que não vamos amanhã de manhã?

— Não tem graça. De dia qualquer maricão vai.

— Mas o cemitério é tão longe...

— Vamos no petiço.

— Mas como é que a gente vai sair daqui?

— Pela porta dos fundos.

— E se o papai nos ouve?

— Não ouve.

— A madrinha ainda está acordada...

— Nós nos esgueiramos.

Esgueiramos era uma palavra de romance.

Rodrigo soergueu-se e ficou por um instante meio entontecido, sem saber que fazer. Por fim começou a tirar o camisolão com certa relutância.

— E se tu comprasse as velas amanhã na loja do seu Veiga? Tenho um patacão guardado no cofre.

Bio aproximou-se do irmão, segurou-lhe o braço com força e disse:

— Ninguém me faz desistir. Foi uma aposta que fiz.

— Aposta? Com quem?

— Com o diabo.

— Hein?

Toríbio riu baixinho.

— Não seja bobo. Li isso num livro. Um homem apostou com o diabo como era capaz de ir ao cemitério à meia-noite.

— A troco de quê?

— Se ele fosse e não sentisse medo, o diabo fazia ele achar um panelão cheio de moedas de ouro.

— E se tivesse medo?

— O diabo ficava com a alma dele.

Rodrigo agora estava de pé, nu, o camisolão caído a seus pés.

— Vamos ou não vamos?

— Se eu for, que é que eu ganho?

— Te levo na Noca amanhã.

— Amanhã? Palavra de honra?

— Palavra de honra.

2

Rodrigo vestiu-se com uma rapidez nervosa. Depois de enfiar as calças, pôs a mão no ombro e disse:

— Tu vai ver como eu também sou homem.

O coração começou a bater-lhe com mais força quando abriram a porta do quarto e passaram para o corredor, pé ante pé.

— A escada guincha — ciciou Bio. — O melhor é a gente descer pelo corrimão.

Montou no corrimão e deslizou maciamente para baixo, sem ruído. Rodrigo fez o mesmo. No vestíbulo deram-se as mãos e ficaram um instante procurando orientar-se na escuridão. A luz do luar, coada pelas bandeirolas das janelas, mostrou-lhes o caminho. Atravessaram a sala lentamente (com o rabo dos olhos, Rodrigo viu vultos moverem-se dentro do espelho grande) e por fim chegaram à cozinha. Bio retirou a tranca, deu volta à chave e abriu a porta devagarinho. Saíram. A quietude da noite estava picada pelo trilar dos grilos, e as árvores do quintal, imóveis ao luar, pareciam pessoas à espreita. Da padaria vizinha vinha um cheiro bom de pão quente.

Atravessaram o quintal, esgueirando-se por entre as sombras, foram até a estrebaria e Toríbio tirou para fora o petiço.

— Temos de ir em pelo — disse. — Vai abrir o portão.

Trêmulo de comoção, Rodrigo obedeceu. Bio montou no animal, segurou-lhe as crinas com ambas as mãos e fincou-lhe os calcanhares nos flancos. O petiço atravessou o portão e Toríbio fê-lo estacar junto do meio-fio da calçada. Rodrigo tornou a fechar o portão. O outro estendeu-lhe a mão:

— Vamos. Upa!

Rodrigo subiu para a garupa, enlaçando o irmão com os braços.

— Vamos, zainito! — murmurou Bio.

O petiço começou a trotar, levantando poeira do chão. Os lampiões iluminavam mortiçamente as ruas desertas. O luar refletia-se nas vidraças das casas adormecidas.

Rodrigo estava já arrependido da aventura. Aquilo tudo ia terminar mas era numa grande sova de vara de marmelo. O Bio era bem louco!

Desceram na direção do Riacho, atravessaram a ponte de madeira e entraram no Barro Preto. Toríbio fez o animal estugar o passo. Aquela era uma zona perigosa onde quase todas as noites havia tiroteios e badernas. A luz da lua clareava as ruas esburacadas e irregulares, e duma casa de tábua, por baixo de cuja porta se via um risco de luz, vinham sons de gaita, vozes e risadas de homens e mulheres.

— Tu me leva mesmo amanhã na Noca? — perguntou Rodrigo já um pouco sem entusiasmo.

— Já disse que levo.

Toríbio começou a assobiar baixinho uma toada campeira. Vinha do Riacho um cheiro morno de barro. Começaram a subir a encosta duma coxilha, já em pleno campo.

A solidão era assustadora. Depois de alguns minutos de marcha, avistaram o cemitério, no topo da próxima coxilha, e Rodrigo sentiu um aperto no peito, a garganta ardida, a saliva grossa e gosmenta, as pernas frouxas e um frio tremor nas mãos. O petiço, porém, trotava sempre, subindo a encosta, e o cemitério ia ficando cada vez mais perto...

Quando chegaram a uns vinte metros, Toríbio fez o cavalo parar e apeou. Rodrigo deixou-se escorregar tremulamente pelos flancos do animal e, quando suas pernas tocaram o solo, teve a impressão de que elas não iam aguentar o peso do corpo. Ficou a olhar para o cemitério, num fascínio cheio de horror. Toríbio tomou-lhe da mão e puxou-o, aproximando-se do grande portão de ferro, em cujo frontão se via uma caveira por cima de dois fêmures cruzados. Toríbio levou a mão à aldraba e Rodrigo teve uma súbita e doida esperança: se o portão estivesse fechado, eles teriam que voltar para casa, pois era impossível galgar aqueles muros tão altos. O portão, porém, se foi abrindo devagarinho, com um guincho.

3

Toríbio puxou-o pela mão e ele se deixou arrastar. Seus pensamentos estavam confusos, e já começava a achar que tudo aquilo não passava dum sonho. Tinha a impressão de que suas pernas eram de papel. O coração batucava-lhe no peito, o sangue soqueava-lhe os ouvidos e um pavor gelado começou a passear-lhe por todo o corpo. A boca ressequida, encolhido e trêmulo, ele seguia o irmão. Não tinha coragem de olhar para os lados nem de pensar no que pudesse estar acontecendo às suas costas. O que via pela frente eram as sepulturas caiadas que tinham ao luar esse branco sujo das ossadas. E as sombras dessas sepulturas lembravam o negror de covas abertas à espera de cadáveres. O chão do cemitério era fofo como as carnes dum defunto que começa a apodrecer.

Toríbio caminhava em silêncio por entre túmulos, jazigos e cruzes, e Rodrigo sentia um arrepio cada vez que lhe parecia estar pisando a terra duma sepultura rasa. Deus me perdoe — murmurava ele mal mexendo com os lábios. — Deus me perdoe, Nossa Senhora da Conceição me ajude, não tenho culpa, Deus me perdoe, foi ideia do Bio.

Toríbio fez alto, largou a mão do outro, acocorou-se junto dum túmulo e começou a apanhar tocos de velas e a metê-los nos bolsos. Sem o apoio do irmão, Rodrigo sentiu-se ainda mais desamparado. Fechou os olhos, quis dizer: "Bio, isso é pecado. Vamos embora", mas a mão fria do medo tapou-lhe a boca e começou a apertar-lhe as tripas com tanta força que, de súbito, num tremor e num desfalecimento, Rodrigo sentiu que suas entranhas se esvaziavam, e que pelas coxas e pernas lhe escorria uma coisa visguenta e quente. Sentiu que outra vez o irmão lhe tomava da mão e fazia-o andar. Deixou-se levar, numa sensação de medo agora misturada com uma vaga vergonha. Ao pé duma sepultura de alvenaria, encimada por um Cristo de pedra, ardiam três velas. Bio ajoelhou-se como se fosse fazer uma oração, soprou as chamas e guardou as velas no bolso.

Rodrigo teve a impressão de que o braço dum esqueleto ia pousar-lhe no ombro. Remota, a voz da mulata Laurinda soou-lhe na memória. Uma vez um homem apostou com outro como era capaz de entrar sozinho no cemitério à meia-noite. Era uma noite fria de inverno e ele ia de poncho. Caminhava pisando nas sepulturas, quando de repente sentiu que alguém lhe puxava o poncho. O homem, que sofria do coração, caiu morto de susto. Foi um defunto que puxou a capa dele, Laurinda? Não. Foi o poncho que se enroscou numa cruz.

Rodrigo teve a repentina esperança de que tudo aquilo fosse um sonho. Muitas vezes, quando sonhava, dizia a si mesmo: "Sei que estou dormindo e daqui a pouco vou acordar". Sim, aquilo só podia ser um pesadelo.

Toríbio estava agora empenhado em tirar os pequenos tocos de velas apagadas que cercavam uma sepultura rasa. O cheiro de sebo queimado entrava pelas narinas de Rodrigo, que começou a sentir náusea. Era um cheiro de velório. Lembrou-se do velório de sua avó Bibiana e das grandes velas cujo reflexo no espelho grande da sala ele ficara por muito tempo a observar com um interesse fascinado. Ocorreu-lhe, num susto, que o corpo da velha ali estava, não muito longe dele, no mausoléu da família Cambará. Encolheu-se todo, temendo ouvir a voz da bisavó: "Seus alarifes! Voltem já pra casa. Então isso é coisa que se faça? No cemitério a esta hora!". Sim, vovó Bibiana estava ali pertinho, naquela casa de pedra. Podia até aparecer à porta e gritar: "Entrem, meninos. Venham fazer uma visita pra gente. A mãe de vocês também está aqui. Olhe, Alice, as crianças vieram nos visitar. Entrem".

Imaginou a avó a aproximar-se deles com uma lata nas mãos: "Sirvam-se destas rapadurinhas de leite. São muito boas, feitas de velas de sebo, de sebo de defunto. Foi sua bisavó que fez". Rodrigo teve uma ânsia de vômito e começou a bater queixo.

— Vamos, galinha! Estás todo borrado — murmurou Toríbio, que tinha os bolsos gordos de velas.

Rodrigo queria pedir ao irmão que falasse baixo, para que a mãe e a avó não lhe ouvissem a voz. Toríbio franziu o nariz, cuspiu no chão, com nojo, e ordenou:

— Abre os olhos, medroso!

Rodrigo obedeceu. Viu à luz da lua uma floresta de cruzes, o branquejar dos muros lá no fundo e, por cima de tudo, o céu carregado de estrelas.

— Eu não te disse? — tornou Bio. — Não existe alma do outro mundo. Quem morre se acaba.

Naquele instante ouviram um ruído fofo e claro, como o de uma pá entrando na terra. Rodrigo segurou com força a manga da camisa do irmão. Toríbio ficou à escuta...

— Te agacha! — sussurrou ele, ao mesmo tempo que se punha de cócoras.

73

Rodrigo obedeceu, mas suas pernas estavam tão fracas, que ele caiu sentado como um peso morto.

— Fica aqui que eu já volto...

Engatinhou até uma sepultura alta e, erguendo-se devagarinho com toda a cautela, por trás dum anjo de mármore, espiou... Começou depois a acenar para Rodrigo, convidando-o freneticamente a aproximar-se. Rodrigo levou algum tempo para entender os sinais do irmão, e mais tempo ainda para vencer, de gatinhas, o espaço que o separava dele.

— Te levanta e olha — ciciou Toríbio.

Rodrigo, porém, não teve ânimo para tanto; deixou-se ficar sentado, apoiado nos costados da sepultura, a olhar estupidamente para o vaga-lume que havia pousado na folha duma árvore e que lucilava na sombra como a pupila dum gato. Toríbio tomou o irmão de ambos os braços e ergueu-o. Rodrigo não teve outro remédio senão olhar...

— Ali perto da capela...

Rodrigo avistou o vulto dum homem inclinado a cavar o chão. Não compreendeu nada. O irmão explicou:

— Sabes que é que ele está fazendo? Está desenterrando um defunto.

Vinha até eles agora o ruído macio da terra a cair no chão e os gemidos que o desconhecido soltava cada vez que erguia a pá.

— Pra quê? — balbuciou Rodrigo.

— É a sepultura da velha Antônia Schultz... — explicou Toríbio. — Foi enterrada ant'ontem.

Tinha sido uma morte muito comentada na cidade. Dizia-se que Antônia Schultz, alemã rica, avarenta e solitária, fora enterrada com todas as suas joias.

— É um violador de sepulturas — explicou Bio, com a sua experiência de ledor de romances.

Rodrigo conseguiu ciciar:

— Quem será?

— Não sei. Vamos ver.

Ficaram por algum tempo a espiar... Rodrigo, que apoiara a cabeça contra os pés do anjo, sentia no rosto o contato fresco do mármore.

Num dado momento, quando a sepultura parecia estar já aberta, o desconhecido acendeu uma lanterna e ergueu-a à altura do próprio rosto. Naquele instante Rodrigo viu uma cara barbuda e lívida e julgou reconhecer o carpinteiro Pitombo.

— Vamos embora — disse Toríbio. — Se ele nos descobre é capaz de nos matar.

Puxou o irmão pelo braço e saiu quase a correr, rumo do portão. Daquele minuto em diante, as lembranças de Rodrigo se confundiam. Nunca ficou sabendo ao certo como conseguira sair do cemitério, saltar outra vez para o lombo do petiço, atravessar os três quilômetros que os separavam do Sobrado, entrar em casa, subir a escada e de novo meter-se na cama.

Mas duma coisa ele se lembrava vivamente. Era de que, já no quarto, à luz duma das velas roubadas às sepulturas, Toríbio se inclinara sobre a cama e lhe impusera um juramento:

— Jura que, aconteça o que acontecer, nunca contarás a ninguém o que se passou esta noite?

— Juro — balbuciou Rodrigo, com a cabeça a estalar de dor, o rosto escaldante.

— Pela alma da tua mãe?

— Juro.

— Pela vida do teu pai?

— Juro.

— Por Deus Nosso Senhor?

— Por Deus Nosso Senhor.

— Então beija aqui.

Tirou da parede um velho crucifixo que pertencera à velha Bibiana. Rodrigo beijou tremulamente o Cristo sem nariz.

4

Toríbio voltou para a cama. Rodrigo nunca ficou sabendo se dormira ou não naquela noite terrível. Passara horas a bater dentes, com tremores de frio e dores no estômago. Em certos momentos sentia-se como que paralisado: estava metido num caixão, fechado num mausoléu, a morrer asfixiado. Noutros, andava por entre covas abertas, chupando ossos de defunto e, sem saber como, de repente se via num descampado a fugir dum homem de poncho, que morrera de susto, e ao mesmo tempo era o Pitombo Defunteiro, que corria e gritava: "Tenho um caixãozinho pra ti, bem bonitinho, todo branquinho, de rapadurinha de leite, que a vovózinha te mandou".

No outro dia, vendo o estado do sobrinho, Maria Valéria mandou chamar o dr. Matias, que veio com sua maleta de couro negro, sua barbicha rala e seu cheiro de iodofórmio. Tomou o pulso de Rodrigo, examinou-lhe a língua, apalpou-lhe o abdômen e receitou-lhe um purgante de sal amargo.

— É uma indigestãozinha — disse ele, com sua voz esquisita, que Rodrigo sempre associava à ideia de queijo bichado.

— Foi a melancia que esse menino comeu ontem — sentenciou Maria Valéria. — Decerto misturou com leite.

Rodrigo ficou dois dias de cama. Bio mostrou-lhe o semanário de Santa Fé, que trazia na primeira página a notícia da violação da sepultura de Antônia Schultz. Os cabeçalhos eram tremendos. *Sacrilégio! Vandalismo! Profanação! Violada uma Sepultura no Campo-Santo Local!*

Rodrigo leu a notícia com o coração aos pulos, como se ele e Bio tivessem sido os profanadores. Noticiava o jornal que a polícia ia abrir "rigoroso inquérito", e que o vigário na missa do domingo próximo faria um sermão especial "alusivo ao nefando acontecimento". Toríbio contou que não se falava noutra coisa em toda a cidade.

— E agora? — perguntou-lhe Rodrigo, alarmado.

— Agora? Cospe na mão e bota fora — respondeu o outro, soltando uma risada.

Rodrigo revolveu-se na cama e ficou com as costas voltadas para o irmão. E na parede branca viu de novo as sepulturas e mausoléus ao luar. Tornou a sentir o horror daquela noite.

E quando, dias depois, à hora do jantar, o pai se referiu ao acontecimento — "Que barbaridade! Neste mundo há gente pra tudo!" —, Rodrigo baixou os olhos para o prato, embaraçado, e não ousou sequer encarar o pai. Dali por diante nunca mais tocaram no assunto. Rodrigo guardou seu segredo, e nem ao irmão contou que havia reconhecido no violador de sepulturas o carpinteiro Pitombo.

Passaram-se os dias, veio a véspera do Natal, Rodrigo ganhou sua lanterna mágica, armaram um presépio na sala grande do Sobrado, e nessa noite os dois rapazes tiveram licença de ir mais tarde para a cama.

Quando os viu deitados, Maria Valéria, parada no meio do quarto, de vela acesa na mão, olhou em torno para ver se estava tudo em ordem.

— Agora durmam.

Depois que ela deixou o quarto e fechou a porta, Bio tirou um toco de vela debaixo do colchão, acendeu-o e começou a ler seu romance. Fez isso naquela e nas muitas outras noites seguintes. E quando, já tarde, Rodrigo acordava, olhava para a cama do irmão e via-o sentado, com as costas apoiadas no travesseiro, os olhos fitos na brochura, choramingava:

— Apaga essa luz, Bio.

— Cala a boca — respondia o irmão sem tirar os olhos do livro. — Fecha os olhos e dorme. Olha que os defuntos estão chegando pra buscar as velas...

E foi assim que Toríbio entrou no século XX: lendo seu romance à luz dum coto de vela roubado ao cemitério.

Capítulo III

1

Era pela frente desse mesmo cemitério que agora passava apitando o trem que naquela tarde de dezembro de 1909 trazia de volta a Santa Fé o dr. Rodrigo Terra Cambará. Com a cabeça para fora da janela, o rapaz olhava intensamente para aqueles velhos paredões, imaginando, entre emocionado e levemente divertido, que os mortos, toda vez que ouviam o apito da locomotiva, corriam a espiar o trem por cima dos muros do cemitério. Por um instante ficou distraído a imaginar que estava vendo naquela fileira de cabeças os semblantes de sua mãe, do cap. Rodrigo, da velha Bibiana e de muitos outros parentes e amigos mortos. Sorriam todos, acenavam para ele, e era-lhe agradável imaginar que lhe gritavam: "Bem-vindo sejas, Rodrigo! Temos esperanças em ti!". E entre aqueles mortos, cujas cabeças assomavam por cima do muro, via-se um que não sorria apenas com a boca, mas também, e arreganhadamente, com a garganta. Era o Tito Chaves, moço que, havia anos, Rodrigo vira estendido sem vida no barro da rua, à frente do Sobrado, o pescoço rasgado por um talho de faca que ia de orelha a orelha, o peito ensanguentado, os olhos abertos e vidrados. Toda a gente na cidade murmurava que fora o cel. Aristiliano Trindade quem o mandara matar por questões de política: mas ninguém tinha coragem de dizer isso em voz alta. E agora, nos pensamentos de Rodrigo, lá estava Tito Chaves encarapitado no muro do cemitério, a bradar: "Vai e me vinga, Rodrigo. Vai e me vinga! És moço, és culto, tens coragem e ideais! Vai e me vinga! Em Santa Fé todo o mundo tem medo do coronel Trindade. Não há mais justiça. Não há mais liberdade. Vai e me vinga!".

O trem ainda apitava tremulamente, como se estivesse chorando. Mas quem chorava de verdade era Rodrigo. As lágrimas lhe escorriam pelo rosto lustroso, a que a poeira dava uma cor de tijolo.

Maneco Vieira tocou-lhe o braço.

— Que foi que houve, moço? — perguntou ele, com um jeito agressivamente protetor.

Rodrigo levou o lenço aos olhos, murmurando:

— Esta maldita poeira...

No vagão agora os passageiros começavam a arrumar suas coisas, erguiam-se, despiam os guarda-pós, baixavam as malas dos gabaritos, numa alegria alvoroçada de fim de viagem. Rodrigo foi até o lavatório, tirou o chapéu, postou-se diante do espelho, lavou o rosto, enxugou-o com o lenço e por fim penteou-se com muito esmero. Observou, contrariado, que tinha os olhos injetados, o que lhe dava — achava ele — um ar de bêbedo ou libertino. Isso lhe era desagradável, pois não queria logo de chegada causar má impressão aos que o esperavam na estação. Piscou muitas vezes, revirou os olhos, umedeceu o lenço, tornou a passá-lo pelo rosto, pôs a língua para fora e quedou-se por algum tempo a examiná-la. Ajeitou a gravata, tornou a botar o chapéu, recuou um passo, lançou um olhar demorado para o espelho e voltou para seu lugar. O marista, que estava tranquilamente sentado com uma valisa sobre os joelhos, sorriu-lhe, dizendo:

— Enfim chegamos, com a graça de Deus.

— De Deus e do maquinista — completou Maneco Vieira.

O trem diminuiu a marcha ao entrar nos subúrbios de Santa Fé. Sentado de novo junto da janela, Rodrigo olhava para os casebres miseráveis do Purgatório e para suas tortuosas ruas esbarrocadas de terra vermelha. E aqueles ranchos de madeira apodrecida, cobertos de palha ou capim; aquela mistura desordenada e sórdida de molambos, panelas, gaiolas, gamelas, latas, lixo; aquela confusão de cercas de taquara, becos, barrancos e quintais bravios — lembraram-lhe uma fotografia do reduto de Canudos que ele vira estampada numa revista. À frente de algumas das choupanas viam-se mulheres — chinocas, brancas, pretas, mulatas, cafuzas — a acenar para o trem; muitas delas tinham um filho pequeno nos braços e outro no ventre. Crianças seminuas e sujas, com enormes barrigas de opilados, brincavam na terra no meio de galinhas, cachorros e ossos de rês. Lá embaixo, no fundo dum barranco, corria o riacho, a cuja beira uma cabocla batia roupa numa tábua, com o vestido escarlate arregaçado acima dos joelhos. Em todas as caras que Rodrigo vislumbrava, havia algo de terroso e cadavérico, uma lividez encardida que a luz meridiana tornava ainda mais acentuada.

— Quanta miséria! — murmurou o marista, que também olhava para fora.

— Quanta miséria — repetiu Rodrigo, sem atentar bem no que dizia.

Sempre que em Porto Alegre pensava em Santa Fé e em seus subúrbios miseráveis, prometia a si mesmo tornar-se médico dos pobres, fazer em sua terra a caridade numa proporção até então nunca vista. Enchia-se dos mais nobres propósitos. Faria visitas constantes às populações do Barro Preto, do Purgatório e da Sibéria; levaria àquela gente infeliz medicamentos de boca e dinheiro, além de palavras de conforto.

Agora, porém, frente a frente com a miséria que tanto o comovia quando apenas lembrada, ele esquecia os planos para sentir apenas o que o Purgatório oferecia como quadro. Aquelas gentes molambentas, maceradas e raquíticas, vistas da janela dum trem em movimento, não o comoviam simplesmente porque pareciam fazer parte duma pintura: não eram de carne e osso, mas de tinta. E havia entre o céu e a terra tamanho contraste, que o firmamento parecia ter sido pintado a aquarela por um artista lírico e a terra, a têmpera e sangue por um pintor trágico. Fosse como fosse, aquelas cores vivas — azul, vermelho, verde e ouro — eram uma festa para os olhos de Rodrigo, e aquela paisagem evocava-lhe episódios da infância e da adolescência. Quantas vezes ele e o irmão tinham andado naquele riacho, com água pelas canelas, a pescar lambaris! Quantas vezes haviam descido ao fundo daqueles barrancos — crateras de pavorosos vulcões — ou entrado naqueles quintais — selvas africanas — para roubar laranjas ou pêssegos?

Rodrigo viu abrir-se-lhe diante dos olhos uma larga perspectiva de rua, a subir uma coxilha em cujo topo, no meio e acima dum maciço de verdura, se erguiam as duas torres da Matriz. Num alvoroço entreviu, a pequena distância das torres, a água-furtada branca e o telhado pardo do Sobrado. E subitamente lhe veio um medo absurdo de chegar. Se tivesse acontecido algo de mau a algum membro da família? Se alguém estivesse doente? Se alguém tivesse morrido? Se... Mas não podia ser. Lembrava-se de que, havia pouco, Liroca lhe dissera que tudo estava bem... e que o esperavam com banda de música! Não. Esse pormenor devia ter sido invenção do velho. Seu pai não era homem que gostasse daquelas exibições...

Dentro de alguns minutos o trem parou junto da plataforma da estação. Rodrigo apertou a mão do marista e do tropeiro, aproximou-se do banco onde estava a velhinha, despediu-se dela apressadamente e, apanhando sua valisa, caminhou para a porta do vagão, de onde ficou a procurar sua gente. Uma voz querida:

— Seu filho da mãe!

— Bio!

2

Rodrigo saltou do carro, caiu nos braços do irmão e ficaram os dois enlaçados num abraço apertado, dizendo-se coisas sem muito nexo, movendo-se dum lado para outro, como numa estranha dança. Ouviu-se o estrondo do bombo e a banda de música rompeu num dobrado. As notas vibrantes, em que sobressaíam as vozes dilacerantes dos instrumentos de metal, engolfaram alegremente a plataforma. E quando os braços de Toríbio o largaram, Rodrigo se viu frente a frente com o pai. Vieram-lhe lágrimas aos olhos. O velho estava sério, calado e também comovido. Rodrigo tomou-lhe da mão e beijou-a. Licurgo abraçou-o com gravidade, e ambos ficaram a mirar-se por algum tempo, mudos. Alguém puxou Rodrigo pela manga do casaco, fazendo-o voltar-se, e em seguida apertou-o num amplexo caloroso, exclamando:

— Mas como vais, bichão?

— Ó Neco, mas como...

Não pôde terminar a frase, pois lhe deram uma forte palmada nas costas e em seguida duas mãos possantes lhe agarraram os ombros, arrebatando-o dos braços de Neco Rosa. Rodrigo voltou-se e deu com a figura imponente de Chiru Mena, de carão apopléctico e suado.

— Seu ingrato, não conhece mais os pobres, hein?

Chiru apertou-o contra o peito com tamanha força, que Rodrigo, mais baixo e franzino que o amigo, teve a respiração momentaneamente cortada. Sentiu contra o rosto o rosto quente e úmido do outro, e teve a impressão de que ia ser beijado. E quando Chiru o largou, depois daquele corpo a corpo frenético, ele andou, estonteado, pelos braços duma sucessão de amigos e parentes. A todas essas o dobrado continuava, brilhante, explosivo, ensurdecedor, como que a aumentar o calor e a febril confusão do momento. Por todos os lados Rodrigo via caras risonhas e amigas. Algumas pessoas acenavam-lhe de longe, tímidas.

— Vamos saindo — disse Bio, puxando o irmão pelo braço e abrindo caminho por entre a multidão a golpes de ombro e cotovelo. — Venha, papai.

Licurgo acompanhou-os, cofiando os bigodes e pigarreando repetidamente. Pessoas abraçavam-no, davam-lhe os parabéns pela chegada do filho. Ele agradecia, bisonho e constrangido, como se aquelas atenções e cordialidades, longe de satisfazê-lo, o deixassem contrariado.

Chegaram finalmente à porta da estação, que dava para um pequeno largo.

— Me dê o conhecimento da bagagem — pediu Toríbio.

E ali sob o sol, no meio duma roda de amigos, Licurgo fez uma apresentação:

— Meu filho, quero le apresentar o coronel Jairo Bittencourt, comandante do Regimento de Infantaria.

O homem alto e ruivo, de vastos bigodes, e metido num uniforme cáqui, primeiro fez uma continência e depois estendeu para Rodrigo a mão sardenta em que flamejava uma penugem fulva.

— Muita honra, doutor — disse ele. — Sou amigo de seu pai e espero sinceramente ser seu amigo.

Tinha uns olhos sem malícia, dum cinza azulado. E, quando Rodrigo, que sentia o suor escorrer-lhe desagradavelmente pelo rosto e encharcar-lhe a camisa, quis dizer alguma coisa amável, o coronel tornou a inclinar-se, murmurando:

— Não quero interrompê-los. Havemos de nos ver mais tarde, pois não.

Falava com esses chiados, como um carioca, mas os cabelos ruivos, a pele branca e manchada de sardas, o rosto sanguíneo e o aprumo davam-lhe o aspecto dum oficial prussiano.

O carro de Licurgo achava-se parado ao pé dos degraus. O Bento saltou da boleia, e de cara risonha veio abraçar Rodrigo.

— Então, Bento, sempre firme?

— Como tronco de guajuvira — respondeu o caboclo.

Licurgo tomou o braço do filho e impeliu-o na direção do carro:

— Vamos.

Instalaram-se no banco traseiro. Toríbio sentou-se no dianteiro, esclarecendo:

— O Quincas leva depois as malas na carroça.

Bento subiu para a boleia e, a uma ordem de Licurgo, pôs o carro em movimento. E houve entre os três Cambarás um silêncio quase embaraçoso. Rodrigo queria dizer alguma coisa, mas sentia que as palavras se lhe trancavam na garganta. Toríbio examinava-o da cabeça aos pés, com uma expressão entre terna e irônica. E, como se não encontrasse nada mais a dizer, limitava-se a murmurar: "Sim senhor, hein? Sim senhor". Licurgo então falou. Sem olhar para o recém-chegado, brincando com a libra esterlina que lhe pendia da corrente do relógio, explicou:

— Essa história de banda de música na estação foi ideia do coronel Jairo. Eu não queria. O senhor sabe que não sou homem dessas coisas...

— Eu sei, papai, eu sei.

— O coronel Jairo é uma boa-praça — interveio Toríbio — e tem loucura pelo papai.

— É um homem de bem — concordou Licurgo, acrescentando: — Pena ser militar.

Rodrigo sorriu. O velho continuava a detestar a farda.

Na rua do Comércio as patas dos cavalos soaram alegremente nas pedras irregulares do calçamento. Mas a marcha do carro, macia enquanto ele rodava sobre terra batida, começava agora a ser uma sucessão de solavancos.

— Este calçamento está que é uma miséria — queixou-se Licurgo. — Também, o intendente não faz nada por Santa Fé. Só cuida de política.

Depois da morte de Júlio de Castilhos, Licurgo afastara-se do partido, por não concordar com a orientação do dr. Borges de Medeiros no que dizia respeito à política dos municípios.

Rodrigo animou-se:

— Precisamos fazer alguma coisa, papai. A situação não pode continuar assim. O coronel Trindade entende que é proprietário de Santa Fé. Isso não está direito.

Licurgo nada disse, limitou-se a olhar o bico das botinas de elástico. Toríbio lançou para o irmão um olhar pícaro:

— Mas que é que vais fazer, rapaz?

— Atacar a situação.

— Como?

— Pelo jornal.

— Que jornal? O pasquim da terra está a soldo da situação.

— Pois então fundaremos o nosso jornal. É a solução, o senhor não acha?

Licurgo cofiava o bigode, calado e enigmático. E, como ele nada dissesse, Rodrigo julgou que reprovasse a ideia. Ao cabo de alguns instantes o Velho murmurou:

— Vamos ver isso depois.

Rodrigo olhava as casas da rua do Comércio, a muitas de cujas janelas assomavam pessoas conhecidas, que abanavam para ele. Ele retribuía os acenos, sorrindo.

— Olha quem está ali — murmurou Toríbio, piscando o olho.

Debruçada à janela duma vasta casa pintada de amarelo, com grandes esferas de cimento sobre a platibanda, estava a Mariquinhas Matos, com seu longo pescoço protegido por uma golinha de renda, os olhos muito grandes e negros no rosto trigueiro de nariz fino, a boca de botão de rosa sempre fixa no seu calculado meio sorriso. Havia dois anos, numas férias, Rodrigo escrevera para o semanário local uma crônica sobre as moças de Santa Fé na qual se referia "à encantadora Mariquinhas Matos, com seu enigmático sorriso de Gioconda". Desde então todos passaram a chamar-lhe "Gioconda" e a moça não só começou a portar-se de modo a fazer jus à legenda como também, ao que parecia, convencera-se de que as palavras do cronista encerravam uma velada declaração de amor.

Rodrigo cumprimentou-a amavelmente. A moça armou seu melhor sorriso de Mona Lisa e inclinou também a cabeça.

— Aposto cem mil-réis como ela estava esperando pra te ver passar.

Licurgo franziu o cenho para o filho, numa repreensão muda.

— Qual! — fez Rodrigo. — Só tenho uma moça que me ama e me espera. Chama-se Maria Valéria e mora no Sobrado.

Bento puxou as rédeas e fez a parelha estacar. Uma cara apareceu junto à porta do carro.

— Olha o Cuca! — exclamou Rodrigo.

— Bichão velho! — bradou Cuca Lopes, trepando no estribo e envolvendo Rodrigo nos braços. — Tu me desculpa, bichão. Me disseram que o trem estava atrasado. Por isso não cheguei a tempo. Ia indo agora pra estação. Mas que tal? Formado, hein, maganão? Doutor! Mas como vai essa força? Sim senhor!

— Estás muito bem, Cuca, estás um colosso.

— Vamos embora, meu filho — disse Licurgo. — Sua madrinha está le esperando.

— Depois apareço no Sobrado — prometeu Cuca, dando uma palmada no braço de Rodrigo e saltando de novo para o chão. — Me desculpa. Me deram informação errada na estação. — Gesticulava, azafamado e vermelho. — Esses belgas da *Auxiliaire*! Não se pode ir atrás dessa gente. Até logo, Rodrigo. Até logo, coronel. Até logo, Bio.

— Toca, Bento! — ordenou Licurgo.

O carro continuou a andar e dentro de pouco entrou na praça da Matriz. Ao avistar a figueira, Rodrigo não pôde conter uma exclamação:

— Olha ela! Olha ela!

Envergonhou-se, porém, desse arroubo juvenil. Olhou para a fachada da igreja, triste, severa e coberta de pátina, mas a grande comoção lhe veio, assoberbante, quando avistou o Sobrado. Foi a custo que reprimiu as lágrimas. Era-

-lhe embaraçoso ver no banco à sua frente os olhos escrutadores e moleques de Toríbio, que parecia comprazer-se em observar suas emoções. Teve uma vontade cordial de dar-lhe um pontapé nas canelas.

O carro parou diante do Sobrado. Bento saltou da boleia e apanhou a valisa. Licurgo foi o primeiro a descer. Ao pisar a calçada, Rodrigo teve um movimento de hesitação em que desejou não entrar ainda, para antegozar por mais tempo os momentos que estavam para vir. As portas do casarão achavam-se escancaradas. Parado no portal, Licurgo dizia:

— Entre, meu filho.

A voz do pai parecia ter abrandado um pouco. Rodrigo entrou e sentiu-se imediatamente envolvido por uma atmosfera fresca e acolhedora, impregnada de sons e odores evocativamente familiares. Ergueu os olhos e viu lá em cima no vestíbulo, ao pé do último degrau, o vulto da tia. Precipitou-se escada acima e caiu nos braços de Maria Valéria, beijando-lhe as faces, a testa, as mãos, enquanto ela lhe retribuía esses carinhos apenas com seus beijos secos e rápidos.

— Então não está contente com a minha chegada, Dinda? — perguntou ele, quando sentiu que podia falar sem o perigo de romper o choro.

— Quem foi que disse que não estou? — Com as mãos ossudas tomou-lhe do queixo, olhou-o nos olhos demoradamente e perguntou: — Que é isso na vista?

— Decerto foi a poeira da estrada...

— Hum...

Olharam-se ainda por um instante. Depois, dando duas palmadinhas desajeitadas nas faces do sobrinho, Maria Valéria ordenou:

— Vá se lavar. Ainda não almoçamos esperando pela pior figura.

Rodrigo voltou-se para Toríbio.

— E as minhas malas?

— Não se afobe, doutor. O Quincas não demora.

Rodrigo entrou na sala de visitas e aspirou com delícia aquele ar que recendia a óleo de linhaça, a sarro de cigarro de palha (o cheiro do pai) e a molho de carne. Rodrigo caminhava, a olhar para tudo, como se visse aquela sala, aqueles móveis pela vez primeira. Postou-se diante do grande espelho de moldura dourada e mirou-se nele, lembrando-se de outros muitos instantes do passado em que ficara naquela mesma postura.

— Está bonito, não precisa se olhar no espelho — disse Maria Valéria. — Vá se lavar.

Rodrigo, porém, antes de subir para o quarto foi até a cozinha, onde o envolveram os braços gordos e encebolados de Laurinda, que lhe beijou sonoramente as faces.

— Está que é a cara da finada Alice! — exclamou a mulata, já com lágrimas nos olhos. — Que pena a coitadinha não estar viva pra ver o filho doutor.

E, uma a uma, as negras de casa foram aparecendo para cumprimentar o recém-chegado. A velha Paula ficou como que em êxtase a contemplar Rodrigo, a mão espalmada sobre uma das faces, a cabeça levemente inclinada para o lado, a murmurar repetidamente:

— Parece mentira... parece mentira...

E depois, quando Rodrigo se aproximou do fogão e abriu as panelas, aspirando o vapor que subia delas e identificando, sob exclamações, o conteúdo de cada uma, a negra velha acercou-se de Maria Valéria e disse:

— Sinhá, nunca vi um moço tão bonito em toda a minha vida, benza-o Deus!

Rodrigo ouviu essas palavras e sentiu-se feliz. Não era indiferente ao juízo que as outras pessoas — fosse quem fosse — pudessem fazer dele. Os elogios dos outros à sua inteligência e à sua aparência física davam-lhe um grande contentamento, eram uma espécie de tônico que lhe aumentava a vontade de viver e ao mesmo tempo o desejo de portar-se de maneira a não decepcionar seus admiradores. A certeza de ser querido e admirado dava-lhe uma cálida e reconfortante sensação de confiança em si mesmo e na vida, um comovido desejo de ser bom e fazer coisas grandes e belas.

— Raspa — disse Maria Valéria. — Não faça seu pai esperar.

Rodrigo voltou-se e surpreendeu o pai a contemplá-lo com olhos ternos e meio úmidos. Embaraçado por ter sido surpreendido num momento de fraqueza, Licurgo tratou de disfarçar. E, como se não encontrasse mais nada para dizer, indagou com impaciência:

— Essas malas não chegam? Onde está o Quincas?

Finalmente a bagagem chegou e Rodrigo subiu a correr para o quarto.

3

Começou a abrir as duas grandes malas em que trazia não só suas muitas roupas como também alguns livros e pacotes com presentes para o pai, para o irmão, para a tia e para "a negrada da cozinha". Sentado na cama, Toríbio observava-o.

— Como tens bugigangas, hein?

Em mangas de camisa, ajoelhado junto duma das malas, Rodrigo ergueu os olhos para o irmão e sorriu:

— Ainda não viste nada. Vêm aí uns quatro caixões com coisas.

— Quatro? — Toríbio soltou um assobio de admiração.

— Comprei um gramofone e um mundo de chapas. E tu não havias de querer que eu abrisse o meu consultório sem tratados de medicina, instrumentos cirúrgicos, um estetoscópio...

Toríbio sorriu.

— Então esse negócio de medicina é sério mesmo?

Rodrigo ergueu-se com uma camisa na mão.

— Se é sério? Não te compreendo...

— Vais mesmo clinicar?

— Mas que dúvida, Bio!

Toríbio encolheu os ombros. Seu sorriso céptico punha-lhe à mostra os dentes miúdos e escuros. Havia tirado os sapatos e coçava distraído os dedos dos pés. Sempre o touro xucro — pensou Rodrigo, mirando afetuosamente o irmão. Tinha a cabeça raspada à máquina número zero, um pescoço e um torso de hércules de feira. Fazia a barba apenas uma vez por semana, gostava de andar descalço e detestava as gentes, as roupas e os hábitos de cidade.

— Pensei que querias o título só pra bonito.

— Mas o título é o de menos, homem. O que importa é o que está aqui dentro — disse Rodrigo com veemência, batendo na própria testa com a ponta do indicador. — O que vale é o que a gente sabe e o uso que se pode fazer do que aprendeu. O mal do Brasil é termos advogados de mais e médicos de menos. Nós precisamos é de médicos. Este é um país de enfermos.

Toríbio continuava a coçar os dedos.

— Eu só quero ver...

Rodrigo atirou a camisa em cima da cama, cruzou os braços numa atitude de plácido desafio.

— Ver o quê?

— Quanto tempo dura esse entusiasmo pela medicina.

— Ora!

Toríbio atirou-se para trás e ficou deitado com as pernas para fora da cama, a cavoucar no nariz com o indicador.

Sacudindo a cabeça, como se quisesse dar a entender a uma terceira pessoa invisível que o irmão era um caso perdido, Rodrigo continuou a procurar na mala roupa branca para mudar. Encontrou inesperadamente o canudo de lata que continha o diploma. Soltou uma risada curta:

— O famoso diploma!

Toríbio limitou-se a lançar-lhe um olhar neutro.

E, como se fosse personagem duma peça — o *jeune premier* que chega à casa paterna com um diploma sobre o qual é um pouco céptico —, fingindo uma indiferença que estava longe de sentir, Rodrigo perguntou, mais para a plateia imaginária do que para o irmão:

— Que é que vou fazer com este canudo?

— Mete ele num certo lugar... — respondeu Toríbio.

Rodrigo não gostou da resposta. Franziu a testa, querendo dar a entender que sua sensibilidade fora ferida pela insinuação grosseira. E, vendo uma expressão de juvenil malícia no rosto de Toríbio, sacudiu lentamente a cabeça, sentindo-se mais velho, mais ajuizado e responsável que o irmão.

— Não mudaste nada — murmurou, com um ar de adulta tolerância. — És o mesmo Bio de sempre.

— Não sou doutor, não andei metido com gente fina na capital. Fiquei no Angico às voltas com a bagualada. A troco de que havia de mudar?

— Achas que *eu* mudei muito?

85

Toríbio pôs-se de pé em movimentos tardos, examinou o irmão com um olhar comicamente demorado e por fim opinou:

— Um pouquito.

— Naturalmente queres dizer que sou um dândi.

— Mais ou menos...

Rodrigo sorria, batendo repetidamente com o canudo na coxa.

— Achas que não sou bem macho...

— Isso ainda está pra se provar.

— Pois vamos fazer já a prova! — exclamou Rodrigo, largando o canudo e começando a arregaçar as mangas da camisa, ao passo que Bio, sorrindo, sungava as calças e apertava a cinta.

— Não vale dar aquele golpe baixo...

Toríbio soltou uma risada breve e seca.

— Não sou prevalecido. Mesmo que eu desse, não achava nada pra agarrar...

— Eu te mostro, filho da mãe! — observou Rodrigo, percebendo, mal pronunciara essas palavras, que saía fora de seu papel.

Não era mais o jovem cosmopolita que lia Anatole France, amava Paris, usava *smoking* e bebia champanha. Recuara no tempo, tinha agora quinze anos...

— Pronto?

— Pronto.

O quarto era amplo e havia entre a cama e a parede bom espaço para uma "rinha". Os dois irmãos ficaram por um instante frente a frente, negaceando. Rodrigo era um pouco mais alto que Toríbio, mas muito menos corpulento e musculoso. Defrontaram-se por alguns segundos como dois galos de briga. Foi Toríbio quem investiu primeiro. Atracados, caíram sobre a cama, tombaram no soalho e rolando, derrubando cadeiras, gemendo, bufando, dizendo-se nomes feios e ao mesmo tempo rindo, continuaram a lutar. Por fim Toríbio conseguiu encostar os ombros do outro no chão e, acavalado sobre o ventre do adversário, as manoplas a apertar-lhe o pulso, chumbou-o às tábuas.

— Conheceu, papudo?

Arquejante, suado, escabelado, Rodrigo ainda tentou safar-se, esperneando e procurando golpear com o joelho as costas do irmão. Nesse momento Maria Valéria entrou em passadas bruscas, aproximou-se dos lutadores e, torcendo uma das orelhas de Toríbio, ordenou:

— Largue já o outro. Então isso é jeito de receber o irmão?

— Deixe, Dinda! — gritou Rodrigo. — Eu já mostro a esse cachorro!

— Conheceu, papudo? — tornou a perguntar Toríbio.

Maria Valéria continuava a torcer as orelhas do sobrinho.

— A Laurinda vai já servir o almoço. Quem chegar tarde não come.

Rodrigo fez um novo esforço, que o deixou afogueado, e finalmente, exausto, desistiu:

— Estou com fome. Me larga!

Toríbio largou os pulsos do irmão e ergueu-se pesadamente.

— Está bem. Sou generoso.

— És um cavalo.

Maria Valéria contemplava-os, sacudindo a cabeça, penalizada:

— Mas vocês não têm mesmo mais nada que fazer? Onde se viu estarem assim de aloites?

— *Aloites!* Mas a senhora é um colosso, Dinda.

Avançou para ela e beijou-lhe ambas as faces, enquanto Toríbio, que enxugava na ponta da colcha o suor do rosto, murmurava:

— Chaleirista...

— Vamos, depressa, meninos. Vá tomar o seu banho, Rodrigo. E colcha não é lenço, Bio.

Rodrigo apanhou uma toalha, um sabonete, a roupa branca e desceu acompanhado do Toríbio. O quarto de banho ficava no andar térreo e era pavimentado de lajes. Na maioria das residências de Santa Fé tomava-se banho em grandes baciões de folha, com água tirada do poço. O Sobrado, porém, orgulhava-se de ter um chuveiro de fabricação estrangeira, com água fria e quente.

Rodrigo despiu-se, enquanto Toríbio, sentado num caixão vazio, picava fumo para um cigarro.

— Precisa fazer um pouco de exercício — disse este último. — Estás meio flaquito.

— Nem tanto. Olha só.

Flexionou o braço para mostrar a musculatura.

— Precisas também tomar um pouco de sol, estás com o corpo tão branco que até parece de mulher.

— Com toda essa cabelama nas pernas e no peito?

— Conheço muita mulher cabeluda, rapaz.

Rodrigo sorriu, meteu-se debaixo do jorro d'água e começou a ensaboar-se com um entusiasmo apressado e ruidoso.

Toríbio enrolou o cigarro, bateu a pederneira do isqueiro, acendeu o "crioulo" e puxou uma baforada.

— Fizeste muita farra este ano?

— Se fiz! — gritou Rodrigo, esfregando com fúria as axilas, de olhos fechados. — Era o último ano, o meu adeus à pândega. Na véspera da colação de grau tomamos uma bebedeira colossal. Acabamos na casa dumas raparigas, bebendo champanha no sapato duma francesa...

— Isso é porcaria.

— Depois que a gente fica meio alegrete, tudo vale...

O outro sacudiu a cabeça, discordando.

— Lugar de bebida é em copo. Lugar de mulher é na cama.

— Não digas tamanha heresia! Então não achas que a mulher possa ter outra serventia? Não reconheces que ela possui uma alma, uma delicadeza maior que a nossa?

No seu entusiasmo, Rodrigo deixou cair o sabonete nas lajes. Ficou parado,

87

de olhos fechados a pregar um sermão lírico concernente à superioridade das mulheres sobre os homens.

— Me dá a toalha, ligeiro!

Toríbio obedeceu. Enxugando os olhos, o outro continuou:

— E não te esqueças, miserável, que nossa mãe era mulher. E que a tia Maria Valéria também é mulher. Não te bastam esses dois exemplos, devasso?

Toríbio pitava, em calma, sorrindo e gozando o entusiasmo do outro.

— Está bem, está bem. Lugar de mulher é num nicho pra ser adorada. Mas conta as tuas farras.

— Apareceu este ano em Porto Alegre uma companhia de zarzuelas com umas espanholas morenas, dessas de deixarem um cristão louco da vida. Eu e outros colegas vivíamos na caixa do teatro com presentinhos pras raparigas e convites pra ceias. Me meti com uma que por sinal era uma menina muito quieta. Pois não é que quase me apaixono a sério pela bichinha?

— És um calça-frouxa.

— Chamava-se Rosário.

— Isso é nome de mulher?

— Em castelhano é. E que mulher, seu Bio!

— Boa na cama?

— Boa na cama, fora da cama, no palco, na mesa, em todos os lugares. E depois, muito educada, muito recatada...

— Aposto como era dessas que, na hora da onça beber água, pedem pra gente apagar a luz.

— Exatamente. A Rosário tinha pudor.

— Não é o meu gênero.

Rodrigo mirou o irmão por algum tempo e depois, pensativo:

— Pois estou quase achando que esse é o meu tipo — disse. — Tenho um fraco pelas mulheres pudicas. Acho o pudor até excitante. Se a mulher que está comigo diz um nome feio, lá se vai toda a poesia.

— Estás ficando muito cheio de nove-horas.

— Talvez. Mas é o que sinto. Questão de temperamento. Te lembras das nossas farras com o Neco e o Chiru? Pois hoje sou um homem mudado...

Toríbio deu de ombros.

— Comigo, mulher tem que se entregar inteirinha, senão não serve.

— Mas essa entrega completa não depende só da nudez, Bio, nem de deixar a luz acesa.

— Estou vendo que não entendes nada do assunto.

— Vai te embora, bobo! — exclamou Rodrigo, atirando o sabão contra Toríbio, que quebrou o corpo.

Rodrigo tornou a ensaboar-se e a voltar para baixo da ducha.

— Tenho poeira até na alma, menino! — exclamou. E depois, enrolado na toalha, perguntou com sorriso meio safado, que não era mais do homem novo, mas do velho companheiro de farras do Chiru e do Neco:

— Como vamos por aqui em matéria de mulheres?

— Na pensão da Tucha — informou Toríbio — tem umas duas ou três raparigas cotubas. Mas a que está na moda agora é a Doralice, uma ruiva que mora do outro lado dos trilhos, perto da Sibéria. É reservada. Dizem que o coronel dela é o Juca Amaral.

— Então essa Doralice é bonita mesmo? — quis saber Rodrigo, friccionando fortemente os cabelos com a toalha.

— Um peixão.

— Que tipo?

— Grande, peituda, com umas boas ancas, e uma cara linda.

Rodrigo pôs-se a parodiar um tenor de ópera, e sua voz encheu o quarto de banho, caricaturalmente empostada:

Io voglio conoscere la bella Doralice
La bella, bella, bella Dora-Dora-liiiice!

Toríbio sorria, com o cigarro preso entre os dentes.

— Mas falando sério, Bio, logo que eu encontrar uma moça que me agrade, caso-me.

— Não sejas besta. Casar pra quê?

— Casando, a gente resolve definitivamente esse problema de mulheres.

Toríbio soltou uma formidável gargalhada, que reboou no quarto, fazendo o ralo do chuveiro vibrar.

— Ora, não sejas burro. Quem casa tem uma mulher só e perde todas as outras.

Rodrigo piscou-lhe o olho com um sorriso cheio de intenções e perguntou:

— Será que perde mesmo?

— Mas se depois de casado vais continuar correndo atrás das chinas e das mulheres dos outros, qual é a vantagem do casamento?

— Tu te esqueces que teu mano é médico, e que um médico pra impor respeito tem de ser casado...

— Deixa crescer um cavanhaque que é a mesma coisa.

— Pois aí está uma ideia. Talvez eu deixe. Vou ficar como o conde de Luxemburgo.

Pensou com saudade nas noitadas de opereta do Theatro São Pedro. Ah! *La primavera scapigliata... Os sinos de Corneville... A viúva alegre...*

Toríbio cortou-lhe o devaneio:

— Te veste depressa. Ninguém ainda almoçou só por tua causa.

4

Durante o resto daquela tarde o Sobrado passou cheio de visitas, gente que queria ver e abraçar Rodrigo, crivá-lo de perguntas e elogios. Todos pareciam muito impressionados pelo fato de ser o filho de Licurgo Cambará o primeiro santa-fezense a formar-se em medicina. A romaria era interminável. Vinham pessoas que se limitavam a cumprimentar Rodrigo e retirar-se; na sua maioria, porém, ficavam por muito tempo, tomavam mate ou aceitavam um copo de cerveja fresca e comiam os bolos e pastéis que Maria Valéria mandara fazer em boa quantidade, especialmente para a ocasião.

Apareceram também duas parentas pobres, velhas tristes, mascadeiras de fumo, com um ar de permanente infelicidade nas caras amareladas e murchas. Rodrigo tratou-as com um carinho especial, pois não queria que pensassem que, por ser doutor e filho de gente rica, ele desprezasse aquelas primas distantes e obscuras. Quando se despediram, com suas vozes lamurientas, o rapaz meteu discretamente na mão de cada uma delas uma cédula de dez mil-réis, pelo que as velhotas, quase a chorar, agradeceram, dizendo: "Que Deus Nosso Senhor le ajude e guarde, meu filho". E se foram, arrastando pelo soalho as saias dum preto ruço e melancólico.

Por volta das quatro horas apareceu Amintas Camacho, secretário do município, metido na sua roupa preta domingueira. Rodrigo não o conhecia. Tratava-se dum rábula, natural de Porto Alegre, e fazia apenas oito meses que chegara a Santa Fé, onde tinha banca de advocacia e era redator do semanário *A Voz da Serra*. Sentou-se muito cerimonioso, e começou a falar em estilo de editorial.

— Traz-me à sua presença uma missão que assaz me desvanece. O coronel Aristiliano Trindade, nosso ilustre edil, me confiou a honrosa incumbência de apresentar a Vossa Excelência em seu nome e no da comuna, as boas-vindas e os emboras.

— Muito obrigado — murmurou Rodrigo, mal podendo conter o riso.

O rábula pigarreou e em seguida, como quem já se livrou dum peso, mudou de tom, trançou as pernas e tratou de dar à conversação um tom mais natural:

— Então, doutor, quais são as suas impressões desta bela terra?

Rodrigo fez um gesto vago.

— Para falar a verdade ainda não vi muita coisa. Não me deram tempo nem de meter o nariz para fora da janela.

O representante do intendente suava na ponta do nariz e lambia frequentemente os beiços num gesto faceiro que desagradou Rodrigo.

De resto era-lhe também desagradável aquela cara duma palidez lustrosa, e aqueles cabelos crespos, excessivamente besuntados de brilhantina.

— Pois é — continuou Amintas, tirando do bolso o lenço de seda e passando-o de leve pelas faces, ao mesmo tempo que emanava dele um perfume ativo e adocicado. — Santa Fé tem progredido muito. O ano que vem, o coronel pretende mandar calçar a rua do Comércio com paralele... — Atrapalhou-se ao pronun-

ciar esta última palavra. Repetiu-a devagar, escandindo bem as sílabas: — Pa-ra-
-le-le-... pípedos.

— É uma grande coisa...

— E já iniciamos também a construção do novo palacete da Intendência
Municipal. O doutor já viu a planta?

— Ainda não.

— Pois é uma verdadeira beleza. Tem uma cúpula no centro, muito grandiosa. Vai custar um dinheirão.

— Imagine...

— E vai ser muito mais bonito que o da Intendência de Cruz Alta.

Laurinda trouxe numa salva de prata um copo de cerveja para o rábula, que
o bebeu num longo sorvo — não, porém, antes de erguê-lo no ar e dizer: "À
sua saúde, doutor!". Lambeu com a ponta da língua a espuma que lhe ficara no
bigode.

Esse perfume me mata — pensou Rodrigo, desejando que o visitante fosse
embora.

Depondo o copo sobre o consolo, Amintas recostou-se comodamente no
respaldo da cadeira, já com ar de íntimo da casa.

— Então em fevereiro próximo vamos ter a honra de receber a visita do futuro presidente da República, não?

Rodrigo sabia a quem o outro se referia, mas fingiu não ter compreendido.

— Mas quem é o futuro presidente da República?

— O marechal Hermes, naturalmente.

— Ele já foi eleito?

O rábula sorriu.

— Claro que não, mas será. Todos sabem que o marechal vai ganhar a eleição. O doutor Rui Barbosa é um grande brasileiro, uma formosa cultura, mas
não tem eleitorado para vencer o candidato oficial. O meu prezado amigo naturalmente vai votar no nosso coestaduano Hermes da Fonseca, não?

Rodrigo ficou com o rosto em fogo. Sentia-se insultado, como se o outro
estivesse tentando suborná-lo.

— Está visto que não!

— Pois então me perdoe, eu não sabia... Julguei que o doutor fosse republicano, como seu pai.

— Meu pai também não vai votar no marechal. Nesta casa todos são civilistas.

— Está bem. Desculpe. Costumo respeitar a opinião alheia. Cada qual vota
de acordo com a sua consciência, não é mesmo, doutor?

— Nem todos — retrucou Rodrigo. — Há os que votam coagidos pela capangada da situação porque têm amor à pele, e os funcionários públicos, que
votam com o governo para não perderem seus empregos. E há ainda os que votam sem saber e sem ter o direito de votar!

— Sem saber... sem ter o direito?

— Refiro-me aos mortos. Os defuntos sempre votam com o governo, moço!

— Rodrigo sentiu que sua voz se tornava gutural, gorda, quase engasgada. — Em suma, no Rio Grande as eleições se fazem a bico de pena!

Amintas sorriu amarelo, seus lábios tremeram de leve e de novo ele passou o lenço pela testa e pelas faces.

— Eu respeito muito as opiniões alheias — repetiu.

Rodrigo começava a indignar-se com o sentido daquela visita, que só agora compreendia com clareza. Quem estava na sua frente era um assalariado do Titi Trindade, o tirano de Santa Fé, mandante de tantos assassínios e violências. Rodrigo recebera o homem com cordialidade, impelido por aquela onda sentimental que o embalava desde o momento de sua chegada. E agora, irritado pela cara do Amintas Camacho, pela sua voz melosa na qual havia, como nos cabelos, um excesso de brilhantina, e principalmente nauseado por aquele perfume barato de china de soldado — ele já sentia pruridos de erguer-se, pegar o outro pelo fundilho e jogá-lo na rua.

Conteve, porém, a revolta. Considerava-se um homem polido, um civilizado. Deixou que a indignação lhe escapasse do peito num profundo suspiro que, ainda por delicadeza, não soltou duma só vez, mas sincopadamente, de modo discreto.

— Aceita mais um copo de cerveja? — perguntou, com ar quase evangélico.

— Não. Muito grato. — Amintas levantou-se, lançou um olhar furtivo para o espelho e disse: — O coronel Trindade também me encarregou de lhe transmitir um convite para visitar a Intendência...

Disse isso sem nenhum entusiasmo, como se tivesse a certeza de que o convite ia cair num frio vácuo. E, ainda numa tentativa de conciliação, acrescentou:

— O edil acha que a nossa terra precisa de moços inteligentes e esperançosos como o senhor.

Rodrigo nada disse. Queria encarar o outro mas não podia; seu olhar se mantinha baixo e a voz, de ordinário duma limpidez metálica, ganhava agora tons foscos, como que penugentos. O rábula estendeu-lhe a mão mole e suada, que Rodrigo apertou com certo constrangimento. Depois acompanhou o visitante até a porta.

— Mais uma vez — disse Amintas Camacho com um pé no portal e outro na calçada —, foi uma honra conhecê-lo, doutor. Desculpe o incômodo. Até mais ver.

— Passe bem.

Mal o outro saiu, Rodrigo, de nariz franzido, correu a lavar as mãos.

Quando, alguns minutos mais tarde, terminou de descrever a visita para o pai e o irmão, este último perguntou:

— Por que não botaste aquele sacripanta daqui pra fora com um pontapé no rabo?

— Ora, eu não podia fazer uma coisa dessas.

— Podias, sim — retrucou Toríbio. — O Amintas é um cafajeste, um capacho do Titi Trindade. O jornal dele é uma latrina.

— E o canalha do Trindade — ajuntou Rodrigo, que agora começava a achar engraçada a situação — ainda tem o caradurismo de me convidar pra ir fazer-lhe uma visita na Intendência!

— Decerto pensa que pode te comprar. Está mal-habituado com tipos da laia desse Amintas, que pra fazerem carreira depressa são capazes até de lamber as botas do intendente.

— Que corja! — exclamou Licurgo. — Já contam com a vitória certa.

Rodrigo encarou o pai:

— Por essa e por outras é que precisamos ter o nosso jornal.

Depois dum instante de reflexão, Licurgo deu uma resposta evasiva:

— Me contaram que os federalistas vão fundar um jornal em Cruz Alta pra fazer propaganda da candidatura do doutor Rui Barbosa...

— Como este mundo dá voltas! — riu Toríbio. — O senhor vai votar no candidato dos maragatos, hein, papai?

Dando mostras de não ter gostado da observação brincalhona do filho, Licurgo sacudiu a cabeça, protestando:

— Não senhor! Os maragatos é que vão votar no meu candidato.

Rodrigo sentou-se na velha cadeira de balanço que pertencera à sua bisavó Bibiana, apoiou a cabeça no respaldo de palhinha e olhou ternamente para o retrato de Alice Terra Cambará, que pendia da parede da sala, enquadrado numa moldura cor de ouro velho. Como tudo seria melhor se ela estivesse viva! Ficou a pensar na mãe, que morrera em 1898, quando ele tinha apenas treze anos incompletos. Era uma criatura apagada e tristonha, que nunca alteava a voz e que parecia votar um respeito medroso ao marido. Frágil de corpo, tinha má saúde e queixava-se com frequência de terríveis dores de cabeça. Rodrigo jamais esquecera aquele dia chuvoso e frio, num agosto cruel, em que, entrando no quarto do casal, encontrara a mãe estendida na cama a gemer, com duas rodelas de batata crua coladas nas fontes.

— Que é que a senhora tem?

— Nada. Vá lá pra baixo, sua mãe está morrendo de dor de cabeça.

Essas palavras doeram-lhe fundo, fazendo-o chorar.

No dia em que sua mãe morrera, ele entreouvira tia Maria Valéria suspirar:

— Foi uma mártir. Agora está descansando.

Mártir? Correu a procurar o significado dessa palavra num velho dicionário de 1850, onde leu:

MARTYR: Pessoa que padece martyrio pela fé. fig. Que padece por qualquer causa: v.g. martyr de *esperanças*, *cuidados*, *receios*, *invejas*, etc. "o galante martyr dos taes sapatos, que lhe apertavão os dedos" "Velha vaidosa [...] o corpo uma saca de lã [...] *martyr* de um espartilho, capaz de a fazer apopletica [...]"

Intrigado, passara a associar a palavra *mártir* a vaidade, velhice, espartilhos e sapatos apertados. Mas no dia em que, vendo passar na rua uma mulher morena, Toríbio apontara para ela, dizendo: "Lá vai a amásia do papai...", ele compreendera com uma clareza contundente e dolorosa o verdadeiro sentido da palavra mártir. Sua mãe era uma mártir porque padecia por saber que o marido tinha outra mulher. Rodrigo odiara o pai durante dias, semanas, meses. Levara muito tempo para se refazer daquele choque e poder de novo olhar o velho de frente, falar-lhe com naturalidade e tornar a sentir por ele a antiga afeição.

Mas de que lhe servia estar agora a relembrar aquelas coisas tristes? — perguntou Rodrigo a si mesmo, balouçando-se na cadeira da finada Bibiana.

— Olha só quem está chegando! — exclamou Toríbio, que se encontrava junto da janela.

— Quem? — perguntou Rodrigo com indiferença, sem ao menos mover a cabeça.

— O Fandango!

Rodrigo ergueu-se num pulo, precipitou-se para o vestíbulo e desceu a correr os degraus que levavam à porta, abrindo-a de par em par. A velha jardineira que fazia as viagens entre Santa Fé e o Angico, achava-se parada à frente do Sobrado e dela agora descia o velho Fandango, de bombachas e camisa branca, com um amplo sombrero na cabeça. Estava quase a completar cem anos de idade, metade dos quais passara a serviço dos Cambarás. Licurgo crescera à sombra do velho gaúcho, que lhe ensinara coisas sobre as lidas do campo e as lidas da vida. Encontrava-se agora José Fandango numa espécie de aposentadoria com a qual, entretanto, não se conformava, pois se considerava ainda suficientemente forte e lúcido para continuar capatazeando a estância. Vivia às turras com Toríbio por discordar das coisas que este fazia. Achava-o preguiçoso, lerdo e implicava com as inovações que "aquele alcaguete" trazia para o Angico, tachando-as de "coisas de maricas de cidade" ou "invenções estrangeiras". Na sua opinião os antigos é que estavam com a razão, e ficava irritado ao ver que Bio desobedecia a certos preceitos que regiam, havia anos, o trabalho da estância. A experiência recomendava usar buçal na primeira fase da doma: Toríbio teimava em usar freio. Era indispensável que a doma se fizesse em tempo de lua minguante: Bio achava que qualquer tempo era bom. Ora, graças a uma tarimba de mais de setenta anos, Fandango sabia que cavalo domado durante a lua nova fica defeituoso de boca. No entanto Bio queria saber mais que os gaúchos de antigamente, e ria-se quando Fandango garantia que o melhor remédio para curar bicheira era simplesmente cortar com faca o pedaço de terra em que o animal doente pisou e depois virá-lo, deixando para baixo a marca do casco. Tudo isso — afirmava o velho — eram "cositas" aparentemente pequenas, mas na verdade duma importância capital.

Rodrigo correu para o recém-chegado e estreitou-o demoradamente contra o peito, exclamando: "Amigo velho! Amigo velho". Depois, segurando o gaúcho pelos braços, afastou-o de si para melhor ver-lhe o rosto. A todas essas o capataz limitava-se a sorrir seu sorriso mole e desdentado, em que havia um permanente ar de malícia, como se ele não levasse o mundo a sério ou, melhor, como se estivesse sempre a antegozar uma empulhação. Seu rosto trigueiro estava murcho e pergaminhado como o de uma múmia. Os olhos, porém, eram olhos de gente viva, e muito viva.

Fandango contemplou seu jovem amigo por algum tempo e por fim murmurou:

— Este como filho duma mãe...

Rodrigo sabia que "como" na boca de Fandango era uma palavra afetuosa.

— Mas, Fandango, você não muda. Sempre rijo e lindo!

— É o que dizem las morochas, muchacho, é o que dizem las morochas!

— Vamos entrar. — Puxou o amigo na direção da porta. — Fez boa viagem?

— Qual nada! Estou desmoralizado.

— Ué, por quê?

Já sobre o portal, Fandango voltou a cabeça para trás e fez um sinal na direção da jardineira.

— Me fizeram viajar naquela geringonça. Que vergonha! Onde se viu um gaúcho andar de carro? Acharam decerto que o velho não aguentava a viagem em riba do lombo dum cavalo... Xô égua! que é que pensam que eu sou?

Rodrigo conduziu-o docemente para dentro de casa. Fandango prosseguiu, com sua voz de papagaio:

— Passei uma vergonha danada. Quando me viram sair de jardineira, a peonada do Angico ficou se rindo de mim.

Caminhava meio encurvado, mas pisando leve e rápido, com a ponta dos pés, num jeito faceiro. E, quando Rodrigo quis segurar-lhe o braço para ajudá-lo a subir a escada, o velho repeliu-o.

— Tira essa mão daí! Está pensando que já ando de perna frouxa?

Subiu lépido os degraus que levavam ao vestíbulo e lá em cima começou a gritar:

— É o Fandango, minha gente! Quero um chimarrão bem quente!

— Um mate pro Fandango! — reforçou Rodrigo.

E na cozinha as negras começaram a movimentar-se.

Quando Licurgo e Toríbio vieram apertar-lhe a mão, o velho foi logo fazendo seu relatório verbal:

— Morreu aquela vaca brasina que deu cria a semana passada. Ontem estiveram curando bicheira. Estavam fazendo um serviço mui porco. Se não fosse eu me meter, não sei o que ia sair... Ah! Não se esqueçam que tenho de levar pro Angico sal, açúcar e carosene. — E sem mudar o tom de voz: — E como vai a Maria Valéria?

Fizeram-no sentar no sofá da sala. Fandango tirou o chapéu e por algum tempo ficou a coçar a calva, sobre a qual se viam ralos cabelos, dum branco cetinoso de torçal. Rodrigo sentou-se na frente do velho e quedou-se a admirá-lo.

— Pensou que ia encontrar o Fandango na cidade dos pés juntos, hein, maroto? Mas o velho é duro. Pra levar ele, a morte vai custar um pouquito.

Fandango é eterno — pensou Rodrigo, emocionado. Não era um ser huma-

95

no mortal, mas um elemento da natureza. Era como uma grande árvore antiga por sobre a qual passavam as tempestades, as chuvas, o vento e o tempo. Perdera o filho na guerra do Paraguai e o neto na revolução de 93; Rodrigo não se lembrava jamais de ter visto Fandango triste, desanimado ou ocioso. Conservava a prosápia tanto nos bons como nos maus tempos; topava todas as paradas e, onde quer que houvesse música e dança, lá estava ele a tomar parte na folia. Para Rodrigo o velho capataz era a encarnação mesma de Pedro Malasartes, o grande empulhador. Conhecia melhor que ninguém seu estado natal, que percorrera em todas as direções como tropeiro, carreteiro ou soldado. Não havia melhor companheiro que ele para um bom chimarrão ao pé do fogo. Quando Fandango começava a contar seus causos, a falar nas gentes que conhecera — carreteiros, tropeiros, estancieiros, trovadores, caixeiros-viajantes, violeiros, gaiteiros, bandidos, gringos, castelhanos, baianos, correntinos, doutores, generais, contrabandistas; quando gabava as muitas muchachas com quem dormira ou tivera vontade de dormir, ou narrava as peças que pregara ao próximo, as aventuras e lambanças em que andara metido — ninguém tinha sono: todos ficavam escutando, encantados, de bico calado, enquanto o chimarrão corria a roda, a água chiava na chaleira pendente da trempe, e de quando em quando alguém avivava o fogo. E no minuto em que Fandango silenciava, havia sempre quem pedisse: "Conta outra!". E ele contava. Era sempre o último a ir para a cama, e o primeiro a levantar no dia seguinte.

— Doutor, hein? — exclamou o velho, examinando Rodrigo da cabeça aos pés, com um olhar crítico e ao mesmo tempo afetuoso.

— É verdade, Fandango, doutor...

— E tu pensa que eu acredito que tu sabe alguma coisa? Xô égua! Te vi nascer, guri, te peguei no colo. Diz-que agora estás aí todo pelintra, pensando que és gran cosa...

Os outros riam. Fandango apontou para Licurgo:

— Esse que aí está também pensa que é gran cosa só porque tem barba na cara e chamam ele de coronel. Xô mico!

Voltou os olhos para Maria Valéria, que naquele momento entrava, trazendo a cuia do chimarrão.

— E essa magricela que'i vem... eu vi ela assinzinha. Tinha umas pernas finas e compridas como caniço. Era feia como as necessidades e depois de grande não melhorou nada. Como vais, Maria Valéria?

— Está aqui o mate, velho caduco — disse a recém-chegada, entregando a cuia ao gaúcho.

— Dê pro seu cunhado. Vassuncês sabem que nunca tomo o primeiro mate.

— Eu já tomei um. Este é o segundo. Pegue a cuia.

Fandango obedeceu, piscando o olho para Rodrigo e dizendo:

— Sempre mandona...

Seus lábios moles se pregueram em torno da extremidade da bomba de prata.

— Sabes que o marechal Hermes vai chegar aqui em fevereiro? — perguntou Rodrigo.

— E que é que esse vivente vem fazer? — indagou Fandango.

— Propaganda da candidatura dele.

— Pra quê? Todo mundo sabe que ele vai ganhar a parada...

— Não diga isso nem por brinquedo! — protestou Licurgo, espinhado.

— Digo, sim. Onde se viu o cavalo do comissário perder a carreira?

— Mas é preciso reagir — retorquiu o dono da casa. — Se a gente cruzar os braços, essa cachorrada nunca mais larga o osso.

Fandango fechou um olho e fitou o outro no rosto de Rodrigo, ao mesmo tempo que fazia com a cabeça um sinal na direção de Licurgo:

— Eu bem dizia pro teu pai lá por oitocentos e oitenta e tantos, quando ele e outros moços andavam por aí com essas besteiras de república. "Isso não adianta nada, vassuncês não encontram ninguém melhor que o imperador pra governar esta droga." Eles teimaram, mandaram o Velho embora pra Europa, mataram o coitado de desgosto. Está aí o que arranjaram... Ninguém se entende mais. Dês que proclamaram a República só temos tido barulho e brigas no Brasil...

— Mas não se esqueçam — replicou Licurgo — que a República ainda não fez vinte e um anos! E se até hoje não temos ordem e democracia no país é por culpa dos militares!

Fandango deu de ombros e disse:

— Pra mim, militar não passa de paisano fardado. Tudo é a mesma gente. Uns alcaguetes sinberguenzas.

Licurgo brincava, impaciente, com a moeda da corrente do relógio.

— Mas o Império não era essa beleza que vocês dizem — reagiu ele. — Tinha muitas sujeiras, e a escravatura era uma delas.

Fandango não tardou a dar-lhe o troco:

— Mas não foi o imperador quem inventou a escravatura. E de que serviu a abolição? Os negros agarraram a carta de alforria, se deitaram a dormir e não quiseram fazer mais nada. Andam agora por aí com uma mão adiante e outra atrás. Nos tempos da escravatura não havia crioulo que não tivesse seu patacão no bolso. Hoje, xô mico!, estão despilchados que nem rato de igreja. E apesar de tudo, negro continua sendo o que sempre foi: negro.

Naquele momento tilintou a campainha do telefone. Maria Valéria olhou para o cunhado: Licurgo olhou para Toríbio e este para Rodrigo, que decidiu ir atender o chamado. Havia pouco mais de um ano que Santa Fé contava com uma companhia telefônica. Por insistência de Rodrigo, o Sobrado fora a primeira casa a instalar um aparelho, apesar da relutância do pai e da madrinha. Telefone — achavam eles — era um luxo desnecessário. Santa Fé era tão pequena, que para a gente mandar recados utilizava um moleque ou então resolvia a coisa a grito. Por causa da teimosia de Rodrigo lá estava agora aquela coisa esquisita pregada a uma das paredes do vestíbulo. Quando a campainha soava, as gentes da casa ficavam hesitantes, cada um a esperar que "outro" fosse movimentar a manivela do aparelho e tirar o fone do gancho. Quando levavam o fone ao ouvido era com uma irritada má vontade; se não conseguiam entender o que a minúscula voz dizia, zangavam-se, ficavam agressivos e acabavam por cortar a ligação. Tudo isso — achava Rodrigo — tinha raízes no medo que o homem do campo votava às máquinas em geral.

Rodrigo levou o fone ao ouvido:

"Olá! Olá! Quem fala?"

O chamado era para ele. O cel. Jairo Bittencourt comunicava-lhe que pretendia fazer-lhe uma visita à noite e perguntava se podia recebê-lo.

— Mas como não, coronel! Com a maior satisfação... Olá? Como? Ah... não senhor, absolutamente, venha à hora que quiser... terei o maior prazer. Pois não... Perfeitamente. Muito obrigado.

Pendurou o fone no gancho, tornou a dar manivela e voltou para a sala. Fandango dirigiu-lhe um olhar travesso.

— Qualquer dia quero falar numa droga dessas. É verdade que esse bicho faz cócega no ouvido da gente?

O velho capataz tinha grande admiração por todas aquelas invenções modernas que vira chegar periodicamente a Santa Fé. Até agora ainda não compreendia direito o telégrafo, e alimentava até a vaga desconfiança de que tudo aquilo não passava de grossa empulhação. Desde que o Sobrado instalara, havia alguns anos, uma rede de gás acetileno, um dos divertimentos de Fandango era ficar olhando para aqueles bicos que chiavam nas salas do casario e ao redor de cujas chamas, dum branco esverdinhado, as mariposas esvoaçavam, tontas. E, diante de todas essas engenhocas, o velho resumia sua admiração numa frase:

— Nação de gente ladina, esses estrangeiros!

Capítulo IV

1

No dia seguinte Bio obrigou Rodrigo a sair da cama às seis da manhã.

— Acorda, vadio! — gritou, sacudindo o irmão pelos ombros. — Já faz um tempão que o sol nasceu.

Estonteado de sono, Rodrigo vestiu-se, lavou-se e desceu para a cozinha, onde Fandango e Laurinda o esperavam com o mate pronto.

— Esses mocinhos de cidade grande até me dão nojo — disse o velho, lançando um olhar para o amigo e soltando uma cusparada verde sobre as lajes. — Xô égua!

— Bom dia! — disse Rodrigo. E o *a* de *dia* transformou-se num prolongado bocejo.

— Vassuncê ainda não está bem acordado — observou Laurinda, entregando a cuia ao rapaz

— Derrame água fria na cabeça dele — aconselhou o capataz.

De pálpebras caídas, mas sorrindo, Rodrigo começou a chupar na bomba. Àquela hora, Maria Valéria andava a abrir as janelas da casa e a dar ordens às suas negras: "Vá arrumar a cama dos meninos. E você aí, pegue um pano e vá limpar os móveis da sala. Mas cuidado com os vasos, sua bruaca!".

— Onde está o papai? — perguntou Rodrigo.

— Montou a cavalo e saiu ao clarear do dia — informou Laurinda. — Não disse aonde ia.

A luz dourada da manhã entrava pelas janelas da cozinha, e da boca do grande fogão de pedra vinha um cheiro de lenha verde queimada. No arvoredo do quintal os passarinhos cantavam, numa algazarra festiva, e seus pipilos eram como bicadas na superfície clara e luminosa da manhã.

— E agora? — perguntou Fandango, voltando os olhos para Rodrigo. — Que é que vai fazer? Ficar na cidade, vadiando?

— Por alguma razão estudei medicina...

— Hay médicos demais no mundo. E eu não acredito muito nesses doutores da mula ruça.

Rodrigo sorriu. Pegou a chaleira, tornou a encher a cuia e passou-a a Laurinda.

— O papai vai comprar a Farmácia Popular pra ele — contou Toríbio.

Fandango fechou um olho e perguntou:

— Pra quê?

— Ora! Além de farmácia ser bom negócio, quero instalar meu consultório lá.

— Xô mico! Com tanto serviço de homem no Angico! — Olhou para as mãos de Rodrigo, apertou os olhos e sorriu com desdém. — Mas como é que tu ia trabalhar no campo? Bio, olha só as mãozinhas dele. Parecem mãos de dama. Caramba! Tu não aguentava nem dois dias fazendo trabalho de peão, menino. — Sacudiu a cabeça, penalizado, e tornou a cuspir no chão. — Este mundo está ficando perdido. O meu consolo é que não vou durar muito. Se as coisas continuarem assim, ainda vamos ver homem com calça de renda em vez de ceroula. Xô égua! Antes uma buena muerte.

Rodrigo tornou a bocejar, estendeu os braços, espreguiçando-se, e depois disse com bom humor:

— Qualquer outro homem que me tivesse dito essas coisas já estaria morto.

Ergueu o braço direito, fazendo avançar o indicador enristado na direção de Fandango, ao mesmo tempo que encolhia os outros dedos para dar à mão a configuração dum revólver.

— Sai, maricão! — exclamou o capataz. — Tua pistola é dessas que quando a gente puxa o gatilho, em vez de sair bala salta um leque de flor. Sai!

— Pois a semana que vem nós vamos todos pro Angico e eu quero te mostrar como sou um bom ginete e laço tão bem como qualquer dos teus gaúchos.

Fandango olhou para Toríbio e piscou o olho:

— Duvido e faço pouco!

Rodrigo ergueu-se, acercou-se do velho, pôs-lhe a mão no ombro e murmurou:

— Está se vendo que não me conheces.

Fandango alçou os olhos pícaros e respondeu:

— Te conheço tão bem como se te hubiera parido.

2

Tomaram café por volta das oito horas e, ao se erguerem da mesa, Rodrigo convidou o irmão para subirem à água-furtada.

— Vamos ao "castelo"? — disse, usando a senha da infância.

O "castelo" não fazia parte do Sobrado: era o "outro mundo". Subir para a água-furtada significava para eles viajar, visitar Bombaim, Londres ou Amsterdã, ir para bordo dum brigue ou dum balão, entrar numa barraca armada em plena selva africana ou cair na masmorra dum castelo feudal onde acabariam morrendo de fome e sede, não fossem eles dois valentes e astuciosos aventureiros, que sempre conseguiam safar-se, munidos apenas duma espada e fazendo frente a guardas armados de lanças e flechas. Era na água-furtada que tinham seus brinquedos e os livros de aventuras na pele de cujos heróis se metiam.

Foi por tudo isso que naquela manhã Rodrigo subiu emocionado a sombria escada que levava ao "castelo" e em cujos degraus seus passos produziam um som cavo. Para ele a escada vivia tocada de mistério. Tinha um cheiro poeirento de madeira seca e nos seus desvios às vezes ele julgava vislumbrar estranhas sombras móveis, talvez morcegos ávidos por sugarem sangue humano. Era sempre com um aperto de coração e um delicioso medo que ele subia aqueles degraus, de ouvido atento, respiração opressa, não ousando sequer tocar o corrimão, no temor de que sobre ele estivesse à espreita alguma aranha-caranguejeira. Só de pensar nisso, o menino Rodrigo sentia arrepios pelo corpo todo.

No meio da escada, parou e gritou para o irmão:

— Espera um pouco, Bio.

— Que foi que houve?

— Nada. Só quero ver se ainda sinto o que sentia antigamente quando subia...

Fechou os olhos, aspirou com força o ar, pensou nos morcegos, nas aranhas, no mistério... Depois tornou a abrir os olhos e retomou a ascensão.

— Conseguiste?

— Quase. E tu?

— Eu nunca senti nada de especial.

— Nunca mesmo?

— Nunca. Era uma escada como qualquer outra.

Rodrigo suspirou de leve, murmurando:

— É sempre assim... A mesma casa, a mesma escada, o mesmo homem. Mas só porque esse homem ficou mais velho, conheceu outras terras e outras gentes, leu mais livros, a casa e a escada mudaram. E as pessoas da casa também mudaram.

— Estás mas é ficando muito besta — resmungou o outro. E acrescentou:

— Sobe duma vez, homem!

Chegaram ao último degrau, abriram a porta da água-furtada e entraram. Rodrigo escancarou a janela e olhou em torno. Tudo ali estava como no dia em que ele deixara Santa Fé, havia quase dez anos. Nas prateleiras de pinho sem lustro, brochuras enfileiravam-se desbeiçadas, amareladas e poeirentas. Sobre um caixão de querosene vazio, jazia um velho fonógrafo fora de uso, ainda do tempo dos cilindros, e sua pequena campânula semelhava uma rígida flor cinzenta. Nas paredes caiadas, como hieróglifos de civilizações mortas, viam-se figuras, caracteres e palavras misteriosas, traçadas a lápis, carvão e ponta de prego pelos dois irmãos em diversas épocas de suas vidas.

Rodrigo aproximou-se da prateleira, tirou dela alguns volumes e começou a folheá-los. Aqueles livros estavam ligados a vários períodos de sua infância e adolescência. Ali estavam *O último dos moicanos*, *A morgadinha dos canaviais*, *Carlos Magno e os doze pares de França*, a coleção quase completa de Júlio Verne, e muitos dos romances de Alencar, Escrich, Gaboriau, Sue, Ohnet e Richebourg. Rodrigo apanhou com particular carinho uma brochura desmantelada: o *Rocambole*. Releu alguns trechos e por um instante lhe pareceu possível, através da releitura das proezas daquele simpático patife, recapturar as emoções dos quinze anos. Folheou também a *Moreninha* e depois, acocorando-se diante da estante, ficou a olhar, sorridente, para a lombada dum volume. *Naná*... Só agora compreendia a enormidade do pulo que dera, passando de Macedo para Zola. Esse pulo coincidira com sua puberdade, e fora estimulado por Zola e conduzido por Bio que, em fins do verão de 1900, conhecera a primeira mulher.

Rodrigo recordava agora, gesto por gesto, emoção por emoção, medo por medo, os excitantes minutos de sua iniciação sexual.

— Tu te lembras da Noca? — perguntou ele.

— Se me lembro! Ainda está viva.

— Deve estar muito velha, não?

— Está. Um caco de gente. Mas dizem que ainda funciona.

Rodrigo ergueu-se, sacudindo a cabeça num gesto de adulta tolerância com o qual pretendia abranger a baixa prostituição e sua adolescência cálida e desordenada.

Suas leituras haviam seguido uma trajetória doida, com vertiginosos altos e baixos. Depois de Zola desembestara a ler livros puramente lúbricos como *Memórias duma cantora*. Tomara-se de amores por Paul de Kock, cujas brochuras comprava secretamente com os níqueis que sua madrinha lhe dava. Costumava ir ler às escondidas na água-furtada e um dia chegara a passar mais de duas horas encarapitado no alto da marmeleira-da-índia, no quintal, a devorar *A mulher, o marido e o amante*.

— Ainda gostas de ler? — perguntou ele a Toríbio.

— Como sempre.

— Quais são agora os teus autores prediletos?

— Sendo romance de aventuras, leio tudo que me cai na mão.

Rodrigo acercou-se da janela e olhou para fora. A luz da manhã era um ouro tépido e novo, e o ar límpido cheirava a orvalho. Ergueu os olhos para o alto e lembrou-se do que Laurinda costumava dizer em dias de céu azul como aquele: "Deus decerto mandou os anjos lavarem o soalho da casa dele". Do ponto em que estava, Rodrigo dominava com o olhar sua cidade, via-lhe os telhados em meio da densa vegetação dos quintais. Santa Fé resumia-se em duas ruas que corriam de norte a sul — a do Comércio e a dos Voluntários da Pátria — cortadas por cinco outras de menor importância, ruas esbarrancadas de terra batida e sem calçadas, onde pobres meias-águas e casas de madeira se erguiam em precário alinhamento, entremeadas de terrenos baldios, onde cresciam ervas daninhas e os moradores das vizinhanças iam atirando dia a dia o seu lixo. A rua do Comércio era a única calçada de pedra, e nela ficavam o Clube Comercial, a Confeitaria Schnitzler, o Centro Republicano e as principais casas de negócio.

Debruçado à janela, Rodrigo aspirava com gula o ar fresco da manhã, com a absurda mas deliciosa impressão de que com ele sorvia não só sereno e sol, como também as verdes campinas onduladas e os remotos horizontes que circundavam Santa Fé.

— Quando eu era menino — murmurou, sem se voltar —, pensava que este era o ponto culminante do mundo. Não concebia que pudesse haver casa mais alta que o Sobrado...

— Mas há?

Rodrigo voltou-se e sorriu:

— Tens razão, não há. Eu ia te falar no edifício Malakof de Porto Alegre, nas estruturas formidáveis de Nova York. Mas a casa mais alta do mundo é mesmo o Sobrado.

Sentou-se no peitoril da janela e ficou a contemplar as torres da Matriz.

— Acho que o segredo da felicidade — prosseguiu — está na gente gostar daquilo que tem: sua casa, seus parentes, seus amigos, sua profissão, sua terra... — Respirou fundo e, como quem acaba de fazer uma grande descoberta, disse: — Santa Fé é a melhor cidade do mundo, Bio, e eu sou um homem feliz.

Estava comovido a ponto de ter de fazer um esforço para conter as lágrimas. E, quando percebeu que o outro o observava com o rabo dos olhos, pigarreou e tratou de disfarçar. Toríbio havia tirado do bolso um pedaço de fumo e, de faca em punho, começava a fazer um cigarro. Depois de curto silêncio, disse:

— Santa Fé não é má. Mas prefiro o Angico.

— És um filho da natureza.

— E tu um filho da...

Soltou o palavrão com um gosto explosivo, acrescentando a seguir:

— Vamos dar um passeio.

— Grande ideia. Mas espera um pouco, tenho de me vestir.

— Não sejas bobo, vai assim mesmo.

— Em mangas de camisa? De chinelos sem meias? Sem colarinho nem gravata? Estás doido.

Rodrigo desceu para o quarto, meteu-se numa roupa de brim pardo, feita pelo melhor alfaiate de Porto Alegre e, depois de ajeitar a gravata e o chapéu do chile diante do espelho, gritou para o irmão:

— Vamos?

3

Toríbio limitou-se a pôr o chapelão de abas largas e assim como estava, sem casaco, de bombachas de riscado e pés descalços, saiu para a rua.

— Vamos primeiro ver o Pitombo — sugeriu Rodrigo.

— Não te gabo o gosto. Ver caixão de defunto a esta hora da manhã é estragar o dia.

Estavam ambos na calçada, à frente do Sobrado. Rodrigo lembrou-se da noite de pavor em que Toríbio tinha ido roubar velas no cemitério. Ficou a mirar o irmão de cenho franzido.

— Que foi que houve?

— E te lembras daquela noite em que me levaste ao cemitério?

— Me lembro.

— Não é engraçado nunca mais termos falado no assunto?

— Engraçado? Por quê? Fizemos um juramento...

— Pois eu guardei comigo todo esse tempo um segredo. Acho que chegou a hora de fazer a revelação...

Toríbio lançou-lhe um olhar enviesado:

— Segredo? — repetiu, intrigado.

— Tu te lembras de quando o homem que estava desenterrando o corpo da velha Schultz ergueu a lanterna? Pois nessa hora eu vi a cara dele... E tu sabes quem era o violador de sepulturas? O velho Pitombo, o pai do Zé!

— Tens certeza?

— Como é que vou ter certeza, se estava louco de medo e afinal de contas era de noite, e a coisa toda se passou longe de onde estávamos?

— Vê só como são as coisas. Pois sabes quem foi que eu achei que era? O negro Sérgio.

— O Lobisomem? Ah, essa é que não, te garanto. Acho que era o velho Pitombo mesmo.

— Podia não ser o Sérgio, mas o Pitombo também não era. O homem que vi era pardo.

Ficaram a entreolhar-se em dúvida, por alguns segundos.

— Mas que adianta discutir isso agora? — perguntou Toríbio. — O velho Pitombo morreu e ninguém se lembra mais do caso.

— Depois daquela noite nunca mais pude olhar direito pro homem. Quando ele falava comigo, eu sentia um mal-estar danado. Até comecei a tratar mal o pobre do Zé, no colégio.

— Pois comigo a coisa foi diferente. Eu já me interessava pelo Sérgio porque diziam que às sextas-feiras ele virava lobisomem e saía pra rua. Depois daquela noite no cemitério fiquei ainda mais interessado no negro. Um dia cheguei a entrar na casa dele pra ver se descobria lá dentro alguma caveira, alguma joia ou um filtro mágico. Mas qual! Só encontrei molambos.

— E nunca me contaste isso, patife.

— A troco de que havia de te contar? — Toríbio empurrou o outro, numa paródia de agressão. — Sempre foste um adulão, vivias pegando do bico da chaleira da titia.

Atravessaram a rua, entraram na carpintaria do Zé Pitombo e encontraram-no em mangas de camisa e descalço, a aplainar uma tábua.

— Deus ajuda a quem trabalha! — exclamou Rodrigo.

Pitombo, todo alvoroçado por ver o antigo companheiro de escola, largou a plaina e, limpando as palmas das mãos nas calças, aproximou-se dele.

— Bom dia, doutor — disse com ar cerimonioso. — Que honra para esta casa!

— Estás vendo, Bio? — perguntou Rodrigo, estendendo a mão para o carpinteiro. — O meu companheiro de escola primária me chamando de doutor. Já se viu maior absurdo?

Abraçou o outro cordialmente. Muito encolhido, os cabelos em desalinho, o rosto coberto por uma barba de dois dias, Pitombo parecia constrangido. Tinha orelhas que semelhavam asas de açucareiro, e seu lábio inferior sobressaía do superior, muito inchado, vermelho e lustroso, como que mordido de marimbondo.

— Não repare, Rodrigo — murmurou ele, baixando os olhos para designar a maneira como estava vestido. — Sou um pobre operário.

— Cristo também foi carpinteiro — disse Rodrigo com dupla intenção: agradar Pitombo e divertir o irmão.

— Mas quem sou eu para ser comparado com o Nazareno?

Havia no ar um cheiro ativo de cola combinado com o de serragem, mas o que perturbava Rodrigo era o fartum de suor muitas vezes dormido que emanava do corpo de Zé Pitombo.

— Quero te dar os parabéns, Zé — disse ele, pousando a mão no ombro do outro. — Li teu soneto na *Voz*. Gostei muito — mentiu.

Achara o poema horrível, mas era-lhe agradável ser agradável aos outros. Aquela pequena mentira ia fazer o pobre-diabo feliz. Os olhos cinzentos do carpinteiro ganharam um lustro novo.

— Gostou mesmo? Pois a gente faz o que pode. Poeta de aldeia, o senhor sabe...

— É da aldeia que saem os grandes homens, Zé.

— Mas não querem sentar?

— Não, Zé, muito obrigado. Andamos dando uma volta e revendo os amigos. Até logo. Aparece lá pelo Sobrado, homem!

Tomou a abraçar Pitombo e, tomando do braço de Toríbio, comandou:

— Vamos!

— Não gosto muito da cara desse sujeito — resmungou o outro, quando se viram de novo na rua. — Não olha direito pra gente. Deve ter alguma coisa na consciência.

— Qual, Bio! O Pitombo é uma alma simples. — Parou, olhou em torno e decidiu. — Vamos visitar a igreja.

Foram. Aquela hora o templo estava deserto. De chapéu na mão, parado na extremidade do corredor, entre as duas alas de bancos, Rodrigo olhava para a imagem da padroeira da cidade.

— Tenho a impressão de que todos esses santos são meus velhos amigos — murmurou ele, passando o olhar pelos altares.

— Se são teus amigos, por que não falas alto? Pergunta como vão passando. Como vai o senhor, santo Antão? E a senhora, Nossa Senhora da Conceição?

— E o vozeirão lento e grave de Toríbio reboava no recinto daquele templo, famoso pela sua acústica. — Como vai a família, são José? Dona Maria já sarou da constipação?

— Bio! Mais respeito.

— Ué... Por quê? Os santos me conhecem desde que nasci. Não adianta fingir. Eles sabem como eu sou...

Sempre que entrava numa igreja, Rodrigo ficava tomado dum sentimento opressivo, misto de temor e respeito, algo que o fazia falar baixo, caminhar na ponta dos pés. Depois dos quinze anos jamais pronunciara uma oração. Raramente ia à missa, e, quando ia, nunca se ajoelhava nem mesmo tentava rezar. O interior das igrejas deprimia-o um pouco, dava-lhe um peso no peito, evocava--lhe ideias inquietadoras mais relacionadas com os pavores da morte e do inferno do que com as maravilhas da vida e do céu. Desde menino, assistira naquele templo a várias missas de corpo presente e encomendações de defuntos: e em muitas Sextas-feiras da Paixão viera, pela mão de sua madrinha, beijar o corpo do Cristo morto. Observara que as pessoas que mais frequentavam a igreja eram os velhos e os doentes, e nas caras lívidas dessas gentes tristes havia algo que ele associava ao fundo encardido da pia de água benta. O cheiro de incenso das missas misturava-se com o melancólico ranço de suor humano, entranhado naquelas paredes, imagens, madeiras e panos.

Rodrigo permaneceu num silêncio meditativo, lembrando-se das muitas vezes em que no passado, em diversas idades, entrara naquele templo.

— Se algum dia eu me confessar — disse Toríbio —, tenho de contar ao vigário um sacrilégio que cometi. Uma tarde entrei aqui e roubei uma vela do altar de Nossa Senhora pra de noite ler o *Rocambole* no quarto.

— E não será esse o teu único pecado, herege — sussurrou Rodrigo.

— Mas acho que Nossa Senhora já me perdoou. Aposto até como ela achou engraçado. — Soltou um fundo suspiro e acrescentou em voz mais baixa. — Tenho pago com juros a vela que roubei. Todos os anos, no dia da santa, compro uma vela das grandes e acendo no altar dela.

— E dizes que não és religioso!

— Isso nada tem que ver com religião. Foi um empréstimo que fiz e agora estou pagando com juro alto. É um negócio particular entre mim e Nossa Senhora.

Rodrigo sorriu, sacudindo a cabeça. E, quando de novo saíram para o clarão dourado da manhã, Toríbio respirou com força, exclamando:

— Se Deus está em algum lugar, é aqui fora e não lá dentro.

— Deus está em toda parte.

— Quem te ouve pensa que és mesmo religioso.

— E sou! — afirmou Rodrigo com veemência, tentando convencer não só o irmão como principalmente a si mesmo.

Sempre que examinava suas relações com Deus, achava-as um tanto confusas. Gostava de dizer, parodiando conhecida anedota a respeito de Voltaire, que suas relações com o Criador eram apenas de cumprimento. Lera com paixão os enciclopedistas e deliciara-se com a *Vida de Jesus*, de Renan. Houvera em seus tempos de estudante um confuso momento em que — como consequência de amores malsucedidos — mergulhara fundo em Schopenhauer. Tomara-se de amores pela Ciência com *C* maiúsculo e encontrara um sabor viril no ateísmo. Repetia com volúpia a frase de Taine: "Sendo o homem fisicamente uma máquina e mentalmente um teorema, o vício e a virtude não passam de simples produtos, como o vitríolo e o açúcar".

"Deus não existe!", exclamara muita vez à noite, sob as árvores da praça da Harmonia, nas ruidosas discussões metafísicas que entretinha com os colegas. Negando Deus, ele se sentia mais adulto, mais corajoso, mais sábio e ao mesmo tempo mais livre. Sua bondade e seus sentimentos caridosos ganhavam um sentido singular, porque, uma vez que não existia Deus nem Céu ou prêmios para os justos e os bons, todos os seus atos de bondade, justiça e caridade se tornavam esplendidamente gratuitos. "No dia em que eu morrer", gostava de dizer, "minha consciência se apagará, mas, como é sabido que nada se perde e tudo se transforma no universo, meu corpo plantado na terra se transformará numa árvore, numa bela árvore que há de abrigar os passarinhos e dar sombra às crianças e aos namorados." Mas se por um lado ele tinha coragem e ímpeto para fazer essas afirmações nos corredores da faculdade, nas praças, nos restaurantes ou nos salões de baile — por outro esse ímpeto e essa coragem amorteciam, quase desapareciam sempre que ele entrava numa igreja. Era uma lei antiga que o filho devesse respeito ao pai, diante do qual não lhe era permitido erguer a voz e nem mesmo a cabeça. Sempre que Rodrigo se defrontava com o pai seu gosto por falar alto, por sacudir no ar o penacho desapareciam e ele sentia até certo prazer em humilhar-se, representando o papel de "o bom menino", obediente e modesto. Toda vez em que entrava numa igreja e sentia a presença invisível de Deus, o Pai dos pais, ele se apequenava num ato de contrição.

Como alguém um dia lhe perguntasse se era religioso e ele respondesse: "A razão me leva para o ateísmo, mas o coração me eleva para Deus", esse alguém lhe dera uma resposta dum bom senso irritante: "Quer dizer então que o amigo acende uma vela a Deus e outra ao diabo?".

4

— Vamos ver o Chico — convidou Rodrigo.

Entraram numa casa velha e baixa de duas portas e três janelas, e em cuja fachada, logo abaixo do beiral, havia um letreiro: Padaria Estrela-d'Alva. Rodrigo bateu palmas:

— Ó de casa! — gritou.

Chico Pão apareceu.

— Olha, Romualda! Olha! — gritou para a mulher, radiante.

E correu a abraçar Rodrigo. Quis dizer alguma coisa, mas engasgou-se e as lágrimas lhe brotaram nos olhos.

— Que é isso, Chico? — exclamou Rodrigo que, muito a contragosto, começava também a comover-se.

O padeiro abraçava-o, com a cabeça no seu ombro. (Vai me sujar a roupa!) Chorava agora aos soluços, limpando as mãos no avental. Romualda olhava a cena com ar meio imbecil.

Finalmente Chico desprendeu-se de Rodrigo e, enxugando os olhos com as pontas dos grossos dedos, voltou-se para a mulher:

— Cumprimenta o doutor Rodrigo, Romualda.

A criatura obedeceu. Tinha a mão fresca e úmida. Não disse palavra: limitou-se a olhar para o rapaz com olhos cheios duma ternura acanhada.

— Sempre moça, dona Romualda — mentiu Rodrigo.

Na realidade achava-a um molambo de gente: magra, envelhecida, amarela e tristonha.

— E como vai a padaria, Chico? — perguntou, pousando a mão no ombro do vizinho. — Ainda fazes aquele teu pão cabrito maravilhoso?

O rosto do padeiro iluminou-se.

— Quando vi o senhor — choramingou ele —, me lembrei do meu pai e do que o coitado dizia. "Quero bem esses meninos do coronel Licurgo como se eles fossem meus filhos. Chico, nunca deixes de ser amigo do Rodrigo e do Toríbio." — Fez uma pausa. — Pobre do papai! Faz três anos que morreu e ainda não me acostumei com a falta dele. — Sacudiu a cabeça, penalizado. — A vida é assim mesmo.

— Um consolo tu tens, Chico — disse Rodrigo. — Sempre foste um bom filho.

Olhou em torno. Havia naquela pequena loja de chão de terra batida um balcão seboso e prateleiras toscas onde se viam latas com biscoitos e bolachas. Andava no ar um cheiro acolhedor e convidativo de pão fresco e café recém-passado.

— Me desculpe, seu Rodrigo — disse ele, de olhos baixos. — Não pude ir à estação ontem. Estive de cama, outra vez com aquela pontada do lado. Não foi, Romualda?

A mulher confirmou com um aceno de cabeça.

— Precisamos ver isso o quanto antes, Chico. Ainda não abri o consultório, mas aparece hoje mesmo no Sobrado. Quero te examinar. Deve ser alguma coisa nos rins.

— A Romualda também tem andado amolada, não é, Romualda? Uns flatos, parece... e umas palpitações.

— Pois ela que vá também ao Sobrado. Vocês serão os meus primeiros clientes!

— Quem sabe se ele aceita um café? — perguntou Romualda, voltando-se para o marido.

Chico Pão reforçou a pergunta com um olhar aliciante.

Toríbio, que estivera todo tempo à porta da padaria, fazendo um cigarro, voltou a cabeça para dentro e gritou:

— Estamos com um pouco de pressa.

Rodrigo, porém, protestou:

— Pressa coisa nenhuma! Venha de lá esse café, dona Romualda.

No minuto seguinte estavam sentados ao redor da mesa, na sala de jantar.

— Não repare, seu Rodrigo, isto é casa de pobre... — disse Chico.

— Para mim, isto é antes de mais nada a casa dum amigo que muito prezo.

De novo os olhos do padeiro se enevoaram e seus lábios tremeram. Romualda serviu o café e o marido trouxe com certo orgulho um prato com fatias de pão cabrito, que Rodrigo se pôs a comer com entusiasmo.

— Vou te dizer uma coisa, Chico. Em Porto Alegre ninguém sabe fazer pão como tu. Eu sempre dizia pros meus colegas. Se há coisa de que tenho saudade é do pão da Estrela-d'Alva.

Com os cotovelos sobre a mesa, as manoplas a segurar o rosto moreno, Chico Pão contemplava Rodrigo com interesse amoroso. Toríbio fumava e bebericava seu café.

— O Chico vai votar no marechal Hermes, não vai?

O padeiro franziu a testa e voltou para o rapaz uma cara indignada:

— Eu? Deus me livre. Voto sempre com o coronel Licurgo. — Bateu no peito. — Eu sou do doutor Rui Barbosa.

— Se o Trindade sabe disso, manda te capar — troçou Toríbio.

Com a boca cheia de pão, Rodrigo ergueu o braço num gesto dramático, exclamando:

— Para fazer isso ele tem que primeiro passar por cima do cadáver de todos os Cambarás!

Romualda servia a mesa em silêncio. Seus pés descalços moviam-se sem ruído sobre o chão. Da cozinha vinha um bafio fresco de picumã. E, pelo vão da porta, Rodrigo via um pedaço azul de céu e um pequeno trecho do quintal, onde galinhas ciscavam o chão.

Romualda parou um instante junto de Rodrigo e perguntou:

— Doutor, o senhor já ouviu falar nesse tal de cometa?

Rodrigo ergueu a cabeça:

— O que vai aparecer em maio? Por quê?

— Será mesmo que o mundo vai acabar?

— Qual! É boato.

— Pois a Romualda anda louca de medo — contou Chico. — Eu já disse pra ela que isso é invenção dos jornais. Pregam essas mentiras pra chamar a atenção do povo, não é, doutor?

Toríbio soltou uma baforada de fumaça e disse:

— Pois eu acho que o mundo vai acabar e é bem feito, Chico. Deus deve andar mal satisfeito com as criaturas. Todo o mundo está perdendo a vergonha. Tomara que esta droga acabe. Não se perde nada.

— Credo! — exclamou Romualda. — Que Deus le perdoe, seu Toríbio.

Pouco depois, Toríbio e Rodrigo saíram. Já na rua, o primeiro disse:

— Que história foi essa de aceitar café com pão? Não tomaste em casa antes de sair?

— Claro que tomei. Mas não compreendes que o pobre do Chico ia ficar honrado se tomássemos café à mesa dele? Não vês que não custa nada a gente fazer os outros felizes?

— Não compreendo, doutor, sou um bagual.

Pararam à esquina. Rodrigo lançou um olhar demorado para a praça, onde cavalos e vacas pastavam.

— Que abandono! A praça principal de Santa Fé transformada em potreiro! Ah! No dia em que eu tiver um jornal, essa corja vai ver... Mas, vamos olhar a figueira.

Ao chegarem ao pé da árvore, Rodrigo estacou e pôs-se a examinar o tronco cheio de sinais, nomes e iniciais gravados a faca e canivete.

— Quantas gerações terão deixado sua marca neste tronco! Daqui a mil anos, os historiadores tentarão reconstituir a história de Santa Fé através destes hieróglifos.

Tirou o chapéu, passou o lenço pela testa suada e olhou para o edifício da Intendência, que ficava do outro lado da praça, na quadra fronteira à do Sobrado.

— E dizer-se que aquele cachorro do Trindade está lá dentro, sentado na cadeira de intendente, como num trono. É de lá que ele dá as suas ordens atrabiliárias. É lá que os adulões comparecem para o beija-mão. Canalha! Não perdes nada por esperar.

Toríbio olhava o irmão com o rabo dos olhos.

— Estás então convencido que vais derrubar o Trindade?

— E por que não? Achas que ele é invencível? Não te parece que Santa Fé merece outro intendente, outro governo, outra sorte?

Como única resposta, Toríbio começou a assobiar o "Boi barroso".

— Queres ir depor o Trindade... agora? — perguntou pouco depois, pachorrento.

— Ora, Bio! Tu levas tudo na troça. Mas um dia hás de compreender que o assunto é mais sério do que pensas. Vamos descer a rua do Comércio.

Toríbio fez um gesto de resignação.

— E continuar a nossa via-sacra — disse, com um suspiro.

E puseram-se de novo em movimento.

5

Rodrigo lançou o olhar ao longo da perspectiva da rua principal de Santa Fé. Como eram baixas, feias e tristonhas aquelas casas! Com exceção do Sobrado, do

Clube Comercial e de algumas residências como a dos Matos, a dos Quadros e a dos Fagundes, eram todas térreas e sem estilo, de fachadas caiadas sem platibanda. No telhado limoso das mais antigas, cresciam até ervas. O pavimento da rua, riçado de pedras-ferro de tamanho irregular e de ordinário cobertas de finíssima poeira avermelhada, dava a impressão de ter sido feito com pedaços de pé de moleque. Ao longo das calçadas alinhavam-se os lampiões de querosene, no alto de postes de madeira pintados de azul.

— Mas um dia havemos de ter luz elétrica! — exclamou Rodrigo de repente, como a rebater a crítica dum interlocutor invisível.

— Não me digas que vais organizar uma companhia...

— E por que não?

— Donde é que vai sair o dinheiro?

— Venderemos ações.

— A quem? Tu sabes que estes nossos estancieiros são gente de guardar seus patacões em pé de meia. Santa Fé é uma cidade pobre, e aqui os que têm dinheiro não enxergam um palmo adiante do nariz.

— Com luz elétrica enxergarão muitos metros. E com luz elétrica podemos ter até cinematógrafo!

Num súbito entusiasmo, Rodrigo desferiu uma palmada nas costas do irmão.

— Cinematógrafo é bobagem pra criança — disse Toríbio.

Rodrigo estacou, postou-se na frente do outro e reagiu:

— Estás muito enganado. Nunca viste cinematógrafo de verdade. O que conheces é lanterna mágica. Em Porto Alegre passam fitas de enredo, em muitas partes, e algumas até bem instrutivas.

E, como para comprar a simpatia do irmão, que gostava dos romances de capa e espada, contou:

— Já fizeram uma fita d'*Os mistérios de Paris*. E sabes com que artista? — Bombardeou Toríbio com nomes que ele evidentemente não conhecia: — Madot, Hector, Simon, Liovent, Suzanne, todos do Teatro Porte Saint-Martin, de Paris!

Toríbio sacudia a cabeça, obstinado.

— Me deem um livro e uma vela que eu me divirto. Não quero saber dessas sombrinhas em pano branco.

— E as fitas cômicas — enumerava ainda Rodrigo — com o Max Linder, o Bigodinho, o Deed, são engraçadíssimas, eu queria que visses!

— Está bem. Faz o teu cinematógrafo, mas não contes comigo. Não vou lá nem de graça. E te prepara pra perder dinheiro. Isto é uma terra de botocudos.

— Teu pessimismo está me fazendo mal.

Continuaram a andar. Iam a passo lento e paravam sempre que algum conhecido se aproximava para abraçar Rodrigo. Toríbio impacientava-se, pois eram sempre as mesmas palmadas frenéticas nas costas, as mesmas perguntas, as mesmas exclamações:

"Mas sim senhor, hein? Te vi de calças curtas, brincando na rua, e agora aqui um homem-feito, hein? Vai clinicar na cidade? Meus parabéns! Quem havia de dizer!... Parece que foi ontem! Este mundo é assim mesmo..."

Toríbio tinha de intervir para evitar que aquelas conversas se prolongassem por mais tempo.

— Vamos embora! — dizia, puxando o irmão pela manga do casaco.

Iam... Mas de dentro duma casa ou no meio da calçada surgia um novo conhecido e o cerimonial se repetia.

— Isto vai devagar que nem enterro de rico — reclamou Bio.

— Que queres? Estão dando as boas-vindas ao filho pródigo.

Rodrigo entrou na Casa Sol, abraçou o proprietário e os caixeiros, um por um, e ficou ainda a palestrar com três agricultores — gente do terceiro distrito — que ali estavam a fazer compras. Prometeu a todos visitas, receitas, sementes, remédios...

Quando saíram de novo para a calçada, Rodrigo avistou o aguadeiro de Santa Fé, que vinha pelo meio da rua aos sacolejos da sua carroça, sentado no alto da grande pipa, tendo na mão esquerda as rédeas com que dirigia a mula magra, de olhos remelentos, e na direita o chicote que fazia estalar no ar com a bravura dum domador de leões. O pipeiro! — sorriu Rodrigo. Ananias Silva, que fornecia água potável às famílias de Santa Fé a um tostão a lata, era um homenzinho sem idade, baixo e franzino, de pele lívida e olhos frios e gelatinosos de peixe. Tinha a cara chupada e bigodes caídos pelos cantos da boca, que a falta de dentes tornava flácida e franzida. Ananias Silva era famoso na crônica da cidade por viver maritalmente com duas mulheres na mesma casa: uma já madurona, a legítima, e outra ainda nova, a amásia. E o mais extraordinário era que ambas viviam em perfeita harmonia. Afirmava-se que o aguadeiro dormia numa larga cama, flanqueado pelas esposas, razão por que era conhecido em todo o município pela alcunha de Zé do Meio.

Rodrigo sempre achara fascinante essa história e seu minúsculo herói. Foi por isso que, ao avistar o pipeiro, saudou-o com verdadeira efusão. Zé do Meio fez a mula estacar, saltou da carroça e pôs-se a correr na direção de Rodrigo, que o esperava de braços abertos.

— Deus te abençoe, meu filho! — exclamou o aguadeiro, abraçando-o. — Deus te crie pro bem!

— Como vai a vida, Zé do Meio? — perguntou Toríbio.

O homem soltou uma risadinha fina e disse:

— Eu gosto do Bio. Não me importo que ele me chame de Zé do Meio. Se fosse outro, eu brigava. Não admito que me desmoralizem.

— Deixa de besteira, Zé — retrucou Toríbio. — Todo mundo sabe que tu dormes no meio de duas mulheres. É ou não é?

O pipeiro piscou-lhe o olho e torceu a boca numa paródia de sorriso.

— Mas com quem que tu querias que eu dormisse, vivente? Contigo?

Soltou outra risada, voltou para a carroça e subiu agilmente para cima da pipa. Lá do alto, tirou o chapéu, numa cortesia gaiata, e de novo fez estalar o chicote, pondo a mula em movimento.

Rodrigo e Toríbio retomaram a marcha, sorrindo.

— Eu só queria saber qual é o segredo do Zé do Meio. É franzino, desdentado e feio, e no entanto consegue um milagre que nenhum dom-joão, que eu saiba, até hoje conseguiu.

— Mulher é bicho que ninguém entende.

Caminhavam agora ao longo dum muro onde se lia, em grossos caracteres negros: FERNET BRANCA CONSERTA O ESTÔMAGO.

— Ah! — fez Rodrigo de repente. — Vou transformar o porão do Sobrado numa boa adega. Já encomendei vinhos franceses, italianos e portugueses. Se há coisa que eu goste na vida, menino, é duma taça de champanha.

Toríbio caminhava de cabeça baixa, olhando para as pedras da calçada.

— Me deem uma boa caninha e eu fico me lambendo todo.

— Uma boa caninha destilada em alambique de barro também tem seu valor. Por que não? — Respirou fundo, ergueu os olhos piscos para o sol e disse: — Precisamos mudar de vida, Bio. O Sobrado é uma casa triste. Temos de fazer lá umas tertúlias, uns serões, convidar gente interessante, conversar, ouvir música, dar mais alma àquele casarão. E para animar uma festa não há nada como uma boa vinhaça, bons charutos e um caviarzinho...

— Eu só queria saber o que é que o velho vai achar de tudo isso.

— Está claro que no princípio vai desaprovar, dizer que é um desperdício de dinheiro e até — quem sabe? — uma indecência. Mas acabará se entregando. Ele e eu pertencemos a épocas diferentes, Bio. O mundo do papai é um mundo que está morrendo. Eu pertenço ao século XX.

— E a tua madrinha?

— Essa eu me encarrego de convencer. Sabes que sou o mimoso da Dinda. Ela vai resmungar, mas acabará fazendo o que eu quiser. — Pegou do braço do irmão e, em voz muito baixa, como se estivesse a contar-lhe um segredo, disse: — A vida é uma só, Bio. Temos que aproveitar, antes que ela se acabe ou a gente envelheça.

— É pra mim que estás dizendo isso? Que a vida é boa eu sei. E também sei que a gente tem de aproveitar enquanto pode.

— Mas chamas aproveitar a vida passar quase todo o tempo no Angico fazendo aquele serviço bruto?

— Pois isso é que me diverte, homem. Camperear no lombo dum cavalo, comer bem, ter boas mulheres, bom chimarrão e, uma vez que outra, um copo de caninha e um joguinho de baralho...

— E nessas coisas se resumem teus ideais?

— Não. Tem mais. De vez em quando uma briga, uma revoluçãozinha pra gente desenferrujar as armas e as juntas.

Rodrigo deu-lhe um empurrão afetuoso.

— És um bárbaro! Representas um Rio Grande que tende a desaparecer, um Rio Grande que vive em torno do boi e do cavalo, heroico, sim, não há dúvida, mas selvagem, retardatário. Ninguém pode deter a marcha do progresso e da ciência, e os que se atravessarem no caminho serão esmagados. Tipos como o Trindade e seus capangas, no futuro hão de ser apenas artigos de museu.

— Não me compares com esses cafajestes nem me venhas dizer que eles representam o verdadeiro Rio Grande. Gaúchos de verdade são o velho Fandango, o Babalo, o papai e miles e miles de outros.

— Não me compreendeste! Sou também pela manutenção das tradições de honra e coragem da nossa terra. Mas também sou pelo progresso. Um dia o automóvel há de desbancar o cavalo. E muito ídolo cairá por terra, muito costume será modificado. É uma fatalidade, Bio.

— E por falar em fatalidade — resmungou Toríbio — olha só quem vem ali...

Rodrigo avistou Liroca, de braços abertos no meio da calçada. Apressou o passo, aproximou-se dele e apertou-o contra o peito.

— Tu nem imaginas como estou sentido, Rodrigo! — queixou-se José Lírio. — Todo o mundo te visita, todo o mundo vai à tua casa, só eu é que não posso ir. Sabes o que me aconteceu ontem de noite, cristão?

Na cara tostada de Liroca, o narigão achatado tinha um tom violáceo. Os bigodes, que começavam a ficar grisalhos, eram um tufo híspido de piaçaba, acima dos lábios pardacentos e gretados.

— Pois fiquei na praça, sentado num banco, olhando pras janelas do Sobrado, ouvindo o barulho da festa lá dentro, suspirando, triste como terneiro desmamado, e dizendo cá comigo: "O Licurgo não devia ser tão rancoroso. Águas passadas não movem moinho. Afinal, já faz quase quinze anos que terminou a revolução e muito maragato anda por aí de braço dado com republicano". Depois, nunca dei um tiro contra o Sobrado. Juro por esta luz que me alumia — acrescentou, solene, tirando o chapéu e erguendo os olhos para o céu. — Naquela Noite de São João, em 95...

Ia contar a sabidíssima história, quando Rodrigo o interrompeu:

— Pois Liroca velho, eu te prometo arranjar tudo ainda esta semana. Quero te ver no Sobrado como um velho amigo da família.

— Será mesmo? — suspirou ele.

— Tens a minha palavra.

José Lírio estendeu a mão, que Rodrigo apertou com buscada gravidade.

— Conta pro Bio qual foi a primeira pessoa que te abraçou quando chegaste a Santa Fé.

— Foi o Liroca — declarou Rodrigo, voltando-se para o irmão e fazendo o possível para dar ao rosto uma expressão séria.

José Lírio sorriu um lento sorriso de satisfação e abalou.

Como estivessem à frente do Clube Comercial, Rodrigo sugeriu:

— Vamos entrar.

— A esta hora não tem ninguém aí dentro.

— Vamos ver o Saturnino.

6

Entraram e encontraram o Saturnino Lemos, o ecônomo do clube, atrás do balcão do bufete, a conversar com Chiru Mena, seu amigo inseparável. Rodrigo sempre achara curiosa aquela dupla. Saturnino era baixo, franzino e pálido, de voz grave e gestos serenos. Falava pouco, e dum jeito ponderado e calmo. Era um famoso tocador de flauta, especialista em valsas lentas e modinhas sentimentais. Viúvo, vivia sozinho numa casa de tábuas lá para as bandas do Barro Preto.

Chiru Mena era alto, corpulento, sanguíneo e espalhafatoso. Perdera em vadiagens e maus negócios o dinheiro, as terras e o gado que o pai, antigo estancieiro de Santa Fé, lhe legara. Vivia agora na cidade na companhia duma tia viúva que o sustentava. Não tinha profissão, andava sempre às voltas com bailarecos, ceias e serenatas, perseguido pelos credores e a contar mentiras em torno de grandes negócios que se achavam "engatilhados", e de estâncias imaginárias que estavam por vender.

Saturnino jamais alteava a voz: Chiru não sabia falar baixo. Saturnino dificilmente se entusiasmava com as coisas: Chiru vivia num constante estado de ebulição diante da vida e das pessoas. Saturnino era republicano: Chiru, federalista. No entanto davam-se bem e, noctívagos inveterados, eram frequentemente vistos a vagabundear pelas ruas de Santa Fé, altas horas da madrugada.

Rodrigo encontrava-os agora ali no bufete do clube, às nove da manhã, empenhados já nas suas habituais discussões.

Chiru veio apertar Rodrigo num caloroso abraço.

— Chegaste bem na hora, menino! Eu e o Saturnino estamos numa discussão braba. Ele diz que essa história de acabar o mundo é impossível, porque o rabo do cometa é de fumaça e não pode espatifar a Terra, mesmo que bata nela...

Saturnino interrompeu-o:

— Perdão. Não foi bem isso que eu disse. Declarei que a cauda do cometa era de matéria gasosa. Li isso num almanaque.

— Pois é a mesma coisa! — vociferou Chiru. — Agora, tu que és um moço instruído, Rodrigo, me diz quem é que tem razão: eu ou esse animal?

— Antes de resolverem a questão — interveio Toríbio, aproximando-se do balcão —, me bota uma branquinha, Saturnino.

O ecônomo serviu-lhe um cálice de cachaça, que ele emborcou, bebendo dum só trago.

— O mundo agora pode acabar, minha gente — disse, preparando-se para fazer outro cigarro.

Chiru estava de pé na frente de Rodrigo, com as mãos na cintura, sua grande cara vermelha a reluzir à luz da manhã. Debruçado sobre o balcão, Saturnino esperava o veredicto do dr. Rodrigo Cambará.

— Todo o cometa é um corpo nebuloso — explicou este último, com ar didático. — Não se trata, como o povo imagina, duma estrela com uma cauda...

Chiru olhava enviesado para Saturnino, como a dizer: "Estás ouvindo, burro?".

— Quanto à natureza da cauda, existem dúvidas. Parece que é formada de matérias gasosas de mistura com sólidas, desprendidas pelo núcleo, isto é, pela cabeça do cometa.

Rodrigo fez uma pausa, embaraçado. A verdade era que não sabia muito a respeito de cometas. Tinha lido algo, havia tempos, num número de *L'Illustration*. Era-lhe, porém, desagradável confessar sua ignorância. Por isso prosseguiu:

— Tudo nos leva a crer que as caudas sejam corpos gasosos e que portanto...

Tornou a hesitar. Chiru perdeu a paciência:

— Mas, afinal de contas, a cauda dum cometa pode ou não pode arrebentar o mundo?

Rodrigo coçou o queixo e procurou fugir pela tangente:

— Olha, Chiru, o que te posso dizer é que os antigos alimentavam muitas superstições quanto aos cometas, achando que o aparecimento deles no céu anunciava algum acontecimento trágico. Conta-se que um cometa anunciou a morte de César.

— Que César? — perguntou Chiru com desconfiada arrogância.

— Ora! — fez Saturnino. — O grande César da história, Chiru. Mas cala a boca e deixa o homem continuar.

Rodrigo agora se sentia em terreno mais firme.

— Um cometa apareceu também quando as legiões bárbaras de Átila invadiram a Europa. E vocês querem saber duma coisa engraçada? Lá por meados do século XV um grande cometa surgiu no céu com um brilho extraordinário. Sua Santidade, o papa Calixto III ou II, não me lembro bem, mandou que todos os católicos do mundo começassem a rezar em público, pedindo a Deus para poupar a humanidade da catástrofe que o cometa podia estar anunciando. E vocês sabem que cometa era esse? O de Halley, o mesmo que vai aparecer em maio do ano que vem...

Parou para gozar a expressão de surpresa estampada nos rostos de Saturnino e Chiru.

— Que desgraça nos virá anunciar esse cometa? — perguntou o econômo.

— A eleição do marechal Hermes! — exclamou Chiru, provocador.

Saturnino pigarreou, conteve-se e depois, com voz calma e grave, disse numa surdina cheia de dignidade:

— Devias ter mais respeito pelas convicções alheias.

O grandalhão, porém, já havia esquecido a sucessão presidencial e concentrava o olhar vivo em Rodrigo:

— Mas como é o negócio? O cometa pode ou não pode espatifar esta droga?

— Os cientistas da Antiguidade temiam que isso fosse possível. Um choque do cometa com nosso planeta podia produzir o deslocamento do eixo de rotação da Terra, o que causaria um desequilíbrio perigosíssimo, e ninguém poderia prever as consequências de tal colisão. Mas os astrônomos modernos acham que a massa dos cometas é tão sem importância, que um choque entre ela e a Terra não teria nenhuma consequência grave.

Saturnino lançou um sereno olhar de vitória para Chiru.

— Eu não te disse?

Chiru Mena mirou Rodrigo com ar desconfiado.

— Não me dou por vencido. Tu me desculpa, mas sou teimoso. Pelas dúvidas, no dia do cometa, vou ficar de prontidão. Me serve um vinho do Porto, Saturno.

O ecônomo obedeceu. Chiru apanhou o cálice, ergueu-o no ar, mirou o vinho com olho alegre e depois bebeu-o em goles curtos, intercalados de estalos de língua.

— Bota na conta.

Saturnino cofiou os bigodes negros e, olhando para Rodrigo com uma expressão céptica no rosto, fez com a cabeça um sinal na direção do companheiro.

— Quando ele vender as famosas estâncias, vai pagar o que me deve...

Depois que Toríbio e Rodrigo saíram, os dois amigos ficaram a discutir política. O fanfarrão gritou:

— Te dou vinte mil votos de vantagem e jogo no Rui Barbosa.

O outro retorquiu:

— Não quero luz. Jogo mano a mano.

— Está feito. Duzentos mil-réis.

Ao descerem as escadas que levavam à calçada, Rodrigo comentou:

— E assim o Chiru passa a vida. Fazendo apostas, vendendo campos que não possui, esperando negócios fantásticos que são pura obra de sua imaginação...

— E a pobre da tia que se esfalfe fazendo bordados e quitandas pra sustentar esse vadio. Que vergonha! Um homenzarrão forte, moço e são de lombo. Podia estar trabalhando como capataz de estância, pois competência não lhe falta. Mas o que o safado quer é viver na cidade, de bailes, farras, namoros, flor no peito e botina de verniz.

— O que é de gosto regala a vida... — observou Rodrigo com tolerância.

Seguiram na direção da praça Ipiranga.

— Estás vendo aquela bisca que vem saindo da Confeitaria do Schnitzler? — perguntou Toríbio.

Rodrigo avistou um padre alto e robusto, metido numa batina nova, a cabeça coberta por um chapéu de feltro negro, de largas abas. Quando o vulto se aproximou mais, Toríbio cochichou:

— É o padre Kolb, o vigário. Olha bem pra cara dele, que depois te conto uma história...

Rodrigo olhou. Tinha o pe. Kolb um rosto cor de tijolo, um par de olhinhos astutos, dum azul-desbotado, sob pálpebras sonolentas. O nariz, longo e fino, dum vermelho-vivo, luzia ao sol. Ao passar pelos dois irmãos, o sacerdote levou o indicador à aba do chapéu, mas nem sequer voltou a cabeça.

— Bom dia, vigário! — cumprimentou Rodrigo, cordial.

Toríbio tomou-lhe do braço e contou:

— Pois essa figura, quando servia numa colônia italiana, não me lembro qual delas, inventou de construir uma igreja. Mas onde é que ia arranjar o dinheiro? Fez quermesses, leilões, pediu esmola de porta em porta, e quando viu que ainda faltava muito pra completar a quantia que precisava pras obras, teve uma ideia-mãe.

Toríbio parou e fez o irmão também parar.

— Anunciou que estava vendendo cadeiras no céu. Ora, os colonos ficaram assanhados e começaram a reservar lugares no outro mundo. Os preços variavam conforme a posição das cadeiras. Quanto mais perto de Deus, mais caro era o lugar. E havia viúvos que pagavam quantias bárbaras para conseguirem cadeiras no céu, perto das falecidas. Pois, menino, só sei dizer é que o padre Kolb forrou o poncho e arranjou o dinheiro que queria. E a igreja está lá. Dizem que é uma joia de tão linda.

— Mas isso é estupendo! O padre Kolb é um grande homem. Faço questão de conhecê-lo.

Retomaram o caminho.

— É um grande padre! — prosseguiu Toríbio. — Uma vez num *Kerb* em Nova Pomerânia, vi esse bicho beber sozinho dez garrafas de cerveja e depois sair caminhando firme.

Do outro lado da rua, à porta de sua barbearia — Salão Capadócio —, Neco Rosa sorria e acenava-lhes.

— Vamos falar com aquele sacripanta — convidou Rodrigo.

7

Atravessaram a rua na direção do dente de ouro do barbeiro. Com sua basta cabeleira e suas longas costeletas, Neco Rosa lembrava um retrato de Bento Gonçalves, feito a bico de pena, que aparecia nos livros escolares. Estava ele em mangas de camisa, de lenço escarlate no pescoço, calças de brim branco, presas por uma larga cinta gaúcha, dentro de cuja guaiaca ele guardava o dinheiro da féria. Do lado direito da cintura, num coldre de couro com arabescos em pirogravura, acomodava-se sua pistola de cano comprido. (Rodrigo observara que o revólver era parte da anatomia do gaúcho, tão inseparável dele como os braços ou as pernas.)

— Entrem! — exclamou Neco. — Entrem no mais.

Como fazia sempre que encontrava o barbeiro, Toríbio investiu contra ele, usando do braço à guisa de espada e procurando "cortar-lhe" a cara com o lado da mão. Ágil, Neco recuou um passo e com o antebraço esquerdo aparou o golpe. Começou então um duelo "à espada". Toríbio levou o adversário até o fundo da barbearia, numa sucessão de golpes furiosos.

— Já te corto a cara, cachorro! — gritava ele.

E o barbeiro respondia:

— Aqui tu encontra homem, canalha!

E assim ficaram por algum tempo naquele simulacro de duelo, até que Rodrigo lhes pediu que parassem. Pararam e, resfolegantes, abraçaram-se demoradamente, trocando desaforos afetuosos.

Neco voltou a atenção para Rodrigo.

— Estava com uma bruta saudade de ti. Este ano não fiz nenhuma farra que prestasse. Tu sabes, quando não se tem companheiro... — Olhou para Toríbio.

— Esse animal vive na estância... O Chiru é um calavera... O Saturno tem raiva de mulher. Não sobra ninguém.

Rodrigo sorria com indulgência para seu passado de libertinagens. Agora a era da pândega tinha acabado. Ia começar uma vida nova, sossegada e respeitável. Não tinha remorsos das coisas que fizera, de seus desatinos, bebedeiras, orgias; não se arrependia nem das brigas inúteis que provocara pela simples razão de que o álcool lhe dava ganas de exercitar os músculos. Tudo tinha seu tempo. Chegara por fim a hora de sentar o juízo. Mas como poderia conseguir que Neco Rosa compreendesse essa resolução tão séria?

O barbeiro olhava-o de alto a baixo.

— Estás um dândi, Rodrigo. Até nem sei como ainda tens coragem de vir falar com um casca-grossa como eu e de andar na rua com um tipo da laia do teu irmão!

O "salão" da barbearia não passava dum corredor estreito, com uma janela ao fundo. Era nu, pobre, e cheirava a mofo e loção barata. Sobre uma mesa de pinho sem lustro via-se uma navalha, um pulverizador, uma tesoura, uma máquina de cortar cabelo e um pote de níquel com um pincel dentro. Acima da mesa, pendia da parede um espelho oval trincado. Rodrigo mirou-se nele, passando a mão pelo rosto:

— Acho que vou fazer a barba.

— Então acomoda o rabo nessa cadeira — disse o barbeiro, apanhando uma toalha.

Rodrigo tirou o chapéu e sentou-se. Neco amarrou-lhe a toalha ao redor do pescoço, ensaboou-lhe o rosto, abriu a navalha e começou a passá-la no assentador. Enquanto fazia isso, olhava para o amigo dizendo:

— Como é, bichão? Quando é que vamos fazer uma farrinha? Na pensão da velha Tucha tem umas raparigas bem jeitosas, não é, Bio?

Toríbio, que, sentado no chão, coçava os dedos do pé, troçou:

— O mocinho agora sentou o juízo, Neco. Diz que não quer saber mais de chinas.

— Qual! Não acredito. Cachorro que come ovelha uma vez, só matando...

Rodrigo achou que o silêncio, no momento, era a melhor política a adotar. E, quando viu o barbeiro aproximar-se com a navalha, fechou os olhos. Achava gostosa a modorra em que costumava ficar nas cadeiras de barbeiro, todo reclinado para trás, ouvindo o rascar da navalha e as conversas em derredor. Era uma coisa quase tão boa como deitar a cabeça no colo da madrinha Maria Valéria e sentir os dedos dela num cafuné prolongado, entorpecente...

Toríbio começou a limpar as unhas com a ponta da faca.

— Mas isso não dura, Neco — garantiu ele sem erguer os olhos. — Conheço bem esse sujeito. Daqui a uns dias ele mesmo vem te procurar pra vocês irem ver as raparigas.

Sempre de olhos cerrados, Rodrigo sorria. A verdade era que começava a sentir necessidade de mulher. Precisava descobrir um meio de resolver o problema de maneira limpa e discreta. Estava diplomado, pretendia clinicar na cidade: não podia mais ser visto em pensões de chinas. Por outro lado, não queria, nem poderia, levar vida de asceta. A solução mesmo era o casamento...

Enquanto escanhoava o amigo, Neco cantarolava "Talento e formosura", modinha que estava muito em voga, pois o famoso Mário a gravara em disco de gramofone para a Casa Edison.

Tu podes bem guardar os dons da formosura,
Que o tempo um dia há de, implacável, trucidar,
Tu podes bem viver ufana da ventura,
Que a Natureza, cegamente, quis te dar!

Tinha uma voz grave e bem entoada, duma doçura lânguida de seresteiro.

— Que fim levou a Natalina? — perguntou Toríbio.

— Está vivendo com um sargento.

Rodrigo abriu os olhos, interessado.

— Tens visto a Dulce? — perguntou.

Antes de embarcar para fazer seu último ano de medicina, passara as férias amigado com a rapariga. Era uma morena de olhos tristes e ternos.

Neco parou, com a navalha no ar.

— Tu não sabias? O Bio não mandou te contar? Pois a Dulce se matou. Prendeu fogo na roupa.

Rodrigo franziu o cenho, e uma ideia relampagueou-lhe na mente: a Dulce se suicidou por minha causa!

Lembrava-se de que a chinoca se despedira dele desfeita em pranto, dizendo que jamais haveria de esquecê-lo. Uma súbita sensação de remorso oprimiu-lhe o peito.

— Mas por quê? — perguntou, hesitante, temendo a resposta.

Neco encolheu os ombros.

— Besteiras. Se meteu com um anspeçada da bateria de obuseiros, pegou um rabicho danado por ele e quando o rapaz enjoou dela e disse que ia se juntar com outra, a Dulce perdeu a cabeça e gritou que ia se matar. O anspeçada até brincou: "Pois toma creolina, meu bem". A rapariga se fechou em casa, derramou querosene na roupa, riscou um fósforo e, quando viu, estava se incendiando toda. Parece que no meio da coisa se arrependeu e começou a gritar. Os vizinhos acudiram, mas quando conseguiram abafar o fogo com cobertores, era tarde. A coitadinha ainda durou quase um dia, penando. Foi uma coisa bárbara.

Rodrigo tornou a cerrar os olhos e reviu Dulce seminua na cama onde se haviam amado durante três meses. Depois imaginou-a toda queimada, o corpo numa chaga purulenta. Santo Deus, como tudo aquilo era horrível e ao mesmo tempo gratuito, supinamente gratuito. Matar-se por causa dum obuseiro, talvez um mulato de beiçola caída e cabelo pixaim! Não pôde evitar um sentimento de despeito ao pensar que ele, Rodrigo Cambará, entrara indiretamente naquela história vulgar, triste e sórdida, cujas personagens principais eram uma prostituta e um anspeçada. Belo triângulo!

Como era bom estar livre dos constrangedores perigos daquela vida de prostitutas e bordéis, onde tantas vezes ombreara com bandidos e desordeiros, contrabandistas e capangas! E agora, só de lembrar-se dos riscos que correra, sentia um medo retrospectivo. Ao mesmo tempo, porém, não podia fugir a um sentimento de admiração por si mesmo, por ter tido a coragem de entrar — na maioria das vezes desarmado — naqueles antros assustadores. Loucuras dos dezoito anos! — concluiu.

Sim, o Rodrigo que agora estava sentado na cadeira da Barbearia Capadócio no dia 21 de dezembro de 1910 não era o mesmo que, havia cinco anos, andava em companhia do Neco Rosa a correr os prostíbulos de Santa Fé.

Ao despertar de seu devaneio, Rodrigo notou que o barbeiro havia mudado de assunto. Saltara de mulheres para política.

— Então o marechal Hermes vai chegar em fevereiro, não?

— É verdade.

— E o nosso Rui Barbosa não vem nos visitar! Isso é que é uma ingratidão.

— Não há de ser nada, Neco — consolou-o Toríbio. — Havemos de ganhar as eleições assim mesmo.

— Se o Hermes for eleito — observou o barbeiro —, este país está perdido.

— Deus é brasileiro — exclamou Bio, erguendo-se pesadamente e começando a andar dum lado para outro.

— E maragato! — acrescentou Neco.

— Não, Neco — sorriu Rodrigo —, Deus não se mete em política.

Depois duma pausa, acrescentou:

— Vou te contar um segredo. Papai e eu estamos pensando em fundar um jornal para desancar a situação.

— Menino! Que ideia macanuda! Mas esse negócio tem de sair logo, antes das eleições.

— Depois do dia primeiro do ano vamos passar um mês no Angico. Na volta pretendo fazer o jornal sair.

— Eu só quero ver onde é que vocês vão imprimir esse famoso jornal — disse Toríbio.

— Acho que a solução é comprar a tipografia do Mendanha.

— Dinheiro haja!

— Dinheiro não falta — disse Neco.

— E será um bom emprego de capital, mesmo que se perca até o último tostão — garantiu Rodrigo. — O Trindade precisa ouvir umas verdades.

— Isso! — incitava o barbeiro. — Isso, Rodrigo!

— Com essa corja — discordou Toríbio — palavra não adianta. Ponta de faca e bala é que resolve.

O seresteiro interrompeu o trabalho e encarou o amigo:

— Mas eles estão com tudo na mão, homem! Têm os cofres da Intendência, os subdelegados, a polícia, o funcionalismo, a capangada, tudo! E por falar nisso, vocês sabem que o Trindade já começou a mandar buscar cabos eleitorais de fora? Pois dizem que vem de Soledade um valentão que tem dez mortes nas costas.

Rodrigo descerrou os olhos, soergueu-se na cadeira e vociferou:

— Pensará ele que vai nos atemorizar com esses bandidos assalariados?

Neco fez uma careta de pessimismo.

— Infelizmente há muito sujeito frouxo neste mundo, muito eleitor que se acobarda e acaba votando com o governo. Ninguém quer levar bordoada nem correr o risco de ser degolado. — Parou, sorriu e encostou o fio da navalha no pescoço de Rodrigo. — Por falar nisso, imagina se de repente eu dissesse: "Civilista sem-vergonha, eu sou um hermista dos quatro costados e agora tu vais pagar por tudo que disseste contra o coronel Trindade". Que era que tu fazias, hein, Rodrigo?

Neco sentiu nas costas o contato dum objeto duro e agudo: Toríbio apertava-lhe contra as costelas a ponta de sua faca, dizendo:

— Ele não fazia nada, mas eu te comia na faca...

Os três desandaram a rir.

8

De novo na rua, Rodrigo passou a mão pelas faces recém-barbeadas e disse:

— O Neco continua a ser o pior barbeiro do mundo.

— Mas como amigo é ouro e fio.

— Isso é.

No meio da quadra passaram pela frente da casa de Terézio Matos, de dentro da qual vinham os sons dum piano em que alguém tocava escalas. Toríbio fez o irmão parar e disse-lhe:

— A Gioconda está estudando. Escuta. — Cantarolou: — Cachorro vai cachorro vem... cachorro vai cachorro vem...

— Método Czerny — disse Rodrigo. — Conheço bem. Em Porto Alegre na minha pensão havia uma mocinha, por sinal bem interessante, que todas as manhãs tocava esses exercícios.

— Dormiste com ela?

— Bio! Não pensas noutra coisa!

Continuaram a andar lentamente, perseguidos por aquele repetitivo dó-ré-mi-fá-sol-fá-mi-ré-dó.

— Um bom partido pra ti, Bio...

— Quem? A Gioconda? Deus me livre!

— Por que não? É bonita, bem-educada, inteligente, sabe tocar piano e dizem que tem bom dote...

— Pro inferno! Sabes que não penso em casamento e que se um dia ficar de miolo mole e resolver me amarrar a alguém, não há de ser a nenhuma dessas piguanchas de cidade, que vivem na janela ou matraqueando num piano. Mulher pra mim tem que ser quituteira e ter mão boa pra fazer queijo. E se não souber ler, tanto melhor!

Chegaram à praça Ipiranga. Ali ficavam as residências mais novas de Santa Fé e o Teatro Santa Cecília, com sua fachada cor-de-rosa, no centro de cujo frontão triangular sustentado por duas colunas se viam em alto-relevo as máscaras da Comédia e da Tragédia.

Sentaram-se num banco à sombra dum copado cinamomo. O sol àquela hora estava já alto e o calor aumentava. Rodrigo tirou o chapéu e passou o lenço pelo rosto e pelo pescoço. Depois, olhando para a casa de Aderbal Quadros, lá do outro lado da rua, disse:

— Ali mora a moça com quem um dia hei de me casar. Ouve o que te digo, Bio.

— A Flora?

Rodrigo sacudiu lentamente a cabeça.

— Nas férias passadas tive um namorico com ela. Acho que é uma moça como poucas. Recatada, cheia de prendas... de boa família... e bonita, não achas?

— Meio flaquita pra meu gosto.

Rodrigo contemplava a fachada da casa de Aderbal Quadros, com a sua longa fileira de janelas e uma série de grandes compoteiras amarelas alinhadas sobre a alta platibanda.

Toríbio arrancou do chão um talo de erva e começou a mastigá-lo.

— Sabes que o velho Aderbal anda mal de negócios? — perguntou.

Aderbal Quadros — o Babalo, como era mais conhecido dos íntimos — era dos estancieiros mais ricos do município. Senhor de duas grandes estâncias e de muitos milhares de cabeças de gado, era também proprietário duns cinco ou seis prédios de alvenaria situados na cidade. Além disso, dava e recebia dinheiro a juros. "O Babalo é mais garantido que um banco", costumava dizer Licurgo. E Rodrigo criara-se ouvindo contar maravilhas do caráter daquele homem que começara a vida como piá de estância.

— Mal de negócios? — repetiu. — Será possível?

— É o que andam dizendo.

— Mas é uma das fortunas mais sólidas do estado, Bio!

O outro deu de ombros.

— É o que se comenta — repetiu. — E parece que, não demora muito, a coisa estoura.

— Deve ser puro boato.

— Tomara que seja. Mas até o papai já falou.

Se seu pai falara — concluiu Rodrigo — a história devia ser mesmo certa, pois Licurgo Cambará não era homem de andar com conversas levianas, principalmente quando essas conversas envolviam a reputação dum velho e leal amigo.

Rodrigo olhava fixamente para as janelas da casa de Aderbal Quadros, desejando ver assomar a uma delas o vulto de Flora.

— Palavra que não compreendo. Um homem trabalhador como o Babalo, sem vícios de espécie alguma... Não bebe, não joga, não anda com mulheres.

— Pois deve ser por isso que vai quebrar.

Toríbio tirou do bolso o relógio que pertencera ao avô materno e disse:

— Faltam vinte pras dez. Vamos voltar?

Ergueram-se e tornaram a encaminhar-se para a rua do Comércio. Ao chegarem à primeira esquina, ouviu-se uma voz de falsete:

— Ai, meu Deus, olha quem anda por aqui!

Rodrigo sentiu-se abraçado pelas costas. Voltou-se e deu com a cara do Salomão Padilha — larga, flácida, redonda, duma brancura oleosa, pintalgada de cravos negros no nariz e no queixo.

— Menino, como estás lindo!

Meio constrangido pelo choque da surpresa, Rodrigo balbuciou coisas sem nexo. Sempre se sentira mal na presença do alfaiate Salomão, sobre cuja heterossexualidade pairavam fortes dúvidas, reforçadas pelos ademanes e pela voz efeminada da criatura, pela sua misteriosa vida de solitário e pelo gosto adamado com que decorara seu quarto de solteirão, com colchas rosadas, toalhas de renda e bibelôs. Agora ali estava na sua frente o Salomão, dono da alfaiataria Ao Chic de Paris. Seus lábios polpudos e úmidos se abriam como uma rosa, deixando à mostra os dentes graúdos e cor de pérola. Havia naquele rosto e naquele corpo umas gorduras femininas que Rodrigo achava repugnantes. O fato de Salomão cecear tornava-lhe a voz ainda mais desagradável. Toríbio afastara-se para a beira da calçada, evitando olhar de frente para o alfaiate.

— Como vais, Salomão?

Foi a única frase coerente que Rodrigo conseguiu formar.

— Lindo. Lindo como os amores. E tu, safadinho, estás formado, hein, com diploma de doutor e agora, decerto, nem vais dar mais confiança pros pobres, não é, seu ingrato?

— Ora...

— Entra, meu bem. Vem ver a minha casa. Reformei as instalações.

Rodrigo não teve outro remédio senão entrar.

— Vem, Bio — convidou Salomão.

— Não vou — respondeu o outro, brusco.

— Bruto! O teu irmão, que é doutor, entrou. Não é soberbo, anda também com os plebeus.

Deu uma rabanada e entrou.

— Aqui é a minha tendinha de trabalho. Muito modesta, como vês...

Era uma sala pequena e asseada, que cheirava a casimira recém-passada e cera derretida. Sobre uma mesa jazia um enorme ferro de passar, uma tesoura preta e um pedaço de giz rosado.

Salomão pegou na manga do casaco de Rodrigo e apalpou a fazenda entre o polegar e o indicador.

— Ai! Que tecido bom! Estás chique, hein? Onde foi que mandaste fazer este terno? Não me digas. Já sei. Foi em Porto Alegre, no Germano Petersen, não foi? Está se vendo. Muito moderno, muito *smart*. Mas tu sabes duma coisa? Eu também acompanho as modas. Recebi uns figurininhos diretamente de Paris. Queres ver?

Caminhou até a mesa, abriu uma gaveta e tirou algumas revistas de modas.

— Depois eu olho, Salomão. Agora estou com pressa.

O alfaiate tomou-lhe da mão. O contato morno daquela carne causou a Rodrigo um grande mal-estar.

— Olha, tens que me prometer que vais fazer uma roupa aqui em casa, senão eu brigo contigo, ouviste?

— Está bem. Fica prometido. Vou precisar dum terno novo quando entrar o inverno.

— Tenho umas casimirinhas supimpas. Pros amigos faço um preço especial. Quero ter a honra de dizer que o doutor Rodrigo Cambará também se veste no Chic de Paris.

— Está bem. Até logo!

— Adeusinho!

Na rua, já longe da casa do Salomão, Toríbio cuspiu na calçada.

— Credo, que nojo! — exclamou. — Não posso nem olhar pr'aquele tipo. Me dá uma vontade danada de quebrar-lhe a cara a bofetadas.

Rodrigo sorriu. Esforçava-se por ser tolerante para com Salomão. Perante a ciência — refletiu ele — aquele pobre-diabo era um doente e como tal devia ser tratado. No entanto sentia que esse verniz de leitura e estudo era nele uma camada tenuíssima, embora brilhante, através de cuja transparência se podia ver a olho nu o Cambará macho para quem o vício de Salomão constituía a maior das vergonhas que podem cair sobre um homem.

9

Toríbio suava e bufava de calor, com a camisa empapada de suor, o rosto reluzente e afogueado.

— Estou com uma sede bárbara — disse ele. — Vamos entrar na confeitaria pra tomar alguma coisa.

Rodrigo pensava em Flora e agora, sabedor do desastre econômico que ameaçava a família Quadros, sua ternura pela moça aumentara de tal modo, que ele sentia uma necessidade urgente de revê-la. Muitas vezes durante aquele ano pensara nela. Após suas pândegas noturnas, a doce imagem da rapariga lhe vinha à mente como um refrigério e um apaziguamento para suas ressacas. Depois daquelas cálidas noitadas com prostitutas (caras, sim, limpas, não havia dúvida, mas prostitutas!), Flora voltava-lhe à lembrança como a promessa duma límpida manhã de sol e céu azul, recendendo a flor e a coisas virgens.

— Por que é que estás tão macambúzio? — indagou Toríbio, tocando o braço do irmão.

— Estou pensando no que me contaste do Babalo.

— Não adianta pensar. O que tem de ser traz força.

— Mas acho que ainda é tempo da gente salvar o homem.

Toríbio estacou e encarou o irmão, que também fizera alto.

— Pretendes derrubar o Trindade, fundar uma companhia de luz elétrica, botar uma adega, abrir um cinema e agora queres salvar o Babalo! Aonde vais parar com todos esses planos? Quem te ouve falar pensa que és algum miliardário.

— Tu sabes que não somos pobres.

— Mas também devias saber que quase tudo que o papai tem está empregado em campo, gado e casas. O dinheiro não anda rolando por aí.

Entraram na Confeitaria Schnitzler, sentaram-se a uma de suas mesinhas, no salão da frente, e Toríbio bateu palmas. O próprio Schnitzler veio atendê-los. Era um alemão retaco e musculoso, de cachaço de foca, olhos dum cinza esverdeado e bigode de guias retorcidas para cima, à Guilherme II.

— Uma cerveja! — pediu Toríbio.

— Rápido! — exclamou o alemão com ar gaiato e, como era seu costume, fez *quac! quac!* imitando o grasnar dum pato. (Era uma gracinha conhecida em toda a cidade.) Depois, reconhecendo Rodrigo, apertou-lhe a mão com vigor e deu-lhe as boas-vindas. Tinha um sotaque carregado, e seus erres ronronantes davam a impressão de que ao falar estava sempre triturando biscoitos.

Rodrigo gostava daquela casa — o único café e restaurante que existia na cidade. Era um lugar que "cheirava a estrangeiro".

Imaculadamente limpo, tinha nas paredes quadros com paisagens da Baviera e do Tirol. À hora das refeições andava naquelas salas um cheiro de molho de manteiga, batatas cozidas e *Apfelstrudel*. Frau Schnitzler era uma doceira de primeira ordem e suas cucas, bolos e tortas eram muito apreciados, principalmente pelos habitantes de Nova Pomerânia, para onde semanalmente ela mandava os produtos de seu forno.

Toríbio tirou o chapéu e passou lentamente a mão pela cabeça.

— Eu só queria saber de quanto o Aderbal precisa para evitar a falência... — murmurou Rodrigo.

— Decerto muitas centenas de contos, uns mil ou mil e tantos — respondeu Bio desencorajadoramente. — Talvez até mais. O Babalo é uma espécie de banco. Meio mundo tem dinheiro a juro na mão dele. Mas tu devias deixar de pensar nesse negócio. Não foi pelo que nós fizemos que o homem está em maus lençóis.

— O pai de Flora é um sujeito direito e trabalhador.

— Não digo que não seja. Mas é teimoso e burro.

— Bio!

— É, sim senhor. Não sabe fazer negócio. É desses que compram um cavalo de raça hoje e amanhã trocam o animal por um boi e depois o boi por um carneiro, o carneiro por um cachorro, o cachorro por um gato e o gato por um rato. No fim, o gato come o rato e o homem fica de mãos abanando.

— Estás exagerando.

— Não estou. O Babalo é desses que acham que ganhar mais de dez por cento num negócio é roubo.

Atirou os pés para cima duma cadeira e desabotoou a camisa, deixando à mostra o peito cabeludo.

Schnitzler trouxe a cerveja. Toríbio encheu os copos e bebeu o conteúdo do seu dum sorvo só, com muito ruído. Rodrigo ficou a olhar pensativo para a garrafa.

— Eu te compreendo — disse Bio, lambendo os beiços. — Estás com a cabeça cheia de planos. É sempre assim quando a gente chega de viagem. Mas vou te dizer uma coisa. Se o papai puder fazer algo por Babalo ele faz, não é preciso que ninguém lhe peça.

Rodrigo bebeu a sua cerveja, pensando em Flora. Ia ser duro para ela mudar bruscamente de vida.

— Vamos embora? — convidou Toríbio. — Ó Júlio, quanto é este negócio? Meteu a mão no bolso.

— Nada! — exclamou o alemão. — Não quis cobrar-lhes as bebidas, como homenagem ao doutor Rodrigo.

Fez *quac! quac!*, flexionou as pernas, desceu o busto, num movimento ginástico, e ficou a olhar comicamente para os dois irmãos.

Capítulo v

1

Eram nove horas da noite e Rodrigo estava no quarto a vestir-se para o *réveillon* do Comercial. Havia tomado um prolongado banho morno no bacião e agora aspirava com delícia a fragrância do sabonete L'Oeillet du Roi que se evolava de sua própria pele. A luz de gás inundava o quarto duma claridade lívida. À frente do espelho, em ceroulas e de tronco nu, os pés metidos em chinelos, Rodrigo examinava o rosto com amoroso cuidado. Positivamente, o Neco era o pior barbeiro do universo: deixara-lhe vários tocos de barba debaixo do lábio inferior e do queixo. Impaciente, tirou da gaveta do lavatório uma navalha, abriu-a e, passando-a no rosto seco, rematou como pôde o serviço do amigo. Guardou a navalha e tornou a esfregar a mão nas faces, primeiro de cima para baixo com a palma, depois de baixo para cima com o dorso. Cheirou demoradamente as pontas dos dedos. Gostava de perfumes, contanto que fossem franceses legítimos. Em Porto Alegre, quando no primeiro ano da faculdade, usara Jicky por pura saudade, pois esse extrato sempre fora o preferido de sua madrinha. Era um perfume seco que ele associava à gente velha, aos bailes de antigamente e aos baús de recordações. Depois passara a usar Rose de France, e agora estava no Royal Cyclamen, que tinha uma doçura evocativa de alcovas em penumbra.

Pensando no conceito que em geral os gaúchos tinham de quem usava perfume, Rodrigo sorria. Para aquela gente afeita ao cheiro de suor de cavalo, couro curtido, charque, queijo e esterco, qualquer odor agradável era um sinônimo de feminilidade. Como se a masculinidade dum homem dependesse da qualidade de seu cheiro!

Sentou-se na cama e começou a calçar as meias de seda preta.

O *réveillon* de gala do Comercial era uma festa tradicional que a sociedade santa-fezense esperava sempre com ansiedade. Muitas damas e senhoritas faziam vestidos especialmente para essa grande ocasião; os homens tiravam de malas e guarda-roupas suas melhores fatiotas pretas, seus fraques, *croisés* e *smokings*, tratando de arejá-los. Eram famosas as bebedeiras de champanha dessas noitadas de

31 de dezembro em que, de acordo com a tradição, na primeira hora do novo ano a diretoria do clube recém-eleita devia tomar posse.

Rodrigo calçou os sapatos de verniz, imaginando o que seu pai e o seu irmão iam pensar quando o vissem com aquela coisa efeminada nos pés. Uma pergunta lhe veio à mente: "Será que um dia eu vou mudá-los... ou eles me mudarão?". Como única resposta, encolheu os ombros. Que lhe importava o futuro? Amarrou os cordões das ceroulas, puxou sobre elas as meias e prendeu nestas últimas a liga, também de seda preta.

Sabia que ia brilhar no baile daquela noite. Sabia que sua chegada causara sensação entre as moças casadouras da cidade. Já lhe haviam contado que mamas e titias faziam entre si apostas: com quem dançará o dr. Rodrigo a *polonaise*? (Vão ficar de boca aberta quando me virem tirar a Flora.) Apanhou as calças do *smoking*, que estavam dobradas sobre o respaldo duma cadeira, e vestiu-as. Quando ia prender o suspensório verificou a falta dum botão. Com uma ruga de contrariedade na testa, abriu a porta do quarto e gritou para o corredor:

— Madrinha!

Maria Valéria apareceu:

— Quem foi que morreu?

— Está faltando um botão nas minhas calças.

— Ué? Como foi que não vi isso?

Aproximou-se do afilhado e perguntou:

— Onde?

— Aqui — disse ele, mostrando.

— Espere que já prego.

Saiu do quarto e voltou pouco depois com um cesto de costura nas mãos.

— Tire as calças!

— Ora, madrinha, pregue assim mesmo.

— Não presta.

— Bobagem! Pregue ligeiro, que já comecei a suar. Está um pouco quente, não?

Maria Valéria não respondeu. Abriu o cestinho, remexeu nele com a ponta dos dedos e acabou apanhando uma agulha, um carretel de linha preta e um botão. Comparou o botão com os outros das calças, depois ergueu a agulha, molhou nos lábios a ponta da linha e enfiou-a no buraco.

— Que olho! — gabou-a Rodrigo.

Maria Valéria sentou-se numa cadeira e puxou bruscamente o sobrinho pelo suspensório, trazendo-o mais para perto de si.

— Agora pare quieto — disse.

E começou a costurar, murmurando:

Coso a roupa,
Mas não coso a sorte,
Coso na vida,
Mas não coso na morte.

Continuou a repetir o verso, enquanto a agulha subia e descia, entrando pelos orifícios do botão. Rodrigo sorria, deliciado.

No espírito de sua madrinha — refletia ele — havia uma curiosa mistura de cepticismo e superstição. Era uma realista que jamais se iludia com as aparências nem se deixava levar por palavras ou sonhos. Tinha um olho prático, um jeito seco de falar, pensar e agir. Dava sempre às coisas seus verdadeiros nomes, e muitas vezes suas oportuníssimas observações carregadas de bom senso eram um jorro de água fria sobre a fervura dos entusiasmos dos sobrinhos. Por isso tudo Rodrigo achava singular que ela acreditasse numa série de "não prestas" que eram a negação mesma de sua natureza céptica.

Não presta varrer a casa de noite — afirmava —, porque os antigos diziam que isso pode causar a morte da pessoa mais velha da família. Vestir roupa às avessas pode virar a sorte dum vivente. Quando via alguma criança a caminhar de costas, Maria Valéria gritava:

— Não caminhe assim, menino, senão teu pai morre.

Um dia em que Licurgo, tendo chegado tarde à casa, comia na cozinha de luz apagada, Rodrigo ouvira a madrinha resmungar:

— Teu pai está comendo no escuro. Daqui a pouco o diabo vem comer com ele.

Havia, segundo Maria Valéria, outros "não prestas" que atraíam desgraças: abrir guarda-chuva dentro de casa; fechar as portas logo depois que alguma pessoa da família sai de viagem; deixar chapéu em cima de cama...

Será que ela acredita mesmo nessas coisas? — perguntava Rodrigo a si mesmo, olhando para a cabeça grisalha da tia. Provavelmente não... Talvez repetisse aqueles "não prestas" por puro cacoete e um pouco por espírito humorístico.

A verdade era que ninguém conhecia direito Maria Valéria Terra. Não era mulher de confidências: raramente ou nunca falava de si mesma. E o que sempre intrigava Rodrigo eram as relações dela com o cunhado. Apesar de viverem na mesma casa, havia já uns bons vinte e cinco anos, tratavam-se ainda com grande cerimônia. Era estranho que jamais um pronunciasse o nome do outro. Quando se falavam, nunca se olhavam e em geral o pouco que diziam era em frases curtas e destituídas de cordialidade. Mais duma vez Rodrigo suspeitara existir entre eles uma profunda mas secreta malquerença, que a ambos era difícil esconder.

— *Coso na vida, mas não coso na morte* — resmungava ela.

Rodrigo começou a passar a mão pelos cabelos lisos de Maria Valéria.

— Tire essa mão fedorenta de minha cabeça! — exclamou ela.

Ele obedeceu, num sobressalto, como se ainda fosse menino e tivesse sido pilhado a roubar doce de leite no armário da despensa

— Pronto! — disse ela, cortando a linha com os dentes. — E agora veja se vai dançar com alguma dessas cadelinhas.

Para Maria Valéria as "cadelinhas" eram certas moças desfrutáveis de Santa Fé, com uma das quais ela temia o sobrinho viesse um dia a casar-se. Também lhes chamava "rabichas" ou "bruacas". Namoravam todos os caixeiros-viajantes que passavam pela cidade e chegavam ao ponto de conversar com eles à janela. A pior de todas era Esmeralda Dias. Os pulos que dava quando valsava com o Chiru ou com algum forasteiro! Diziam que dançava até maxixe!

— Você leva mais tempo que uma dama pra se vestir — observou ela, erguendo-se. — Já são nove e meia.

Depois que a tia saiu do quarto, Rodrigo levou ainda um tempão a prender na camisa o colarinho duro de ponta virada, a ajustar-lhe a gravata de gorgorão de seda preta, a besuntar o cabelo de brilhantina e a pentear-se com um cuidado minucioso.

Já completamente vestido, ficou ainda por longo minuto diante do espelho a mirar-se de frente, de lado, de três quartos, e a dar retoques na gravata, no penteado, no peitilho engomado e no lenço de seda branca, cujas pontas embebera em Royal Ciclamen.

Por fim, satisfeito, saiu do quarto a assobiar a valsa "A viúva alegre" e desceu. Na sala de jantar encontrou Toríbio de bombachas e em mangas de camisa.

— Tu nesses trajos, homem! — admirou-se.

— Querias que estivesse pelado?

— Mas não vais ao baile?

— Sabes que não sou homem dessas festas.

Maria Valéria entrou na sala e, as mãos trançadas contra o estômago, mirou o afilhado de alto a baixo, com olhar avaliador.

— Vire.

Rodrigo fez meia-volta. A madrinha aproximou-se dele e tirou-lhe do ombro um fio de linha branca; depois passou a mão de leve pela gola do *smoking*.

— Agora está bem.

Rodrigo voltou-se e beijou-lhe a testa.

— Não saia sem falar com seu pai. Está no escritório.

Toríbio coçava o queixo, olhando para o irmão. E, quando o viu deixar a sala, disse à tia:

— Que pelintra nos saiu esse freguês! Por quem teria puxado?

Ela encolheu os ombros angulosos.

— Sei lá! Pelo pai não foi. A Alice também não era mulher de muitos enfeites.

— Então degenerou...

2

Rodrigo entrou no escritório e encontrou o pai sentado à escrivaninha, remexendo nuns papéis. Licurgo Cambará ergueu a cabeça:

— Ah! É o senhor...

— Vou ao baile do clube, papai.

Pronunciou essas palavras em voz baixa, num tom respeitoso.

O escritório não tinha mudado em nada. Nas paredes brancas, além do grande retrato de Júlio de Castilhos, só se via um calendário com um cromo ingênuo, brinde da Casa Sol. Cadeiras duras achavam-se espalhadas na vasta peça de soalho completamente nu. Ali estava ainda a velha escrivaninha de cedro lustrado, com seu topo forrado de oleado pardo. Quando menino, Rodrigo gostava de mexer-lhe nas gavetas, onde, de mistura com velhas cartas e papéis amarelados, havia sempre maços de palha para cigarros, pedaços de fumo em rama, uma caixa com penas de aço e pedras e mechas de isqueiro.

— Está bem, meu filho. Precisa de alguma coisa?

— Não, papai, obrigado. Não preciso de nada.

— Vai a pé?

— Não senhor. Vou de carro.

— Está bem.

Licurgo contemplava o filho com seus olhos graves e tristes. Estava em mangas de camisa, e Rodrigo notou que ele mandara aparar a barba aquela tarde.

— O senhor vai ao clube?

Licurgo sacudiu a cabeça negativamente.

— Não gosto de barulho.

A palavra *barulho* — sabia-o Rodrigo — abrangia também a música.

— Bom... — fez ele, indeciso, não sabendo se devia beijar a mão do pai, simplesmente apertá-la ou ir-se sem fazer nenhum desses gestos.

— Até o ano que vem! — disse Curgo, com voz mais clara.

E sob os bigodes grisalhos seus lábios se abriram num meio sorriso.

— Até o ano que vem? Mas eu pretendo ver entrar o Ano-Novo aqui em casa! Quando faltarem dez pra meia-noite, eu volto pra cá...

Curgo sacudiu a cabeça, num assentimento.

— Está muito bem, meu filho. Volte.

Rodrigo deu dois passos à frente, tomou a mão do pai e beijou-a.

Na sala disse à tia:

— Antes da meia-noite eu volto.

— Duvido — retrucou ela.

Rodrigo sorriu, parou diante do grande espelho e ajeitou na cabeça o chapéu do chile. Dirigiu-se depois para o vestíbulo, onde parou um instante para acender um cigarro. Pela porta escancarada entrava o bafo morno da noite. Com uma sensação de felicidade e absoluto bem-estar, satisfeito consigo mesmo e com o mundo, Rodrigo desceu os degraus, ganhou a calçada e gritou para o Bento, que se achava na boleia do carro:

— Linda noite, não?

— Pra caçar tatu.

Linda para caçar um coração — pensou Rodrigo. — Linda pra caçar muitos corações.

Subiu para o carro, que estava com a tolda arriada.

— Toca pro clube, Bento. Mas bem devagar, sim?

O boleeiro fez estalar o chicote no ar e os cavalos se puseram em movimento. O carro do Sobrado, um dos poucos que, em todo o município, tinham rodas de borracha, começou a rodar sem ruído pelas pedras irregulares do calçamento. Recostado contra o respaldo de couro do banco, as pernas trançadas, Rodrigo fumava, olhando para um lado e outro. Ao longo da rua do Comércio os lampiões se enfileiravam num alinhamento duvidoso, e suas luzes amarelentas tinham algo de comovedoramente provinciano. Sob as árvores da praça caminhavam vultos. Chico Pão achava-se à porta de sua padaria.

— Boa noite, Chico!

O padeiro avançou até a beira da calçada, ergueu os braços e gritou:

— Divirta-se! Deus le acompanhe. — E depois, mais alto: — Feliz Ano--Novo!

Rodrigo olhou para o alto. O céu estava pesado de estrelas. Andava no ar tépido um aroma de madressilvas e jasmins-do-cabo.

Rodrigo começou a recitar baixinho uns versos de Lamartine que em muitas noites ele e outros estudantes, ao voltarem de suas farras, haviam atirado contra a face fresca e silenciosa da madrugada:

Mais je demande en vain quelques moments encore,
Le temps m'échappe et fuit;
Je dis à cette nuit: "Sois plus lente"; et l'aurore
Va dissiper la nuit.

Aimons donc, aimons, donc! de l'heure fugitive,
Hâtons-nous, jouissons!
L'homme n'a point de port, le temps n'a point de rive:
Il coule, et nous passons!

Rodrigo suspirou. Num ponto o poeta se enganava. Cada homem tem, sim, seu porto. O dele, Rodrigo Terra Cambará, era Santa Fé, onde lançara profundamente sua âncora. O tempo, certo, não tinha margens, deslizava como um rio e o homem passava. Mas quantas coisas grandes e belas podia fazer durante sua passagem pela terra!

Estava decidido a conquistar Santa Fé, a submetê-la à sua vontade, a moldá--la de acordo com seus melhores sonhos. Não se deixaria dominar por ela. Jamais se entregaria ao desânimo e à rotina. Jamais seria um maldizente municipal como o Cuca Lopes, um indolente inútil como o Chiru Mena e muito menos um capacho como o Amintas. Não perderia de vista Paris, e não esqueceria nunca que o mundo não terminava nos limites do município de Santa Fé.

Os cascos dos cavalos produziam no calçamento um ruído de castanholas. Na rua do Comércio muitas janelas estavam iluminadas e as calçadas, cheias de gente. Havia no ar uma expectativa titilante de festa.

Sob as estrelas daquela última noite do ano de 1909, Rodrigo Cambará fez um silencioso juramento. Cumpriria seus propósitos, acontecesse o que acontecesse. Sentiu-se forte, nobre e bom. Se realizasse todas as belas coisas que projetava, sua passagem pela terra não teria sido em vão. E se de algum ponto do universo Deus pudesse vê-lo e ouvi-lo... Mas Deus existia mesmo? Tornou a olhar para o céu e, tocado pela tranquila e profunda beleza da noite, concluiu que Deus não podia deixar de existir. A vida era boa, a vida era bela, a vida tinha um sentido.

Estava comovido, e sua comoção era uma febre que lhe queimava o corpo e ao mesmo tempo lhe produzia calafrios. A voz do boleeiro passou como uma nuvem sobre o território de seu devaneio, lançando sobre ele apenas uma tênue sombra.

— Acho que vamos ter uma seca braba este verão.

Rodrigo não respondeu, pois seu pensamento andava longe, embora seus olhos estivessem fitos na vela cuja chama oscilava, dentro duma das lanternas do carro.

3

O cronista social d'*A Voz da Serra* usava todos os anos da mesma chapa para descrever os *réveillons* de 31 de dezembro. Começava a crônica invariavelmente assim:

> Revestiu-se do máximo brilhantismo o baile de gala com que o "Clube Comercial" comemorou a entrada do Ano-Novo. Nos seus salões iluminados feericamente reuniu-se o que nossa cidade tem de mais fino e representativo...

Fundado em fins de 1899, o clube ocupara de início espaçosa casa térrea numa das esquinas da praça Ipiranga, e lá dava suas festas à luz de velas e lampiões de querosene. Quando, cinco anos mais tarde, inaugurou a sede própria — edifício assobradado no coração da rua do Comércio — os bailes passaram a realizar-se à luz de lâmpadas de acetilene, o que obrigou o cronista a alterar levemente a velha chapa, por achar decerto que a luz de gás merecia um adjetivo mais luminoso, de sorte que, de 1904 em diante, os salões do Comercial, segundo a crônica d'*A Voz*, passaram a estar iluminados "a giorno". E, embora fosse opinião geral que nos dois ou três últimos anos a diretoria "da nossa mais elegante sociedade" tivesse afrouxado um pouco o crivo por onde ordinariamente fazia passar os que se candidatavam ao seu quadro social, a ponto de ter admitido no seu grêmio certos elementos que, no dizer de Cuca Lopes, eram sabidamente "gentinha de segunda" — o semanário local continuava ainda a afirmar que aqueles *réveillons* reuniam a nata da sociedade de Santa Fé.

Se algum forasteiro pedisse a um santa-fezense para apontar-lhe os elementos formadores dessa elite, sem hesitar o filho da terra responderia que o creme daquele leite social era constituído pelas famílias dos fazendeiros mais abastados

134

do município, como os Macedos, os Cambarás, os Prates, os Quadros, os Fagundes, os Amarais, os Teixeiras... Diria mais que, em pé de igualdade com esse patriciado rural, estavam os comerciantes mais fortes da cidade, como o Marcelino Veiga, proprietário da conceituada Casa Sol, etc., etc. Eram esses estancieiros chefes de famílias numerosas (o cel. Macedo tinha doze filhos, seis mulheres e seis varões), moravam em vastas e sólidas casas situadas numa das duas praças principais da cidade ou na rua do Comércio. Faziam parte das comissões executivas dos partidos políticos e, no dizer do Chiru Mena, eram "ouvidos e cheirados" a respeito de quase tudo quanto interessasse a vida política, econômica ou social da comunidade. O prestígio de que gozavam repousava não apenas no fato de serem gente de dinheiro, senhores de terras, casas e gado, mas também no seu patrimônio moral e na tradição, pois em sua maioria descendiam de antigos moradores do município, os quais lhes haviam transmitido uma herança de integridade e amor ao trabalho, e raro era aquele que não tivesse um antepassado herói de alguma campanha militar. Os Fagundes, os Macedos e os Amarais eram federalistas; os Teixeiras, os Prates e os Trindades, republicanos. Representava também, cada um desses chefes de clã, uma força política considerável, uma vez que contava com seu grupo de eleitores certos: amigos, parentes, protegidos, peões, agregados e posteiros. Quando se perguntava a um caboclo se era maragato ou pica-pau, com frequência se ouvia esta resposta: "Sou *gente* do coronel Fulano".

(Já afirmara alguém que a vida política do Rio Grande do Sul se resumia numa dança ritual em torno de dois cadáveres: o de Silveira Martins e o de Júlio de Castilhos. Certo, havia homens ligados a qualquer dos dois grandes partidos estaduais por laços ideológicos: a maioria, porém, se deixava levar irracionalmente pelo fascínio mágico dum nome ou pela cor dum lenço: e por esses mitos era capaz de matar ou morrer. Santos mais novos do calendário cívico, como Borges de Medeiros, Assis Brasil e Fernando Abbott, começavam a ter já seus devotos, mas entre os políticos gaúchos vivos só um existia cuja estatura se podia comparar com a dos gigantes mortos: o senador Pinheiro Machado.)

Em geral eram os estancieiros de Santa Fé cidadãos de poucas ou nenhumas letras: tinham, porém, olho vivo para os negócios e uma certa sabedoria da vida. Muitos deles estavam já mandando ou pensando em mandar os filhos a estudar medicina ou direito na capital do estado. Dizia-se que Joca Prates era homem de algumas luzes e que em sua casa havia até uma prateleira com livros. Toda a gente na cidade sabia que Aderbal Quadros era um pitoresco contador de "causos" e que o cel. Pedro Teixeira sabia fazer contas de cabeça com mais rapidez que muito bacharel com lápis e papel na mão. Com a exceção do cel. Cacique Fagundes, sabidamente um unha de fome terrível, esses estancieiros eram generosos sem serem perdulários, viviam uma vida de fartura mas nunca de esbanjamento, e educavam as filhas como se elas tivessem de um dia ganhar seu sustento com o trabalho das próprias mãos. Cultivavam nelas as virtudes domésticas, obrigavam-nas a aprender a cozinhar, costurar, fazer renda, pão, doces, queijos e a cuidar de crianças. O cronista d'*A Voz* costumava falar nas "deslumbrantes e custosas joias" das damas que abrilhantavam com a sua presença o *réveillon* do Comercial. Isso, porém, era pura flor de retórica, porque as mulheres pobres do lugar não tinham dinheiro para comprar joias e as ricas — com raríssimas e clamorosas exceções — apresentavam-se desataviadas delas, visto como eram educadas espartanamente.

Quando na cidade, alguns dos mencionados fazendeiros tinham o hábito de frequentar o clube à noite. Ficavam ali a pitar e a conversar sobre negócios ou política: muitos sentavam-se às mesas cobertas de pano verde e se entregavam a um joguinho barato: voltarete, escova ou solo; alguns venciam até a desconfiança que certos jogos estrangeiros lhes inspiravam e começavam já a gostar do pôquer. O bolão, jogo que o clube inaugurara havia pouco, atraía principalmente os raros sócios de origem alemã, que a ele se entregavam com muito barulho e muita cerveja. E frequentes vezes, ouvindo o rolar surdo das bolas de madeira no porão do edifício, seguido do claro pipocar dos paus que tombavam, algum dos sócios do Comercial que jogavam cartas no andar superior, resmungava: "Essa alemoada merecia que a gente descesse e tirasse eles lá debaixo a rebenque!".

Nenhum desses membros do patriciado rural se interessara ainda pelos bilhares, de sorte que estes ficavam entregues a seus filhos e principalmente aos caixeiros e funcionários públicos.

O comércio local queixava-se (à socapa, para não ferir suscetibilidades) de que os estancieiros só pagavam suas contas uma vez por ano, por ocasião da safra. O Marcelino Veiga dissera certo dia a um caixeiro-viajante amigo: "Veja que negócio, seu compadre! Compro a cento e vinte dias de prazo e vendo a trezentos e sessenta e cinco. E sem juros, note bem, sem juros!". Fosse como fosse, a verdade era que todos os comerciantes do lugar disputavam a freguesia daquelas famílias abastadas.

Logo abaixo dessa gorda camada de nata do leite social santa-fezense, havia outra, um pouco mais fina, integrada por pessoas que, embora não possuíssem fortunas particulares nem tradições, gozavam da importância do cargo que ocupavam ou de algum título que possuíam. Assim, quase no mesmo nível dos ricos estancieiros, se encontravam o juiz de comarca, o juiz distrital, o promotor público, os oficiais da guarnição federal, alguns altos funcionários e a maioria dos médicos e advogados.

Vinha a seguir a terceira camada — nata ainda mais magra que a precedente —, formada pelos estancieiros e comerciantes de menor importância econômica e por gente que, embora possuísse tradições de família, havia já perdido sua fortuna ou nunca a tinha conquistado.

O resto — o leite propriamente dito — eram os funcionários públicos, sempre muito mal pagos, uma série de pessoas de profissão incerta, e principalmente uma legião de empregados do comércio.

4

O cronista d'*A Voz* nunca esquecia de mencionar "as famílias tradicionais de nossa comuna". O Zago da Farmácia Humanidade, com seu humor ácido de maldizente, costumava insinuar que a árvore genealógica de muitas daquelas "ilustres famílias" tinha raízes no chão da cozinha ou da senzala. Claro, isso era um exagero caricatural, pois, embora se notassem na face de um que outro sócio do clube característicos negroides, pele dum moreno excessivamente carregado, nariz achatado, lábios arroxeados ou cabelos dum crespo suspeito — nas veias da maioria dos frequentadores do Comercial o que corria era muito bom sangue português, em muitos casos — força era reconhecer — já temperado de sangue indígena, fato de que aliás muitos daqueles homens se orgulhavam. Explicava-se assim a abundância do tipo acaboclado, de pele trigueira, zigomas salientes, olhos pequenos e meio oblíquos, cabelos negros, grossos e corridos e principalmente dum tipo de mulher pela qual Rodrigo Cambará nunca se sentira muito atraído: a chinoca de buço forte, seios fartos e pernas curtas, com uma tendência alarmante para a gordura. Eram desse padrão as cinco filhas de Cacique Fagundes, o qual se gabava de ser descendente direto do famoso chefe bugre Fongue.

Mas que havia tradição na maioria daquelas famílias que formavam, no dizer do Zago, a "aristocracia do boi" — isso era inegável. Os Amarais descendiam do fundador de Santa Fé, um tal Ricardo Amaral, estancieiro e cabo de guerra, neto de portugueses do Minho, e nascido no antigo município de Curitiba. Em sua maioria, as principais famílias santa-fezenses tinham seus troncos plantados no solo de Sorocaba, pois muitos dos tropeiros sorocabanos que por volta de 1820 tinham vindo ao Rio Grande comprar mulas para revendê-las na feira de sua terra natal, tomaram-se de amores por Santa Fé e ali se estabeleceram definitivamente.

Quem olhasse para o rosto claro e oval de Ritinha Prates e principalmente para seus olhos, que eram dum azul de céu noturno, veria logo que em suas veias não corria a menor gota de sangue africano ou indígena. Seu pai, o estancieiro Joca Prates, mandara "tirar" sua árvore genealógica por um estudioso de história, e descobrira com a mais absoluta certeza ser descendente dos primeiros casais açorianos que, em meados do século XVIII, tinham vindo para o Rio Grande do Sul; e por correspondência trocada com pessoa idônea residente nos Açores, viera a descobrir ainda que seus antepassados mais remotos eram os Plantz, família flamenga que se instalara na ilha Terceira, em fins do século XV, e que tivera seu nome aportuguesado e transformado em Prates.

Quanto à nobreza propriamente dita, havia na cidade dois descendentes dum nobre do Império, o barão de São Martinho. Eram Terézio Matos, um agiota, e sua filha única, Mariquinhas. Tinham a casa cheia de retratos a óleo de ancestrais ilustres, e a baixela de prata que pertencera ao falecido barão, e que lhes coubera por herança, constituía uma das sete maravilhas de Santa Fé.

Os títulos de nobreza, porém, pareciam não impressionar muito aquelas gentes. Já se afirmara num artigo d'*A Voz que nossa Santa Fé é uma cidade verdadeira-*

mente democrática, pois aqui não existem preconceitos de raça, de classe ou de dinheiro; *o que vale para nós é a qualidade pessoal do indivíduo.*

Será mesmo? — perguntava-se muitas vezes Rodrigo Cambará a si mesmo. Um dia chegara a discutir o assunto com o juiz de comarca, o dr. Eurípedes Gonzaga. Que tipo de preconceito regia a sociedade de Santa Fé? Seriam preconceitos de raça? O juiz sacudira a cabeça negativamente. Não. Ali nunca se perguntara a ninguém pelos avós, se tinham sido negros, pardos ou brancos. Rodrigo, porém, retrucara:

— Mas um negro, doutor, jamais seria admitido como sócio deste clube!

— Isso é verdade. Mas o Comercial nunca deixou de aceitar um homem decente só porque tivesse a pele um pouco escura.

Rodrigo encolhera os ombros.

— Talvez haja um preconceito social, regulado pela posição econômica de cada indivíduo, pela sua profissão, pela maneira como ele se porta e anda vestido. Mas que há um preconceito, isso há.

O juiz ficara a olhar reflexivamente para a ponta de seus sapatos de verniz, com uma expressão de perplexidade no rosto.

— Talvez — murmurara —, talvez, mas não creio.

— O senhor não negará — tornara Rodrigo — que existem profissões que, do ponto de vista desta sociedade, são consideradas baixas: sapateiros, ferreiros, funileiros, seleiros, alfaiates e muitas outras... enfim, gente que faz trabalho manual, o senhor sabe...

— Mas acontece — observara o dr. Gonzaga — que as pessoas que exercem tais profissões não se acham em condições econômicas de entrar para o Comercial. Não poderiam pagar a joia e a mensalidade e nem teriam roupas adequadas para frequentar seus salões.

— Aí está! A diferença então é mesmo de nível econômico. Conhece o caso do Arrigo Cervi?

O juiz sacudiu negativamente a cabeça grisalha. Rodrigo contara:

— Pois o Cervi é filho de imigrantes italianos de Garibaldina. Quando fez vinte e um anos, abandonou a colônia, por não gostar da agricultura, e veio estabelecer-se na cidade com banca de sapateiro. Pois bem. Em 1905 quis entrar como sócio para este clube e foi recusado. A razão? Muito clara: o homem era um simples remendão. De nada lhe servia ser um sujeito honesto que batia sola de sol a sol. O ano passado o Cervi tornou a propor-se e foi aceito.

O juiz erguera a cabeça, dizendo:

— Perfeitamente. Fez-se justiça, embora um pouco tarde...

— Qual justiça, doutor! É que em 1905 o Cervi já era proprietário duma casa de calçados, situada na rua do Comércio. Deixou de ser remendão para ser comerciante, passou a vestir-se melhor, subiu de categoria social.

— Honra ao mérito!

— No entanto não creio que o homem tenha melhorado ou piorado de caráter...

O magistrado sorrira com benevolência:

— O senhor é moço, mas um dia há de aprender que todas as sociedades são regidas por preconceitos e normas milenares, e que ir contra eles é o mesmo que dar murro em ponta de faca.

— Ah! — fizera Rodrigo, como se de repente se lembrasse dum novo elemento para reforçar seu argumento. — Hoje o Arrigo Cervi está aqui dentro do clube, mas a gente nota claramente que ele é apenas *tolerado*. O mesmo acontece com todos os outros descendentes de imigrantes tanto italianos como alemães. São olhados de cima para baixo pela aristocracia local.

— Da qual o meu prezado amigo também faz parte...

— Para mim todos os homens são iguais.

Naqueles tempos Rodrigo andava com a cabeça cheia de Chateaubriand, Rousseau, Voltaire, Renan e Le Bon, leituras que alternava confusamente com serenatas e excursões pelos bordéis. Escrevera então alguns artigos sobre a igualdade e a fraternidade, chegando a fazer um discurso inflamado e quase revolucionário na União Operária local.

E agora, naquele 31 de dezembro de 1909, ao entrar nos salões iluminados do Comercial, Rodrigo ainda não via claro no colorido conglomerado humano. Tinha, porém, a intuição de que havia ali várias camadas que não se misturavam. Aquelas pessoas não se encontravam num continente: eram, antes, moradores dum arquipélago. Lá estava a importante ilha dos estancieiros, comerciantes e "pessoas gradas" da localidade. Havia as pequenas ilhas, de escassa população, dos descendentes de imigrantes e finalmente a grande, populosa, pululante ilha dos funcionários públicos e empregadinhos do comércio. Certo, os habitantes duma ilha às vezes se aventuravam em excursões pelas outras ilhas vizinhas, mas mesmo essas viagens ocasionais obedeciam a certas regras. As filhas dos estancieiros e dos comerciantes dançavam geralmente com os filhos dos estancieiros e dos comerciantes: moços, porém, como o promotor público e o dr. Amintas, que eram solteiros, bem como os oficiais da guarnição federal também dançavam com as Fagundes, as Prates, as Teixeiras, as Macedos e as Amarais. Um dia, entretanto, o Lelé Pontes, caixeiro da Casa Sol, teve a ousadia de convidar para dançar a filha mais moça de Cacique Fagundes; ora, a rapariga, que era bem-educada, não recusou, mas fechou a cara, não trocou uma palavra com o rapaz e, mal parou a música, foi sentar-se na sua cadeira e passou emburrada o resto da noite. Os caixeiros, porém, encontravam seus pares e escolhiam eventualmente suas namoradas e esposas entre as moças pobres, filhas de pequenos comerciantes ou funcionários.

Os que gozavam de maiores regalias eram os rapazes das famílias ricas. Esses iam e vinham entre todas as ilhas, dançavam com as "alemoas", com as "gringas" ou com as moças pobres, para delícia e inquietação das mamas destas últimas. Quando, por exemplo, um jovem Fagundes, Teixeira, Amaral ou Prates dançava de "par efetivo" com uma mocinha modesta, os "filhos da Candinha" achavam que aquilo era namoro, garantiam que de tal namoro não podia sair casamento e, por conseguinte, o rapaz "estava desfrutando a moça".

Ninguém representava melhor o código social não escrito de Santa Fé do que d. Emerenciana, esposa do cel. Alvarino Amaral. Era ela a personificação mesma da Opinião Pública, espécie de monumento municipal, pessoa muito acatada, respeitada e admirada, não só por ser uma Amaral e rica, como também por "suas virtudes de dama romana", como dissera, em discurso recente, o promotor público. Baixa, muito gorda e cinquentona, com um buço grosso que era quase um bigode, o nariz achatado e cheio de protuberâncias, a lembrar na cor e na forma uma batata com casca, Emerenciana Amaral reinava no casarão da família, ali na praça da Matriz, comandando uma família de quatro filhas, três filhos e cinco netos. À tardinha ia sempre debruçar-se à sua janela para olhar o movimento da praça, e muitas pessoas tinham como hábito, e algumas até como devoção, parar sob essa janela para conversar com a matrona.

Quando ia a festas ou bailes, ficava ela na sua cadeira, a respirar com dificuldade, pois a gordura lhe dava palpitações e sufocações — mas de olho atento a tudo quanto se passava em derredor. De vez em quando fazia comentários cochichados ao ouvido das pessoas sentadas a seu lado, e jamais perdia de vista as filhas e os filhos.

Para Emerenciana Amaral as moças dividiam-se em duas grandes categorias: as sérias e as desfrutáveis. As sérias portavam-se com recato, não riam alto, não permitiam liberdades, não eram janeleiras e não dançavam com quem não tivessem sido apresentadas. As desfrutáveis, essas se requebravam quando caminhavam ou bailavam, falavam alto, riam para qualquer um, namoravam o primeiro que aparecesse, principalmente se era forasteiro. De seu posto, d. Emerenciana fiscalizava os namoros do salão, contava o número de "marcas" que cada rapaz dançava com a mesma moça. "Olhe, dona Zeferina, o Vadico já dançou cinco marcas seguidas com a Mariquinhas Matos. Isso não está me cheirando bem." Ante os noivados crônicos, tinha sempre a mesma pergunta, que formulava sem a menor malícia: "Então, quando é que vão nos dar os doces?".

Nos bailes do Comercial apareciam com frequência caixeiros-viajantes que gozavam entre as moças da terra de grande popularidade por serem pessoas alegres, bem trajadas e bem-falantes, sempre com uma boa história ou uma piada espirituosa na ponta da língua. Sabiam animar uma festa e não havia ninguém como eles para organizar quadrilhas e jogos de salão. A popularidade desses "cometas" deixava um pouco enciumados os moços do lugar, a favor dos quais se erguia d. Emerenciana: "Imagine, a ideia da Ritinha Prates! Deixar de namorar o filho do Teixeira só pra se desfrutar com esse caixeiro-viajante que ninguém sabe donde veio". Para a esposa de Alvarino Amaral, era muito importante saber a origem duma pessoa, pois haveria quem não soubesse que filho de tigre sai pintado e filho de peixe sabe nadar? D. Emerenciana sabia muito bem que os caixeiros-viajantes preferiam dançar com as "desfrutáveis"; divertiam-se com as sirigaitas e depois saíam a gabar-se para Deus e todo mundo do que tinham feito com elas. Eram uns descarados, tinham uma namorada em cada cidade. Pobre da moça que se deixasse levar pela lábia desses doidivanas! (Por influência de suas leituras dos folhetins do *Correio do Povo*, d. Emerenciana usava termos como *doidivanas, tresloucado, adrede...*). Olhava também com certa desconfiança para os aspirantes e tenentes da guarnição federal. Eram moços de cidade grande: o que queriam era desfrutar nossas filhas para depois saírem a fazer troça delas... Acontecia também que o Exército não gozava de boa reputação, e o nome pejorativo de "baiano", que se dava aos soldados — gente indisciplinada e barulhenta, que conflagrava constantemente o Barro Preto —, tendia a estender-se também à oficialidade.

Assim, aqueles *réveillons* do Clube Comercial transcorriam sob o olhar vigilante de matronas como Emerenciana Amaral. Dançava-se nas ilhas — ilhéu com ilhoa —, e os filhos dos estancieiros, bem como os oficiais do Exército, os caixeiros-viajantes e outros forasteiros de igual categoria social, tinham passe livre em todo o arquipélago: dançavam ora com uma Prates de vestido de seda e rendão, cheirando a essências estrangeiras, ora com mocinhas mais modestas, que traziam o mesmo vestido do *réveillon* do ano passado, e que usavam óleo de mocotó no cabelo. E nem o ritmo sacudido das valsas, das mazurcas, polcas e havaneiras conseguia fazer que a nata se misturasse completamente com o leite.

Fora, nas calçadas e no meio da rua, à frente do edifício do clube, aglomeravam-se grupos. Era o "pessoal do sereno", os que espiavam a festa, os que não tinham ido ao baile porque estavam de luto, não possuíam trajos de gala ou não eram sócios do Comercial.

Capítulo VI

1

Eram dez e quinze quando a banda de música do Regimento de Infantaria, que atestava o coreto do salão de festas, rompeu a tocar os primeiros acordes da marcha de "La Geisha". Era o sinal de que a *polonaise* ia iniciar-se. Rodrigo teve a impressão de que o teto corria o risco de ir pelos ares e de que as paredes estavam prestes a ruir sob a pressão daqueles sons explosivos. E a música, para ele evocativa de noitadas de opereta, também parecia fazer-lhe uma pressão terrível no peito, não de fora para dentro, mas de dentro para fora, na forma dum entusiasmo trepidante. Dir-se-ia que as ondas sonoras o erguiam em suas cristas iridescentes, deixando-o a boiar estonteado naquele mar revolto. De súbito, estrondou o bombo e a música parou. O sinal estava dado.

O cel. Cacique Fagundes, o presidente do Comercial cujo mandato terminaria naquela noite ao entrar o Ano-Novo, postou-se no meio do salão, bateu palmas e exclamou:

— Tirem seus pares pra quadrilha, moçada!

Baixo, ventrudo, torso roliço apertado numa sobrecasaca preta, as coxas gordas modeladas pelas calças a fantasia, a papada a derramar-se sobre as bordas do colarinho duro, tinha o coronel da Guarda Nacional um rosto largo e bronzeado de bugre.

— Vamos, rapaziada! — insistia ele. — Está na hora da onça beber água! Cada um com sua cada uma!

Os cavalheiros puseram-se a escolher os pares, e naquela sala de chão esbranquiçado de espermacete — cujo cheiro Rodrigo desde adolescente associava ao de carne-limpa-de-mulher-jovem-em-noite-de-baile — começou um animado e festivo vaivém. Nos rostos das moças que, juntamente com suas mamãs e titias, estavam sentadas nas cadeiras que perlongavam as quatro paredes do salão, notava-se um ar de expectativa quase nervosa, que se traía por movimentos bruscos de cabeça, pela maneira frenética com que abanavam os leques, alisavam os vestidos, lambiam os lábios ou trocavam segredinhos.

Cacique Fagundes aproximou-se do cel. Jairo Bittencourt — que naquele exato momento apresentava a Rodrigo sua esposa, uma senhora alta, muito alva e magra, metida num vestido de rendão negro, com uma *aigrette* cor-de-rosa na cabeça — e, tomando-lhe afetuosamente o braço, pediu:

— Marque a *polonaise* pra nós, coronel.

— Ah, não! — escusou-se o militar. — O presidente do clube é a pessoa mais indicada para isso.

— Qual nada! Sou um guasca velho. Sei marcar mas é gado. Vosmecê é homem de cidade grande, conhece todas essas danças da moda. Sou ainda do tempo dos lanceiros.

O oficial relutava. Achava que quem estava em condições de fazer aquilo era o dr. Rodrigo...

— Ora, coronel — replicou este último —, por quem é! Aqui quem está mais afeito a comandar homens é o senhor mesmo...

Enquanto os três discutiam, no meio do alegre zum-zum de vozes, a esposa do comandante passeava em torno o olhar enfastiado, que parecia acentuar-lhe a palidez enfermiça do rosto. Rodrigo ouvira dizer que Carmem Bittencourt morria de saudades do Rio, detestava Santa Fé e recusava relações com as damas da terra.

O cel. Jairo finalmente capitulou: marcaria a *polonaise*.

Com sua cabeleira ruiva, o rosto sanguíneo, os olhos azuis, enfarpelado no uniforme de gala: túnica dum cinzento carregado, com dragonas e botões dourados, calça vermelha de garança — parecia o comandante do Regimento de Infantaria uma figura saída dum cartaz impresso em rica tricromia, com tinta ainda fresca.

Rodrigo procurava Flora Quadros com o olhar. Avistando-a nas imediações da toalete das senhoras, sentada ao lado da mãe, encaminhou-se para ela. Mau grado seu, ia meio perturbado, demasiado consciente do fato de estar sendo alvo de muitas atenções: lá vai o moço do Sobrado, o bom partido... quero só ver quem é que ele vai tirar pra quadrilha...

Flora parecia ter percebido que ele vinha a seu encontro, pois desviara os olhos para um lado, enquanto seus dedos brincavam nervosos com o leque pousado no regaço. Rodrigo dirigiu-se primeiro à mãe:

— Como está a senhora, dona Laurentina?

A esposa de Aderbal Quadros estendeu-lhe a mão, e seu rosto de imagem de pau continuou impassível. Quando falou, havia em sua voz apenas um tom de frio e cerimonioso interesse:

— Como vai o senhor? Chegou bem de viagem? Como estão todos no Sobrado?

Sem responder àquelas perguntas retóricas, Rodrigo voltou-se para Flora:

— Senhorita, como tem passado?

A moça estendeu-lhe a mão.

— Muito bem, obrigada — respondeu, ao mesmo tempo que retirava rapidamente a mão que ele apertava com força.

Rodrigo sentiu que, se não dissesse mais nada, nenhuma daquelas criaturas tornaria a falar e os três se quedariam ali num silêncio embaraçoso.

— Ainda não vi o coronel Aderbal...

— O papai não veio ao baile — disse Flora. — Não gosta muito de festa...

Rodrigo imaginou o drama: Babalo em casa, sozinho, numa sala escura, a pensar nos negócios embrulhados, na falência que se aproximava inexoravelmente. Com toda a certeza não contara nada à mulher, nem à filha, para não alarmá-las. E agora, enquanto ambas ali estavam em plena festa, ignorantes de tudo, o pobre homem debatia-se em sua solidão angustiante, num problema de consciência... Sim, talvez estourasse os miolos com um tiro ao soarem as primeiras badaladas da meia-noite. E, quando Flora e a mãe entrassem em casa, de volta do baile...

— A senhorita quer dar-me a honra de dançar comigo a *polonaise*?

Flora sorriu e, com as orelhas e as faces afogueadas, ergueu-se, alisando o vestido branco, de feitio singelo, e a faixa azul que lhe circundava a cintura e cujas pontas lhe pendiam dum lado, numa laçada. Seus olhos, dum castanho-escuro, evitavam os de Rodrigo.

É bonita — pensava ele. — Muito mais bonita do que a imagem dela que eu guardava na memória... Não sei que tem essa carinha que tanto me atrai. Não são apenas as feições, mas também um certo ar de inocência, de dignidade sem afetação... Dentes perfeitos. O porte não podia ser mais bem-proporcionado: cintura fina, ancas estreitas... Não é peituda como as Fagundes. Não tem buço. Pobrezinha, a esta hora o pai decerto está morto e ela não sabe... Protegê-la, sim, fazê-la feliz, dar-lhe tudo que tenho: meu amor, meu nome, o Sobrado, o Angico, tudo...

De braços dados e em silêncio, ambos caminharam para o centro do salão, onde outros pares já se achavam reunidos.

Imponente no seu fraque, com uma rosa branca na botoeira, Chiru Mena procurava pôr ordem no caos, gritando:

— Vamos! Todos nos seus lugares. O coronel Jairo vai marcar a *polonaise*. Depressa, moçada, fiquem nas posições!

Agitava os braços, suava, tirava do bolso o vasto lenço de seda vermelha — símbolo de seu partido — e passava-o num largo gesto pelo rosto e pelo pescoço.

Rodrigo voltou a cabeça para Flora e murmurou:

— Está animado o baile, não?

Que coisa estúpida! Uma frase digna de qualquer daqueles caixeirinhos que ali estavam nas suas roupas pretas domingueiras, os pescoços entalados em colarinhos duros, as botinas muito bem lustradas.

— Como? — perguntou Flora.

Rodrigo repetiu a frase, achando-a ainda mais abominável. Ele, o dr. Rodrigo Cambará, leitor de Taine e Renan, a repetir uma platitude que naquele mesmo momento decerto vinte guarda-livros estavam a dizer a suas damas!

— Muito... — respondeu ela.

Por que será que essa menina não me olha? Por que está tão sestrosa?

No momento em que os pares ficaram a postos, numa fileira dupla, com o cel. Jairo e a esposa à frente, a banda atacou novamente a marcha de "La Geisha".

— *En avant!* — gritou o comandante.

A *polonaise* começou. Os pares fizeram duas voltas no salão, arrastando os pés ao compasso da música. O vulto de Chiru sobressaía dos demais, gingando, quase aos pulos, e seu rosto resplandecia de suor e contentamento. Rodrigo segurava delicadamente os dedos de Flora, mirava-a de soslaio, via-lhe o perfil sereno, os lábios entreabertos... *Un point rose qu'on met sur l'i du verbe aimer. Ah Cyrano! Voilà ta Roxane, et ton panache, mon panache, mon panache...* Passaram-lhe pela mente coloridas gueixas e samurais a dançar num palco, agitando no ar lanternas acesas...

Rodrigo marchava na ponta dos pés, a cabeça alçada. Havia tomado três cálices de conhaque antes de entrar no salão. Sentia um estonteamento agradável, numa leveza aérea e irresponsável de balão.

De narinas palpitantes farejava o ar, procurando, com um gosto discriminador e sensual, identificar os componentes daquele *pot-pourri* de perfumes que pervagava o salão. Lá estavam o Rose de France, o Fleur de Janet, o Fleur d'Amour, o Quelques Fleurs, de mistura com essências menos nobres. Sim, porque existia também entre os extratos uma nítida hierarquia. Os Macedos, os Amarais, os Veigas, os Teixeiras e outras famílias de estancieiros e comerciantes prósperos preferiam os produtos de Houbigant. As gentes remediadas favoreciam os de Deletrez, Pinaud e Pivert. Os caixeirinhos, suas namoradas, noivas e esposas cheiravam a água de Flórida, a essência de rosas e vaselina perfumada. Que contraste havia, por exemplo, entre o sugestivo L'Oeillet du Roi, que envolvia calidamente a pessoa de Ritinha Prates, e a fria e assexuada fragrância de patchuli, que se evolava do lenço de d. Laurentina Quadros! Mas o que deixava Rodrigo mais excitado era aquela emanação dos corpos das mulheres, o odor quente e humano do primeiro suor depois do banho.

Balancez! Rodrigo enlaçou a cintura de Flora e começou a rodopiar. E, como se estivesse montado no cavalo de pau dum carrossel, viu uma sucessão vertiginosa de imagens: as faces das mulheres sentadas, os vultos dos outros pares que dançavam e — azul-ferrete e vermelho — o uniforme dos oficiais do Exército, o ousado vestido *chaudron* de Esmeralda e mais rabos de fraques e *croisés*, leques, plumas, o clarão das chamas de gás nos lustres de vidrilho, as caras dos músicos no coreto, as bocas dos pistões e trombones, como sóis de ouro a dardejar para o salão uma música vibrante, que parecia aumentar ainda mais o calor do ambiente.

Rodrigo sentia o suor escorrer-lhe pelo peito e pelas costas. Ah! E não vinha de fora nem a menor viração.

Jairo Bittencourt continuava a dar suas ordens de comando. Agora damas e cavalheiros se haviam separado e faziam a volta do salão em duas filas simples. Finalmente tornaram a unir-se para um novo *balancez*.

* * *

Houve um instante em que o olhar de Rodrigo encontrou o de Flora, e ele ousou apertar-lhe os dedos com mais força.

Em seus pensamentos passou, muito concorrido, o enterro do pobre Aderbal Quadros, que por sinal nem entrou na igreja, pois, como é sabido, os padres nunca encomendam a alma dos suicidas. Que horror! Um quarto na casa do morto: Flora toda de preto, os olhos vermelhos de tanto chorar. D. Laurentina também de luto, o lenço tarjado recendendo a patchuli. Pobre gente! Mas não. Flora agora sorri, toda vestida de branco, com uma grinalda de flores de laranjeira na cabeça, um longo véu... Vem saindo da igreja pelo braço do noivo. Um casamentão! E a voz de Laurinda termina a história da carochinha: "E casaram--se, tiveram muitos filhos e foram muito felizes". Conta outra, Laurinda!

Filhos! Rodrigo olhou enviesado para a cintura de Flora. Sim, era uma pena, aquela cinturinha ia engrossar, aquele ventre intumescer: e aqueles seios ficariam regurgitantes de leite, e a boquinha dum bebê viria pôr o ponto rosado no bico dos seios adorados. *Mais vous êtes embêtant, mon cher docteur. Oui, Mélanie, je crois que je suis complètement ivre.*

— *Chemin de fer!* — gritou o cel. Jairo.

E houve uma alegre confusão e risadas, enquanto os pares procuravam fazer a figura indicada.

Veio mais uma ordem de *balancez* e Rodrigo vislumbrou o rosto de Ritinha Prates, cujos olhos azuis, ao fitarem por um instante os seus, lhe deram uma curiosa e agradável sensação de refrigério, como se ele tivesse mergulhado inesperadamente numa sanga. Mundo errado! Mundo errado! Mundo errado! Por que é que um homem tem de se casar só com uma mulher?

Ouviu-se uma pancada de bombo e a *polonaise* terminou. Estrugiram palmas. De braços dados, damas e cavalheiros começaram a andar em passos lentos ao redor do salão, conversando animadamente.

2

Rodrigo avistou dois jovens oficiais em fardamento de gala, inclinou a cabeça para Flora e perguntou:

— Quem são aqueles militares?

— O mais alto — respondeu ela — é o tenente Rubim Veloso, da artilharia. O mais baixo é o tenente Lucas Araújo, dos obuseiros.

Rodrigo olhava para os oficiais com uma certa má vontade. Não pôde evitar um sentimento de ciúme com relação àqueles dois forasteiros, nos quais pressentia concorrentes em estado potencial. Um deles, o mais baixo, levava pelo braço Ritinha Prates; o outro caminhava ao lado de Esmeralda Dias, encurvado sobre ela, a dizer-lhe algo que devia ser muito engraçado, pois a moça não cessava de rir.

— São seus conhecidos?

— São, sim — respondeu Flora. E acrescentou: — O tenente Lucas é impagável!

Rodrigo não gostou do entusiasmo com que Flora lhe disse estas últimas palavras.

Naquele instante a banda rompeu a tocar uma valsa: "Sobre as ondas". O primeiro que começou a dançar foi o Chiru. Outros pares o seguiram.

O baile ainda não se animara verdadeiramente. Predominava uma certa atmosfera de cerimônia muito comum às primeiras horas dos *réveillons*. Dir-se-ia que toda aquela gente estava como que inibida pelos trajos de gala e pela solenidade da festa. Na maioria das faces estampava-se uma expressão de seriedade ou constrangimento, e eram baldados os esforços que fazia Chiru para estimular os convivas com seus passos exageradamente balanceados, seus rodopios, seus sorrisos e seus gritos de "Vamos, moçada! Fogo na canjica!". Todos porém sabiam que à medida que se aproximasse a meia-noite, a "coisa iria esquentando" para finalmente se transformar num pandemônio.

Rodrigo enlaçou a cintura de Flora e começou também a valsar. Os cabelos de seu par recendiam suavemente a jasmim-do-cabo. Mulher é uma coisa extraordinária — pensou ele. Que seria do mundo se não houvesse mulheres? São a obra-prima da Criação — concluiu, esforçando-se por não pensar em todas as mulheres feias que ali se encontravam. E por um irônico acaso, naquele minuto mesmo enxergou Emerenciana Amaral, que, como a rainha-mãe no trono, se achava sentada numa poltrona — posta ali especialmente para ela. Seus lábios, sob o buço cerrado, estavam fixos numa expressão de amuo. Ela se abanava, batendo com o leque naqueles seios que haviam amamentado doze filhos, dos quais sete estavam vivos e a dançar no Comercial.

Valsando com entusiasmo, consciente sempre da sensação agradável que lhe proporcionava o contato da mão de Flora e a proximidade de seu corpo — embora houvesse entre ambos a respeitosa distância de um bom palmo —, Rodrigo via em relances as faces das outras mulheres: as caboclas do Fagundes, de buços suados e peitos ofegantes; a cara viva da Esmeralda, que pulava nos braços do tenente de artilharia; o sorriso enigmático da Gioconda... E de repente, num doce choque, deu outra vez com o rosto mimoso de Rita Prates. Upa! Como Ritinha havia melhorado naquele último ano, estava mais mulher... *Hélas*. E quem será aquela moça alta e vistosa com um diadema na cabeça? Quem está certo — refletiu Rodrigo em tempo de valsa — são os mórmons... Grande seita! Grande gente! Claro, podia namorar muitas. Mas se quisesse levar a sério o namoro com Flora, teria de portar-se direito. De resto, precisava melhorar sua reputação perante as mamas de Santa Fé. A notícia de suas proezas nos bordéis correra mundo, e decerto a cidade não esquecera ainda que, fazia uns cinco anos (oh, nesse tempo Flora era uma menininha de tranças e vestidinho curto!), ele e

147

Neco haviam provocado uma briga na Pensão Veneza. Havia ainda outros casos escabrosos. Muitos outros — pensava Rodrigo, rodopiando com seu par numa velocidade cada vez maior — e outros. Um estroina! Um libertino! Mas um bom partido, mil vezes melhor que qualquer daqueles rapazes que ali dançavam... Física e intelectualmente! Apesar de todas as minhas loucuras, aposto como essas mamas são capazes de me agarrar com ambas as mãos para genro! Ah, se são!

Rodrigo apertou a mão de Flora, mas não sentiu nenhuma correspondência nos dedos dela, que continuaram frouxos, frescos e levemente úmidos. Pensou em dizer-lhe um galanteio. Não era, porém, de bom-tom falar com o par durante a dança.

Um estrondo de bombo e um tinir de pratos puseram fim à valsa. Os pares estacaram, e os cavalheiros puseram-se a enxugar o suor dos rostos com os lenços, enquanto as damas se abanavam com os leques. E a ronda do salão recomeçou.

Rodrigo olhou para Flora e compreendeu que a timidez a deixava muda. Que devia dizer-lhe? Falar em coisas fúteis — o baile, o tempo, o cometa de Halley? Ou conduzir a conversa para o rumo do amor? Viu que ela erguia a cabeça e sorria. Para quem? Seguiu-lhe a direção do olhar e verificou que o sorriso era endereçado ao ten. Lucas, o qual, do outro lado do salão, lhe fazia caretas e sinais com as mãos. Decerto são namorados — concluiu. E naquele momento odiou o tenente de obuseiros. Que tolice a sua, imaginar que Flora pudesse ter passado todo o ano fiel a ele, só porque haviam tido um namorico de férias! Estava ferido em seu amor-próprio e tomado dum desejo de humilhar a moça ou de ao menos fazê-la sentir sua indiferença.

— Dançaremos mais uma vez — disse com secura — e depois eu a deixarei, pois não quero que seu namorado se zangue...

— Não tenho namorado — replicou ela sem o encarar.

— Está certa disso?

— Estou.

— Como é possível que a moça mais bonita de Santa Fé não tenha dúzias e dúzias de admiradores?

— O senhor está fazendo troça de mim.

— Troça? Mas nem diga isso! Estou falando com toda a sinceridade. Creia que sou o maior de seus admiradores.

— Não acredito.

Havia um tom obstinado nas palavras dela.

— Se não acredita — aventurou ele — é porque decerto me despreza, me odeia ou faz pouco caso de minha pessoa.

Flora não respondeu. Continuou a olhar para a nuca da moça que caminhava à sua frente. Seu braço, enfiado no de Rodrigo, estava tão leve que parecia de papel.

— Já vejo que acertei. A senhorita me detesta, não é verdade?

— Não.

— Então por que está se portando dessa maneira?

De novo Flora refugiou-se no silêncio. Ele ia insistir na pergunta quando a banda começou a tocar uma polca. Era ridículo — achou ele — que tivessem de interromper a conversa naquele ponto crucial para saírem saracoteando ao compasso da polca. Mas, que remédio? Enlaçou a cintura de Flora, que continuava a evitar-lhe o olhar, e puseram-se a dançar. Estás me saindo muito arisca! — pensava ele. Mas antes do baile terminar eu te domo ou então não me chamo Rodrigo Terra Cambará. Espera, meu bem, espera, a noite mal começou... Não queres falar? Está bem. Não fales. Mas se pensas que vou continuar aqui a fazer papel de bobo, estás muito enganada. Terminando esta polca vou dançar com outra.

3

Foi o que fez. E quando a banda atacou um xote, o "Porto Clube", viu que Esmeralda Dias estava sem par, aproximou-se dela e convidou-a. Flora recendia a jasmim: os cabelos de Esmeralda cheiravam a óleo de mocotó. Esmeralda era mais corpulenta que Flora, suas carnes menos rijas, suas mãos mais grossas, a pressão de seus dedos mais quente e firme. Mas o diabo da moça não parava de dar risadinhas.

— De que é que está rindo?

— Eu? De nada.

— De nada não pode ser.

Era excitante falar com o par durante a dança. As comadres já estão reparando... Mas que me importa?

Naquele instante separaram-se para fazer uma figura: deram três passos rápidos para um lado, sempre de mãos dadas, e depois tornaram a unir-se.

— De que é que está rindo? — insistiu ele.

— Dumas asneiras que o tenente Lucas me disse.

A palavra *asneira* soou desagradavelmente aos ouvidos de Rodrigo. E o fato de o tenente de obuseiros ser tão popular entre as moças começava a irritá-lo.

— Pelo que vejo, esse tal Lucas é muito espirituoso...

— Impagável.

— Quem é a felizarda que ele namora?

— O Lucas? É um vassoura. Namora todas que pode. Pra ele o que cai na rede é peixe.

— E a senhorita também já caiu na rede?

Esmeralda soltou uma risada, atirando a cabeça pra trás. Rodrigo teve vontade de apertá-la contra o peito e morder-lhe a boca. A rapariga estava longe de ser bonita e ele jamais poderia apaixonar-se por ela. Mas era apetitosa, tinha uma graça picante e provocadora.

— Não sou peixe, doutor Rodrigo! Não sou peixe.

— É um peixão.

— Mas não sou pra qualquer rede.

— Diga então o que é que um pobre pescador tem de fazer para pescá-la...

— Para pescar este peixe é preciso primeiro falar com o velho Dias, depois arranjar os papéis, um padre e um juiz distrital.

— Mas não acha que é muita complicação?

Apertou mais os dedos de Esmeralda, acrescentando:

— Não haverá um processo mais simples de pesca?

— Há — respondeu ela, encarando-o com firmeza. — Se o senhor for pescar na pensão da velha Tucha!

Rodrigo ficou chocado e ao mesmo tempo desconcertado com a resposta. Lembrou-se dum ditado de Fandango: "Deve-se dançar conforme o par".

— Peixe dessa espécie não me interessa — disse.

E tentou puxar Esmeralda mais para perto de si. Ela, entretanto, resistiu, mantendo-o afastado.

— Devagar com o andor, moço — murmurou. — Se pensa que porque é rico e doutor vai me desfrutar, está muito enganado. Não sou dessas, está compreendendo?

Rodrigo franziu o cenho. O fato de Esmeralda, a famosa Esmeralda Dias, repelir daquele modo a ele, o moço do Sobrado, deixava-o numa ridícula posição de inferioridade. Agora — refletiu — esta bruaca é capaz de sair a espalhar pelo salão que eu lhe faltei com o respeito. E todas as mamas vão ficar escandalizadas e não tirarão o olho fiscalizador de cima de mim; e as moças não quererão mais dançar comigo. Estúpido! Por que não ficas de boca fechada?

Tentou então remediar a situação:

— Senhorita, não vá levar a sério o que lhe disse. Eu estava brincando...

— Mas eu não estava.

— Olhe. Vamos deixar o dito por não dito. Não pense que sou um confiado. Seria a última pessoa neste salão a faltar com o respeito a uma senhorita. Por favor...

Esmeralda interrompeu-o:

— Não se amofine. Não vou contar a ninguém. O senhor não é o primeiro. Todo o mundo acha que pode abusar comigo, só porque sou alegre e não fingida como essas sonsinhas que andam por aí com ar de santas, mas que no fundo são umas sem-vergonha. Eu é que sei bem da vida delas.

Por um momento Rodrigo temeu que Esmeralda lhe dissesse algo desagradável sobre Flora Quadros. Desejou intensamente que ela se calasse. Esmeralda, porém, prosseguia... E aquele maldito xote parecia não ter mais fim!

— A Dulce Fagundes... Olhe só para a cara dela. Parece um anjo. Escreve bilhetinhos para um peão do pai. Dizem que se encontram no mato quando ela está na estância.

O mal-estar de Rodrigo aumentava, e ele lançava olhares angustiados para o coreto.

— A filha do Trindade — continuou Esmeralda — fugiu de casa com um caixeiro-viajante. Casaram sim, et cetera e tal, mas agora ela anda aí como uma graúda, e todo o mundo acha que está muito direito, só porque ela é filha do intendente, o mandachuva de Santa Fé, e ninguém tem coragem de falar mal dela...

— O mundo é assim mesmo — disse Rodrigo, achando-se imbecilíssimo por ter feito tal observação.

— E vocês homens é que são os culpados. Fazem as coisas e depois saem se gabando. Dancei com a fulana e fiz isto e aquilo. Então, quando são moços que vêm de cidade grande, como o senhor, a coisa é muito pior. Não sabem fazer distinção entre uma moça de família e uma mulher da vida.

— Mas, senhorita, eu já lhe pedi perdão. Quer que eu me ajoelhe?

— Não. Quero é que não aperte tanto a minha mão. Já disse que não sou dessas, ouviu?

A música parou. Rodrigo sentiu um alívio. Levou Esmeralda até uma cadeira vazia, inclinou levemente a cabeça, balbuciou um agradecimento, fez meia-volta, afastou-se dela em passo acelerado. Sentia-se desmoralizado, irritado, infeliz. Fizera papel de tolo. Levara um verdadeiro *tableau*. E logo com a Esmeralda! Contavam-se dela coisas horríveis. No entanto, a cadelinha assumira ares de donzela pudica só porque ele lhe dissera algumas gracinhas um pouco safadas. Bolas! O melhor que tinha a fazer era ir tomar alguma bebida fresca. Dirigiu-se para a área no fundo do edifício, onde àquela hora muitas pessoas bebiam, sentadas ao redor de mesinhas de ferro.

4

Olhava em torno, à procura duma mesa, quando avistou o cel. Jairo, que lhe acenava com a mão. Aproximou-se dele.

— Sente-se, doutor Rodrigo! — convidou o comandante do Regimento de Infantaria. — Sente-se e tome alguma coisa. Já lhe apresentei minha esposa, não?

Rodrigo sorriu para a dama pálida.

— Tenente Rubim, já conhece o doutor Rodrigo?

O oficial ergueu-se, perfilou-se e murmurou:

— Ainda não tenho esse prazer.

— Doutor Rodrigo — disse o cel. Jairo —, este é o tenente Rubim Veloso.

O ten. Rubim bateu marcialmente os calcanhares, fez uma leve curvatura e apertou a mão de Rodrigo.

O outro oficial que ali estava não esperou que o apresentassem:

— Sou o tenente Lucas Araújo, vulgo André Deed.

Sorrindo, segurou com força a mão de Rodrigo, sacudindo-a repetidamente, ao mesmo tempo que piscava o olho e dizia:

— O senhor que vem de Porto Alegre deve conhecer o Deed, não é? O do cinema, o cômico...

— Claro! — exclamou Rodrigo. — Quem é que não conhece o Deed? É impagável.

— Pois é o que as moças de Santa Fé dizem de mim — sorriu Lucas, fazendo uma careta. E num falsete alambicado: — O tenente Lucas é *im-pagável*. Deve ser por isso que não me pagam, hein, coronel?

O cel. Jairo, percebendo a alusão ao atraso crônico no pagamento do soldo da guarnição, desatou a rir.

Depois pediu aos três homens que se sentassem.

— Que é que toma? — perguntou a Rodrigo.

— Uma cervejinha fresca.

Quando o empregado do bufete passou perto de sua mesa, Jairo tocou-lhe no braço e pediu:

— Uma cerveja fresquinha, meu filho.

Inclinando-se confidencialmente sobre Rodrigo, disse:

— O tenente Rubim e eu somos bons amigos e companheiros d'armas, mas no terreno filosófico não nos entendemos, absolutamente não nos entendemos. Hein, Rubim?

O tenente de artilharia sorriu. Era um homem de rosto miúdo, a pele dum branco róseo, um pincenê acavalado no nariz afilado e longo, os cabelos dum castanho alourado, aparados à prussiana. A arcada dentária superior avançava à feição de limpa-trilhos, dando-lhe à boca um jeito grotesco de bico, acentuado pelo recuo do queixo. A primeira vez que vira o ten. Rubim, Emerenciana Amaral comentara: "Feio como as necessidades". "Mas um feio gostoso", acrescentara Esmeralda Dias, querendo com isso dizer que Rubim tinha uma certa simpatia e que, apesar do bico, da dentuça, do queixo sumido, a gente gostava de olhar para aquela cara; até a voz aflautada, que a princípio desagradava, no fim chegava a ter certo encanto.

— Na verdade — disse ele — nossas divergências são mais de superfície que de profundidade...

Rodrigo observava o tenente de artilharia, secretamente satisfeito por verificar que contava com um rival a menos. Alto, esbelto, metido naquele vistoso uniforme, visto de longe Rubim lhe parecera um titã. No entanto, olhando de perto, tinha uma cara de boneco de ventríloquo. Quanto ao outro, o Lucas, ele compreendia sua popularidade com as moças. Era um simpático palhaço. Parecia-se realmente com o artista francês de cinematógrafo André Deed. Era uma dessas criaturas de cara franca e agradável de quem a gente logo se faz amigo.

Sempre inclinado sobre Rodrigo, o cel. Jairo fez um sinal na direção do tenente de artilharia e murmurou:

— É de Sergipe. Fez um curso brilhantíssimo. Um crânio para matemática, um enxadrista de primeira ordem, campeão de esgrima de sua turma, e talvez um dos melhores artilheiros do Exército. Soldado cem por cento. Tem lido tudo o que se escreveu sobre a arte militar. Quanto à filosofia, Nietzsche é a sua paixão e ele o conhece de trás para diante, de cor e salteado. Um dos livros de cabeceira do Rubim é a famosa obra de Clausewitz sobre a guerra. Ah! Pergunte a ele qualquer coisa sobre a campanha de 70. Ele sabe tudo, tim-tim por tim-tim, como se tivesse feito parte do Estado-Maior de Bismarck. Um crânio, rapaz de muito valor, e muito firme em suas convicções.

Essas palavras tinham sido ditas em voz baixa, num fingido segredo, mas era evidente que o coronel desejava que Rubim as escutasse.

Lucas, que entreouvira a conversa, passou o indicador entre o colarinho engomado e o pescoço e, dando ao rosto uma exagerada expressão de solenidade, disse:

— Pois antes que o coronel lhe diga quem sou, eu me antecipo... Lucas Araújo, natural de Alagoas, tenente de obuseiros, mau soldado, mau estudante, mau jogador de xadrez, mau esgrimista. Não leio Nietzsche nem Clausewitz: para falar bem a verdade, não leio nem jornal. Quanto ao resto, uma boa-praça. O coronel que diga...

Calou-se e começou a fazer contorções faciais. Não era mais o ten. Lucas Araújo, mas sim André Deed no papel de tenente de obuseiros. Jairo atirou-se para trás e desatou a rir, dizendo:

— Esse Lucas é um pândego!

A seguir levou aos lábios seu copo de água mineral. Rodrigo olhou para a esposa do coronel. Notou que os olhos dela continuavam embaciados dum tédio mortal.

A banda tocava agora uma havaneira. Lucas começou a trautear a melodia e a mexer os ombros a seu ritmo. Ergueu-se, fez uma paródia de continência diante de seu superior e disse:

— Se dona Carmem e o coronel me dão licença... vou dançar esta havaneira. As meninas devem estar loucas de saudade de mim. Minha senhora...

5

Saiu a caminhar na direção do salão. Rubim seguiu-o com um olhar que a Rodrigo pareceu inescrutável: superior tolerância? censura? indiferença?

— O doutor Rodrigo deve estar um pouco chocado... — observou o cel. Jairo. — Mas o nosso Lucas é um galhofeiro. Com o tempo o senhor vai se habituar.

— Ora! — protestou Rodrigo. — O tenente é simpaticíssimo.

De novo concentrou a atenção em Rubim e por um instante ficou a contemplar, como a uma pintura, o jovem oficial de túnica azul-ferrete, aquele homem duma fealdade patética que tentava, à custa dum aprumo militar forçado, esconder seu aspecto de mestre-escola.

— Gosta da nossa cidade, tenente? — perguntou cordialmente.

— É como todas as cidades pequenas. Não diferem muito umas das outras. E depois — acrescentou, chiando muito nos esses — nunca tive paciência com as pessoas cujo estado de espírito depende do lugar onde se encontram. Um homem verdadeiramente digno desse nome não poderá deixar-se influenciar pelo meio. Ele transformará o meio em que vive. Poderá até dizer: "Eu sou o meu próprio ambiente. Aonde quer que eu vá, carrego comigo esse ambiente".

Idiota! — exclamou Rodrigo mentalmente. — A propósito duma pergunta casual e puramente retórica, lá vinha ele com um destampatório pseudofilosófico! No fim de contas aquele tal ten. Rubim lhe estava saindo um grande vaidoso. Mas não lhe teve rancor nem mesmo antipatia. Como o outro se houvesse calado, achou que devia dizer algo mais:

— Talvez o senhor tenha razão.

— Talvez? Estou certo de que tenho.

Tamanha pretensão era demais! Rodrigo sentiu um formigueiro no corpo, suas narinas se dilataram. Sentado na ponta da cadeira, o busto teso, perguntou, já com voz fosca:

— E que é que lhe dá tanta certeza?

Imperturbável, Rubim respondeu:

— Uma profunda convicção filosófica amparada numa longa experiência.

Jairo olhava de um para outro, interessado. Sua esposa abanava-se com o leque em que havia, pintada, uma paródia miniatural de Watteau.

Naquele instante o garçom chegou com a cerveja. Rodrigo encheu o copo com tanto açodamento que a espuma transbordou. Ergueu-o na direção do casal Bittencourt e exclamou:

— À saúde do casal! — Olhou para o tenente. — E ao super-homem!

Bebeu. O rosto do oficial não registrou a menor emoção.

— Devo tomar isso como uma ironia? — perguntou ele.

— Vamos, vamos — interveio Jairo. — Está claro que o doutor Rodrigo não teve a menor intenção...

Fez-se um silêncio tenso.

A havaneira continuava, repenicada e alegre. Rodrigo pensou em Flora, no Ano-Novo e nas coisas maravilhosas que o futuro lhe tinha reservado. Seria estúpido iniciar uma nova fase de sua vida social brigando em pleno clube com aquele forasteiro.

— Está claro que não tive a menor intenção irônica — disse ele, dominado por uma cálida e repentina onda de cordialidade. — Espero que não se tenha ofendido.

Inclinou-se e pôs a mão sobre o joelho do oficial.

— Está claro, está claro — repetia o coronel, olhando de um para outro. — Logo que conheci o doutor Rodrigo eu disse (não foi mesmo, Carmem?) aí está um moço para o tenente Rubim conversar. Aposto como vão ser grandes amigos. Não foi mesmo, Carmem? — A mulher sacudia a cabeça lentamente, como um cachorrinho amestrado. — Ambos jovens, cultos e esperançosos, cada qual na sua profissão. Está claro que não houve intenção.

Rubim apertou a haste de seu cálice de conhaque, ergueu-o e disse:

— Então, à sua saúde, doutor Rodrigo!

Jairo estava radiante.

— Isso! Assim é que são as coisas. Que diabo! Não há nada como a cordialidade, a fraternidade, a paz!

Carmem bebeu um gole de gasosa e, por um fugidio instante, seus olhos se encontraram com os de Rodrigo, que não pôde deixar de avaliá-la como fêmea. Devia andar lá pelo meio da casa dos trinta, tinha uma graça fanada e romântica de tísica, e seu corpo devia ser branco e frio como um mármore.

A havaneira continuava. Na área, a balbúrdia crescia. Joca Prates passou, metido num velho fraque, e fez um sinal amistoso para Rodrigo.

A música cessou. Ouviram-se palmas isoladas.

6

Alto e rubicundo, as pontas do colarinho duro fincadas na papada, Jacob Spielvogel ergueu-se de sua cadeira, ali na área, abotoou o *smoking* e, com seu jeito desengonçado de biriba, dirigiu-se para o salão, num andar denunciador de sapatos apertados. Tinha a corpulência cinquentona dum granadeiro. Rodrigo mostrou-o ao coronel com um movimento de cabeça, dizendo:

— O avô dele começou a vida na colônia, lá por 1883, abrindo picadas no mato. O Jacob tem hoje uma serraria a vapor. Dizem que é homem que não se aperta por cem contos.

À porta do salão, Spielvogel esbarrou em Cacique Fagundes, e por alguns instantes ficaram ambos a conversar. O cel. Jairo, que acompanhara o teuto-brasileiro com o olhar, murmurou:

— Vejam bem o sentido daquele encontro. Ali está um caboclo que tem nas veias o sangue dum cacique. Descende, portanto, dos verdadeiros donos desta terra. Está agora frente a frente com o colono, um homem louro cujos avós vieram dum outro mundo, duma outra civilização...

O ten. Rubim sentenciou:

— O dono da terra é e será sempre aquele que pela força se apossar dela e pela força a mantiver.

Rodrigo atirou-se para trás na cadeira e sorriu. Não estava disposto a discutir. Chamou o garçom e pediu outra cerveja. A banda atacou uma polca. O coronel começou a marcar o compasso com o pé. Carmem soltou um suspiro, que lhe sacudiu o magro peito. Rodrigo avistou o cel. Aristiliano Trindade sentado a uma das mesas da área, na companhia de alguns de seus apaniguados, e, como o homem naquele instante lhe fizesse um amável cumprimento de cabeça, fingiu não ter percebido nada, baixando disfarçadamente os olhos para o copo. Daí por diante, porém, ficou a lançar repetidos olhares torvos e enviesados na direção do intendente de Santa Fé. Jamais sentira a menor simpatia por aquele tipo. Tudo nele lhe era repugnante: o rosto alongado de cavalo malacara (uma doença de pele lhe punha manchas esbranquiçadas na testa), as mandíbulas largas e quadradas de delinquente... O que mais irritava naquele sacripanta — refletia Rodrigo — era que seus gestos, palavras e atitudes não estavam absolutamente de acordo com o que ele era e fazia. Tinha sempre na beiçola arroxeada de mulato um sorriso hipócrita. Seu ar era obsequioso e sua voz, grave e paternal. Costumava chamar os outros, até os mais velhos, de "meu filho". Isso, porém, era apenas um tênue verniz de superfície. No fundo daquela alma atocaiava-se a hiena. Era sanguinário e cruel, duma crueldade fria e calculada. Já se perdera a conta das pessoas de cujo assassínio ele fora mandante, isso para não falar nos "sustos" que mandava dar em seus desafetos — homéricas sovas de rabo-de-tatu ou espada, que deixavam a vítima estatelada no chão, sangrando... Desde que chegara, Rodrigo evitara encontrar o tiranete de Santa Fé: não fora visitá-lo à Intendência, como sugerira o patife do Amintas; e sempre que o via na rua mudava de calçada ou dobrava esquinas para não se defrontar com ele.

— Conhece o intendente? — perguntou-lhe Jairo.

— Antes não conhecesse — respondeu.

O comandante do Regimento de Infantaria pareceu surpreendido, cofiou os bigodes, indeciso, à espera duma explicação, que Rodrigo não tardou a dar:

— Olhe, coronel, não sei quais são as suas relações com o Titi Trindade. Quaisquer que sejam eu as respeitarei. Mas quero lhe dizer desde já, muito claramente, que não pretendo manter relações de amizade com esse homem cruel, despótico e imoral. A senhora me desculpe, dona Carmem, mas estou dizendo o que sinto e penso.

Jairo pigarreava, muito vermelho, acariciando com a palma da mão a coroa da cabeça.

— Tenho o maior respeito pelos sentimentos alheios — murmurou.

Rodrigo sorriu.

— Ao menos aqui no clube, o Trindade está em minoria — disse ele, tomando da garrafa que o garçom acabava de pôr sobre a mesa e tornando a encher o copo. — Não sei se o senhor já reparou, tenente, que o Clube Comercial é o único lugar neste município onde a oposição ganha a eleição...

Rubim fez um sinal afirmativo.

— Já. Só não pude compreender ainda o mecanismo dessa vitória.

— Muito simples. Federalistas, democratas e republicanos dissidentes se unem para eleger uma diretoria em que não entre nenhum elemento da pandilha do Trindade. Cada eleição aqui dentro é um verdadeiro pleito político, com propaganda antecipada, cabala, discussões e até brigas. Na deste ano, o Trindade quis impor um candidato, o coronel Prates. Ora, o Joca Prates é um cidadão digno, ninguém tem nada contra ele. Mas é partidário da situação, republicano dos quatro costados, diz amém a tudo quanto seu chefe ordena. Nós então levantamos a candidatura do Maneco Macedo, que é maragato, e ganhamos a eleição.

Jairo sacudia lentamente a cabeça.

— Mas ainda não compreendo como foi possível essa vitória.

— Ora, este clube é um grêmio de elite e a elite de Santa Fé está contra a situação. E, depois, aqui dentro não há subprefeitos, delegados e capangas para intimidar a oposição. Na hora da eleição, nossa gente vem de revólver na cintura, disposta a tudo, para encorajar os empregados do comércio e outros eleitores hesitantes. Ah! É preciso também esclarecer que o voto nas eleições do clube é secreto. Foi uma sugestão que o doutor Assis Brasil nos deu, quando andou por aqui. Se não fosse assim, os funcionários municipais não teriam coragem de votar contra a chapa do intendente.

— Muito interessante — exclamou o coronel —, muito interessante!

Rubim brincou com as luvas brancas.

— Tudo isso vem em apoio da minha teoria sobre as elites e as massas — disse. — As elites têm de governar sempre e para isso precisam usar de força. O que dá aos oposicionistas a vitória aqui dentro não é a força do direito, mas o direito da força.

— Perdão! — atalhou-o Rodrigo, empertigando-se na cadeira, como se fosse saltar sobre o outro. — O sufrágio universal aqui dentro é uma realidade.

Rubim procurou acalmá-lo com um gesto.

— Mas tudo isso está certo, matematicamente certo. É um método natural. Não tenho a menor simpatia pelas massas. A massa é feminina e necessita de homens fortes que dominem. Não só necessita como clama por eles. Abra a história e veja. Como foi que vós gaúchos conquistastes e mantivestes estes territórios? Invocando sobre eles o direito divino ou qualquer outro direito? Não. Vós expulsastes os castelhanos a tiro, a ponta de lança e a golpe de espada. É a lei da vida, a moral da águia.

Valia a pena discutir com aquele soldado? — perguntou Rodrigo a si mesmo. Qual! O que valia a pena era terminar aquela cerveja e ir dançar com Flora. Não. Agora dançaria com Ritinha Prates. Depois com a Gioconda. Era bom que Flora esperasse, para não pensar que ele estava morrendo de amores por ela...

7

Jairo pôs a mão no braço de Rodrigo e disse:

— Sou um apaixonado pelo seu estado, doutor. Os senhores tiveram a fortuna de contar aqui com um homem de grande talento e larga visão, o doutor Júlio de Castilhos. Graças a ele e a outros repúblicos a vossa Constituição estadual está cheia da sadia influência positivista, ao contrário da nacional, que não passa duma cópia servil e absurda da norte-americana. O futuro mostrará que os constituintes do Rio Grande é que estão com a verdade, com a boa causa. O senhor leu bem a Constituição de seu estado?

— Claro! — mentiu Rodrigo com veemência.

— Pois eu a conheço melhor do que muito gaúcho — gabou-se o cel. Jairo, olhando rapidamente para a esposa, que lhe seguiu as palavras com atenção. —

Conheço igualmente bem a vossa história, meu caro doutor. Sou um rato de arquivo, um estudioso de textos e um observador da sociedade humana.

Fez um gesto largo que abrangia a área.

— E se eu lhe disser que vossa história está toda escrita, em magnífico resumo, na face e nas vidas das gentes que hoje se acham no *réveillon* do Comercial? E se eu vos assegurar que neste clube se agita uma espécie de microcosmo do Rio Grande?

Jairo dirigiu a pergunta aos três interlocutores, olhando alternadamente para cada um deles. Rubim não parecia muito interessado. Carmem olhava para o leque. Jairo apontou discretamente para o cel. Maneco Macedo, que conversava à porta do salão de bilhar com o cel. Pedro Teixeira.

— Ali estão dois representantes do clã pastoril, os senhores de terras e gados, muitos deles descendentes dos primeiros sesmeiros...

— Dois senhores feudais — acrescentou Rodrigo, lembrando-se em tempo de que ele próprio pertencia àquela "nobreza rural".

— São eles que fazem os intendentes, delegados, deputados, senadores, presidentes do estado — continuou Jairo, entusiasmado. — Em suma: é a classe que governa. Ao redor dela vive ou, melhor, vegeta a massa dos servos da terra...

O ten. Rubim puxou a túnica, endireitou o busto, ajeitou o pincenê no nariz e opinou, rápido:

— Como é natural e desejável.

— Lá está o Spielvogel — mostrou Rodrigo —, cujo pai começou a revolução industrial em Santa Fé com o seu moinho d'água...

— Exatamente — disse Jairo. — E ele representa o primeiro passo do colono da picada para a cidade, abandonando a agricultura para se dedicar ao comércio ou à indústria...

À mesa de Titi Trindade alguém disse alguma graça, pois todos desataram a rir estrepitosamente, inclusive o intendente, que dava palmadas repetidas na mesa de ferro, fazendo oscilar copos e garrafas.

— *Le roi s'amuse...* — murmurou Rodrigo.

O cel. Jairo, porém, estava demasiadamente absorvido na sua própria dissertação para prestar atenção ao que quer que fosse.

— Agora veja bem — prosseguiu ele, pegando na lapela de seda do casaco de Rodrigo. — Há um grupo, um importante grupo da população do Rio Grande do Sul que ainda não está representado aqui, que eu saiba... o dos agricultores, o dos pequenos proprietários de terras, em sua maioria descendentes de imigrantes italianos e alemães. É que esses elementos ainda não estão bem incorporados à vossa sociedade. Noutras palavras, preste bem atenção, doutor, noutras palavras: *ainda não entraram no Clube Comercial, onde impera a aristocracia rural!*

Fez uma pausa para ver o efeito de suas palavras no rosto do interlocutor. Rodrigo não tinha pensado ainda naquelas coisas: achava-as, sem a menor dúvida, interessantes. Só lhe parecia que aquele não era o lugar nem a hora para conversar sobre assuntos tão sérios. Estava ansioso por voltar ao salão. Continuar ali seria pura perda de tempo. Agora, porém, embaraçava-o um detalhe. Erguer-se e ir dançar sem pagar a despesa? Não podia fazer isso. Chamar o garçom, meter a mão no bolso e perguntar: "Quanto é?", seria supinamente grosseiro.

Naquele instante Rubim esvaziou o cálice e ergueu-se:

— Se me dão licença...

Bateu os calcanhares, fez uma rápida curvatura e encaminhou-se para o salão.

— Vá bailar, tenente — encorajou-o Jairo, paternal. — Daqui a pouco a Carmem e eu também dançaremos. Quando tocarem uma valsa, não é, minha flor?

Ótima ocasião para eu sair também — pensou Rodrigo. O coronel, porém, de novo se inclinava sobre ele:

— Como eu ia dizendo... Temos agora um segundo grupo, o maior e talvez o mais importante de todos: a população urbana. Olhe lá o senhor Marcelino Veiga. É um representante do comércio, bem como o senhor Spielvogel o é da vossa incipiente indústria, ambos, portanto, burgueses, membros da economia capitalista que só agora começa entre vós... Sim, porque vossa Idade Média, com barões feudais, servos da gleba, artesãos e um regime de trocas é de ontem... De ontem? Qual! Ainda hoje sobrevive e tudo indica que continuará ainda por muito tempo, paralelamente com o surto capitalista. Ah! E não esqueçamos de incluir no grupo urbano as profissões liberais, os advogados, médicos, engenheiros, os funcionários, empregados do comércio e um singular, pouco numeroso e ainda mal definido proletariado, que irá fatalmente crescendo à medida que os Veigas e Spielvogels forem crescendo em número e prosperidade!

Jairo Bittencourt passeava o olhar em torno, como à procura de exemplos. Rodrigo pensava em Flora. A orquestra tocava agora um xote. Vinha do salão um ruído ritmado de passos. Alguém perto gritou: "Falta uma hora pro Ano-Novo chegar!". Rodrigo ensaiou um pretexto para fugir, mas o coronel não lhe deu trégua:

— Há ainda um outro grupo que não está representado neste clube e que talvez não o esteja nem daqui a cem anos, o dos operários. Rubim sorri quando lhe falo nesses párias da sociedade. Acha que seria um erro educar as massas, melhorar-lhes a vida. Mas o doutor deve compreender que nós, os positivistas, somos pela incorporação do proletariado à sociedade ocidental.

8

Rodrigo ansiava por voltar ao salão de baile. No entanto não estava de todo desinteressado da palestra do coronel: sentia até por suas palavras um certo fascínio que talvez viesse não propriamente das coisas que ele dizia, mas sim do modo como as enunciava. Jairo Bittencourt tinha uma voz agradavelmente persuasiva, cheia de interesse humano: era uma voz vibrante e ao mesmo tempo grave, tocada duma afabilidade paternal.

— Porque — continuou ele — a história para nós positivistas não é essa coisa inexpressiva de três dimensões que se ensina nas escolas. — Ao dizer isso, com ar distraído mas nem por isso menos carinhoso, cobriu com a manopla sardenta e peluda a delicada mão da mulher. — Augusto Comte acrescentou à história a dimensão que lhe faltava.

— Gosto muito de história, coronel — disse Rodrigo. — No ginásio foi das matérias...

Teve, porém, de calar-se, pois o outro, que evidentemente não o escutava, interrompeu-o:

— A propósito, qual é o filósofo de sua predileção?

— Spencer — mentiu Rodrigo com tão grande convicção que por um momento ele próprio chegou a acreditar no que dizia. Havia lido por alto os *Primeiros princípios*, achando a obra insuportavelmente indigesta. Alcides Maya, que pontificava no mundo das letras de Porto Alegre, lançara entre seus discípulos e admiradores o nome de Spencer, que era agora o "filósofo da moda", lido, comentado e discutido nos jornais e nas tertúlias literárias.

O coronel começou a mover a cabeça dum lado para outro, franzindo os lábios com o ar de quem está indeciso quanto a um julgamento.

— Bom... Spencer não está muito longe de Comte. Pelo contrário, muito perto até. Mas, meu caro amigo, por que não ir logo às fontes, por que não procurar logo o papa (se me permite a comparação) em vez de ficar às voltas com bispos, arcebispos e cardeais?

Lançou para a esposa um olhar de ternura. Depois disse:

— O doutor naturalmente já ouviu falar na lei dos três estados...

— Como não! — respondeu Rodrigo. E felicitou-se por ter boa memória. — O estado teológico, o metafísico e o positivo.

Encarou o coronel e pensou: se ele me pede que eu defina esses três estados, estou frito.

— Ótimo! — exclamou Jairo. — Magnífico! Está vendo, Carmem meu bem, ele não é mesmo como eu dizia?

O som da risada equina do Titi Trindade chegou desagradavelmente aos ouvidos de Rodrigo, que pensou: não perdes por esperar, cafajeste. E mentalmente começou a compor um editorial contra o intendente.

— Qual é a atitude do positivista diante do mundo? — perguntou o coronel. E ele mesmo deu a resposta, inclinando-se muito sobre a mesa, como se fosse revelar um grande segredo maçônico: — É estudar a sociedade humana dentro do terceiro estado, o positivo, sujeitá-la a uma observação científica, note bem, *científica*, colocando, digamos, os fatos sociais num microscópio, observando-lhes as leis, analisando-os como hoje se analisa um produto químico, um tecido orgânico ou um raio de luz...

Tornou a olhar para Carmem, que brincava com o leque. E Rodrigo, que a observava, notou que ela respirava com alguma dificuldade. Seria mesmo tísica como se murmurava?

— Essa história que se ensina nas nossas escolas — prosseguiu Jairo, depois de tomar um gole de água mineral — não passa duma sucessão de nomes próprios e datas. É um romance tolo, cujo sentido fica obscuro para o pobre estudante. Mas veio Comte, espremeu todos esses fatos, tirou-lhes o sumo, estabeleceu as bases duma filosofia da história, cujas leis traçou. Ora, o positivismo está baseado na experimentação, na observação. Um fato histórico de hoje ficará claramente explicado se estudarmos a série, a cadeia de fatos que o prendeu. A história, meu caro doutor, explica a história. Meu bem, estou te aborrecendo? — Tornou a acariciar as mãos da mulher. — A pobre da Carmem já me ouviu mil vezes dizer estas coisas. Mas sou um homem muito franco, doutor Rodrigo, e tenho a língua solta porque acho que não há mal nenhum em dizer a gente o que sente e pensa. Algum bem sempre virá disso para a humanidade. Mas, voltando ao nosso assunto, só o método positivo é que nos permitirá analisar os fatos sociais em suas inter-relações. Foi o grande Augusto Comte quem criou essa maravilhosa ciência que é a sociologia. — Fez um gesto largo. — A ciência da sociedade.

A banda rompeu numa valsa. E pela primeira vez, desde que Rodrigo se sentara à mesa, Carmem falou:

— Jairo, estão tocando uma valsa...

Tinha uma voz fina de menina mimosa. A princípio, o marido lançou-lhe um olhar vago de incompreensão. Depois exclamou:

— Ah! É verdade. A nossa valsa. O doutor vai nos dar licença. Garçom! Não senhor, a despesa é minha, quem convidou fui eu. — Deteve o outro, que já tinha levado a mão ao bolso interno do paletó. — Não senhor, absolutamente!

Pagou a despesa. Ergueram-se. Carmem inclinou a cabeça para Rodrigo e saiu a andar, rumo do salão.

— Não parece mesmo um lírio? — murmurou Jairo, acompanhando-a com um olhar amoroso. Num cochicho acrescentou ao ouvido de Rodrigo: — Não repare. Trato minha mulher como se ela fora uma criança. Constituição muito delicada, uma verdadeira sensitiva. A Carmem ainda não se refez do choque da transplantação. O doutor vê, uma orquídea do trópico sofre quando transplantada para um clima frio. Vosso minuano é tenebroso. Se não me transferem daqui para o Rio ou para o Norte, perco a mulher. Coitadinha! Mas, meu caro, havemos de nos encontrar outra vez, este ano ou no próximo.

Soltou a sua risada contagiante.

Carmem parara a meio caminho, voltara-se com um ar de desamparo, e seus grandes olhos pediam socorro.

— Muito obrigado por tudo, coronel.

— Ora, quem agradece sou eu. — Apertou-lhe o braço, depois de fazer um sinal para a mulher. — E acredite que desejo ser seu amigo. E havemos de ser, pois não, pois não. E não leve a mal as loucuras do Lucas nem as esquisitices do Rubim. Eu lhe afianço que são ambos excelentes rapazes. O Rubim é um talento, o senhor há de ver com o tempo. O outro, ah! o outro é um pândego, mas dono dum belo coração, embora tenha, como dizem os nossos vizinhos castelhanos, *mala cabeza*. Até a vista, doutor.

Deu dois passos na direção da mulher e de súbito voltou-se:

— Ah! E o senhor seu pai? Perdoe-me por não ter perguntado por ele. Veio ao baile?

— Qual! O papai é um bicho de concha. Ficou em casa.

— Excelente cidadão! — exclamou Jairo. — Grande caráter, coração muito bem formado. Afiano-lhe, sob palavra de honra, que sua amizade é das que mais me envaidecem.

Rodrigo não achou o que dizer, limitou-se a sorrir e a sacudir a cabeça afirmativamente. O coronel tomou do braço da esposa e entrou com ela no salão.

A melodia continuava, embaladora: *Quand l'amour meurt*.

9

Dançou aquela valsa com Ritinha Prates, que, apesar de ser pequena e esbelta, lhe pareceu pesada como chumbo. Tinha, porém, olhos lindos, uma boca bem modelada e um jeito suave. Quando a valsa terminou e, de braços dados, começaram a dar voltas ao salão, Rita fez-lhe perguntas sobre Porto Alegre, disse-lhe de seu grande desejo de conhecer a Capital. Ora, isso infelizmente não era assim tão simples porque, além de outras dificuldades, ela enjoava muito quando andava de trem, pois tinha um estômago fraco, como a mamãe...

— E o papai, o senhor sabe, é um caro custo pra gente tirar ele da estância, o que ele quer é ficar lá trabalhando com a peonada, e eu, o senhor sabe, tenho horror lá de fora, tudo tão triste, tão desanimado, que até me dá vontade de chorar, principalmente quando anoitece e as vacas começam a mugir e a gente acende as velas e fica tudo que nem velório e depois todo mundo vai pra cama cedo e a gente tem de dormir, queira ou não queira, porque não se tem nada mais que fazer, e se apaga a luz e pronto...

Rodrigo dançou também com Rita um xote: "Talento e formosura", e quando a banda tocou uma havaneira, foi tirar a Mariquinhas Matos. Dançaram num silêncio solene. E, durante o intervalo entre duas danças, conversaram animadamente. A Gioconda procurou mostrar-se muito culta e manter a palestra num nível elevado. Achava fúteis as moças de Santa Fé: só pensavam em vestidos, festas e bobagens. Ah! Ela tinha verdadeira paixão pela literatura. Lera as obras completas de Pérez Escrich, adorava Eugène Sue, principalmente *Os mistérios de Paris*, e achava Richebourg assim, assim. Ultimamente ficara muito impressionada com *Os miseráveis*, de Victor Hugo. A propósito, como era hipócrita a sociedade que tolerava e até adulava os grandes ladrões, ao passo que levava para as masmorras os miseráveis que roubavam uma côdea de pão para mitigar a fome!

Rodrigo escutava-a com polida atenção, fazendo sinais de aprovação com a cabeça, mas achando a Gioconda supinamente ridícula naquela sua exibição de

162

"cultura". Quando ela lhe deu uma oportunidade, desandou a falar nos seus autores de cabeceira. E atirou sobre a moça um punhado de nomes esmagadores: Taine, Renan, Anatole France, Verlaine, Rostand... A Gioconda sacudia a cabeça, com uma expressão de perplexidade nos olhos aveludados. Não conhecia nenhum daqueles escritores. Que romances tinham escrito? Ah... Espere. Esse Rostand não foi o que escreveu *Os mistérios do Palais Royal*?

— Não — respondeu Rodrigo. — Que eu saiba, Rostand não escreveu nenhum romance.

E quando a banda atacou uma valsa Boston, ele enlaçou a cintura de Gioconda e saíram a rodar majestosamente. Rodrigo procurava Flora com o olhar. Avistou-a nos braços do ten. Rubim. Será que esse sergipano está fazendo a corte a Flora? Sobre que conversarão? Naturalmente o tenente deve falar-lhe em Nietzsche, planos estratégicos e obuses. Um super-homem... com aquela dentuça, aquele queixo sumido, aquela voz de eunuco.

Agora passava por eles enorme, ondulante e esplêndido como um transatlântico em mar grosso, Chiru Mena a gritar:

— Menino, já estou de garrão frouxo de tanto dançar! Dês que o baile começou não refuguei marca!

Rodrigo deixou a Gioconda junto de sua cadeira, fez uma mesura e murmurou uma palavra de agradecimento. Limpando com o lenço o rosto lavado em suor, encaminhava-se de novo para a área quando ouviu um *pst*. Voltou a cabeça e viu que Emerenciana Amaral lhe acenava, chamando-o. Aproximou-se, sorrindo, tomou-lhe da mão nédia e beijou-a:

— Mas então, seu ingrato, não quer mais saber dos velhos, hein? Então chega em Santa Fé e nem vem ver a velha Emerenciana? Está vendo, dona Ibraíma?

Voltou-se para a senhora magra que estava a seu lado, e que por sua vez também sorria para Rodrigo.

— Nem diga isso, dona Emerenciana. Como é que eu havia de me esquecer da senhora?

— Pois é como eu estava dizendo. Não acredito que o Rodrigo seja tão ingrato. Imagine, dona Ibraíma, muitas vezes peguei esse menino no colo e muito doce dei pra ele. Tu te lembras da minha marmelada branca?

— Se me lembro! A melhor marmelada que já comi na minha vida!

Olhando para a amiga, d. Emerenciana explicou:

— O pai dele, o Licurgo, e o meu marido não se dão. Coisas de política. Mas eu sempre digo: que é que nós mulheres temos que ver com as brigas dos homens? E esses meninos — tornou a perguntar, mostrando Rodrigo —, será que os coitadinhos devem pagar pela culpa dos pais?

Rodrigo sorriu. D. Emerenciana falava a linguagem das personagens do folhetim do *Correio do Povo*.

— Acho que a senhora tem toda a razão — disse.

Mudando de tom, a matrona perguntou:

— Como é, quem é a felizarda?

— Que felizarda?

Ela piscou o olho e fez um muxoxo.

— Tu bem que sabes, Rodrigo. A namoradinha...

— Não tenho nenhuma...

— Pensas que eu acredito?

— Palavra de honra.

Num cochicho ela perguntou:

— Que tal a Ritinha?

— Muito bonita, muito prendada...

— E a Flora, hein, a Flora?

— Também muito bonita e muito distinta...

— Por que, então, não vai dançar com ela agora? Olhe lá, a Flora está sem par... Vá!

10

Tomou o braço de Rodrigo e empurrou-o na direção da moça. Meio desconcertado, odiando d. Emerenciana, Rodrigo afastou-se na direção de Flora. Estava claro que iria dançar com ela: apenas havia planejado aquilo para mais tarde, e não era preciso que nenhuma alcoviteira, bigoduda, intrometida viesse...

— A senhorita quer dar-me o prazer?...

Flora ergueu para ele os olhos meio alarmados. Levantou-se, deu dois passos, ajeitando a faixa. A banda tocava agora a "Valsa dos patinadores". Rodrigo tomou-lhe da mão, e passou-lhe o braço em torno da cintura. A delicadeza daquele corpo que carregava, como se fosse de paina, a frágil suavidade daquela mão... Sentiu desejos de cantar, acompanhando a música. Mas conteve-se: aquelas coisas eram impróprias dum baile do Comercial.

Cuca Lopes, que dançava com uma das caboclinhas do Cacique Fagundes, passou por ele e gritou:

— Faltam vinte minutos pro ano que vem!

Rodrigo fez um aceno afirmativo de cabeça e murmurou:

— Esse Cuca!

Lembrou-se, contrariado, de que havia prometido estar em casa um pouco antes da meia-noite, para assistir à entrada do Ano-Novo em companhia da família. Bolas! Seria mil vezes melhor ficar com Flora, para que fosse ela a primeira pessoa a quem ele cumprimentasse em 1910.

— Senhorita Flora, permite que lhe faça um pedido? — perguntou, ao terminar a valsa.

A moça voltou para ele os olhos escuros.

— Que é?

— Que me dê a honra de ser a primeira pessoa a cumprimentá-la no novo ano.

Por um instante Flora nada disse. Depois tornou a olhar para ele com o ar de quem não havia compreendido. E antes que ela dissesse o que quer que fosse, Rodrigo acrescentou:

— Se não a estou molestando, eu lhe pediria também que continuássemos a dançar até a meia-noite. Espero que isso não lhe traga nenhum aborrecimento...

Uma vermelhidão cobria as faces e as orelhas de Flora, que caminhava com os olhos postos no soalho.

— Sim? — perguntou ele.

Ela sacudiu a cabeça afirmativamente.

— Sim.

Sentia-se algo de tenso na atmosfera do salão, que o zum-zum das conversas enchia. Pessoas andavam dum lado para outro e muitos homens tiravam o relógio do bolso e ficavam a olhar fixamente para o mostrador. Chiru Mena gesticulava, gritando:

— Aproveitem, moçada, que o 910 vai ser curto. Em maio vem esse tal de cometa e arrebenta o mundo.

Rodrigo sorriu, superior.

— A senhorita acredita que o mundo vai mesmo acabar?

Ela encolheu os ombros.

— Não sei. O papai acha que não.

— Isso não passa de superstição. Este mundo velho tem de continuar. E nós continuaremos com ele. Depois de passar o cometa de Halley havemos de prosseguir fazendo o que sempre fizemos: trabalhar, comer, dormir, sonhar, amar... Por falar nisso, a senhorita já pensou que dentro de alguns meses pode estar noiva e dentro dum ano casada?

— Não senhor.

Diabo! A criaturinha não lhe dava a menor deixa para levar adiante a conversa. Suas respostas eram curtas, quase ríspidas, verdadeiros pontos finais de gelo.

A música recomeçou. Outra valsa. Oh! O "Fremito d'amore". Rodrigo sentia-se feliz. Estava decidido a ficar com Flora até a meia-noite. O velho compreenderia, tia Maria Valéria também... Permaneceria no clube o tempo suficiente para apertar a mão de sua bem-amada e depois correria para casa...

Pelo aspecto de suas caras germânicas e pelo entusiasmo com que dançavam, Jacob Spielvogel e sua *Frau* davam ao baile um ar de *Kerb* colonial, ao passo que Chiru Mena, com suas batidas de calcanhares com esporas hipotéticas e com seu ar de monarca, parecia esforçar-se para transformar o *réveillon* num fandango de terreiro.

Cacique Fagundes valsava com sua patroa, cujos vastos seios parecia carregar penosamente sobre o peito, soprando forte como um touro, o suor a escorrer-lhe em bicas pelo rosto. Àquela hora era grande o número de pares que dançavam. E, quando a música cessou, houve como que um hiato nervoso, pessoas se consultavam com os olhos e muitos tornavam a olhar para os mostradores dos relógios.

11

Maneco Macedo, entalado numa sobrecasaca apertada, disse em voz alta para Cacique Fagundes:

— Daqui a pouco tu entregas a rapadura e quem vai mandar neste potreiro sou eu...

O outro arregaçou os beiços, mostrando os dentes fortes e parelhos:

— Graças a Deus vou largar esta droga na tua cacunda. Tu vais ver com quantos paus se faz uma canoa.

Riram-se.

— Faltam dez minutos — exclamou o Cuca Lopes.

— Doze! — corrigiu-o o Chiru. Aproximaram-se um do outro, cada qual com seu relógio na mão, e ficaram a confabular alegremente.

O ten. Lucas fazia caretas à frente de seu par, uma das filhas de Pedro Teixeira. *André Deed numa de suas hilariantes comédias* — pensou Rodrigo, numa reminiscência da literatura dos programas de cinematógrafo.

Empertigado, o pincenê a relampaguear a cada movimento de cabeça, o ten. Rubim conversava com a Gioconda. Um belo par — pensou Rodrigo. Deviam casar-se e tirar uma cruza entre Perez Escrich e Nietzsche.

Os pares não andavam mais à roda. Alguns estavam parados no meio do salão, outros se separavam, pois as moças saíam à procura dos pais, mulheres buscavam os maridos, pais reuniam os filhos... Cacique Fagundes começou a arrebanhar suas caboclas, levando-as para as proximidades da mãe. Andava azafamado, dum lado para outro, a fazer *cht! cht!,* e como visse que Rodrigo o observava, riu e gritou-lhe:

— Estou parando rodeio no meu gado. O ano que vem já está perto. Dizem que já dobrou a esquina da Casa Sol.

Ao redor de d. Emerenciana reuniam-se aos poucos todos os Amarais machos e fêmeas, à espera do grande momento. O vozerio crescia e a atmosfera parecia carregada de eletricidade.

Rodrigo percebeu que Flora estava inquieta, olhando dum lado para outro, como um coelhinho que em meio da floresta pressente a aproximação do perigo.

— Onde estará a mamãe? — perguntou ela, mais para si mesma que para o par.

— Ali perto da toalete — mostrou Rodrigo. — Não se aflija. Quando chegar a meia-noite hei de levá-la até lá.

Sentiu que estava comovido. Não tirava os olhos de Flora, a qual, entretanto, lhe evitava o olhar, brincando nervosamente com o leque e de quando em quando alisando a faixa. Mas por que será que essa criaturinha não olha pra mim?

— Dois minutos pra meia-noite — gritou alguém.

Erguendo os olhos para o coreto, Rodrigo viu que os músicos se preparavam para tocar. O sarg. Aristotelino, mestre da banda, fez para Rodrigo um sinal amistoso, arreganhando a dentuça clara, num contraste com o rosto pardo. E, quando Rodrigo tornou a baixar a cabeça, surpreendeu Flora a contemplá-lo. E naquela fração de segundo em que os olhos de ambos se encontraram ele teve a certeza de que ela o amava.

— Eu te amo! — murmurou. — Eu te amo! — repetiu em voz mais alta, já com um desejo de dar um passo à frente e tomar Flora nos braços.

Era um momento grave: a entrada dum novo ano. Era um instante de efusão emocional em que todos os excessos deviam ser permitidos... Flora pareceu ficar em pânico. Olhou na direção da mãe, como que em busca de socorro.

Chiru Mena, que se encontrava no meio do salão a olhar para o relógio, deu um pulo e gritou:

— Chegou o bicho!

Da rua vinha agora o pipoquear de tiros de revólver. Dentro do clube começou o caos. A banda rompeu a tocar um galope. Rodrigo tomou com ambas as mãos a mão de Flora e apertou-a.

— Muitas, muitas felicidades — murmurou, engasgado de comoção. — E que o Ano-Novo...

Não terminou a frase, pois Flora puxou a mão bruscamente e voltou-lhe as costas, saindo quase a correr na direção da mãe. E, antes que Rodrigo atinasse com o que devia fazer, Chiru Mena tomou-o nos braços e estreitou-o contra o peito, berrando:

— Feliz Ano-Novo!

E quando Chiru afrouxou o abraço, Rodrigo ficou meio estonteado a procurar Flora no meio da colorida balbúrdia de gente que andava dum lado para outro ao som do galope, a trocar abraços, a dar-se encontrões.

Agora se ouvia um apito prolongado que vinha de longe: era a sereia da serraria do Spielvogel. Fora, os tiros continuavam.

A esposa de Maneco Macedo abraçava e beijava as filhas, enquanto as lágrimas lhe escorriam pelo rosto moreno. Gritavam-se nomes no ar, pessoas procuravam-se com ânsia. Tinha-se a impressão de que o clube havia prendido fogo, pois havia ali mais um ar de catástrofe que de festa. E o ritmo acelerado da música, as pancadas do bombo e o tinir dos pratos agravaram delirantemente aquela confusão de fim de mundo.

— Parece até que o cometa já bateu na Terra! — gritou Cuca ao ouvido de Rodrigo, depois de abraçá-lo.

Flora! Mas onde está a Flora? Rodrigo procurava-a em vão, voltando a cabeça dum lado para outro. No coreto, ainda de dentuça arreganhada, o mestre da banda marcava o compasso do galope com as mãos, como um demônio a reger aquele inferno.

Rodrigo saiu do salão, abriu caminho com dificuldade por entre a multidão que se comprimia, agitada, nos corredores e desceu a escada.

Capítulo VII

1

— Bento! — exclamou, ao chegar à calçada.

— Pronto, patrão!

O caboclo saltou para a boleia.

— Feliz Ano-Novo! Já dei cinco tiros pro ar.

— Feliz Ano-Novo, Bento.

Rodrigo subiu para o carro, repoltreou-se no banco, atirou a cabeça para trás. Estava comovido, e ansioso por chegar ao Sobrado.

— Toca depressa pra casa!

Bento soltou um guincho e fez estalar o chicote. Os cavalos arrancaram.

— Quantos copos de cachaça já bebeste?

O boleeiro voltou a cabeça.

— Uns três. Mas estou firme. Olhe só...

Pôs-se de pé na boleia, num equilíbrio precário.

— Está bom, Bento, senta!

Viam-se muitas pessoas nas calçadas, e de dentro de algumas casas de janelas iluminadas vinha o rumor de vozes festivas.

Rodrigo olhava para as estrelas, pensando alternadamente em Flora e na frase que ia dizer ao velho quando chegasse ao Sobrado. Reconhecia que devia ter ido passar o grande momento na companhia dos seus. Enfim...

Quando o carro defrontava o Hotel dos Viajantes, um desconhecido, emergido duma boca de rua, deu dois passos na direção do meio-fio, tirou o chapéu, ergueu-o no ar e bradou:

— Viva o doutor Rui Barbosa, futuro presidente da República!

Aconteceu, então, algo de brusco e inesperado. Surgiu — Rodrigo não ficou sabendo ao certo de onde — um soldado da guarda municipal. Desembainhou a espada e, sem dizer palavras, desfechou com ela violento golpe no ombro do civilista. Sobressaltado, Rodrigo ergueu-se no carro, que não diminuíra a marcha, e olhou para trás. O policial continuava a espancar o desconhecido, que vociferava: "Socorro! Estão me matando! Socorro!".

— Para, Bento! Para!

Sem esperar que o carro estacasse, Rodrigo saltou para o chão e, antes que o boleeiro tivesse tempo de perceber o que se passava, lançou-se a correr na direção do guarda, que continuava a dar pranchadas no crânio e no tórax do pobre homem, o qual, caído na sarjeta, soltava gemidos lancinantes, enquanto procurava proteger a cabeça e o rosto com os braços e as mãos.

Como um touro açulado por um pano vermelho, Rodrigo atirou-se sobre o agressor com tanta fúria, que ambos tombaram enovelados no chão.

Alguns homens que conversavam à porta do Hotel dos Viajantes retiraram-se apressados para dentro e ficaram a espiar a cena pelo vão da porta. Uma senhora que estava debruçada à sua janela, nas proximidades, prorrompeu em gritos nervosos.

Rodrigo conseguiu dominar o adversário, arrancar-lhe a espada e atirá-la sobre a calçada. Depois plantando solidamente os joelhos no peito do soldado, soqueou-lhe a cara com tanta ferocidade que o sangue começou a escorrer daquele nariz largo e picado de bexigas contra o qual Rodrigo parecia concentrar todo o seu ódio.

Ouviu-se um ruído de patas de cavalo, e um outro guarda municipal, montado num tobiano, surgiu duma rua transversal, de espada desembainhada. Bento, que, de chicote em punho, saltara também do carro e corria a socorrer o amo, gritou:

— Cuidado!

Rodrigo voltou a cabeça e, vendo o guarda montado que se aproximava, ergueu-se, rápido, apanhou a espada e recuou contra uma parede. O soldado que ficara estendido no chão, soergueu-se, tirou o revólver do coldre, ergueu-o e ia alvejar Rodrigo quando Bento, agora a dois passos dele, arrancou-lhe a arma da mão com uma chicotada e, sem perda de tempo, saltou sobre ele, ficando ambos engalfinhados a rolar na sarjeta.

A luz dum lampião caía em cheio sobre a cabeça de Rodrigo.

O policial montado fez estacar o cavalo, apeou e, empunhando a espada, aproximou-se vagarosamente de Rodrigo, que bradou:

— Vem, cachorro!

Pôs-se numa atitude defensiva. O guarda, porém, reconheceu-o e exclamou:

— O doutor Rodrigo! Mas que foi que houve, amigo?

— Não sou amigo de nenhum beleguim!

O policial embainhou a espada, deu mais alguns passos à frente, mas, vendo que o outro continuava em postura belicosa, perguntou:

— Então não se lembra mais de mim? O Gaudêncio...

Rodrigo lembrava-se. Gaudêncio fora peão do Angico, havia alguns anos, e era agora cabo da guarda municipal, homem temido pela sua coragem e pela sua perícia no manejo de arma branca.

Rodrigo arquejava. Não queria conciliação, ardia por continuar a briga, terminar aquilo de maneira mais violenta. O suor escorria-lhe pela testa, pelo rosto, pelo pescoço, pelo tórax. Suas narinas palpitavam. Sua goela estava seca, mas um contentamento feroz enchia-lhe o peito, fazia-lhe vibrar o corpo inteiro.

— Vem! — tornou a provocar.

Agora muitos curiosos olhavam a cena de longe, sem coragem de intervir. Entreviam-se caras por trás de vidraças. Olhos medrosos espiavam por frestas de janelas e portas.

— Prefiro perder um braço a ter que lastimar um filho do coronel Licurgo — disse Gaudêncio.

— Não quero favor de ninguém. Faz de conta que não tenho pai. Sou filho das macegas. Vamos, tira essa espada!

Consciente agora da presença dum público, mais do que nunca Rodrigo sentia o desejo e a necessidade de mostrar-se homem.

Bento e o outro guarda, ainda atracados, rolavam na sarjeta, resfolegando, escabujando, trocando socos. O revólver Nagant do soldado jazia sobre as pedras do calçamento. O espaldeirado continuava deitado no chão em posição fetal, chorando convulsivamente.

O cabo Gaudêncio aproximou-se dos lutadores e, com alguma dificuldade, conseguiu apartá-los.

— Te marquei a cara, milico duma figa — gritou Bento.

E, quando ele se pôs de pé, aproximando-se do lampião, Rodrigo viu a boca do caboclo escancarada num sorriso de satisfação.

— Mas que foi que aconteceu? — perguntou o cabo ao soldado, que se erguia com dificuldade, estonteado, os cabelos caídos sobre os olhos.

Rodrigo vociferou:

— Esse cachorro espaldeirou aquele pobre homem, só porque ele deu um viva ao doutor Rui Barbosa!

Com um lenço a comprimir o nariz, que ainda sangrava, o guarda procurava justificar-se:

— Eu estava mantendo a ordem quando esse moço me atacou de atraição.

— Cala essa boca — gritou Rodrigo.

— Doutor — pediu Gaudêncio. — Me entregue agora essa espada.

— É uma ordem ou um pedido? — perguntou Rodrigo em voz alta, para que todos os circunstantes ouvissem.

— É um pedido.

Rodrigo hesitou ainda por alguns segundos. Depois, com um gesto de desprezo, atirou a espada aos pés do cabo, que se voltou para o homem caído na sarjeta, dizendo:

— Agora, aquele moço tem que ir se apresentar ao delegado.

— Essa é que não! — protestou Rodrigo. — Sou testemunha de que ele não fez nada de mau. Soltou um viva e está no seu direito, porque o Brasil é uma democracia!

Aproximou-se do ferido e, ajudado por Bento, pô-lo de pé. O homem tremia e seu rosto estava lavado em sangue. Tomado de nova fúria, Rodrigo exclamou:

— Vejam o que o beleguim fez neste pobre homem! Isso não pode ficar assim. Vou mover um processo contra o bandido. Que país é este em que a polícia em vez de ser uma garantia de vida é um elemento de terror?

— Moço — murmurou Gaudêncio com voz apertada —, não me desautorize na frente do povo.

Rodrigo e Bento conduziram lentamente o ferido na direção do carro. Vultos apareciam às janelas. Exaltado, Rodrigo discursava, como se estivesse num comício cívico:

— Digam pro Titi Trindade que de agora em diante ele vai encontrar homem pela frente! Estes abusos têm que acabar! Queremos policiais que garantam a tranquilidade pública e não sicários que a perturbem! — Com uma das mãos amparava o desconhecido, com a outra fendia o ar, em gesto largos. — Queremos na Intendência um homem de bem e não um criminoso!

Embriagava-se com as próprias palavras, e sua voz começava a ficar rouca. Depois de acomodar o ferido no banco do carro, desceu para o estribo e dali, como duma tribuna, bradou num desafio:

— Viva o doutor Rui Barbosa!

— Viva! — respondeu num eco o Bento, já do alto da boleia.

Ninguém mais, porém, correspondeu ao viva. As vozes de ambos morreram no ar.

— Viva o civilismo! — gritou ainda Rodrigo, quando o carro se pôs em movimento. — Abaixo a tirania!

Naquele instante, o cabo Gaudêncio, que tornara a montar no seu tobiano, arrancou do revólver e inesperadamente começou a dar tiros para o ar, berrando:

— Viva o marechal Hermes! Viva o Partido Republicano!

Os vultos desapareceram instantaneamente das janelas. E o grupo que se achava à frente do Hotel dos Viajantes se dispersou em pânico.

2

Rodrigo entrou dramaticamente no Sobrado, conduzindo o ferido.

Ao ver o sobrinho com o peitilho da camisa manchado de sangue, o *smoking* sujo de poeira, a gravata fora do lugar, a cabeleira revolta, Maria Valéria levou a mão à boca, num sobressalto que lhe cortou momentaneamente a respiração.

— Que foi isso, menino?

Rodrigo tranquilizou-a com um sorriso. E, quando o pai e o irmão se aproximaram, apreensivos e curiosos, exclamou:

— Entrei o Ano-Novo com o pé direito! Acabo de dar uma sova num guarda municipal.

Contou tudo, exaltado. Depois atirou-se numa poltrona, arrancando a gravata e desabotoando o colarinho. Ficou derreado, ofegante, a olhar do pai para o irmão, enquanto o ferido, ainda amparado por Bento, permanecia no limiar da sala de visitas, a cabeça baixa, ambas as mãos a cobrir o rosto.

— E eu aqui sem saber de nada! — reclamou Toríbio.

Ficou a andar dum lado para outro, soprando forte. Depois plantou-se na frente do irmão e quis saber pormenores da briga. Rodrigo deu-lhos com prazer e por fim, fazendo com a cabeça um sinal na direção de Bento, contou:

— Se não fosse ele, a esta hora decerto eu estava estirado no meio da rua, com cinco balas no peito.

Bento arreganhou os dentes, num lento sorriso de orgulho.

— Isso não pode ficar assim — resmungou Licurgo.

E pôs-se a pigarrear repetidamente, como fazia quando estava irritado ou embaraçado. A pálpebra do olho esquerdo, que ele tinha mais caída que a do direito, começou a tremer.

Rodrigo ergueu-se e tomou-lhe do braço:

— Papai, é como eu lhe disse, precisamos o quanto antes dum jornal pra desancar essa canalha.

Maria Valéria queria saber se o sobrinho estava ferido.

— Qual nada, Dinda! Só um arranhão nas costas da mão.

— Vá então lavar essa cara...

— Não. Primeiro temos que fazer curativos nesse homem...

Puxou afetuosamente o desconhecido pelo cotovelo, fê-lo sentar-se e limpou-lhe a testa com o lenço de seda.

— O lenço novo! — advertiu Maria Valéria.

— Deixe, titia. Não tem importância... Imagine, só porque ele deu um viva ao doutor Rui Barbosa... Em que país estamos? Na Cochinchina?

Bio, que se aproximara também do ferido, disse:

— Puxa, que galo!

E com o dedo mostrava, na coroa da cabeça do paciente, um calombo ao redor do qual o sangue se coagulara.

— A orelha também está cortada... — observou Licurgo. — Que barbaridade!

De novo o desconhecido rompeu a chorar, como se só agora, ante as observações dos outros, avaliasse a extensão e a gravidade de seus ferimentos. Não parecia ser, entretanto, um choro de dor, e sim de autocomiseração.

— Este homem está muito ferido... — declarou Rodrigo, que continuava a passar o lenço no rosto do outro, com um cuidado quase carinhoso.

De braços cruzados e meio encolhida, Maria Valéria olhava a cena com uma expressão que era um misto de pena e repugnância.

— É melhor chamar um doutor... — aconselhou ela.

Bio soltou uma risada.

— A senhora não sabe que seu afilhado é médico?

— Ah! É mesmo...

Rodrigo sorriu.

— Bom, Dinda, embora a senhora não tenha confiança em mim... sou médico. Me traga gaze, atadura, iodo e arnica. Ligeiro!

Maria Valéria saiu a buscar o que o sobrinho pedia.

Toríbio de novo caminhava inquieto dum lado para outro, a coçar-se todo, como que subitamente atacado de urticária. Queria ainda detalhes da briga. Que cara tinha o guarda que começara o "baile"? Quantas pessoas haviam testemunhado o fato? Rodrigo repetiu a história com minúcia e, ao reproduzir seu diálogo com Gaudêncio, enriqueceu-o com frases que não pronunciara, mas que agora achava devia ter dito.

— Esse patife — disse Licurgo, que fazia um cigarro com mãos nervosas — se revelou depois que entrou pra polícia. Quando era peão do Angico sempre foi de boa paz. Depois que vestiu a farda é que ficou bandido.

— Sua verdadeira natureza só agora veio à tona, papai — observou Rodrigo.

— O meio é tudo.

Maria Valéria voltou com os medicamentos e Rodrigo pensou os ferimentos como pôde.

— Como é o seu nome?

— O senhor não me conhece — respondeu o paciente com voz trêmula e débil. — Sou do Passo Fundo. Vim pra trabalhar na fábrica de sabão. Me chamo Francisco Paiva, mas me tratam por Chicuta.

— Por que foi que deu aquele viva?

— Porque sou do doutor Rui Barbosa. Me veio uma vontade e eu gritei...

— Muito bem. Estava no seu direito.

Rodrigo voltou-se para a madrinha:

— Prepare um café bem forte.

Maria Valéria dirigiu-se para a cozinha.

— Que será que vai dizer o Trindade quando souber de tudo? — perguntou Licurgo, batendo o isqueiro para acender o crioulo.

Rodrigo deu de ombros.

— O que eu sei, minha gente — disse ele, passando a atadura ao redor da cabeça de Chicuta —, é que a inana começou mais cedo que eu esperava. O Gaudêncio vai contar tudo ao chefão. A coisa toda valeu como uma declaração de guerra. Gritei bem alto pra todo o mundo ouvir.

Licurgo pitava, puxava seus lentos pigarros, mirando o filho com uma admiração e uma ternura que em vão procurava disfarçar.

Dali a pouco Maria Valéria trouxe o café, que Chicuta bebeu vagarosamente, em goles intercalados de sentidos suspiros.

— O senhor vai voltar pro baile? — perguntou Licurgo.

— Não sei... Talvez.

— O melhor é não sair mais hoje — recomendou a madrinha.

— Agora é que eu preciso sair pra não pensarem que me acovardei.

— Isso, Rodrigo! — exclamou Bio.

— Não convém provocar — aconselhou Licurgo. — Ter coragem e hombridade é uma coisa; mas provocar sem necessidade é outra muito diferente.

Houve um curto silêncio. Maria Valéria olhava fixamente para o sangue que pingara no chão, perto da cadeira do estranho.

— Bento! — gritou Rodrigo. — Leve este cidadão pra casa.

O boleeiro aproximou-se de Chicuta e perguntou:

— Onde é que vassuncê mora?

O outro deu-lhe o endereço.

— Onde está o seu chapéu?

Atarantado, Chicuta olhou em torno. Depois gemeu:

— Acho que ficou lá na sarjeta.

— Não se preocupe — interveio Rodrigo, metendo a mão no bolso e tirando uma cédula de vinte mil-réis, que apresentou ao homem.

Este olhou da nota para seu benfeitor, como se não compreendesse. Por fim balbuciou:

— Não é preciso se incomodar, doutor. Eu...

Seus lábios tremeram.

— Tome. Compre outro chapéu. Apareça amanhã pra gente ver como estão esses ferimentos.

Meteu a cédula no bolso do outro e empurrou-o cordialmente na direção da porta. Chicuta tartamudeava agradecimentos.

— Bento, carregue o seu revólver.

— Já carreguei.

— Muito bem. Fique de olho vivo. O polícia não vai lhe perdoar aquela chicotada.

O caboclo soltou uma risada.

— Foi pra ele não se esquecer mais de mim.

Depois que Bento e Chicuta saíram, Maria Valéria mirou criticamente o afilhado e disse:

— Vinte mil-réis foi demais.

— Ora, titia. Não troco o que me aconteceu hoje por vinte contos de réis. Nem por duzentos!

Olhou para o pai, como a pedir-lhe a aprovação.

Toríbio, que se havia retirado por alguns minutos, voltou com o revólver na mão, fazendo girar o tambor.

— Ué? — fez Maria Valéria, olhando para o sobrinho.

— Um homem prevenido vale por dois...

— Ah! — fez Rodrigo. — Feliz Ano-Novo!

Abraçou a madrinha, o pai e o irmão.

— Onde está o champanha, Bio? Vamos à Viúva Clicquot. Agora mais que nunca, temos razões para comemorar.

Licurgo sentou-se, fumando pensativamente seu cigarro, olhando para Rodrigo com uma ruga de preocupação na testa.

Toríbio foi até o quintal e tirou do fundo do poço o balde dentro do qual havia posto ao entardecer uma garrafa de champanha, para refrescar. Voltando para a sala de visitas, abriu-a. A rolha saltou com um estampido, bateu no teto e caiu sobre um vaso de vidro, produzindo um sonido musical. O líquido espumante jorrou com força contra a cara de Rodrigo, escorreu-lhe pelo colarinho e pelo peitilho da camisa.

— Dizem que é sinal de sorte — sorriu Toríbio.

— Sangue e champanha! — exclamou Rodrigo romanticamente. — Para mim o ano de 1910 não podia ter começado melhor!

3

O relógio de pêndulo da sala de jantar batia uma hora da madrugada quando os dois irmãos saíram e foram sentar-se num dos bancos da praça, debaixo da figueira grande. Maria Valéria recusara-se a beber champanha; Licurgo tomara apenas um gole para acompanhar o brinde que um dos filhos erguera ao Ano-Novo; Bio contentara-se com uma taça, mas Rodrigo bebera avidamente várias, sem parar, até esvaziar a garrafa. Agora estava tonto, duma tontura aérea e alegre que o fazia confusamente feliz, dando-lhe um desejo de abraçar e beijar toda a gente. Seu raciocínio, porém, continuava claro, duma limpidez surpreendente, o que lhe tornava a embriaguez esquisitamente deliciosa.

— Bio, a vida é boa — disse ao sentar-se repoltreado no banco. Apertou o joelho do irmão, acrescentando: — Imagina o que esta cidadezinha ainda vai ser no futuro... E todo esse progresso pode depender dum homem. E esse homem pode ser o doutor Rodrigo Cambará!

Toríbio havia tirado os pés de dentro dos chinelos e coçava os tornozelos furiosamente, murmurando: "Estes micuins do inferno!". Não parecia, porém, muito interessado nos projetos do irmão.

Rodrigo atirou a cabeça para trás. Por entre os ramos da figueira, vislumbrou no céu uma estrela solitária.

— Vou começar o quanto antes uma campanha pela imprensa contra o Trindade. Já tenho o nome para o meu jornal: *A Farpa*. Que te parece?

Toríbio deixou escapar um ronco que tanto podia ser de reprovação como de aplauso.

— Minha farmácia será a casa dos pobres. Meu consultório estará aberto para a humanidade sofredora. E sabes no que estou pensando agora? Santa Fé não tem hospital... Pois vou abrir uma casa de saúde. Alugo aquele prédio junto à farmácia, mando fazer umas reformas... Que tal? Ah, Bio, não há nada melhor no mundo do que a gente se sentir amado, admirado e respeitado.

— Muito peso em cima dum homem só...

— Qual! É bom.

— Há muitas outras coisas boas além dessas.

— Se há! Milhares, milhões. Viver é bom. Mas a coisa toda não terá nenhum sentido se a gente se contentar com uma vida puramente vegetativa, limitando-se a comer, dormir, amar...

Toríbio soltou uma risada curta e seca:

— Não tenho nada contra essas três coisas.

— Mas um homem não pode viver sem um ideal.

— Xô égua! Vocês doutores complicam tudo.

— Não digas isso! Depois que a gente lê certos livros, os horizontes do espírito se alargam.

— Mas o estômago não encolhe... ou encolhe?

Rodrigo riu da observação do irmão com uma condescendência de mais velho.

— Pensa em todas essas maravilhas do engenho humano: o telefone, o telégrafo, a luz elétrica, o navio a vapor, a estrada de ferro, o microscópio, o automóvel, o aeroplano. Não te esqueças também dos milagres da medicina. Enquanto estamos aqui conversando fiado, em várias partes do mundo, nesta mesma hora homens encurvados sobre seus microscópios e suas mesas de trabalho descobrem drogas que hão de salvar milhares de vidas ou inventam coisas que contribuirão para tornar nossa existência mais fácil, mais confortável e mais bela. Não, Bio, a vida é mais que dormir, comer, amar, ganhar dinheiro...

— Te dou três meses pra mudares de ideia.

Rodrigo entesou o busto.

— Não sejas bobo! Nem trinta anos. Não vou me entregar.

— Espere...

— Por que dizes isso?

— Porque te conheço e conheço Santa Fé. É uma terra de baguais. Aqui nada vinga. Vais acabar perdendo a paciência. O melhor é aproveitar a vida enquanto ela dura. O mais é conversa.

Rodrigo ergueu-se, caminhou até o ponto onde terminava a sombra da figueira, olhou em torno e finalmente fitou o Sobrado.

— A reforma vai começar lá por casa. É preciso mais alegria, mais claridade lá dentro. Uns quadros de arte, uns móveis novos. Estou decidido a casar cedo. O Sobrado necessita urgentemente do riso duma criança.

— Pensas só no riso, te esqueces do choro.

— Monstro! Tudo isso, riso e choro, faz parte da mesma maravilha, do mesmo milagre.

— Estás bêbedo.

— Dentro duma semana chegarão os caixões com os livros, o gramofone e as chapas. As vozes do Caruso, do Amato, da Patti e da Tetrazzini vão encher as velhas salas do Sobrado. Os fantasmas de nossos antepassados serão varridos ao som do *Rigoletto*, de *La bohème*, de *La traviata*!

Levando a mão ao peito num gesto teatral, começou a cantarolar um trecho de *Il trovatore*. Terminou num agudo desafinado, que procurou encobrir com uma risada. Tornou a sentar-se.

— Um dia hei de visitar Paris — prosseguiu, depois de breve silêncio. — Mas enquanto esse dia não chegar, hei de fazer o possível pra trazer um pouco de Paris pra Santa Fé. Tenho uns quinhentos livros franceses. Tomei uma assinatura por dois anos de *L'Illustration*. A França é a minha segunda pátria. Que seria do mundo sem a França? Voltaire, Diderot, Descartes, Montaigne, Chateaubriand, Victor Hugo, Lamartine, Verlaine, Anatole France... — À medida que enumerava esses nomes, ia fazendo os gestos de quem despetala um malmequer. — A flor da raça humana! Ah! Paris... Lá é que está a verdadeira civilização.

Toríbio começou a picar fumo. Rodrigo, que olhava para sua casa, viu sair dela um vulto no qual reconheceu o pai. No silêncio da noite, riscado de quando em quando pelo canto de galos, ouviam-se os passos do velho. Por alguns instantes ficaram ambos em silêncio a acompanhar o vulto com o olhar. Quando o viram dobrar a primeira esquina e entrar na rua dos Farrapos, Toríbio murmurou:

— Vai pra casa da amásia.

A observação chocou um pouco Rodrigo. O assunto para ele era quase tabu.

— Então a história continua?

— Por que não havia de continuar? Esses rabichos duram a vida inteira. E, depois, o velho ainda está no cerne...

— E ele vai todas as noites à casa *dela*?

Um invencível constrangimento, que começara no dia em que Bio lhe revelara a existência daquela ligação, impedia-o de pronunciar o nome de Ismália Caré. Mesmo agora, ao cabo de tantos anos, leituras e experiências, verificava, um pouco decepcionado consigo mesmo, que não podia encarar o assunto com a tolerância mundana dum civilizado.

— Quase todas as noites.

— E quando o velho vai pro Angico?

— A Ismália vai também. Te lembras daquele rancho no fundo da invernada do Boi Osco? Pois é lá que ela mora.

— E a madrinha, que é que diz?

— Nada.

— Mas sabe de tudo, não?

— Claro. O que é que ela não sabe?

Rodrigo sorriu. Afinal de contas devia ser tolerante. O "velho" Licurgo era um homem de carne e osso, como os outros.

Bio acendeu o crioulo. Rodrigo tirou do bolso uma carteira de cigarros, levou um à boca e acendeu-o também na chama do isqueiro.

— Afinal cortaste teu baile pela metade...

— Não tem importância. Me felicito por ter saído exatamente àquela hora. Se tivesse saído dez minutos antes ou dez minutos depois, não tinha tido a oportunidade de dar aquela lição aos capangas do Trindade.

Pensava em Flora, imaginava o que ela ia sentir quando, no dia seguinte, viesse a saber do conflito. Tinha a certeza de que ia crescer ante os olhos da moça.

— Bio, participo-te que dentro de um ano, o mais tardar, me caso com a filha do Aderbal Quadros.

— Então esse negócio está mesmo resolvido?

— Claro!

— Como foi a coisa hoje no baile?

— Não muito bem. Ela está meio arisca.

— Pudera! Santa Fé ainda não esqueceu as tuas farras na Pensão Veneza, as tuas orgias e serenatas com o Neco e o Chiru.

— E contigo.

— Sim, e comigo.

— Mas sou um homem novo.

— Novo? Não acredito. É bem como essa história de Ano-Novo. Só muda o número. No resto, é a mesma coisa de sempre. Não mudaste tanto quanto pensas.

— Mudei, Bio, eu sinto. Na minha profissão, o homem que não conservar uma linha moral rígida está perdido.

— Mas valerá a pena ter linha?

— Naturalmente!

— Xô égua! Porto Alegre e os livros te viraram a cabeça.

— Qual! Me abriram novos horizontes.

— Mas te fecharam muitas portas. O meu consolo é que isso não dura.

Rodrigo tornou a erguer-se, contemplou mais uma vez o céu estrelado, aspirou o cheiro de pão quente que vinha da padaria Estrela-d'Alva, evocando-lhe cenas da infância.

Que fazer agora? Ir para a cama? Cedo demais. De resto, estava demasiadamente excitado para poder dormir.

— Ai vida!

Toríbio tirou o revólver do coldre, apontou-o na direção duma lata que se achava a uns vinte passos da figueira, fez pontaria, detonou e acertou em cheio no alvo.

— Me dá esse revólver — pediu Rodrigo.

Tomou da arma, mirou a mesma lata e atirou: o projétil passou longe do alvo e cravou-se no solo.

— Pontaria mixe!

— Sou um homem civilizado. Não preciso de armas.

— Fia-te à Virgem e não corras... Conheces aquela história de santa Eulália! Diz-que não havia homem no povoado que não andasse armado até os dentes. Duma feita, apareceu por lá um sujeito de boa paz que andava por toda a parte sem um canivete no bolso. As gentes da terra começaram a olhar pra ele atravessado: "Esse camarada está nos provocando". No dia seguinte, o forasteiro estava enterrado no cemitério com dez balas no corpo.

— Bárbaros! — exclamou Rodrigo. — Retardatários!

Como única resposta, Bio tornou a alvejar a lata velha, que saltou com um ruído seco. Depois beijou o revólver e tornou a guardá-lo no coldre.

— O meu melhor amigo — disse. — O que fala a verdade. O tira-cisma.

4

Um vulto aproximava-se.

— Quem será? — perguntou Rodrigo.

— O espanhol.

Don Pepe García abriu os braços e exclamou:

— Ay que lindo! Los dos hermanitos juntos, charlando. Yo creí que era um duelo. Oí los tiros. Qué sucedió?

Abraçou os dois irmãos calorosamente.

— Estávamos exercitando a pontaria...

— Pero no en seres humanos!

— Não — explicou Rodrigo —, numa lata, apenas numa lata velha.

— Por qué no ahorrar las balas para hender cráneos humanos? Para la redención de la humanidad es necesario abatir cráneos, muchos cráneos.

Rodrigo contemplava Pepe García com um interesse afetivo. Gostava daquele tipo descarnado e esguio como o próprio Don Quixote, daquela cara tostada, oblonga e de aspecto dramático, de olhos fundos, negros e vivos, bigodes de guias caídas pelos cantos da boca e cavanhaque pontudo como uma lança. Apreciava-lhe sobretudo a voz rica de inflexões, bem empostada, grave e de colorido teatral, que ele sabia usar com riqueza e propriedade, ajudando-a com gestos de suas mãos esbeltas, que possuíam também uma eloquência própria. Nascido na Espanha, havia trinta e cinco anos, deixara a cidade natal para correr mundo. Viajara — segundo contava — por toda a Europa e depois descera para a América do Sul, pintando retratos e fazendo exposições nas cidades que visitava. Um dia chegou a Santa Fé e, como acontecera a tantos outros estrangeiros — casos de que se orgulhava a crônica local —, tomara-se de amor pelo lugar e resolvera ficar ali por algum tempo. De quando em quando lhe davam a incumbência de pintar o retrato de algum dos estancieiros ricos do município ou de membros de suas famílias. Além disso, dava lições de pintura a Ritinha Prates, o que causava certa estranheza em Santa Fé. (Afinal de contas que luxo é esse duma moça aprender essas bobagens de pintura, quando o importante mesmo pr'uma dona de casa é saber cozinhar, lavar roupa e criar bem os filhos?) Cuca Lopes e outros maldizentes, porém, afirmavam que quem sustentava Don Pepe era a amásia, a viúva Celanira, mulata quituteira proprietária duma casa de tábuas situada no Purgatório. Mandava ela seus moleques — filhos do falecido — vender nas ruas e na estação da estrada de ferro seus famosos quindins, bom-bocados e pastéis. Graças a isso o espanhol se permitia trabalhar muito pouco ou nada, o que lhe dava vagares para levar uma vida boêmia, andar pelos arredores da cidade a pintar paisagens e tipos humanos — quadros que nunca chegava a vender. Gostava de frequentar os salões de bilhar e a Confeitaria Schnitzler, onde fazia eloquentes dissertações contra a burguesia e o clero; Don Pepe García dizia-se anarquista, e anarquista puro, fazia questão de frisar. Gabava-se de possuir um exemplar do famoso e raríssimo panfleto de Bakunin, escrito em código, o *Catecismo revolucionário*, a bíblia dos anarquistas europeus, e dava a entender que estivera metido na conspiração que em 1905 fizera explodir uma bomba na Rambla de las Flores, em Barcelona.

Rodrigo habituara-se a ver em Pepe — apesar de tudo quanto o espanhol pudesse ter de falso — um símbolo das coisas maravilhosas que estavam para além dos horizontes de Santa Fé, do Rio Grande e do Brasil. Don Pepe representava o Velho Mundo; Don Pepe, o boêmio andarilho, era a Aventura; Don Pepe era sobretudo a romântica e trágica Espanha de Don Quixote, de El Greco, de santa Teresa de Ávila, de toureiros, das majas e dos monges. Quando, havia uns quatro anos, Rodrigo fora apresentado ao pintor e lhe perguntara de onde vinha, tivera dele uma resposta enigmática que lhe incendiara a imaginação de vinte anos.

— Sou natural dum quadro de El Greco que se acha na catedral de Halgar. Sou o terceiro monge a contar da esquerda...

Dois anos mais tarde, folheando uma enciclopédia ilustrada, Rodrigo dera com uma reprodução do quadro a que Don Pepe se referira: *O enterro do conde de Orgaz*. Lá estava o terceiro monge, de rosto oblongo, olhos postos misticamente no céu, bigodes negros, cavanhaque pontudo.

Rodrigo vira muitas telas da autoria de Pepe García e admirava-lhe a riqueza sensual do colorido, a precisão do desenho, o raro senso plástico. Fazia pouco mais de ano, o artista escandalizara Santa Fé pintando, numa paródia de Goya, *La mulata vestida* e *La mulata desnuda*, que nada mais eram que sua Celanira, num dos quadros deitada num catre, vestida de azul; noutro, completamente nua, as fartas carnes cor de canela esparramadas na relva, ao pé dum chafariz no qual os santa-fezenses reconheceram, indignados e ofendidos, a bica de onde vinha a água que toda a cidade bebia. Os quadros foram expostos numa vitrina da Casa Sol — que o Veiga cedera depois de muita relutância — mas a exposição não chegara a durar nem meio dia, pois a sociedade de Santa Fé lançara tamanhos protestos, que o delegado de polícia, o façanhudo Laco Madruga, mandara retirar as "imoralidades" da vitrina. O jornal da terra comentara as telas, declarando-as "um clamoroso desrespeito à família santa-fezense", um "verdadeiro atentado ao pudor". O pe. Kolb referira-se ao incidente em sua prédica dominical e, em determinado ponto do sermão, exclamara, com sua voz estrídula de pronunciado sotaque germânico, que aquilo era "uma grossa indecência" — e sublinhara sonoramente cada sílaba de *indecência* com um soco na guarda do púlpito. Durante vários dias, Santa Fé não falara noutro assunto. A todas essas, Don Pepe mantivera-se num silêncio digno, numa indiferença olímpica. Uma tarde, porém, emborrachara-se de vinho Moscatel na Confeitaria Schnitlzler e fizera um verdadeiro comício contra a burguesia, contra o clero e contra Deus.

180

Terminara trepado numa cadeira, a berrar:

— Filisteus! Filisteus!

Lembrando-se agora dessas coisas, Rodrigo sorria e olhava para Don Pepe, que ali estava na sua eterna roupa preta, de gravata à Lavalière, boina basca de pano negro, os longos pés magros metidos em alpercatas pardas.

— Que fim tiveram os teus famosos quadros?

— Qué cuadros, hijo mío?

— *La mulata vestida* e *La mulata desnuda*?

— Ay! Los quemé.

— Queimou? Mas por quê?

— Porque me dio la gana.

— Foi uma pena.

— No lo creo.

Disse isso e fechou-se num silêncio ressentido. Mas de repente, fixando o olhar em Rodrigo, exclamou com jovialidade:

— Ay que rico estás, Rodrigo, en ese uniforme de gala de la burguesía.

Rodrigo riscou um fósforo e, mostrando o peitilho da camisa, perguntou:

— Te agradam estas condecorações?

— Caray! Qué es eso, hombre?

— Sangue, Don Pepe, sangue.

— Pero de quién?

Toríbio apressou-se a contar a história. À medida que se inteirava dela, Pepe ia ficando tão excitado, que por fim já não tinha mais sossego: andava para diante e para trás, em passos curtos, rápidos e arrastados.

— Muy bien, hijo. Eres muy hombre. Hay que agitar, hay que agitar.

— E isso é apenas o princípio. Daqui por diante, o Trindade vai comer fogo comigo. — Ergueu-se, pegou afetuosamente o braço do espanhol. — Precisamos sacudir esta cidade de seu marasmo, Pepe!

— Claro, hombre!

— Dentro de um mês, o mais tardar, boto o jornal na rua. Vou começar com um artigo de fundo, reduzindo o Trindade a pó de mico. Lançarei também um ataque contra o militarismo. Posso contar com teu apoio?

— Claro, hombre, coño! Me gusta la lucha. Soy como aquél paisano que, cuando llegaba a un país extranjero, preguntaba: "Hay gobierno? Si hay, soy contra!".

Rodrigo de novo olhava para as estrelas.

— Don Pepe, se de repente Deus aparecesse lá em cima e...

O espanhol interrompeu-o:

— Diós no existe.

— Bom, não se trata agora de saber se Ele existe ou não. Vamos supor que exista. Se Ele te dissesse: "Pepe, tens o direito de me fazer um pedido...", que lhe pedirias?

O pintor ergueu a cabeça para o céu:

— Deja el cielo, hombre, no seas cobarde! Eso es lo que quiero: baja a la tierra. No te quedes escondido en tu casa, huyendo a toda responsabilidad. Ven a contemplar las injusticias de la sociedad burguesa, la miseria y el hambre del pueblo, el mercantilismo de tu Iglesia y la hipocresía de tus sacerdotes. Ven a ver el mundo que hiciste!

Rodrigo ria, sacudindo a cabeça. Pepe continuava imóvel, os olhos erguidos para o alto, como a esperar a resposta de Deus.

— Não é isso, Don Pepe! Eu me referia a um pedido mais modesto, que não obrigasse o Criador a mudar Seus hábitos...

O espanhol baixou o olhar para o amigo.

— Bueno, yo le pediría la victoria del anarquismo en el mundo. Pero no creo que el viejito me atendiera. Es un reaccionario!

Deus um reacionário! Rodrigo desatou a rir. Toríbio apenas sorria, meio desatento.

— Vocês até parecem duas crianças...

Quem olhava para o céu agora era Rodrigo.

— Pois eu pediria a Deus — disse ele — uma coisa muito simples e ao mesmo tempo muito grande. Pediria que me desse uma vida longa. O resto ficava por minha conta...

— Y qué quieres hacer con tu vida? — perguntou Don Pepe, num tom austero de inquisidor.

— Uma bela vida...

— Pero qué es una bela vida?

— Uma vida de prazeres e ao mesmo tempo de bondade e beleza.

— Palabras, hombre, palabras, y nada más que palabras. Hay que definir *placer, bondad, belleza.*

— Vocês não vão parar mesmo com essas besteiras?

— Cállate, miserable — resmungou Don Pepe, sem sequer dignar-se olhar para Bio. — Vamos, amigo, hay que definir...

Rodrigo segurou com força ambos os braços do espanhol.

— Precisarei definir a palavra prazer? Quais são as coisas que dão prazer na vida? Amar... comer e beber bem... vestir bem... alegrias espirituais: ouvir boa música, fazer boas ações, ler bons livros, ter bons amigos e, acima de tudo, a sensação de ser querido, admirado, respeitado... Hein, Don Pepe? Preciso continuar definindo?

— Placeres típicamente burgueses...

— Quanto à bondade, ora! Levar uma vida de bondade e beleza significa viver uma vida harmoniosa, que não seja puramente egoísta, uma vida em que caibam pensamentos e atos altruístas, piedade pelos desamparados, pelos fracos e oprimidos. Eu estava ainda há pouco dizendo ao Bio: quero fazer medicina para os pobres, talvez chegue até a fundar um hospital de caridade. Vou também livrar esta cidade do seu tirano. Se fazer essas coisas não é viver em beleza e bondade, então já não sei mais nada!

Calou-se, esperando a aprovação do interlocutor. Este, porém, continuava calado. Meteu a mão no bolso, tirou um pequeno caderno de papel de alcatrão e uma bolsa de fumo, e começou a fazer um cigarro com os dedos longos e nervosos. Rodrigo esperava.

— Então, Don Pepe, estás satisfeito?

O artista olhava na direção da igreja.

— Eres un burgués irremediable, Rodrigo. Tu idea del bienestar social está basada en la caridad, la repugnante caridad cristiana. Coño! Hay que hacer la Revolución y no hospitales de caridad. — Cuspiu no chão com nojo. — La palabra *caridad* me marea.

— No entanto é a mais bela das virtudes cristãs.

— Mierda para el cristianismo.

Rodrigo bateu nas costas do espanhol:

— Teu niilismo é apenas de fachada. Não creio que um homem como tu, um artista de sensibilidade, um pintor, um poeta das cores, possa viver sem uma crença...

Don Pepe enrolou o cigarro, acendeu-o, soltou uma baforada, aproximou-se do outro:

— Quién te dijo que nosotros los anarquistas no tenemos una creencia?

— Qual!

— Sí señor. Como ustedes, católicos, tenemos hasta um credo.

— Parem com esse negócio! — protestou Bio. — Vamos fazer alguma coisa que preste. Que tal se a gente fosse beber umas cervejas na pensão da velha Tucha? Por mim, esta noite eu dormia empernado, pra entrar direito o Ano-Novo.

Ninguém lhe deu atenção. Rodrigo estava interessado no credo de Don Pepe. O espanhol tirou o cigarro da boca, recuou dois passos e, com voz lenta e clara, recitou:

— Creo en el Socialismo revolucionario Todopoderoso, hijo de la Justicia y de la Anarquía, que es y ha sido perseguido por todos los políticos burgueses, y nació en el seno de la Verdad, padeció bajo el poder de todos los Gobiernos, por los que ha sido maltratado y escarnecido y deportado, descendió a los lóbregos calabozos y de ellos ha venido a emancipar al proletariado y está sentado en el corazón de los asociados. Desde allí juzgará a todos sus enemigos. Creo en los grandes principios de la Anarquía, la Federación y el Colectivismo: creo en la Revolución social que ha de redimir a la Humanidad de todos los que la degradan y envilecen. Amén!

— Amém! — repetiu Bio. — Vamos pra pensão.

— E tu, Don Rodrigo, en qué crees? En el Diós Todopoderoso, creador del cielo y de la tierra, en la Santa Madre Iglesia Católica Apostólica Romana?

— E por que não?

Mas intimamente tinha uma convicção que não ousava formular em voz alta: "Eu creio em mim mesmo. Deus que me perdoe, mas eu creio é no doutor Rodrigo Terra Cambará".

Don Pepe tornou a acender o cigarro, que se apagara durante o recitativo do credo anarquista. Deu dois passos à frente, olhou firme para a igreja e berrou:

— Mierda para los curas! Mierda para el Sumo Pontifice!

De trás da Matriz, o eco devolveu-lhe as palavras.

— Xô mico, Don Pepe! — disse Bio. — Pra que essa bobagem? Ninguém está te escutando...

— Pero hay que agitar, hombre. Hay que agitar.

Capítulo VIII

1

Num dos primeiros dias de janeiro, Licurgo Cambará fechou o Sobrado e, como fazia todos os anos, mudou-se com a família e a criadagem para o Angico, onde iam passar o verão. Rodrigo acompanhou-os um pouco contrariado, pois lhe parecia que, depois do desafio que lançara publicamente a Titi Trindade, retirar-se para a estância poderia parecer uma fraqueza, uma espécie de recuo.

— E o jornal, papai? — perguntou na véspera da viagem.

— Tem tempo.

— Mas as eleições estão perto...

— O senhor pode voltar em fins de janeiro e ainda pega um mês inteiro antes do pleito.

Rodrigo calou-se. Não costumava contrariar o pai. Aquela ida para o Angico, porém, era o mesmo que água fria na fervura. Que iriam dizer os amigos que lhe conheciam os planos políticos, as promessas de luta?

Entrou na jardineira de cara sombria. Bio havia partido a cavalo no dia anterior, em companhia do pai.

— Os machos vão a cavalo — dissera ao despedir-se. — As fêmeas, de jardineira.

Rodrigo não gostou da brincadeira. Iniciou a viagem de mau humor. Quando, porém, entraram em pleno campo, começou a melhorar. Olhando para as coxilhas, sob um céu azul e límpido teve tamanha sensação de espaço livre, ar puro e liberdade, que ficou eufórico.

Sim, agora ele via que tinha sido bom virem para a estância. Precisava dum pequeno descanso: estudara demais nos últimos meses do curso. De resto, na solidão amiga do Angico, teria tempo de preparar melhor a campanha, coordenar planos e principalmente ficar a sós consigo mesmo por algum tempo, o que seria benéfico para sua alma. Foi, pois, com resignação que suportou o calor, a poeira e os solavancos da estrada.

Quando se viu à frente da casa da estância a contemplar a campina, redescobriu a terra e ficou comovido. Sentiu-se leve, puro, criança: concluiu que a vida, a verdadeira vida estava no campo. Oh! O ar viciado que se respirava nas grandes cidades, as ruas regurgitantes duma humanidade suarenta e apressada, o cheiro de gás, a fumaça das chaminés, o barulho do tráfego... Não havia nada melhor que estar perto da terra. Apanhou um talo de capim e mordeu-o. Quero-queros guinchavam, e suas vozes desgarradas pareciam tornar mais ampla a amplidão, dar uma perspectiva mais funda à paisagem. Olhou com olhos enamorados as coxilhas dum verde apeluciado, onde as macegas ondulavam, sopradas pelo largo vento que lhe trazia um aroma agreste de mato e grama. Teve, enfim, uma tão plena e tranquila impressão de beleza e paz, que lhe vieram lágrimas aos olhos.

Andou pela cozinha e pelo galpão a abraçar criadas e peões. Deixou de lado as roupas citadinas e vestiu-se à gaúcha, da maneira mais ortodoxa possível, o que deu azo a que Bio observasse:

— Ué? Já chegou o carnaval?

Acompanhou o pai e o irmão nas lidas do campo, procurou provar que não era — como podiam os outros imaginar — um mocinho de cidade, um pelintra que não sabe andar a cavalo e é incapaz de manejar o laço. Por isso, na primeira oportunidade que se lhe apresentou, fez questão de laçar na presença dos companheiros. Teve sorte: pialou com maestria um terneiro. No primeiro rodeio que pararam, foi o mais ativo do grupo, o que mais gritou, o que mais se agitou. Portou-se com tão espalhafatoso entusiasmo, que Bio em certo momento se acercou dele:

— Calma, rapaz. Isto não vai a matar.

Rodrigo voltou para casa, derreado. Comeu abundantemente, caiu na cama como uma pedra e dormiu até as quatro. Ergueu-se com os membros e as costas doloridos e a cabeça pesada, mas, ao entardecer, aceitou o convite de Bio para irem tomar banho na sanga. E, depois de terem nadado por algum tempo, quando já estavam deitados na grama, esperando que o vento lhes secasse os corpos, Rodrigo espreguiçou-se com delícia.

— É bom estar no campo, Bio. Esta, sim, é a verdadeira vida.

— Pensas que estás me contando alguma novidade?

— Claro. Sei que este é o teu chão, que nunca poderias viver como vivi em Porto Alegre, todo o santo dia de colarinho e gravata...

— Se eu tivesse de usar essas coisas, acho que morria sufocado.

Rodrigo soltou um fundo suspiro.

— Como é que há gente que passa a vida inteira metida numa cidade, hein? De olhos fechados e sorrindo, o outro respondeu:

— Esse teu entusiasmo não dura.

— Por quê?

— Fogo de palha.

Rodrigo ergueu-se, aproximou-se da beira da sanga e ficou a mirar com olhos ternos seu próprio corpo nu que a água espelhava.

2

Rodrigo saboreava o Angico com os cinco sentidos.

Esquecido agora dos perfumes franceses, apreciava discriminadamente os cheiros da estância, chamava para eles a atenção de Bio, e quando este lhe garantia não distingui-los uns dos outros, exclamava com fingida impaciência:

— Estás com o olfato embotado! É preciso ter um nariz civilizado para distinguir os cheiros, perceber suas nuanças... Qual! Não vou gastar pólvora em chimango.

Calava-se, achando que estava pregando no deserto.

Gostava de, pela manhã, aspirar o odor úmido e inocente do sereno, que lhe sugeria um mundo recém-nascido, com as tintas ainda frescas do pincel do Criador. Era, porém, um cheiro que não o predispunha às cogitações sérias, mas apenas ao gozo irresponsável do momento que passa, um cheiro, enfim, que tinha a virtude de lhe devolver, ainda que por um fugidio instante, a adolescência do corpo e do espírito. Já a fragrância do anoitecer, quando a brisa lhe trazia as doces mas profundas emanações de matos e ervas, dava-lhe uma certa tristeza vivida, uma melancolia não raro acentuada pelas cores do crepúsculo, que pareciam ter também um perfume peculiar. E que dizer do aroma azulado da noite? — refletia ele, com o espírito voltado para seus poetas simbolistas — das noites do Angico, cheias de grilos, corujas, morcegos e estrelas? Muitas vezes ficava à frente da casa, conversando com o irmão e com o velho Fandango, atento ao que eles diziam, mas também a farejar, com certa volúpia, o bafo morno que subia do chão, de mistura com um cheiro de grama e de terra ainda quente de sol. O galpão recendia a cinza fria, couro curtido e suor humano mesclado com suor de cavalo. Havia, porém, horas em que cheirava a fogo vivo ou brasa e água fervente. Depois o ar se impregnava da acre fragrância da erva-mate — a do chimarrão novo, que despedia um cheiro verde, e a do chimarrão velho, com o seu cheiro pardo. (Rodrigo gostava de modo especial da emanação que se erguia da terra quando sobre ela caíam as primeiras gotas da chuva.) A cozinha, essa cheirava a charque, linguiça e picumã. O cheiro do leite lembrava-lhe úberes fartos, crianças recém-nascidas, terneiros de focinhos úmidos: era um cheiro que ele também associava ao de esterco, do orvalho matinal e de pelo de vaca. Nunca podia separar o cheiro de queijo da imagem das mãos longas e ossudas de sua madrinha. O de linguiça e cebola trazia-lhe à mente os braços gordos de Laurinda, que tinham também algo a ver com morcilha. O cheiro de lonca evocava-lhe os dedos tostados de Fandango, que muitas vezes o Rodrigo adolescente ficava a contemplar, fascinado, enquanto o velho trançava laços. O cheiro cálido, adocicado e pegajoso de marmelada ou pessegada a ferver em tacho de cobre tinha a virtude milagrosa de, por uma fração de segundo, levá-lo de volta aos dez anos. ("Eu quero a rapa do tacho, Dinda!" "Tira essa mão daí, menino!") O cheiro de fumaça de cigarro de palha e o de sabão preto eram inseparáveis da figura de seu pai.

Se eu fosse músico — pensou Rodrigo num dia em que estava estendido na rede, sob os cinamomos —, havia de compor um poema sinfônico descritivo do Angico.

Começaria com o clarinar dos galos, antes de o sol nascer. Viria depois o mugir das vacas ao amanhecer e a algazarra dos passarinhos nas árvores. E o nitrido dos cavalos e das éguas... O ruído do mastigar dos porcos no quintal... Vozes domésticas: Laurinda a ralhar com as chinocas e negrinhas da cozinha... O cacarejar das galinhas em pânico, perseguidas por algum cachorro... O bambual do fundo do pomar a crepitar, soprado pelo vento... O marulho da água do lajeado... O chuá incessante da cascatinha... O zurrar longo e sincopado do burro-choro... O guincho dos quero-queros... E o piar das aves noturnas, que parecia acentuar ainda mais o silêncio da noite. Não esqueceria as frases que em certas tardes de sol se ouviam à hora lerda da sesta, pronunciadas por Bio ou por seu pai, palavras tão claramente audíveis, que pareciam desenhar-se no ar em caracteres nítidos — "Reponta essa rês daí, Antero!" ou "Não judia desse cavalo, negro sem-vergonha!" — e depois se apagavam de todo, como se nunca tivessem sido pronunciadas. De olhos cerrados, Rodrigo pensava como traduzir em música esses sons, vozes e imagens, e concluía que a parte mais difícil — talvez um andante, um adágio — seria aquela em que o compositor procurasse descrever a impressionante quietude do mato, um silêncio pontilhado e arranhado de pios, bisbilhos, cicios, crepitações, sussurros, marulhos, mas, apesar de tudo isso, sempre e cada vez mais profundamente silêncio.

O pôr do sol do Angico era geralmente espetacular, tomava conta de todo o céu e assumia aspectos fantásticos, principalmente quando havia nuvens. Rodrigo impacientava-se por não ver em Bio o entusiasmo que ele esperava diante dum belo crepúsculo.

— Ora, estou habituado. Pra mim não é mais novidade.

— Animal! És cego ou não tens alma?

Resignava-se a gozar sozinho o quadro. O que havia de notável naquele pôr do sol era, além da riqueza cromática, a duração. Às vezes durante mais duma hora ficava sentado numa cadeira de balanço, à frente da casa, a observar as mutações de cor do céu. Um dia, não se sofreu, montou a cavalo e mandou-se a galope na direção do sol poente, como se esperasse atingi-lo e trazer para casa nas mãos, nos alforjes, nos bolsos, um pouco daquela luminosa beleza.

— Olha, Bio — disse certo anoitecer ao irmão, que a seu lado mastigava placidamente um palito —, olha só aquela cor por baixo da nuvem vermelha... Estás vendo? É verde, parece impossível, mas é verde.

— Xô mico.

— Quanta cor no céu! Vai tomando nota: púrpura, laranja, carmesim... ouro velho... ouro novo... prata... malva... roxo... verde... cor-de-rosa... pardo-avermelhado... azul-desbotado... azul-da-prússia... E aquelas nuvens crespas lá em cima, não te parecem os dorsos dum imenso rebanho de ovelhas? E a nuvem mais escura não será o vulto do pastor?

— Ora, não me amola!

À hora das refeições Rodrigo comia com um apetite voraz. Às vezes Maria Valéria tinha de advertir: "Devagar com o andor, menino. Vais tirar o pai da forca?". Ele sorria, encabulado, sentindo cair-lhe a máscara de civilizado que com tanta faceirice usava desde que chegara. Mas como era possível ter bons modos ante as comidas de Laurinda? Um dia, ao fim dum almoço suculento — iscas de rim grelhadas, feijoada completa, arroz pastoso com galinha, churrasco gordo de ovelha, tudo isso rematado por um prato fundo cheio até as bordas de leite com grãos de milho verde cozido —, lembrou-se dos banquetes de que fora conviva em Porto Alegre, e cujos menus eram escritos em francês. Sim, ele sabia apreciar tanto as delicadezas civilizadas da cozinha francesa como as brutalidades substanciosas da cozinha campeira do Rio Grande!

Assim Rodrigo passava os dias no Angico. E agora, que já provara ao pai, ao irmão, a Fandango e à peonada que sabia andar a cavalo e laçar tão bem quanto eles, podia dar-se ao luxo de descansar e levar a vida flauteada. Não saía mais para o campo com os outros ao raiar do dia. Não acompanhava Fandango no chimarrão das cinco. Dormia até as sete, hora em que saltava da cama para tomar café. Passava o dia em andanças ociosas, dormia sesta larga e à tardinha ia tomar banho na sanga em companhia de Bio. E era sempre com uma antecipação alegre de passageiro de vapor que esperava a hora das refeições.

Tinha também o hábito de caminhar à noite, especialmente quando fazia luar. Pensava muito em Flora, ruminava aventuras amorosas dos tempos de estudante e, nos calores daquele janeiro, já andava a olhar em torno para as chinocas da estância, à procura de alguma que lhe pudesse saciar a fome cada vez mais intensa de mulher.

3

Uma tarde sentou-se no pomar debaixo dum pessegueiro, tirou a faca da bainha, apanhou um pêssego e começou a descascá-lo, pensando na amante que tivera, havia dois anos, em Porto Alegre, uma loura de pele muito alva, cujas coxas tinham uma penugem dourada que lhe lembrava, sempre que as acariciava, a da casca dos pêssegos do Angico. E agora, olhando para os pêssegos, recordava a amante. Riu e como Toríbio se aproximasse, trincando um maracotão que nem se dera o trabalho de descascar, contou-lhe em que estava pensando.

— Como era o nome dela?

— Que importa o nome?

— Que tipo?

— Clara, loura, olho azul, pernas compridas, estrangeira, mulher de classe.

Toríbio sentou-se ao lado do irmão.

— Desse artigo não temos aqui no Angico. O nosso material é aquele...

E, fazendo avançar o lábio inferior, mostrou a rapariguinha que saía da cozinha para dar milho às galinhas. Era uma chinoca de dezesseis anos presumíveis, cabelos negros, pernas curtas e fortes, seios miúdos mas firmes, rosto largo de esquimó, de maçãs salientes e olhos oblíquos. Trazia um vestidinho de chita azul, muito curto, e estava descalça. Rodrigo contemplou-a com um olhar avaliador de macho.

— Quem é?

— A Ondina, filha da Joaninha Caré.

— Quem é o pai?

Bio sacudiu os ombros.

— Ninguém sabe. Nem a Joaninha. O velho Fandango costuma dizer que vaca de rodeio não tem touro certo. A Joaninha tem dormido com quase toda a peonada do Angico.

Rodrigo ficou a chupar um caroço de pêssego e a olhar para a chinoca. Ao redor dela agora as galinhas alvoroçadas bicavam o chão, num atropelo. Ondina era dum moreno acobreado, e o sol da tarde dava-lhe à pele reflexos metálicos. De vez em quando lançava olhares enviesados na direção de Rodrigo e Toríbio, mas seu rosto continuava duro, inexpressivo, bem como as faces das anamitas e cingalesas que Rodrigo tantas vezes vira — com uma leve curiosidade sexual — nas fotografias da Indochina e do Sião reproduzidas em *L'Illustration*. Ondina lembrava-lhe também as minúsculas prostitutas de Cholon, das quais falava Claude Farrère em *Les Civilisés*, que ele lera com delícia aos vinte e um anos.

No dia seguinte, estando já deitado a começar a sesta, ouviu passadas de pés descalços no corredor e imaginou que Ondina cruzava pela sua porta... Entrou-lhe na cabeça uma ideia que o deixou excitado. Desde o dia anterior, a rapariga namorava-o à sua maneira oblíqua e arisca. E ali no silêncio mormacento do quarto e da hora, sentindo nas têmporas as marteladas do sangue, tentou ainda chamar-se à razão. Não podia fazer uma coisa daquelas. Ondina teria quando muito dezesseis anos, e talvez não houvesse ainda conhecido homem. Mas qual! Aquelas rapariguinhas do campo começavam cedo... Não! Positivamente não, Rodrigo. Já teu pai anda metido com uma Caré, não é direito que tu também...

Revolveu-se na cama, sem achar posição cômoda. *"Une jeune fille Anamite se promène dans les rues de Saïgon."* Ora! O melhor é dormir, esquecer, tratar de resolver o problema de outra maneira.

Fechou os olhos e ficou sentindo o surdo pulsar do coração. Mas como lhe seria fácil trazer Ondina para a cama! Fácil? Nem tanto. Não podia esquecer a presença da madrinha, com seu olhar fiscalizador. Quando, nos tempos de estudante, ele voltava para casa nas férias, a velha redobrava a vigilância em torno das rapariguinhas do Sobrado. "Onde é que vai, sua bruaca?" "Vou levar este jarro d'água no quarto do seu Rodrigo." "Não vai coisa nenhuma, sua assanhada! Deixe que eu levo." E certa madrugada quando, descalço e nas pontas dos pés, ele se dirigia para o quarto duma delas, Dinda lhe surgira de repente no corredor com uma vela acesa na mão: "Ué... Aonde é que vai a esta hora?". Ele balbuciara uma desculpa: "Estou com sede. Vou beber água na cozinha". "Então errou o caminho. A cozinha fica lá do outro lado, sem-vergonha!" E ele voltara para a cama, trêmulo de raiva e despeito.

O melhor mesmo era desistir. No entanto, se a Ondina quisesse, tudo seria tão simples... Havia mil lugares aonde poderiam ir sem que ninguém os visse: o bambual atrás da casa, o mato, o capão da sanga... Bio podia ajudá-lo. Mas ele não queria revelar ao irmão sua fraqueza. Era o diabo. Onde estavam seus propósitos de regeneração? Prometera a si mesmo e dera a entender aos outros que ia criar juízo. Positivamente, dormir com a Ondina seria uma indecência, uma insensatez. Depois, se descobrissem a coisa, que seria dele? Ficaria desmoralizado, perderia toda a autoridade. Era arriscar tudo para conseguir apenas um pouco. Um pouco? Quem sabe? Tornou a fechar os olhos e caiu num torpor do qual passou sem sentir para o sono profundo. Acordou irritado e quando, aquela mesma tarde, se meteu na sanga com o irmão, perguntou com ar casual:

— Já dormiste com a Ondina?

— Ainda não.

— *Ainda* não? Quer dizer que pretendes...

— Como é que vou saber, homem? Tudo depende da hora, do jeito, da disposição...

Bio não tinha problemas. Comia quando tinha fome: quando não tinha, nem pensava em comida. Costumava dizer que o alimento melhor é sempre aquele que está no prato.

— Será que ela já... — Rodrigo hesitou, com pudor de dizer claramente o verbo. Usou um eufemismo bíblico — ... já conheceu homem?

— Como é que vou saber? Não sou fiscal.

Dizendo isso, Toríbio deu um mergulho e emergiu alguns metros adiante, bufando e cuspindo, com o cabelo colado à testa, os olhos piscos. Acocorado à beira da sanga, Rodrigo estava absorto em seus pensamentos. O outro, que agora nadava serenamente, em largas braçadas, gritou:

— Por que não experimentas?

— Não me interessa.

— Ha-ha!

E não falaram mais no assunto.

4

Uma tarde, à hora da sesta, Rodrigo viu Ondina descer sozinha a coxilha, equilibrando na cabeça um cesto de roupa suja. O coração começou a bater-lhe com mais força. Esperou um instante, olhou cuidadosamente em torno e, como não avistasse ninguém, saiu a andar atrás da rapariga. Quando estavam ambos lá embaixo na canhada, num ponto onde não podiam ser vistos por quem se achasse à frente da casa, aproximou-se da menina e fez: *psiu!*

Ondina parou, voltou lentamente a cabeça, mas em seguida tornou a olhar para a frente e continuou a andar, apressando o passo.

— Escuta aqui, Ondina...

Rodrigo sentiu as próprias palavras como que voltarem para ele e caírem-lhe frias no rosto. O que estava fazendo parecia-lhe ao mesmo tempo ridículo e excitante. Agora era tarde demais para desistir. Iria até o fim, mesmo que lhe surgissem pela frente o pai, a tia e toda a peonada do Angico, mesmo que se erguessem do cemitério todos os seus parentes e contraparentes mortos e viessem em bando suplicar-lhe que não fizesse aquilo. A chinoca continuava a andar em passo acelerado, aproximando-se cada vez mais do mato. Isso mesmo que eu quero — pensava ele. — Isso mesmo que eu quero.

— Ondina, olha aqui!

Ela parou, depôs o cesto no chão e, sem olhar para o homem, apanhou um talo de grama e começou mordiscá-lo com seus dentes miúdos.

— Vamos ali pro mato.

Ela se encolheu toda. Rodrigo apanhou com uma das mãos o cesto de roupa e com a outra segurou com força o braço da chinoca, puxando-a na direção do mato. Ela se deixou levar docilmente.

5

Eram seis da tarde quando Toríbio e Rodrigo desceram para o banho.

— Que é que tens? — perguntou o primeiro.

— Nada.

— Algum bicho te mordeu.

— Por quê?

— Ora, te conheço bem.

Rodrigo não sabia se devia ou não contar ao irmão o que se passara entre ele e Ondina. Estava certo de que o outro ia gozar sua fraqueza. Precisava, porém, desabafar, e Bio era a única pessoa com quem se podia abrir.

— Aconteceu uma coisa horrível. Levei a Ondina pro mato à hora da sesta.

Por alguns segundos Toríbio nada disse. Depois, dando um pontapé num seixo do caminho, perguntou:

— Que tem isso de tão horrível?

— Ela era virgem!

— E daí? Todas as mulheres nascem virgens.

— Bio, estou falando sério.

— Eu também.

— Mas que é que vai acontecer agora? E se ela fica grávida?

— Não há de ser a primeira nem a última.

Rodrigo estava revoltado. Aquele cinismo cruel, aquela indiferença ante um assunto tão sério, fizeram que, pelo menos por um curto instante, ele pudesse transferir para o outro toda a indignidade de seu ato. A sensação de culpa, porém, continuava a pesar-lhe dum modo que ele *queria* achar insuportável.

Não havia ele lido e amado a *Ressurreição* de Tolstói? Não falara muitas vezes nos humilhados, nos ofendidos, nos desprotegidos da sorte, prometendo a si mesmo ser seu paladino, seu templário? Apesar de todos esses propósitos, havia desonrado uma pobre menina de dezesseis anos! E a ideia de que um filho — um filho de sua carne e de seu sangue — pudesse nascer dela, enchia-o dum temor mesclado de repugnância. E nessa repugnância descobria, decepcionado, um sentimento de aristocracia, uma consciência de casta. Era-lhe friamente desagradável a ideia de que o sangue dos Cambarás, senhores do Sobrado e do Angico, pudesse misturar-se com o dos Carés.

Como se estivesse a ler-lhe os pensamentos, Toríbio troçou:

— Essa história de gostar das Carés parece que está na massa do nosso sangue, hein?

Rodrigo não respondeu. Fechou-se num silêncio casmurro e assim acompanhou o irmão até a beira da sanga. Despiram-se. Toríbio apanhou uma pedra e jogou-a no poço. Rodrigo sentou-se, enlaçou os joelhos com os braços e ficou a olhar pensativamente para a água.

Vendo-o apreensivo, o outro pousou-lhe a mão no ombro:

— Não há de ser nada. Ela pode não pegar filho.

— E se... pegar? — perguntou Rodrigo, usando o verbo com alguma relutância.

— A criança nasce, cresce e vive como qualquer outra.

— Mas eu me refiro ao lado moral da questão.

— Que lado moral, homem?

— Bem sabes o que eu quero dizer.

— Ora, tu não estás preocupado com o lado moral. O que tens é medo que o velho e a titia descubram a patifaria.

Rodrigo sentiu as orelhas em fogo. Mais uma vez se via desmascarado. Bio era diabólico, botava o dedo direitinho em suas feridas, com olho de mestre. Mas nem por isso Rodrigo queria admitir que seus remorsos eram puro medo, pois se fossem, então ele não passaria dum miserável, dum pulha e de nada lhe teriam servido os anos passados no ginásio e na academia, de nada lhe teriam valido os muitos livros que lera nem os protestos de nobreza e decência que fizera. Tinha suficiente hombridade para enfrentar o pai e assumir a responsabilidade de seu ato. O que ele sentia mesmo — queria convencer-se disso — era pena da rapariguinha.

— Mas eu desonrei a menina! — exclamou.

Mal, porém, pronunciara a palavra *desonrei*, sentiu o que ela tinha de literário, de falso.

— Acho que os Carés nem sabem o que é *honra* — disse Toríbio, estendendo-se no chão e apoiando a cabeça sobre as mãos trançadas. — Olha, a mãe de Ondina tem oito filhos e nunca se casou. Até hoje, que eu saiba, ninguém se lembrou de perguntar quem são os pais das crianças.

— Mas é isso que me revolta, Bio! — exclamou Rodrigo, pondo-se de pé bruscamente. — Por que é que a virgindade numa moça branca e rica pode ser mais preciosa que a duma coitadinha como a Ondina?

— Ué, rapaz! Estás falando como se fosse eu que tivesse feito mal pra ela...

— Eu sei. O culpado sou eu, e isso é que me atormenta.

O que realmente o preocupava — reconhecia ele, muito a contragosto, era ter de enfrentar o pai e a tia, caso estes viessem a saber do que se passara. Era-lhe detestável a ideia de cair do pedestal que com tanto cuidado erguera e em cima do qual se sentia tão bem.

— Vais te habituar... — sorriu Toríbio. — Te lembras do Mané Bigode? Tinha dez mortes na consciência, se é que o homem tinha consciência. Um dia perguntei: "Mané, me diz uma coisa. Que é que a gente sente quando mata um homem?". Ele coçou a cabeça, me olhou com aqueles olhos de peixe morto e respondeu: "Pois menino, o primeiro homem que matei meio que me embrulhou o estombo. Fiquei louco de remorso, jurei que nunca mais puxava de arma. Mas qual! Um dia tive de encostar o cano do revólver na paleta doutro cabra e incendiar ele por dentro. Não sou bandido, sou um homem de bem. Mas porém não tenho sorte. Onde vou, sempre me provocam e eu tenho que me defender. Vassuncê compreende... Assim fui sendo obrigado a despachar outros. Depois do terceiro, me acostumbrei. Hoje acho que até gosto da coisa". — Bio soltou uma risada. — Tu também vais te "acostumbrar". Não penses que a Ondina será a última. Elas provocam, rapaz, e a gente tem que se defender.

— Cínico!

— Vamos cair n'água antes que anoiteça.

6

Naquela noite, Rodrigo não pôde dormir. Achava o quarto quente e abafado, sentia um peso no peito. Ficou por muito tempo a revolver-se na cama. Depois acendeu uma vela e olhou o relógio. Onze e vinte. Ergueu-se e saiu a caminhar pela frente da casa, sob os cinamomos. Era uma noite clara, de lua minguante, e a solidão das campinas deu-lhe uma vaga, indefinível sensação de angústia. Pensou em Ondina, no mal que lhe fizera, e veio-lhe um agudo sentimento de remorso, esquisitamente temperado pela lembrança do prazer que a rapariga lhe proporcionara.

Engraçado — refletiu — como a gente se lembra de certos detalhes sem importância. Por exemplo, aqueles chapéus-de-cobra que ambos haviam esmagado no mato ao se deitarem...

Caminhava dum lado para outro, em passadas lentas, fumando cigarro sobre cigarro. Por fim, foi buscar uma rede, armou-a entre duas árvores, deitou-se nela e resolveu passar ali o resto da noite. Começou a balouçar-se de leve, os pensamentos embalados por aquele ritmo de berço. Cerrou os olhos. Viu-se na calçada da rua do Comércio, de espada em punho, a bradar para o guarda municipal: "Vem, cachorro", sob os olhares de espectadores invisíveis... Depois estava a dançar com Flora, apertando-lhe os seios contra o peitilho da camisa manchada de sangue... "Eres muy hombre", dizia-lhe Don Pepe sob a figueira... Um dólmã azul-ferrete, uma voz aflautada: "Uma profunda convicção filosófica amparada por uma longa experiência". Idiota! Vem, cachorro!... *Viens, mon amour...* Mélanie de camisola cor-de-rosa... *Viens, mon jou-jou... Mais cette tache sur ta chemise... qu'est-ce que c'est que ça? Mon dieu! Tu es blessé? Oui, je suis blessé d'amour. Elle s'appelle Flora. Un joli nom.*

Um estalido despertou Rodrigo de seu devaneio. Abriu os olhos, soergueu-se na rede e olhou em torno. Ninguém. Quem sabe se Ondina me viu sair e veio para cá? Essa esperança alterou-lhe subitamente o ritmo da respiração. Se ela aparecesse, podia trazê-la para a rede: precisava de alguma coisa que o ajudasse a passar aquela noite de insônia. Estupidez, pura estupidez! Como podia conciliar seu remorso e seu arrependimento com tal desejo? O homem é um animal ilógico, um feixe de contradições. O melhor mesmo é dormir.

"Sossegue o pito e durma!", gritou Maria Valéria em seu pensamento. Magra, alta, ereta, com uma vela na mão, no meio do corredor do Sobrado. "Sossegue o pito e durma!"

Grilos trilavam. Um morcego saiu do beiral da casa, voejou por um instante por entre as árvores e depois se sumiu na escuridão. Aquelas aves sempre causavam a Rodrigo um medroso mal-estar. Laurinda contara-lhe histórias de morcegos que à noite entravam nas casas para sugar o sangue das pessoas adormecidas. Maldita Laurinda! Os "causos" da mulata lhe haviam injetado no sangue o veneno de muitas superstições. Assobiar de noite é chamar cobra. Galo que canta fora de hora: moça roubada. Noite de sexta-feira, lobisomem na rua. De pouco lhe servira o antídoto da experiência adulta e da cultura. O efeito do veneno continuava a fazer-se sentir.

Rodrigo acendeu outro cigarro. Mas que era a moral senão também uma superstição? O homem não podia viver sem mitos. Inventava-os para depois escravizar-se a eles. (Bonita frase, belo assunto para um artigo.) Seu pai tinha o mito da honra, o mito do "fio de barba é documento". Havia o tremendo mito da virgindade da mulher. O da cavalaria rio-grandense, que Garibaldi considerava a mais guapa do mundo...

Cerrou os olhos e imaginou Flora deitada a seu lado, a cabeça pousada em seu ombro, os cabelos recendendo a jasmim. Felicitou-se por não ter para com ela nenhum pensamento lúbrico. No fim de contas não sou nenhuma besta — refletiu, sonolento. Sou capaz de sentimentos puros. Atirou longe o cigarro e enrodilhou-se, procurando uma posição cômoda.

7

Acordou com o sol na cara e não ficou sabendo ao certo se havia dormido ou não durante a noite. Se dormira, fora um sono agitado de febre, cheio de sonhos em torno duma ideia fixa: estava sempre a explicar ao pai que nada tinha a ver com Ismaliondina Caré, pois o filho que ela trazia no ventre era de outro... Lembrava-se também de que se vira, com pesada sensação de culpa, diante dum tribunal que o acusava de ter enterrado uma criança viva, mas uma criança que era ao mesmo tempo uma raiz, uma cobra... Santo Deus, que sonho confuso e aflitivo!

— Venha tomar café, seu preguiçoso! — gritou Maria Valéria, que surgira à porta da casa.

Rodrigo atirou os pés para fora da rede e por algum tempo ficou estremunhado, os cotovelos apoiados nos joelhos, o queixo no côncavo das mãos.

— Por que dormiu aí fora?

— Porque me deu gana.

Bocejou.

— Um bicho cabeludo podia lhe cair na cara.

— Ora!

— Venha tomar café. Faz horas que seu pai e seu irmão saíram pro campo.

— E eu com isso? — perguntou ele de mau humor, pondo-se de pé.

Maria Valéria deu-lhe uma palmada nas nádegas.

— O que você merecia era um boa sova de chinela.

Rodrigo lavou o rosto, escovou os dentes, penteou-se, namorou-se por um instante no espelho e por fim foi sentar-se à mesa. Ondina entrou com o bule de café e a panela de leite.

— Não se usa dar bom-dia pras pessoas? — repreendeu-a Maria Valéria.

Rodrigo escrutou o rosto da madrinha e concluiu, aliviado: ela não desconfia de nada.

Ao retirar-se da sala, Ondina lançou para o rapaz um rápido olhar dissimulado.

Rodrigo tomou apenas uma xícara de café preto e acendeu um cigarro. Estava sem fome, a cabeça oca, as pálpebras pesadas.

— Não vieram os jornais, Dinda?

— Ainda não.

— Estou aflito por saber o que está se passando por esse mundo velho.

— Pra quê?

Rodrigo sorriu. Segundo a filosofia de sua madrinha, "O mundo não é de nossa conta: que cada um cuide de sua vida e deixe a dos outros".

— Estou interessado por notícias da campanha civilista. Por mim, eu já estava na cidade em plena luta. Se não fosse o papai...

— Seu pai sabe o que faz.

Rodrigo ergueu-se.

— Coma ao menos um bolinho de coalhada, menino.

— Estou sem fome.

— Está sentindo alguma coisa? Que foi que houve?

— Não houve nada. Não passei bem a noite.

Maria Valéria lançou-lhe um olhar oblíquo e foi cuidar de seus quefazeres.

Rodrigo apanhou um livro — *Le Disciple*, de Paul Bourget —, abriu-o e sentou-se na cadeira de balanço. Não conseguiu, porém, concentrar a atenção no que lia. Fechou o volume com impaciência e saiu a caminhar pelo campo, falando em voz alta para si mesmo, procurando convencer-se de que tudo estava bem e de que o simples fato de ele ter levado para o mato uma bugrinha, alterando-lhe levemente a anatomia, não podia de maneira alguma arruinar sua vida, sua carreira. Se pudesse, seria o mais colossal dos absurdos!

Afinal de contas sou ou não o mesmo Rodrigo Cambará de anteontem? E ao perguntar-se isso, aspirava com força o ar fino da manhã. Vou ou não abrir um consultório e dedicar boa parte de meu tempo a ajudar os pobres? Sou ou não sou um homem profundamente bom e justo? Quem estiver sem pecado que me atire a primeira pedra! Quem ousará levantar o braço contra mim? Papai, o amante da Ismália? Quem?

Estava tudo bem, concluiu, parado no topo duma coxilha, sentindo no rosto a fresca brisa da manhã. Dentro de poucos dias voltaria para a cidade e Ondina seria uma apagada lembrança do passado. Se ela aparecesse grávida... Bom, mas não era quase uma tradição no Angico não terem os filhos das Carés pais certos? Ora, o conde Tolstói é o conde Tolstói e eu sou eu. Romance é uma coisa, vida é outra muito diferente. E, meu caro doutor Rodrigo, há momentos em que precisamos ter a coragem de ser cruéis e empedernidos, em benefício dum bem maior. O essencial, meu amigo, é não reincidir no erro. Faz de conta que a Ondina morreu, sumiu-se, nunca existiu. Prometo a mim mesmo que não me meterei mais com essa rapariga nem que ela me venha suplicar de joelhos.

Voltou para casa, assobiando.

Almoçou com grande apetite e, quando Ondina entrava com os pratos, nem sequer olhava para ela. Falou-se à mesa nas eleições que se aproximavam. Licurgo achava que podiam lançar o primeiro número do jornal em meados de fevereiro.

— Não fica perto demais das eleições? — perguntou Rodrigo.

O pai, que ia levar à boca o garfo com um naco de churrasco passado na farinha, deteve-se e respondeu com uma pergunta:

— Mas o senhor então está convencido mesmo que com o seu jornal pode mudar a situação?

— Como!? — exclamou Rodrigo, subitamente agastado.

— Fazer que toda essa gente de Santa Fé que vai votar no marechal mude de opinião e vote no doutor Rui?

— Claro que estou. Se não estivesse, o jornal nasceria morto.

— Não se iluda, meu filho. Nenhum jornal tem essa força.

— Isso é pessimismo, papai.

— Não sou pessimista. É que sei ver as coisas como elas são. Mas faça o seu jornal, vale a pena, precisamos ter um órgão da oposição em Santa Fé.

Rodrigo fizera uma bolinha com miolo de pão e agora brincava com ela, de olhos baixos, pensativo.

— Retire os pratos! — gritou Maria Valéria para uma das chinocas que serviam a mesa.

— Quanto o senhor acha que precisamos gastar com o jornal?

— Não sei, papai — respondeu Rodrigo, sem erguer os olhos.

Estava descoroçoado. O pessimismo do pai deixara-o gelado.

— A primeira coisa que temos que fazer é comprar uma tipografia. Dizem que o Mendanha quer vender a dele. Precisamos também de papel, de um ou dois tipógrafos...

Ficaram a fazer planos, a esmiuçar detalhes, e com isso Rodrigo aos poucos se foi reanimando. Quando veio a sobremesa, estava de novo entusiasmado:

— Pode ser que *A Farpa* não dê nenhum voto para o doutor Rui Barbosa, mas uma coisa lhe garanto: vai fazer época, e o lombo do Trindade vai arder.

Licurgo sorriu, partiu um marmelo cozido e deitou os pedaços no prato de leite.

— Vocês vão mas é botar dinheiro fora — disse Maria Valéria. E em seguida, como quem lava as mãos: — Enfim, não é da minha conta e o dinheiro não é meu...

Toríbio ergueu os olhos do prato de leite:

— Dinheiro foi feito pra isso mesmo, titia.

— Não concordo com o senhor — interveio Licurgo, limpando os lábios na fímbria da toalha. — Não se deve botar dinheiro fora. Mas considero bem empregado o que se gastar com um jornal pra atacar aquela corja.

Rodrigo lançou para o pai um cálido olhar de agradecimento.

À hora da sesta, deitou-se e ficou a fumar. Fazia muito calor e as moscas o importunavam. Quedou-se numa modorra pesada, a ouvir os ruídos de fora — um cachorro latindo longe, o rechinar duma carreta — e houve um momento em que acompanhou com o olhar os movimentos duma lagartixa na parede caiada. Pela porta aberta enxergava o corredor sombrio. Por que deixara a porta aberta, contra seu hábito? Para entrar a aragem.... Mentes, velhaco! Deixaste a porta aberta na esperança de que a Ondina passe no corredor, olhe para dentro e... Mentes, velhaco! Para mim Ondina morreu. Daqui por diante tudo vai mudar. Mentes, velhaco!

Fechou os olhos, mas, ouvindo estalar o soalho, abriu-os imediatamente, focou-os no vão da porta e ficou à espera... O silêncio, entretanto, continuava.

Dorme, homem, dorme e esquece. Revolveu-se e acabou ficando numa posição de onde podia ver quem passasse no corredor.

O melhor era fechar a porta e tudo ficaria resolvido. Ergueu-se em pensamento, bateu com a porta, voltou para a cama. Na realidade, porém, continuou de olhos abertos, com o desejo a pôr-lhe um calor latejante no corpo.

Acendeu outro cigarro, pôs-se a olhar a fumaça que subia para o teto. O melhor mesmo é ir embora pra cidade o quanto antes... Está na hora da luta. Não posso perder mais tempo no Angico. Nem ficar fazendo essas bobagens...

Ali estava a solução. Ir embora... Jogou longe o cigarro, fechou os olhos e procurou dormir. Ouviu passos leves no corredor. Ou seria ilusão? Ondina passou pela frente da porta, devagarinho, lançou para dentro do quarto um olhar furtivo e desapareceu. Pouco depois tornou a passar. Rodrigo fez *psiu!* A rapariga parou, voltou a cabeça para todos os lados, hesitou por um instante e por fim entrou.

— Fecha a porta — sussurrou ele.

8

Nos dias que se seguiram, muitas vezes teve a chinoca à hora da sesta. Uma tarde saía pela porta dos fundos para ir ao encontro dela, atrás do bambual, quando Laurinda, que estava no pomar, pondo tripas a secar, lhe disse:

— Então já vai fazer safadeza com a Ondina?

Rodrigo estacou, num sobressalto:

— Que bobagem é essa! — reagiu ele, com uma indignação que estava longe de ser fingida. — Que é que tu pensas que eu sou?

— Um safado igual aos outros.

A princípio Rodrigo quis continuar negando, depois achou melhor mudar de tática.

— Que é que tu queres? Se sou safado a culpa é tua. Te lembras das patifarias do Malasartes que tu nos contavas?

A mulata desatou a rir, e suas bochechas lustrosas tremeram. Rodrigo olhou em torno para ver se alguém os escutava. E, depois de certificar-se que não havia ninguém nas proximidades, acercou-se da cozinheira.

— Se não contares nada pra ninguém, te dou um presente bonito.

— Contar pra quê? Que é que ganho com isso? Sina de Caré fêmea é dormir com Cambará macho. Não quero presente nenhum, não me vendo.

E como Rodrigo a enlaçasse num abraço carinhoso, ela se desvencilhou com um repelão.

— Vá embora duma vez, não deixe a china esperar. Ela tem outros que atender.

— Hein?

— Ué... Tu não sabia que tinha sócio nessa história?

— Sócio?

— Sócio, sim senhor. O Bio é um deles.

— Mentira!

— Se encontravam no matinho da sanga. O outro é o Quincas.

O Quincas era um dos peões mais jovens do Angico. Rodrigo estava de cara no chão, ferido no seu amor-próprio, desconcertado por uma aviltante sensação de logro.

— Estás falando a verdade?

— Por esta luz que me alumeia.

— Mas como é que sabes? Quem foi que te contou?

— Ninguém. Eu vi. Não sou cega e não nasci ontem. Mas por que tu está com essa cara de defunto? Será que também já pegou rabicho pela Caresinha?

— Rabicho coisa nenhuma! É que nessas coisas não admito sociedade.

Deu um pontapé num pêssego que jazia no chão, e voltou para dentro de casa, pisando duro. Agora, sim, Ondina estava morta. A bruaquinha! Enganando-o com o Bio e com um peão! Tudo aquilo era sujo, indecente, ridículo, principalmente ridículo. Bem feito, para não seres bobo. Andavas com escrúpulos, perdeste uma noite de sono, meteste até o conde Tolstói no assunto e no entanto a chinoca te engana!

Com um sentimento de frustração fechou-se no quarto, abriu um livro e tentou ler. Não conseguiu. Começou a fazer planos, a compor mentalmente o primeiro artigo de fundo contra o Trindade e sua camarilha. Por um instante concentrou toda a sua raiva no intendente de Santa Fé.

À hora do banho, desceu para a sanga ao lado de Bio, calado e carrancudo.

Depois de se despirem, sentaram-se à beira do poço. Rodrigo olhou para o irmão.

— Traidor! Sei de tudo.

O outro desatou a rir.

— Quem foi que te contou?

— A Laurinda.

— Pois ela me pegou no sufragante.

— Podias ao menos ter me contado...

Bio deu uma sonora palmada nas costas do irmão.

— É bom aprenderes a não confiar muito em mulheres. São todas iguais.

Rodrigo olhava para a água, pensando em Flora.

— Não, Bio, há mulheres decentes. Nós é que somos uns porcos.

Era-lhe agradável assumir aquela atitude de autorrecriminação.

— Não digas asneiras. Vamos cair n'água.

— Escuta, a Ondina te disse alguma coisa a meu respeito?

— Não. O bom é que ela nunca fala.

— E tu sabes que o Quincas também anda com ela?

— Só o Quincas? O Antero também.

— O negro Antero!

— O negro Antero. É pra aprenderes, rapaz. E tu pensavas que eras o único, o queridinho, o preferido!

Para disfarçar seu embaraço, Rodrigo começou a assobiar. Depois soltou um fundo suspiro e refletiu filosoficamente: "Pelo menos agora estou livre de todo o remorso, isento de qualquer responsabilidade".

9

Um próprio vindo da cidade trouxe um pacote de jornais, que Rodrigo abriu sofregamente. Destruiu sem ler os números de *A Voz da Serra* — que outra coisa não eram senão o eco desagradável da voz servil do rábula Amintas, a cantar loas ao Trindade, ao mal. Hermes e ao "glorioso Partido Republicano" — e deitou-se na rede, deliciado, com um maço de exemplares do *Correio do Povo*. Leu-os metodicamente, começando pelo número mais atrasado, que era o de 5 de janeiro, e concentrou-se nas notícias políticas. A campanha presidencial prosseguia. Os telegramas do Rio transcreviam a plataforma do candidato civilista e resumiam uma verrina do *Correio da Manhã* contra o marechal.

E naquele mesmo dia, quando se achavam todos reunidos ainda ao redor da mesa do jantar, depois de retirados os pratos, Rodrigo foi buscar os jornais a fim de ler para a tia, o pai, o irmão e Fandango as principais notícias que tivera o cuidado de assinalar.

— Vou começar por uma que não é de política mas que me pareceu fascinante. Prestem bem atenção.

A luz do lampião caía sobre a página rósea do jornal estendido sobre a mesa. Sentada muito tesa, Maria Valéria remexia num cesto de costura. Licurgo foi sentar-se na cadeira de balanço, tendo presos nos lábios o grosso cigarro de palha e, a um canto da boca, um palito. O velho Fandango alisava uma palha com a lâmina da faca, e Bio, que nunca fumava na frente do pai, jiboiava sonolento em sua cadeira.

— O artigo intitula-se "Aeroplanos contra dirigíveis" — disse Rodrigo. Leu com voz pausada e clara:

Desde que a navegação aérea entrou numa fase mais positiva, e foi assim realizando rápidos progressos, pensou-se logo no proveito que a arte da guerra poderia tirar dela. Todas as opiniões foram logo partidárias do dirigível, principalmente pela maior capacidade de transporte que ele apresenta. Mas agora, depois das performances da semana histórica de Reims e da grande proeza de Blériot, transpondo a Mancha [...]

Ergueu os olhos e esclareceu:
— A Mancha é o canal que separa a Inglaterra do continente europeu. Deve ter mais de quatro léguas de largura...
— A la fresca! — exclamou Fandango. — E esse sujeito atravessou essas quatro léguas avoando?
Rodrigo sacudiu a cabeça afirmativamente.
— Não acredito — declarou o velho.
— Mas está aqui no jornal.
— É invenção.
Rodrigo prosseguiu:

[...] parece que não são os dirigíveis, mas sim os aeroplanos os que se consideram mais utilizáveis na guerra.

Usar aeroplanos na guerra? Fandango estava escandalizado.

— É uma indecência, uma traição — disse ele. — Homem deve brigar contra homem, de frente.

Licurgo sacudia a cabeça, concordando.

— Indecência por indecência — opinou Maria Valéria, que cerzia um pé de meia —, a guerra não é lá pra que se diga.

— Mas guerras sempre houve — disse Toríbio. — Guerra é divertimento de homem.

— Pra mim é uma barbaridade — retrucou ela, ajeitando os óculos no nariz.

— Ah! — exclamou Rodrigo. — Temos aqui uma notícia especial. Prestem atenção: *Em Saint-Cyr o aeronauta Santos Dumont caiu duma altura de vinte e cinco metros, recebendo escoriações nas pernas e na cabeça.*

— Bem feito! — resmungou Fandango. — É pra ele não se meter a avoar como passarinho. Esses estrangeiros são mui sotretas.

— Santos Dumont não é estrangeiro, Fandango. É o nosso patrício que inventou o aeroplano.

— Podia empregar su tiempo inventando una cosa mejor. Por exemplo, uma porteira que se gritasse na frente dela e a bicha se abrisse sem ser preciso a gente descer a hacer fuerza.

Licurgo sorriu. Maria Valéria meneou a cabeça.

— Quanto mais coisas inventam, mais difícil se torna a vida. É bem como dizia a finada Bibiana...

Toríbio levantou-se, saiu da sala e foi para a frente da casa fazer um cigarro. Rodrigo esfregou as mãos numa antecipação:

— Agora vamos às notícias da política. Preparem-se para ouvir boas. Papai, temos aqui um comentário da plataforma que o nosso candidato leu no dia 16 deste mês, no Rio. Escutem:

Sua profissão de fé foi um rebate de perigo à volta do terror militar que originou a Convenção de Agosto, a qual desprezou tudo, estabelecendo como seu objeto exclusivo um movimento de reação contra o militarismo renascente, sendo o programa da atualidade a consolidação da ordem civil.

Licurgo escutava, de testa franzida. Fandango aproximara-se mais de Rodrigo, a boca entreaberta, a mão posta em concha atrás da orelha.

Preconiza a necessidade da reforma da Constituição. Declara-se infenso ao intervencionismo do presidente da República nos estados.

— Muito bem! — exclamou Licurgo.

— *Propõe o melhoramento do ensino secundário, a remodelação do ensino jurídico,* et cetera e tal... esta parte não interessa muito... agora deixem ver onde está um trecho de escachar... ta-ta-ta — *combate a publicidade do voto a descoberto, que representa a intimidação e o suborno...* não é isso... ah! aqui está.

Aproximou mais a cadeira da mesa.

— *Referindo-se ao Exército e à Armada, lembra os serviços que lhe prestou em 95 e 98...*

— Eu me lembro muito bem — resmungou Licurgo.

Entretanto, a sua estima por elas não é um vil sentimento de ambiciosos cortesãos e sicofantas da força. Acrescenta que essa estima é um sentimento veraz e livre de patriota e que está na mesma proporção do horror que lhe inspira o militarismo.

— Muito bem! — exclamou Licurgo.

Teve um acesso de tosse que durou por alguns segundos. Maria Valéria murmurou para o sobrinho:

— Enquanto ele não deixar de fumar, não sara dessa tosse.

Quando viu o pai de novo calmo, a acender o cigarro que se apagara, Rodrigo prosseguiu:

— *Diz ver na candidatura militar banidas a organização, a disciplina, a legalidade.*

Neste ponto Rodrigo não estava mais a ler um comentário de jornal para membros de sua família, mas sim no alto duma tribuna, a falar às massas.

Diz que sua plataforma é o grito duma consciência, a síntese duma carreira, o eco da vida e o perfil dum homem que apela para as forças populares e para os elementos nacionais da opinião, ao passo que o Dr. Nilo Peçanha traz a seu lado a reação oficial que apoia um sinistro cortejo de violências odiosas, que compra consciências pela derrubada administrativa, pela insolência policial, que intimida a imprensa, que derrama sangue em Barbacena, que ameaça com mazorcas, com carrancas de estado de sítio, com bravatas de vitória da candidatura marechalícia, seja como for, aconteça o que aconteça, custe o que custar.

Rodrigo deu uma forte palmada na mesa. O lampião oscilou.

— Que é isso, menino? — censurou-o Maria Valéria.

— Dinda, este é o nosso homem, o nosso candidato. Se o Brasil não eleger Rui Barbosa a 1º de março, então tudo estará perdido, o país cairá nas mãos dos militares e a República de Castilhos será transformada numa ditadura nefasta.

Licurgo sacudia a cabeça afirmativamente.

— Xô égua! — disse Fandango. — Quem proclamou a República não foi um milico?

— Agora vejam esta beleza — continuou Rodrigo.

Rio 16 — O "Correio da Manhã" publicou hoje um violento artigo editorial de ataque ao Marechal Hermes da Fonseca. Diz esse jornal que a candidatura do marechal tem o aspecto criminoso e repulsivo de um conluio entre uma parte do Exército e os politiqueiros mais torpes e ladrões do País, a começar pelo Senador Silvério Nery.

Acrescenta o "Correio da Manhã" que na consciência entorpecida do Marechal Hermes não há sequer um movimento de revolta contra o ultraje que lhe atiram os monarquistas, os quais aderem à sua candidatura pela certeza em que estão de que ele trairá a República.

— Apoiado! — exclamou Licurgo. — É o que eu vivo dizendo: os monarquistas vão aproveitar a ocasião pra puxar brasa pra sua sardinha. Ah! Se o doutor Júlio de Castilhos estivesse vivo, a coisa mudava de figura.

Diz ainda a mesma folha que é tal a impopularidade do Marechal Hermes, que ele não é capaz de passar pela Avenida Central e pela Rua do Ouvidor, depois das 5 da tarde com medo de ser vaiado.

Rodrigo ergueu-se tão bruscamente, que a cadeira tombou para trás.

— Papai, não sei que é que estou fazendo aqui parado no Angico comendo e dormindo sesta larga. Tenho a impressão de que desertei dum posto de combate. Pior que isso: nem cheguei a assumir esse posto. Quero que o senhor me dê licença pra voltar pra cidade o quanto antes.

Licurgo mirou-o por alguns instantes, através da espessa fumaça do cigarro.

— O senhor tem a minha licença. Pode ir quando achar conveniente.

— Vou amanhã.

— Ué! Pra que tanta pressa? — estranhou Maria Valéria.

Fandango soltou a sua risadinha rouca:

— Ele vai salvar a República.

Capítulo IX

1

Rodrigo voltou para a cidade nos primeiros dias de fevereiro. Maria Valéria acompanhou-o, alegando que "se eu não vou junto, esse menino é capaz de prender fogo no Sobrado".

Levou consigo Laurinda e um bom sortimento de linguiça, charque e queijo.

Rodrigo teve a alegria de encontrar no porão da casa seus quatro caixões. Mandou trazê-los para o escritório e chamou o Chiru.

— Me ajuda a desencaixotar as coisas.

O amigo arregaçou as mangas, tirou os sapatos e as meias.

Rodrigo apontou para o caixão maior.

— Que é que tem dentro?

— Livros.

Chiru atirou-se ao trabalho de machadinha em punho, e bufando, gemendo, imprecando, rompeu as tábuas do caixão, tirou os jornais velhos que o forravam e depois, passando a manga da camisa pela testa suada, voltou-se para o amigo.

— E agora?

— Por onde começamos?

— Por aquele ali.

— Agora vamos tirar os livros de dentro.

— Pra botar naquelas prateleiras?

Fez com a cabeça um sinal na direção do armário vazio.

— Adivinhaste. Que talento, Chiru, que gênio! Mas vai abrindo os outros caixões, enquanto eu tiro os livros deste...

— A mim me toca a parte mais dura.

— Quem te mandou ser um hércules? Trabalha que no fim terás a tua recompensa. Sou generoso.

Pôs-se a tirar os livros do caixão. Pegava-os com um cuidado carinhoso, como se fossem joias delicadas e raras ou crianças recém-nascidas. Ali estavam as obras completas de Balzac, em edições de 1860. Rodrigo folheava-as, passava os dedos pelo papel amarelento e roído de traça, cheirava as páginas, acariciava os dorsos dos volumes e a seguir depunha-os no chão, pensando: "É melhor primeiro tirar todos os livros dos caixões pra depois arrumá-los no armário". Apanhou uma edição da *Divina comédia* com ilustrações de Doré.

— Vem cá ver que maravilha, Chiru. — O outro aproximou-se com a machadinha na mão. — Olha só estas gravuras. Não achas um colosso? São do grande Doré.

O outro lançou para o livro um olhar rápido e indiferente, por cima do ombro do amigo, e voltou para o trabalho, com a camisa já empapada de suor.

Rodrigo pôs Dante no soalho ao lado de Balzac e continuou a esvaziar o caixão, de onde tirou as obras completas de Victor Hugo, três romances de d'Annunzio em italiano, uma tradução espanhola da obra de Carlyle sobre a Revolução Francesa...

— Ah! O meu inefável nariguado! — exclamou, ao manusear um exemplar da edição *princeps* de *Cyrano de Bergerac*. Leu um trecho ao acaso, esmerando-se na pronúncia.

— Que tal, Chiru?

— Não entendo!

— Ah, o francês! Isto que é língua, menino. Tem tudo: graça, precisão, riqueza, música, dignidade...

Tirou do caixão a *Histoire des girondins*, de Lamartine, *A velhice do padre eterno*, de Guerra Junqueiro, alguns volumes de Nietzsche e Taine, *Le Rouge et le noir*, de Stendhal, o *Paraíso perdido*, de Milton — ai, que grande cacete! —, três romances de Eça de Queiroz, a coleção completa de *As farpas*...

— Meu querido Eça, meu bom Ramalho, fizeram boa viagem? Esperem um pouco, tenham paciência. Deixem-me pôr em ordem esta livraria, montar o consultório, começar o jornal. Teremos depois muitos vagares para conversar. Ah! Schopenhauer! Não tens razão, *mon vieux*, a mulher é a obra-prima da Criação. Boa tarde, *Herr* Goethe! Talvez seja esta a primeira vez que teu Fausto, tua Margarida e o teu sutil satanás respiram o ar de Santa Fé. E tu, Heine? Não, tu já andaste por aqui. Encontrei na água-furtada um velho volume que pertenceu ao doutor Winter...

— Abri mais um — gritou Chiru, tirando a camisa.

Mesmo sem ter terminado de esvaziar o primeiro caixão, Rodrigo correu para o segundo, pois avistara nele as alegres capas dos livros a que chamava "minha brigada ligeira". Eram romances galantes de bulevar, histórias fesceninas do Quartier Latin... Lá estavam as novelas de Willy: *La Môme picrate*, *Maîtresse d'esthètes*, *Un Petit Vieux Bien Propre*; a *Éducation du prince*, de Maurice Dounay, e *Leur Beau Physique*, de Henri Lavedan.

— Agora vamos abrir o caixão maior. É lá que está o gramofone.

— O gramofone? Vamos a ele!

— Devagar, seu bruto, senão quebras o aparelho. Olha que as chapas também estão aí dentro.

Chiru moderou o ímpeto. Aberto o caixão, Rodrigo afastou o amigo.

— Isto requer mão civilizada e olho de conhecedor.

Trouxe para fora, primeiro, a grande campânula esmaltada, azul e creme. Depois, com o auxílio do amigo, retirou o corpo do gramofone e colocou-o em cima da mesa. Foi tirando dentre a palha, com muito cuidado, as caixas de papelão que continham os discos. Abriu a primeira.

— Isto é uma preciosidade, Chiru. As melhores chapas dos mais famosos cantores do mundo.

Começou a examinar os discos, tirando-os de seus envelopes de papel pardo.

As árias de Caruso! Chiru aproximou-se e olhou. Na parte superior do rótulo vermelho via-se a marca registrada do produto: um *fox-terrier* branco diante da campânula dum fonógrafo, a escutar; por baixo, estas palavras: *His Masters Voice...*

— *Vesti la giubba.* É formidável, Chiru, e o Caruso canta isto como ninguém. Ah! O *Sonho de Manon...* O *Racconto di Rodolfo...* A grande ária de *Aida...* O *Cielo e mar* da Gioconda... O "M'Appari", da *Marta.*

À medida que lia os títulos, Rodrigo trauteava a melodia correspondente. De súbito franziu o cenho. Um disco rachado! Leu o rótulo: *Di quella pira*, por Enrico Caruso.

— Cachorros! — exclamou, indignado. — Cornos duma figa, filhos duma grandessíssima... — Soltou o palavrão com raiva. — Então esses animais não veem o que está escrito no caixão. *Frágil! Frágil!* — Apontava para o letreiro.

— Mas não sabem ler. São analfabetos, irresponsáveis. Este país está perdido. Canalha! Logo este disco, a ária do tenor, *Madre infelice, corro a salvarti.* É quando Manrico descobre que a cigana que está sendo queimada viva é mãe dele... No fim tem um agudo espetacular como só o Caruso sabe dar. Não, seu Chiru, essa gente só à bala, só à bala...

Andava dum lado para outro, furioso, com o disco rachado na mão.

— Logo o *Di quella pira*! Vou escrever um artigo n'*A Farpa* e arrasar com a Compagnie Auxiliaire.

Sua fúria redobrou quando viu o que estava gravado na outra face do disco:

— O *Miserere*! Logo o *Miserere*! Miseráveis! Cretinos! O Brasil não tem mais compostura. Só o marechal Hermes. É o que este país merece.

Sentou-se, ofegante. Chiru voltara-lhe as costas e terminava de abrir o terceiro caixão.

— Que é isso? — perguntou, depois de arrancar a tampa.

— Conservas, animal, não estás vendo?

— Pra quê?

— Pra que haviam de ser? Pra comer, homem. Vai tirando isso pra fora.

Chiru obedeceu. Começou por uma dúzia de pequenas latas ovais, com o letreiro escrito em língua estrangeira.

— Que droga é esta?

— Caviar. Papa mui fina, come-se com pão. Regado com champanha fica uma delícia.

Chiru retirou do caixão e amontoou no soalho dúzias de latas de salsichas de Viena, de atum, de sardinhas portuguesas, de patê de *foie gras*, de *maquereau*, de azeitonas espanholas; caixas de passas de uva de Málaga e de frutas cristalizadas; potes de mostarda, vidros de picles e de molho inglês.

— Mas isto deve ter custado uma fortuna...

— Dinheiro foi feito para se gastar.

Chiru olhou para o amigo, coçou a cabelama loura que lhe cobria o peito e disse:

— Nasceste empelicado. Tens pai alcaide que vai te dar uma farmácia, montar um consultório, custear um jornal e ainda por cima te deixa fazer estas extravagâncias... Escuta aqui, quanto vai custar toda essa brincadeira?

— Sem contar o que temos de pagar pela farmácia, o velho me deu vinte contos pro resto. É pra começar a vida. Posso gastar como bem entender.

Chiru passou a mão pela cabeleira.

— Com esse dinheiro eu estava feito.

— Que farias com ele?

— Eu? Não trabalhava mais.

— Mas nunca trabalhaste na tua vida, homem de Deus!

Chiru sentou-se nas bordas do caixão e começou a mexer os dedos dos pés.

— Por falar em dinheiro, Rodrigo, estou com um plano supimpa. Nunca ouviste falar no tesouro dos jesuítas?

— Claro que ouvi, mas acho que é pura fantasia.

— Fantasia qual nada! Conheci um índio velho que me deu o roteiro do tesouro. Está num subterrâneo debaixo da igreja de São Miguel.

— Não mintas, Chiru.

— Por Deus Nosso Senhor!

— Está bem. Mas me passa aquela caixa de chapas.

Chiru fez o que o amigo lhe pedia.

— Vou arranjar um vaqueano de confiança, compro umas pás e picaretas, e me toco pra São Miguel.

— Quando?

— Logo que achar um sócio que entre com o capital.

— Estás falando sério?

— Natural. Esse é o grande sonho da minha vida.

— De quanto precisas?

— Duns duzentos mil-réis...

— Podes contar com o dinheiro.

— Palavra?

— Palavra. Mas vamos continuar o trabalho.

Chiru estava radiante.

— Tens cinquenta por cento nos lucros da expedição.

— O que quer dizer que não tenho nada. Cinquenta por cento de zero é zero mesmo.

— Se não acreditas, por que vais entrar com o dinheiro?

— Pra te livrar dessa mania. Quero que te convenças de que não existe tesouro nenhum, voltes pra casa e sossegues o pito.

Chiru nada disse. Continuou a empilhar no chão as latas de conservas.

Rodrigo sorria, olhando os títulos dos discos. Tetrazzini no *Vissi d'arte* e uma ária de *L'Africana...* Tita Rufo no *Rigoletto...* Tamagno — que voz cavalar! — no *Otelo...* A *ouverture* do *Egmont*, de Beethoven. Ah! Uma musiquinha leve: *Loin du Bal.*

— Vamos experimentar o gramofone! Deixa isso aí, Chiru. Senta e fica quieto.

Atarraxou a campânula na caixa do gramofone, ajustou uma agulha no diafragma, deu manivela, colocou uma chapa sobre o prato e pô-lo a girar. Depois fez a agulha descer para as bordas do disco e empurrou de leve o diafragma... Ouviu-se um chiado forte, seguido dum acorde orquestral. A voz de Caruso encheu a sala:

Recitar, mentre preso dal delirio

Rodrigo sentiu um calafrio. Sentou-se e cerrou os olhos, murmurando:

— Garganta de ouro!

Chiru falou:

— Mas como será que essa droga...

— Cala a boca, burro!

A gargalhada do tenor jorrou da campânula, vibrante.

Tu sei pagliaccio!

Rodrigo sentia-se no paraíso.

Quando a ária do Canio terminou, tocou *La donna è mobile*. E explicou:

— Quem canta é o Duque de Mântua, um estroina que tem muitas amantes. Está dizendo que *La donna è mobile qual piuma al vento*, a mulher é leviana como uma pluma ao vento. O safado! Na ópera ele acaba mandando raptar a filha do bobo da corte, do Rigoletto. Ah! Chiru! Não há nada como uma boa noitada de ópera!

Quando o duque de Mântua soltou o agudo final, Chiru perguntou:

— Aquele negócio dos duzentos mil-réis é sério mesmo?

— Acaso serei homem de duas palavras?

Chiru esfregou as mãos, animado:

— E agora? Vamos abrir o último caixão?

— Não. Ali estão os meus livros de medicina e os meus ferros. Vou deixar pra mais tarde, quando o consultório estiver montado. Agora te convido pra tomar uma cervejinha no Schnitzler.

— Vamos embora!

Chiru enfiou as meias, os sapatos e a camisa. Rodrigo vestiu o casaco e apanhou o chapéu. Saíram.

Maria Valéria apareceu à porta do escritório, olhou para os livros e latas amontoados no chão e resmungou:

— Eu bem sabia que esse negócio ia estourar nas minhas costas.

2

Uma tardinha, após o banho, Rodrigo vestiu uma roupa de linho branco, e ficou muito tempo diante do espelho a dar cuidadosamente o nó na gravata preta com ferraduras vermelhas e brancas. Depois entrou na carro que o esperava de tolda arriada à frente do Sobrado e disse ao boleeiro:

— Vamos dar um passeio pela cidade. Passe primeiro pela Intendência. Mas, devagarinho, Bento, pra canalha ver que não fugimos.

O boleeiro pôs o carro em movimento. Passaram em cadência de enterro pela frente do edifício municipal, a cuja porta se achava um guarda, no seu uniforme de zuarte, a aba do quepe puxada sombriamente sobre os olhos, as mãos pousadas no copo do espadagão. Rodrigo encarou-o com uma firmeza provocadora, e Bento fez o mesmo. Naquele momento o tesoureiro do município botou a cabeça para fora de sua janela e Rodrigo dirigiu-lhe um olhar hostil, exclamando: "Capacho!". O homem sorriu amarelo.

O carro entrou na rua do Comércio. Os cavalos marchavam faceiros, e seus cascos produziam um alegre clop-clop nas pedras do calçamento.

Amintas Camacho estava parado a uma esquina. Ao avistar Rodrigo, ficou todo perturbado, sem saber onde pôr as mãos. Acabou levando uma delas à aba do chapéu e terminou soltando um boa-tarde automático. Rodrigo fez uma careta de nojo e virou-lhe a cara. Se esse molusco tivesse um pingo de vergonha, não me cumprimentaria mais.

Em breve, porém, esqueceu o Amintas e pôs-se a pensar em Flora. O principal objetivo daquele giro era passar pela casa dela.

— Mais devagar, Bento — recomendou, quando o carro estava a uma dezena de metros da residência de Aderbal Quadros.

Ficou decepcionado ao verificar que todas as janelas do casarão se achavam fechadas. Tirou um cigarro do bolso e acendeu-o.

— Dê uma volta à praça.

Acenou para o cel. Pedro Teixeira, que estava sentado numa cadeira à frente de sua casa, tomando chimarrão.

— Como le vai? — gritou o estancieiro. — Como le tratam as moças?

— Muito bem, coronel! Recomendações à família.

Ritinha Prates achava-se debruçada à sua janela. Rodrigo fez-lhe um cumprimento derramado, a que a moça respondeu com um tímido aceno de cabeça.

E justamente quando o carro tornava a passar pela frente da casa dos Quadros, Flora saía pela porta central e fazia menção de atravessar a rua. Rodrigo sentiu que as batidas de seu coração se aceleravam. Como é que meu coração pulsa normalmente quando brigo com os beleguins do Trindade e agora dispersa, medroso, só porque avista essa menina? Tirou o chapéu. Flora sorriu. Mil vezes mais bonita que a Ritinha! Que dentes! Que porte! Que distinção!... Soergueu-se, voltou-se para trás e verificou, radiante, que, parada à beira da calçada, Flora o seguia com o olhar. Ao ver, porém, que estava sendo observada, baixou a cabeça, atravessou a rua apressadamente e entrou no prédio fronteiro. Rodrigo tornou a sentar-se, feliz, assobiando uma valsa vienense. Estava ainda sorrindo quando passou pela frente da casa de Terézio Matos. Lá estava a Gioconda, como uma pintura emoldurada pelos caixilhos da janela.

— Boa tarde!

Ela sacudiu a cabeça e imediatamente armou o lendário sorriso.

Bastava que eu fizesse um sinal com o dedo — refletiu ele com orgulhosa satisfação — pra essa bichinha vir correndo...

À porta da barbearia, Neco Rosa ergueu os braços:

— Então? Não conhece mais os pobres?

— Para, Bento.

O boleiro fez o carro estacar. O barbeiro aproximou-se, trepou no estribo e abraçou Rodrigo.

— Esta semana tomo conta da farmácia e monto o consultório. Estou ansioso por fazer alguma coisa.

— E o jornal, homem de Deus, quando é que sai esse jornal encantado?

— Não saiu ainda porque tenho encontrado certas dificuldades. O Mendanha nem queria nos vender a tipografia. Mas eu apertei o cachorro contra a parede, aboteí-o e disse: "Ou tu me vendes essa droga ou te quebro a cara". Ele afrouxou. Mas o tipógrafo não quis ficar comigo. O Trindade andou se metendo na história, disse pro rapaz: "Se você trabalhar no jornal do doutor Rodrigo, mando lhe dar uma sumanta de espada".

— E agora?

— Preciso arranjar o quanto antes alguém que entenda de tipografia.

— E o Pepe... já falaste com ele? Parece que o castelhano entende do riscado.

— Aí está uma ideia! Se vires esse animal, manda-o ao Sobrado.

Neco acariciou as costeletas, olhou para os lados e murmurou:

— Sabes da última? Me contaram que o tal de Dente Seco já chegou.

— Que Dente Seco?

— Ora, homem, já te falei nele. É um bandido famoso da Soledade. Tem dez ou onze mortes na cacunda. O Trindade mandou buscar o bicho pra assustar o eleitorado da oposição. Parece que vão correr o interior do município. E a todas essas, nós não fazemos nada!

— É preciso lançar o quanto antes o jornal.

Despediu-se de Neco, que saltou para o chão, gritando:

— Adeus, pombinho!

Rodrigo olhou para a própria roupa. Maldita poeira de Santa Fé! Pusera aquela roupa de linho branco, limpíssima, havia menos de meia hora e ela já estava tomando uns tons rosados... Era preciso calçar as ruas transversais e reformar o pavimento da rua do Comércio. Em suma: era urgente derrubar o Trindade!

3

Na manhã do dia seguinte mandou um próprio ao Angico com um bilhete:

Papai: Por aqui vai tudo sem novidade. O Freitas quer entregar a farmácia o quanto antes, e eu não sei o que fazer com relação ao dinheiro. Se o senhor pudesse vir agora resolver o assunto, eu lhe ficaria muito grato. Um abraço do filho que muito o estima e respeita. Rodrigo.

Saiu por volta das dez horas, entrou num depósito de móveis e adquiriu dois dos maiores *bureaux* que encontrou: um para seu escritório no Sobrado e o outro para o consultório. Na Livraria e Papelaria Brasil comprou um monumental tinteiro de bronze lavrado, com base de granito negro — o artigo mais caro da casa —, dois finos corta-papéis, lápis pretos e bicolores, caixas de penas de aço, prensas de mata-borrão, envelopes, vidros de tinta, blocos de papel de carta. ("Prefiro de linho. Tem? Ponha três. Não! Seis.") Encomendou três centos de cartões de visita e cinquenta blocos de papel para receitas. O papeleiro estava radiante. "Pois não, doutor, com o maior prazer. Estamos aqui para servir a freguesia."

— Ah! Quero ver cestas para papéis usados...

— Temos aqui um artigo muito chique, de madeira de lei, com desenhos a fogo.

— Está bem. Fico com duas.

Tinha a volúpia de comprar. Nunca perguntava pelos preços e achava que regatear era a maior das indignidades. Jamais contava o troco que lhe davam, e deixara, entre os garçons dos cafés e restaurantes que frequentara em Porto Alegre, a reputação de ser o mais generoso dos distribuidores de gorjetas.

Saiu da papelaria e entrou na Farmácia Popular, cujo proprietário, o Freitas, um homenzinho triste e calvo, era natural de Alegrete e sofria de bronquite asmática.

— Então, seu Freitas, quando é que ultimamos o negócio?

— Quanto mais cedo, melhor, doutor.

A farmácia estava situada na quadra do Sobrado, à esquina da rua do Comércio com a do Poncho Verde. Muito conveniente — refletiu Rodrigo —, fico com o consultório praticamente em casa.

— Eu disse ao seu pai que meu estoque anda aí pelos vinte contos — explicou o Freitas. — Mas precisamos dar um balanço pra ver a importância exata. O doutor vai mandar alguma pessoa pra fiscalizar o inventário ou vem pessoalmente?

Num assomo de entusiasmo, Rodrigo respondeu:

— Venho pessoalmente.

— Quando é que podemos começar?

— Amanhã mesmo. Quero resolver logo este assunto pra iniciar a clínica.

— Está bem. Podemos começar às sete da manhã... ou é muito cedo?

— Cedo coisa nenhuma! Sou um grande madrugador.

No dia seguinte, porém, só acordou às oito e, depois de tomar descansadamente seu café, chegou à farmácia às nove.

— Tive um contratempo — inventou, antes mesmo de dar os bons-dias ao farmacêutico. — Das sete às oito e meia atendi um próprio que veio do Angico.

O Freitas puxava melancolicamente os suspensórios, de boca entreaberta, respirando com dificuldade.

— Eu vou dizendo o nome dos remédios — propôs —, a quantidade em estoque, o preço, e o doutor vai tomando nota. Está bem?

— Perfeitamente.

Rodrigo tirou o casaco, sentou-se a uma pequena mesa, sobre a qual havia um caderno de papel almaço pautado, tinta, caneta e mata-borrão.

— Pode ir cantando! — exclamou, jovial.

Freitas subiu penosamente a escada e tirou da prateleira um frasco de remédio, aproximando-o dos olhos.

— Quatro vidros de Emulsão de Scott.

Disse o preço da unidade. Rodrigo tomou nota e em seguida fez a multiplicação.

— Adiante!

— Dois de Salsaparrilha.

Rodrigo assobiava, baixinho, namorando a própria caligrafia.

— Cinco vidros de Maravilha Curativa do doutor Humphreys.

Para que dizer que é do dr. Humphreys? — refletiu Rodrigo. Não escreveu nem o nome do remédio por extenso. Pôs apenas Marav. Curat. Estamos às portas das eleições e eu aqui, como um simples caixeiro, a tomar nota de nomes e preços de drogas. Não é mesmo um despautério? Por que me meti nisto?

— Desculpe, seu Freitas. Que foi que o senhor disse?

— Três vidros de Bálsamo Alemão.

— Ah!

Rodrigo trabalhou durante quarenta minutos. Tinha começado com letra caprichosa, mas agora já escrevia em garranchos que nem ele mesmo conseguia entender. Passou o indicador entre o colarinho e o pescoço.

— Está quente, não?

— Regular — respondeu o farmacêutico. — Dois vidros de Elixir de Nogueira.

Rodrigo ergueu-se. Consultou o relógio, gritou pelo auxiliar da farmácia, o

213

Ludovico, um menino de doze anos, feio e retaco, de rosto comprido, a lembrar o focinho dum bicho que Rodrigo não conseguiu identificar.

— Menino, vá me comprar uma cerveja bem fresquinha ali no Schnitzler. Ligeiro!

Deu dinheiro ao guri, que saiu a correr, voltando pouco depois com a garrafa.

— Toma um pouco, seu Freitas?

— Não, obrigado. Tenho o fígado meio bichado.

Rodrigo despejou a cerveja no copo graduado que o rapaz trouxera do laboratório, e bebeu-a dum sorvo só. Tornou a encher o copo e a esvaziá-lo com a mesma sofreguidão.

— Podemos continuar? — perguntou o farmacêutico, puxando os tirantes do suspensório.

O calor aumentava. Rodrigo estava irritado. Bocejou, olhando novamente para o relógio:

— Não. Vamos deixar pra depois. Tenho agora um compromisso. Até logo.

Mandou chamar o Chiru ao Sobrado.

— Queres ganhar uns trinta mil-réis na moleza?

— Como?

— Ajudando o Freitas a dar balanço na farmácia. Vais como meu representante.

— Quanto tempo leva esse negócio?

— Um dia no máximo.

— Aceito.

— Podes então começar hoje de tarde.

Dois dias depois, Licurgo voltou do Angico para efetivar a transação. O inventário acusava uma existência de pouco mais de dezoito contos. Licurgo passou o dinheiro para as mãos do farmacêutico. Naquele mesmo dia chamou Rodrigo ao escritório e entregou-lhe uma chave.

— A farmácia é sua.

Comovido, o rapaz pegou a mão do pai e beijou-a. Licurgo pigarreou, embaraçado.

— Que bobagem é essa, meu filho?

E depois:

— Quem é que vai tomar conta do laboratório?

— O Gabriel. É um moço muito direito e um bom prático. O Freitas diz que ele sabe aviar receitas melhor que o Zago.

Licurgo suspirou:

— Pois é, parece que está tudo arrumado. Desejo que o senhor seja feliz.

Caminhou para o *bureau* de Rodrigo, que substituíra sua escrivaninha.

— Parece que o senhor me expulsou do escritório, não?

— Ora, papai. Esse *bureau é* mais seu que meu. Botei todos os seus papéis na gaveta da esquerda.

— Está bem.

Licurgo olhou em torno. Demorou o olhar por alguns segundos no armário de livros. Passou a mão pelo vistoso tinteiro.

— Se o senhor não der ponto, não é por falta de material. Tem tudo do bom e do melhor.

— E por tudo isso eu lhe estou muito grato. Farei o possível para merecer todas essas...

Ia dizer *gentilezas*, mas achou impróprio. Ocorreu-lhe favores e também não gostou. Calou-se. E, como Licurgo também nada dissesse, quedaram-se ambos em silêncio. E Rodrigo observou que a pálpebra do olho esquerdo do pai tremia, sinal de que ele estava comovido.

Capítulo x

1

O *Correio do Povo* de 13 de fevereiro noticiava que o mal. Hermes da Fonseca chegara a Porto Alegre, tendo sido recebido festivamente. Um dos oradores que o saudaram, falando em nome do operariado, dissera que a espada do marechal, que tanto atemorizava os civilistas, havia de converter-se num ramo de flores, síntese da aspiração mais elevada dos povos à paz. O préstito do candidato oficial estacionara à frente do prédio de *A Federação*, sendo Hermes da Fonseca acolhido por uma salva de palmas, enquanto, das sacadas, senhoras e senhoritas atiravam sobre ele rosas e jasmins.

Rodrigo leu a notícia com impaciente má vontade.

— Deviam mas era atirar trampa na cabeça desse farsante!

Naquele dia foi procurado por Don Pepe.

— Neco me ha dicho...

— Pois é, Pepe, preciso muito de ti. Alguma vez em tu perra vida trabalhaste em tipografia?

O espanhol fez um gesto largo.

— Pues claro, hombre! He sido tipógrafo en Bilbao, en um periódico anarquista clandestino.

Rodrigo deu uma palmada nas costas do amigo.

— Pois foi o céu que te enviou.

— O el infierno.

— Não interessa. O importante é que vieste. Preciso botar o meu jornal na rua amanhã. O marechal vai passar por aqui lá pelo dia 19. Quero que *A Farpa* esteja na rua quando esse palhaço chegar...

— Bueno...

— Vamos pôr mãos à obra. Eu escrevo e tu compões e imprimes. Que tal?

— Pues...

— Pago-te bem. Deixo o ordenado a teu critério. Quanto queres?

— Hombre, no soy mercenario. Trabajaré por amor a la lucha. Y por la amistad.

— Feito!

Instalaram as oficinas d'*A Farpa* — uma caixa de tipos, uma prensa de provas e um prelo — na parte do porão que ficava por baixo da sala de visitas. A luz entrava por uma janela lateral e pelos olhos de boi que respiravam para a rua.

— Eis a nossa barricada! — disse Rodrigo, entregando a oficina ao espanhol.

— Fica te entretendo por aí com essas bugigangas, enquanto eu vou lá pra cima escrever o editorial.

2

Subiu para o escritório, arregaçou as mangas da camisa, experimentou a pena, olhou para as tiras de papel que pusera sobre o *bureau* e começou a escrever:

Surge "A Farpa" à luz da publicidade num dos momentos mais dramáticos da história da nacionalidade brasileira. Diremos sem eufemismos ou meias palavras que este hebdomadário se propõe, antes de mais nada, ser a livre tribuna dos oprimidos contra os opressores, da justiça contra o arbítrio, do direito contra a força, da fraternidade contra o banditismo. Isto vale dizer que "A Farpa" é um jornal de oposição, uma bandarilha colorida e aguçada a espicaçar constantemente os flancos do touro cruel e brutal do situacionismo!

Releu o que havia escrito, acendeu um cigarro, satisfeito consigo mesmo. Imaginou a cara do Trindade ao ler o primeiro número do jornal. Molhou a pena na tinta (ah, como um tinteiro de bronze e granito melhora o estilo!) e prosseguiu:

Santa Fé, onde há tantos anos a liberdade tem sido amordaçada, o direito espezinhado e a justiça broncamente substituída pelo mandonismo, terá neste semanário político e literário uma voz corajosa, clara e candente, a clamar pelos direitos dos espoliados e pelas reivindicações dos desprotegidos da sorte. Fiel aos princípios do mais puro republicanismo, "A Farpa" pugnará na presente campanha presidencial pela candidatura civilista, recomendando o grande, o imenso, o imortal Rui Barbosa, o gênio da raça, ao eleitorado livre de Santa Fé, do Rio Grande e do Brasil!

Basta — disse para si mesmo. — É bom que seja uma coisa curta pro castelhano compor em tipo graúdo, com cercadura. Levantou-se, foi até a janela lateral da sala de visitas, meteu a cabeça para fora e gritou:

— Pepito!

Quando o outro apareceu, disse:

— Escuta só.

Leu-lhe com voz vibrante o que havia escrito. Ao terminar, baixou os olhos

217

para Don Pepe, que cofiava o cavanhaque com sua longa mão ossuda de Quixote.

— Que tal?

— Muy débil.

Rodrigo deu uma palmada no peitoral da janela.

— Por que débil?

— Hay que poner más vitriolo en tus frases, hombre. Hay que agitar!

— Que mais queres?

— Más pasión, más sangre.

— O sangue virá depois. Toma. Compõe isso, que agora vou arrasar o Trindade num artigo especial.

Entregou as tiras a Don Pepe e voltou a sentar-se à mesa. Estava com calor e com sede. Pensou em sair, tomar uma bebida fresca no Schnitzler, ou então algo de forte que lhe desse mais fogo às ideias e ao estilo. Boa sugestão... Foi até o guarda-comida da sala de jantar, apanhou uma garrafa de conhaque, encheu um cálice, bebeu-o dum sorvo, voltou para o *bureau*, pegou a caneta e escreveu o título do artigo. "Perfil dum tirano." Começou com o escorço biográfico em que contava a origem duvidosa do intendente de Santa Fé. Depois enumerou seus crimes, crueldade e desmandos, terminando assim:

E hoje aí está ele, o malacara cínico, empoleirado na cadeira de intendente, como um reizinho num trono, César de paródia, Napoleão de opereta. Pensará o sátrapa que se sumiram da face da Terra os homens de coragem, inteligência e dignidade?

E quando, momentos depois, Licurgo entrou no escritório, Rodrigo leu-lhe em voz alta o que acabara de escrever. O velho escutou em silêncio e não fez nenhum comentário.

— Então, papai? Gostou?

Licurgo tirou da boca o cigarro, tornou a enrolá-lo lentamente e só depois de soltar uma longa baforada é que falou.

— Meu filho, sei que sou um homem ignorante. Posso não ter muitas luzes, mas tenho alguma experiência. Acho que o senhor se excedeu nesse artigo.

Rodrigo ergueu-se da cadeira.

— Mas numa questão como esta, papai, não pode haver meias medidas e meias palavras.

— Quem está com a boa causa não precisa ofender ninguém. O seu jornal deve ser um jornal de princípios e não de ataques pessoais. Não provoque os outros sem necessidade. Critique as pessoas quando elas procederem mal. Mas deixe a vida particular do indivíduo de lado...

Uma ideia passou rápida pelo espírito de Rodrigo: o velho tem medo que, em represálias, *A Voz da Serra* mexa em sua vida privada, trazendo à luz o caso da Ismália.

— Então o senhor acha...

— Acho que deve modificar a linguagem. Não quero que digam que estamos provocando barulho. Temos o direito de escrever o que pensamos e de lutar pelas nossas ideias. Mas não devemos ofender os outros. E depois, nem todos os que vão votar no marechal é porque são patifes ou covardes. O senhor sabe disso.

— Bom, se essa é a sua opinião... — murmurou Rodrigo, com a sensação de haver recebido uma ducha fria na cabeça.

— Essa é a minha opinião. E acho que também é a sua. Pense bem.

3

Quando o pai se retirou, Rodrigo tomou da pena e cravou-a com raiva no pano do *bureau*, partindo-a. Foi até a janela, respirou com força, murmurou um par de palavrões e tornou a sentar-se. Como era possível fazer um jornal vibrante sem ataques pessoais? No entanto, sabia que o pai estava com a razão, era exatamente isso que o enfurecia.

— Laurinda! — gritou.

A mulata apareceu.

— Me traga qualquer coisa pra beber. Estou com sede.

— Pensa que não tenho mais que fazer?

— Um refresco! Minha cabeça está fervendo.

Laurinda trouxe uma limonada, que Rodrigo bebeu sofregamente, com muito ruído.

— Será que este calor não vai parar?

— Não sei, menino. Não sou Deus.

— Ai que saudade do banho na sanga!

Tirou impetuosamente a camisa, jogou-a ao chão, amassou com fúria as tiras de papel em que havia traçado o perfil do tirano, e jogou-as no cesto. Colocou uma pena nova na caneta, mergulhou-a no tinteiro e ficou pensando no que ia escrever. Por fim, bocejando, contrariado e infeliz, começou:

"A Farpa" não foi fundada para ofender quem quer que seja. Nossos objetivos são os mais elevados. De resto, como poderíamos nós censurar os que nos atacam em nossa fé política, se nós mesmos não respeitamos as convicções alheias? Este semanário pretende manter-se no nível superior do bom jornalismo e jamais descerá ao terreno mesquinho e lamacento das retaliações pessoais. Será, antes de mais nada, uma tribuna limpa e justa, sempre aberta aos que tiverem fome e sede de justiça.

— Laurinda, me traz outra limonada — gritou.

E, como não obtivesse resposta, esqueceu-se do que pedira.

Releu o que havia escrito, franziu os lábios. Uma droga. Uma redação de colegial.

Repoltreou-se, recostou a cabeça no respaldo da cadeira e ficou olhando para o teto. O suor escorria-lhe pelo torso em grossas bagas.

Quando o espanhol voltou com a primeira prova de parte do editorial, Rodrigo leu em voz alta, mas sem o menor entusiasmo, o que acabara de escrever.

— Hombre, qué sucedió? — perguntou Pepe, num sussurro teatral. — Te has achicado? Te has acobardado? Coño!

Rodrigo contou-lhe a conversa que tivera com o pai. Depois, erguendo-se brusco, agarrou as lapelas do casaco do pintor e perguntou:

— Fala com sinceridade, Pepito, será que o velho tem mesmo razão?

— Pero no se trata de tener razón, hombre, sino pasión. — Berrou: — Pasión! Hay que agitar. Sin pasión no se puede hacer nada. Si vas a escribir cositas templadas como esas, entonces para qué mantener un periódico?

— Isso, Pepe, isso mesmo. Pra que fazer um jornal se a gente não pode dizer tudo que pensa, tudo que sente, hein? É preciso sacudir esta cidade adormecida e acobardada!

Sentou-se sobre a mesa e ficou olhando pensativamente para a cesta de papéis. De súbito inclinou-se sobre ela, apanhou as tiras que amarrotara, alisou-as sobre a mesma com a palma da mão e entregou-as ao amigo:

— Compõe esta verrina. Vou desobedecer a meu pai mas obedecer à minha consciência. E seja o que Deus quiser. Amanhã, quando o jornal estiver na rua, o papai terá que se render diante do fato consumado!

Pepe olhou longa e apaixonadamente para Rodrigo.

— Bendita sea la madre que te parió, hijo mío!

Fez meia-volta e saiu da sala nos seus passos leves e curtos de toureiro.

4

Ao descer ao porão, cerca das cinco da tarde, Rodrigo verificou decepcionado que Pepe mal havia terminado a composição do editorial e do "Perfil dum tirano".

— Só uma página pronta. E o jornal tem que sair amanhã sem falta!

— Soy un ser humano, no un dínamo. No puedo hacer milagros.

Sobre uma mesinha tosca de pinho, erguiam-se numa pilha os livros que Rodrigo trouxera de sua biblioteca e nos quais marcara os trechos que deviam ser transcritos n'*A Farpa*. "Pra encher linguiça, sabes, Pepito?" Eram: uma das *Canções sem metro*, de Raul Pompeia; um poema de Guerra Junqueiro sobre a história; uma pequena fábula de Coelho Neto e versículos de *Assim falava Zaratustra*.

— E ainda temos mais isto — disse Rodrigo, mostrando as tiras que trazia.

Era um artigo doutrinário, "O verdadeiro conceito de democracia", e uma página humorística em que, sob o pseudônimo de *Fra Diavolo*, ridicularizava o Amintas e o delegado de polícia.

— Neste passo, *A Farpa* só pode aparecer depois d'amanhã. Que droga!

Inclinado sobre a caixa de tipos, sempre de boina na cabeça, Don Pepe limitou-se a encolher os ombros.

— Ah! — exclamou Rodrigo, dando uma palmada na testa. — Espere, que já volto.

Atirou os originais em cima da mesa, saiu apressado e voltou meia hora depois, trazendo pelo braço um mulato lívido, com grandes olhos brilhantes de tuberculoso.

— Don Pepe, este moço é um tipógrafo competente. Trabalhava pro Mendanha e agora vai nos ajudar.

O espanhol mal se dignou a lançar para o recém-chegado um olhar perfunctório.

— Mas doutor... — balbuciou o tipógrafo.

— Já sei. O Trindade ameaçou você. Mas não tenha medo, que não vai lhe acontecer nada. Dou-lhe a minha palavra de honra.

— Não é por mim, doutor, mas acontece que tenho mulher e filhos...

— Já lhe disse que o Titi Trindade não vai ficar sabendo de nada. Vamos, tire o casaco e comece logo a trabalhar. Estamos atrasados.

O homem continuou imóvel onde estava, os braços caídos. De repente frechou na direção da porta. Rodrigo, porém, barrou-lhe o caminho.

— Alto lá! Daqui você não sai vivo.

Tirou da cintura o revólver de cabo de madrepérola e apontou-o para o mulato, que estacou, os olhos esbugalhados fitos no cano da arma, os beiços trêmulos, o suor a pingar-lhe da testa.

— Hay que agitar.

Meu Deus, como é que posso fazer uma coisa destas — pensava Rodrigo, sentindo, com uma agudeza cada vez maior, o grotesco da situação.

Guardou o revólver, acercou-se do mulato e pousou-lhe fraternalmente a mão no ombro.

— Vamos, companheiro. Não precisamos brigar. Trabalhe só hoje... Pago-lhe duzentos mil-réis, o que você não ganhava num mês com o Mendanha!

— Não é questão de dinheiro, doutor — choramingou o outro —, é que o coronel me chamou na Intendência e me disse que se eu ficasse trabalhando com o senhor, ele...

Calou-se, engasgado. Rodrigo cresceu sobre o outro.

— Estamos num país livre, onde cada qual faz o que bem entende. E você vai trabalhar por bem ou por mal.

Sorria interiormente da incoerência entre suas palavras e seus atos, achando, porém, a coisa toda mais divertida que séria. Pegou um dos livros e meteu-o nas mãos do tipógrafo.

— Comece por aqui.

O mulato tirou o casaco, arregaçou as mangas, fungando e ainda trêmulo, e pôs-se a trabalhar.

— Hay un espacio en blanco en la primera página.

Rodrigo olhou por cima do ombro do espanhol e resolveu:

— Ponha isto dentro dum quadrado.

Rabiscou num pedaço de papel:

Dr. Rodrigo Terra Cambará. Formado pela Faculdade de Medicina de Porto Alegre. Clínica Geral. Consultório: Farmácia Popular, das 3 às 6 da tarde. Grátis aos pobres.

Pepe leu o anúncio e fez uma careta de náusea.

— La repulsiva caridad cristiana.

O tipógrafo trabalhava em silêncio, e houve um minuto em que Rodrigo e o pintor ficaram a observar o mulato, fascinados pela rapidez com que ele compunha. Seus dedos alongados moviam-se numa dança ágil e graciosa sobre os caixotins dos tipos.

Trabalharam até o escurecer.

— Tengo hambre — disse Pepe a Rodrigo, no momento em que este acendeu a lâmpada de acetilene.

— Vocês vão comer aqui. Já mandei buscar o jantar.

Quando a comida chegou, o artista pôs seu prato em cima do volume de Nietzsche e comeu ali de pé, teso e digno, ao passo que o tipógrafo, sentado num mocho, olhava com uma tristeza resignada de presidiário para seu bife.

— Não há de ser nada — murmurou Rodrigo, aproximando-se dele. — Fui obrigado a usar a violência porque se trata duma boa causa. Você então não quer que seus filhos cresçam livres e felizes numa terra de justiça e liberdade? Ou prefere que eles se criem sem espinha dorsal e passem a vida lambendo as botas do Trindade?

O mulato ergueu para ele os olhos assustados.

— Eu não me meto em política, doutor.

— Não se trata de política, homem, mas da dignidade humana.

— O que eu sei é que vou pagar caro por esta brincadeira.

— Já lhe disse que ninguém ficará sabendo que você trabalhou pra nós.

— Ora, não falta quem vá contar ao coronel...

Rodrigo fez um gesto de impaciência.

5

Às nove da noite a composição estava pronta, as páginas armadas, as provas revisadas.

— Toca a imprimir, Pepito!

Quando o primeiro número d'*A Farpa* saiu do prelo, Rodrigo trouxe-o para perto da lâmpada e começou a examiná-lo avidamente!

— Está um colosso! Vai ser um sucesso!

O espanhol, que acionava o prelo com o rosto banhado em suor e os olhos incendiados, exclamou:

— Ay, madrecita mía! Las cosas que he hecho en mi perra vida!

Tiraram-se quinhentos exemplares.

— Mandamos uns cem para os distritos — decidiu Rodrigo —, uns cinquenta para Cruz Alta, outros cinquenta para Passo Fundo e o resto distribuímos na cidade.

Mandou Bento buscar Chiru e Neco. Quando estes chegaram, alguns minutos depois, pôs-se a confabular com os amigos.

— Como é que vamos fazer a distribuição?

— O Trindade sabe que o jornal está por sair — disse Chiru — e deve andar de olho vivo. A coisa não vai ser fácil. Quem sair distribuindo *A Farpa* tem que ir armado e disposto a tudo.

— Naturalmente — replicou Rodrigo. — Mas tive uma ideia... Se sairmos a fazer a distribuição agora, aposto como pegamos a capangada do Titi dormindo...

— Hay que hacer eso a la luz meridiana — bravateou Pepe.

Rodrigo, porém, já tinha seu plano formado:

— Botamos os jornais no meu carro e saímos os quatro pelas ruas principais, metendo *A Farpa* por baixo de cada porta. — Consultou o relógio. — Faltam dez pra meia-noite. Às doze em ponto começamos... Estás armado, Chiru?

— Claro.

— E tu, Pepe?

— Mi arma es mi personalidad, son mis convicciones.

A todas essas, o mulato continuava sentado a um canto, os ombros caídos, as mãos a escudar os olhos. Ao vê-lo, Rodrigo, que o havia esquecido por completo, exclamou:

— O nosso amigo tipógrafo!

Tirou da carteira duas cédulas de cinquenta mil-réis e meteu-as no bolso do outro.

— Só vai servir pra pagar o meu enterro, doutor. Sou um homem morto.

— Morto qual nada! De agora em diante você vai ficar sob a minha proteção. Não se mexa daí... Não! O melhor é ir pra cima. Vamos!

Tomou o braço do mulato e puxou-o consigo, rumo dos fundos da casa. Andava no ar um cheiro familiar de pão quente, que Rodrigo aspirou com delícia. Trepou na cerca que separava o Sobrado da padaria.

— Ó Chico!

O padeiro apareceu.

— Sô Rodrigo, então, que é que há de novo?

— Me dá dois pães bem quentinhos.

Chico Pão afastou-se num marche-marche solícito, entrou em casa e voltou pouco depois com quatro pães embrulhados em papel pardo.

— Quanto é, Chico?

— Ora, havia de ter graça...

Rodrigo tirou do bolso um exemplar d'*A Farpa* e deu-o ao vizinho:

— Pois te pago com o primeiro número do meu jornal. Também quentinho do forno. Vais ser o primeiro a ler o grande órgão. Boa noite!

Saltou para o chão, tornou a segurar o braço do tipógrafo e arrastou-o até a cozinha. Bateu à porta do quarto de Laurinda e acordou-a, gritando:

— Vem me fazer um café!

A mulata apareceu, estremunhada. "Este corno malcriado sem-vergonha, tirando a gente da cama a esta hora", e caminhou às tontas para o fogão.

— Paciência, Laurinda. É pro bem da pátria e da humanidade. — Deu-lhe uma palmada cordial nas nádegas. — Vem fazer um café pro nosso amigo Gutenberg.

Sorriu, apontando para o tipógrafo.

— Meu nome é Camilo.

— Um café bem quentinho, Laurinda.

Desfez o embrulho, cortou um pão pelo meio, barrou uma das metades de manteiga e comeu-a sofregamente.

— Não deixe o Camilo sair enquanto eu não voltar.

Laurinda respondeu-lhe com um bocejo.

À frente do Sobrado, Rodrigo reuniu-se aos companheiros, que já tinham subido para o carro com a pilha de jornais.

— Toca, Bento. Devagar. Vamos começar pela casa do Alvarino Amaral. Chiru, tu vais pela direita. E tu, Pepito, pela esquerda. Não gastem pólvora em chimango. O Pitombo, por exemplo, não merece receber o nosso órgão. Neco, tu ficas comigo.

A distribuição foi feita em pouco mais de meia hora, sem o menor incidente, e Rodrigo teve o cuidado de fazer que todos os figurões da terra recebessem um exemplar d'*A Farpa*.

Ao voltar ao Sobrado, entregou o tipógrafo aos cuidados de Chiru, Pepe e Neco:

— Levem agora o nosso amigo pra casa. E vocês também podem ir. Amanhã nos encontraremos na farmácia às oito. Está combinado?

Esfregou as mãos, radiante:

— A coisa toda correu melhor do que eu esperava!

6

Entrou no Sobrado trauteando uma valsa. No patamar da escada, no andar superior, apareceu-lhe o vulto de Maria Valéria, com uma vela acesa na mão.

— Seu pai perguntou onde você tinha ido.

— Andamos distribuindo o jornal pela cidade, Dinda.

— Você anda mas é procurando sarna pra se coçar.

Como única resposta Rodrigo sorriu, aproximando-se da tia, e beijou-lhe a testa. Depois entrou no quarto, riscou um fósforo, acendeu o lampião sobre a mesinha de cabeceira, escancarou as janelas que davam para a rua, despiu-se por completo e atirou-se na cama. Estava cansado e feliz. Entregou-se à recordação das coisas que fizera nas últimas vinte e quatro horas...

Desobedeci a meu próprio pai, lancei uma colossal provocação ao situacionismo; mexi, enfim, num ninho de marimbondos... Estamos em minoria absoluta. Eles podem assaltar o Sobrado e massacrar seus moradores. Podem mandar seus beleguins atacar-me numa esquina à noite. E no município inteiro não haverá quem ouse protestar contra essas violências, pois quem erguer a voz será também esmagado. O próprio cel. Jairo, com todos os seus protestos de amizade, dirá que como militar tem que ficar neutro na questão...

Tudo isso, longe de deixar Rodrigo amedrontado, dava-lhe uma alegria nervosa que lhe roubava o sono, tornando-lhe difícil o ficar deitado, apesar da canseira que lhe moía o corpo. Desejava com ansiedade a vinda do novo dia, a fim de poder tomar o pulso da cidade, auscultar aquele coração débil, meio morto, que, com toda a certeza, ia começar a pulsar furiosamente depois que seus habitantes lessem *A Farpa*. Que batesse de susto, de alegria, ou surpresa, mas que pulsasse, isso era o essencial, que mandasse, através de suas veias e artérias, um sangue vivo, quente, turbulento, capaz de desentorpecer-lhe os membros...

Rodrigo respirou fundo, passou as mãos cariciosamente pelo tórax inflado e depois pelos músculos do braço. Era bom viver, e a melhor maneira de provar a si mesmo e aos outros que estava vivo era amando e lutando. Imaginou o que Flora ia sentir quando lesse *A Farpa*. Santo Deus! Acho que nestas últimas doze horas não pensei uma única vez na minha querida...

Veio-lhe à mente a presença do tipógrafo com tanta nitidez, que teve a impressão de sentir-lhe até o cheiro. Como foi que tive a coragem de ameaçar com o revólver aquele pobre-diabo? As coisas que a gente faz num impulso, sem pensar! Isso prova que ainda não me conheço direito...

Apagou a luz.

Il faut cultiver notre jardin. Oui, M. Voltaire, mas que devo fazer se uma cobra venenosa entra no meu jardim? Segurar a jararaca candidamente, *mon cher Candide*, e beijar-lhe a boca? Não. *Écraser l'infâme*, isso sim, pau na cabeça dela. O Titi Trindade é a jararaca do meu jardim. E, no fim de contas, prezados leitores d'*A Farpa*, é necessário que os bons sejam também fortes e tenham coragem de ser violentos e até cruéis quando essa violência e essa crueldade forem necessárias para o bem-estar da comunidade!

Ouviu o relógio grande da sala de jantar bater uma hora, uma e meia, duas... Revolvia-se na cama, irritado por não poder conciliar o sono. Pôs-se de pé num pulo, andou um pouco às cegas pelo quarto escuro, pensando vagamente em tomar um soporífero. Depois atirou-se na cama de bruços, agarrando o travesseiro com ambas as mãos, e ficou nessa posição até adormecer.

Capítulo XI

1

Acordou às dez da manhã seguinte e, ao descer para o café, verificou com certo alívio que o pai já havia saído.

Foi até a farmácia e encontrou o prático debruçado sobre o balcão, tomando um mate.

— Bom dia, Gabriel.

O empregado perfilou-se, meio desconcertado, sem saber o que fazer com a cuia.

— Bom dia, doutor.

Rodrigo bateu-lhe afetuosamente no ombro.

— Bom proveito. Também aceito um chimarrão.

Gabriel Luigi sorriu. Era um rapaz de vinte anos, alto e espigado, de cabelos crespos e castanhos. Tinha uma fisionomia plácida e algo de fraternalmente aliciante nos olhos cor de mel queimado. Filho de colonos italianos de Garibaldina, deixara a casa paterna aos quinze anos para tentar a vida em Santa Fé. O Freitas, tomado de simpatia pelo menino, transformara-o num excelente prático de farmácia.

Rodrigo entrou no consultório, que ainda cheirava a tinta fresca, sentou-se à mesa, segurou com ambas as mãos o corta-papel de marfim lavrado e passeou o olhar em torno. Lá estavam, nas prateleiras do armário, os tratados de medicina com suas lombadas severas. Contra a parede, sob a janela que dava para a rua, havia um divã coberto de oleado preto. A um canto branquejava a mesa de operações, com um balde de metal ao lado. Num pequeno armário todo de vidro, reluziam, frios e assépticos, os instrumentos cirúrgicos.

Rodrigo olhava para todas essas coisas com uma certa perplexidade, como se não soubesse por que ou para que estavam ali. Folheou um bloco de papéis de receita que tinham seu nome no cabeçalho, e sorriu. Sim, era médico e pretendia levar a sério a profissão, cumprir à risca o voto de Esculápio. Mas o que o interessava no momento — empurrando a medicina para um plano inferior — era sua luta contra o Trindade.

Pôs-se a tamborilar na mesa com a ponta do corta-papel. Estava ansioso por saber da reação da cidade ao primeiro número d'*A Farpa*. Mas por onde andará essa gente que não aparece?

O prático entrou com a cuia e entregou-a a Rodrigo.

— Então, Gabriel, que é que há de novo?

— Nada que eu saiba, doutor.

Rodrigo deu um chupão na bomba.

— Não ouviu falar nada sobre o jornal?

— Que jornal?

Os olhos do farmacêutico eram límpidos e puros como os duma criança. Rodrigo sorriu para disfarçar seu desapontamento.

— O Chiru não apareceu ainda?

— Não senhor.

Devolveu a cuia ao prático, ergueu-se e foi até a porta da farmácia. Naquele instante, o Cuca Lopes chegava.

— Menino — despejou ele, logo ao entrar, atirando-se numa cadeira. — O Trindade está fulo de raiva.

Os olhos de Rodrigo brilharam.

— Então o touro já sentiu a farpa no lombo?

— Diz-que está lá na Intendência, caminhando dum lado pra outro, botando a boca no mundo.

— Quem foi que te contou?

— Um primo meu que é oficial de justiça. — Cuca fez uma pausa, passou o lenço encardido pela testa, olhou firme para Rodrigo e murmurou: — Mas tu é um bicho, hein? É preciso ter caracu pra fazer o que fizeste.

— Tragam um mate pro Cuca!

Poucos minutos depois apareceu o Chiru, também esbaforido, com quase um palmo de lenço encarnado a pender-lhe do bolso superior do casaco.

— Foi uma bomba! Pior que o cometa. O Amintas, vi ele ind'agorinha, chega a estar verde de raiva.

Contou detalhes. O delegado de polícia ameaçava céus e terra: ia mandar empastelar a redação d'*A Farpa*, dar uma sova em Pepe García, chamar o diretor do jornal à responsabilidade...

— Eles que venham! — exclamou Rodrigo, batendo no cabo do revólver que trazia à cintura.

A cuia andou a roda. Cuca estava tão excitado, que não podia parar no mesmo lugar. Rodopiava como uma piorra, cheirava a ponta dos dedos e de instante a instante exclamava:

— Este nosso Rodrigo é mesmo um bicharedo!

Chiru lançou-lhe um olhar enviesado e rosnou:

— Cala a boca, Cuca. Quem te vê pensa que és nosso amigo. Todo o mundo sabe que não passas dum xereta safado, um leva e traz que acende uma vela a Deus e outra ao diabo!

Cuca Lopes recuou três passos, num movimento rítmico que foi quase uma figura de balé.

— Eu, Chiru!? — gritou, espalmando as mãos sobre o peito. — Que injustiça! Sou amigo do Rodrigo até debaixo d'água, não é, Rodrigo? Sempre fui, sempre serei.

— Te conheço bem das casas velhas... — replicou Chiru.

— Vamos, rapazes — apaziguou-os o dono da farmácia. — Nada de briguinhas! Precisamos estar unidos pra enfrentar a canalha.

Cuca recostou-se no balcão, vexado.

— Esse Chiru sempre foi um ingrato. Não é de hoje...

— Toma mais um mate, Cuca — convidou Rodrigo. — O Chiru está brincando.

— Não, muitas gracias. Preciso ir andando. Até logo, Rodrigo, conta sempre comigo.

Saiu para o sol. O fundilho de suas calças de brim pardo reluzia. Em duas largas passadas, Chiru aproximou-se da porta e bradou:

— Vai agora beber água na orelha do Titi, sem-vergonha!

Cuca voltou a cabeça, pôs a língua para fora e depois continuou a andar, rua do Comércio abaixo.

Don Pepe apareceu por volta das onze. Os outros o miraram interrogadoramente.

— Então? Que é que se conta por aí?

O pintor sentou-se, tirou a boina e passou os dedos por entre as melenas.

— Estoy muy fatigado.

— Mas não ouviste comentar nada, homem? — indagou Chiru. — É impossível!

— He oído dos o tres comentarios.

— Favoráveis? Desfavoráveis? Desembucha!

— Ay que ver primero quién los hace...

— Deixa de conversa e conta logo tudo.

Pepe ergueu os olhos.

— Por ejemplo, hablé com tu papá...

Rodrigo aproximou-se, curioso.

— Ele já leu?

— Creo que sí.

— Homem de Deus, que foi que ele disse?

— Nada. Cerrado como una tumba.

— Ora! Está claro que o papai não gostou do tom do jornal. Mas agora é tarde pra voltar atrás. — Sorriu. — Parece mentira, mas o primeiro que vou enfrentar por causa d'*A Farpa* não vai ser o Trindade nem o Amintas nem o Madruga, mas sim o meu próprio pai...

— No te achiques, hijo.

2

À hora do almoço, Rodrigo foi o último a sentar à mesa. Aproximou-se de Licurgo e beijou-lhe a mão.

— A bênção, papai.

O velho não disse o costumeiro "Deus te abençoe, meu filho". Apenas pigarreou e ficou a olhar para o prato, Rodrigo beijou a testa da madrinha e sentou-se em silêncio. Maria Valéria começou a servir. Durante dez minutos nenhum outro ruído se ouviu na sala de jantar além do tique-taque do relógio de pêndulo, das batidas dos talheres nos pratos e de um que outro pigarro seco de Licurgo.

Até quando ele vai ficar assim? — perguntou Rodrigo a si mesmo.

O velho, porém, não tardou a falar.

— Li o seu jornal.

Rodrigo depôs o garfo sobre o prato, encarou o pai, esperando que ele continuasse. Licurgo passou o guardanapo pelos lábios:

— O senhor, então, não quis seguir o meu conselho...

— Sei que não procedi direito. Mas meu desejo de luta era tão grande, que me deixei levar por um impulso...

— Pois fez muito mal, e agora tem que aguentar as consequências.

— Nunca pretendi fugir à responsabilidade!

— O Trindade pode processar o senhor por crime de calúnia.

— Mas não se trata de nenhuma calúnia. Tudo o que escrevi sobre ele é verdade.

— O senhor tem provas?

— São coisas que todo o mundo sabe.

— Mas na hora de depor perante os tribunais, não aparece ninguém, todos se acobardam.

— Todos menos eu.

De olhos postos no prato, Maria Valéria comia no mais absoluto silêncio. Não olhava para o pai nem para o filho: era como se estivesse sozinha à mesa.

Houve uma nova pausa, prolongada e tensa.

Rodrigo amassava com o garfo uma batata, pensando no que devia dizer. Sentia-se infeliz. Era-lhe insuportável a ideia de que o velho pudesse estar zangado com ele.

— E agora, que é que o senhor acha que devo fazer? — perguntou com buscada humildade.

Sem fitar o filho, Licurgo respondeu:

— Continuar com o jornal pra não dizerem que o senhor se acobardou. E não andar mais por aí de noite sozinho. O Trindade é capaz de tudo. Um homem precisa ter coragem, mas não deve ser temerário. Ande sempre armado, mas, por amor de Deus — acrescentou, alteando subitamente a voz e batendo com o punho cerrado na mesa —, não provoque os outros sem necessidade!

Afastou o prato num gesto brusco.

— Se um filho meu fosse um cobarde, claro que eu ficava envergonhado. Mas não pense que estou contente por ter um filho desordeiro!

Rodrigo ficou vermelho. Quis continuar a comer mas não pôde. O alimento como que se lhe trancava na garganta, descia-lhe a custo pelo esôfago, caindo--lhe no estômago quase como um peso de pedra.

— O senhor sabe que não sou nenhum desordeiro.

— Não é, mas se portou como se fosse.

Entrou a negra Paula com uma travessa de arroz com galinha.

— Não quero mais nada — disse Licurgo.

— Eu também não.

— Leve esse prato pra cozinha.

A preta obedeceu.

Que me resta fazer? — refletia Rodrigo. Imaginou uma solução dramática. "Pois bem, papai. Acho que sou demais nesta casa. Não quero que o senhor, o Bio e a madrinha venham a sofrer as consequências dos meus atos. Vou fazer uma declaração pública dizendo que eu, só eu sou responsável pelo que *A Farpa* publicou. Adeus, papai. Adeus, Dinda." Viu mentalmente a cena. Ergueu-se da mesa, subiu ao quarto, arrumou as malas, deixou o Sobrado e mudou-se para o Hotel dos Viajantes. Dias depois, apareceu-lhe o Bio. "Que história é essa, homem? O velho anda triste, não come, não dorme, só fala em ti. Volta pra casa. Ele mandou pedir desculpas pelo que te disse. Vem, não sejas bobo." "Não, mano, é ainda muito cedo, a minha ferida ainda está sangrando. Deixa o velho sofrer um pouco."

— Papai — exclamou, com voz quebrada pela emoção —, sei que fiz mal em não seguir o seu conselho. Mas, por favor, me diga agora francamente o que é que devo fazer. Não quero que ninguém sofra por causa de meu... de minha...

Calou-se. O velho começou a palitar os dentes e seu rosto refletia uma tristeza preguiçosa e oblíqua de caboclo.

— O senhor sabe o que aconteceu pr'aquele moço que le ajudou a fazer o jornal?

Rodrigo teve um sobressalto:

— O tipógrafo? Não.

— Foi esbordoado hoje de manhã por dois policiais. Ficou atirado no barro, numa rua do Purgatório.

— Não me disseram nada! Quem foi que lhe contou?

— Ninguém me contou. Eu ia passando a cavalo e vi o homem caído. Eu mesmo levei ele pra casa...

Rodrigo respirava com dificuldade, a indignação a encher-lhe sufocadoramente o peito. Ergueu-se.

— Aonde vai?

— Preciso ir ver esse pobre homem.

— O doutor Matias já fez os curativos nele.

230

— Mas eu não posso deixar de ir vê-lo.

— Se eu fosse o senhor, nem entrava naquela casa. O homem me disse que foi obrigado a trabalhar contra a vontade. Contou até que o senhor ameaçou ele com um revólver... É verdade?

— É.

Maria Valéria olhou vivamente para o sobrinho. Rodrigo sentia-se aniquilado. Sentou-se e por alguns segundos permaneceu calado, de olhos baixos. Depois perguntou:

— Os ferimentos são graves?

— Talvez não sejam coisas de matar, mas leves não são. O senhor sabe como é que a polícia age.

Rodrigo amarfanhava o guardanapo na mão crispada. Pensava na cara pálida e assustada do tipógrafo, lembrava-se da desagradável impressão de fragilidade que tivera ao segurar-lhe o braço magro... Miseráveis! Covardes! Surrarem um pobre homem fraco e doente...

Licurgo pigarreou.

— Não vai comer mais nada, menino? — perguntou Maria Valéria.

Rodrigo sacudiu negativamente a cabeça. Levantou-se e deixou a sala em passo acelerado.

3

Subiu para a água-furtada. Escancarou a janela, sentou no peitoril e ficou a olhar distraidamente para as copas do arvoredo da praça. Mundo absurdo! Um homem bem-intencionado ergue-se corajosamente para lutar contra o erro, a violência e a injustiça e no processo mesmo dessa luta fere inadvertidamente um inocente...

Tentou fumar. O cigarro, porém, lhe soube mal. Jogou-o fora, irritado. Pôs-se a assobiar algo sem melodia. Olhou a lombada dos livros, apanhou um velho volume e abriu-o ao acaso. Poemas de Heine em alemão. Na margem superior duma das primeiras páginas, estava escrito um nome em tinta desbotada: *Gertrude Weil*. Quem seria? Mas que importa? Quem sou eu? Que sou eu? Apenas um vaidoso, um feixe de apetites e contradições? Um homem decente? Um farsante? Que devo fazer? Voltar atrás ou continuar lutando? Claro que vou continuar! O tipógrafo tuberculoso não será a última vítima desses bandidos. (Vou mandar à casa dele um envelope com duzentos mil-réis dentro.) Outras cabeças rolarão... Talvez a minha. *Andrea Chénier* ao pé da guilhotina...

Olhou para a campânula do velho fonógrafo. Precisava ouvir um pouco de música. Algo de forte, para reanimá-lo. Tamagno numa das árias de *Andrea Chénier*. Caruso na *Celeste Aida*...

Tirou o casaco, fechou a porta, apanhou um livro ao acaso e estendeu-se no catre. O melhor mesmo é dormir, deixar que as águas agitadas serenem e toda a sujeira caia no fundo. Lembrou-se duma peça de Ibsen que lera havia pouco: *O inimigo do povo*. O doutor Stockmann estava com a verdade, por isso não trepidara em ficar sozinho contra o resto da população de sua cidade. Se fosse necessário ele, Rodrigo Cambará, ficaria sozinho contra toda Santa Fé. Inclusive contra meu pai — murmurou, sentindo ainda o travo amargo de seu ressentimento para com o velho. Leu uma página inteira sem compreender nada. Os olhos seguiam as palavras, mas a atenção estava nos pensamentos e estes corriam num tumulto.

Com o livro pousado sobre o peito, Rodrigo modorrava, olhando fixamente para um desenho que a umidade traçara na parede e que lhe lembrava a representação dum rio num mapa. O rio Amazonas — dizia d. Malvina — é o rio mais caudaloso do mundo velho sem porteira — exclamou Liroca. A ordem dos fatores não altera o produto — insistia a mestra, riscando algarismos e figuras geométricas no quadro-negro. A hipotenusa e o cateto... o catete era um bicho... Não irás ao Catete, marechal... Escreverei um artigo de fundo no próximo número provando por $a + b$ que a hipotenusa não irá ao cateto...

Dormiu um sono profundo. Acordou duas horas mais tarde, banhado em suor. Deixou o catre, aturdido, caminhou às tontas ao redor da água-furtada e, por alguns segundos, não atinou com a razão por que estava ali. De repente lhe veio à mente a lembrança desagradável do seu diálogo com o pai à hora do almoço. Que bom se tudo tivesse sido um sonho!

4

Por volta das cinco da tarde, Rodrigo foi chamado ao escritório, onde encontrou o pai em companhia de Joca Prates e Pedro Teixeira. Cumprimentou estes últimos com certa reserva, pois num relance compreendeu que — republicanos e íntimos de Titi Trindade — ali estavam em cumprimento duma missão política. De resto, a cara sombria do velho era um indício de que algo desagradável se estava passando.

— Sente-se.

— Estou bem de pé, papai.

Licurgo procurou resumir a situação. O cel. Prates e o cel. Teixeira tinham vindo em nome do intendente...

— Não senhor — explicou Joca Prates. — Nós não viemos propriamente em nome do coronel Trindade. Viemos em nosso nome...

— Pois é — interrompeu-o Licurgo, impaciente, olhando para o filho. — O que sei é que querem que o senhor pare com seus ataques à situação.

Pela maneira como o pai resumira o caso, Rodrigo sentiu que ele repudiava aquela tentativa de conciliação.

— Isto é... — disse Joca Prates, brincando com a corrente do relógio — nós somos amigos do Curgo e do senhor, doutor Rodrigo, não queremos que esse negócio continue assim, porque pode acabar mal...

Rodrigo sorriu.

— E o que é que o senhor chama de "acabar mal?"

— Ora, acabar em briga, em vias de fato, não é, coronel?

Joca Prates voltou os olhos para o companheiro, que sacudiu lentamente a cabeça.

Houve uma curta pausa. Licurgo olhava fixamente para o retrato de Júlio de Castilhos. Rodrigo continuava de pé, a encarar com firmeza Joca Prates, que se remexeu na cadeira.

— O coronel Trindade até não queria que nós viéssemos aqui. Os senhores sabem, ele é um homem violento. Mas eu insisti. Ora, que diabo, pensei, no final de contas o Curgo também é republicano... não custa falar... pois é... às vezes falando a gente arranja as coisas, não é coronel?

Com as mãos trançadas sobre o ventre, os olhos pesados como se ainda não tivessem espantado o torpor da sesta, Pedro Teixeira tornou a sacudir a cabeça, num sonolento acordo.

— Devo esclarecer aos senhores que meu pai nada tem a ver com o que escrevi n'*A Farpa*. A responsabilidade total é minha, só minha. Papai até reprovou a linguagem que usei...

Licurgo interveio:

— Não reprovei coisa nenhuma! O que o senhor fez está muito bem-feito e agora não voltamos atrás.

Fitou um olhar duro nos visitantes e acrescentou:

— Podem dizer isso a quem interessar.

— É o diabo — murmurou Joca Prates. — Nós queríamos evitar que essa história azedasse. Sei como são essas coisas. Pode dar em droga...

— Pode até correr sangue — reforçou Pedro Teixeira.

Rodrigo sorriu.

— Sangue? Há muito tempo que corre sangue impunemente neste município, cavalheiros. Se os senhores têm boa memória, devem estar lembrados do que aconteceu ao Tito Chaves. O sangue desse moço empapou o barro da rua Voluntários da Pátria. Ninguém me contou: eu vi. Inda hoje de manhã os beleguins do Trindade quase mataram a espadaços um pobre tipógrafo que teve a audácia de me ajudar a compor o jornal. E é para o povo ficar sabendo dessas barbaridades e de muitas outras que eu fundei *A Farpa* e hei de mantê-la até o dia em que nossa gente crie vergonha e ponha o Titi para fora da Intendência a toque de caixa!

Estava vermelho, excitado, com vontade de levar longe, muito longe, aquele destampatório. O pai, porém, cortou-lhe a palavra com um gesto. Os dois visitantes consultaram-se com o olhar. Joca Prates cuspiu na escarradeira, limpou os lábios com o lenço e murmurou:

— É o diabo...

Fez-se um silêncio de constrangimento.

— Com boa vontade tudo pode se arranjar — tentou ainda o pai de Ritinha.

Licurgo estava sentado numa posição rígida, as mãos a segurar com força as guardas da cadeira. Seu rosto era a máscara mesma da obstinação.

— No sábado vai aparecer *A Voz da Serra* — contou Joca Prates. — E eles vão le atacar forte, Curgo.

— Que ataquem!

— E ao senhor também, doutor.

— Não estou esperando outra coisa.

— Mas é que a gente podia dar um jeito... Somos todos republicanos. Essas brigas de família só trazem vantagens pros maragatos.

— Agora é tarde demais — disse Licurgo.

Os visitantes levantaram-se pesadamente, com a relutância de quem ainda não considera dita a última palavra.

— Bom, se a coisa é assim, nós vamos embora, não é compadre?

Licurgo acompanhou-os até a porta.

— Quero que vassuncê compreenda, Curgo — começou Joca Prates, quando já estava no vestíbulo.

— Eu compreendo muito bem, Joca. Mas não tem jeito.

Com certa impaciência foi empurrando o outro na direção da escada. Pedro Teixeira já estava na calçada e começava a fazer um crioulo.

— Vassuncê é um homem impossível — murmurou Joca Prates, sacudindo lentamente a cabeça. No meio da escada voltou-se ainda:

— Se o doutor Júlio de Castilhos estivesse vivo, nada disso acontecia.

As palavras que Licurgo Cambará disse a seguir não foram propriamente articuladas: foram escarradas para baixo, com raiva surda:

— Se o doutor Júlio de Castilhos estivesse vivo, esse sacripanta do Trindade não estava na Intendência. Estava mas era na cadeia!

5

Rodrigo tomou um banho rápido, meteu-se numa roupa de linho branco, levou um bom tempo diante do espelho a dar o nó na gravata e depois, assobiando a ária do Conde Danilo, d'*A viúva alegre*, embebeu o lenço em perfume e ajeitou-o no bolso superior do paletó. Estava de novo alegre, a cabeça leve, o peito desoprimido. As palavras do pai soavam-lhe alvissareiramente na memória. *Não reprovei coisa nenhuma. O que o senhor fez está muito bem-feito.* Isso significa que ele fez as pazes comigo, que estou perdoado. Papai é um homem imprevisível. À hora do almoço me chama de desordeiro: agora me apoia em toda a linha... Seja como for, é melhor assim. Fico sem remorsos.

— Aonde vai a esta hora? — perguntou Maria Valéria.

— Dar uma volta. Estou ansioso por saber qual foi a reação da cidade ao primeiro número d'*A Farpa*.

Ela mirou o afilhado de alto a baixo.

— Não sei de quem foi que você herdou essa faceirice.

— Não herdei de ninguém. É minha mesmo. Até logo.

Desceu os degraus, lépido. Na calçada parou, olhou na direção da Intendência e sorriu. O sobrado e o paço municipal estavam frente a frente, pareciam medir-se de longe como duas cidadelas adversas.

Entrou na Estrela-d'Alva, abraçou Chico Pão, perguntou-lhe se tinha gostado d'*A Farpa* e, antes que o homem tivesse tempo de gaguejar seus elogios, saiu por outra porta, entrando em seguida em sua farmácia. Ludovico, o aprendiz, estava recostado no balcão, lendo o *Almanaque de Ayer*. Ergueu os olhos assustados e Rodrigo então descobriu com que bicho o rapaz se parecia.

— Como vais, ratão-do-banhado?

Ludovico sorriu, encafifado. Temendo que ele não tivesse gostado da brincadeira, Rodrigo tirou do bolso um patacão, gritou: — Toma! — e atirou a moeda para o guri, que a apanhou no ar.

— Como vai o movimento, Gabriel?

O prático, metido num guarda-pó branco muito asseado, respondeu:

— A féria de hoje vai ser boa, doutor.

Rodrigo olhou em torno e viu alguns claros nas prateleiras.

— Precisamos ver as nossas faltas.

— Por falar nisso, chegou ontem um viajante da Drogaria Inglesa.

— Pois quando o homem aparecer, faz os pedidos. Tu entendes disso melhor que eu.

Leu no rosto do outro a satisfação que essas palavras lhe causavam.

— Precisamos criar aqui uma seção de perfumaria. Olha, Gabriel, vai hoje ou amanhã lá no Pitombo e encomenda um balcão novo, com frente de vidro, assim como uma vitrina, compreendes? É pra botar os perfumes. Mas quem vai fazer os pedidos sou eu. Em matéria de perfumaria sou doutor.

Abriu a caixa, tirou dela um chumaço de cédulas e, sem contá-las, meteu-as no bolso.

— Sabes duma coisa, Gabriel? Vou mandar buscar de Porto Alegre uma caixa registradora.

Percebeu que o prático não sabia de que se tratava.

— Nunca viste? É uma máquina pra guardar dinheiro. Aperta-se nuns botões pra marcar a importância da venda, depois se torce uma manivela e a gaveta se abre automaticamente.

— Veja só...

— Nossa farmácia vai ser a primeira casa comercial de Santa Fé a ter uma registradora. Estamos no século XX, Gabriel. O século do progresso!

O prático escutava-o, com uma luz de afeição quase filial a animar-lhe os olhos pueris.

— Bom. Se alguém perguntar por mim, diz que fui até o Schnitzler.

Ganhou a calçada e começou a descer a rua.

À primeira esquina encontrou o Liroca, que o envolveu num abraço.

— Li o teu jornal, Rodrigo — disse ele, grave e afetuoso. — Está bom, muito bom, especial! Teus escritos até me lembraram os do conselheiro Gaspar Martins. É bem como dizia o finado meu pai: "A quem Deus promete não falta".

— Ó Liroca, não me podias fazer elogio maior!

O narigão de José Lírio reluzia, pontilhado de cravos.

— Agora tu precisas te cuidar muito — segredou, com ar de conspirador. — Essa gente é capaz de tudo.

Rodrigo ia continuar seu caminho, mas o outro segurou-lhe o braço.

— Não quero ser importuno, mas quando é que me arranjas aquele negócio?

— Que negócio?

— A minha volta ao Sobrado.

— Já está quase arranjado — mentiu. — Não te aflijas. É questão de dias...

As feições de Liroca, de ordinário fixas numa expressão de rabugice, adoçaram-se.

— Deus te pague!

E, enquanto Rodrigo se afastava, já completamente esquecido dele, José Lírio ficou a resmungar elogios ao amigo, ali parado à esquina, com o lenço encarnado a esvoaçar à brisa da tarde.

À frente da Confeitaria Schnitzler, Rodrigo encontrou o ten. Rubim Veloso, de braços abertos. Estava à paisana, os lábios arregaçados num sorriso que lhe descobria toda a dentuça.

— Ah! O homem do dia. Venha de lá um abraço!

Rodrigo estava surpreendido ante aquela inesperada cordialidade. Depois do baile de 31 de dezembro encontrara o ten. Rubim uma única vez e recebera dele um cumprimento seco.

— Sabe que li seu jornal. Está esplêndido!

— Pensei que, como partidário do marechal...

O outro atalhou-o:

— Não se trata do marechal Hermes nem do senador Rui Barbosa. O que vejo n'*A Farpa* é, antes de tudo, a voz dum homem que ergue a luva do desafio e faz isso com inteligência, coragem e altivez. Sim senhor, meus parabéns!

6

Entraram na confeitaria, sentaram-se a uma mesa. A dentuça do tenente continuava exposta.

— O mundo é dos fortes, da águia e não do cordeiro. Mas vamos tomar alguma coisa!

Marta Schnitzler aproximou-se. Estava vestida de branco e seus cabelos recendiam a macela. Rodrigo aspirou o perfume da alemãzinha e teve o desejo de enlaçar-lhe a cintura, sentá-la sobre os joelhos, beijar-lhe a boca, manipular-lhe os seios. Pediram cervejas.

— Há homens que se exprimem através da arte — disse Rubim, tirando o pincenê, bafejando as lentes e limpando-as com o lenço.

À paisana, seu todo de boneco desengonçado ficava ainda mais acentuado.

— Um quadro — continuou o oficial —, uma escultura, uma sinfonia... Mas há outros que se exprimem na luta, na ação. Um ato de coragem e hombridade vale tanto quanto a *Odisseia* de Homero, o *Davi* de Miguel Ângelo ou a *Patética* de Beethoven. César, Napoleão, Bismarck são artistas a seu modo. O clã do cordeiro objetará que, para eles atingirem a glória, será necessário morrer muita gente. Mas que importa a morte de alguns milhares ou milhões de seres humanos num mundo que está cada vez mais atravancado? Qual é o destino das massas senão trabalhar e morrer a fim de permitir a floração dos super-homens? A Revolução Francesa com toda a sua sangueira está plenamente justificada por ter tornado possível Napoleão Bonaparte. Napoleão está completamente redimido de qualquer pecado por ter tornado possível o nacionalismo. E não é só isso. Os maiores acontecimentos do século XIX devem-se a Napoleão!

Marta trouxe as cervejas.

— À sua saúde, doutor Rodrigo!

— Não me chame de doutor, senão serei obrigado a chamar você de tenente.

— Seja! À sua saúde, Rodrigo!

Rubim bebeu com gosto e lambeu a espuma que lhe ficara nos lábios.

— Agora vou lhe fazer uma confissão... — disse. — Na noite em que nos conhecemos lá no clube, não gostei de sua cara...

— Ah... sim? Mas por quê?

A Rodrigo era difícil acreditar que alguém pudesse não gostar dele.

— Ora, pareceu-me um desses muitos moços bonitos, *enfants gâtés*, filhinhos de papai que se adornam dum diploma e vêm parasitar à sombra das tradições da família...

Rodrigo escutava, sorrindo, enquanto com a ponta da unha do indicador raspava o rótulo úmido da garrafa.

— E eis que de repente surge *A Farpa*. Agora estou ansioso por ver a réplica. Calculo que o revide seja mais feroz que o ataque.

— Eu também. *A Voz* vai aparecer sábado.

— Depois vou esperar ansioso a sua tréplica.

— E como acha que vai terminar tudo isso?

— À bala! — exclamou Rubim, desatando numa gargalhada assustadora que fez avançar o limpa-trilhos da dentadura, crescer as bochechas, dando-lhe ao rosto um ar entre imbecil e simpático de boneco de ventríloquo.

O acesso de riso convulsivo durou alguns segundos.

— Não sabe se o coronel Jairo leu o meu jornal?

Rubim tornou a encher o copo.

— Leu.

— Que foi que achou?

— Ora, você sabe, o coronel não é bem deste mundo. É um homem culto, de coração puro. Vive nas esferas positivistas com aquela tolice da religião da humanidade, a acreditar em coisas que não existem nem podem existir. Não tem os pés bem plantados na terra. Pois o homem leu o jornal, olhou para mim, mordeu os bigodes e disse: "Esse rapaz tem mesmo fibra e talento. Mas o ataque me parece um tanto forte...".

— Um tanto?

Rubim desatou nova gargalhada. Rodrigo mirava-o, fascinado por aquela fealdade paradoxalmente sedutora.

— Devo fazer uma restrição. Não. Muitas restrições. O que admiro em você é o espírito combativo, a coragem de se rebelar contra a situação, estando, como está, numa minoria, não direi esmagadora, mas, com mais precisão, esmagável. Mas não concordo com certos termos de seu editorial. Refiro-me àquela história de *opressor* e *oprimido*, et cetera. O homem fraco não merece viver. Não vale a pena quebrar lança por ele.

Rodrigo sorria. Não estava disposto a discutir. A admiração do tenente pela sua coragem bastava-lhe. No momento nem chegava a desejar que o outro estivesse de acordo com todas as suas ideias.

— Bem, enfim cada qual pensa a seu modo...

— Você mesmo no fundo concordará comigo. Há de chegar a hora em que o que vale mesmo é a ação, a violência e não essa conversa fiada sobre direitos, justiça e não sei mais o quê.

Em pensamento Rodrigo viu-se de revólver em punho a intimidar o tipógrafo.

— Não creio...

No balcão onde estava embrulhando uma cuca, Júlio Schnitzler fez-lhe um sinal amistoso. Rodrigo notou com satisfação que Marta o namorava, postada à porta que dava para a cozinha, de onde vinha um agradável cheiro de molho de manteiga.

Rubim baixou a voz, olhou o interlocutor bem nos olhos e disse:

— Vou lhe fazer outra confissão, e esta a maior de todas. Quer saber qual é a paixão dominante da minha vida? A política.

— Engraçado... Pensei que fosse a carreira das armas.

— Também é. Não vê que ambas têm uma analogia profunda?

— Como?

— Ambas dão aquilo que mais ambiciono: força, poder, a volúpia de mandar, conduzir homens. Outra coisa não desejam todos esses políticos pequenos e grandes, esses chefetes distritais, municipais, estaduais e federais. No entanto, vivem a falar em direito, justiça e democracia, pura conversa fiada para iludir o eleitorado, porque, na verdade, o que querem mesmo é poder discricionário. É ou não é?

— Não é bem assim...

Rodrigo cocava a alemãzinha.

Rubim tornou a encher o copo e a enxugá-lo em seguida, num largo sorvo. Tocou o peito do outro com o indicador entesado.

— É por isso que gosto do senador Pinheiro Machado. Sabe o que quer, não esconde objetivos e porta-se de acordo com suas ideias. Conhece aquela sua frase: "Para governar este país não é preciso surrar, basta erguer o rebenque"?

— Não acredito que o senador tenha dito isso.

— Pois eu acredito. O estilo é dele. Pinheiro Machado é um nietzschiano que provavelmente nunca leu Nietzsche. É a grande figura do teatro político do Brasil, a força por trás do trono.

— Um Metternich guasca? Um Talleyrand dos pampas? Um Maquiavel serrano?

— Nada disso! Por que buscar símiles estrangeiros? Sejamos nacionalistas. Nossa mania de imitação faz com que os argentinos nos chamem de macaquitos. — Mudou de tom. — Por falar nisso, estou convencido de que uma guerra entre o Brasil e a Argentina é inevitável, questão apenas de tempo...

— Ora, tenente, não vejo razão...

— E será preciso razão para começar uma guerra?

— Bom, por algum motivo as guerras começam...

— Diga-me uma coisa: quando dois tigres se defrontam e agridem na floresta, há alguma *razão* para isso?

— Mas o caso é diferente.

— Não se iluda. O Brasil e a Argentina são as duas potências mais fortes da América do Sul e portanto adversários naturais, competidores natos... Uma guerra entre ambos é uma fatalidade e, se a coisa é assim, o melhor é que comecemos desde já a pensar realisticamente. Tivemos há pouco um atrito por causa das Missões. Outros virão... E eu lhe asseguro que o Exército não está dormindo.

Tirou um lápis do bolso e esboçou um mapa da América do Sul no mármore da mesa.

— Olhe, aqui está o Brasil, aqui a Argentina. É possível que eles invadam por ali... Na primeira fase da campanha, tudo indica que eles nos levarão de roldão até, digamos, Santa Catarina ou Paraná... É aí que nossa contraofensiva começará para só terminar em Buenos Aires. Nosso potencial humano é maior, nossos recursos econômicos mais largos.

Entrou em detalhes técnicos. A atenção de Rodrigo já não seguia mais as palavras do oficial. Não estava interessado naquela guerra hipotética entre a Argentina e o Brasil, mas sim em sua guerra particular contra Titi Trindade e seus asseclas. E naquele exato instante estava interessado também em Marta, que não tirava os olhos dele e, muito corada, lhe sorria um sorriso entre tímido e provocante.

— Menina, outra cerveja! — gritou Rubim.

E prosseguiu em sua ofensiva rumo de Buenos Aires. Marta aproximou-se para pôr a nova garrafa sobre a mesa. Rodrigo baixou os olhos para os tornozelos da rapariga, imaginando as pernas e as coxas que a saia escondia.

— Desafio a que me contestem! — exclamou o tenente de artilharia. — Os limites do Brasil devem ir no mínimo até a margem esquerda do rio da Prata.

No mínimo! Foi um erro histórico entregar a Colônia do Sacramento aos castelhanos!

Naquele momento Pepe García entrou no café e Rodrigo chamou-o.

— Senta, homem. Já conhecias o tenente Rubim Veloso?

Don Pepe olhou para o oficial e inclinou de leve a cabeça.

— Que é feito de ti? Estava com medo que te tivessem prendido... ou assassinado.

O pintor estava sério. Olhou para os lados, com ar misterioso.

— Creo que me siguen, hijo.

— Quem?

— No sé. Es un presentimiento...

— Estás com medo?

— Miedo, yo? No me conoces.

— Toma alguma cousa.

O espanhol pediu um cálice de conhaque, bebeu e limpou os bigodes com a manga do casaco.

— El miedo es un preconcepto burgués!

Voltou-se para Rubim, e encarou-o firme.

— No tengo el más mínimo placer en conocerlo, capitán!

Capítulo XII

1

Sábado pela manhã, Chiru entrou intempestivamente no Sobrado com um número d'*A Voz da Serra* na mão.

— Olha só o que o canalha escreveu!

Bufava, furioso, passando atabalhoadamente o lenço pela cara gotejante de suor. Rodrigo pegou o jornal com sofreguidão. O ataque vinha na primeira página: era um editorial composto em tipo negrito com cercadura dupla. O título, em caracteres maiúsculos e grossos, era: "Sepulcro caiado".

— Te prepara, menino — disse Chiru —, porque a coisa é braba.

À simples leitura do cabeçalho, Rodrigo sentiu montar-lhe no peito uma raiva destruidora que o deixou estonteado, anuviando-lhe os olhos, impedindo-o de ler com clareza. Entrou no escritório e disse ao amigo com voz fosca:

— Fecha essa porta.

Chiru obedeceu. Rodrigo sentou-se ao *bureau* e leu o editorial — a primeira vez com açodamento e um ódio surdo, sem entender muito bem o que lia, pois a cada momento sua atenção fugia do artigo e ele ficava a imaginar coisas excitantes — dar uma sova no Amintas... entrar na Intendência, ir direito ao gabinete do Titi, segurá-lo pela lapela do casaco e partir-lhe a cara... correr à redação d'*A Voz* e quebrar tudo, vidros, móveis, máquinas, cabeças...

Leu o artigo duas vezes. Era duma torpeza sem par. A verrina era tão vil, tão sórdida, que chegava a cheirar mal.

De onde partem as pedradas traiçoeiras que pretendem atingir o honrado governo deste município? De alguma casa que não tem telhado de vidro? Não. Elas partem duma casa vulnerabilíssima, do Sobrado dos Cambarás, sepulcro caiado, mansão do vício, da iniquidade, da desídia e da podridão; duma casa que, para usarmos a imagem do grande Guerra Junqueiro, é sinistra e suja como o lençol das velhas prostitutas; duma casa cujo chefe, em vez de dar-se o respeito que se exige de todo o cidadão digno desse título, afronta nossa sociedade vivendo amancebado com uma mulher por ele teúda e manteúda, a quem instalou numa casa à Rua dos Farrapos, como é de todos sabido e notório. É lá que ele passa muitas de suas noites em orgias inconfessáveis.

Do meio para o fim, o artigo assumia um tom sarcástico.

E agora que já demos ao pai o que ele merecia, vamos ao filho. Não gastaremos muita cera com tão ruim defunto. Que importância pode ter o Dr. Rodrigo Cambará (ai, doutor da mula ruça!) esse mocinho pelintra que pensa conquistar Santa Fé com sua "formidável" inteligência e seus dotes físicos? Ai, Rodriguinho! Onde foi que compraste tuas botininhas de cano de camurça? E as tuas águas de cheiro? Quem confeccionou essas roupinhas que te fazem o "dândi" mais completo de Santa Fé? Teria sido o Salomão Padilha, teu amiguinho particular? Dizem que trouxeste de Porto Alegre muitos caixões com bugigangas, e que entre estas veio um gramofone, com chapas de Caruso. Será que o grande tenor canta a famosa canção intitulada "Ismália Caré"? O estribilho é assim:

> *Ai Licurgo Cambará,*
> *Ai Licurgo Cambaré,*
> *Onde está, onde estará*
> *A tua Ismália Caré?*

Ouvimos também dizer que o "dândi" trouxe muitos vinhos e conservas estrangeiras. Decerto tudo isso é para as orgias do Sobrado, em que tomam parte ele, o pai, o irmão e outros cafajestes que infestam a nossa cidade.

Como tudo aquilo era abjeto, barato, indigno!

Rodrigo ergueu-se, brusco, foi até uma das janelas, olhou na direção da Intendência e começou a soltar impropérios.

Voltou-se para o amigo.

— Depois disso, Chiru, só à bala — disse com voz apertada. — É a única resposta.

— Calma, menino!

— Envolverem nisso meu pai, minha casa, minha família — vociferou, apanhando de novo o jornal. — Escuta só. *Ai, Rodriguinho!* Me tratando como se eu fosse um efeminado. Me comparando com o Salomão. Só à bala, Chiru.

— Não te precipites. Não caias na armadilha que te prepararam. Calma, calma.

Rodrigo, porém, não lhe dava atenção. Desferiu um pontapé na cesta de papel e virou-a.

— Será que o papai já leu essa sujeira?

— Se não leu, vai ler...

— E a titia? Que é que a Dinda vai dizer de tudo isso?

— É o diabo...

Rodrigo estava ferido. Esperava dos inimigos muitos insultos. Imaginara-os, porém, de outra natureza. Preferia que o Amintas lhe tivesse dito os nomes mais sujos do dicionário, mas que o houvesse tratado de homem para homem. No entanto o cafajeste fizera humorismo, como se ele, Rodrigo Cambará, fosse um menino de colégio e ainda por cima um maricas!

Atirou-se numa cadeira e ali ficou a olhar fixamente para Chiru.

— Com que cara vou aparecer pro papai? Me diga, com que cara?

Naquele instante a porta abriu-se e Licurgo entrou. O filho pôs-se de pé como um autômato, voltando os olhos instintivamente para o jornal.

Licurgo, que fizera o mesmo, murmurou:

— Já li.

Sentou-se e começou a fazer um cigarro. Suas mãos estavam um tanto trêmulas. Por alguns segundos ninguém falou.

— Me dê o fogo, Chiru.

Chiru apalpou os bolsos, atrapalhado, e levou um tempão para encontrar os fósforos. Licurgo acendeu o cigarro.

— Eu sabia que eles iam me atacar por esse lado. A culpa é nossa: foi o seu jornal que começou os ataques pessoais, meu filho.

Rodrigo olhava para o chão, de crista caída. Queria dizer alguma coisa, pedir perdão ao pai ou blasfemar, mas não conseguia arrancar nada do peito.

— Não tenho do que me envergonhar — disse Licurgo, depois de algum tempo. — Nem tenho que dar satisfações a ninguém.

Os outros continuavam calados. Erguendo os olhos para o filho, o senhor do Sobrado perguntou:

— Quando é que vai sair o próximo número do jornal?

Era a última coisa que Rodrigo esperava ouvir.

— Não sei... Talvez amanhã.

— Então precisamos começar a trabalhar desde já.

Rodrigo bravateou:

— Antes de preparar o segundo número d'*A Farpa*, acho que devia sair e quebrar a cara do Amintas.

Licurgo sacudiu a cabeça, numa lenta mas obstinada negativa.

— Não, meu filho. Essas coisas a gente não faz assim. A esta hora o canalha deve estar fechado em casa, com guardas na porta, e quando sair pra rua há de ser com um batalhão atrás. Já lhe disse mais duma vez que não confunda coragem com temeridade. Pra gente ganhar uma batalha é preciso chegar vivo ao fim.

— Isso, coronel! — exclamou Chiru. — Isso!

Voltou-se para Rodrigo:

— Vamos, homem. Começa a escrever, senão eles vão pensar que nos acovardamos. Aproveita enquanto a coisa está quente.

— Vai então chamar o Pepe. Temos que começar agora mesmo.

Compunha mentalmente frases tremendas para arrasar o Trindade e o Amintas.

Chiru retirou-se. Rodrigo teve ímpetos de abraçar o pai, mas não ousou o gesto. Como achasse que devia dizer alguma coisa, balbuciou com afetuosa humildade:

— O senhor então me autoriza a continuar?

Licurgo falou sem olhar para o filho.

— Quando se pega na rabiça do arado, deve-se ir até o fim do rego.

2

Quando se viu a sós no escritório, Rodrigo escancarou as janelas e pôs a funcionar o gramofone. Caruso encheu a sala com sua voz vibrante e metálica. Era a grande ária de *Radamés*. Rodrigo acendeu apressadamente um cigarro, sentou-se ao *bureau*, mudou a pena da caneta e tirou da gaveta algumas tiras de papel em branco. Tinha já achado a forma que ia dar à sua resposta ao cachorro do Amintas. Escreveu o título: "Carta aberta a um crápula". Apanhou *A Voz da Serra* e releu, agora com mais calma, o editorial. Viu em pensamento a cara pálida do rábula, chegou até a sentir o cheiro enjoativo do perfume que ele usava, e mentalmente esbofeteou-o muitas vezes, com a palma e as costas da mão, como se estivesse a lavar a tapas aquelas bochechas repulsivas. Ficou, depois, a escutar o tenor, pensando vagamente em faraós, pirâmides, guerreiros...

O que sentia agora era uma raiva fria e fina, de mistura com a sensação de haver sido vítima duma formidável injustiça. De certo modo julgava-se inatacável ou pelo menos invulnerável. Quando lançara *A Farpa*, estava decidido a manter-se sereno, viesse o que viesse, fosse qual fosse a linguagem de seus inimigos no revide. No entanto, o editorial do crápula — era forçoso confessar — fizera-o perder as estribeiras, tocando-o fundo. Agora, à ideia de que Flora já tivesse lido aqueles insultos imundos à sua pessoa, a seu pai, a seu irmão, à sua casa — sim, porque aquilo atingia até tia Maria Valéria! —, ele compreendia que a coisa chegara a um ponto em que tinha de passar do terreno da palavra escrita para o da reação física. No entanto *A Farpa* precisava sair, para que a população de Santa Fé visse que ele não recuara e estava disposto a tudo.

O tenor aproximava-se da frase final. Rodrigo levantou-se, como se a ele e não a Caruso competisse arrancar do peito um si natural. *Un trono vicino al ciel!* — cantou Radamés. O copo vazio, em cima do *bureau*, vibrou. A voz de Caruso sumiu-se, ficando apenas o chiado da agulha a rascar no disco. Rodrigo fez parar o gramofone, voltou para a mesa e começou a carta:

Pústula: Quando Deus, num momento infeliz de mau humor, resolveu criar-te, viu logo que não eras digno dum ventre de mulher, e por isso te fez nascer numa cloaca, como produto do viscoso conúbio entre uma ameba disentérica e um verme recém-cevado no cadáver dum chacal.

Releu o período, achou que estava bem, e continuou:

És um aborto langanhento, e o simples fato de existires constitui um formidável insulto ao gênero humano. Pretendeste atingir com tua baba ofídica minha casa, minha família, minha pessoa, mas o que fizeste, molusco, foi apenas cuspir para o céu: a podridão que jorrou de tua pena mercenária, caiu-te inteira e fedorenta nessa cara ridícula de funâmbulo.

Ergueu-se, ficou a caminhar na sala dum lado para outro, com o papel na mão, mordendo freneticamente a ponta da caneta. Aquilo estava ainda fraco. Era preciso ferir o outro mais fundo. Sentou-se de novo e escreveu:

Perguntas onde comprei as minhas botinas de cano de camurça. Eu te direi, antes de mais nada, que as comprei com dinheiro limpo, honestamente ganho, e não com dinheiro sujo, roubado aos cofres públicos, como é o com que te paga o Titi Trindade, teu patrão. E sabes para que as comprei? Foi para te aplicar um pontapé no traseiro na primeira oportunidade em que te encontrar, seja onde for, estejas com quem estiveres. Porque se a um macho se bate na cara, a um invertido se bate no rabo!

— Aqui está o que eu queria! — exclamou, dando uma palmada na mesa.

Quando Don Pepe chegou, já sem casaco e de mangas arregaçadas, Rodrigo mostrou-lhe o que acabara de escrever.

— Precioso, hijito, precioso. Ahora, a trabajar y a trabajar.

— Precisamos lançar *A Farpa* amanhã.

— Imposible. Estoy solo.

— Desta vez vamos publicar o jornal só com duas páginas. É por causa do efeito moral. Tem de sair logo, pra coisa não esfriar. Começa a compor esta carta aberta. Vamos, desce pra oficina. Vou agora dar a dose do Trindade.

3

À tardinha daquele mesmo dia, Neco entrou no Sobrado e com ares misteriosos arrastou Rodrigo para a janela, mostrando-lhe um homem que estava parado na calçada fronteira.

— Sabes quem é aquele cabra?

— Não.

— O Dente Seco.

— Opa!

Rodrigo debruçou-se à janela para olhar melhor, já com um desejo formigante de interpelar o forasteiro. Neco, porém, puxou-o para trás, fazendo com que ambos ficassem a observar o gaúcho dum ângulo de onde não pudessem ser vistos por ele.

— Sabes o que me aconteceu? Pois o bandido hoje me entra todo pimpão na barbearia, pendura o chapéu no cabide e senta-se na cadeira. Eu, que não conhecia o bicho, perguntei: "Cabelo ou barba?". Ele respondeu seco: "Barba". Olhei pra cabeleira dele e fiquei com vontade de meter a tesoura. O bicho é guedelhudo, Rodrigo, os cabelos dele dão pra fazer trança. Comecei a examinar a cara do homem pelo espelho. Ele viu que eu estava olhando e perguntou: "Sabe quem sou eu?". Respondi que não. E o homem: "Me chamo Silvino Neves, mas me tratam por Dente Seco".

— E tu, que disseste?

— Ora, fiquei mais pra lá que mais pra cá, e achei melhor dizer que já conhecia ele de nome. Ensaboei a cara do cabra e indaguei assim com ar de quem não quer nada: "Ainda que mal pergunte, que é que o patrício anda fazendo por estas bandas?". E tu sabes o que foi que ele respondeu? "Vim fazer um servicinho pro coronel Trindade." Comecei a passar a navalha no assentador. "Que servicinho?" E ele, mais que depressa: "Dar um susto nuns mocinhos bonitos". E meio que riu. Quando eu já estava barbeando o bandido, ele revirou os olhos pra cima, viu o meu lenço colorido e disse: "Pelo que vejo, o amigo é maragato, não?". "Dos quatro costados", respondi. "Pois então me faça essa barba direito, senão nos estranhamos."

— E tu... fizeste direito?

Rodrigo não tirava os olhos de Dente Seco, que continuava no mesmo lugar, picando fumo com uma faca de lâmina larga, e a olhar sempre fixamente para o Sobrado.

— Naturalmente — respondeu Neco. — Mas quando passei a navalha nos gargomilos do homem me veio uma ideia. Se eu aperto o fio agora, talvez salve a vida de muita gente, talvez salve até a vida do Rodrigo. Palavra de honra, bandido não sou, mas que senti cócegas nos dedos, isso senti. E tu sabes duma coisa, menino? O diabo parece que adivinhou meus pensamentos e perguntou: "Vassuncê já degolou alguém?". Respondi que não. "Pois então não sabe o que perdeu."

Rodrigo observava o bandido. Era um homem de meia-idade, baixo e fino de corpo. Estava de chapéu de barbicacho, camisa branca, lenço verde ao pescoço, bombachas de riscado e botas muito sujas. Como ele erguesse a cabeça para olhar a água-furtada, Rodrigo pôde ver-lhe melhor o rosto triangular e acobreado, de bigodes espessos e negros que lembravam fumo em rama e lhe escorriam pelos cantos da boca com as pontas quase a tocarem os lóbulos das orelhas.

Esse cachorro está me provocando... — murmurou Rodrigo, por entre dentes. — Decerto pensa que vai me assustar. Acho melhor ir perguntar o que ele quer...

Fez menção de sair da sala, mas Neco segurou-o pelo braço e, como naquele instante Licurgo entrasse, o barbeiro pô-lo ao corrente do que se passava.

— Fique quieto, meu filho. O que eles querem é que o senhor aceite a provocação pra le matarem e depois dizerem que foram agredidos.

Dente Seco botou a faca na bainha, tirou a palha de trás da orelha, pôs nela

246

o fumo picado, enrolou o crioulo, ficou por algum tempo batendo o isqueiro e, aceso o cigarro, saiu a andar lentamente na direção da Intendência.

4

Às oito da noite o cel. Jairo Bittencourt desceu dum carro à frente do Sobrado e bateu na porta. Conduzido para a sala de visitas, à presença de Licurgo e Rodrigo, colocou sobre o consolo o pacote que trazia e foi logo dizendo, na sua maneira pomposa mas calidamente cordial:

— Vim apresentar meus respeitos aos queridos amigos e renovar meus protestos de amizade...

E como pai e filho nada dissessem, prosseguiu:

— O ataque de que fostes alvo é duma mesquinhez sem limites. Como militar não me é lícito tomar partido em questões políticas. Mas acontece, caros amigos, que quando entrei para o Exército ninguém me exigiu que abdicasse dos direitos de cidadão, nem dos sentimentos de fraternidade, de dignidade, de justiça, de... — ergueu a mão e começou a abri-la e fechá-la, como se quisesse apanhar no ar a palavra arisca — de... enfim, de solidariedade social. E como cidadão, como ser humano, não posso deixar de lançar meu protesto contra a maneira brutal e injusta como o jornal da situação atacou esta família e esta casa.

Licurgo estava tão constrangido, que pigarreava repetidamente, olhando para o bico das próprias botinas.

— Posso garantir-vos que meu protesto não é platônico, pois acabo de enviar uma carta enérgica, embora vazada em termos decorosos, ao redator d'*A Voz da Serra*, protestando contra sua linguagem e suas calúnias.

— Muito obrigado — disse Rodrigo —, sua amizade muito nos desvanece.

Como os três estivessem ainda de pé, Licurgo convidou:

— Sente-se, coronel.

Jairo Bittencourt sentou-se, trançou as pernas, tirou do bolso um lenço e passou-o pelo rosto. Olhou longa e afetuosamente para Rodrigo:

— O meu prezado amigo é duma combatividade e duma coragem admiráveis.

— É bondade sua...

Erguendo a mão sardenta e rosada, o militar segurou o braço de Rodrigo, que se conservava de pé, ao lado de sua cadeira.

— Se permite que um homem mais velho que o senhor e naturalmente mais experimentado, embora não mais culto nem mais talentoso, lhe faça uma observação...

— Faça, coronel.

— Promete que não me vai levar a mal?

— Ora, por quem é!

— Eu diria que lhe está faltando ainda uma orientação doutrinária... O amigo tem o sentimento da justiça social. O que lhe falta é uma base ideológica sólida. Perdoe a franqueza.

— Talvez... O coronel naturalmente está falando como positivista convicto...

— Naturalmente! E que melhor base existe para uma ação social que o positivismo?

Fez um gesto largo de apóstolo jovial. Depois, ergueu-se e apanhou o pacote que deixara em cima do consolo, sob o grande espelho. Tirou o invólucro de papel pardo e aproximou-se de Rodrigo com um livro na mão.

— Vou lhe pedir um favor, um grande, imenso favor. — Bateu na capa do volume. — Leia isto quando tiver tempo. *Système de politique positive*, de Augusto Comte. É um livro básico. Leia e medite. Não me conformo com a ideia de que um moço esclarecido e combativo como o senhor fique por mais tempo divorciado da boa causa.

— Mas coronel...

— Eu sei o que vai dizer. Mas não diga nada antes de ler a obra. Se depois de chegar à última página não estiver ainda convencido das verdades que o livro encerra... paciência. Mas leia *quand même*.

— Está bom — disse Rodrigo, folheando distraidamente o volume. E mentiu: — Vou começar hoje mesmo.

Jairo tornou a sentar-se.

— Mas então — perguntou —, depois do ataque que sofreram, qual vai ser a vossa atitude?

— Vamos contra-atacar.

— Se me permite a pergunta, em que termos?

— Nos mais violentos. Quer ouvir o editorial que escrevi?

O militar fez um sinal afirmativo. Rodrigo tirou do bolso uma prova da carta aberta e começou a lê-la com veemência. De quando em quando erguia os olhos para observar as reações do outro. O rosto do coronel, de ordinário rosado, foi ficando aos poucos cor de lacre. Quando Rodrigo chegou ao final do artigo, Jairo Bittencourt pôs-se de pé bruscamente.

— Mas é uma barbaridade! — Voltou-se para Licurgo. — E o senhor vai permitir que se publique isso?

— Por que não? O Rodrigo é maior e sabe o que faz.

Como que aturdido, o positivista olhava do pai para o filho.

— Mas depois disso, senhores, não pode haver mais argumentos senão a violência, a agressão física!

Rodrigo encarava o visitante em silêncio, gozando o efeito que a carta aberta produzira nele. Jairo segurou-o pelos ombros e sacudiu-o.

— Em nome de tudo quanto é mais sagrado, peço-lhe que não publique essa carta!

— O artigo que escrevi contra o Trindade é um pouquinho mais violento... *Assassino* é a palavra menos ofensiva que usei.

— Por favor! Terminemos com isso enquanto é tempo. Essa polêmica pode ter consequências trágicas não só para esta casa como para toda a família santa-fezense.

— Agora é tarde, coronel. O jornal está pronto e vai ser distribuído amanhã à porta da Matriz, na hora da missa.

— Mas é um acinte.

— Exatamente. Nós queremos que seja isso mesmo: um acinte.

O comandante do Regimento de Infantaria ofegava, e em suas narinas esvoaçaram pelinhos fulvos. Seus olhos claros fitavam ora o rosto de Rodrigo, que sorria, ora o de Licurgo, que continuava taciturno. Por fim o militar tornou a sentar-se, desta vez pesadamente, como num dramático final de ato, e ficou por muitos segundos em silêncio, a olhar para o soalho. Depois, com voz mais calma:

— Se o senhor quer realmente servir sua terra e sua gente, não é essa a orientação que deve dar à campanha. As ofensas pessoais não conduzem a parte nenhuma a não ser à violência e à destruição. O que precisamos é construir e não destruir.

— Eu pretendo também construir, coronel. O senhor acha possível plantar alguma coisa útil num terreno cheio de ervas daninhas? O que estou fazendo é arrancar essas ervas. É duro, perigoso e cruel, mas necessário.

— Mas acontece que estais em absoluta minoria! Sabeis disso melhor que eu. O intendente é senhor de baraço e cutelo. Olhe, não quero ser veículo de boatos nem de intrigas, mas pessoa de muita responsabilidade me assegurou que o delegado de polícia mandou vir de fora um indivíduo de maus antecedentes, um capanga...

— Eu sei. Por sinal hoje à tardinha ele estava parado ali na calçada fronteira, olhando para o Sobrado.

O coronel meneou a cabeça lentamente.

— Tudo isso é puro desperdício de energia, puro malbaratar de coragem e ímpeto combativo. É uma atitude suicida, doutor Rodrigo, e eu não posso permitir que amigos queridos se lancem assim para a morte.

Levantou-se com o ar de quem ia fazer algo de violento e definitivo. Licurgo, que passara todo o tempo a pontilhar a conversa com seus pigarros secos, perguntou:

— O senhor, então, como autoridade militar, vai proibir que o jornal de meu filho saia?

— Absolutamente! Seria outro ato de violência não só inconstitucional como também contrário às minhas convicções políticas e filosóficas.

Deixou cair os braços e soltou um prolongado suspiro.

— Enfim, fiz o que pude, cumpri o meu dever. E agora, se me dão licença, retiro-me. Meus respeitos à senhora dona Maria Valéria.

Apertou a mão de Licurgo. Rodrigo tomou-lhe cordialmente o braço e levou-o até a porta.

— Não quero que vá embora zangado comigo, coronel... Peço-lhe que compreenda a minha situação...

O militar sorriu.

— Também já tive vinte e quatro anos, meu amigo.

Rodrigo percebeu que Jairo estava comovido. Pararam no meio da calçada.

— E não se aflija, coronel. Não vai me acontecer nada.

— E que é que lhe dá tanta certeza disso?

— Um pressentimento, algo que não sei explicar. No fundo sou um otimista incorrigível. Sempre fui. Acho que não se fabricou ainda a bala que há de me matar.

Pensou em que naquele mesmo momento podia ser alvejado por alguém que estivesse atocaiado nas sombras da praça, e essa possibilidade de perigo produziu-lhe uma estranha sensação de gozo.

Abraçaram-se. E quando o coronel já estava a atravessar a rua, Rodrigo gritou-lhe:

— Precisamos qualquer noite destas fazer uma tertúlia aqui em casa, comer um caviarzinho com champanha e ouvir boa música. E meus respeitos à esposa, coronel!

Quando o outro se sumiu entre as sombras do arvoredo, Rodrigo ficou ainda por algum tempo a contemplar as estrelas.

Capítulo XIII

1

Na manhã seguinte, pouco antes das dez horas, deixou o Sobrado e atravessou a rua em passadas vagarosas, na direção da Matriz, cujos sinos badalavam anunciando que a missa ia começar. Caminhava com uma lentidão calculada, atento às pessoas que àquela hora se dirigiam para o templo ou passeavam pelas redondezas, num ócio domingueiro. Tinha vestido pela primeira vez uma muito bem cortada roupa de tussor de seda — coisa que até então ninguém vira em Santa Fé —, calçava sapatos de verniz de bico fino e levava na cabeça, que mantinha altivamente erguida, uma palheta de copa baixa e aba curta e espessa. Estava de rosto recém-escanhoado (o Neco viera ao Sobrado às sete da manhã, para barbeá-lo) e passara alguns minutos diante do espelho a escolher uma gravata que combinasse com o tom de palha da fatiota.

Avistou Emerenciana Amaral, que caminhava penosamente entre duas filhas, e sorriu para ela, tirando o chapéu. Cumprimentou também Maneco Macedo, que descia de seu carro à frente da igreja. Queria que todos o vissem alegre e sereno, para ficarem sabendo que a lama jogada contra ele pelo escriba do Trindade não o atingira. Parou um instante na calçada fronteira à Matriz e ficou a olhar as pessoas que entravam. Tirou do bolso o relógio: faltavam ainda cinco minutos para começar a missa. Decidiu — e essa decisão lhe deu uma cócega de antecipação parecida com a que sentia quando, nos tempos de menino, aproveitava os silêncios da sesta para ir furtivamente à despensa roubar bom-bocados —, decidiu passar pela Intendência antes de entrar na igreja. Pôs-se em movimento e, quando estava já na metade da quadra, avistou Laco Madruga, que caminhava na mesma direção mas em sentido oposto. Era a primeira vez que encontrava um de seus inimigos frente a frente, depois que atirara a primeira farpa. O delegado de polícia estava vestido de preto e, como era seu hábito, caminhava de cabeça baixa, a aba do chapéu de feltro puxada sobre os olhos, as mãos às costas, segurando a grossa bengala de castão de prata. Um soldado da Guarda Municipal seguia-o, armado de espada e Nagant, e também com a aba do quepe caída sobre a testa.

Instintivamente Rodrigo levou a mão à altura do rim direito e apalpou o cabo do revólver. Começou a assobiar automaticamente a havaneira da *Carmen*. Achava-se agora a poucos passos do famigerado Madruga, o terror de Santa Fé! Murmurava-se que fora ele próprio quem degolara o Tito Chaves. Canalha!

O cap. Madruga ergueu os olhos e fitou-os em Rodrigo, que o encarou firme. Aconteceu, então, algo de inesperado. O delegado fez avançar o braço esquerdo, cuja mão segurava a bengala, e com o indicador da mão direita bateu na aba do chapéu, dizendo claramente: "Bom dia!". Rodrigo sentiu um súbito calor nas faces e quedou-se por um instante confuso. Teve pena do animal e ao mesmo tempo desejou cuspir-lhe na cara.

Vá a gente entender as pessoas! Quando imaginei que ia me meter a bengala na cabeça, o homem me deseja bom dia!

Continuou a andar, mas com a cadência dos passos alterada. E, à medida que se afastava do delegado, ia sendo invadido por um sentimento de despeito, pois já agora lhe parecia que a atitude benévola do cap. Madruga dava a entender que o bandido não o tratava como homem, mas sim como um menino a cujas má-criações não se deve dar muita importância.

Cachorro! — murmurou. — Depois de tudo o que eu disse, ainda me cumprimenta! É o cúmulo do rebaixamento!

Parou diante do edifício da Intendência, já agora sem saber ao certo se havia ou não, na confusão do momento, correspondido ao cumprimento do facínora. A dúvida embaraçosa picou-o por alguns instantes.

Os sinos silenciaram. Rodrigo voltou apressado para a igreja, entrou e assistiu à missa até o fim, suspirando com impaciência durante o longo e fastidioso sermão do pe. Kolb.

À medida que se aproximava o fim do culto, sentia sua ansiedade aumentar. Que iria acontecer quando se pusessem a distribuir o jornal? Talvez os capangas de Trindade andassem pelos arredores e o tiroteio começasse ali mesmo, na frente da igreja, o que seria desastroso, pois havia mulheres e crianças na missa. Eu devia ter escolhido outro lugar e outra hora... Diabo!

2

Quando a missa terminou e os fiéis começaram a sair, Rodrigo postou-se do lado de fora da porta do templo, no alto dos degraus, de onde avistou logo o Chiru, que começava a distribuir *A Farpa*, gritando e fazendo largos gestos de camelô. Maneco Macedo e Joca Prates receberam seus exemplares: o primeiro, sorrindo, o segundo de cenho fechado. Outras pessoas, no estonteamento da surpresa, pegavam automaticamente a folha que Chiru lhes dava e muitos, depois de verem do que se tratava, amassavam o jornal e o lançavam na sarjeta. Rodrigo não podia perceber se faziam isso com raiva ou apenas com medo de serem apanhados pela gente de Titi com aquela coisa comprometedora na mão.

No meio da rua, Bento também andava ativo na distribuição, ao mesmo passo que, parado a uma esquina, Don Pepe atacava todos que por ali passavam e metia-lhes nas mãos ou debaixo dos braços, meio à força, um, dois ou mais exemplares do jornal, gritando:

— Edición especial de *La Farpa*, matutino independiente! Vamos, señores, que esto es grátis. Hay que agitar!

Muitos passavam de largo: outros pegavam a folha e paravam para ler os cabeçalhos. Alguns até pareciam ensaiar protestos. O vento fazia esvoaçar os jornais que juncavam as calçadas e o pavimento da rua. Rodrigo avistou, sob as árvores da praça, o Neco Rosa no momento em que ele metia à força debaixo do sovaco de Arrigo Cervi um jornal dobrado. Várias mulheres à frente da igreja puseram-se a falar nervosamente e Rodrigo entreouviu algumas das palavras que diziam — *ligeiro... vamos embora... vai haver briga... Nossa Senhora... onde está o teu pai?* As caboclinhas do cel. Cacique desceram os degraus em fila indiana, todas vestidas de branco. Rodrigo tirou o chapéu, num prolongado cumprimento que pretendia abranger toda a família Fagundes. O cel. Cacique parou e sua face lustrosa e gorda alargou-se ainda mais num sorriso.

— Que negócio é esse?

— Começou a inana, coronel! É a edição especial d'*A Farpa*.

— O senhor tem tutano mesmo, moço!

Rodrigo viu quando Chiru fez menção de entregar um exemplar d'*A Farpa* a Cuca Lopes, que sacudia as mãos e a cabeça em frenéticos gestos negativos. E, como o outro procurasse meter-lhe à força o jornal no bolso, Cuca saiu quase a correr na direção da praça, em cuja calçada foi atacado pelo Neco, de quem se esquivou, quebrando o corpo e embarafustando em ritmo de fuga por entre plátanos e cinamomos.

Rodrigo contemplava a cena, exaltado. Lá ia a Ritinha Prates, ao lado dos pais. O ten. Lucas a seguia de pequena distância, metido no seu uniforme de gala. Os lenços vermelhos que drapejavam como pendões de guerra nos pescoços de Chiru e Neco; o vestido azul-elétrico da Gioconda; a sombrinha verde de Ritinha; as calças de garança do tenente de obuseiros; o vaivém das gentes nas ruas e calçadas, num movimento multicor de calidoscópio; o repicar dos sinos, que parecia emprestar uma certa iridescência à dourada claridade da manhã — tudo isso, sob o vasto e límpido azul do céu, dava à cena um ar festivo de feira.

Rodrigo sorriu ao avistar Salomão Padilha, que, de fraque cor de café com leite, calças e chapéu da mesma cor, passava rebolando a bengala de junco e as ancas. O pelintra! O sem-vergonha! O caradura!

Dentro de poucos minutos a rua e a calçada fronteiras ao templo ficaram quase desertas. Don Pepe, Chiru e Neco aproximaram-se do amigo, de mãos vazias e caras radiantes.

— Magnífico, pessoal! — elogiou-os Rodrigo. — Serviço muito limpo.

— Estou admirado de não ter aparecido nenhum beleguim — comentou Chiru.

— Dei um jornal pro capitão Madruga — gabou-se Neco.

E Chiru:

— Meti um no bolso do juiz de comarca.

Don Pepe sorria silencioso.

— E tu, homem?

O espanhol perfilou-se.

— He tenido el gran placer de regalar a don Kolb, el cura, un ejemplar del periódico. Lo echó lejos, me miró con un santo horror, como si yo fuera el propio Satanás, y me dijo algo en alemán. Creo que ofendió a mi madre.

Rodrigo atravessou a rua e continuou a andar na direção da rua do Comércio. Como os companheiros fizessem menção de segui-lo, deteve-os com um gesto.

— Fiquem aqui. Vou descer a rua sozinho. Não quero que pensem que ando cercado de capangas.

Os outros obedeceram, contrariados. E, quando Rodrigo já se afastara deles uns dez passos, Chiru gritou:

— Te cuida, homem! — E em tom mais baixo: — Esse menino se arrisca demais.

3

Àquela hora viam-se muitas pessoas às janelas, pois era hábito dos moradores da rua do Comércio virem todos os domingos assistir à passagem dos que voltavam da missa. Rodrigo cumprimentava amavelmente os conhecidos. Notava com satisfação que era olhado dum modo todo especial e sabia que, depois que passava, as comadres ficavam a fazer comentários. Era o homem do dia. Fizera o que até então ninguém tivera a coragem de fazer em Santa Fé: atacara de frente e de rijo o sátrapa municipal e sua camarilha. Ah! Era uma pena que Flora tivesse ido passar o resto do verão numa das estâncias do pai, pois lhe seria muito agradável ir agora até a casa dela... Em todo o caso prolongaria a caminhada até o Schnitzler e entraria para tomar uma cerveja fresca ou um Fernet.

— Bom dia!

Tirou o chapéu ao defrontar a residência do Marcelino Veiga, que estava debruçado à janela. Pareceu-lhe que o homem respondia ao cumprimento com certa relutância e sem a habitual cordialidade. Será que esse cachorro está com medo de se comprometer? Teve ímpetos de parar e gritar: "Não preciso de teu cumprimento! Por que não o cortas duma vez? Comigo não há meias medidas, quero tudo claro!".

Continuou, porém, a andar, sorrindo com superioridade e lamentando que houvesse em Santa Fé tantos homens indecisos, incapazes dum gesto de coragem cívica, de desprendimento, de...

Avistou o Dente Seco, de rebenque na mão, encostado na porta da Farmácia

Humanidade... Ai, ai, ai... Vamos ter barulho. Instintivamente apalpou o revólver e a seguir desabotoou o casaco. A prudência me manda atravessar a rua, mudar de calçada... Mas a prudência que vá pro diabo. Não vou dar a ninguém o gostinho de dizer que tive medo.

Havia à frente da farmácia um pequeno grupo de homens que fumavam e palestravam. Ao verem Rodrigo aproximar-se, mudaram imediatamente de atitude: ficaram numa imobilidade e num silêncio tensos, a olhar alternadamente do moço do Sobrado para o capanga do Trindade.

Rodrigo passou pela frente do caboclo a passo lento. Que boa cara para uma bofetada — pensou, ao lançar para o outro um olhar enviesado. Ali estava o tipo clássico do bandido: melenudo, as mandíbulas quadradas, os olhos estreitos, a bigodeira basta... Rodrigo não pôde deixar de sentir certo mal-estar ao cruzar tão perto daquele homem que fora chamado a Santa Fé "para assustar uns mocinhos".

Estava já distante de Dente Seco uns cinco passos quando ouviu uma voz em falsete:

— Ai-ai, mamãe! Que rica mocinha!

Foi como se lhe tivessem chicoteado a cara. Voltou-se, brusco, e olhou. De mãos na cintura, agora no meio da calçada, o capanga contemplava-o, rindo provocadoramente.

— Falou comigo?

— Falei — retrucou o bandido. — Quer me arranhar o papo, guri?

Sem dizer palavra, Rodrigo avançou... Viu o cabra dar dois passos à retaguarda e erguer o rebenque. Saltou para um lado, mas não pôde esquivar-se de todo ao golpe, que lhe arrancou o chapéu, atingindo-lhe de refilão o braço esquerdo. Dente Seco tornou a golpear, de novo Rodrigo quebrou o corpo. A sola do rebenque, porém, mordeu-lhe a ponta da orelha e caiu-lhe em cheio no ombro. Com um vigor que a raiva duplicara, Rodrigo atracou-se com o bandido, agarrou com ambas as mãos a haste do rebenque e arrebatou-o com tão furioso repelão, que quase tombou de costas. E, durante a fração de segundo em que ele ficou a debater-se para manter o equilíbrio, o outro levou a mão à cintura e arrancou o revólver. Rodrigo, entretanto, não lhe deu tempo de fazer mais nada. Segurando o rebenque pela ponta, desferiu com o cabo um golpe seco no pulso do capanga, que deixou cair a arma. E, quando o viu inclinar-se para apanhá-la, cerrou os dentes e, cego de ódio, golpeou-lhe violentamente a nuca com a argola do rebenque. O cabra caiu de borco, sem soltar um ai.

O grupo que se havia dispersado quando a briga começara, tornou a reunir-se. Rodrigo atirou o rebenque na sarjeta, apanhou o chapéu, enfiou-o na cabeça, e pôs-se a limpar as mãos no lenço com um cuidado exagerado.

Sentiu que lhe seguravam o braço. Olhou. Era o ten. Lucas, que lhe perguntava, aflito: "Que foi que houve? Estás ferido?".

Fez um sinal com a cabeça, mostrando o homem que continuava estendido na calçada, imóvel. Depois voltou-se e começou a caminhar, rumo do Sobrado.

Naquele momento surgiam curiosos de todos os lados: pessoas saíam de suas casas e se aglomeravam, já numa algazarra, ao redor de Dente Seco. Rodrigo ouvia palavras soltas: *tará morto?... amem um médico... Baridade!*

Estarei pálido? Ou vermelho? Apalpou o cabo do revólver. Sentia como que uma cinta de ferro a apertar-lhe o peito, dificultando-lhe a respiração. As pernas, porém, estavam firmes. Aos poucos começou a ficar tomado de uma satisfação selvagem, que lhe dava uma vontade de gritar coisas para as pessoas que se achavam às janelas ou que passavam por ele na calçada. Parou a uma esquina e olhou para trás. Havia agora à frente da Farmácia Humanidade uma pequena multidão. Nas proximidades da praça, encontrou Chiru, Neco e Don Pepe, que sabiam já do conflito e queriam pormenores. Rodrigo resumiu dramaticamente a situação:

— Deixei o Dente Seco estirado na calçada na frente da farmácia do Zago.

Entrou calmamente no Sobrado e contou ao pai e à tia, já mais exaltado, o que acontecera. Tirou da carteira um cigarro e acendeu-o, verificando, com profunda satisfação, que suas mãos não tremiam.

— O homem ficou muito ferido? — indagou Licurgo, apreensivo.

Fingindo uma indiferença que estava longe de sentir, Rodrigo respondeu:

— Não tenho a menor ideia.

4

— Não me olhe com essa cara, Dinda! — exclamou quando, ao erguer os olhos, viu Maria Valéria plantada em sua frente, com os braços cruzados.

— Ué? Que cara!

— A senhora parece que ainda não se convenceu de que não sou mais criança. Está aí me olhando como se eu tivesse feito uma travessura.

— E não fez? Então andar de aloites na rua com um bandido é coisa que se faça?

— Fui provocado.

— Por que não voltou pra casa depois da missa? Por que foi se mostrar na rua do Comércio?

Licurgo andava dum lado para outro, mastigando nervosamente a ponta do cigarro apagado. Maria Valéria foi até a cozinha, de onde voltou pouco depois com uma xícara de café.

— Tome.

— Não estou nervoso. Olhe.

Espalmou a mão no ar para mostrar a firmeza dos dedos.

— Mesmo que não esteja, café sempre é bom. Tome duma vez.

Rodrigo segurou a xícara e bebeu um gole.

— Hum! Está amargo.

— Assim é melhor.

Bebeu com certa relutância, fazendo caretas, bem como nos tempos de menino, quando a madrinha o obrigava a tomar óleo de rícino, seguido de café amargo "pra tirar o gosto ruim da boca".

— Não está lastimado?

— Não — respondeu Rodrigo com o laconismo de quem queria cortar o assunto.

A ponta da orelha esquerda agora lhe ardia, como se estivesse queimada. Cachorro! Não me arrependo do que fiz. Os bandidos vão ver, duma vez por todas, com quem estão tratando.

O relógio da sala de jantar começou a bater as doze badaladas do meio-dia.

— O almoço está pronto — anunciou Maria Valéria.

— Ora! — exclamou Licurgo, agastado. — Numa hora destas quem é que vai pensar em comida? Sabe lá o que aconteceu praquele homem...

Só então é que passou pela cabeça de Rodrigo a ideia de que podia ter matado o capanga. Isso lhe deu uma tão desagradável sensação de frio interior e náusea, que por um instante teve a impressão de que ia regurgitar o café. Lembrava-se de ter batido na nuca do caboclo com o cabo do rebenque, de ferro maciço, munido duma argola também de ferro... Recordou, com um calafrio, o ruído fofo que o golpe produzira... Mas não... Não dei com tanta violência que pudesse... Qual! Não adiantava querer iludir-se. Sabia que tinha golpeado Dente Seco com a força que lhe vinha da raiva... Santo Deus! Se matei o cabra, estou perdido.

Pôs-se de pé bruscamente.

— Papai, preciso ir ver se o homem já voltou a si...

Licurgo olhou para o filho com ar autoritário.

— Ninguém me sai desta casa. Fique sentado e espere.

— O senhor se esquece de que sou médico.

— Mas não é o único na cidade.

— O meu dever era ter ficado lá pra medicar a criatura.

— E por que não ficou?

Rodrigo não achou resposta. Via agora como tinha procedido mal. Em vez de mandar carregar o caboclo para dentro da farmácia, tratando de reanimá-lo — recriminava-se ele —, assumira uma "atitude heroica", só porque havia uma plateia e ele queria proporcionar ao público o espetáculo de sua coragem, de seu sangue-frio, de seu *aplomb*. Pouco lhe importara a vida daquele ser humano (um facínora, sim, mas uma criatura de Deus), pois o dr. Rodrigo Terra Cambará só tivera olhos e cuidados para seu penacho!

Por um instante os dois homens mediram-se com o olhar. Rodrigo de repente percebeu que, pela primeira vez em sua vida, acendera um cigarro diante do pai. Jogou-o na escarradeira e, sem dizer palavra, entrou no escritório, fechando a porta à chave.

5

Sentado ao pé do gramofone, a olhar fixamente para a campânula, Rodrigo debatia-se numa confusão de sentimentos. Ora se arrependia do que havia feito — a começar pela provocação que lançara a Trindade e sua grei e que redundara naquele conflito com Dente Seco —, ora procurava convencer-se de que procedera com acerto e de que as coisas não podiam ter se passado de outra maneira. Devia ele, na frente de tanta gente, "pagar um vale" e continuar a andar indiferente, quando o cabra lhe atirara em rosto uma frase gaiata em que sua masculinidade era posta em dúvida? Claro que não. Por outro lado, a ideia de ter matado um homem enchia-o dum frio horror, duma sombria sensação de culpa. Era como se, de repente, em sua vida se tivesse feito um hiato, um vácuo medonho dentro do qual só ouvia o latejar medroso do próprio sangue...

Assassino. Eu, um assassino. Nunca esperei que isso me pudesse acontecer. Meu nome nos jornais, em todos os jornais do país. Estão vendo aquele sujeito que ali vai? É o doutor Rodrigo Cambará. Matou um homem. Foi absolvido, mas o remorso está acabando com ele aos poucos. Não tem ainda trinta anos, mas está com a cabeça completamente branca.

Adeus, Flora! Adeus, belos planos! Adeus, música! Adeus, livros! Adeus, carreira! Adeus, tudo! É estúpido, estúpido, estúpido... Ficou olhando para o chão, a repetir a palavra, obstinadamente, e a sacudir a cabeça.

De súbito veio-lhe uma esperança. E se o homem não morreu? Claro. Como é que posso ter como certa uma coisa que pode *não ter acontecido*? Em sua mente soou uma voz... "Esses golpes na nuca são sempre fatais." Imaginou o dr. Matias a escrever o atestado de óbito: *Causa mortis, fratura na base do crânio produzida por um instrumento...* O corpo do Dente Seco velado na Intendência, com todas as honras. O bandido apresentado a Santa Fé, ao Rio Grande do Sul e ao Brasil como um mártir republicano. A exploração que o Titi Trindade ia fazer de tudo aquilo... O que o pulha do Amintas ia escrever n'*A Voz*... A lama que outra vez iam jogar sobre o Sobrado e os Cambarás... Corja! Deu um murro na guarda da cadeira e procurou encher-se dum sentimento de indignação suficientemente forte para afogar o próprio remorso. E se o capanga tivesse conseguido me meter uma bala na cabeça? Quem ficaria caído na calçada era eu...

Em sua mente um quadro delineou-se, nítido: o cadáver de Rodrigo Cambará estendido sobre a mesa da sala de jantar, entre quatro velas acesas, cercado de parentes e amigos que lhe choravam a morte, enquanto o Pitombo em sua oficina batia os pregos do esquife em que haviam de enterrar o moço do Sobrado. Vinte e quatro anos... Na flor da idade... Que banditismo!

Levantou-se, num acesso de autocomiseração.

Sim, eu podia estar morto. Sejamos lógicos e não apenas sentimentais. Compare-se a vida do Dente Seco com a minha. Dum lado, um bandido que cometeu vários crimes, cortou muitas vidas, um assalariado, um homem bronco e cruel, socialmente inútil. Do outro, um cidadão de bons sentimentos, nobre e caridoso, culto e cheio de belos planos de trabalho...

Mas a verdade é que ele estava vivo, ao passo que o outro... Tornou a sentar-se. Beber um cálice de conhaque? Sim. Ia fazer-lhe bem, muito bem. O remédio era embriagar-se e esquecer aqueles pensamentos negros. Pensou em Deus. Deus era o Supremo Juiz. Deus via tudo. Deus era justo.

Desabotoou o colarinho, desfez o nó da gravata e achou-se supinamente ridículo naquela fatiota de tussor de seda. *Ai, Rodriguinho, quem confeccionou essas roupinhas que te fazem o "dândi" mais completo de Santa Fé?* Cachorros! Provocaram um homem e o resultado está aí...

Olhou para o armário de livros, para as lombadas de couro com letras douradas. Aqueles autores queridos eram testemunhas silenciosas de que a vida com que ele sonhara nada tinha a ver com os Amintas, os Trindades, os Madrugas e os Dentes Secos. Era, antes, uma vida de bondade e harmonia. (Pero hay que definir, hijito!) Desejava construir e não destruir, curar e não ferir.

— É o Destino — murmurou. — O Destino que nos arrasta, queiramos ou não...

Ouviu vozes na sala vizinha. Pouco depois, duas batidas à porta. Seu coação disparou. Decerto alguém chegara para contar-lhe que Dente Seco estava morto. Deu alguns passos e abriu a porta. O ten. Lucas entrou e caiu-lhe nos braços.

— Antes de mais nada, parabéns pelo golpe de mestre. Foi a briga mais rápida que vi em toda a minha vida. Sim senhor, golpe de mestre. E que calma, rapaz, que linha!

Lucas Araújo atirou o quepe para cima do *bureau*, recuou dois passos e olhou Rodrigo de alto a baixo.

— Sim senhor! Meus parabéns!

O outro olhava-o sem compreender. Mal pôde balbuciar:

— Então... e o homem?

Naquele instante entrou Licurgo, seguido de Maria Valéria, e os três ficaram a olhar num silêncio interrogador para o tenente de obuseiros.

— Levamos o bicho pra dentro da farmácia e chamamos o doutor Matias. Mas que cara, seu Rodrigo! É de tirar o sono de qualquer. Nunca vi bigodeira como aquela...

— Por amor de Deus, tenente! O homem morreu ou não morreu?

Lucas soltou uma risada.

— Morreu coisa nenhuma! Aquele tipo só com obus!

— Já voltou a si?

— Quando saí de lá, estava começando a gemer e a resmungar.

— Que é que o doutor diz?

— Diz que o que salvou o cabra foi ele ser guedelhudo. A cabeleira amorteceu o golpe.

Rodrigo soltou um assobio. Uma grande sensação de alívio amolentava-lhe o corpo e desoprimia o peito. Teve vontade de rir e ao mesmo tempo de chorar. Sentou-se pesadamente.

— Dinda, nos traga um conhaque.

Enxugou a testa que um suor frio umedecia.

— O ferimento é sério? — indagou Licurgo.

— Brincadeira não é... — respondeu Lucas. — Diz o médico que por uns dias o homem tem de ficar na cama. Mas vai sarar. Não quebrou nada. Só ficou com um galo quase do tamanho dum ovo de galinha.

Rodrigo lançou para o tenente um olhar de agradecimento, como se ele tivesse acabado de salvar-lhe a vida.

Maria Valéria entrou trazendo numa bandeja a garrafa de conhaque e três cálices, que Rodrigo encheu. (Engraçado, logo agora que tudo passou é que minha mão está tremendo.)

— Vamos beber um brinde, tenente.

Lucas Araújo ergueu o cálice:

— Ao doutor Rodrigo Cambará, com votos para que sua boa estrela jamais se apague, e para que Deus lhe conserve o olho vivo, o pé ligeiro e a mão firme.

Rodrigo gostou do brinde. Sentia uma alegria mole e boba de convalescente.

Licurgo não quis beber. Estava visivelmente apreensivo.

— Mas será mesmo que o ferimento do homem não é sério? Ouvi dizer que esses golpes de cabeça às vezes na hora parecem sem importância, mas depois...

— Ora, papai! — exclamou Rodrigo, tomando a encher os cálices. — Não devemos ser pessimistas. À tua saúde, Lucas!

Tornaram a beber.

— Não se assuste, coronel — disse o tenente de obuseiros, voltando-se para o dono da casa. — Esses caboclos têm fôlego de gato. Vai ver como dentro de dois dias o Dente Seco está de pé.

— Está de pé — completou Maria Valéria — e vai acabar dando um tiro no Rodrigo. Era melhor que tivesse morrido.

— Nem diga isso, Dinda! Queria que eu fosse um assassino?

— Morrido de morte natural... — corrigiu-se ela. — Ou então que nunca tivesse nascido.

— Sua tia tem razão — murmurou Licurgo. — Daqui por diante o senhor tem que se cuidar muito. Homens como o Dente Seco são vingativos.

— Mas não há nada que possa com uma boa estrela — observou o oficial.

Licurgo sacudiu a cabeça.

— Não acredito nessas coisas.

Houve um curto silêncio, ao cabo do qual Maria Valéria se voltou para o cunhado.

— Meia hora depois do meio-dia. Posso servir o almoço?

— Pode.

— O tenente almoça conosco — disse Rodrigo, passando o braço sobre os ombros do amigo.

— E por que não?

— Para comemorar, tomaremos um bom Médoc.

— Santas palavras!

E então, perplexos, Maria Valéria e Licurgo viram o tenente de obuseiros gritar "Allez houp!" — como os artistas de circo de cavalinhos —, dar uma corrida, virar uma cambalhota e depois fazer uma mesura, atirando beijos para um público imaginário. Rodrigo sorriu, mas o rosto do pai e o da tia permaneceram sérios. No de Licurgo havia um ar taciturno de reprovação. No de Maria Valéria, um meio sorriso de tolerância, que, traduzido em palavras, queria dizer: "Coitado, é louco".

Chiru apareceu à hora em que se servia a sobremessa. Despejou as novidades: Dente Seco havia sido levado em braços à casa do Madruga, onde estava hospedado. O Titi Trindade bufava de raiva e falava em represálias. A cidade inteira vibrava com o incidente e Rodrigo era o herói do dia.

6

Às três da tarde, depois duma sesta em que não conseguira pregar olho, Rodrigo botou o chapéu na cabeça e o revólver na cintura, e foi até a farmácia, a qual, de acordo com o convênio feito com Zago, estava aberta àquele domingo. À porta da padaria, Chico Pão, os olhos meio anuviados, abraçou efusivamente o amigo, gaguejando protestos de solidariedade. Na farmácia, o prático pareceu espantado de vê-lo.

— Então, Gabriel velho, que é que há de novo?

— Muita coisa, doutor.

— Conte lá!

— Estão dizendo que vão atacar o Sobrado.

— Conversas, Gabriel, cão que ladra não morde.

— E que vão também atacar a farmácia e quebrar tudo.

— E tu acreditas nisso?

Gabriel engoliu em seco.

— Acredito. Não foi um nem dois que me disseram. Ind'agorinha o Cuca Lopes andou por aqui...

— O Cuca é um boateiro.

— O doutor Matias também me contou que estão falando em toda a cidade que o assalto vai ser hoje de noite.

— Qual!

Rodrigo entrou assobiando no consultório. Sentou-se à mesa, pegou um lápis, pôs-se a fazer rabiscos no bloco de receituário, onde escreveu muitas vezes, em letras de imprensa, o nome da namorada.

Tirou do bolso o termômetro de ouro — presente de sua madrinha — e ficou a olhar fixamente para ele. Seu primeiro e mais importante cliente havia sido sua própria terra natal, que sofria de marasmo crônico e pavores noturnos. Quem estava com febre, e febre alta, era Santa Fé. Ele, Rodrigo Cambará, havia provocado essa febre. A cidade saíra de seu torpor, a cidade delirava. Ele sentia isso no ar, no jeito como as pessoas o fitavam na rua... Depois do almoço aparecera no Sobrado o Neco, que lhe transmitira impressões colhidas em rodas da Confeitaria Schnitzler e à porta do Comercial. Diziam-se frases como estas: "O Rodrigo é um bichão. É preciso ter tutano pra enfrentar o Dente Seco... Só a cara do bicho é de matar a gente de susto". "E sabem da melhor? Ele estava armado e nem encostou o dedo no revólver." Murmurava-se até que alguém ouvira a Gioconda dizer — e de todas as frases era essa a que mais lisonjeava Rodrigo — "Isso é que é homem".

Rodrigo sorria, olhando para o termômetro, quando o Cuca irrompeu no consultório:

— Sabes da última? O Dente Seco já está de pé.

— Não imaginas como essa notícia me alegra...

— Me contaram que ele jurou que vai te matar.

— Que esperavas que ele fizesse, depois do que aconteceu? Que me desse beijinhos?

Cuca aproximou-se do amigo e sussurrou:

— Pessoa muito chegada ao Titi me garantiu que eles vão atacar o Sobrado hoje de noite. Já estão reunindo gente da Intendência. Te conto isso, Rodrigo, porque sou teu amigo.

— Está bom, Cuca. Muito obrigado pela informação. Mas não acredito.

Durante o resto da tarde, porém, continuaram a chegar à farmácia pessoas que repetiam a advertência. A cidade estava cheia de boatos. Afirmava-se que quem ia comandar o ataque era o próprio cap. Madruga. Um amigo chegou a aconselhar:

— Pelas dúvidas o melhor é fechar a farmácia, não acha?

— A farmácia continuará aberta até a hora de costume — replicou Rodrigo.

Ao chegar a casa, encontrou o pai no escritório.

— Estão falando que a canalha vai atacar o Sobrado — disse o Velho.

— O senhor acredita nisso?

— Essa gente é capaz de tudo.

— Acha, então, que devemos nos preparar?

— Acho.

Rodrigo chamou Bento.

— Bata na casa do Marcelino Veiga e peça para ele nos vender quatro caixas de balas de revólver calibre trinta e oito. Tome o dinheiro.

O boleeiro já estava na calçada quando Rodrigo lhe gritou da janela:

— Traga dez!

Pensou: o Marcelino vai logo contar ao Trindade que estamos nos preparando... Esfregou as mãos, satisfeito. Começava a acreditar na possibilidade do ataque, e isso lhe dava uma exaltação guerreira. Era preciso, porém, que a corja do Trindade e toda Santa Fé ficassem sabendo que ali no Sobrado ninguém estava atemorizado. Pôs o gramofone a funcionar, e por muito tempo as pessoas que passavam na rua ouviram a voz de Caruso, de Amato e da Melba, a cantar árias vibrantes.

— Não seria bom mandar a madrinha e a Laurinda pra casa da tia Vanja? — perguntou Rodrigo ao pai.

Antes que este tivesse tempo de responder, Maria Valéria protestou:

— Daqui ninguém me tira. Havia de ter graça. Se pude aguentar o sítio de 95, por que é que hei de fugir agora?

Essas palavras encerraram a questão. Rodrigo beijou a testa da madrinha e foi azeitar o revólver.

À tardinha tiveram uma surpresa agradável. Toríbio apeou do cavalo no quintal do Sobrado e entrou pela cozinha como um furacão.

— Me prepara um mate, Laurinda — gritou ao passar pela mulata.

Beijou a mão do pai, abraçou o irmão e foi logo reclamando:

— Egoísta! Como é que não mandaste me avisar de nada? Quando li o artigo da *Voz* o sangue me ferveu. Dei seis tiros num tronco de corticeira pra aliviar o peito. Nas Três Forquilhas me contaram hoje do teu pega com o tal de Dente Seco. É verdade?

Rodrigo contou-lhe a história com pormenores.

— A todas essas eu lá na estância, marcando terneiro e botando creolina em bicheira... Vocês me fazem cada uma!

Maria Valéria entrou nesse momento e, vendo Toríbio, exclamou:

— Chii... Era o que faltava. Chegou o capitão Rompe-Ferro. Vá lavar essa cara, menino!

7

Durante o jantar Rodrigo narrou animadamente a Toríbio os últimos acontecimentos. Depois da sobremesa, mostrou-lhe o último número d'*A Farpa*, que o irmão leu, às gargalhadas, sob o olhar desaprovador do pai.

Pouco antes das oito horas começaram a chegar os amigos. O primeiro foi o Chiru Mena, de bombachas, botas e esporas, revólver e adaga na cintura, um largo chapelão com barbicacho na cabeça e um pala atirado sobre o ombro.

— Ué! — exclamou Maria Valéria. — Vai viajar?

Um tanto desconcertado, Chiru retrucou:

— Nunca se sabe, dona. A gente tem que estar preparado pra tudo.

Pouco depois chegou o Neco Rosa, também armado de pistola e faca e trazendo o violão a tiracolo. Pepe García não tardou a aparecer; vinha como de costume sem um canivete no bolso. Tirou a boina, dobrou-a, meteu-a no bolso e, aproximando-se grave de Rodrigo, cochichou:

— He oído decir que el ataque está aplazado para la media noche en punto. La cosa es seria, hijito.

Rodrigo sorriu e deu-lhe uma palmada amistosa no ombro.

— Entra, Pepito, e fica à vontade.

Era como se estivesse recebendo amigos para uma festa. Maria Valéria olhava para os recém-chegados com uma pontinha de má vontade. Ao vê-los entrar para a sala de visitas, lançava-lhes olhares fiscalizadores para os pés, a ver se não estavam sujos de barro ou esterco.

Às oito em ponto, Cacique Fagundes apareceu, chamou Rodrigo à parte e disse que trazia um recado. Alvarino Amaral mandava dizer que, apesar de não manter relações de amizade com Licurgo, estava disposto a vir com os filhos machos ajudar a defender o Sobrado contra a corja do Trindade.

— Espere aí, coronel, que eu vou dizer ao papai.

Licurgo escutou o recado de seu desafeto com a fisionomia impassível. Por fim resmungou:

— Não acredito que ele tenha coragem de entrar no Sobrado.

— Papai, o senhor deve compreender que a intenção do homem é boa.

— Somos inimigos e eu não posso me esquecer que ele já atirou contra esta casa. Não me falem mais nisso!

Rodrigo voltou ao emissário.

— O Velho não aceita o oferecimento, coronel. O senhor conhece o papai. É um homem muito difícil. — Pegou no braço do caboclo. — Escute. Conte a coisa com jeito ao Alvarino, diga que eu compreendo o gesto dele e estou muito grato...

Cacique Fagundes encolheu os ombros.

— Em todo o caso, dei o recado.

Saiu para levar a resposta ao Alvarino Amaral e voltou pouco depois para ficar. Entrou no momento mesmo em que chegava ao Sobrado um grupo: o cel. Maneco Macedo com seus seis filhos, o mais moço dos quais tinha apenas dezessete anos. Estavam armados de revólver e faca, e traziam lenços vermelhos amarrados ao pescoço. Comovido ante aquele quadro, Rodrigo recebeu-os com efusão, abraçando todos os Macedos, cujo chefe exclamou:

— Não quisemos perder esta festa. Foi por isso que viemos sem convite.

Desataram todos a rir. Rodrigo correu para a madrinha:

— Mande preparar um mate e uns cafezinhos, Dinda.

Maria Valéria, que pelo vão da porta olhava fixamente para as botas dos recém-chegados, murmurou:

— Isto até parece velório.

— Se for velório de alguém — retrucou Rodrigo —, que seja do Trindade.

Licurgo conversava com o Cacique e Maneco Macedo, e seu semblante continuava anuviado. Discutiam as probabilidades daquele ataque, no qual o cel. Fagundes absolutamente não acreditava ("Só se o Titi estiver louco varrido") e sobre o qual Licurgo manifestava suas dúvidas.

— Mas se vierem — concluiu Maneco Macedo — vão encontrar com quem tratar.

Rodrigo mandou fechar todas as janelas do andar inferior. Reuniu depois os amigos e disse-lhes de onde deviam atirar no caso de ser a casa assaltada. Era-lhe agradável assumir aqueles ares de comandante. Ouvidas as instruções de combate, os homens se dividiram em dois grupos. No escritório ficaram os mais velhos. Na sala de jantar, os mais moços. Vieram duas cuias e o chimarrão correu ambas as rodas.

Chiru e Bio trocaram bravatas. Don Pepe recordou suas negras noites de conspirador em cidades da Espanha. Alguém pediu a Neco que cantasse, e o barbeiro, não se fazendo rogar, tirou uns acordes do violão, limpou a garganta e cantou a "Margarida vai à fonte".

O tempo passava. Por volta das nove e meia, Rodrigo subiu à água-furtada e de lá ficou a espreitar a praça. Pareceu-lhe ver movimentos suspeitos à frente da Intendência, um entrar e sair de gente. Um vulto moveu-se na calçada fronteira ao Sobrado e depois se diluiu nas sombras do arvoredo. A rua do Comércio àquela hora estava completamente deserta. A notícia do assalto espalhara-se por toda a cidade: era natural que ninguém ousasse sair de casa depois do escurecer, temendo as balas perdidas.

Rodrigo atirou as pernas por cima do peitoril da janela e começou a caminhar sobre o telhado, achando saborosa aquela sensação de perigo iminente: podia escorregar e cair... podia ser alvejado por algum inimigo atocaiado nas sombras da praça. Lembrou-se das histórias que se contavam em torno do cerco do Sobrado, em 95. Olhou instintivamente para a torre da igreja. A silhueta do galo do cata-vento recortava-se, negra e nítida, contra o azul-violeta do céu. Uma brisa fresca, que recendia a campo noturno, bafejou-lhe a face. Acendeu um cigarro, ergueu a cabeça e quedou-se a olhar para as estrelas, tirando um prazer esquisitamente vertiginoso da ideia de estar se oferecendo como alvo ao inimigo invisível. Era quase o mesmo que caminhar sobre um fio de arame estendido entre a água-furtada e a torre da Matriz... E de súbito, no campo de sua memória, armou-se um remoto circo: a japonesinha, de para-sol colorido na mão, equilibrava-se no arame... Ah, as paixões da adolescência!...

Voltou para a água-furtada e depois desceu. Neco cantava "A casa branca da serra".

Bio bocejou.

— Acho que esses calças-frouxas ficaram com medo de nos atacar.

— São quase dez horas... — disse alguém.

Naquele instante bateram à porta da frente. Neco Rosa calou-se. Fez-se um silêncio repentino. Bio quis abrir a janela, mas Rodrigo deteve-o.

— Espera. Pode ser uma cilada. Deixa que eu vou ver.

Dirigiu-se para o vestíbulo, de revólver na mão, desceu os degraus, parou junto da porta e esperou. Tornaram a bater: duas pancadas fortes e distintas.

— Quem é?

— Sou eu.

— Eu quem?

— O Liroca.

Rodrigo abriu a porta e deixou o amigo entrar.

— Homem de Deus! Que foi que te aconteceu?

— Faz duas horas que estou escondido ali na praça, falando sozinho, numa luta de consciência. Entro ou não entro? Se não entro, podem pensar que sou um ingrato que abandona os amigos na hora amarga. Se entro, o Licurgo pode me botar pra rua com um pontapé no rabo. É uma situação horrorosa, Rodrigo.

— Vamos subir...

Liroca segurou com força o braço do outro.

— Não. Tens que primeiro arranjar o consentimento do teu pai. Sem isso não entro. Mas se ele não me deixar entrar, palavra que fico deitado na porta, como um cachorro escorraçado. E quando a capangada do Trindade chegar, vão me furar o corpo à bala, me deixar que nem paliteiro.

Rodrigo subiu, chamou o pai à parte e pô-lo ao corrente da situação. Licurgo mordeu a ponta do cigarro por alguns segundos, sem dizer palavra.

Depois:

— É preciso não ter nenhum amor-próprio pra fazer uma coisa dessas.

— Ora, papai, tenha pena do homem. Faz anos que ele anda rondando o Sobrado. O Liroca é uma boa alma. Se cometeu algum erro, está arrependido...

— E o senhor pensa que eu estou satisfeito por ver toda essa gente de lenço vermelho dentro da minha casa? Em 95 eles estavam do lado de fora atirando contra nós, contra mim, contra sua mãe, contra sua tia, contra seu irmão, contra o senhor, contra os meus amigos. Pensa que m'esqueci?

Rodrigo reprimiu a custo um suspiro de impaciência.

— Mas o senhor se esquece que os que hoje vão atirar contra o Sobrado e contra nós estão do lado de fora e não têm lenço vermelho no pescoço!

Licurgo engoliu em seco. Rodrigo pôs-lhe afetuosamente a mão no ombro e, com voz macia e persuasiva:

— Deixe o Liroca entrar — pediu. — Eu respondo por ele. Vai ficar quietinho num canto sem incomodar ninguém. Eu lhe garanto que será o dia mais feliz da vida dele.

Por um instante Licurgo permaneceu mudo. Depois, olhando para o filho, resmungou:

— Está bem. Mande o homem entrar. Mas não me faça apertar a mão dele.

Rodrigo correu a buscar Liroca, que entrou de chapéu na mão, arrastando os pés, murmurando boas-noites desajeitados para todos, sem olhar direito para ninguém.

— Não se preocupe com o papai — sussurrou-lhe Rodrigo ao ouvido. — Faz de conta que ele não está aqui. Essas coisas se resolvem devagarinho.

Liroca sentou-se a um canto, com o chapéu sobre os joelhos, e, quando Maria Valéria atravessou a sala, tesa, sem sequer olhar para o recém-vindo, este soltou um fundo suspiro. E como todos ali soubessem de sua antiga "paixa" pela cunhada de Licurgo, houve risinhos abafados, troca de sinais gaiatos, piscadelas.

8

Quando o relógio de pêndulo deu onze badaladas, Toríbio achou que os capangas do Trindade não viriam mais.

— Está muito abafado aqui dentro, pessoal. Vamos abrir as janelas.

Sem esperar a aprovação do pai ou do irmão, escancarou as janelas da sala de visitas e debruçou-se para fora, bem no instante em que subia da rua um tropel em cadência militar.

Rodrigo precipitou-se para a janela e viu com surpresa que um pelotão de soldados do Exército fazia alto à frente do Sobrado. Um superior no qual reconheceu o ten. Lucas começou a dar vozes de comando e a soldadesca formou diante da casa numa fileira singela, ali ficando em posição de descanso.

— Lucas! — gritou Rodrigo. — Que história é essa?

Lá debaixo, o tenente de obuseiros respondeu:

— Não se impressione. São ordens do coronel Jairo. Daqui a pouco ele estará aqui.

Licurgo, que também se aproximara da janela, resmungou:

— Minha casa cercada de soldados... Era só o que faltava.

Poucos minutos depois o cel. Jairo Bittencourt entrava apressadamente no Sobrado. Estava de uniforme cáqui, com o rosto mais rosado que de costume. Fechou-se com Licurgo e Rodrigo no escritório:

— Quando me informaram que o intendente pretendia assaltar esta casa para empastelar a redação d'*A Farpa*, tomei todas as precauções para evitar a hecatombe!

Parou e tomou fôlego.

— Faz exatamente duas horas e quarenta minutos que tenho um pelotão de armas embaladas, de prontidão ali na rua do Poncho Verde.

Licurgo, que o mirava, sério, disse com pachorra:

— Não era preciso se incomodar, coronel.

— Até a última hora duvidei que o coronel Trindade tivesse coragem de levar a cabo essa barbaridade. Por fim fui pessoalmente verificar o que havia. Pois bem. Os boatos se confirmavam. O homem estava com toda a Polícia Municipal e mais um grupo de capangas preparados para o assalto. Tivemos uma altercação. O intendente quis me amedrontar, dizendo que eu não tinha direito de me meter em política. Ameaçou de me denunciar ao ministro da Guerra, de passar um telegrama ao presidente do estado, queixar-se ao marechal Hermes e não sei mais o quê. Perdi a calma e gritei-lhe um par de verdades que tinha atravessadas na garganta há muito tempo.

Sentou-se e, com voz mais calma, pediu:

— Um copo d'água, por favor.

— Que tal um conhaque, coronel?

— Não. Água.

Rodrigo saiu do escritório e voltou trazendo a água, que Jairo bebeu dum sorvo só. Depois de passar o lenço pelos lábios e pelos bigodes, continuou:

— E disse-lhe mais: "Se vossência persistir nessa loucura e atirar seus apaniguados contra o Sobrado, dou-lhe a minha palavra de cidadão e de soldado como nenhum deles voltará vivo!". "Mas isso é uma arbitrariedade!", gritou ele. E eu respondi: "Para preservar vidas humanas sou capaz de cometer todas as arbitrariedades e de passar por cima de todas as leis!".

— Magnífico, coronel!

— Ah! E disse-lhe mais: "Mande o seu capanga Dente Seco embora daqui o quanto antes! Sei para que o senhor mandou buscá-lo. E desde já eu o responsabilizo pelo que possa acontecer ao doutor Rodrigo Cambará e seus parentes e amigos".

Calou-se. Um pingo de suor caiu-lhe do queixo na túnica. Rodrigo aproximou-se do militar e apertou-lhe a mão num agradecimento silencioso.

— Pode mandar embora os seus amigos. Meus soldados ficarão montando guarda ao Sobrado até o amanhecer.

— Não carece — disse Licurgo.

— Não poderei dormir tranquilo se eles não ficarem.

Jairo Bittencourt ergueu-se e caminhou para o gramofone, sorrindo.

— Então este é o famoso aparelho que o amigo mandou buscar?

— É um primor, coronel. Quer ouvir alguma coisa?

— Não. Obrigado. Fica para outra ocasião. Preciso voltar a casa. A Carmem está sozinha e preocupadíssima, a coitadinha!

— Mas ouça só uma chapa...

— Está bem.

Rodrigo pôs o gramofone a funcionar. Os primeiros acordes da *ouverture* de *Egmont* encheram a sala. O coronel deixou escapar um suspiro de satisfação.

— A música, a divina música! Como é que pode haver gente no mundo que não compreenda nem ame a arte? Quando ouço música, comovo-me a ponto de me virem lágrimas aos olhos. O que está faltando à humanidade, meu caro doutor Rodrigo, é uma religião. Fé, fé e amor é o que necessita este velho mundo cansado!

Licurgo pitava calmamente, olhando para o oficial com olhos apertados e cépticos.

Na sala contígua, Maria Valéria aproximou-se de Bio:

— Tocarem música a esta hora da noite! Estão doidos varridos...

Don Pepe, que bebera com Toríbio toda uma garrafa de caninha, acercou-se da janela, lançou um olhar sobranceiro para os soldados e, fitando depois a igreja, bradou:

— Clero y ejército! Los dos aliados de la burguesía! Me cago en la leche de la madre de todos los militares, de todos los curas, de todos los burgueses!

Após uma curta pausa, acrescentou:

— Me cago en la leche de mi propia madre!

Voltou a cabeça e baixou a voz, respeitosamente.

— Con el perdón de usted, doña Maria Valéria...

Capítulo xiv

1

Dias depois, encontrando Chiru e Neco na farmácia, à hora do chimarrão matinal, Rodrigo fez com ambos um exame da situação. A intervenção decidida do cel. Jairo dera novo rumo aos acontecimentos. Dali por diante, Aristiliano Trindade teria de andar com mais cuidado, e rigorosamente dentro da lei. Constava que mandara Dente Seco de volta para Soledade: havia quem afirmasse ter visto o capanga, com a cabeça envolta em ataduras, entrar numa diligência que deixara a cidade uma daquelas madrugadas.

— Ganhamos a primeira batalha! — exclamou Rodrigo jovialmente sentado no *bureau* do consultório. — Ataquei o situacionismo, disse horrores do intendente, do delegado e de toda a sua camarilha. Mandam buscar um bandido pra me assustar e eu deixo o cabra estirado na calçada, sem sentidos. O Trindade planeja um assalto ao Sobrado e o coronel Jairo intervém, dando claramente a entender que está do nosso lado, isto é, do lado do direito, da razão, da justiça...

— E agora?

Rodrigo apanhou a espátula e premiu-lhe a ponta contra o ventre de Chiru.

— Agora chegamos ao ponto que eu desejava. Minha intenção nunca foi provocar barulho, mas botar as coisas nos seus devidos lugares. Descobri as baterias, mostrei que não tenho medo e, principalmente, provei ao povo da minha terra que é possível ir contra a situação sem perigo de perder a vida ou ser espaldeirado na rua pela polícia. Em última análise, apliquei no eleitorado indeciso uma injeção de óleo canforado. Pois bem. De hoje em diante *A Farpa* mudará de tom, transformando-se de jornal de ataques pessoais em jornal puramente doutrinário. Vou dar a essa corja uma lição de elegância moral!

— Que história é essa? — perguntou Neco Rosa.

— Quinta-feira que vem, o marechal chega com sua comitiva. Nesse dia vou fazer sair mais um número d'*A Farpa*, e o editorial será uma saudação cordial ao candidato militarista.

— Saudação? — estranhou Chiru.

— Saudação. Vou elogiar o homem, porque no fim de contas o Hermes parece um sujeito bem-intencionado...

Neco tirou a bomba da boca.

— Estás louco?

Rodrigo sorriu:

— Nunca estive tão bom do juízo em toda a minha vida.

Chiru fungava, o cenho cerrado:

— O marechal não passa dum boneco manejado pelo Pinheiro Machado, que não é trigo limpo.

— Sabes duma coisa, Chiru? Tenho um fraco pelo senador...

— Não diga isso! O Pinheiro é a asa-negra do Brasil. Quero ver a caveira dele, pra felicidade da nossa terra.

— Bom, não vamos discutir esse assunto agora. Mas, voltando ao editorial, farei ver aos leitores que não estamos fanatizados pela causa civilista e sabemos reconhecer também o mérito de nossos adversários. Está claro que no fim do artigo puxo brasa pro nosso assado, provo por $a + b$ que o senador Rui Barbosa é superior ao marechal. Mas provo com ideias, com fatos e não com adjetivos apaixonados.

Efetivamente, no dia em que o mal. Hermes da Fonseca chegou a Santa Fé, *A Farpa* foi distribuída pela manhã por toda a cidade. Trazia na primeira página, dentro de vistosa cercadura, um editorial cujo fecho rezava:

Bem-vindo, pois, seja o ilustre candidato oficial à cidade de Santa Fé, que saberá recebê-lo de braços abertos e um sorriso amigo nos lábios, embora seu coração palpite de admiração e simpatia pelo candidato civilista, para o qual está reservando seus votos, no próximo e grandioso pleito de primeiro de março!

2

O trem que conduzia o mal. Hermes da Fonseca e sua comitiva chegou a Santa Fé às onze da manhã e foi esperado na estação da estrada de ferro pelos representantes militares, que envergavam uniformes de gala, e pelas autoridades civis, à frente das quais se achava o cel. Aristiliano Trindade, muito pouco à vontade dentro dum apertado fraque preto. Na plataforma transbordante de gente, a banda de música do Regimento de Infantaria tocava dobrados. No largo estavam formados os trezentos e tantos alunos do Colégio Elementar David Canabarro, que agitaram bandeirinhas e soltaram vivas quando o marechal apareceu à porta da estação.

A pedido do intendente as casas comerciais haviam cerrado suas portas, e o nordeste que soprava aquela manhã bulia com as bandeiras hasteadas à frente da Casa Sol, da Repartição dos Correios e Telégrafos, do Clube Comercial e do Centro Republicano.

O jornal da situação, aparecido na véspera, informara que o marechal passaria o resto daquele dia em Santa Fé, continuando a viagem para Cruz Alta na manhã seguinte. No salão nobre da Intendência haveria, com início à uma hora, grande banquete de cento e vinte talheres, em homenagem ao "futuro presidente da República", o qual, "após o ágape", se recolheria a "seus aposentos, para um merecido repouso". Às cinco da tarde, S. Exa. visitaria os quartéis e o Centro Republicano, onde lhe seria oferecida uma taça de champanha. À noite estaria presente ao "comício-monstro a realizar-se em sua honra à frente do paço municipal".

Faltava um quarto para o meio-dia quando o carro da Intendência, de tolda arriada, chegou à praça da Matriz, conduzindo Hermes da Fonseca ladeado pelo cel. Trindade e pelo cel. Prates. O marechal estava à paisana, numa roupa cor de chumbo, e trazia na cabeça um chapéu do Panamá.

A gente do Sobrado — menos Licurgo, que se fechara no quarto, birrento, "para não ver a cara do sargentão" — debruçou-se às janelas da sala de visitas. Olhando para o rosto corado do candidato militarista, com o seu volumoso nariz adunco, Toríbio murmurou:

— Eta bichinho bem feio!

Da janela, Maria Valéria retrucou:

— O doutor Rui não é nenhuma beldade.

— Quem tem talento não carece de formosura, titia.

No momento em que o carro defrontava o Sobrado, Joca Prates murmurou qualquer coisa ao ouvido do marechal, que voltou a cabeça para a direita, na direção dos irmãos Cambarás, e tirou o chapéu. Sua calva reluziu ao sol.

— Bom dia, filho da mãe... — murmurou Toríbio por entre dentes.

Num assomo de cordialidade, Rodrigo fez um largo aceno para o visitante.

Pouco depois do carro oficial, desfilou pela frente do Sobrado a banda de música militar, tocando "O general Oyama", o dobrado predileto de Rodrigo. O negro Sérgio marchava na vanguarda dos músicos, soltando foguetes, que acendia em tições conduzidos pelos moleques que o acolitavam.

A melodia vibrante espraiava-se no ar, e não só as superfícies polidas dos instrumentos de metal refletiam a claridade da manhã como também suas rútilas vozes reverberavam festivamente naquele largo cheio de ecos.

O nordeste fazia girar o galo do cata-vento da torre. As copas do arvoredo da praça agitavam-se, num verde movimento de água. De cada lado da porta central da Intendência, a bandeira nacional e a do Rio Grande drapejavam alegremente. Os rojões explodiam como tiros de canhão. As narinas dilatadas, a respiração já meio opressa, Rodrigo ia sendo aos poucos tomado dum entusiasmo marcial. Tudo aquilo — o esfuziar e o estrugir dos foguetes, a música, as bandeiras, o vento, o sol, os uniformes flamantes, o faiscar dos metais —, tudo aquilo lhe sugeria guerra e heroísmo. E um passado inteiro feito de textos e gravuras escolares, discursos patrióticos, romances de capa e espada, hinos, heróis, mártires, clarinadas, apoteoses; todo um passado de mitos que Rodrigo julgava mortos, ergueu-se como um vagalhão e arrebatou-o, atirando-o, por um mágico segundo, às praias da infância. Lomas Valentinas... Riachuelo... Itororó... Quem for brasileiro que me siga!... Com a cavalaria dos farrapos conquistarei o mundo!... Tiradentes esquartejado... Frei Caneca... Ana Néri... Felipe Camarão... O estudante alsaciano batendo no peito: a França está aqui dentro!... O tamborzinho inglês que não sabia tocar retirada... Ó auriverde pendão de minha terra, que a brisa do Brasil beija e balança!

Rodrigo estava inquieto. Queria aproveitar a presença do marechal para fazer alguma coisa, e começava a irritar-se porque não conseguia descobrir o que era. Tinha energias de sobra para gastar, e no entanto ali estava à janela, inerte. Não se conformava com a ideia de não participar — fosse como fosse — daquele momento cívico. Arrependia-se de não ter mandado imprimir boletins com frases anti-hermistas, para distribuir agora ali na praça, às barbas do candidato oficial.

3

Don Pepe entrou no Sobrado em grande agitação e puxou Rodrigo para um canto.

— Qué oportunidad, hijo, qué oportunidad! Una bombita, no más que una bombita chiquitita y, ay madre de mi alma, que hermoso espectáculo.

Rodrigo sorria. Os ardores niilistas do espanhol o divertiam.

O pintor estava a andar para diante e para trás, nos seus passinhos nervosos.

— Es que estoy perdido en esta miserable ciudad, hombre. Estoy ablandado, no hago nada. Sabes lo que decía Bakunin del verdadero anarquista?

Ah! O grande Bakunin escrevera em seu *Catecismo* que o revolucionário não deve ter interesses pessoais nem sentimentos nem propriedade. Deve concentrar-se num único pensamento: a Revolução. Um único alvo deve preocupá-lo: a destruição. Despreza a moral, pois para ele é moral tudo quanto possa favorecer a Revolução. Entre o verdadeiro anarquista e a sociedade existe uma luta de morte, um ódio irreconciliável. Ele deve estar sempre pronto a morrer, a suportar mil torturas e a matar com suas próprias mãos todos quantos ponham obstáculos à Revolução. Toda a afeição deve ser-lhe estranha, pois os sentimentos dessa natureza podem às vezes deter-lhe o braço.

— Mas como explicas — perguntou Rodrigo — que o grande Tolstói seja anarquista e pregue o amor como a lei suprema da vida?

— Tolstói es un anarquista moderado. Yo soy un anarquista exaltado. — Depois duma pausa reflexiva, ajuntou: — Pero hay que respectar al viejito, coño!

Sentou-se dramaticamente no sofá.

— Ay! Una bombita, no más que una bombita...

— Vamos tomar alguma coisa, Pepito?

— Sí. Soda cáustica.

Bio foi buscar as garrafas de cerveja que havia posto a refrescar dentro do poço. Encheram os copos, fizeram um brinde ao candidato civilista e à sua próxima vitória. Com os bigodes coroados de espuma, as magras pernas estendidas, Don Pepe tomou a palavra e procurou provar aos amigos que, em última análise, o assassínio político devia ser considerado também como uma das belas-artes. Ah! Os formosos atentados da França! Vaillant, fazendo jus a seu nome, atirara uma bomba no Parlamento. Caserio abatera em Lyon, a golpes de punhal, o presidente Sadi Carnot. Os mais lindos atentados do mundo, porém, eram os russos! Alexandre II fora vitimado por uma bomba niilista em 1881... Exaltado, o espanhol pintava o quadro. As ruas de Moscou sob um céu funéreo, de chumbo e bistre... O czar passando no seu carro, cercado de cossacos... De repente, surge o anarquista, precipita-se para o meio da rua com um objeto negro apertado contra o peito e lança-se aos pés dos cavalos... Um clarão, uma explosão medonha e o czar lá se vai pelos ares, com carruagem, cavalo, niilista e tudo!

Em 1902 os anarquistas russos liquidaram Bobollepot, ministro da Instrução. Em 1903, Bogdanovich, governador militar de Ufa. Em 1905 tombara o grão-duque Sérgio, comandante militar de Moscou. E Pepe ia pronunciando os nomes das vítimas com o mesmo prazer com que um guloso mencionaria pratos esquisitos: Bobikof, Boguslawsky, Sipiaguin... Governadores, ministros, grão--duques, reis... Que safra magnífica! O pintor lambia os beiços.

— Y qué hago yo, señores, qué hago yo? Puf! Bebo cerveza en Santa Fé con dos representantes de la burguesía!

Olhou desconsolado para o copo vazio, que Toríbio se apressou a encher.

— Está bem, Don Pepe — disse Rodrigo, sorrindo. — Presta um serviço à pátria e à humanidade. Assassina o Titi Trindade.

O espanhol olhou firme para o amigo, o cenho franzido. Depois fez uma careta de repugnância.

— Trinidad? Trinidad es indigno de la lámina de mi puñal!

Rodrigo desatou a rir, pois sabia que o punhal de Pepe García, bem como suas bombas, tinha uma existência puramente imaginária.

4

Aquela noite Rodrigo foi com Toríbio, Chiru e Neco sentar-se debaixo da figueira da praça, a fim de observar o comício mais de perto. Uma grande multidão aglomerava-se à frente da Intendência, que tinha as janelas e portas escancaradas, e todas as dependências iluminadas. Era uma noite de lua nova, e os lampiões que o negro Sérgio acendera ao anoitecer mal alumiavam a cena com sua luz escassa e amarelenta.

De vez em quando foguetes subiam, zunindo, e espocavam no alto, em relâmpagos seguidos de estrondos que o eco duplicava. Um que outro viva se erguia no meio do povo.

Uma multidão humana — refletiu Rodrigo — não diferia muito dum rebanho de carneiros fácil de conduzir. Mais uma vez lhe veio, profundíssima, a orgulhosa certeza de não ter nenhuma vocação para carneiro. A simples ideia de estar ali protegido pela sombra da figueira, a espiar clandestinamente o comício, dava-lhe uma vil sensação de inferioridade.

Pouco antes das nove horas, o grupo que havia pouco saíra do Centro Republicano, puxado pela banda de música militar e carregando bandeiras e fachos acesos, chegava à praça e, depois de passar sob vivas e estampidos de foguetes pela quadra do Sobrado e pela da Matriz, fez alto diante do paço.

Contemplando a turbamulta, aquela aglomeração de vultos escuros sem fisionomias (aqui e ali se vislumbrava um que outro semblante ao clarão dum archote), Rodrigo murmurava: "Pura Idade Média... Pura Idade Média". Pensou em autos de fé, câmaras de tortura, tribunais inquisitoriais... E por alguns instantes brincou com uma ideia que lhe produziu uma sensação de vácuo na boca do estômago. Precipitar-se a correr, entrar na Intendência, aproximar-se duma das janelas e dali fazer um discurso-relâmpago contra o marechal... Imaginou a reação do povo, a fúria do Trindade e seus asseclas, o tumulto, a confusão... Isso lhe deu um prazer tão intimamente intenso, que foi quase como se tivesse posto a ideia em prática.

Uma pancada de bombo. A música cessou. Ergueram-se novos vivas, a que o povo respondeu num coro roufenho. E quando Hermes da Fonseca apareceu à janela, acompanhado de Aristiliano Trindade, o povo rompeu em aplausos e aclamações, enquanto a banda atacava o Hino Nacional.

Discursou em primeiro lugar o promotor público, saudando o homenageado em nome do intendente e da população do município. Falou a seguir Amintas Camacho, como porta-voz da mocidade santa-fezense. O marechal foi o último orador da noite. Leu o discurso em voz tão baixa, que Rodrigo e os amigos quase nada puderam ouvir.

— Xô mico! — exclamou Toríbio.

Rodrigo estava agora fechado num silêncio soturno. Sentia-se roubado, diminuído por não estar participando positiva ou negativamente do comício. Arrependia-se de ter tratado tão bem no seu editorial o candidato militarista. Devia, isso sim, ter aproveitado a oportunidade para arrasá-lo. Maldito sentimentalismo!

— Depois duma bambochata dessas — disse Toríbio, quando a multidão começou a dispersar-se —, só uma boa farra!

— Ideia-mãe! — aprovou o Neco. — Vamos até a Pensão Veneza. Que tal, Rodrigo?

— Não contem comigo. Já disse que não tenciono ir mais a esses lugares.

Chiru, vezado em assumir ares paternais, interveio:

— Não. Ir à pensão é perigoso. Muitos desses hermistas que saíram do comício na certa vão também pra lá, se embebedam e acabam nos provocando.

— Pois se provocarem, se briga — simplificou Bio.

— Não é negócio. Tenho outra ideia. Vamos buscar umas raparigas e umas cervejas e tocamos pra casa do Saturno. Me passa aí vinte mil-réis.

Rodrigo meteu a mão no bolso, meio contrariado, e tirou a carteira.

— Mas não contem comigo — repetiu, dando o dinheiro ao amigo.

— E agora? — Chiru olhou para Neco. — Que raparigas tu achas que devemos levar?

O barbeiro refletiu por alguns segundos.

— Tem a Deá, a china Amândia, a Ruiva...

— Está bem. Somos três.

— Falta uma. Vamos levar a Morena pro Rodrigo.

— Já disse que não vou — repetiu este último, mas já com menos ênfase.

Aqueles nomes de mulher haviam-lhe soado aos ouvidos como uma música cheia de inesperadas promessas.

Toríbio tomou-lhe o braço e puxou-o consigo.

— Vamos, homem, não sejas bobo.

Rodrigo deixou-se levar. Que diabo! Não podia ir dormir àquela hora... Não estava disposto a ler nem a ouvir música. Ficar caminhando à toa e sozinho pela cidade, como um cachorro sem dono? No fim de contas...

— Que tal é a Morena? — indagou.

Chiru passou-lhe o braço sobre os ombros e começou a contar-lhe maravilhas da rapariga. Tinha um sinal na cara, uns vinte anos, era boa de peitos, boa de ancas, assim com um jeito de castelhana, mas crioula de Santa Fé. Rodrigo velho, prata da casa, um peixão!

5

No princípio da segunda quinzena daquele fevereiro, chegou a Santa Fé um grupo de cinco membros influentes do Partido Democrático de Cruz Alta, que foram logo procurar Licurgo e Rodrigo, com os quais confabularam longamente, tratando de conseguir que ambos se filiassem ao novo partido que Assis Brasil lançara de maneira tão espetacular na famosa convenção de Santa Maria, em 1908. Licurgo repeliu a sugestão, alegando que era castilhista e que castilhista pretendia continuar até o fim.

— Mas pense bem, coronel, o doutor Assis Brasil também continua castilhista. O Partido Democrático nada mais é que o Republicano passado a limpo!

Licurgo, porém, manteve-se irredutível. Quanto a Rodrigo, declarou que acompanharia o pai aonde quer que ele fosse.

— Bom — disse por fim um dos democratas —, já que essa questão está encerrada, vamos tratar da propaganda civilista em Santa Fé. Estamos às portas das eleições e temos que fazer alguma coisa enquanto é tempo.

Combinaram realizar um comício em praça pública naquela mesma semana, e irem depois em caravana visitar vários distritos, especialmente as colônias de Garibaldina e Nova Pomerânia.

Licurgo não escondia seu pessimismo. Achava agora que fazer propaganda do candidato civilista em Santa Fé era puro desperdício de tempo, energia e dinheiro. Estava convencido de que a eleição, como de costume, seria uma fraude e o candidato oficial sairia vitorioso por grande maioria de votos. Entretanto, como prova de sua boa vontade, estava disposto a contribuir com dinheiro para custear as caravanas.

O comício dos civilistas em Santa Fé realizou-se à noite, à frente do Sobrado, de cuja sacada Rodrigo e dois outros oradores dirigiram a palavra a um público entusiasta mas escasso. Nessa noite, temendo que o intendente mandasse dissolver o comício à bala — como se murmurava —, o cel. Jairo mandara patrulhas do Exército, montadas e armadas de mosquetões, rondar a praça desde o anoitecer até as primeiras horas da madrugada.

No dia seguinte Rodrigo acompanhou os democratas de Cruz Alta numa excursão pelo interior do município. Achou penosa a viagem de jardineira por aquelas estradas esbarrancadas e poeirentas. Em Garibaldina conseguiram para o comício uma assistência de quinze pessoas. Postado na boleia da jardineira, em vão Rodrigo no seu discurso invocou Garibaldi, o guerreiro de dois mundos, Garibaldi, o campeão da liberdade, que passara por aquelas campinas em sua prodigiosa aventura libertária. Falou também em Dante, em Mazzini e até no papa. Recitou trechos literários em italiano, enquanto o suor lhe escorria pelo corpo todo e ele sonhava com um banho e uma larga sesta em cama limpa. Via a seu redor as faces vermelhas dos colonos, que o escutavam com a mão em pala sobre os olhos, por causa da claridade do sol a pino. Era domingo e haviam aproveitado a hora da saída da missa para realizar o comício. Terminado este, Rodrigo visitou um dos maiorais da terra, o velho Lunardi, cujo filho, o Marco, havia sido seu colega de escola primária em Santa Fé. Tratou de saber com quantos votos podia o senador Rui Barbosa contar ali em Garibaldina. O velho desiludiu--os. Talvez na colônia o candidato civilista não conseguisse um único voto. Rodrigo voltou-se para o amigo de infância:

— Nem o teu, Marco?

O outro sacudiu negativamente a cabeça.

— Nem o meu.

— Mas por quê, homem?

— Se nós votamos contra o governo — justificou-se o rapaz —, o subdelegado persegue a gente, carrega nos impostos. Ninguém quer ser prejudicado.

— Mas é um absurdo! — exclamou Rodrigo, batendo com o punho na mesa.

— Estamos num país livre em que cada cidadão pode e deve votar em quem bem entender!

Marco sorriu. Era um homem troncudo e atlético, de quase dois metros de altura. Os cabelos bronzeados coroavam-lhe a face duma simpatia aliciante, em que a tez cor de tijolo contrastava agradavelmente com os olhos azuis. Desde menino Rodrigo sentia uma grande atração por aquele "gringuinho" com o qual tantas vezes jogara sapata e bandeira à frente do Sobrado. O velho Lunardi mandara-o aprender as primeiras letras em Santa Fé, visto que não havia escolas em Garibaldina. Agora, homem-feito, auxiliava o pai no trabalho da lavoura, cujos produtos levava periodicamente à sede do município, para vender. Mas seu grande sonho — contara ele um dia a Rodrigo — era montar na cidade uma fábrica de massas alimentícias.

— Marco — disse-lhe Rodrigo, quando pôde falar a sós com o amigo —, estou desapontado contigo.

O colono ficou silencioso, de cabeça baixa, e pôs-se a riscar o chão com a ponta do pé descalço. Tinha uma voz macia, duma doçura que estava em desacordo com sua estatura física.

— Pois é...

— Que diabo! Dependia de vocês todos se unirem e resolverem falar grosso. Que era que o Trindade ia fazer? Aumentar os impostos é ilegal. Mandar a polícia espingardear os colonos? Claro que ele não chegaria a esse extremo. Vocês são como bois, que não têm consciência da própria força e se deixam levar por qualquer criança!

Marco Lunardi fitou em Rodrigo os olhos claros, e com sua voz mansa, cheia de esses chiantes e apertados de vêneto, replicou:

— Boi não vota nem paga imposto.

Rodrigo deu-lhe uma palmada no ombro e disse com afetuosa energia:

— Pois tenho pena de ti e da tua raça. Fica aguentando a canga. E adeus! Temos ainda hoje um comício em Nova Pomerânia.

6

Na colônia alemã não tiveram melhor sorte. O comício realizou-se à noite, no salão do clube ginástico, e a ele compareceram umas duas dúzias de colonos. Em seu discurso Rodrigo fez o elogio dos alemães que haviam deixado a mãe pátria por motivos políticos, emigrando para o Brasil em busca dum ambiente de maior liberdade. "Pois agora, senhores, chegou a oportunidade de os netos e bisnetos desses pioneiros provarem os frutos deliciosos dessa liberdade, no exercício livre do voto." Traçou o perfil biográfico do candidato civilista — o homem mais culto e inteligente do Brasil, e que fala alemão como um berlinense —, disse do sentido de sua candidatura e dos benefícios que sua vitória poderia trazer para os elementos estrangeiros radicados no Rio Grande. Enquanto falava, de vez em quando lançava um rápido olhar para o retrato do imperador Guilherme II que, dum quadro pendurado na parede, parecia mirá-lo com desconfiada hostilidade, ora para o busto em gesso de Bismarck, empinado sobre um aparador. Os aplausos dos colonos não foram muito calorosos. E quando, naquela mesma noite, Rodrigo e os companheiros de caravana procuraram um dos membros mais influentes da colônia, o Jacob Kunz — velho baixo e barbudo como um gnomo —, tiveram de recorrer a um intérprete para se entenderem com ele. Kunz recusou-se terminantemente a fazer o que quer que fosse em favor do candidato civilista. Batendo na mesa com o punho e sem tirar da boca seu cachimbo de louça, declarou que ele e toda a família votavam com o governo, sempre com o governo, e que jamais se meteriam em política.

O intérprete, José Kern, um rapaz duns vinte e poucos anos, de pescoço taurino e sobrancelhas cor de palha, muito espessas e híspidas, desempenhou suas funções com desembaraço. Tinha um pequeno negócio em Nova Pomerânia, onde era geralmente estimado.

— Não podemos contar nem com o voto do amigo? — perguntou-lhe Rodrigo.

Kern sacudiu a cabeça negativamente.

— Eu também voto com o governo.

Rodrigo impacientou-se:

— Isto até parece epidemia! Em Garibaldina foi a mesma coisa. E o senhor, seu Kern, que parece um moço instruído, não se sente diminuído por ser obrigado a votar contra a sua consciência?

— Consciência é uma palavra, doutor, e eu não me fio muito em palavras.

Rodrigo fuzilou para ele um olhar rancoroso. O outro prosseguiu:

— Sei o que faço e o que quero. O mais não me interessa.

— Mas que é que o senhor quer? Ser deputado?

José Kern fitou nele os olhos frios.

— Quem sabe?

Rodrigo teve ímpetos de esbofetear o insolente. Com o propósito de ofendê--lo, meteu ostensivamente a mão no bolso.

— Quanto lhe devo?

— Nada. Não sou intérprete profissional, mas negociante de secos e molhados.

Rodrigo voltou para Santa Fé não só decepcionado com as colônias como também alarmado ante o que vira em Nova Pomerânia, onde eram poucos os que falavam o português. O velho Kunz estava no Brasil havia mais de cinquenta anos e parecia não saber uma palavra de nossa língua. A única escola da colônia tinha um professor alemão que não ensinava o português. De suas paredes, como na sociedade de ginástica, pendiam retratos de Guilherme II e de Bismarck. Os padres — tanto o católico como o protestante — pregavam os sermões em alemão.

E na calma do Sobrado, relembrando incidentes da excursão ao quarto distrito — onde tiveram de fazer um comício-relâmpago, de revólveres em punho, ameaçados como estavam pelo subdelegado e seus capangas —, Rodrigo ruminava principalmente sua conversa com Marco Lunardi e José Kern.

Deplorava a situação de Marco, mas compreendia e perdoava o gringo. Quanto mais, porém, pensava em Kern, mais insuportável e arrogante achava sua atitude. Lambote!

Sentou-se à mesa e escreveu um artigo sobre os perigos da colonização alemã. Condenou o governo pelo abandono em que deixava, sem professores nem escolas, esses núcleos de origem germânica que (nunca se sabe o que vai acontecer) poderiam transformar-se em verdadeiros cavalos de Troia. Terminou assim:

> Para que não se diga que ando enxergando fantasmas e, qual novo Quixote, transformando o moinho d'água do velho Spielvogel em guerreiros fabulosos, transcrevo um trecho tirado do livro "A arcádia da Alemanha", de Leyser, e citado na obra "Contrastes e confrontos", do eminente escritor Euclides da Cunha. Ei-lo: "Hoje, nestas províncias (Paraná, Santa Catarina e Rio Grande do Sul) cerca de 30% dos habitantes são germanos ou seus descendentes; e, por certo, nos pertence o futuro dessa parte do mundo. De feito, ali, no Brasil meridional, há paragens ricas e salubres, onde os alemães podem conservar a nacionalidade, e um glorioso futuro se antolha a tudo o que se compreende na palavra 'germanismus'".

7

Foi, pois, com pessimismo que Rodrigo viu aproximar-se o dia das eleições. Os jornais traziam notícias de distúrbios nas ruas de Porto Alegre, onde civilistas e hermistas trocavam sopapos e bengaladas.

Ali em Santa Fé o governo fazia preparativos para a luta eleitoral. Cuca Lopes viera esbaforido ao Sobrado contar que vira o Dente Seco entrar na Intendência, a cabeça ainda envolta em ataduras. E não estava só: iam com ele uns dois ou três tipos de má catadura, armados até os dentes. A coisa está feia, menino!

Chegavam diariamente à cidade grupos de cavaleiros, vindos do interior do município. Eram caboclos bem montados que percorriam as ruas fazendo grande estardalhaço, os rebenques erguidos, as abas dos sombreros quebradas na frente, os palas ondulando ao vento. Passavam pelo Sobrado soltando vivas ao Partido Republicano, ao cel. Trindade, ao dr. Borges de Medeiros, ao dr. Carlos Barbosa e, eventualmente, ao mal. Hermes. Apeavam à frente da Intendência, onde a maioria ficava hospedada. Da janela de sua casa, Rodrigo via essas cavalgatas e murmurava, indignado:

— Isto é um país de botocudos. Só à bala!

Sua indignação subiu ao auge quando um dia, perto das onze da manhã, os peões de Trindade trouxeram para a praça grandes quartos de reses e puseram-se a fazer fogo debaixo da figueira, dentro duma longa vala rasa. Churrasco para a capangada! — compreendeu Rodrigo. E teve gana de gritar desaforos.

Pouco antes do meio-dia começaram a aparecer os caboclos e se foram sentando ou deitando à larga sombra da figueira. Um deles se pôs a tocar cordeona e, dentro em pouco, dois cabras começaram a trovar. Um deles cantou:

Eu me chamo Antônio Almeida,
Do Jari sou natural.
E cá estou em Santa Fé
Pra votar no Marechal

— Oigalê bichinho bom, seu! — gritou um bigodudo que picava fumo recostado ao tronco da grande árvore. A gaita chorou sozinha por algum tempo. Por fim outro caboclo soltou a voz:

Pra votar no Marechal
Foi que vim de Santa Rosa,
Ai que surra vamos dar
Nesse tal de Rui Barbosa!

Rodrigo arrastou o gramofone para perto da janela e fê-lo funcionar. E Caruso, cantando o *Che gelida manina*, entrou também no torneio de trovadores.

8

O dia 1º de março amanheceu sombrio e abafado. Rodrigo havia sido indicado pela oposição para fiscal duma das mesas eleitorais. Pôs o revólver na cintura, uma caixa de balas no bolso e encaminhou-se para seu posto, no salão nobre do Centro Republicano. A chamada dos eleitores começou às sete da manhã. Plantados junto da porta, os capangas do Trindade ofereciam cédulas com o nome dos candidatos oficiais a todos os eleitores que entravam. Estes, em sua quase totalidade, tomavam docilmente dos papeluchos e depositavam-nos na urna, depois de assinar a autêntica. Os que se recusavam a isso tinham os nomes acintosamente anotados. De raro em raro aparecia um maragato de lenço "colorado" no pescoço, trazendo já na mão sua chapa, que metia na urna com ar altivo e quase provocador.

Rodrigo estava deprimido. Deve ser o calor — concluiu, tirando o casaco e desabotoando o colarinho. Passou o lenço pelo rosto e pensou em que tinha de passar o dia inteiro ali naquela sala desagradável que tresandava a sarro de cigarro crioulo e a suor humano.

O mesário que fazia a chamada gritou:

— Arnesto Tavare Nune.

Apareceu um homenzinho baixo, de ar bisonho.

— Protesto, senhor presidente! — bradou Rodrigo.

— Por quê?

— Este sujeito é um impostor. Ernesto Tavares Nunes já morreu.

O presidente dirigiu-se ao eleitor.

— Como é o seu nome?

O homem olhou primeiro para Rodrigo, hesitante, depois para a cédula que um capanga lhe havia posto nas mãos, e finalmente balbuciou, visivelmente embaraçado:

— Arnesto Tavare Nune.

Rodrigo pôs-se de pé.

— Apelo para os membros da mesa e para os senhores aqui presentes que sabem tão bem quanto eu que Ernesto Tavares Nunes está morto e enterrado!

Fez-se um silêncio.

— Vamos ao cemitério — convidou Rodrigo — e eu lhes mostrarei o túmulo desse cidadão.

O presidente da mesa coçou a cabeça com a ponta da caneta.

— Doutor Rodrigo, nós não temos tempo pra essas coisas, e mesmo a lei não nos autoriza...

— Ora, quem quer falar em lei! Vamos ao registro de óbitos, então.

— O homem vai votar e o senhor depois lavra o seu protesto.

— A velha história! Meu protesto não será levado em conta! É a indecência de sempre!

— Assine seu nome aqui — disse o presidente ao eleitor.

— Continuem a farsa! — gritou Rodrigo. Sentou-se, indignado, pegou um lápis e começou a escrever numa folha de papel todos os palavrões que sentia ímpetos de atirar na cara do presidente da mesa e na dos fiscais hermistas.

Ao meio-dia Bento apareceu, trazendo-lhe um prato de comida e uma garrafa de cerveja. Contou que a coisa ia muito mal para os civilistas na maioria das mesas.

— Lastimaram um homem — sussurrou o caboclo ao ouvido do patrão.

— Quem?

— Um filho do Maneco Vieira. Quiseram obrigar o rapaz a pegar uma chapa do marechal, ele se incomodou, disse uns desaforos e então fechou o tempo.

— Está muito ferido?

— Bastantinho.

Rodrigo largou o talher e afastou o prato.

— Com essa gente, só à bala! — disse em voz alta, lançando olhares torvos na direção dos outros componentes da mesa, que também comiam ao pé da urna.

Acendeu um cigarro, ficou a fumar e a caminhar dum lado para outro, sentindo mais que nunca o calor, a pressão atmosférica, o desejo de ir embora e a miséria de tudo aquilo.

À tarde, Chiru veio anunciar-lhe a chegada de eleitores pica-paus que haviam votado pela manhã em Cruz Alta e que agora estavam votando pela segunda vez na mesa instalada no edifício da Intendência.

— Dizem que no interior do município houve barulho feio — acrescentou.

Eleitores continuavam a chegar ao Centro Republicano. Pelo que Rodrigo observara, os civilistas ali estavam apenas com uns escassos cinco por cento da votação, e esse talvez fosse um cálculo otimista.

— Só há um lugar onde vamos vencer — disse a Chiru. — É no terceiro distrito.

O terceiro distrito era uma espécie de feudo dos Macedos. Lá Rui Barbosa teria maioria absoluta, pois nele votariam todos os Macedos, que não eram poucos, e mais seus numerosos peões, capatazes, posteiros, agregados e amigos.

— Mas aposto que os hermistas vão dar um jeito de anular essa mesa — retrucou Rodrigo.

Depois de encerrada a votação, lavrou seu protesto, assinou a ata, com uma violenta ressalva, e ergueu-se para sair. O presidente da mesa estendeu-lhe a mão. Rodrigo murmurou apenas "Passe bem", voltou-lhe as costas e se foi. Estava cansado, desiludido e triste. Ansiava por um banho, mas um banho que não só lhe lavasse o corpo como também a alma.

Seguiu rua do Comércio acima, rumo do Sobrado. Viam-se nas calçadas grupos que comentavam animadamente as eleições. Um céu baixo de sépia pesava sobre a cidade, e andava na atmosfera carregada de eletricidade um prenúncio de tempestade e desastre. Por que será que Santa Fé não tem ainda uma fábrica de gelo? — pensava Rodrigo. Por que será que não tem luz elétrica? Por que será que ainda não criou vergonha?

Concluiu que não valia a pena sacrificar-se por aquele burgo podre. Os santa-fezenses simplesmente não queriam ser salvos...

Entrou no Sobrado. Maria Valéria veio a seu encontro:

— Graças a Deus você chegou! Já estava começando a ficar assustada. Ainda bem que não lhe aconteceu nada.

— Quem foi que lhe disse? Me aconteceu tudo. Acabo de me desiludir da política, da minha terra, da minha gente e de mim mesmo.

— Pois não é sem tempo. Agora sossegue o pito e cuide da sua vida.

— É o que vou fazer. Papai já chegou?

— Já. Na mesa que ele fiscalizou, correu tudo em ordem.

— E o Bio?

— Ainda não veio.

Rodrigo apanhou o sabonete e uma toalha, entrou no quarto de banho, despiu-se e tomou uma prolongada ducha fria. Estava a enxugar-se quando Toríbio entrou e despejou a notícia:

— Houve barulho no terceiro distrito e mataram um filho do Maneco Macedo!

Por alguns segundos Rodrigo quedou-se mudo, de boca entreaberta, a olhar estupidamente para o irmão.

— Qual deles? — perguntou por fim.

— O mais moço.

Rodrigo sentou-se num mocho e ali ficou, enrolado na toalha, os olhos fitos no chão, o ritmo da respiração alterada, e já começando a sentir de novo o suor escorrer-lhe pelo corpo.

Bio tirou a roupa e foi para baixo do chuveiro.

— Houve um tiroteio brabo — contou. — O Trindade sabia que o marechal ia perder a eleição no terceiro distrito e mandou pra lá a capangada. Quando a votação acabou, quiseram roubar a urna. Foi aí que começou o cu de boi.

De olhos fechados, Bio recebia o jorro d'água em pleno rosto. Rodrigo estava tão cansado e deprimido, que parecia ter perdido a capacidade de indignar-se.

Toríbio fechou a torneira.

— Morreram também dois dos capangas. E sabes quem era um deles? O teu amigo, o Dente Seco. Caiu abraçado com a urna.

9

Às nove horas Licurgo Cambará e os filhos tomaram o carro e dirigiram-se para a casa dos Macedos, onde estava sendo velado o corpo do caçula da família. A noite continuava abafada, o ar parado. A cidade fervilhava de boatos sombrios. Murmurava-se que Titi Trindade, em represália pela morte de seus cabos eleitorais, ia atacar à bala a casa dos Macedos.

No carro, os três Cambarás deixavam-se levar em silêncio. Licurgo pigarreava, com uma insistência que já começava a irritar o filho mais moço.

Os lampiões alumiavam lobregamente a rua. Rodrigo sentiu saudade de Porto Alegre, de teatros, cafés, cabarés e pândegas. Pensou em Paris e decidiu que em princípios de 1911 estaria dentro dum fiacre, rodando pelo Bois de Boulogne. Se Hermes fosse eleito, passaria quatro anos na Europa...

Ao passar pela frente da casa de Aderbal Quadros, olhou melancolicamente para as janelas cerradas (haverá no mundo coisa mais triste que uma casa fechada?) e sentiu saudade da Flora. Ah, o bem que lhe faria agora o contato de suas mãos frescas em sua testa escaldante. Será mesmo que estou febril? Devia ter tirado a temperatura antes de sair...

Ao dobrarem a esquina, já na praça, avistaram o palacete dos Macedos com panos negros à porta. Rodrigo sentiu algo de opressivo no peito. Detestava velórios, luto, choro — tudo, enfim, quanto se relacionasse com morte.

O carro parou. Os Cambarás desceram e entraram na casa mortuária. Os corredores escuros estavam apinhados de gente. Os homens em sua maioria traziam lenços vermelhos amarrados ao pescoço, o ar cheirava a flor e a cera derretida. Duma peça dos fundos, vinham soluços entrecortados de mulher.

Seguido de Toríbio, Licurgo abriu caminho na direção do quarto do casal Macedo. Rodrigo parou à porta da sala onde estava o cadáver, com um lenço encarnado a tapar-lhe o rosto. Suas mãos amarradas destacavam-se, lívidas, contra a roupa preta. Os bicos das botinas novas sobressaíam entre as rosas vermelhas que lhe cobriam os pés.

Alguém tocou no braço de Rodrigo e murmurou-lhe ao ouvido:

— Que barbaridade! O rapaz estava já caído no chão com uma bala no peito, botando sangue pela boca, quando viu o Dente Seco sair correndo com a urna na mão. Não teve dúvida. Prendeu fogo, e o caboclo testavilhou... Veja só. Um menino de dezessete anos. Morreu como um homem.

Morreu por mim — pensou Rodrigo. Dente Seco tinha jurado me matar...

Era-lhe esquisito e dolorosamente enternecedor chegar à conclusão de que o Macedinho morrera para salvá-lo. Teve ímpetos de beijar o defunto. De repente um soluço rebentou-lhe no peito e, escondendo o rosto nas mãos, rompeu a chorar convulsivamente.

10

Naquela madrugada o temporal desabou. Às dez da manhã, à hora do enterro, caía ainda um chuvisqueiro miúdo, que ameaçava prolongar-se. Não foi possível convencer a família do morto de que o ataúde devia ser conduzido no carro fúnebre. Os Macedos fizeram questão de levá-lo a pulso até o cemitério, e era com relutância, quase com hostilidade, que aqui e ali cediam uma alça do caixão a alguma pessoa estranha à família.

A pedido de amigos, Rodrigo fez um pequeno discurso no cemitério, antes de descerem o caixão à cova. Vituperou os assassinos, elogiou o morto, jurou que seu sacrifício não seria esquecido. Enquanto falava, a chuva empapava-lhe as roupas e a cabeça descoberta, escorrendo-lhe pelo rosto de mistura com as lágrimas.

Os Cambarás voltaram de carro para o Sobrado, molhados até os ossos, calados e abatidos. E naquela noite e nas três seguintes permaneceram até madrugada alta na casa dos Macedos, na vã tentativa de confortá-los. Licurgo limitava-se a ficar sentado ao lado do chefe da família, pitando cigarro sobre cigarro, sem dizer palavra. Toríbio em vão procurava conversar com os rapazes, que se mantinham num silêncio de pedra. Rodrigo, junto da mãe do morto, chorava com ela, receitava-lhe calmantes, dava-lhe remédios na boca, como a uma criança.

Certa manhã, quatro dias depois do enterro, apareceu um novo número d'*A Voz da Serra*, trazendo um artigo em que o conflito do terceiro distrito era interpretado como *uma cilada armada pelos mazorqueiros Macedos, que, vendo seu candidato derrotado, procuraram perturbar a ordem, não trepidando em ir até o assassinato!*

Boatos negros começaram a circular pela cidade. Afirmava-se que os Macedos se preparavam para exigir de Amintas Camacho uma satisfação. Dizia-se: "Se é verdade, vai correr muito sangue, porque o Amintas tem as costas quentes". Pouco depois do meio-dia, alguém contou na roda de chimarrão da farmácia do Zago que os Macedos estavam-se armando (tinham até mandado buscar três peões da estância) para ir àquela tarde empastelar *A Voz* e dar uma sumanta em seu diretor.

Licurgo e Rodrigo correram à casa dos Macedos e, verificando que eles pretendiam mesmo atacar a redação do jornal situacionista, procuraram dissuadi-los disso.

— É uma loucura, Maneco — disse Licurgo —, vassuncês estão em minoria, vão ser massacrados.

— Que m'importa? Esse negócio não pode ficar assim. É uma vergonha.

Por fim, impaciente, esgotados os argumentos, Licurgo exclamou:

— Pois se vassuncês vão, nós vamos também!

Rodrigo, porém, telefonou ao cel. Jairo e pediu-lhe o auxílio.

O comandante do Regimento de Infantaria apressou-se a vir à casa de Maneco Macedo. Fechou-se com ele num quarto e, após um colóquio que durou quase uma hora, arrancou-lhe a promessa, sob palavra de honra, de não levar adiante seu propósito. Depois que o comandante se retirou, Maneco olhou para Licurgo.

— Estou desmoralizado. Mataram meu filho e eu aqui parado, fechado dentro de casa, sem fazer nada.

Rodrigo tentou consolá-lo. Todo o mundo sabia que os Macedos tinham reagido com hombridade à agressão, e uma das provas disso era que dois dos bandidos do Trindade haviam ficado estendidos no chão, sem vida.

— Mas essa cachorrada escreveu aquelas sujeiras no jornal!

Rodrigo voltou para casa e redigiu um telegrama de protesto, que devia ser dirigido ao presidente da República, narrando os acontecimentos do terceiro distrito, acusando o Trindade e seu delegado de polícia como responsáveis pelo conflito, e exigindo justiça. Saiu depois de casa em casa a colher assinaturas para o memorial. Todos os federalistas assinaram sem hesitar; alguns republicanos dissidentes fizeram o mesmo, mas muitos foram os que se esquivaram, usando de subterfúgios ou dizendo claramente que não queriam meter-se naquele embrulho. Ao fim do dia o telegrama contava apenas com quarenta e três assinaturas. Rodrigo, que esperara conseguir no mínimo cento e cinquenta, estava desapontado. Santa Fé era um caso perdido.

Decidiu imprimir um número especial d'*A Farpa*. Sentou-se à mesa e redigiu um manifesto ao povo de sua terra, dando a verdadeira versão da "tragédia do terceiro distrito" e concitando os conterrâneos a reagir por todos os meios — primeiro pelos legais e depois, se falhassem estes, pelos ilegais — contra aquela situação vergonhosa que os aviltava, pondo em constante perigo a vida dos homens livres do município. Num outro artigo atacou o governo, que fraudara as eleições, acusou o intendente e o delegado de polícia, e lançou sobre o Amintas — "capacho imundo, escriba crapuloso" — uma nova rajada de insultos.

Chamou Pepe García e fê-lo compor e imprimir às pressas o número especial. E, pronta a edição, estava a pique de telefonar para Chiru e Neco, pedindo-lhes viessem ajudá-lo na distribuição, quando Toríbio interveio:

— Não! Agora a coisa é comigo. Que diabo! Vocês nunca deixam nada pra mim. Quem vai distribuir o teu pasquim sou eu, não de carro, que não sou maricas, mas a cavalo e em plena luz do dia. Mas fecha essa boca, não digas nada pro papai nem pra titia, senão eles me estragam a festa.

Vestiu a melhor bombacha, amarrou um lenço de seda branca no pescoço, botou o revólver na cintura, montou no bragado, apanhou um monte de jornais e saiu a distribuí-los. Começou pela rua do Comércio. Fazia o cavalo subir nas calçadas, aproximava-se das janelas abertas e atirava para dentro de cada casa um exemplar da folha. Na rua entregava-os a amigos, conhecidos e desconhecidos. Fazia isso com tamanha decisão, com tão turbulenta energia, que os outros nem sabiam como recusar. E quando alguém lhe dizia ou fazia que não, Bio perseguia-o, chegava a meter-lhe o cavalo em cima, gritando: "Pega o jornal, molenga!". E assim foi descendo em zigue-zague a rua principal. À frente da Casa Sol uns três republicanos conversavam com Marcelino Veiga. Toríbio aproximou-se do grupo, exclamando jovialmente: "Olha *A Farpa*, minha gente!". Houve murmúrios de protesto no grupo e, como Bio insistisse em dar-lhes o jornal, os homens lhe viraram a cara. Vendo, porém, que o cavalo subia para a calçada, embarafustaram quase em pânico pra dentro da loja. "Fugindo, covardes!" Toríbio impeliu o bragado loja adentro e pôs-se a atirar jornais a torto e a direito, gritando e rindo no meio do susto de empregados e fregueses, enquanto as patas e ancas do animal iam derrubando caixas e sacos, fazendo grandes queijos caírem das prateleiras e saírem rolando pelo soalho, e tombando, numa barulheira que agravava a confusão, panelas, canecos, latas e garrafas. Glorioso, Toríbio saiu por outra porta e prosseguiu na tarefa. Ao chegar à praça Ipiranga, aproximou-se da casa de Titi Trindade e jogou para dentro, através duma janela aberta, um maço de jornais. Depois enfiou pela rua Voluntários da Pátria, sempre em zigue-zague, e, ao cruzar a esquina da rua do Poncho Verde, avistou o Amintas, que caminhava na calçada oposta. Fez o cavalo atravessar a rua a trote e gritou: "Para aí, cachorro! Tenho um presente pra ti!". Ao avistar Toríbio Cambará, o redator d'*A Voz* recuou alguns passos e encostou-se na parede, amarelo de pavor. Toríbio entregou-lhe um jornal, que ele apanhou automaticamente, os olhos muito arregalados e turvos de medo fitos no rosto do cavaleiro. O bragado estava a encostar o focinho na cara do rábula. "Não tenhas medo que não vou te fazer nada, miserável! Não costumo surrar em fêmea." Meteu os calcanhares nos flancos do animal e gritou: "Vamos embora, bragado velho, porque isto aqui está fedendo!".

Ao chegar ao Sobrado, encontrou o pai de cara amarrada.

— Já fiquei sabendo das suas estrepolias. O Veiga me telefonou fazendo queixa do senhor.

Toríbio nada disse. E Rodrigo, que se achava presente, percebeu imediatamente que o Velho não estava muito disposto a repreender o filho.

Por alguns instantes nenhum dos três falou. Por fim, Licurgo tirou do bolso um pedaço de fumo em rama e começou a picá-lo. Olhando para Bio, disse:

— O senhor e eu não temos mais nada que fazer na cidade. Já votamos, já cumprimos a nossa obrigação. Vamos voltar amanhã pro Angico. E o senhor, seu Rodrigo, comece também a cuidar da sua vida, que já não é sem tempo.

FIM DO PRIMEIRO TOMO

O RETRATO vol. II

Chantecler

[continuação]

Capítulo xv

1

Licurgo e Toríbio voltaram para o Angico, e Rodrigo ficou com a madrinha no Sobrado, o que lhe deu uma gostosa sensação de liberdade. Queria bem ao pai, respeitava-o, e era-lhe intimamente necessária a ideia de que ele o estimava e admirava. No entanto, quando o velho estava perto, não podia deixar de sentir uma impressão de mal-estar, por ver um implacável olho fiscalizador permanentemente focado em sua pessoa. Não havia criatura mais crítica de seus atos que Maria Valéria, mas Rodrigo tinha para com ela a liberdade de replicar. Além do mais, as repreensões da tia geralmente faziam-no rir. Com Licurgo, porém, era diferente. Havia pouco, ao receber algumas caixas de vinhos franceses e italianos encomendadas a uma firma de Porto Alegre, Rodrigo transformara um dos compartimentos do porão numa adega. Levara o pai a vê-la, mas o único comentário que arrancara dele fora uma série de pigarros de contrariedade. Soube depois que o Velho dissera à cunhada: "Esse rapaz é um perdulário. Não sei por quem puxou".

Doutra feita, durante o almoço, Rodrigo abrira uma garrafa de Borgonha. Ao fazer menção de encher o cálice do pai, este o detivera.

— Pra mim, não.

No dia seguinte, vendo o filho abrir uma garrafa de Chianti, franzira o cenho.

— O senhor pretende tomar vinho *todos* os dias?

Fora uma pergunta desconcertante. Num rompante, Rodrigo meteu a rolha no gargalo, saiu da sala a pisar duro, levando a garrafa de volta à adega. Passaram o resto do almoço num silêncio que em vão Bio mais duma vez tentara romper.

A primeira coisa que Rodrigo fez quando o pai deixou o Sobrado foi mandar esconder todas as escarradeiras que se achavam espalhadas pela casa. "Uma porcaria, Dinda, uma coisa dum mau gosto horrendo!"

Maria Valéria encolheu os ombros.

— Sua alma, sua palma.

— Se dependesse só de mim — murmurou Rodrigo —, eu tirava também aquele retrato do Júlio de Castilhos da parede do escritório...

— Se você tirar, seu pai bota o mundo abaixo.

— Não é que eu não admire o homem... Mas acontece que esse retrato tem qualquer coisa de cemitério, de mausoléu. Temos de alegrar esta casa. Precisamos de cor!

Estava pensando em quadros com mulheres nuas — nus artísticos, naturalmente —, reproduções de obras de pintores famosos como Rubens, Ticiano, Manet, Renoir... Ah! Como ele gostaria de ter no Sobrado as sugestivas pinturas de Toulouse-Lautrec, tão típicas da galante vida parisiense!

— Dinda — disse ele um dia, ao erguer-se da mesa do almoço —, vou convidar uns amigos para virem aqui em casa no sábado de noite.

Ela olhou de viés para o afilhado.

— Festa?

— Não, não se assuste. Uma pequena reunião. Que diabo! Gosto de gente, não quero viver como uma fera enjaulada. Vou convidar o coronel Jairo, o tenente Lucas, o tenente Rubim... Pode vir também o Chiru, o Saturnino, o espanhol...

— Isso está me cheirando a festa.

Tomou-lhe a cabeça com ambas as mãos e deu-lhe um sonoro beijo na face. Ela permaneceu séria e fria.

— Não adianta me adular. Conheço bem as suas manhas.

— Venha me fazer um cafuné.

— Pensa que não tenho mais o que fazer?

Rodrigo arrastou-a para o quarto, estendeu-se na cama, na beira da qual Maria Valéria se sentou. Seus dedos longos e magros meteram-se pelos cabelos do sobrinho e começaram a friccionar-lhe o couro cabeludo, vagarosamente.

Ele cerrou os olhos, com um profundo suspiro de prazer. O relógio lá embaixo bateu uma badalada.

— Não há nada no mundo melhor que um cafuné. Aaaai! Feliz de quem tem uma tia, quando essa tia é um anjo!

— Hum...

— Devagarinho... Assim...

— Não suje a colcha, porcalhão, tire essas botinas.

Rodrigo fez um pé descalçar o outro e jogou os sapatos para fora do leito.

— Dinda, vou lhe contar meus planos. Daqui por diante pretendo cuidar da profissão, do consultório, da farmácia. O resto que vá pro diabo!

— Promessa de bêbedo.

— Palavra de honra. Esse país não tem jeito. Só uma revolução.

Soergueu-se na cama, e, como se a frase anterior tivesse sido dita por ela e não por ele, perguntou:

— Fazer uma revolução com quem? Com o povo? Mas não é possível ir

290

contra as classes armadas! (Na verdade não se estava dirigindo à tia, mas aos leitores d'*A Farpa*.) Neste pobre país parece que nada se pode fazer sem o concurso dos militares. Foram civis como Castilhos, Patrocínio, Bocaiuva e outros que fizeram a República com ideias. Mas na hora de dar o golpe, desgraçadamente recorreu-se ao Exército. O primeiro presidente foi um marechal. E que fez ele? Dissolveu o Congresso. Agora, pra mal dos pecados, parece que vamos ter outro soldado na presidência. Outro Fonseca! Este país está perdido. Só uma revolução!

Tornou a deitar-se. De novo os dedos de Maria Valéria se afundaram em seus cabelos.

— Coce mais pra baixo, Dinda. Não, mais pra baixo. Aí...

— Não sei por que essa gente só pensa em política.

— Eu sei. É porque a política lhes dá as coisas que eles mais ambicionam: posições de mando, força, prestígio. E não há quem não goste disso.

— Você não é obrigado a se meter...

— Mas acontece que também gosto!

— Estás bem arranjado...

Fez-se um longo silêncio durante o qual Rodrigo pareceu adormecido. Maria Valéria parou o cafuné e fez menção de levantar-se.

Ele sorriu, segurando com um gesto vivo o pulso da tia.

— Ia fugindo, não, sua traidora? Fique aí, que eu quero lhe contar outro segredo. Vou me casar ainda este ano.

— Pra que tanta pressa?

— Ora! Preciso ter minha mulher, meus filhos, meu lar...

— Mas tudo vem a seu tempo. Não é bom a gente precipitar as coisas.

— Não sou homem de meias medidas. Não tenho paciência pra esperar. Veja o que aconteceu pro Macedinho. Morreu com dezessete anos.

— O Fandango está com cem.

— Seja como for, já resolvi. Sabe quem é ela?

— A filha do Babalo.

— Claro, quem mais podia ser? A moça mais bonita e prendada de Santa Fé. Não é do seu gosto?

— É.

— Então diga isso com mais entusiasmo.

— É.

— Quando ela voltar de fora, vou falar com o pai.

— Sabe que o Babalo anda mal de negócios?

— Mais uma razão pra apressar o casamento.

— Já falou com a moça?

— Não. Mas tenho a certeza de que ela vai me dar o sim.

— Presunçoso.

A voz de Rodrigo estava começando a ficar arrastada, e ele sorria com a languidez da sonolência.

— É bom viver, titia... Mesmo que a gente viva cem anos como o Fandango, ainda é pouco. Quero viver cento e vinte... cento e oitenta... cento e sessenta... — Mal movia os lábios. — Mil e quatrossss...

Adormeceu sorrindo. Maria Valéria ergueu-se e saiu do quarto na ponta dos pés.

2

Laurinda olhava com uma expressão de perplexidade para Rodrigo, que, parado junto da mesa da cozinha, barrava de caviar pequenos quadrados de pão que ele mesmo acabara de cortar com todo o cuidado.

— Parece mentira! — exclamou a mulata, olhando para Maria Valéria. — O Rodrigo virou mulher.

— Prove, titia!

— Não quero. Isso é capaz de me arruinar o estômago.

— Prova tu, então, Laurinda.

— Credo! Essa porqueira até parece chumbo miúdo.

A negra Paula, que estava acocorada no canto da cozinha, soltou a sua risada cava e rouca.

Rodrigo meteu o pedaço de pão na boca e por um instante ficou a mastigá-lo com delícia.

— Milagre dos milagres! — exclamou, metendo a ponta da faca dentro da lata de caviar. — A Argentina planta o trigo, pescadores escandinavos pescam esturjões no mar do Norte e com suas ovas se fabrica o caviar. O Chico Pão faz o pão com farinha argentina e o doutor Rodrigo Cambará passa nele o caviar nórdico pra oferecer aos seus convidados, um dos quais nasceu no Rio de Janeiro, os outros em Sergipe, em Alagoas, na Espanha e em Jacarezinho, quarto distrito de Santa Fé. E assim é a vida, meus senhores!

Ali estava uma boa coisa para dizer aos convidados no momento em que lhes servisse a iguaria.

Voltou-se para a cozinheira e, mostrando-lhe uma lata de salsichas de Viena:

— Bom, Laurinda, lá pelas nove horas tu me botas essas latas em banho-maria. Não te esqueças, sim? Essa coisa tem que ser servida quente.

Saiu da cozinha assobiando uma valsa. Maria Valéria seguia-o com um olhar em que havia um misto de censura e mal disfarçada admiração.

Rodrigo abriu as seis janelas que davam para a rua, acendeu os bicos de acetileno, aproximou-se do consolo, ajeitou as rosas que mandara botar no vaso, e depois mirou-se por um instante no espelho. Que o Sobrado tomava outro jeito, não havia negar. Tinha mandado fazer uma estante especial para o gramofone, com gavetas destinadas aos discos. Comprara um tapete feito à mão para a sala de visitas e um pelo de tigre para o chão do escritório. Pensou no pai... Como acontecia com quase todos os homens do campo, Licurgo Cambará desprezava o conforto. Gaúchos como ele em geral dormiam em camas duras, sentavam-se em cadeiras duras, lavavam-se com sabão de pedra e pareciam achar indigno de macho tudo quanto fosse expressão de arte, beleza e bom gosto. Isso explicava a nudez e o desconforto de suas casas, a aspereza espartana de suas vidas.

Aproximou-se do gramofone, abriu uma das gavetas da estante, escolheu um disco — *Loin du Bal* —, colocou-o no prato e estava a dar manivela ao aparelho quando Maria Valéria entrou.

— Acho que você não devia tocar música.

— Por quê?

— Faz tão pouco tempo que morreu o Macedinho...

Por um instante Rodrigo hesitou, não sabendo se devia ou não dar razão à tia. Bastou-lhe, porém, uma fração de segundo para perceber que ia cometer uma indelicadeza. Diabo, como é que eu não penso numa coisa dessas! Ficou a censurar-se a si próprio, mas nem por isso menos contrariado por não poder ouvir música.

3

Eram oito e quarenta da noite quando o próprio Rodrigo foi à cozinha buscar a bandeja onde estava a travessa com pão e caviar. Voltou para a sala de visitas, radiante.

— Vejam só quanta coisa aconteceu através do tempo e do espaço para que este simples momento fosse possível! — Parou no meio da peça e passeou o olhar pelas faces dos convivas. — Um lavrador na Argentina plantou o trigo...

E desenvolveu a tese. Quando terminou, o cel. Jairo avançou para ele, de braços abertos.

— Pois tudo isso é sociologia, meu caro doutor! Para Comte todos esses elementos contavam, no estudo da história!

Rodrigo fez a bandeja andar a roda.

O ten. Lucas provou o caviar e em seguida representou a pantomima do homem envenenado: atirou-se ao chão e começou a rolar no tapete, as mãos crispadas sobre o ventre, o rosto convulsionado. Liroca, que aparecera sem ser convidado, estava quieto no seu canto, a olhar para o pândego, com uma expressão entre rabugenta e triste.

Chiru fumava, recostado ao peitoril duma das janelas, discutindo com Saturnino o resultado das eleições. Meteu um pedaço de pão na boca e engoliu-o sem mastigar.

— Vamos beber alguma coisa! — exclamou Rodrigo.

Foi até a cozinha e voltou com uma garrafa de champanha. Fez saltar a rolha, que bateu no espelho e caiu entre as rosas do vaso. O vinho jorrou sobre o tapete. Rodrigo encheu a primeira taça e entregou-a ao coronel. Serviu depois os outros. Liroca e Saturnino não quiseram beber. Lucas perguntou a Rodrigo se nunca havia bebido "champanha de cascata". De cascata? Sim — com a sua licença, coronel —, despeja-se a garrafa na cabeça duma mulher bonita, o champanha escorre pelo rosto, pelos peitos, a gente se agacha, mete a boca debaixo dos seios da criatura, e bebe...

— Devasso! — exclamou Rodrigo, lembrando-se de que, não fazia muito, ele próprio bebera champanha nos sapatos dourados duma atriz.

O coronel ficou muito vermelho e levou o copo de limonada aos lábios, depois de erguê-lo, num brinde silencioso. Liroca continuava a olhar, intrigado, para o tenente de obuseiros. Chiru achou a ideia de Lucas interessante.

— Vou experimentar na primeira ocasião. Só que é uma brincadeira meio cara...

— O que é caro é bom — retrucou o tenente.

Chiru e Saturnino entraram a discutir animadamente as eleições. Nos primeiros dias de março o *Correio do Povo* publicara alguns resultados parciais das cidades, que acusavam pequeno saldo de votos favorável a Rui Barbosa. Agora, porém, vinham de todo o país telegramas desanimadores para os civilistas: o marechal estava vitorioso na maioria das urnas, e tudo indicava que o candidato oposicionista se encontrava irremediavelmente derrotado. Rui Barbosa lançara um manifesto, afirmando que as eleições haviam sido feitas sob pressão do governo, à sombra da fraude: os hermistas subtraíam as atas ou as falsificavam. A propalada neutralidade de Nilo Peçanha — clamava o candidato civilista — era como as saias postas em moda na França por Mme. de Maintenon para esconder a barriga das mulheres grávidas.

— Esse manifesto do Rui — interpretou Saturnino — é uma confissão pública de derrota.

— Cala a boca, animal!

Jairo pôs afetuosamente a mão no ombro do ecônomo.

— Meu amigo, não vamos trazer à baila esse assunto ingrato. Já basta o que aconteceu...

— Isso mesmo, Saturno — disse Chiru —, mete a viola no saco.

Saturnino encolheu os ombros.

— Foste tu quem puxou o assunto.

4

Don Pepe chegou depois das nove. Como Rodrigo lhe oferecesse caviar e champanha, recusou-os por considerar ambas essas coisas símbolos dos prazeres da alta burguesia. Aceitou, porém, pão simples e vinho tinto, "expresiones de la tierra y del pueblo". Sentou-se, um pouco taciturno, e ficou a comer e beber em silêncio.

Rodrigo foi buscar as salsichas de Viena, trazendo com elas uma garrafa de vinho branco e cálices, que encheu generosamente.

Liroca não pôde deixar de murmurar:

— Que desperdício...

— Que ceia régia! — exclamou Jairo.

— É para comemorar a minha retirada da vida política... — disse Rodrigo, um pouco por brincadeira e um pouco a sério.

Don Pepe lançou-lhe um olhar que exigia explicações.

— Não me olhes assim, Pepito. Aqui onde me vês, sou um homem mudado.

— Sentia-se tonto, aéreo, irresponsável. — Santa Fé não merece o nosso sacrifício. Os povos têm o governo que merecem, não é, coronel Jairo? Sejamos egoístas. Bebamos vinhos estrangeiros e comamos caviar. A vida é curta. — Ergueu a taça. — À saúde... de quem?

Pepe ergueu-se, teatral.

— A la salud de todos los que murieron en vano por sus ideales!

— Vai mesmo desertar a arena? — perguntou Rubim. E acrescentou: — Não acredito. Qual é a sua opinião, coronel?

O comandante do Regimento de Infantaria coçou o queixo e olhou para Rodrigo.

— O homem se agita e a humanidade o conduz. Os vivos são sempre cada vez mais governados pelos mortos. O doutor Rodrigo não poderá fugir ao seu destino.

Com uma salsicha apertada entre o polegar e o indicador, o ten. Lucas dirigia-se a Liroca, que o escutava com o ar de quem está diante dum débil mental.

— Pois é como lhe digo, senhor Liroca. Estas linguicinhas vêm da cidade de Viena e são feitas de carne de criança. Mas tem que ser de criança com menos de dez anos. Quanto mais novo o bebê, mais tenra a carne.

Trincou a salsicha e degustou-a.

— Por exemplo, esta é feita da coxinha de um recém-nascido.

José Lírio mirava-o de soslaio, sério.

— Moço, o senhor pensa que eu sou algum bobo?

Rodrigo desenvolvia para Jairo e Rubim uma tese que se poderia intitular "O Brasil, país perdido". Perdido qual nada! — protestou o coronel. O Brasil tinha um futuro fabuloso.

Rubim sacudia a cabeça. Achava que o progresso não pode ser nunca o resultado do esforço coletivo, mas sim a obra magnífica duma casta superior, a qual só poderá existir à custa do trabalho escravo das massas, cuja missão é mourejar a fim de que os super-homens se possam entregar ao cultivo do espírito, das artes e da ciência.

— Mas que absurdo! — protestou Rodrigo. — Para principiar: como pôr em prática esse individualismo aristocrático?

— Muito simples — replicou Rubim, com sua voz de flauta. Tomou um gole de champanha. — Nietzsche preconiza, e nisso estou plenamente de acordo com o Mestre, a formação do Estado militar.

— Tenente! — repreendeu-o Jairo, sorrindo.

— Estamos entre amigos, coronel. Mas, como dizia, só esse Estado militar é que poderá consolidar o domínio da casta superior, usando da força para organizar disciplinarmente todos os recursos sociais...

— Mas será uma ditadura insuportável! — atalhou-o Rodrigo.

E tomou com fúria um largo gole de champanha, enchendo logo em seguida a taça com vinho branco.

— Isso mesmo. Uma ditadura. E insuportável, sim, para as classes inferiores. Porque será preciso esmagar sempre todas as tentativas de insurreição das massas.

Don Pepe levantou-se, avançou para o tenente de artilharia e, erguendo a mão que segurava o copo, como se fosse atirar vinho na cara do militar, bradou:

— Pero no hay fuerza humana que pueda detener las masas!

Rubim limitou-se a lançar para o espanhol um rápido olhar neutro.

— O Brasil — continuou — é um país novo e informe, que só poderá ser governado mediante uma ditadura de ferro.

Jairo estava escandalizado.

— Tenente, o senhor está se excedendo!

Rubim sorriu e encheu o cálice de vinho.

— Coronel, estou apenas dizendo o que penso.

— Deus nos livre de ter o tenente um dia na presidência da República! — exclamou Rodrigo.

Olhou para Pepe, que começava já a dar seus passinhos para diante e para trás, e viu nos olhos do anarquista duas bombas prestes a explodir.

— Essa casta superior — prosseguiu Rubim, cruzando as pernas — não deverá de maneira nenhuma preocupar-se com a educação das classes populares. O cultivo das massas pode prejudicar os objetivos mais altos do Estado, isto é, a formação da aristocracia...

Rodrigo já não sabia ao certo o que o embriagava mais, se o vinho ou as ideias do tenente de artilharia.

— A cerrar todas las escuelas! — exclamou Don Pepe, abrindo os braços como um crucificado. — A quemar todos los libros! El señor teniente quiere para su clase el monopolio de la cultura!

Rodrigo, que estava curioso por ouvir toda a tese do oficial, fez um sinal para que o espanhol se calasse.

— E qual é a finalidade dessa tua esplêndida, mirabolante aristocracia? — perguntou.

— Produzir a raça superior, o super-homem, que está para o homem atual assim como este para os animais.

— Tenente! — advertiu Jairo. — Não beba mais.

A dentuça avançou, nua e cintilante.

— Nunca em toda a minha vida, coronel, estive mais lúcido que agora. Continuou:

— No mundo primitivo o bom era o audaz, o forte; o mau era o débil, o impotente. Depois veio o cristianismo e subverteu tudo.

— Me cago en la leche del cristianismo!

Liroca arrancou do fundo do peito um longo suspiro, e seus olhos se dirigiram para a sala contígua, por onde passara, havia pouco, vago e aéreo como um espectro, o vulto de Maria Valéria.

— Então não acreditas na concepção evolucionista da história? — perguntou Rodrigo, que se sentia como suspenso no ar.

Rubim sacudiu vigorosamente a cabeça.

— Acho a concepção erradíssima. E um otimismo tolo acreditar no progresso ininterrupto da humanidade.

O cel. Jairo remexeu-se na cadeira e olhou o relógio.

— Dez e meia. Preciso retirar-me. A Carmem, coitadinha, ficou sozinha em casa.

Pôs a mão no ombro de Rodrigo:

— O meu amigo precisa casar-se o quanto antes, para eu poder trazer a Carminha a estes esplêndidos serões.

Despediu-se. Rodrigo levou-o até a porta, junto da qual o militar ciciou:

— O Rubim às vezes me desconcerta quando expõe essas ideias extravagantes. Pode até parecer que esse é o ponto de vista do Exército, mas asseguro-lhe que não é. E, meu caro doutor, não confunda a ditadura científica, humaníssima e nobre, preconizada pelo grande Augusto Comte, com essa bárbara ditadura que o tenente prega.

Apertaram-se as mãos.

— Foi uma noitada agradabilíssima. Boa noite!

5

Pouco depois das onze, Chiru e Saturnino retiraram-se. Era hábito de ambos caminhar todas as noites pela cidade, até alta madrugada. Lucas deixou também o Sobrado dez minutos mais tarde, confidenciando ao ouvido de Rodrigo que tinha combinado passar a noite com uma "morena cutuba", na Pensão Veneza. Desceu de gatinhas a escada do vestíbulo.

Como Rubim também fizesse menção de ir-se, Rodrigo deteve-o.

— Fica, homem. É muito cedo. Vamos tomar ainda um licorzinho especial. E tu, Pepito, no te muevas. Quero mostrar a vocês uma coisa...

De repente, dando com os olhos em Liroca, que, de pálpebras caídas, continuava sentado no seu canto, exclamou:

— Liroca velho de guerra! Por que é que estás aí tão quieto? Não comeste nada. Não bebeste nada. Que é que tens? Estás triste?

— É a minha sina, Rodrigo, é a minha sina — suspirou.

Rodrigo foi buscar no escritório um exemplar do *Correio do Povo* que havia guardado com especial cuidado.

— Não sei se vocês leram esta notícia... Edmond Rostand acaba de levar à cena no teatro Porte Saint-Martin a sua nova peça, *Chantecler*, na qual trabalhou durante doze anos. Diz o jornal que não se fala noutra coisa em Paris. As confeitarias fazem bolos, tortas e pastelões com efígie de Rostand, e a imagem de seu herói, o Chantecler, anda por todos os cantos, nas vitrinas, nas revistas, nos jornais, no coração do povo parisiense. O que já se escreveu sobre essa peça dá para encher toda uma biblioteca!

— Y qué hay de tan extraordinario en esas cosas?

— Paris está em polvorosa! A revista *L'Illustration* comprou a Rostand os direitos de reproduzir na íntegra o *Chantecler*, e está agora processando em nome do autor os jornais parisienses *L'Éclair* e o *Paris Journal* e ainda *Il Secolo*, de Milão, por terem eles publicado sem licença o *compte rendu* e algumas estrofes da peça...

— Escándalos de la podrida sociedad burguesa! — exclamou o espanhol.

E apanhou distraído, com as pontas dos dedos, o último quadrado de pão com caviar.

Rodrigo bebeu sofregamente um largo gole de vinho.

No dia 6 de fevereiro, por ocasião do ensaio geral de "Chantecler", o Boulevard Saint-Martin estava agitadíssimo. Uma enorme multidão se apinhava à porta do teatro.

— Mas afinal de contas — interrompeu-o Rubim — em que consiste a peça?

— Originalíssima! Imaginem vocês que as personagens são quase todas animais domésticos: galos, galinhas, cães, faisões... E os atores aparecem realmente travestidos nesses animais!

— Ridículo! — bradou Pepe García.

— Não — protestou Rodrigo — quando temos no papel de Chantecler um Lucien Guitry, no de Cão um Jean Coquelin e no de Faisoa uma Mme. Simone.

— Assim mesmo é um pouco... esquisito.

— O primeiro ato passa-se num terreiro. O cenário foi feito em tais dimensões que os espectadores têm a impressão de que os "animais" são realmente do tamanho de galos, galinhas, etc. E a história, em suma, é esta: Chantecler é o rei despótico do terreiro. A Galinha está despeitada e cheia de ciúmes, porque o Galo prefere as outras a ela...

— Ridículo! Infantil! — exclamou o pintor.

— Temos então o eterno triângulo do romance francês. O Galo está apaixonado por uma bela faisoa... pela qual também se morre de amores um galo mais novo.

— Nesse caso — interrompeu-o Rubim, com seu amor à precisão —, não se trata mais dum *triângulo*.

— Bom, seja o que for, a situação é essa. No primeiro ato vemos a vida íntima do galinheiro, onde impera Sua Majestade Chantecler, que está convencido de que, sem o seu cocorocó matinal, o sol jamais se ergueria. No segundo ato a cena mostra os ramos superiores das árvores duma floresta, onde uns mochos se acham empoleirados. É noite e a coisa toda tem um ar de *sabbat*. As aves noturnas conspiram, querem matar o Galo, pois estão também convencidas de que é Chantecler quem obriga o sol a erguer-se todas as manhãs, trazendo para o mundo a luz, a maior inimiga dos mochos.

— Pero, hijo, eso es un cuento de hadas!

— Espere, Pepito. No terceiro ato o Galo é informado da conspiração, mas não lhe dá a menor importância, pois está preocupado com o que o Cão, seu amigo fiel, lhe veio contar: um galo novo acaba de fazer uma declaração de amor à Faisoa. Furioso, Chantecler provoca o rival para um duelo. Trava-se uma luta de vida e de morte em que o galo jovem é vencido. A Faisoa toma o vencedor nos braços e embala-o com palavras de amor. Chantecler adormece no colo da amada e, ao despertar, verifica, estonteado, que o dia já vai alto. Então o sol pode nascer sem que ele cante? Não é ele, o Galo, quem regula o curso do rei do dia? Em vão a bem-amada lhe recita ao ouvido belas palavras de amor. Chantecler morre de vergonha e humilhação.

Rodrigo calou-se, levou o cálice à boca, esvaziou-o, e olhou depois para os amigos. Rubim sorria, a cabeça recostada no respaldo da cadeira. Pepe mirava o amigo com fisionomia inescrutável.

— Que tal, Liroca? — perguntou Rodrigo, curioso por saber o que José Lírio, natural do quarto distrito de Santa Fé, pensava da peça de Edmond Rostand.

— Que bicho é essa tal de faisoa?

— É a fêmea do faisão, um galináceo de carne muito gostosa, uma verdadeira iguaria.

Liroca ficou um momento calado, com ar reflexivo. Depois murmurou, sério:

— Galo velho de bom gosto...

— Rubim, que tal?

Rodrigo deu uma palmada na perna do tenente.

— Parece-me uma grande borracheira — disse este.

— Borracheira? Então escuta este "Hino ao Sol" e me diz se uma peça que tem uma joia poética deste quilate pode ser considerada uma borracheira.

Aproximou o jornal dos olhos:

Toi qui sèches les pleurs des moindres graminées
Qui fais d'une fleur morte un vivant papillon
Lorsqu'on voit, s'effeuillant comme des destinées,
    Trembler au vent des Pyrénées,
    Les amandiers du Roussillon.

Sentiu que a voz lhe saía um tanto arrastada, como se a língua e os lábios estivessem inchados. Diabo! O vinho francês devia ajudar a gente a falar melhor a língua de Rostand...

Je t'adore, Soleil! Ô toi dont la lumière,
Pour bénir chaque front et mûrir chaque ciel
Entrant dans chaque fleur et dans chaque chaumière,
Se divise et demeure entière
Ainsi que l'amour maternel!

Vieram-lhe lágrimas aos olhos, como acontecia sempre que lia um trecho literário com emoção. Rubim escutava, as mãos trançadas diante do peito, como se estivesse orando. Pepe mastigava com dignidade uma salsicha. Liroca, o olhar embaciado de sono, mirava fixamente o tapete e de quando em quando cabeceava.

— Agora prestem bem atenção! — pediu Rodrigo.

E recitou:

Je t'adore, Soleil! Tu mets dan l'air des roses,
Des flammes dans la source, un dieu dans le buisson!
Tu prends un arbre obscur et tu l'apothéoses!
Ô Soleil! toi sans qui les choses
Ne seraient que ce qu'elles sont!

Rodrigo atirou o jornal no chão.

— Se isto não é uma peça de antologia, então não me chamo mais Rodrigo Terra Cambará! Bolas!

Rubim abriu os olhos.

— É bonito, não há dúvida. Mas apenas *bonito*.

— O Chantecler é o teu super-homem, Rubim! Não compreendes isso? O rei absoluto do terreiro! Os mochos e os melros são a massa que tanto detestas, a massa que conspira inutilmente.

Rubim sacudiu a cabeça.

— Não, Rodrigo. O meu super-homem venceria o galo mais novo no duelo, mas depois não dormiria o sono da vitória nos braços da bem-amada.

— Por quê? Acaso o teu super-homem terá de ser necessariamente um impotente sexual?

— Meu caro Rodrigo, para o super-homem a felicidade não consiste na posse dum objeto determinado, mas sim numa continuada superação de si mesmo. O que importa para ele é a *vontade de poder*, que consiste em desejar e escolher o sofrimento e a dor, se tanto for necessário para essa superação. No exemplo de Chantecler vimos como a mulher pode desviar o super-homem de seus objetivos mais altos. E não esqueças que no meu mundo ideal, se queres usar os símbolos desse teu Rostand, o sol de fato não se erguerá sem que Chantecler, o super-homem, cante!

— Isso sim é um conto de fadas!

— E o meu Chantecler não admitirá no seu terreiro leis que glorifiquem a fraqueza como acontece nesta nossa sociedade regida pela moral cristã, que é

300

uma moral de escravos. Para principiar, o super-homem terá de ser duro e cruel consigo mesmo e viverá numa constante busca de novas aventuras. Ele sofrerá e fará os outros sofrerem.

Rodrigo desatou a rir.

— De que estás rindo?

— Estou te vendo fantasiado de galo, recitando no meio dum palco...

— Estás bêbedo!

— Talvez. Mas vamos tomar ainda um licorzinho.

Serviu-lhes Chartreuse. E, enquanto os outros bebiam, apanhou o jornal do chão e leu mais um trecho da peça.

CHANTECLER

Je chante! Vainement
La nuit, pour transiger, m'offre le crépuscule,
Je chante! Et tout à coup...

LA FAISANE
Chantecler!

CHANTECLER

Je recule,
Ébloui de me voir moi-même tout vermeil,
Et d'avoir, moi, le Coq, fait lever le soleil.

Don Pepe se pôs de pé:

— Mierda para el gallo, mierda para la gallina, mierda para la humanidad! Buenas noches, caballeros!

Enfiou a boina e saiu. Rubim e Liroca também se foram pouco depois. Rodrigo ficou algum tempo à janela, olhando a praça deserta, as estrelas, e pensando em Paris. Fechou depois as janelas, apagou as luzes e dirigiu-se para a escada. Quando ia subir, viu surgir lá no último degrau Maria Valéria.

— Isso são horas de deitar? — perguntou ela. — Os galos já estão cantando.

— *Ébloui de me voir moi-même tout vermeil* — murmurou Rodrigo. E, alteando a voz, recitou como se estivesse num palco: — *Et d'avoir, moi, le Coq, fait lever le soleil!*

Capítulo XVI

1

Naquela terceira semana de março, abriu o consultório. Os primeiros doentes que lhe apareceram foram pobres-diabos do Purgatório, do Barro Preto e da Sibéria. Entravam humildes e acanhados, contavam seus males, mostravam onde sentiam suas dores, iam como que amontoando todas as suas queixas sobre a mesa do médico. Rodrigo examinava-os — bote a língua... respire forte... diga trinta e três —, aplicava-lhes o estetoscópio no peito, nas costas, auscultava-lhes o coração, os pulmões, e, enquanto fazia essas coisas, procurava conter o mais possível a respiração, pois o cheiro daqueles corpos encardidos e molambentos lhe era insuportável. Por fim sentava-se e, após um breve interrogatório, fazia uma prescrição e entregava-a ao paciente.

— Mande preparar este remédio aqui na farmácia. Tome uma colher das de sopa de duas em duas horas.

Na maioria dos casos o doente quedava-se a olhar imbecilmente para o papelucho.

— Mas é que não tenho dinheiro, doutor...

— Isso não vai lhe custar nada. A consulta também é grátis.

Os clientes balbuciavam agradecimentos e se iam. Rodrigo então abria as janelas para deixar entrar o ar fresco, lavava as mãos demoradamente com sabonete de Houbigant, tirava do bolso o lenço perfumado de Royal Cyclamen e agitava-o de leve junto do nariz. Concluía que o sacerdócio da medicina, visto através da arte e da literatura, era algo de belo, nobre e limpo. Na realidade, porém, impunha um tributo pesadíssimo à sensibilidade do sacerdote, principalmente ao seu olfato. Rodrigo comovia-se até as lágrimas diante da miséria descrita em livros ou representada em quadros; posto, porém, diante dum miserável de carne e osso — e em geral aquela pobre gente era mais osso que carne — ficava tomado dum misto de repugnância e impaciência. Achava impossível amar a chamada "humanidade sofredora", pois ela era feia, triste e malcheirante. No entanto — refletia, quando ficava a sós no consultório com seus melhores pen-

302

samentos e intenções —, *teoricamente* amava os pobres e, fosse como fosse, estava fazendo alguma coisa para minorar-lhes os sofrimentos. Não tens razão, meu caro Rubim. Podemos e devemos elevar o nível material e espiritual das massas. Tenho uma grande admiração por César, Cromwell, Napoleão, Bolívar; foram homens de prol, dotados de energia, coragem e audácia, figuras admiradas, respeitadas e temidas. Mas para mim, meu caro coronel Jairo, é mais importante ser amado que respeitado e mesmo admirado. O tipo humano ideal, o supremo paradigma, seria uma combinação de Napoleão Bonaparte e Abraão Lincoln. O ditador perfeito, amigos, será o homem que tiver as mais altas qualidades do soldado corso combinadas com as do lenhador de Illinois. O diabo é que a bondade e a força são atributos que raramente ou nunca se encontram reunidos numa mesma e única pessoa. A menos que essa pessoa seja eu — acrescentou, um pouco por brincadeira e um pouco a sério.

2

Certa madrugada, pouco depois das três e meia, o telefone do Sobrado tilintou insistentemente. Maria Valéria, que tinha o sono leve, acordou, acendeu a vela, apanhou o castiçal e desceu a atender o chamado. Quem falava, aflitíssima, era a esposa do dr. Eurípedes Gonzaga, o juiz de comarca. Pedia por amor de Deus que o dr. Rodrigo corresse a sua casa, pois o marido estava gravemente enfermo.

Maria Valéria tornou a subir, entrou no quarto do sobrinho, ficou um instante parada a contemplá-lo e depois, numa súbita resolução, inclinou-se sobre ele e sacudiu-o. Rodrigo resmungou qualquer coisa, entreabriu os olhos e à luz da vela entreviu o rosto da tia, confusamente, como num sonho. Tornou a cerrar os olhos e voltou-se para o outro lado. Maria Valéria sacudiu-o de novo e, quando lhe pareceu que o sobrinho estava mais desperto, transmitiu-lhe o recado. Como ele permanecesse de olhos fechados, deu um puxão nas cobertas e aproximou a chama da vela do rosto do rapaz.

— Vamos, cumpra a sua obrigação. Ué, gente! Não quis ser doutor? Agora aguente. O homem está passando mal.

Sentado na cama, Rodrigo coçava a cabeleira revolta, bocejando. Pôs-se de pé em movimentos tardos. Maria Valéria meteu a mão dentro do jarro do lavatório e respingou água fria no rosto do afilhado, o que o deixou mais desperto, mas nem por isso menos irritado. Tirarem um homem da cama àquela hora da madrugada. Enfiou as calças e as botinas, e por um momento ficou desorientado, a dar voltas inúteis pelo quarto. A tia tornou a sacudi-lo e repetiu-lhe o recado, lentamente, com toda a clareza, para que ele compreendesse o que se estava passando. Desceram a escada juntos. Rodrigo resmungava... Que era que o juiz estava sentindo? Aposto como andou comendo alguma porcaria. É sempre assim. Tiram um cristão da cama por qualquer indigestão sem importância. Não terão sal amargo ou bicarbonato em casa? Por que não chamaram o doutor Matias?

— Vou acordar o Bento pra ir com você.

— Não sou nenhuma criança. Vou sozinho.

— Está bem. Mas vá.

Apanhou a maleta e saiu. Ficou por alguns segundos à esquina, como se tivesse perdido a memória ou caído de súbito numa fantástica cidade desconhecida. Voltou a cabeça para o Sobrado, a cuja porta luzia a chama da vela de Maria Valéria.

— É na casa do doutor Eurípedes — dizia ela. — Pra aquele lado, menino!

Rodrigo fez meia-volta e seguiu pela rua do Comércio, ouvindo o som e o eco dos próprios passos, e achando que isso tornava ainda mais profunda a solidão da noite. As chamas dos lampiões agonizavam. As estrelas estavam apagadas. Rodrigo sentia um peso nos olhos, uma lassidão nos membros, uma vontade de atirar-se na calçada e ali ficar estendido, dormindo... Havia já caminhado duas quadras quando lhe ocorreu que se esquecera de pôr o revólver na cintura. Mas agora não volto. Quem é que vai se lembrar de me atacar a estas horas da madrugada?

A esposa do juiz, que ele conhecia apenas de cumprimento, esperava-o à porta da casa, pálida e escabelada. Rodrigo foi levado imediatamente ao quarto do casal, onde encontrou o dr. Eurípedes Gonzaga sentado na cama, a tossir e debater-se numa falta de ar que lhe transtornava as feições. Pelas comissuras dos lábios escorria-lhe uma baba rosada.

— Ele está vomitando sangue, doutor! — choramingou a mulher.

O juiz de comarca olhou para Rodrigo e no primeiro momento pareceu não reconhecê-lo. Depois balbuciou:

— Me acuda, doutor, eu morro...

O peito magro arfava. Da boca entreaberta saía um ronco de estertor e pelo rosto lívido escorria-lhe um suor lento e viscoso.

Rodrigo sentou-se na beira do leito.

— Calma, doutor Eurípedes, eu estou aqui, o senhor não vai morrer. Chegue um pouquinho pra cá. Assim...

Encostou o ouvido nas costas do paciente e pôs-se a escutar. Que ruído era aquele? Uma chuva de estertores úmidos, de cima para baixo... Hum! Auscultou o coração, que batia num ritmo de galope. Tomou o pulso: acelerado e arrítmico.

Em sua memória desenhou-se a figura do prof. Graciano Braga numa aula remota: "... e nesse caso devemos então pensar logo num edema pulmonar agudo!".

Sim. Devia ser um edema agudo de pulmão: a respiração curta e opressa, a dispneia, a expectoração rosada... Mas se fosse uma crise de asma? O diabo era que não conhecia o passado mórbido do homem... Tentar fazer perguntas àquelas duas criaturas alarmadas seria pura perda de tempo. Era necessário agir com urgência.

— Ai! — gemeu o magistrado. — Ai que eu morro... Abram uma janela, quero ar...

Parada ao pé da cama, a mulher chorava desatadamente, cobrindo o rosto com as mãos.

Rodrigo abriu a maleta para ver se tinha trazido os instrumentos e os remédios de que ia precisar. Felizmente não lhe faltava nada do essencial.

— Uma vela, depressa!

Ao som da palavra *vela* a sra. Gonzaga teve um sobressalto, deixou cair os braços e fitou no médico os olhos cheios dum súbito pavor.

— É pra desinfetar a lanceta — esclareceu Rodrigo. — Vamos, dona, traga uma vela, uns três lenços limpos e um prato fundo.

Teve de repetir o pedido, antes que a mulher se dispusesse a atendê-lo. Depois que ela saiu do quarto, voltou-se para o paciente:

— Coragem, meu amigo. Vou lhe fazer uma pequena sangria e dar-lhe uma injeção de morfina para aliviar a dispneia. Vai ser o mesmo que tirar com a mão essa falta de ar e essa angústia.

A esposa do juiz voltou com os objetos pedidos.

— Agora a senhora vai me fazer um favor de esperar no corredor. Quando voltar, verá como seu marido ressuscitou...

Tomou delicadamente o braço da dona da casa e conduziu-a para fora do quarto. Fechou a porta, tirou o casaco, arregaçou as mangas da camisa e pôs-se a trabalhar. Garroteou o braço direito do paciente com um dos laços, acendeu a vela e passou-lhe na chama a lâmina do bisturi.

— Uma linda veia! Não se mexa. Vai doer menos que a picadura duma agulha.

Aproximou a ponta da lanceta da veia da prega do cotovelo.

— Pronto!

O sangue esguichou e começou a escorrer para dentro do prato que Rodrigo colocara debaixo do braço do doente. Quando lhe pareceu que já havia no recipiente uns trezentos centímetros cúbicos, fez com os lenços restantes um curativo compressivo na veia. Olhou para o juiz.

A cabeça recostada no travesseiro, o dr. Eurípedes sorria, a respiração normalizada, as feições tranquilas. O homem estava salvo.

Rodrigo ergueu-se, assobiando de mansinho. Se não chego a tempo, era uma vez um juiz de comarca!

Pôs a seringa a ferver e, minutos depois, aplicou no músculo do paciente uma injeção de morfina.

— Nunca vi veias melhores que as suas! — elogiou. — Agora não há mais perigo. O senhor vai dormir em paz...

— Parece até um milagre, doutor — murmurou o doente com voz débil.

Rodrigo abriu a porta e a sra. Gonzaga entrou.

— Veja como seu marido está outro! Agora o que ele precisa é ficar em repouso absoluto. Dê-lhe amanhã de manhã um purgativo. Pode ser de aguardente alemã. Quanto à alimentação, só líquidos.

A sra. Gonzaga olhou longamente para o marido e depois para o médico. Seus lábios se moveram como para dizer alguma coisa, mas de sua boca não saiu o menor sonido. Estava duma palidez cadavérica e suas mãos tremiam. Rodrigo observou que os olhos dela se vidravam e, prevendo o que ia acontecer, deu dois

305

passos à frente e enlaçou a cintura da mulher no momento exato em que ela perdia os sentidos.

— Era só o que me faltava!

Ergueu a magra senhora nos braços e deitou-a na cama ao lado do marido, que dormia tranquilamente.

Uma hora depois estava na rua, a caminho do Sobrado. Havia reanimado e medicado a sra. Gonzaga, deixando-a aos cuidados duma vizinha solícita.

Sentia-se feliz. Tinha salvo uma vida. Lembrava-se do cálido olhar de gratidão que lhe dirigira a esposa do juiz ao despedir-se dele. Aquilo fizera-o sentir-se maior e melhor. Digam o que disserem, a profissão médica é dura e difícil, mas tem as suas compensações.

Pôs-se a cantarolar. À esquina da rua do Poncho Verde encontrou o Chico Pão na sua carroça, a entregar pão à freguesia. Fê-lo parar, contou-lhe de onde vinha e de como salvara a vida do dr. Eurípedes. Pediu-lhe um pão cabrito, que o padeiro lhe deu com um sorriso amoroso, e continuou a andar. Galos cantavam nos quintais. *Je chante! Vainement la nuit, pour transiger, m'offre le crépuscule.* Mas o que eu quero mesmo é o sol, o sol... O Salvini nos *Espectros* de Ibsen, engatinhando como uma criança no palco, pedindo o sol, mãe, o sol... *Moi, le Coq, je veux le soleil!* Mas quem me vê a esta hora da madrugada, na rua, comendo pão, vai pensar que estou voltando de alguma farra, bêbedo. Bela profissão escolhi! Mas que diabo! Um homem tem que sair de seu comodismo se quiser fazer alguma coisa pela humanidade. O Rubim é uma besta. O Nietzsche é outra.

Parou a uma esquina e olhou para o nascente, onde a barra do dia era dum ouro que se degradava em púrpura. *Ébloui de me voir tout vermeil.* Havia um doce e leve mistério nas ruas adormecidas, uma frescura transparente de vidro no ar. Acendeu um cigarro, tragou a fumaça e depois expeliu-a com força. Como sabe mal o fumo quando a gente está em jejum! *Moi, le Coq, je veux un* chimarrão.

Ia passando pela frente da meia-água onde morava Neco Rosa. Parou, bateu à janela, uma, duas, três vezes, primeiro de leve, e por fim aos murros. Fez o amigo sair da cama e esquentar a água para um mate. Ficaram depois sentados em mochos, sob as laranjeiras do pomar, a saborear o amargo, a fumar e a conversar.

Quando Rodrigo chegou ao Sobrado, o sol já havia saído. Maria Valéria, que esperava o sobrinho, debruçada à janela, exclamou:

— Pensei que tinha lhe acontecido alguma coisa. Já ia mandar o Bento atrás de você.

— A senhora sabe que meu anjo da guarda é muito forte.

— É. Mas tenho medo que um dia ele canse.

3

Uma tarde Rodrigo recebeu no consultório a visita do dr. Matias, um homem baixo e franzino, de bigodes grisalhos de foca e óculos de grossas lentes.

— Vim fazer uma visita ao meu caro colega.

Não havia o menor tom de sarcasmo na voz da criatura.

Rodrigo achou aquilo divertido. O dr. Matias era o médico de sua família, uma das mais vivas recordações da infância. Verificou, divertido, que diante do homenzinho ele quase chegava a sentir as impressões do menino quando via o "dotor" entrar no Sobrado: a medrosa expectativa do óleo de rícino, da cataplasma de mostarda e linhaça, do clister... Como era dramático o instante em que o dr. Matias lhe metia na boca o cabo duma colher para examinar-lhe a garganta! Ah! Os angustiosos segundos em que se debatia numa ânsia de vômito... Todas essas impressões estavam ligadas à figura do velho médico, ao seu cheiro de iodofórmio e sarro de cigarro, à sua "voz de queijo bichado", aos seus dedos de pontas amareladas de nicotina e ao ruído que seus punhos engomados produziam quando ele sacudia o termômetro para fazer o mercúrio baixar. Ali estava agora o lendário dr. Matias com sua roupa surrada e a sua maleta negra. Não tinha mudado muito. Estava apenas mais grisalho.

— Sente, doutor.

O dr. Matias olhou em torno, deteve-se a examinar a lombada dos livros. Depois dirigiu o olhar para os instrumentos cirúrgicos.

— Vocês são médicos modernos. Eu sou da velha escola. Menos livros, menos petrechos, porém mais prática.

— O médico é mais importante que a medicina, doutor. O que vale mesmo é a experiência pessoal.

O dr. Matias tirou fumo duma bolsa de borracha e começou a enrolar um cigarro em papel de alcatrão. Depois de acendê-lo e soltar uma baforada, olhou para Rodrigo com ar escrutador.

— Então, como vai se dando na profissão?

— Bem. Não tenho por que me queixar.

— Já fez alguma burrada?

— Acho que sim.

— Isso é do programa. Não se impressione. Acontece com todos. No final de contas os médicos não sabem nada. Nem os grandes do Rio de Janeiro nem os figurões da Europa. Todos vão mas é no palpite, na apalpação.

— Eu sei.

— E se a gente fosse pensar no que não sabe e nas doenças que não têm cura, acabava ficando louco. Tu pensas?

— Faço o possível pra não pensar.

— Olha, vou te dar um conselho. Não vás muito atrás de conversa de doentes. Eles falam demais. E quanto mais falam menos a gente entende o que é que estão sentindo.

— Já descobri isso.

— E mesmo quando não for caso de dar remédio, dê remédio, porque o paciente desconfia do doutor que não receita muita droga. E quando estiver diante dum caso complicado e ficar no escuro, receite uma dose pequena de citrato de magnésia. Não faz mal pra ninguém. É só pra ganhar tempo e estudar melhor o caso. Mas não digas nunca que não sabes. O doente pode perder a fé... e adeus, tia Chica!

— Muito obrigado pelos conselhos, doutor.

O outro lançou-lhe um olhar enviesado.

— Acho que tu estás rindo de mim por dentro e dizendo: "Esse velho bobo e ignorante me vem aqui com um sermão que ninguém lhe encomendou". É isso mesmo. Tens razão. Mas sabes duma coisa? Muita dor de barriga te curei, guri. Pra mim tu és sempre aquele piá que ia roubar doce da despensa de Maria Valéria e depois quem pagava o pato era eu, que tinha de sair de casa em noite de minuano pra ir te apertar a barriga, sem-vergonha!

Rodrigo soltou uma risada. O velhote entrara em seu consultório cerimonioso, chamando-lhe colega: agora tratava-o como se ele ainda tivesse doze anos.

— Sente, doutor — insistiu.

— Não. Isto é visita de médico. Vou andando. Ah! Outra coisa. No princípio a gente se atrapalha no receituário, na dosagem dos medicamentos. Quem nos salva de matar os doentes são os farmacêuticos práticos, como esse menino, o Gabriel, que é uma joia, ou como o Zago, que é um falador sem-vergonha, mas profissional muito competente. Pois não te afobes, Rodrigo, que Roma não foi feita num dia. E depois, para um caso de aperto, o Chernoviz está aí mesmo. Não é nenhuma vergonha a gente consultar o Livro. É melhor que intoxicar ou matar o paciente.

Apanhou a bolsa. Sua calva sebosa reluzia, como a sua roupa preta já ruça. Junto da porta disse ainda:

— E não te iludas com a clientela. No fundo essa gente acredita mas é nessas negras velhas benzedeiras e nos curandeiros. E quando a gente não acerta logo com o remédio pros achaques deles, procuram logo o índio Taboca, que vem com as suas aguinhas milagrosas e suas benzeduras.

— Em caso de aperto — sorriu Rodrigo — o recurso então é pedir uma conferência médica com o Taboca.

O dr. Matias piscou-lhe o olho.

— Pois tu sabes duma coisa? Uma vez até eu recorri ao Taboca.

— Como foi isso?

— Não vale a pena falar nessa história. Até mais ver!

Enfiou na cabeça o velho chapéu de feltro negro e se foi.

Por uma curiosa coincidência, no fim daquela semana Rodrigo se viu frente a frente com o curandeiro índio cuja legenda ele conhecia desde criança. Toríbio mandara trazer do Angico para o Sobrado o negro Antero, que havia sido picado por uma cobra venenosa.

O peão chegou já porejando sangue, a língua paralisada, os olhos amortecidos. Rodrigo não encontrou na cidade uma única ampola de soro antiofídico. Censurou Gabriel, aos berros, por ter deixado o estoque da farmácia desfalcado dum medicamento de tamanha importância. Foi rude para com o Zago e, como este lhe respondesse com outro desaforo, esteve a ponto de esbofeteá-lo, no que foi impedido por Toríbio, que o arrastou para fora da Farmácia Humanidade. Ao chegarem ao Sobrado, Maria Valéria sugeriu que chamassem o Taboca. Rodrigo achou a ideia absurda e recusou-se a tomar parte "naquela palhaçada". A verdade é que, com ou sem seu beneplácito, Taboca apareceu: um índio retaco, de tez acobreada, olhos enviesados e pelo duro — homem taciturno e de poucas falas. Tirou do bolso das calças de riscado a garrafa que trazia a sua "milagrosa aguinha" e deu-a de beber ao doente. Acocorou-se depois ao pé do catre onde jazia Antero, fustigou-lhe o rosto com um galho de arruda, murmurou algumas palavras em guarani e por fim se ergueu:

— Tá bom o homem.

Maria Valéria acompanhou-o até a porta e meteu-lhe um patacão no bolso. No fim do dia Antero estava melhor: movia os lábios, balbuciava algumas palavras, cessara por completo de sangrar. Na manhã seguinte deixou a cama, dizendo que se sentia perfeitamente bem.

Olhando para o peão, Rodrigo fez reflexões amargas. Taboca, um curandeiro índio, acabara de salvar a vida do negro Antero, que no Angico partilhara com ele, dr. Rodrigo, o amor da chinoca Ondina. Era o desprestígio da raça branca, da cultura e da ciência! — concluiu, sorrindo e achando tudo aquilo muito estranho. *Chers Messieurs Richet et Charcot*, estais convidados a explicar os mistérios das milagrosas aguinhas do Taboca! Porque *moi*, eu desisto.

4

Uma tarde, depois de atender a um velho polaco reumático, uma china que dizia sofrer de "flautos", e um caboclo que sentia "uma pontada no peito que arresponde nos bofes" — Rodrigo foi procurado por um dos filhos de Spielvogel, o Arno, que se queixava de dores no estômago e tonturas. Examinou-o com todo o cuidado, interrogou-o minuciosamente, receitou-lhe uma poção e prescreveu-lhe uma dieta. No momento em que o cliente se preparava para sair, aconteceu algo que chocou Rodrigo dum modo que jamais ele poderia imaginar. No momento em que terminava de vestir o paletó, Arno Spielvogel meteu a mão no bolso e perguntou:

— Quanto lhe devo?

Rodrigo teve a impressão de que o esbofeteavam e seu primeiro impulso foi o de agredir o outro fisicamente. Aquele "quanto lhe devo" dito de cima para baixo (o rapaz tinha quase dois metros de altura) como que colocava o teuto-brasileiro numa posição superior à sua, assim como a do patrão perante o empregado.

Vermelho, o rosto a arder, Rodrigo teve uma rápida hesitação, mas depois, com a voz alterada pela indignação, vociferou:

— Não me deve coisíssima nenhuma!

— Mas como, doutor?

— Já lhe disse que não me deve nada.

O rapaz mantinha a mão no bolso e olhava espantado para o médico.

— Desculpe, eu... eu só queria lhe pagar. Pensei...

Caindo em si, Rodrigo tratou de remendar a situação.

— Depois falamos nisso. O tratamento não está terminado. Você terá que voltar aqui dentro duma semana.

— Bem. Então... muito obrigado.

Depois que o cliente saiu, Rodrigo sentou-se, pegou o corta-papel e começou a tamborilar nervosamente sobre a mesa. É melhor eu ir me acostumando com essas coisas. No fim de contas um médico tem de cobrar as consultas... O doutor Miguel Couto cobra, não cobra? O doutor Olinto de Oliveira não vive de ar...

Mas, fosse como fosse, receber dinheiro diretamente das mãos dos clientes era coisa que, na sua opinião, dava ao consultório um ar de banca de mercado público, de boliche de beira de estrada. Decidiu que dali por diante, em matéria de dinheiro, os clientes pagantes se entenderiam na farmácia com o Gabriel. Para que, diabo, tinham então aquela bela máquina registradora National?

5

Numa manhã de sábado, quando já se preparava para ir à casa almoçar, recebeu no consultório a visita do Ananias Silva. O aguadeiro de Santa Fé queixava-se de dores nos rins e de cansaço — "uma lombeira danada, doutor, uma fraqueza...". Rodrigo examinou-o, lembrando-se das histórias que Toríbio lhe contara a respeito do "pipeiro".

— Ananias, não vou lhe receitar muitos remédios, mas quero lhe dar um conselho.

— Qual é, doutor? — perguntou o homenzinho, sungando as calças e metendo as fraldas da camisa para dentro.

— Diminua a sua atividade.

— Que atividade?

— Você sabe. Não estou me referindo à sua pipa, mas às suas mulheres.

— Ora, doutor!

O aguadeiro parecia ofendido.

— Fale a verdade, Ananias. Pra médico e padre a gente não deve mentir. Você tem ou não tem duas mulheres?

O "pipeiro" começou a coçar o queixo, onde apontava uma barbicha rala e dura. Fitou no médico seus olhinhos de esclerótica amarelada.

— Pois é, dizem...

— Com quantos anos está?

— Cinquenta e quatro.

— Pois já é tempo de criar juízo. Uma mulher é o quanto lhe basta... — Rodrigo fez uma pausa e depois acrescentou, sorrindo: — Zé do Meio.

O aguadeiro também sorriu, descobrindo dois cacos de dentes e as gengivas descoradas. E, entre gaiato e encabulado, informou:

— Uma delas até nem funciona mais, doutor.

Rodrigo soltou uma risada e mandou o Ananias embora com uma receita, novas recomendações e uma cordial palmada nas costas.

Em princípios de abril, teve Rodrigo alguns casos felizes que de certo modo o ajudaram a firmar a reputação de médico na cidade, onde já se começava a falar — notava ele, envaidecido — no seu "olho clínico". Alegrava-o também saber que era o ídolo da pobreza e que em certos ranchos do Barro Preto, do Purgatório e da Sibéria, seu nome era venerado como o de um santo.

O Chiru — a quem naqueles dias Rodrigo dera os duzentos mil-réis que deviam custear sua encantada excursão em busca dos tesouros dos jesuítas — contou um dia a Maria Valéria, na presença de Rodrigo, "as Áfricas do seu afilhado".

— O diabo nasceu mesmo pra médico, dona. Tem um jeito com os doentes, que só vendo. O filhinho do Luiz Macedo, que ele tratou, acordava de noite e choramingava que queria o doutor. O Teixeirinha me disse que quando estava de cama com febre, só de ver o Rodrigo entrar no quarto já melhorava...

Olhou para o amigo.

— Não sei o que é que esse filho da mãe tem na cara que todo mundo fica logo gostando dele.

Rodrigo escutava em silêncio, intimamente satisfeito com as palavras do Chiru, mas fazendo gestos que davam a entender que a coisa não era bem assim, que o outro exagerava...

— E o doutor Eurípedes? Anda dizendo pra todo o mundo que estava já no fundo da cova quando apareceu o Rodrigo e puxou ele pra cima. A mulher do juiz, essa então acha que é Deus no céu e o doutor Rodrigo na terra. Esse filho duma mãe!

Enfim, refletia Rodrigo, seus planos se realizaram, seu programa de vida se cumpria. Estava fazendo alguma coisa pelos pobres de sua cidade natal. Só de sua cidade? Não. Já lhe chegavam clientes do interior, das colônias, de outros municípios... Começava a ser respeitado — ele via, sentia — e não havia a menor dúvida que já era amado. Tudo isso lhe dava uma profunda satisfação íntima, uma reconfortante paz de espírito.

Claro, havia momentos em que simplesmente não podia aguentar o ambiente do consultório, que cheirava a suor humano, pus, sangue, éter, fenol, iodo... Era com ansiedade que esperava a hora de voltar para casa. Havia também os dias de mau humor em que lhe era difícil suportar com paciência, e mantendo o ar paternal, as longas conversas dos clientes, que nunca iam direto ao assunto, que faziam intermináveis rodeios, contando doenças passadas, não só próprias como também de pessoas da família, vizinhos e conhecidos. Detestava os chamados à noite, principalmente quando o levavam a algum rancho das zonas conhecidas pela denominação geral de "pra lá dos trilhos", e nas quais se metia em bibocas, às vezes com barro até meia canela, entrando em ranchos fétidos e miseráveis, iluminados a vela de sebo.

Não raro, quando lhe caía nas mãos um caso difícil, alguma doença que não sabia diagnosticar ou curar, seu amor-próprio recebia golpes terríveis que o deixavam por algumas horas, às vezes durante dias inteiros, mal-humorado e já quase decidido a abandonar a profissão, "porque afinal de contas, Chiru, eu não preciso dessa porcaria pra viver".

Esses momentos escuros, porém, eram passageiros. Diante dum caso bonito sentia a confiança em si mesmo retornar e, com ela, a alegria de ser médico, a volúpia de se saber necessário na comunidade, querido e admirado pelos amigos e pelos clientes.

Havia quase um mês que *A Farpa* não aparecia. Quando amigos pediam notícias do "grande hebdomadário", Rodrigo respondia: "Não morreu. Está apenas hibernando. No momento crítico reaparecerá". Com momento crítico, ele queria dizer a hora em que soassem de novo os clarins de guerra, em que fosse preciso atacar o situacionismo, protestando contra alguma nova arbitrariedade do Titi Trindade, ou respondendo a alguma verrina d'*A Voz da Serra*. O jornal republicano, entretanto, andava nas últimas semanas surpreendentemente benévolo para com a oposição. Ocupava-se de modo quase exclusivo com o resultado das eleições, segundo os quais o candidato oficial estava vitorioso em todo o país. Os editoriais do Amintas tinham agora caráter doutrinário, falavam em "verdadeira democracia" e faziam elogios ao dr. Borges de Medeiros, "nosso ínclito chefe", e ao senador Pinheiro Machado, "o gigante do Palácio Monroe".

Rodrigo lia os resultados das eleições sem grande emoção. Estava já certo de que o candidato civilista perdera a batalha. O próprio Rui Barbosa, reconhecendo isso, publicara nos jornais do Rio de Janeiro e de São Paulo um artigo em que falava nos "estados escravizados". Rodrigo atirava longe os jornais num gesto teatral com o qual queria dar a entender que estava não só desiludido da política como também indiferente ante os resultados daquela farsa eleitoral. Meter-se em política seria não só perder tempo como também fazer papel de tolo. De resto, não trocava seu prestígio de médico pela posição do Trindade ou de qualquer deputado estadual ou federal. Sentia-se forte, feliz e de consciência tranquila. Chegara a Santa Fé e erguera a luva do desafio, dando à canalha governista e ao povo de sua terra uma prova de hombridade. Exercia agora um direito que ninguém lhe poderia tirar: o de cultivar em paz seu jardim.

Flora voltara da estância com os pais e Rodrigo, naquelas tardes de princípio de outono, costumava passar depois do banho pela frente da casa da namorada. Parava à esquina e olhava para as janelas agora abertas, onde as cortinas de renda branca esvoaçavam. E por trás dessas cortinas entrevia o vulto de sua amada. Quedava-se longamente na esquina a fumar, meio encabulado por estar-se portando como um adolescente, num namorico indigno de sua idade e de sua posição social. Fazia, depois, uma volta completa à praça, onde os plátanos já começavam a perder as folhas. Andava no ar um escondido arrepio de inverno. Rodrigo recitava baixinho poemas de Verlaine e Samain. Tornava a passar pela casa de Aderbal Quadros, verificando com satisfação que lá estava ainda Flora por trás das cortinas, à sua espera...

Pensava num pretexto para se aproximar da moça de maneira digna. As oportunidades, porém, não eram muitas. Depois da morte do Macedinho, o clube não dera mais bailes. Flora pouco saía à rua. Todos os domingos pela manhã Rodrigo ia esperar à porta da igreja o fim da missa e, quando a moça saía pelo braço da mãe, ele as seguia a uma distância respeitosa. Flora jamais voltava a cabeça para trás, e, embora desejasse ver essa prova de interesse da parte da namorada, ele sabia antecipadamente que ficaria decepcionado se ela fizesse esse gesto. Havia coisas que podiam ficar bem para a Esmeralda e para as Fagundes, mas não para a Flora Quadros.

Num daqueles dias, Gabriel lhe contou que andavam murmurando com insistência que o cometa de Halley ia destruir o mundo. Rodrigo bateu-lhe afetuosamente no ombro e, pensando em Flora, respondeu:

— O fim do mundo? Qual nada, Gabriel, o mundo *agora* é que vai principiar.

6

Certa manhã Cuca Lopes entrou no consultório e, sem ao menos dizer bom-dia, foi contando:

— Sabes duma? O Zago anda falando pra todo o mundo que tu és o doutor das chinas.

Rodrigo, que amanhecera de bom humor, soltou uma risada.

— Pois é a pura verdade, o Zago tem razão. E podes dizer pr'aquele boticário de meia-tigela que prefiro ser médico do chinaredo do Barro Preto a ter de tratar das mazelas morais dele!

Mas as chinas que frequentavam o consultório do Rodrigo não eram propriamente as marafonas descalças e molambentas do Barro Preto ou do Purgatório, e sim as prostitutas mais categorizadas de Santa Fé, as que tinham casa própria — em geral montada e mantida por algum comerciante ou fazendeiro do município —, as que usavam na intimidade quimono de seda e chinelos com pompom, as que aos domingos iam, muito bem-vestidas, à missa da Matriz. Muitas dessas mulheres eram aceitas até pelas famílias mais humildes do lugar, principalmente pelas que viviam nas vizinhanças, e com as quais Rodrigo frequentes vezes as vira conversando e tomando mate doce, sentadas à frente de suas casas.

Vestiam-se e portavam-se como damas e — diferentes das profissionais francesas, judias e polacas que Rodrigo conhecera em Porto Alegre e que trabalhavam doze horas por dia como verdadeiras máquinas de fazer dinheiro — dificilmente recebiam mais dum homem por noite. Rodrigo observara também que, em matéria de amor, aquelas prostitutas nacionais e provincianas observavam uma rigorosa ortodoxia, o que — concluía ele entre sério e trocista — era um padrão de honra para nossa raça. Tinham dignidade e recato, e sempre que no consultório a natureza do exame a que se iam submeter exigia que se despissem, elas o faziam com certa relutância e com um pudor que no princípio deixara Rodrigo um tanto desconcertado. Raramente ou nunca se referiam ao ato sexual, e quando o faziam era por meio de eufemismos que seriam ridículos se não fossem antes de tudo comovedores.

Entre seus clientes Rodrigo contava agora a famosa Rosa Branco — Rosinha Peito-de-Pomba na intimidade —, prostituta famosa na história galante da cidade, não só por ter dormido com várias gerações de santa-fezenses, como também e principalmente por ter a postura e muitas das virtudes duma romana. Alta, farta de seios, com cabelos dum crespo duvidoso, a pele cor de marfim e grandes olhos escuros e bondosos de mãe de família, agora no fim da casa dos quarenta era ainda uma mulher vistosa que chamava a atenção quando passava na rua, fazendo os homens voltarem a cabeça e arrancando deles comentários como este: "Sim senhor, a Rosinha ainda está em forma!".

Caíra na vida aos quinze anos e desde essa idade até o presente exercera a profissão com competência e honestidade. Afirmava-se que sempre recusara receber dinheiro dos moços pobres que a procuravam, e por mais duma vez tirara muitos deles de aperturas financeiras. Era uma mulher limpa, que adorava os perfumes ativos e as cores berrantes. Em sua casa, dum asseio impecável, viam-se por todos os cantos vasos de flores artificiais; na sala de visitas, em que havia uma abundância de almofadões de cetim de tons vivos, estava entronizada uma imagem do mártir são Sebastião.

Rosinha sabia receber os fregueses, obsequiando-os com um cálice de licor de butiá e com bolinhos de polvilho. Nunca os levava para o quarto sem antes entretê-los na sala de visitas com uma conversação bem-educada, e jamais se deitava com eles sem primeiro apagar a luz. E, quando algum rapazote de quatorze ou quinze anos vinha procurá-la, ela o repelia, escandalizada, e mandava-o embora depois de pregar-lhe um sermão.

José Lírio era grande entusiasta da Rosinha Peito-de-Pomba e mais duma vez Rodrigo ouvira do amigo esta opinião: "É uma verdadeira dama".

Agora, na vizinhança da casa dos cinquenta, Rosa Branco vivia amasiada com o Marcelino Veiga e era-lhe — todos sabiam — duma fidelidade verdadeiramente conjugal.

Rodrigo gostava de conversar com essa espécie de clientela. As prostitutas lhe faziam confidências e pediam-lhe conselhos. E, como ele recusasse terminantemente cobrar-lhes as consultas e os tratamentos ("Havia de ter graça, madrinha, eu receber dinheiro dessas chinas!"), elas lhe mandavam presentinhos, lenços de seda com as iniciais *R. C.* bordadas a um canto, gravatas, cestos com ovos, cocadas, pastéis...

Um dia, à hora do almoço, Rodrigo reproduziu para a tia um diálogo interessante que mantivera aquela manhã no consultório com uma de suas "cortesãs". Maria Valéria escutou-o em silêncio e por fim disse: "Agora só falta você trazer uma dessas piguanchas pra almoçar aqui em casa". Para escandalizar a madrinha, Rodrigo replicou: "Por que não? São mulheres muito limpas e direitas. E fique sabendo duma coisa, Dinda, nunca me faltaram com o respeito".

Mas naquela tarde a moreninha que vivia com um filho do Joca Prates tentou seduzi-lo à hora da consulta. Rodrigo repeliu-a com jeito, com um sorriso paternal e indulgente de quem quer dizer: "Ora vamos deixar dessas bobagens, menina". A rapariga retirou-se, mal podendo conter o despeito, e Rodrigo voltou para casa contente consigo mesmo, orgulhoso de seu autodomínio, que lhe permitira manter a ética profissional, pois, que diabo!, a rapariga era nova e bonita, uma morena bem-feita de corpo, com um sinal preto na face esquerda e uns olhos travessos. Quando, porém, voltou ao consultório, dois dias depois, a morena repetiu o assédio, beijando-o na boca no momento em que ele baixava o rosto para auscultar-lhe o coração. (Mas não é que esta diabinha está me provocando mesmo?) Rodrigo achou que aquilo era um abuso e que, afinal de contas, ele não era de ferro. Agarrou a cliente com uma fúria de canibal e atirou-a para cima do divã.

Naquele dia voltou para casa numa confusão de sentimentos. Estava um pouco decepcionado consigo mesmo por ter fraquejado e ao mesmo tempo contente por não haver perdido a gostosa oportunidade. Por outro lado esforçava-se para não dar ouvido a uma voz interior, que lhe sugeria num cochicho malicioso que a profissão médica estava cheia de oportunidades eróticas como aquela. Como para afugentar o demônio íntimo, pôs-se a cantarolar um trecho de von Suppé. Entrou em casa, tomou um banho de chuveiro, vestiu-se, gritou sorrindo para o Bento que "atrelasse os corcéis à carruagem" e poucos minutos depois estava passando de carro pela frente da casa de Aderbal Quadros. Flora achava-se à janela, toda vestida de branco, e como de costume ficou ruborizada ao cumprimentá-lo.

Em casa, aquela noite, Rodrigo fez um silencioso mas solene voto de castidade. E, para se fortalecer em sua resolução, pediu o auxílio de Caruso, Amato e Tamagno, que ficaram boa parte do serão a cantar para ele suas árias mais heroicas.

7

Desde que chegara a Santa Fé, de volta do Angico, Rodrigo raramente se erguia da cama antes das nove da manhã. Esse hábito irritava Licurgo, que, antes de partir para a estância, advertira:

— Acho que o senhor anda levantando muito tarde. Isso não está direito.

Rodrigo sabia que o levantar da cama cedo era parte importantíssima do ritual daquela ferrenha religião do dever e do trabalho, professada por gente da têmpera de seu pai e de Aderbal Quadros. Achavam esses dois gaúchos ortodoxos que um homem deve trabalhar de sol a sol e que há algo de desonroso e indecente no dormir até tarde, pois isso sugere noite de orgia, vícios condenáveis, vadiagem e falta de força de vontade; é, em suma, um péssimo hábito que atrasa a vida das pessoas ao mesmo tempo que lhes solapa o caráter.

No entanto, agora que o pai se encontrava no Angico, Rodrigo, que nunca conseguia dormir antes da uma da madrugada, só deixava o quarto, na manhã seguinte, depois das nove. Dessa hora em diante seguia uma norma para ele docemente agradável e que, muito nova, não tinha ainda o caráter rançoso da rotina.

Descia para a cozinha e lá tomava dois ou três mates com a tia e Laurinda. Depois bebia uma pequena xícara de café simples, sem o que não podia fumar, e se dirigia para a farmácia, onde ficava a atender os clientes até as onze, hora da roda de chimarrão, à qual compareciam invariavelmente o Chiru, o Neco e Don Pepe, e na qual se falava principalmente em mulheres e política. Nos momentos em que não estava a dizer mal do clero e da burguesia ou a derrubar cabeças coroadas, Pepe García era um conversador pitoresco que sabia narrar com verve suas viagens pelo mundo e suas experiências com "esos animalitos singulares llamados mujeres". Chiru vendia seus campos imaginários ou então dissertava sobre os fabulosos tesouros dos jesuítas que haviam de trazer-lhe a independência financeira para o resto da vida. Não raro aparecia para chupar apressadamente um chimarrão o dr. Matias, e ao se retirar enchia os bolsos de almanaques e figurinhas, que costumava distribuir com grande sucesso entre seus clientes. O próprio ten. Rubim uma vez que outra entrava na roda das onze, embora se recusasse a participar do chimarrão, por achar aquilo uma coisa "anti-higienicamente promíscua" — observação que deixava Chiru Mena profundamente ofendido.

Rodrigo detestava comer sozinho, e era raro o dia em que não tivesse um convidado ou dois à mesa. Chiru, no dizer de Maria Valéria, estava ficando um verdadeiro "freguês de caderno". Já pela manhã, antes de sair, Rodrigo entrava na cozinha e começava a abrir e cheirar as panelas, perguntando: "Que é que vamos ter pro almoço, Laurinda?". Dava sugestões, pedia pratos especiais e quase sempre, insatisfeito com o que a mulata preparava, abria vidros de azeitonas recheadas, latinhas de *pâté de foie gras*, de sardinhas portuguesas ou anchovas e comia esses *hors-d'œuvres* antes, durante e às vezes depois do almoço ou do jantar. E, aproveitando a ausência do pai — que só voltaria ao Sobrado em princípios do inverno —, tomava sempre às refeições uma garrafa de vinho francês ou italiano. Quando via Chiru beber Chianti ou Médoc em longos sorvos, protestava:

— Isso não é água, animal! Vinho se bebe aos pouquinhos, degustando bem. Assim... Estás vendo, selvagem?

Chiru sorria, olhava para Maria Valéria, sacudia a cabeçorra leonina, dando a entender que perdoava tudo a Rodrigo porque lhe queria muito bem.

O Lucas era também um dos convivas habituais dos jantares do Sobrado.

Fazia horrores à mesa, simulava comer o guardanapo, os talheres, contorcia o rosto nas caretas mais grotescas. Rodrigo ria-se não porque achasse muita graça nas momices do tenente de obuseiros, mas porque queria ser-lhe simpático. Maria Valéria, essa ficava a cozinhar o convidado com seu olhar fixo e frio, o rosto absolutamente sério. Às vezes o mais que dizia era: "Muito riso, pouco siso". Como último recurso, Lucas escondia o rosto nas mãos e desatava num simulacro de choro, soluçando convulsivamente.

Um domingo Rodrigo teve à mesa do almoço o cel. Jairo e a esposa. O positivista apreciou os vinhos, saboreou o jantar, falou em Augusto Comte, nos grandes couraçados que o governo havia adquirido — o *Minas Gerais* e o *São Paulo*, uma honra para a nossa Marinha! — e, à sobremesa, pôs-se a elogiar Rodrigo, a contar-lhe o que ouvira na cidade a seu respeito. Era um grande médico — dizia-se —, um grande caráter e um grande coração!

— O senhor, doutor Rodrigo, professa, talvez sem o saber, a religião positivista. Vive para os outros, altruisticamente, cultivando a família, a pátria e a humanidade.

Fez um largo gesto com a mão que segurava o cálice do Borgonha. Enquanto o marido falava, prosseguindo em seus ditirambos, Carmem Bittencourt ali continuava calada e tristonha, toda vestida de escuro, com um solitário a faiscar-lhe num dos magros dedos. Rodrigo lançava-lhe de vez em quando olhares furtivos. Não queria demorar nela os olhos, temendo que o coronel pudesse achá-lo impertinente. Era-lhe, porém, agradável mirar aquele rosto duma beleza meio apagada, a qual lhe lembrava estranhamente certas nêsperas que, de tão maduras, estão a pique de se tornarem murchas mas que apesar disso ou, melhor, por isso mesmo perdem a acidez, e são duma doçura e maciez deliciosas.

Seria tísica, como se murmurava? Rodrigo imaginou-se a encostar o ouvido naquele descarnado peito. Diga trinta e três, minha senhora. Trinta e três. Trinta e três. Não diga mais nada. Diga só se é feliz. Fale a verdade. Um médico é como um sacerdote. Abra a sua alma. Abra o seu corpinho. Que seios, que mãos, que lábios gelados! O senhor me perdoe, doutor Pasteur, mas há ocasiões em que não acredito em bacilos...

Quando deu acordo de si estava a olhar fixamente para a mulher de Jairo Bittencourt, o qual naquele momento lhe perguntava:

— Então, já leu o *Système de politique positive* que lhe emprestei?

— Ah! Não, coronel. Ainda não tive tempo. O senhor não imagina como tenho trabalhado naquele consultório!

Uma vez por semana Laurinda fazia sua famosa feijoada completa. Nessas ocasiões Rodrigo convidava Chiru, Neco e Don Pepe. A presença desses amigos como que lhe fazia o apetite redobrar. Tinha-se a impressão de que para aquele quarteto comer não era apenas uma coisa necessária e gostosa, mas de certo modo também humorística.

A feijoada como que possuía a virtude de despertar-lhes uma espécie de erotismo verbal. Enquanto a comiam com gulosa pressa, Pepe recordava anedotas fesceninas de frades em torno de estômago e sexo, comidas e mulheres. Contava-as, lambendo os bigodes, nos momentos em que Maria Valéria se retirava da sala de jantar para ir buscar alguma coisa ou dar alguma ordem à cozinha. E, quanto mais comiam, mais fome pareciam ter e mais disposição para contar histórias escatológicas. Rodrigo nunca provocava esses torneios frascários e, quando Neco ou Chiru se lançavam a ele, queria convencer-se a si mesmo de que aquelas porcarias lhe feriam a sensibilidade refinada de civilização. Soltava, porém, gargalhadas gostosas às piadas dos outros, e por fim ele próprio começava a contar suas anedotas, usando de circunlóquios e eufemismos quando a madrinha se encontrava à mesa.

Rematavam a feijoada com caninha, "pra consertar o estômago", e depois ficavam jiboiando, numa sonolência feliz e meio estúpida. Neco, Chiru e o espanhol retiravam-se do Sobrado e, com os olhos já pesados de sono, Rodrigo subia para o quarto. Como de costume, atirava-se na cama e dormia sem tardar.

Acordava por volta das três, com a língua pastosa, a cabeça pesada e uma vontade rabugenta de brigar com todo o mundo. Tomava um cafezinho, acendia um cigarro e voltava para o consultório, onde ficava até às cinco e meia ou seis.

8

A parte mais amorável de sua rotina incipiente era a descida da rua do Comércio, às seis e meia da tarde, rumo da casa da namorada. Parava sempre que encontrava amigos no caminho. Tinha o cuidado de deter-se junto da janela à qual Emerenciana Amaral estava debruçada e ali ficava, por cinco sólidos minutos, a conversar com a matrona, a dizer que ela estava de muito boa aparência, e a recusar sempre os convites que ela lhe fazia para entrar, "pois eu já disse ao Alvarino que vocês têm que acabar com essas bobagens de política e fazer as pazes".

Dona Emerenciana queixava-se invariavelmente de pontadas, palpitações e dizia mal do dr. Matias, que nunca acertava com um remédio para seus achaques.

No mínimo três vezes por semana Rodrigo entrava na Funilaria Vesúvio, do italiano Camerino, um homem retaco, de nariz vermelho de palhaço, espessos bigodões castanhos — a única pessoa em Santa Fé que era vista a comer tomates maduros às dentadas, como quem come uma pera ou uma maçã. Dante, o filho do funileiro, havia instalado na pequena sala da funilaria sua cadeira de engraxate. O italiano não cansava de contar a Rodrigo que seu *bambino* estava juntando dinheiro para custear futuramente os estudos.

Rodrigo um dia perguntara ao menino:

— Que é que vais ser quando fores grande?

— Doutor — respondera Dante, lustrando as botinas do "moço do Sobrado".

— Advogado?

— Não. Doutor de curar gente.

Tinha dez anos, um par de olhos vivos e uma cara redonda, de feições agradáveis, em que o vermelho das bochechas carnudas era realçado pelas manchas escuras de pomada e tinta de sapato que lhe riscavam as faces.

Rodrigo dava-lhe sempre gorjetas generosas e tinha um prazer especial em passar a mão pela cabeleira híspida do guri, dizendo:

— *Dante Camerino, bello bambino, bravo piccolino, futuro dottorino!*

Dia sim, dia não, Rodrigo entrava na barbearia do Neco, sentava-se na cadeira, fechava os olhos e entregava o rosto ao seresteiro, que ele continuava a considerar o pior barbeiro do planeta. E, enquanto a navalha lhe cantava nas faces, ouvia o Neco contar as "últimas", narrar alguma farra da noite anterior, noticiar a chegada de alguma rapariga nova ou então cantarolar modinhas em voga. Conheces esta, Rodrigo? "Quisera amar-te, mas não posso, Elvira, porque gelado tenho o peito meu." É um xote supimpa! E esta? "A Europa curvou-se ante o Brasil e clamou parabéns em meigo tom." É a respeito do Santos Dumont, o inventor do aeroplano. A modinha é do Eduardo das Neves...

Já estava começando a fazer parte também da rotina de Rodrigo debruçar-se a uma das janelas do Sobrado no momento em que o velho Sérgio, o acendedor de lampiões, vinha chegando com a escadinha às costas. Era um negro alto e descarnado, de pele bronzeada, com um bigode, uma barbicha e uma certa finura de traços que lhe davam ares dum nobre etíope. Desde menino Rodrigo ouvia a Laurinda afirmar que nas noites de sexta-feira o Sérgio virava lobisomem e saía pelas ruas a uivar, entrando nos quintais para devorar galinhas. E ai de quem se atravessasse no seu caminho!

Quando Sérgio encostava a escada no poste, à esquina do Sobrado, Rodrigo de ordinário mantinha com ele demorados diálogos, e nunca deixava de atirar-lhe um níquel de quatrocentos réis, que o preto aparava com o seboso chapéu de feltro, ficando lá embaixo a fazer mesuras e a resmungar, de olhos postos no chão, como se estivesse falando com uma terceira pessoa. "É como eu digo. O doutor Rodrigo não é soberbo. Conversa com os pobres. É como eu digo. Um moço de senhoria e distinta consideração."

Rodrigo sempre tivera curiosidade de conhecer a vida íntima daquele vulto espigado que ao anoitecer andava pela cidade de poste em poste a prender fogo nas mechas dos lampiões. Que será do Sérgio quando vier a luz elétrica? — pensava às vezes.

E uma noitinha, estando em veia romântica, ao ver o negro no alto da escada, perguntou-lhe:

— Sérgio, será que existe no céu alguém encarregado de acender as estrelas todas as noites?

O lobisomem ficou por um instante em grave silêncio e depois, voltando a cabeça, respondeu:

— Há sim, senhor. São os anjos de Deus, Pai de nós todos.

Durante algumas semanas, Rodrigo frequentou quase todas as noites o clube, onde passava as horas a jogar pôquer com amigos. Era mau jogador, não tinha sorte e invariavelmente perdia. Voltava para casa vagamente inquieto, pois percebia que, se continuasse a encher as noites daquela forma, acabaria irremediavelmente dominado pela paixão do jogo. Conhecia-se bem e sabia que esse era um de seus fracos. Se se entregasse de novo à fascinação do pano verde (em Porto Alegre durante todo um ano fora escravo da roleta, na qual perdera um dinheirão), sua vida estaria arruinada e seus mais belos planos iriam águas abaixo. Era por isso que agora, ao anoitecer, fazia o possível para resistir à tentação de ir ao clube. Convidava amigos para virem ao Sobrado, abria latas de conserva e garrafas de vinho, punha o gramofone a funcionar e tratava de interessar-se pela palestra dos visitantes.

Quando não aparecia ninguém — o que era raro —, fechava-se no escritório para ler. Tinha a atenção vaga e dificilmente conseguia vencer mais de cinco páginas duma sentada. Lia muitos livros ao mesmo tempo. Alternava os romances de *boulevard* com obras mais sérias. Muitas vezes largava *La Chemise de Mme. Crapouillot* para pegar *La Vie de Jesus*. Às vezes tomava-se de brios profissionais e abria um tratado de medicina, principalmente quando tinha em mãos algum caso difícil que lhe exigia conhecimentos especializados. Mas acabava bocejando e fechando o livro. Aquilo era supinamente cacete. A medicina que fosse para o diabo!

9

Em meados de abril recebeu de Paris os primeiros números de *L'Illustration*. Folheou-os avidamente, com um prazer não só visual mas também tátil e olfativo, pois era com volúpia que passava a mão espalmada sobre o papel gessado da revista e aspirava-lhe o cheiro de tinta. No fim de contas, aquilo era um pedaço de sua querida Paris que lhe chegava pelo correio!

Um daqueles números trazia no frontispício um desenho que representava Chantecler (M. Guitry) apoiando com a asa La Faisane (Mme. Simone), a qual, perseguida pelo Cão Briffaut, refugiara-se num canto no terreiro e agora estava desfalecida nos "braços" do Galo.

Rodrigo leu com avidez o artigo em que se descreviam as peripécias que precederam a *mise-en-scène* de *Chantecler*, os *potins* sociais e literários de Paris a propósito da peça, as discussões de Coquelin com Edel, o desenhista de figurinos, em torno das dificuldades surgidas com relação aos costumes. Que fazer da cabeça dos artistas? Conservar-lhes os rostos? E os braços... deixá-los livres ou dissimulá-los sob as asas? Mas seria possível para um comediante recitar seu papel sem gesticular? Coquelin afirmava que não. Um dia estava ele a tomar seu banho quando Edel chegou. Começaram a falar no *Chantecler* e o ator, tomado de entusiasmo, pôs-se a recitar o "Hino ao Sol". Ao terminar, perguntou: "Hein? Não é bonito? Que dizes, Edel?". O desenhista respondeu: "Digo que acabas de me fornecer a prova que eu procurava há tanto tempo. Recitaste magnificamente o 'Hino ao Sol' sem tirar os braços de dentro d'água! Está provado que se pode declamar sem gestos!".

Rodrigo estava encantado com a oportunidade de participar das conversas de bastidores, penetrar na caixa do teatro Porte Saint-Martin, espiar para dentro dos camarins e ver atores e atrizes a se meterem naqueles grotescos costumes que os transformavam em enormes galos, galinhas, faisões, melros, cães e mochos — que ali estavam maravilhosamente reproduzidos em cores nas páginas de *L'Illustration.*

Mergulhou fundo na leitura do primeiro ato da peça, que vinha transcrito integralmente no número de 12 de fevereiro. Leu das sete e meia da noite até às onze. Ao fechar a revista, sentiu de súbito, pesada e angustiante como nunca, a solidão do Sobrado. Caminhou até a janela, como que sufocado, numa busca de ar. Era uma noite de lua nova, pobre de estrelas, e só a luz tíbia dos lampiões alumiava as ruas. Um ventinho em que já se sentia um precoce calafrio de inverno, remexia as folhas secas no chão da praça. Não se via vivalma naquelas redondezas.

Rodrigo começou a andar pelo escritório, dum lado para outro, mascando um cigarro apagado. Dinda estava fechada no quarto. A criadagem, dormindo. Por onde andariam àquela hora os patifes do Chiru, do Neco e do espanhol? Teve ímpetos de gritar. A vida que levava era a mais estúpida que se podia imaginar. Para onde quer que se voltasse, só via homens: na farmácia, no Sobrado, no clube. Só machos, machos, machos! Precisava casar, ter mulher em casa, carinho, filhos, calor humano, aconchego... Detestava aquela solidão. *L'Illustration* lhe havia trazido imagens de Paris, ecos da vida da Cidade Luz. Damas em vestidos de noite, envoltas em peles, faiscantes de joias, perfumadas e belas, dentro de automóveis à saída de teatros; homens de casaca, chapéu alto, sobretudos de astracã... Cancãs no Moulin Rouge. Museus, livrarias, cafés. A boêmia intelectual da Rive Gauche. Canções alegres, ditos espirituosos, gente civilizada e interessante. Vida, enfim! Que tinha ele ali em Santa Fé? A civilização da vaca, do sebo, do charque. A boçalidade, a banalidade, a rotina, a pobreza de espírito, o atraso dum século! Ou vou para Paris o ano que vem ou me caso. Ou faço as duas coisas. Ou meto uma bala nos miolos.

Apanhou o chapéu e saiu. Desceu a rua do Comércio, monologando sobre suas tristezas. Parou à frente do clube, pensou num joguinho de pôquer, mas reagiu contra a ideia e continuou a andar. Entrou na Confeitaria Schnitzler e sentou-se a uma mesa, na sala deserta. Quando Marta se aproximou, pediu-lhe algo de comer. A moça trouxe um sanduíche, especialidade da casa: rodelas de presunto e mortadela entre duas grossas e largas fatias de pão de centeio barradas de manteiga. Rodrigo gritou:

— Uma cerveja preta!

Deu uma dentada no sanduíche e começou a mastigá-lo com uma pressa gulosa. Encheu o copo de cerveja e bebeu. Podia estar bebendo *vin blanc* e comendo iguarias esquisitas num café-concerto de Paris. Imaginou Marta vestida como as bailarinas de cancã: as pernas modeladas por meias de seda preta, um bom palmo de coxa branca à mostra, juntamente com as ligas, as calças de renda... Rodrigo olhava cupidamente para a filha do confeiteiro, que estava recostada ao caixilho da porta do corredor. Num dado momento teve a impressão de que Marta lhe sorria de modo significativo. E, como ela em seguida fizesse meia--volta e se encaminhasse para o fundo do corredor sombrio, ele não hesitou sequer por um segundo. Ergueu-se, apressado, e seguiu-a. Lá estava o vulto claro da alemãzinha... Rodrigo avançou, enlaçou-lhe a cintura, apertou-a contra a parede e beijou-lhe avidamente a boca. Marta entregou-se sem a menor resistência. Rodrigo sentiu nas suas o calor das faces dela. E já sua mão começava a explorar o corpo da rapariga, quando alguém riscou um fósforo. Voltando-se num sobressalto, Rodrigo viu, à luz da minúscula chama, a cara de Júlio Schnitzler.

— Ah, doutor! Isso não se faz!

Soltou Marta, que se precipitou para o salão da confeitaria. Na penumbra mal se distinguia o vulto do confeiteiro.

Rodrigo encaminhou-se em passos firmes e dignos para o salão. Ao passar por perto do outro, pensou: agora ele vai me agarrar... Schnitzler, porém, não se moveu. Sem olhar para trás, Rodrigo aproximou-se de Marta.

— Quanto é?

— Quatro mil-réis.

Meteu nas mãos da moça uma cédula de dez, voltou-lhe as costas e saiu da confeitaria sem dizer palavra. O vento fresco da noite bateu-lhe em cheio no rosto. Foi bom o alemão ter aparecido — refletiu —, senão podia ter acontecido o diabo...

Levava, porém, um sentimento de derrota e estava furioso consigo mesmo, principalmente por ter tratado tão mal a alemãzinha à saída.

Ao chegar à casa subiu logo para o quarto e meteu-se na cama. Custou-lhe um pouco dormir. Teve um sonho confuso: andava de gôndola pelas ruas inundadas de Paris... Na proa ia um vulto que lhe parecia ora Flora Quadros ora Marta Schnitzler. A Torre Eiffel erguia-se acima do casario, imensa e ereta. O velho Sérgio, vestido de galo, andava acendendo as luzes de Paris. E Rodrigo achava estranho que o Sobrado estivesse na Place de l'Étoile, o que afinal de contas tornava Paris conveniente mas prosaica. O gondoleiro (seria o Schnitzler?) cantava uma canção que ele se esforçava por identificar mas não conseguia...

Abriu os olhos e continuou a ouvir a voz do gondoleiro. Aos poucos identificou, na penumbra, a silhueta familiar dos móveis do quarto.

A voz vinha da rua. Uma serenata! Desperto, Rodrigo sentou-se na cama. Reconheceu o vozeirão do Neco. Pôs-se de pé, caminhou até a janela e ergueu a guilhotina. Lá estava o barbeiro, a dedilhar o violão e a cantar

Quisera amar-te mas não posso, Elvira,
Porque gelado tenho o peito meu.

Saturnino acompanhava-o com tremolos de flauta. No vulto ao lado do ecônomo, Rodrigo reconheceu Chiru. Inclinou-se sobre o peitoril e gritou:

— Que bobagem é essa serenata em noite sem lua?

Neco Rosa calou-se. Por alguns instantes só se ouviram os trinados da flauta do Saturnino. Por fim este também cessou de tocar.

— Nós não cantamos pra lua, homem! — replicou Chiru. — Cantamos pras moças. Desce e vem com a gente!

— Que horas são?

— Uma e pouco. É cedo.

— Esperem que já desço.

Vestiu-se às pressas e foi reunir-se aos amigos.

— Aonde é que vamos? — perguntou.

— Vamos primeiro fazer uma serenata pra Esmeralda...

Rodrigo encolheu os ombros. O itinerário pouco lhe importava. O essencial era fazer alguma coisa aquela noite, fosse o que fosse.

Capítulo XVII

1

Em fins de abril Rodrigo recebeu um chamado que o deixou em alvoroço. Aderbal Quadros telefonou uma tarde, pedindo-lhe fosse ver sua mulher, que estava de cama, com uma pontada nos rins.

Babalo recebeu-o à porta, com uma cordialidade que muito o desvaneceu, e levou-o imediatamente ao quarto do casal. D. Laurentina achava-se recostada em travesseiros, em cima da cama, mas completamente vestida, com um xale de lã sobre os ombros. Era uma senhora de meia-idade, e seus cabelos negros e lisos, entre os quais se viam raros fios brancos, estavam puxados para trás, num coque. Seu rosto, de expressão severa mas serena, lembrava o duma estátua que tivesse sido talhada naquela pedra morena das calçadas de Santa Fé.

Ao entrar, Aderbal gracejou:

— Preciso le avisar, doutor, que a Titina não acredita no senhor como médico...

Laurentina apertou a mão do recém-chegado:

— Como é que vou acreditar, se já peguei ele no colo?

Rodrigo tratou com carinho a mãe de Flora: sentou-se na beira da cama, enquanto lhe tomava o pulso, fez-lhe perguntas nesse tom que os mais velhos usam para com as crianças quando querem convencê-las de que estão sendo tratadas como gente grande.

— Aposto como está doente porque fez alguma travessura! — sorriu, ao pôr-lhe o termômetro debaixo do braço. — Conte aqui em segredo pro seu amigo de infância...

Laurentina permanecia séria e calada, fitando no doutor seus olhos descrentes e dando a entender que se prestava a todas aquelas coisas apenas para contentar o marido.

— Eu disse pro Aderbal que não era preciso chamar médico. Já estou melhor. Acho que é dos rins.

— Agora vamos ver, dona Laurentina. Fique bem quietinha.

324

Tirou o termômetro e ergueu-o contra a luz.

— Ótimo! Não tem febre.

— Estás vendo, Aderbal?

Rodrigo começou a apalpar a cintura da paciente.

— Dói aqui?

— Um pouco.

— E aqui?

— Também.

— É a primeira vez que sente essas pontadas?

— Não.

— Agora me conte um segredo. Que foi que a senhora andou fazendo de ontem pra cá? Fale a verdade.

Ela hesitou por um instante.

— Não andei fazendo nada, ora essa!

Rodrigo ergueu os olhos para Aderbal, que picava fumo tranquilamente ao pé da cama.

— Ontem essa mulher lavou o soalho e andou descalça na umidade.

Rodrigo deu uma palmada na própria coxa:

— Aí está! Logo vi. Por castigo agora tem de ficar uns dias de resguardo na cama, debaixo das cobertas.

— Não posso! Tenho muito que fazer.

— Não tem fun-fun nem fole de ferreiro! São ordens que estou lhe dando. Tem tomado algum remédio caseiro?

— Chá de pata-de-vaca.

— Pois continue com o seu chazinho e tome mais as cápsulas que vou lhe receitar.

Fez uma prescrição, recomendou uma dieta e, dando como encerrada a consulta, puxou outros assuntos, não só porque lhe era agradável conversar com os pais da Flora, como também porque desejava prolongar a visita, na esperança de ver a moça. Babalo falou nas suas estâncias, no seu gado, nas suas roças. Saltou depois para a política e contou os atos de violência e arbitrariedade que presenciara na mesa eleitoral em que votara. Era, como Licurgo, um velho castilhista desiludido com o partido.

— É a sina deste pobre país! — exclamou. — Os homens de honra e saber nunca vão pro governo. A morte do doutor Júlio de Castilhos foi um desastre pra toda a nação.

Tinha uma voz lenta e por assim dizer quadrada. Falava dum jeito seco: não pronunciava *réis*, *mais* e *pois*, e sim *rés*, *más* e *pôs*. Pitoresco contador de causos, sua pachorra era famosa na cidade. Enfrentava as situações mais difíceis e embaraçosas com uma calma imperturbável. Jamais perdia as estribeiras e tinha sempre nas conjunturas mais dramáticas um dito chistoso, e nas maiores desgraças uma serena atitude filosófica. Havia pouco, Cuca Lopes encontrara-o na rua e gritara: "Seu Babalo, a coisa está preta. O cometa vem aí e diz que o mundo vai acabar!"". Aderbal Quadros parou, tirou uma palha de trás da orelha e respondeu: "Será que ainda dá tempo pra eu pitar um crioulo?".

Homem de estatura meã e constituição sólida, tinha uma face máscula e um tanto angulosa, duma tonalidade de marfim antigo. O nariz era fino e nobre, e seus olhos escuros e meio amendoados estavam quase sempre tocados dum brilho risonho e malicioso, mesmo quando a boca carnuda, dum vermelho enxuto e pardacento, permanecia séria. Recém-entrado na casa dos cinquenta, os cabelos já se lhe faziam ralos, e nos bigodes e na pera começavam a apontar fios prateados.

Rodrigo olhava com simpatia para aquele homem que ali estava em mangas de camisa, bombachas de riscado, chinelos sem meias e que, mesmo dentro de casa, conservava ordinariamente o chapéu na cabeça.

Ouviu-se um rumor de passos no corredor. Rodrigo ficou alerta, em alegre antecipação, esperando que Flora entrasse a qualquer minuto. Os passos, entretanto, apagaram-se e a porta do quarto permaneceu fechada.

Malditas convenções sociais! Por que não posso dizer claramente a estas duas simpáticas criaturas que estou apaixonado pela Flora e que desejo casar-me com ela? Pro diabo as convenções! Levantou-se e disse:

— Talvez este não seja o momento oportuno, mas há muito desejo dizer uma coisa ao senhor, seu Aderbal, e à senhora, dona Laurentina...

Fez uma pausa, um tanto embaraçado, porque no silêncio do quarto teve a impressão de que suas palavras continuavam soando no ar, como se houvessem sido pronunciadas por uma quarta pessoa e ele ainda as escutasse, achando-as tolas e improváveis.

— Não farei rodeios, irei direito ao assunto. Gosto muito de Flora e minhas intenções para com ela são as mais sérias... e nem poderia ser de outro modo.

Laurentina mirava-o com uma expressão pétrea. Babalo amaciava vagarosamente as partículas de fumo depositadas no côncavo da mão, como se, indiferente às palavras do visitante, tivesse toda a atenção concentrada no crioulo que fazia.

— Estou com vinte e quatro anos, tenho uma profissão certa e não é nenhum segredo que pertenço a uma família de posses. Sei que isso não é tudo. Para um homem como o senhor, seu Aderbal, isso talvez até não seja nada. Não me compete falar de minhas qualidades pessoais, do meu caráter. Cometi muitos erros e sei que nem sempre tive um comportamento exemplar. Mas asseguro-lhes, sob palavra de honra, que hoje sou um homem diferente, que estou encarando a vida com a maior seriedade. Preciso e desejo casar, ter uma esposa e um lar. Não apenas porque minha profissão exija que eu seja casado, mas porque meu coração se inclina para o casamento, e principalmente porque tenho uma afeição muito grande pela Flora...

Calou-se. Estava começando a ficar comovido com suas próprias palavras. Sentiu a testa úmida de suor e ficou meio decepcionado por não notar no casal Quadros nenhuma reação particular ao seu discurso. Esperava que Babalo o abraçasse, num ímpeto de cordialidade, exclamando: "Não pode haver partido melhor pra minha filha!".

Naquele instante, Aderbal colocava o fumo picado sobre a palha. Enrolou o cigarro, levou-o à boca, bateu nos bolsos à procura do isqueiro e, como não o encontrasse, olhou para Rodrigo:

— Me dê o fogo.

Acendeu o cigarro e soltou algumas baforadas, como se nada de extraordinário estivesse acontecendo. Rodrigo esperava, com uma incômoda sensação de frio interior. Era como se houvesse acabado de defender uma tese e agora esperasse o veredicto duma banca examinadora inescrutável.

Por fim a voz grave e descansada de Babalo encheu o quarto:

— Pôs me alegro, Rodrigo. Sou amigo do Licurgo dês do tempo que eu era piá de estância e passava com meu pai lá pelo Angico, levando tropas pra Passo Fundo e Soledade. Le conheço desde criança. E isso de ter feito farras é coisa que acontece pra qualquer um. Eu não fiz porque não tive tempo, trabalhava de sol a sol, meu pai me trazia num cortado lôco. — Sorriu, seus olhos travessos se apertaram e luziram. — Agora estou velho demás pra começar.

Voltou-se para a mulher.

— Pôs nós fazemos muito gosto, não é, Titina?

Não se moveu um único músculo na face da mulher. Por um segundo, Rodrigo se sentiu perdido, como um ator que no meio da peça tivesse esquecido o papel.

— Pois bem — disse por fim —, eu lhe peço, seu Aderbal, que, depois que eu sair, fale com a sua filha. Se ela corresponde à minha afeição, quero que o senhor me dê licença pra frequentar a casa...

— Já? — deixou escapar Laurentina.

— E por que não? Creio que conheço Flora o suficiente. Não há razão pra termos de passar por todas essas fases tolas: o namorico de longe, a conversa ao pé de janela, etc.

— O doutor Rodrigo tem razão, Titina. Não estamos más em mil oitocentos e oitenta e dôs.

Pôs a mão no ombro do rapaz.

— O meu noivado com a Titina foi combinado entre o pai dela e o meu. Quando eu ia visitar a noiva, quem me recebia era o futuro sogro. A Titina ficava me espiando por uma fresta da porta.

— Ficava coisa nenhuma! Não seja gavola.

— Só vi a noiva bem de perto no dia do casamento. — Apontou para a mulher. — Foi por isso que cometi esse erro!

Soltou uma risada, que também era lenta, clara e quadrada como a voz.

— Estamos em 1910 — continuou — e não no tempo do ariri. O doutor Rodrigo não anda de carreta. Anda mas é de trem.

Fez uma pausa e depois, num tom mais sério, prometeu:

— Vou conversar com a Flora.

2

Rodrigo saiu feliz da casa dos Quadros. Atravessou a rua e teve a intuição de que Flora estava a espiá-lo por trás da cortina duma das janelas. Voltou a cabeça e verificou que não se enganava. Achou, entretanto, que seria mais delicado fingir que não a vira. Por isso não a cumprimentou. Continuou a andar, trauteando o "Loin du Bal". Estava ganho o dia. Apressara de muitos meses o noivado. Flora evidentemente daria o sim, e dentro em breve ele estaria a frequentar-lhe a casa. Duas ou três vezes por semana? Três. Terças, quintas e sábados. Um que outro domingo também. Dali ao noivado seria um pulo; do noivado ao casamento, outro pulo. Quando ele completasse vinte e cinco anos, em dezembro, poderia comemorar o acontecimento em companhia da esposa. Flora Quadros Cambará.

Ia tão satisfeito da vida, que ao encontrar no meio da quadra o padre marista com quem viajara de Santa Maria a Santa Fé, abraçou-o com uma cordialidade ruidosa, uma efusão que suas relações com o homem não justificavam.

— Mas onde é que se tem metido, irmão Jacques?

— Oh, muito ocupado no colégio.

— Apareça lá pelo Sobrado uma noite destas. Vá jantar com a gente. Quero lhe mostrar uns livros franceses e umas revistas que recebi de Paris. — Piscou-lhe o olho. — Tenho uns Borgonhas e uns Médocs de primeira ordem. *Est-ce que vous n'aimez pas un bon verre de vin, hein?*

— *Mais oui!* — exclamou o marista. — *Certainement, mon cher docteur!*

E ficou vermelhíssimo, como se já houvesse bebido os vinhos do outro. Contou-lhe que o Colégio Champagnat progredia e seus *élèves* já cantavam canções francesas. *Connaissez-vous l'histoire du petit navire?* Cantarolou os dois primeiros versos. Rodrigo não conhecia. E Jacques Meunier, os olhos muito azuis a refletirem a claridade daquela tarde de abril, contou também que estava tratando de fundar um clube de futebol. *Vous savez*, Cruz Alta já tem um time, por que Santa Fé não pode ter também o seu, e muito melhor, hein?

— O senhor também vai jogar? — troçou Rodrigo.

— Claro. Eu era o melhor *center-forward* da minha cidade natal. Conto com o senhor para ajudar o nosso esporte clube, sim?

Rodrigo prometeu-lhe tudo: prestigiar o novo grêmio, ajudá-lo com dinheiro... E, se o irmão Jacques quisesse, ele poderia até vestir uma camiseta colorida, uns calções curtos e sair a dar pontapés numa bola!

Despediram-se rindo, com um forte e demorado abraço.

Pouco depois Rodrigo avistou Marco Lunardi, no momento em que o gringo saía da Casa Schultz, com um saco de farinha de trigo às costas.

— Atlas carregando o mundo sobre os ombros! — exclamou.

Ao ver o amigo, Marco largou o saco no chão e parou no meio da calçada. Tinha os cabelos, o rosto e a roupa manchados de farinha. As calças de riscado estavam arregaçadas até meia canela. Seus grandes pés rosados e encardidos achavam-se bem plantados no chão, dando uma impressão de equilíbrio e solidez. Mais uma vez a beleza física daquele colono produziu em Rodrigo um cordial sentimento de inveja. Chegava a achar quase ofensivo que um diabo daqueles, nascido em Garibaldina, duma família de imigrantes, pudesse ser um tão belo espécime humano. Parecia mais um ator caracterizado para representar o papel de colono do que um colono autêntico.

— Como vai Garibaldina?

— Regular pra campanha.

— E quando é que vens pra cidade, homem?

— Quando puder comprar as máquinas pra fábrica.

— Quanto te falta ainda?

— Ah, muito dinheiro.

— Diga quanto.

— Uns dois contos e pico...

— Bagatela, Marco, bagatela.

Rodrigo estava exaltado, via tudo cor-de-rosa, bom, fácil.

— Bagatela pro senhor...

— Pelo amor de Deus, não me chame de senhor.

Mirou o amigo, de alto a baixo:

— Pois manda buscar essas máquinas o quanto antes, homem! Te dou o dinheiro que falta.

Marco sorriu. Parecia não saber se Rodrigo estava brincando ou falando sério.

— Palavra de honra. Te dou o dinheiro.

— Mas como?

— Te empresto. Quando puderes, me pagas. Se não puderes, não pagas. Pronto.

— Mas doutor...

— Doutor coisa nenhuma! Manda buscar essas engenhocas e começa a fazer as tuas massas.

O colono sorria pelos olhos azuis, pela cara rosada; suas grandes mãos calosas pareciam sorrir também. No entanto continuava mudo.

— Aparece no Sobrado quando quiseres, que eu te dou o arame.

— Eu assino uma letra.

— Não assinas coisíssima nenhuma. Não sou agiota. — Estendeu a mão.

— Até logo, Marco Lunardi.

— Estou com as mãos sujas, doutor.

— Deixa de bobagens. As mãos dum homem honrado sempre estão limpas.

Nesse ponto quem se comoveu foi o próprio Rodrigo, pois os olhos do colono se embaciaram, e o seu pomo de adão pôs-se a subir e descer no sólido pescoço vermelho.

Apertaram-se as mãos demoradamente. Depois abraçaram-se. Como sua cabeça mal chegasse à altura do ombro do outro, Rodrigo não pôde deixar de aspirar o cheiro acre daquele corpo suado, o que lhe deitou a perder a emoção do movimento.

3

Continuou a andar. A vida é boa. Flora me ama. Vou ajudar esse rapaz a realizar um sonho.

Entrou na Funilaria Vesúvio. Deitado de bruços, os cotovelos fincados no chão, as mãos a apoiar a cabeça, Dante Camerino lia uma brochura. Rodrigo acocorou-se junto do pequeno engraxate e leu o título do livro: *Cinco semanas em um balão.*

— Vou te dar todas as obras de Júlio Verne que tenho em casa. Aparece por lá no sábado e leva um cesto grande, ouviste?

Dante sorriu, pondo à mostra os dentes miúdos e limosos. Rodrigo passou--lhe a mão pela cabeça. *Dante Camerino, bello bambino, bravo piccolino, futuro dottorino.*

— Engraxa o sapato, doutor? — gritou o funileiro, do fundo da oficina.

— Fica pra outro dia!

De novo ganhou a rua.

Encontrou o Cuca à porta da Farmácia Popular.

— Que é que há de novo?

— Está feia essa história do cometa.

— Que história, homem?

— Então não leste o *Correio do Povo* de hoje? Falta pouco tempo pro bicho aparecer. Estão dizendo que ou a Terra se espatifa ou nós morremos envenenados pelo rabo do bruto.

Rodrigo entrou no laboratório, onde Gabriel também quis saber se o doutor achava possível que o fim do mundo estivesse marcado para meados de maio. Vico, o aprendiz, aproximou-se do patrão e focou nele os olhinhos vivos de roedor.

Rodrigo tirou o chapéu, sentou-se e pôs-se a falar sobre o cometa de Halley, baseado num artigo de Camille Flammarion que lera em *L'Illustration.*

— Tudo quanto se tem publicado até agora é considerado prematuro pelos cientistas, principalmente essas histórias que falam do envenenamento da humanidade e do fim do mundo. Em maio que vem, haverá um encontro do cometa de Halley com a Terra. Vico, vá esquentar a água pro mate! Nesse dia a cauda do cometa estará dirigida pra cá. Se ela nos atingir, ficaremos submersos nesse apêndice gasoso, compreendem?

— De que é feito o rabo do cometa? — indagou o Cuca, que de certo modo parecia encarar aqueles acontecimentos siderais como uma espécie de mexerico social do cosmos.

— É duma matéria radiante muito rarefeita — explicou Rodrigo, felicitando-se intimamente por ter boa memória. — E o nosso planeta atravessará a cauda do cometa como uma bala de canhão atravessaria uma cerração de inverno, com uma velocidade de cento e seis mil quilômetros por hora.

— Pomba!

— Mas esse encontro — esclareceu Rodrigo — só se dará se a cauda do cometa tiver uma extensão de mais de vinte e três milhões de quilômetros...

Ao chegar à casa contou à tia com minúcias sua conversa com os Quadros. Maria Valéria escutou, imperturbável.

— Para que tanta pressa em frequentar a casa da moça?

— Ora, é o meu jeito. Não tenho paciência pra esperar.

— Você puxou foi pelo seu bisavô. Tia Bibiana me contava que o capitão Rodrigo era homem que fazia tudo fora de hora e andava sempre com pressa, como se o mundo fosse acabar.

— Pois pra ele o mundo não acabou cedo mesmo? O capitão morreu antes dos quarenta. Decerto tinha algum pressentimento e queria aproveitar.

— Boa desculpa...

Naquelas primeiras semanas de maio Rodrigo notou em Santa Fé um absoluto desacordo entre o tempo e as pessoas. Os dias eram tranquilos, duma beleza doce e madura, os céus distantes, os crepúsculos vespertinos longos. Pairava no ar uma paz lânguida, tocada de brumas douradas e sombras lilases. As pessoas, porém, andavam inquietas, moviam-se e falavam com nervosismo, numa expectativa de catástrofe. Claro, havia os descrentes que se riam daquelas tolas histórias de fim do mundo. Lembravam-se de outras eras, outros cometas e vãos temores. Esses continuavam a viver em paz. A maioria, porém, se fazia perguntas e não eram poucos os que tratavam de reunir seus familiares, a fim de que a hecatombe não os apanhasse separados. Os Teixeiras reuniram-se todos na fazenda, na esperança, talvez, de que o cataclismo pudesse ser menos violentamente sentido no campo que na cidade. Homens que estavam projetando viagens por aqueles dias, adiavam-nas. Os que se achavam fora de Santa Fé, apressavam-se a voltar para casa. Nas lojas, escritórios e repartições públicas já não se trabalhava direito, e o cometa de Halley (a que Liroca insistia em chamar "cometa do Alves") era o assunto permanente de todas as rodas. Alguém bravateou: "Que venha esse cometa. Mas é preciso que ele tenha muito caracu pra acabar com o Rio Grande!". O pe. Kolb nos seus sermões dizia não acreditar que Deus estivesse mesmo com tenções de "liquitar sua opra maknifka", mas aconselhava os crentes a que, pelas dúvidas, se fossem preparando para o pior. Assim, naqueles dias teve um número desusado de fiéis no confessionário. Mulheres piedosas acendiam velas para os santos de sua devoção, fazendo as mais extravagantes promessas. Outras começavam as visitas de despedida, corriam às casas de amigos e parentes. Nem todas — notava Rodrigo — se entregavam a isso com sinceridade, na crença absoluta de que o mundo fosse mesmo acabar. Em sua maioria diziam esses adeuses por precaução, porque sabiam por experiência própria que as piores coisas podem acontecer. Muitas, entretanto, pareciam aproveitar a ocasião apenas para acelerar o passo da vida, de ordinário tão lento e igual, pois o fim do mundo não deixava de ser um assunto fora do comum.

Alguns homens procuravam-se para liquidar dívidas ou desfazer negócios; houve até mesmo uns dois ou três casos de inimigos que se reconciliaram. E Don Pepe, que parecia querer arrogar para o anarquismo o direito de destruir pessoas e coisas, comentou: "Quién sabe Diós adhirió al anarquismo y quiere destruir el mundo con una bombita?".

4

D. Evangelina Mena, a tia de Chiru, veio um dia procurar Rodrigo ao Sobrado. Era uma velhinha muito asseada, com cara de querubim, cabelos completamente brancos, pele rosada e olhos claros. Tinha qualquer coisa de esquilo no jeito ágil e vivo de andar, mexer a cabeça e gesticular.

Viúva sem filhos, vivia com aquele sobrinho, que levara para sua casa no dia em que o rapaz, aos dez anos, ficara órfão de pai e mãe. Chamava-lhe meu "velocino de ouro" por causa de sua cabeleira crespa e loura, e tivera sempre para com ele mimos de avó.

Ao completar vinte e um anos, Chiru entrara na posse da herança dos pais, mas antes de chegar aos vinte e cinco havia já perdido tudo em maus negócios e prodigalidades.

Desde o dia em que seu "velocino de ouro" ficara sem vintém, tia Vanja passara a sustentá-lo. Proprietária duma casinha à rua Voluntários da Pátria, era tida como a mais hábil doceira e bordadeira de Santa Fé. Fazia bolos, doces, tortas e pastéis para casamentos, batizados e banquetes. Bordava colchas, toalhas, guardanapos e roupa branca para enxovais. Era assim que sustentava a casa e as vadiagens do sobrinho.

Desde criança Rodrigo sentia um enternecido fascínio por aquela criaturinha recendente a patchuli que costumava passar-lhe a mão pelos cabelos, murmurando: "De quem é esta bolinha de ébano?". *Ébano*, então, passou a ser para o menino Rodrigo uma palavra misteriosa, inseparável dos cheiros de tia Vanja, e do contato macio de suas mãos. Não havia em Santa Fé casa que Rodrigo gostasse mais de visitar que a meia-água da tia de Chiru. "É um verdadeiro brinco", diziam dela as comadres. Evangelina Mena muitas vezes à noite recitava para o "velocino de ouro" e para a "bolinha de ébano" "O noivado do sepulcro". Apagava a luz e, depois que via os dois meninos sentados direitinhos a seu lado, como pintos sob as asas duma galinha, começava:

Vai alta a lua! na mansão da morte
Já meia-noite com vagar soou;

Que paz tranquila! dos vaivéns da sorte
Só tem descanso quem ali baixou.

Tinha uma voz fina e melodiosa, que lembrava o som duma caixinha de música. Rodrigo sentia um calafrio na espinha quando o poema chegava ao trágico final:

Quando risonho despontava o dia,
Já desse drama nada havia então,
Mais que uma tumba funeral vazia,
Quebrada a lousa por ignota mão.

Porém mais tarde, quando foi volvido
Das sepulturas o gelado pó,
Dois esqueletos, um ao outro unido,
Foram achados num sepulcro só.

Findo o recitativo, tia Vanja erguia-se, acendia o lampião e, ainda com lágrimas nos olhos, dava sorrindo aos dois meninos suas deliciosas balas de ovos.

Rodrigo sempre achara que tia Vanja era diferente de todas as outras pessoas que ele conhecia. Só mais tarde, ao voltar numas férias para casa, com o curso de preparatórios terminado, é que percebera, encantado, que a velhota falava como as personagens dos folhetins que lia com tanta paixão. Tia Vanja era uma literata!

Rodrigo nunca esquecera o diálogo que, já moço, entreouvira no Sobrado entre Evangelina Mena e Maria Valéria Terra.

— A senhora já viu o despautério? — disse a primeira. — Uma matilha de cães andarengos anda infestando as ruas de nossa urbe. Urge aos poderes competentes tomar uma providência enérgica, a fim de coibir o abuso.

A outra fez uma observação seca:

— É uma cachorrada braba, mesmo.

— Dar-lhes veneno seria crueldade, pois, como diz o anexim popular, maltratar os animais é indício de mau caráter. Aliás os pobres irracionais não têm culpa de serem como são. Se o Todo-Poderoso assim os fez, decerto é porque assim os quer, a senhora não acha?

— É.

— Mas também temos que levar em conta a conveniência dos transeuntes, pois esses animais não têm o menor senso de decência, de decoro e de higiene.

— Muito homem também não tem.

Rodrigo ficou numa agradável expectativa quando a madrinha lhe veio dizer aquele dia:

— A dona Vanja está aí e quer falar com você.

Precipitou-se para a sala de visitas e beijou a mão da velha amiga.

— Então, que milagre é este?

— Ora, Rodriguinho, quando Maomé não vai à montanha, a montanha vai a Maomé.

Soltou a minúscula risada melodiosa. Sentou-se, compôs o vestido com um gesto faceiro e fitou no rapaz os olhos de boneca.

— Pois estou muito apreensiva, meu filho. O Chiru meteu-se-lhe na cabeça de ir fazer escavações nas ruínas jesuíticas de São Miguel.

— E que tem isso, tia Vanja? Deixe aquele marmanjo ir pra se desiludir duma vez por todas e não incomodar mais a gente com essas bobagens de tesouros enterrados.

— Mas é que agora vai surgir esse cometa de Halley, e afirmam os cientistas que teremos um cataclismo universal. Talvez tudo isso não passe de grosseiro erro de cálculo astronômico, mas como diz o rifão popular, mais vale prevenir que remediar, e como o fato tem visos de verdade... Bem, eu não sei. Mas suponhamos que a cauda do dito seja sólida e colida com o nosso planeta... Imaginemos essa hipótese horrenda, meu anjo, onde iremos nós todos parar? Que acontecerá para esta humanidade sofredora que Deus fez à sua santa imagem?

— Sim, mas que é que o cometa de Halley tem a ver com a viagem do Chiru às Missões?

— Rodriguinho, será que não compreendes o que a tua tia está insinuando? O Chiru quer embarcar a semana que vem, e eu acho arriscado esse menino viajar agora. Vamos que o cometa...

— Ora, tia Vanja!

— Não sei, podes apodar-me de alarmista, mas apesar de eu ser um pouco como são Tomé, que queria ver para crer, como rezam as Escrituras, estou mui apreensiva. E meus pressentimentos, meu anjo, sempre se confirmam. Nós vamos ainda nos incomodar com esse cometa. Toma nota do que eu digo. Imagina tu se esse astro errante e indesejável surpreende o menino em pleno descampado...

Calou-se, suspirou, brincou com a bolsa de crochê pousada no regaço e por fim tornou a falar.

— Eu queria que tu convencesses o Chiru a transferir essa viagem. O rapaz não me ouve. É um obstinado, puxou ao pai, que Deus o tenha em sua santa glória! E, tu sabes, quem herda não furta.

— Está bem. Posso lhe garantir que o Chiru não sairá de Santa Fé antes do cometa passar. Se for preciso, sou capaz até de prender aquele safado no porão.

— Coitado!

Pouco antes de sair, tia Vanja tirou da bolsa umas balas de ovos e meteu-as nas mãos de Rodrigo.

— Toma. Sei que são balinhas da tua preferência.

À porta da rua ergueu o braço e passou a mão pela cabeça de Rodrigo.

— Quem é a minha bolinha de ébano? — Fez um muxoxo. — Antigamente eu baixava a mão pra te acariciar a cabeça. Agora tenho de erguer. Mas isso é lei da vida. Uns crescem, outros minguam. Deus te abençoe, meu anjo.

Pôs-se na ponta dos pés, beijou a testa do rapaz e se foi, muito tesa, caminhando miudinho e depressa, a voltar a cabeça dum lado para outro.

Naquele mesmo dia Rodrigo conversou com o Chiru e foi-lhe facílimo convencê-lo a transferir a excursão às Missões para qualquer data depois da passagem do cometa.

— Já que o tesouro esperou tantos anos — filosofou o velocino de ouro —, acho que não vai se perder por esperar mais um mês.

Capítulo XVIII

1

Quando, naquela noite de terça-feira, Rodrigo saiu para visitar Flora — depois de haver passado longos minutos diante do espelho a pentear-se e a aperfeiçoar o nó da gravata — Maria Valéria despediu-se dele com estas palavras:

— Pobre da Titina! Está de cacete em casa.

— Qual! Ela vai pegar pra genro o melhor partido de Santa Fé!

Rodrigo ia quase sempre de carro à casa da futura noiva, aspirando o ar daquelas noites outonais, recendentes a folhas secas queimadas, o que o levava a pensar — ele não sabia bem por quê — em cidades orientais que nunca vira, como Cairo, Istambul, Bagdá... Recomendava sempre ao Bento que não apressasse o andar dos animais. Fazia já parte daquela suave rotina ficar ali no carro antegozando o serão que ia passar junto da namorada. Levava-lhe todas as noites um presentinho, por mais insignificante que fosse: barras de chocolate, bombons, números de *O Malho* e da *Kosmos*, ou então livros. Descobrira com alegria que Flora gostava de ler e tinha até sua instruçãozinha. Claro, estava ainda na fase dos romances água com açúcar de Macedo e Alencar, mas, que diabo!, era já um princípio. Com o tempo, pouco a pouco, havia de trazê-la para um tipo mais sério de leitura. Não raro levava-lhe também os almanaques e as figurinhas em tricromia que certas fábricas de produtos farmacêuticos costumavam mandar como brinde às farmácias — efígies de santos ou heróis, reproduções de quadros célebres, historietas cômicas. Flora recebia essas coisas com uma tão simples alegria menineira, que ele, Rodrigo Cambará, o civilizado, achava uma graça e um encanto indescritíveis naquela inocência. A coisa toda chegava a ter um sabor entre doce e picante, que o deixava ao mesmo tempo enternecido e excitado, fazendo-o sentir pela namorada ora ternuras de irmão mais velho ora ardores de amante.

Nas primeiras visitas, Flora revelara um acanhamento que seria constrangedor para outro que não fosse Rodrigo. Falava pouco, corava com frequência, chegava a não ter coragem de encarar o futuro noivo, limitando-se a lançar-lhe olhares furtivos. Ele, entretanto, não cessava de contar histórias dos tempos de estudante e anedotas de consultório. E assim, na sala de visitas da residência dos Quadros, iluminada pela luz dum antigo lampião de quebra-luz esférico, aqueles serões passavam depressa. D. Laurentina não se afastava da sala. Ficava sentada na sua cadeira de balanço, ao pé da mesinha do lampião, e Rodrigo tinha a impressão de que com um olho fazia crochê e com outro fiscalizava os namorados, cujas cadeiras estavam afastadas uma da outra quase um metro. Aderbal aparecia às vezes no princípio do serão, conversava um pouco com o futuro genro, e depois se recolhia, pois era hábito seu ir para a cama antes das nove.

Às oito invariavelmente entrava na sala uma criada preta, que servia café com roscas de polvilho ou bolinhos de coalhada.

Uma noite em que se fizera um silêncio mais prolongado e d. Laurentina, com os óculos na ponta do nariz, parecia absorta no seu crochê, Rodrigo contemplou Flora longamente, com olho crítico, procurando descobrir que traço ou combinação de traços naquele rosto tinha sobre ele um fascínio tão poderoso. Pensou nas mulheres que lhe haviam feito "bater a passarinha", segundo uma expressão muito do agrado de Maria Valéria. Claro, não negava que gostasse de *todas* as mulheres e que dificilmente voltaria as costas a qualquer portadora de saia razoavelmente bonita que lhe fizesse um aceno. Sabia que, em matéria de amor, era eclético. Tivera, porém, na vida umas três mulheres que lhe haviam transtornado a cabeça. A primeira que lhe veio à mente foi a equilibrista do Circo Sabbatini, Kazuko Tasaki, a japonesinha que o fizera fugir de casa aos dezessete anos e seguir os burlantins até Passo Fundo, de onde o pai o arrastara à força, de volta para Santa Fé. Lembrou-se depois duma paraense que o deliciara e ao mesmo tempo atormentara, no primeiro ano de estudante... Houvera também a mulher de um professor em cuja casa costumava almoçar aos domingos — criatura estranha, dez anos mais velha que ele, e pela qual tivera uma paixão que lhe parecera devastadora, a maior de todas, a última... Numa sucessão de imagens rápidas, teve no campo da memória a japonesinha a equilibrar-se no arame, com um para-sol na mão, as curtas coxas e pernas apertadas numa roupa de malha branca, um saiote vaporoso de bailarina, a cabeleira preta e lustrosa, de franja, a emoldurar-lhe a cara de boneca... A seguir viu os lábios de Jussara, que dizia ter sangue índio nas veias, Jussara de pele cor de canela e olhos enviesados... Mas a imagem da paraense fundiu-se com a de outra mulher. D. Lúcia passava-lhe o prato de peixe e sorria: seus olhos verdes e oblíquos tinham algo que lembrava um aquário ou o fundo do mar; o rosto era ovalado e dum moreno de terra de Siena. Descobri! — concluiu Rodrigo a olhar para a namorada. Flora tinha olhos de musmé e tez trigueira — dois traços presentes no rosto das três mulheres do passado. Era como se a acrobata, a bugra e a mulher do professor se houvessem encontrado milagrosamente numa única e maravilhosa mulher que estava agora à sua frente, ao alcance de suas mãos, e que dentro em breve seria sua esposa, senhora do Sobrado, mãe de seus filhos. Teve então ímpetos de erguer-se, tomá-la nos braços, beijar-lhe a boca — coisa que não fizera a Kazuko, de quem não conseguira aproximar-se, nem a Lúcia, que jamais suspeitara de sua paixão.

Na noite da quinta-feira seguinte, Rodrigo levou a Flora uns números de *L'Illustration*, o que lhe pareceu excelente pretexto para se aproximar um pouco mais da namorada, no momento em que fossem folhear juntos as revistas. D. Laurentina, entretanto, não cessava de vigiá-los. E ele, contrariado, teve de manter uma distância respeitável de Flora, e nem uma vez as pontas de seus dedos tocaram as mãos dela, e não houve sequer o mais leve roçar casual de cotovelos. Folheou as revistas, leu as legendas das gravuras, dissertou sobre as belezas das cidades europeias, como se as tivesse realmente visitado, e deteve-se nas páginas que mostravam Paris durante a grande inundação do último janeiro.

— Olhe, esta é a rua Saint-Dominique. Não parece um canal de Veneza, com esses barcos navegando por entre as casas?

Flora sacudia a cabeça, sorrindo, o rosto afogueado.

— Sabe o que é aquilo lá no fundo? A famosa Torre Eiffel, um arcabouço de aço de trezentos metros de altura. Agora aqui temos um efeito noturno na praça do Palácio Bourbon. Ali está a ponte da praça de l'Alma, a avenida Montaigne e o cais da Conférence.

Falava naqueles lugares com uma intimidade de velho conhecido. O mais que Flora arriscava fazer eram perguntas tímidas:

— E aquilo ali?

— É uma cena de l'Opéra-Comique. A inundação interrompeu o serviço de luz elétrica e a Ópera teve de dar função à luz de lâmpadas de acetilene... Está vendo? Ali está o maestro, parte da orquestra e a primeira fila de espectadores...

Não resistiu ao desejo de dar à namorada uma demonstração de sua pronúncia francesa. Leu:

— ... *ce qui n'empêcha pas l'Ópera-Comique de présenter un soir un pittoresque spectacle de son orchestre, éclairé par des lanternes du modèle le plus primitif.*

Traduziu. Depois voltou a cabeça para Flora e os olhos de ambos se encontraram por alguns instantes que para Rodrigo foram de deliciosa, esquisita vertigem.

— Ah! Paris! — suspirou ele. — Um dia nós dois havemos de ir lá.

A mãe de Flora ergueu vivamente os olhos do crochê e fitou-os em Rodrigo, que se apressou a explicar:

— Quando nos casarmos, dona Laurentina, um de meus planos é fazer com a Flora uma viagem à Europa. Talvez seja a nossa viagem de núpcias. Quem sabe?

O rosto duro da futura sogra permaneceu impassível e indecifrável. D. Laurentina tornou a baixar os olhos para o crochê. Rodrigo continuou a folhear a revista. Apontou para uma gravura que mostrava o recinto dum salão de Berlim, onde se realizava uma exposição de arte francesa do século XVIII: quatrocentas obras de pintores e escultores como Watteau, Fragonard, Pajou, Pesne, Boucher... Rodrigo percebeu logo que Flora estava interessada principalmente nos vestidos das personalidades femininas que haviam comparecido à exposição, com seus monumentais chapéus emplumados, de abas largas, as cinturas finas e as saias rodadas e compridas. Traduziu:

— "Entre as personalidades presentes achavam-se S. M. Guilherme II, da

Alemanha, a imperatriz, a *Kronprizessin*, o senhor Embaixador da França e o barão Henri de Rothschild." Veja quanta gente importante! Se isso fosse em 1911 eles talvez tivessem de acrescentar: "Entre os convidados viam-se o doutor Rodrigo Cambará e Excelentíssima esposa...".

Fechou as revistas e falou nos seus planos de vida. Flora escutava-o com atenção. Ao cabo de cinco minutos d. Laurentina começou a pigarrear com tanta insistência, que Rodrigo compreendeu o que ela queria dizer. Afastou sua cadeira (agora — refletiu, meio ressentido — só comunicações semafóricas ou telegráficas...) e o serão continuou. Como sempre, ao ouvir o relógio bater as primeiras badaladas das dez, Rodrigo despediu-se de Flora ali na sala, na presença da mãe, num rápido aperto de mão que ele tentou, mas em vão, tornar mais prolongado. D. Laurentina acompanhou-o até a porta e a despedida seguiu a fórmula de costume.

— Boa noite. Lembranças pra Maria Valéria.

— Serão dadas. Boa noite.

2

No dia 12 de maio o cel. Jairo telefonou a Rodrigo:

— Então, já soube da infausta nova?

— Não, coronel. Que foi?

— Morreu Eduardo VII.

— Quem?

— O rei da Inglaterra.

— Ah...

— Uma grande perda para o Reino Unido e para a humanidade. Eduardo VII era um monarca popular, um verdadeiro liberal, um grande diplomata e um *gentleman* na mais lídima acepção do termo. Não sei o que vai ser dos ingleses agora, porque o filho dele, o Jorge, parece não ter a fibra do pai. Enfim, a história tem de seguir seu curso e os vivos serão sempre cada vez mais governados pelos mortos.

— Amanhã talvez estejamos todos mortos, coronel.

— Olá! Olá! Como disse?

— Disse que amanhã talvez estejamos todos mortos. O cometa de Halley anda por aí...

— Havemos de sobreviver, doutor Rodrigo, não tenha dúvida... Sabia que há uns dois meses esse mesmo cometa atravessou a órbita da Terra? Pois é como lhe digo. Não creio que possa haver qualquer colisão. Segundo os cálculos astronômicos, a 1º de abril o cometa atravessará a órbita de Vênus e no próximo dia 30 cortará a da Terra pela segunda vez...

Rodrigo sorriu:

— E o senhor não acha que isso é uma provocação?

A risada do coronel chegou-lhe ao ouvido como o zumbido duma abelha encerrada numa caixa de fósforos.

Naquele mesmo dia Don Pepe irrompeu no Sobrado trazendo debaixo do braço um quadro enrolado em jornais. Depô-lo sobre uma cadeira, tirou a boina, jogou-a longe e sentou-se. Rodrigo provocou-o:

— Sabes quem morreu? Eduardo VII da Inglaterra.

O artista, porém, pareceu não ouvir o que ele dizia. Apontou para o quadro.

— Todo lo que yo esperaba ocurrió. Burgueses tramposos!

— Conta logo, Pepito. Que foi que houve?

— No aceptaron mi cuadro.

— O retrato do coronel Teixeira?

— Sí.

— Mas por quê?

— Porque está demasiado bien hecho, demasiado artístico, demasiado parecido.

Ergueu-se, começou a caminhar miudinho: três passos à frente, três à retaguarda.

— Pero no se trata de una semblanza fotográfica, no señor, pero psicológica.

Olhou sério e firme para o amigo.

— Rodrigo, quiero tu opinión sincera sobre mi obra. No hables enseguida, si no tienes opinión. Mira, analiza, compara y después juzga.

Avançou para o quadro, rasgou os jornais e deixou a tela à mostra. À primeira vista, o retrato chocou Rodrigo. Havia nele algo de brutal, de disforme, de caricatural, e um empastamento de cores que causava certa confusão no espírito do observador. Aos poucos, porém, foi começando a descobrir a intenção do artista. O que ali estava na tela era uma estranha figura, metade homem, metade animal. Rodrigo punha a mão em pala sobre os olhos, recuava, avançava, procurando olhar a pintura de diferentes ângulos.

— Y qué tal?

— Pepito, te juro como, dum certo modo não fotográfico, está parecido. Há qualquer coisa nesse quadro...

— Qué hay, eso yo lo sé, madre de mi vida! — Tomou o braço do amigo e explicou: — Mira, hijito, no te parece natural que un hombre que vive del buey, con el buey y para el buey acabe adquiriendo el aspecto de un buey?

— Levaste a coisa longe demais. Chegaste a botar chifres na testa do homem. Olha que isso pode ser mal interpretado...

— Pues, hombre, no son apenas cuernos de buey, no señor. La simbología es más sutil. Son los cuernos de satanás!

— Por quê? Não vejo nada de satânico no coronel Pedro Teixeira.

— Es un burgués y la burguesía ha vendido su alma al diablo. Mira, por qué crees que el fondo del cuadro tiene el color de la sangre? No es solamente la sangre de las vacas y carneros sacrificados en los mataderos, pero también la sangre de todos los hombres que murieron en todas las revoluciones hechas en el interés de la clase de Tejera. Ven, acércate del cuadro. Qué hay en lugar de la pupila en el ojo izquierdo?

— Uma libra esterlina?

— Claro! Es la única cosa que los burgueses saben veer. Oro, dinero, libras! Y esos labios gruesos denotan animalidad, ausencia de preocupaciones espirituales.

— Mas o homem tem algumas qualidades positivas e até nobres, Pepe. É um cidadão honesto e um bom chefe de família.

— Me cago en la leche de la familia Tejera y de todas las familias.

Rodrigo contemplava o quadro. Apesar de todas as extravagâncias do pintor, podia-se reconhecer naquele misto de homem-fauno-boi-satanás, o pachorrento Pedro Teixeira, estancieiro e argentário.

— Não admira que não tivessem aceito o quadro, Pepe. Esse retrato é um insulto.

— El único insultado soy yo, el artista.

— O coronel Teixeira viu isso?

— No. Pero el coronel Prates, que me lo encomendó, lo ha visto.

— E que foi que disse?

— Se quedó indignado, me dijo que no me pagaría un tostón.

— Pois eu te pago, Pepe, te compro o quadro, gosto dele. Quanto queres?

Pepe refletiu por um instante.

— Nada. Te lo regalo. Si quieres pagarme con algo, dame um copetín de cognac.

Quando Rodrigo saiu da sala para ir buscar a bebida, o espanhol ficou a resmungar:

— No sé por qué me quedo en esta ciudad podrida.

3

Naquele anoitecer, ao subir a escada para acender o lampião da esquina do Sobrado, o velho Sérgio saudou Rodrigo:

— Salve o doutor Rodrigo neste dia glorioso para nós, os morenos. Salve a rainha dona Isabel, moça de muito saber e condições. Salve dom Pedro II, nosso Imperador festeiro, e Deus Nosso Senhor, pai dos brancos e dos pretos.

Sua voz, cava e áspera, parecia sair duma gruta escura cheia de morcegos.

De sua janela, Rodrigo atirou um patacão, que o negro apanhou com o chapéu, ficando a examinar a moeda e a resmonear:

— Moço de muita senhoria e da mais distinta consideração. Fala com os pobres, não é soberbo. Deus lhe dê muita vida e uma boa morte.

Acendeu a mecha, repôs a manga no lugar, desceu a escada, pô-la ao ombro e continuou seu caminho.

Rodrigo achava-se tomado dum inexplicável mal-estar, duma espécie de premonição de desastre cuja origem não podia precisar. Era a noite em que se esperava o aparecimento do cometa. Estava claro que ele não acreditava na possibilidade dum choque com a Terra. Que tinha, então? Devia estar feliz, pois às oito horas ia fazer o pedido de casamento. Escrevera, havia dias, para o Angico, pedindo licença ao pai para dar um caráter oficial ao noivado. Viera-lhe uma resposta seca mas positiva:

Acho precipitado o pedido, pois faz tão pouco tempo que o senhor frequenta a casa da moça, mas em todo o caso o senhor é um homem-feito e sabe o que quer e eu faço gosto, pois a Flora é uma moça prendada, filha dum amigo meu. O senhor tem meu consentimento.

Aderbal Quadros esperava-o aquela noite, e Rodrigo pensava agora nas palavras com que ia fazer o pedido. Como tudo aquilo era complicado e, até certo ponto, ridículo!

Jantou sem muito apetite. Durante a refeição a tia mirava-o de quando em quando com seu olhar frio mas interessado.

— Não fique tão nervoso. Essa história é mais fácil do que parece.

— Não estou nervoso.

— Eu então é que estou...

— A senhora está mas é com ciúme.

— Você não se enxerga!

— Se dependesse da senhora eu passava o resto da vida solteirão.

— Não seja bobo.

— Está se vendo que a Dinda não está contente.

— Eu só disse que você está indo com muita sede ao pote. Podia esperar um pouco mais pra fazer o pedido.

— Ora, titia!

Fez um gesto brusco, derrubou o cálice, e uma mancha de vinho alastrou-se na toalha branca.

— Sinal de sorte... — murmurou Maria Valéria.

— Superstições!

Houve um silêncio em que Rodrigo se imaginou na sala de visitas dos Quadros, à frente de Aderbal. "Tenho a honra de pedir..." A voz da tia cortou-lhe o pensamento.

— Ficava mais bonito que o senhor esperasse seu pai pra ele mesmo fazer o pedido.

— Que absurdo! Isso se usava antigamente, no tempo do Onça. Hoje as coisas estão mudadas.

— Mas era uma consideração pro seu pai.

Rodrigo ficou irritado porque, no fundo, achava que a madrinha tinha razão. Precipitara-se. Não lhe teria feito nenhum mal esperar mais um mês... Por outro lado, já que frequentava a casa de Flora, achara melhor oficializar logo o noivado para evitar os falatórios. Mas desde quando estou dando importância à língua do povo? Vão todos pro inferno! Faço o que entendo. Sou dono do meu nariz.

Levantou-se, subiu ao quarto, escovou os dentes e postou-se diante do espelho, numa toalete demorada. Meteu-se numa fatiota de casimira cor de chumbo, de paletó trespassado. Pela primeira vez ia usar o chapéu-coco — a que o Chiru e outros idiotas insistiam em chamar de cartola. Sabia que podiam rir de sua elegância cosmopolita naquela terra de botocudos. Quebraria a cara de quem se atrevesse a tanto.

Ficou por alguns minutos ao pé do lavatório, indeciso diante dos frascos de perfume que se alinhavam na prateleira, sob o espelho. Por fim decidiu-se pelo de Quelques Fleurs, destampou-o, encostou a boca do vidro contra a lapela e emborcou-o. Fez o mesmo no lenço.

Antes de sair apresentou-se à tia.

— Estou direito?

Ela o examinou com ar crítico.

— Enfeitado que nem o mastro da festa do Divino e fedendo como um zorrilho.

Rodrigo não gostou da brincadeira.

— Até logo, Dinda.

— Vá e faça papel bonito.

Quando ele já estava na calçada, Maria Valéria debruçou-se à janela.

— Mas não marque o casamento pra amanhã, j'ouviu? Tem tempo.

Rodrigo entrou no carro.

— Vamos, Bento.

Os cavalos puseram-se em movimento. Rodrigo notou uma animação desusada na rua do Comércio: muitas pessoas debruçadas às janelas, vultos a andar dum lado para outro nas calçadas. O cometa — concluiu. E lamentou a própria imprevidência. Ao marcar aquela noite para o pedido de casamento, não se lembrara do aparecimento do cometa. Sempre imaginara que o noivado do "moço do Sobrado" pudesse ser um acontecimento social capaz de fazer Santa Fé vibrar, de levar dezenas de curiosos até a frente do palacete dos Quadros, onde ficariam a olhar para as janelas festivamente iluminadas, a esperar com ansiedade a chegada do noivo e dos convidados. Nada disso, porém, ia acontecer. Toda a gente estava preocupada com o cometa de Halley. As janelas da casa da noiva estariam fechadas. Babalo comunicara-lhe que não ia fazer festa, que a cerimônia teria caráter simples, pois não convidara para ela nem os parentes mais chegados.

Não que eu seja vaidoso — refletia Rodrigo, como a querer convencer-se a si mesmo —, não que eu goste de me mostrar, mas que diabo! esta é uma noite importante da minha vida. Só se contrata casamento uma vez. É natural que eu queira deixar a data assinalada para sempre. No entanto aqui vou para o pedido de casamento sozinho, sem meu pai (e a voz da tia em sua mente: "por culpa sua!"), sem meu irmão, sem um único amigo. Na casa da minha noiva não haverá ninguém além dela, da mãe e do pai. Pronunciarei a frase convencional, porei a aliança no dedo da moça, e *voilà* estaremos noivos. Virá licor, doces, um café... D. Laurentina nem sequer sorrirá para nós, Babalo talvez fique na sala a prosear sobre a safra, o carrapato do gado ou a vitória do marechal... Depois irá para a cama, à hora do costume; d. Titina ficará a fazer aquele seu eterno crochê, e eu me quedarei como um dois de paus na frente da noiva, sem poder ao menos tocar-lhe a fímbria do vestido com a ponta dos dedos.

Suspirou, sentindo-se vítima duma colossal conspiração. Ficou a escutar melancólico o castanholar das patas dos cavalos nas pedras da rua. Um vulto se destacou dum grupo à frente do clube, fez-lhe um aceno e gritou-lhe um boa-noite efusivo. Rodrigo ergueu com indiferença o braço, como um príncipe *blasé* que responde à saudação dum súdito.

Santo Deus, estarei doente? Decerto é febre. Levou a mão à testa. Não. Fresca...

Era então a languidez do outono — refletiu —, aqueles cheiros de ramos e folhas secas queimados. (Ó Istambul! Ó Bagdá! Ó Scheherazade! Era a mágoa de verificar que nem todos os seus belos sonhos se faziam realidade.)

O carro parou à frente da casa de Aderbal Quadros. Rodrigo olhou em torno e não viu vivalma. Um grande acontecimento, o meu noivado! — refletiu com amargura. — Um formidável sucesso!

— Venha me buscar às dez em ponto — disse ao boleeiro.

Apeou, apalpou o bolso e apertou o estojo de veludo onde estava a aliança. Bateu à porta e depois ficou ajeitando o nó da gravata.

4

Naquela noite muita gente não dormiu em Santa Fé. Nas janelas de suas casas, nos quintais, nas calçadas, no meio das ruas e praças, os santa-fezenses esquadrinhavam o céu com o olhar. O pe. Kolb, que passara boa parte da noite numa das salas privadas da Confeitaria Schnitzler a beber cerveja em canecões bávaros de barro, saiu por volta das onze e, ao cruzar pela frente do Comercial, vendo um grupo de homens com os rostos voltados para o céu, parou e ergueu o dedo profético.

— Deviam estar procurando não o cometa, mas Deus!

Ficou debaixo do lampião, imponente na sua batina negra, o rosto imerso na sombra que sobre ele projetava a larga aba do chapéu. Um gracioso respondeu:

— Não enxergamos ainda nem o cometa nem Deus, padre.

O vigário de Santa Fé empertigou o busto, inflou o peito, pareceu que ia dizer uma coisa tremenda, uma formidável verdade apocalíptica, mas permaneceu em silêncio, deixando escapar o ar pelo nariz, num sopro sibilante. Continuou depois seu caminho, o trancão firme, numa milagrosa linha reta.

Às duas da madrugada ainda não se via no céu o menor sinal do cometa.

"Que fracasso!", exclamavam alguns, decepcionados. "Xô mico!" era uma exclamação que se ouvia em diversos lugares. "Vá a gente acreditar nesses astrônomos. Pra mim o homem do campo entende mais de tempo e de estrelas que todos esses sabichões que manejam o telescópio."

Muitos foram deitar-se, desiludidos. Um escriturário da Intendência disse à mulher: "Ó Domiciana, se o fim do mundo começar, tu me acorda, j'ouviu?". E meteu-se na cama. Neco, Chiru e Saturnino, que haviam preparado uma serenata especial para o cometa, resolveram fazê-la para Rodrigo. Plantaram-se à frente do Sobrado e atacaram uma valsa. Rodrigo assomou à janela:

— Entrem. Vamos comer e beber alguma coisa. Estou sem sono.

O trio aceitou o convite e ele se dirigiu para a cozinha a preparar os *hors--d'œuvres*.

— Não façam muito barulho — recomendou ao voltar. — A madrinha está dormindo.

Pelas janelas entrava um cheiro de pão quente. Neco dedilhava o violão, cantando em surdina um fado que aprendera com certo caixeiro-viajante português, numa memorável noite de farra.

Puseram-se a comer, a beber e a conversar. O relógio do refeitório bateu três badaladas.

Poucos minutos depois das três da madrugada, a cauda do cometa apontou no céu, nas bandas de leste, por trás das coxilhas da Sibéria. Começou, então, o alvoroço na cidade. "Olha o bruto!", exclamavam. Homens e mulheres, alguns em camisolas de dormir, apareciam às janelas. Houve correrias nas ruas, exclamações de triunfo e de pavor. Alguns fiéis bateram à porta da igreja e o pe. Kolb, que ainda não pregara olho, mandou o sacristão abrir o templo, que dentro em pouco ficou cheio de mulheres ajoelhadas, a rezar.

Lucas e Rubim entraram no Sobrado, encontrando Rodrigo e os amigos completamente alheios ao grande acontecimento.

Dirigiram-se todos para a cozinha, de cuja janela ficaram a contemplar a cauda do cometa, que subia no céu como o feixe luminoso dum gigantesco holofote.

— Mas onde está o núcleo?

Ninguém respondeu.

— Vênus ainda não apareceu... — estranhou Rubim.

— Parece até que se a gente subir a coxilha da Sibéria pode agarrar o rabo do bruto.

— Olhem lá! — exclamou Saturnino. — Estrelas cadentes.

— Bólides — corrigiu o tenente de artilharia. Eram riscos luminosos que cortavam o céu por baixo da cauda do cometa.

Rodrigo apreciava a cena, deslumbrado. O ar frio da madrugada bafejava-lhe o rosto. Seus olhos estavam fitos no véu luminoso que se estendia no horizonte, mas dentro em breve seus pensamentos nada tinham a ver com o cometa. Recordava-se do momento em que fizera o pedido de casamento. Já não lamentava mais que a cerimônia houvesse sido tão simples e sossegada, pois tivera uma longa e amistosa conversa com Babalo, que lhe contara de seus negócios, dos grandes prejuízos que vinha tendo naqueles cinco últimos anos com a plantação de trigo em grande escala. "Mas por que é que o senhor insiste?" E o futuro sogro lhe respondera: "Não há nada más lindo que um trigal maduro. E depôs, amigo, é com trigo que se faz pão, e não há nada melhor que a gente comer pão do trigo que plantou...". Babalo plantava trigo por uma razão poética! Tinham ficado os quatro na doce paz da sala, à luz do lampião, como se aquela casa estivesse fora do tempo e do espaço.

A voz de Rubim despertou Rodrigo do devaneio. O tenente de artilharia afirmava que a cauda do cometa tinha mais de trinta milhões de quilômetros de comprimento. Saturnino sacudiu a cabeça, numa aquiescência respeitosa. Chiru, porém, pôs em dúvida a exatidão daquela fantástica cifra. Neco dedilhava o violão, cantarolando uma toada campeira.

Os bólides continuavam a riscar o céu.

5

Rodrigo voltou com os amigos para a sala de jantar, onde Rubim e Lucas participaram dos restos daquela ceia improvisada, e os outros continuaram as libações. Ao emborcar o quinto copo de vinho, Lucas, com a voz arrastada, confessou que estava loucamente apaixonado.

— Quem é a felizarda? — indagou Rodrigo.

Rubim informou:

— A filha do coronel Prates.

— A Ritinha? Magnífico. Uma bela moça.

O alagoano, porém, estava infeliz. O pai da jovem não aprovava o namoro. A família fazia-lhe desfeitas.

— Por quê, Rodriguinho? — perguntou ele, de olhos amortecidos. — Por quê? Sou um sujeito direito, não faço mal a ninguém. Sou um pândego, sim senhor, sou o André Deed, o Max Linder, o Bigodinho, mas isso não é crime, não é mesmo? Não é mesmo?

Puxava com insistência a manga do casaco de Rodrigo, repetindo a pergunta.

— Claro que não, Lucas. Mas tudo isso se arranja com o tempo.

O tenente de obuseiros sacudia a cabeça, desesperançado.

— Não se arranja, não, o remédio é eu tomar uma bebedeira e sair comandando a bateria pela rua, nu em pelo, sabes, Rodrigo? Nu em pelo, em cima dum cavalo, de espada em punho, estás me ouvindo? De espada na mão e nuzinho da silva, a cavalo, sabes? E passar pela frente da casa da Ritinha, de espada na mão, a cavalo, e nu, pra desacatar a família, sabes?

Rodrigo sorria, olhando para Rubim, que folheava distraidamente um número de *L'Illustration*. Neco e Saturnino tocavam uma valsa lenta e sentimental, em doce surdina. Os tremolos da flauta pareciam soluços, e os bordões do violão sugeriam graves, profundas paixões humanas. Lucas escutava, repoltreado na cadeira, a túnica completamente desabotoada, o copo vazio na mão que pendia abandonada ao longo da cadeira. Junto da mesa, Chiru raspava com a faca o fundo da lata de *pâté de foie gras*.

Rodrigo olhou em torno.

— Daqui a vinte anos, amigos, estarei falando a meus filhos a respeito desta noite. Direi: "Quando o cometa de Halley apareceu, em 1910, vocês não eram nascidos e o papai tinha apenas vinte e quatro anos. Todos pensavam que o mundo ia acabar, no entanto nada de maior aconteceu. Reuni no Sobrado os meus melhores amigos e ficamos comendo, bebendo e conversando até o raiar do dia".

— Tu és feliz — lamuriou o Lucas —, terás, um dia, mulher e filhos. Eu vou ficar um velho solteirão, reumático, linfático, sorumbático, caquético. Vou pedir minha transferência pro Amazonas. Quero morrer comido por uma onça. Ou de febre balaústre.

— Palustre — corrigiu Rubim, sorrindo.

— Balaústre — repetiu o outro. — Não é, Rodrigo? Tu que és médico... Febre balaústre. Me bota mais vinho. Balaústre!

Falava de boca mole, babando-se.

A música, chorosa e lânguida, parecia narrar a história dum amor infeliz. Era uma valsinha brasileira de serenata, doce como uma noite de luar, sentimental como as raparigas que morrem de amor. Lucas escutava-a, enquanto grossas lágrimas lhe escorriam pelas faces e pingavam na túnica. Chiru encheu o copo e ergueu-o num brinde:

— Ao nosso Rodrigo, que hoje contratou casamento!

Rodrigo e Rubim ergueram os copos e fizeram as bordas tocarem-se de leve. Saturnino, que tinha o bocal da flauta colado ao lábio, saudou o amigo com um alçar de sobrancelhas. Neco sacudiu a cabeça melenuda.

A valsa terminou. Houve aplausos discretos. Rubim aproximou mais dos olhos a revista em que estivera a ler um artigo ilustrado sobre a construção do canal do Panamá.

Deu uma palmada na coxa.

— Aqui está uma admirável ilustração para a minha tese sobre as relações entre as elites e as massas. Quem idealizou o canal do Panamá? Um super-homem: de Lesseps. Outros homens de prol compreenderam o alcance dessa gigantesca obra e a puseram em execução. Uma equipe de engenheiros e empreiteiros competentes, isto é, uma aristocracia da inteligência e da cultura, encarregou-se da direção dos trabalhos. E a massa, uma multidão de índios, mestiços e negros, trabalha como os escravos trabalharam para construir as pirâmides do Egito. Muitos deles estão morrendo e hão de morrer como moscas. Mas que importa? Esse é o destino da ralé.

Chiru escutava-o com ar inteligente. Não cansava de dizer que admirava o saber e que, apesar de ignorante, podia apreciar os homens preparados. Aproximou-se do tenente de artilharia, por cima de cujo ombro ficou a olhar as fotografias da obra do canal estampadas nas páginas de *L'Illustration*.

— Mas sem essa ralé — replicou Rodrigo —, sem essa escória que tanto desprezas, não será possível a construção do canal.

— Claro! Que seria dos teus gaúchos se não fossem os cavalos que montam e os bois que puxam as carretas? Não será isso que me levará a colocar o cavalo ou o boi no mesmo nível do cavaleiro e do carreteiro.

Neco tirou um acorde do violão e começou a cantarolar a "Casinha pequenina".

Tu não te lembras da casinha pequenina,
  Onde nosso amor nasceu?
Tinha um coqueiro do lado, que coitado,
  De saudade já morreu...

Puxou um sentido ai, que lhe veio do fundo do peito de seresteiro.

— Eu quero mamãe! — soluçou Lucas.

Saturnino depôs a flauta sobre o consolo, aproximou-se do tenente com ares de enfermeiro, tirou-lhe o copo da mão, limpou com um lenço a baba que lhe escorria pelo queixo e tratou de fazê-lo sentar-se direito.

Rubim, ainda com *L'Illustration* sob os olhos, traduziu:

A França não poderia esquecer que foi ela a iniciadora dessa grande empresa, que foi ela que começou os trabalhos com mais sucesso do que se quer reconhecer. Não foi sem um profundo desapontamento que viu escapar-lhe a glória de levar a cabo uma tarefa tão memorável, e, desde então, sempre seguiu com uma atenção benevolente os esforços dos americanos aplicados na continuação dessa obra.

Atirou a revista em cima da mesa e ajustou o pincenê no nariz.

— Os franceses não podem esconder o seu despeito diante do fato de serem os americanos e não eles quem está construindo o canal do Panamá.

— E é pena — observou Rodrigo — porque tenho mais confiança na engenharia francesa do que na norte-americana.

Intimamente não ignorava que isso era mero palpite, nascido de sua simpatia pela França, pois, para falar a verdade, não sabia quase nada da engenharia francesa e muito menos da norte-americana.

— Esse canal interessa principalmente à América do Norte — disse Rubim. — É uma obra de alcance não só comercial como também estratégico.

Rodrigo deu, então, voz à sua má vontade para com os Estados Unidos. Era um país grosseiramente materialista, uma nação de novos-ricos e comerciantes empedernidos. Que grande poeta, que grande romancista, que grande filósofo, que grande pintor, que grande compositor haviam dado ao mundo? A única figura de estatura universal que tinham produzido — por uma inexplicável aberração — fora a de Abraão Lincoln. Confundiam tamanho com qualidade, preocupavam-se demais com cifras e estatísticas. Tudo quanto possuíam ou faziam era "o maior do mundo". E, apesar de serem senhores dum território quase tão grande como o do Brasil, estavam estendendo seus tentáculos de polvo pelos países vizinhos, tinham já abocanhado Puerto Rico, e viviam a meter-se na vida de Cuba e do México, do qual já haviam arrebatado o Texas e a Califórnia.

— E como detesto Theodore Roosevelt! — exclamou. — Esse sargentão caçador de onças!

— Pois eu o admiro — retrucou Rubim. — Pode não ter a inteligência dum super-homem, mas tem os nervos, a vontade e a coragem dum líder.

— Deem-me a França! *Toujours la France, l'esprit, la finesse, la juste mesure!*

Não estava bem certo de amar a justa medida, mas — que diabo! — quando se está um pouco tonto, ama-se tudo, tudo menos Teddy Roosevelt!

— A França morreu em 70 — replicou o tenente de artilharia. — De lá pra cá tem procurado no amor, na depravação, nos bizantinismos literários, no refinamento do gosto, uma compensação para seu fracasso como nação guerreira. Os descendentes de Napoleão Bonaparte hoje em dia bebem champanha nos sapatinhos das vedetes, dançam cancã nos cafés-concertos e leem novelas pornográficas. Uma nação em pleno processo de decadência!

— "Tu não te lembras das tuas juras, ó perjura?" — perguntava o Neco com voz dolente. Saturnino lidava ainda com Lucas, que agora ressonava, o queixo caído sobre o peito.

— *Toujours la France!* — gritou Rodrigo. E em seguida, levando o indicador aos lábios, murmurou: — Silêncio, a Dinda está dormindo.

— Pois me deem a Alemanha — retrucou Rubim —, a terra dos grandes filósofos, dos grandes músicos, dos grandes poetas e dos grandes guerreiros.

— *Vive la France!*

Rodrigo lançou um olhar amoroso para a aliança de ouro que lhe luzia no anelar da mão direita.

— Viva o Brasil, bolas! — vociferou Chiru, vermelho de patriotismo.

Saturnino aproximou-se de Rodrigo.

— O Lucas está bêbedo como um gambá.

Todas as atenções se voltaram para o tenente de obuseiros. Rubim tentou acordá-lo, mas não conseguiu.

— E agora, como é que vou levar esse cavalheiro para o hotel?

— Deixe o tenente aqui — sugeriu Rodrigo. — Tenho camas de sobra lá em cima. Neco! Para com essa cantoria e vem nos dar uma demão. Chiru, tu que és um Hércules...

Chiru passou os braços por baixo das axilas de Lucas e trançou as mãos contra o peito dele; Neco segurou o tenente pelas pernas e assim o levaram para cima, estendendo-o na cama de Toríbio. Saturnino tirou-lhe as botinas e a túnica, afrouxou-lhe a cinta e cobriu-o com uma colcha.

Eram mais de quatro horas da madrugada quando os amigos deixaram o Sobrado. Duma das janelas do escritório, Rodrigo acompanhou-os com o olhar. Chiru ia de braço dado com Rubim, provavelmente a falar-lhe em tesouros enterrados e salamancas. Atrás deles, Neco e Saturnino tocavam uma polca, e por muito tempo ainda, mesmo depois que o grupo desapareceu por entre as árvores da praça, Rodrigo ficou a ouvir os trinados da flauta.

Fechou as janelas, voltou para a cozinha e ali se quedou a olhar para o cometa. Seu núcleo finalmente se fazia visível — um ponto luminoso e nítido na extremidade superior da cauda, que tomava um quarto do céu. Vênus agora brilhava intensamente.

Capítulo XIX

1

Junho entrou com fortes geadas. Um velho morador de Santa Fé garantiu: "Vamos ter um inverno brabo". Rodrigo tirara do guarda-roupa, numa aura de naftalina muito agradável a seu olfato, pelo que evocava de coisas limpas e civilizadas — o sobretudo de casimira preta com gola de astracã. E era com prazer que o usava à noite, quando saía a visitar a noiva. Enfiava também as luvas de pele de cão e as polainas de camurça cinzenta. Não podia deixar de sorrir ao pensar no berrante contraste entre seus trajes citadinos e os dos homens que encontrava nas ruas, encolhidos dentro de ponchos, os pés metidos em botas embarradas, as caras assombreadas sob as largas abas dos chapéus campeiros.

Numa fria manhã daquela primeira semana de inverno, chegou um próprio do Angico, trazendo-lhe um bilhete de Licurgo:

Meu filho. O velho Fandango morreu hoje ao clarear do dia e nós vamos retardar o enterro para o senhor poder assistir.

Rodrigo leu e releu o lacônico bilhete com o espírito em branco, sem sentir a emoção que a notícia *devia* despertar-lhe. Sua primeira impressão foi de contrariedade: sair de jardineira num dia gelado como aquele e rodar durante quatro horas a fio pelas estradas que levavam à estância, era positivamente a última coisa que ele desejava. O bilhete, porém, podia ser resumido numa palavra: *Venha*. Mostrou-o à tia.

— Pobre do velho. Eu também vou.

Embarcaram logo após o almoço e chegaram à estância por volta das quatro e meia. Rodrigo abraçou o pai — que lhe pareceu desfigurado e abatido — e o irmão, que lhe contou como Fandango morrera. O velho estava debruçado sobre uma cerca, bombeando o nascer do sol, quando de repente caiu para a frente, sem um ai, e ali ficou, dobrado sobre a tábua, com os braços pendentes.

— Não morreu — concluiu Toríbio. — Foi uma vela que o vento apagou.

O vento soprava ainda sobre as coxilhas do Angico, entrava assobiando pelas frestas da casa e fazia farfalhar os bambuais no fundo do quintal. Os campos eram dum triste tom de mate, sob o céu de cinza.

Fandango estava estendido dentro dum caixão rústico que os peões haviam feito com madeira dos matos do Angico. Parecia apenas adormecido e Rodrigo teve a impressão de que ele sorria. Era um sorriso matreiro, como se o velho estivesse empulhando a morte ou zombando daquela gente que ali estava ao redor do seu corpo, calada e séria, enquanto as chamas das velas de sebo lutavam com o vento, num aflitivo apaga-não-apaga.

Peões, agregados e posteiros do Angico encontravam-se no velório com suas mulheres, chinas e filhos. Rodrigo reconheceu, em muitas daquelas fisionomias, traços que lhe eram familiares. Na pequena peça achavam-se congregados quase todos os Carés moradores dos campos de seu pai. Muitas das mulheres estavam grávidas, as barrigas intumescidas sob os molambos sem cor. Viu Ondina a um canto e achou-a mais corpulenta, mais adulta. Olhou com certa apreensão para o ventre da chinoca, mas ficou tranquilo ao verificar que ela não apresentava nenhum sinal externo de gravidez.

Licurgo acercou-se do filho e murmurou:

— O velho vivia dizendo que queria ser enterrado no topo da coxilha do Coqueiro Torto. Vamos fazer a vontade dele.

Rodrigo sacudiu a cabeça lentamente. Sentia muito frio e o quadro que tinha diante dos olhos deixava-o confrangido. Não lamentava o velho Fandango, que, afinal de contas, vivera vida longa e rica. Tinha pena, isso sim, dos outros, dos que o estavam velando. Era, porém, uma pena temperada de impaciência, uma piedade sem calor humano, em suma, um sentimento gelado e gris como aquela tarde de junho. Por mais que se esforçasse, não podia amar aquela gente e era-lhe difícil e constrangedor ficar com aqueles miseráveis por muito tempo na mesma sala, a sentir-lhes o cheiro, a ver-lhes as caras terrosas, algumas das quais duma fealdade simiesca.

Maria Valéria aproximou-se do caixão, olhou longamente para o velho amigo e depois fez algo que Rodrigo jamais poderia esperar dela. Inclinou-se e depôs um beijo na testa do morto. E de olhos secos, fisionomia impassível, fez meia-volta e se foi.

Às cinco horas da tarde, o cortejo fúnebre deixou a casa da estância. Como o caixão não tivesse alças, foi levado numa carroça. Licurgo, ladeado pelos filhos, seguiu a pé atrás do veículo, encabeçando o cortejo.

Das estâncias das redondezas viera gente a cavalo, de carreta, de carroça ou a pé para assistir ao funeral: fazendeiros, agregados, capatazes, peões, posteiros. Vieram também índios vagos, esmoleiros e até alguns gringos das colônias. Todos conheciam e amavam Fandango. Cavalarianos postaram-se em duas longas alas na encosta da coxilha e, quando a carroça passou com o corpo, tiraram os chapéus. Lá no alto, ao pé do coqueiro torto, em torno da cova aberta pelo negro Antero, via-se uma aglomeração de homens, mulheres e crianças.

Contemplando o quadro do sopé da coxilha, Rodrigo sentiu um calafrio, e a custo conteve as lágrimas. Aquilo lhe parecia o funeral dum guerreiro antigo. O vento gemia. O cenário em derredor tinha uma beleza severa e áspera. No entanto — refletiu ele —, Fandango costumava dizer: "Quero que meu enterro seja abaixo de gaita e que seis morochas bem guapas carreguem cantando este corpo velho, coxilha acima".

Antes de descerem o caixão ao fundo da cova, abriram-no mais uma vez. Fandango ainda sorria. Num ímpeto que não procurou conter, Rodrigo saltou para cima da carroça e falou:

— Fandango, amigo velho, quero te dizer alguma coisa em meu nome e no de todos os teus amigos, antes que te vás embora pra sempre. Um homem como tu não pode se acabar. Algo de ti tem de continuar com a gente, e é por isso que nós vamos te plantar no chão, nesta terra boa do Angico, na esperança de que te transformes amanhã numa árvore de sombra, bela, forte e generosa como tu. Viveste uma vida comprida e cheia. Morreste como querias: de pé e de repente. Não eras apenas um homem, mas também um símbolo — um símbolo deste velho Rio Grande indomável, meio rude mas cavalheiresco e bravo, eras o representante duma estirpe antiga e nobre, que hoje está correndo o risco de se acabar...

Fez uma pausa. Olhou para o pai. Licurgo estava de cabeça baixa, apertando com força o chapéu nas mãos crispadas. Ao seu lado, Toríbio, de cara erguida, não fazia nenhum gesto para esconder as lágrimas que lhe escorriam pelas faces.

Rodrigo, então, não pôde mais conter o pranto. Tentou continuar o discurso, mas um soluço lhe afogou a voz. Por alguns segundos ficou a chorar de mansinho, com as mãos espalmadas sobre o rosto, mais comovido com suas próprias palavras e com a beleza do momento do que com a morte do amigo. Por fim, mais calmo, enxugando os olhos com o lenço, prosseguiu:

— Tinhas o mapa do Rio Grande na cabeça e no coração. Por onde quer que andasses, até os passarinhos te conheciam e estimavam. Foste um sábio e um santo à tua maneira, um rapsodo desta terra e desta gente, o melhor contador de causos que conheci. E neste momento, no outro lado da vida, montado num dos teus muitos pingos de estimação que morreram antes de ti, imagino-te cruzando num trote faceiro as invernadas da eternidade. Vejo-te chegar à porteira do céu, gritando: "Ó de casa!". E vejo são Pedro olhar para fora e dizer aos seus anjos: "Abram a porta, meninos, é o Fandango. Entre, compadre, sente e tome um mate, faz de conta que a casa é sua". Fandango, amigo velho, até por lá!

O caixão foi descido à cova. Licurgo agachou-se, apanhou um punhado de terra e atirou-o sobre ele. Outros o imitaram. O negro Antero tomou da pá e começou a entupir a cova. Aos poucos o grupo se foi dispersando.

Ao descerem para a casa, Licurgo resmungou, taciturno:

— Não carecia o senhor fazer discurso. O Fandango não era homem dessas coisas...

Rodrigo, que imaginava o pai orgulhoso de sua oração, ficou desapontado.

Sentiu-se, porém, um pouco consolado quando Bio, tomando-lhe afetuosamente o braço, cochichou:

— Me fizeste chorar, filho da mãe.

— Eu também chorei...

— Somos duas vacas.

2

Em fins de julho, a caminho de São Luís, o senador Pinheiro Machado fez uma breve visita a Santa Fé. Hospedou-se na casa de Joca Prates, confabulou com os correligionários, foi homenageado no Centro Republicano e, durante várias horas, fez a cidade vibrar com sua presença.

Quando saiu à rua, de botas, bombachas, casaco de casimira escura, chapéu de feltro negro, e um pala de seda enrolado no pescoço e atirado por cima do ombro — mulheres corriam às janelas para vê-lo passar, homens detinham-se nas calçadas, cumprimentavam-no respeitosamente, tirando os chapéus, e depois ficavam a segui-lo com o olhar. E assim, ladeado por Joca Prates e Titi Trindade, o senador subiu a pé a rua do Comércio, encabeçando um grupo que foi aos poucos engrossando e que, ao chegar à praça da Matriz, parecia quase uma procissão. Pinheiro Machado entrou com a comitiva na Intendência, onde foi homenageado pela câmara municipal, cujo presidente o saudou num breve discurso. Menos de meia hora mais tarde, saiu sozinho do paço municipal, atravessou a rua, entrou na praça e parou um instante junto ao busto do fundador de Santa Fé. E os curiosos que o observavam viram depois o político mais poderoso do Brasil cruzar a praça a bater na porta do Sobrado. O senador ia visitar os Cambarás! A notícia espalhou-se, rápida, pela cidade, despertando os comentários mais desencontrados. "Vai puxar as orelhas do Licurgo e do filho", diziam uns; "Qual!", retrucavam outros, "Vai só visitar um velho correligionário e amigo". "Pois eu acho", insinuava-se ainda, "que o senador quer trazer a ovelha negra de volta ao aprisco republicano..."

Rodrigo estava no consultório quando lhe vieram contar a grande novidade. Seu primeiro impulso foi o de voltar correndo para casa. O amor-próprio, porém, ditou-lhe outra conduta. Que diabo! A visita não é pra mim... Afinal de contas, estamos em campos opostos nesta campanha política. Se o homem quiser conversar comigo, que venha ao meu consultório. Se não quiser, que vá pro diabo!

Sabia, porém, que essa atitude de superioridade estava longe de ser sincera. Na realidade, a notícia da visita do senador ao Sobrado deixara-o alvoroçado. Mandou embora os clientes que se encontravam na sala de espera, lavou as mãos, vestiu o casaco, sentou-se à mesa e começou a rabiscar nervosamente nos papéis de receita. Não podia esconder sua admiração por aquela figura de caudilho urbano. Sempre achara prodigioso que um homem nascido numa casinhola da rua do Comércio, em Cruz Alta, pudesse ter atingido tamanhas altitudes na geografia política do Brasil. Seus ditos e a crônica de seus feitos corriam o país de norte a sul, constituindo já elemento de folclore. Muitas vezes em discussões no Senado fizera frente a Rui Barbosa e, embora não pudesse ombrear com a "Águia de Haia" em matéria de erudição e eloquência, sua presença de espírito, sua solércia e seu bom senso de tropeiro lhe haviam feito levar a melhor em mais duma polêmica com o senador baiano.

Rodrigo sentia-se não só fascinado como também intrigado por aquela personalidade complexa, que às vezes lhe parecia um singular ponto de encontro do campo com a cidade. Pinheiro Machado trajava com o esmero dum Brummel, mas as bombachas e as botas com esporas lhe sentavam tão bem quanto o fraque e as botinas de verniz. O fato de ser visto na rua do Ouvidor de colarinho engomado e plastrão não o impedia de levar um punhal na cava do colete a fantasia. Embora não fosse homem habituado a recorrer à violência, poder-se-ia dizer que psicologicamente trazia sempre nas mãos um rebenque com o qual não hesitava em fustigar a cara dos insolentes. Sedutor consumado, sabia fascinar tanto as mulheres como os homens, e para aliciar adeptos entre estes últimos, contava-se que costumava alternar o tratamento paternal com o sobranceiro, chegando, não raro, a usar artifícios quase femininos de conquista. Era fora de dúvida que nascera para mandar. Tinha como poucos o senso de autoridade combinado com o da oportunidade, e mesmo os que não o amavam (e estes eram legião) não deixavam de respeitá-lo ou admirá-lo.

E esse homem excepcional entrara, havia pouco, no Sobrado!

Rodrigo pôs-se de pé e caminhou até a janela, no instante em que Pepe García chegava à farmácia.

— Mira, hijito! — gritou o pintor, excitado, irrompendo no consultório. — El senador está en tu casa.

— Eu sabia — respondeu Rodrigo, com buscada indiferença.

— Tu papá te llama. El senador quiere hablar contigo.

Rodrigo pôs o chapéu e saiu. No caminho perguntou:

— Falaste com o homem?

— Pues claro. Don Licurgo me lo presentó.

— Que achaste dele?

— Es muy hombre. Me gustaría pintar su retrato. Parece um jefe gitano. Qué querrá él de ti?

Rodrigo sorriu:

— Decerto vem me oferecer a pasta da Justiça...

— Quién sabe, hijo? Chiru dice que nasciste *empelicado*... Anda. Después me lo contarás todo.

3

Achavam-se os três na sala de visitas, e Licurgo, no breve silêncio que se fizera após as apresentações, puxara já três pigarros. Sentado numa poltrona, com as pernas cruzadas, Pinheiro Machado olhou firme para Rodrigo, com ar avaliador.

— Estive conversando com seu pai — disse, com sua voz pausada e grave. — Um homem como ele, um castilhista dos bons tempos, não pode ficar à margem do partido. Essas brigas de família são como chuvas de verão: caem com muito barulho mas logo passam.

Rodrigo olhava intensamente para o senador, cuja presença parecia aquecer a atmosfera da sala. Don Pepe tinha razão. Aquele homem de negra cabeleira crespa e olhos magnéticos lembrava mesmo um chefe cigano. Em seu rosto, dum moreno queimado, havia uma expressão que tanto sugeria crueldade como ascetismo: podia ser tanto a face dum bandoleiro como a dum profeta. Era, sem a menor dúvida, a máscara dum condutor de homens. O visitante puxou do bolso a cigarreira de ouro, tirou dela um crioulo caprichosamente feito, prendeu-o entre os lábios e pôs-se a bater distraído nos bolsos. Rodrigo ergueu-se, rápido, riscou um fósforo e aproximou-o da ponta do cigarro do senador.

(Um dia — contava-se — estando a jogar bilhar com amigos no Rio de Janeiro, Pinheiro Machado fez uma pausa para acender o crioulo. Como o vissem apalpar os bolsos à procura de fogo, dois dos companheiros riscaram fósforos ao mesmo tempo, com uma presteza servil. Mas o senador entrementes encontrara o isqueiro, com o qual acendeu o cigarro, murmurando com toda a pachorra: "Quem pita carrega fogo".)

Rodrigo corou, soprou a chama do fósforo e volveu para sua cadeira, furioso consigo mesmo por se ter mostrado tão solícito.

O senador entrecerrou os olhos e lançou para o mais jovem dos Cambarás um olhar cativante.

— O senhor, doutor Rodrigo, um moço inteligente e de futuro, que é que está fazendo fora do partido?

— Senador, devo dizer-lhe com toda a sinceridade que nas últimas eleições não só permaneci fora do partido como também...

Pinheiro Machado cortou-lhe a frase com um gesto.

— Eu sei, eu sei... Estou a par de todas as suas atividades. Vi o seu jornal, li os seus artigos.

Rodrigo sentiu-se diante de Malvina Travassos, professora pública, na hora negra da palmatória.

— O senhor pertence a uma antiga família republicana. Nesta hora, qualquer divisão do partido só poderá ajudar nossos inimigos. Aliás, todo o seu esforço ficou perdido... O candidato civilista foi derrotado, o marechal Hermes está eleito, será empossado por bem ou por mal e há de governar até o fim de seu quatriênio com a maioria ou sem ela!

Rodrigo olhava fixamente para as botas lustrosas do senador, que tinha os pés pequenos (coisa — dizia-se — de que ele próprio se envaidecia).

Em vão Rodrigo se esforçava por combater o sentimento de culpa que o desconcertava e inibia. Tomara as palavras do visitante como uma repreensão paternal. De resto, Pinheiro Machado parecia-se um pouco com seu pai, não só no físico como também no timbre de voz e no jeito pausado e grave de pronunciar as palavras.

— Afinal de contas — animou-se Rodrigo a perguntar —, que é que o senador propõe?

— Que cessem duma vez por todas esses ataques mútuos, que não dispersem forças, que não percam tempo com essas tricas municipais. Já bastam os inimigos que o Rio Grande tem fora daqui!

— Mas voltar atrás agora seria uma desmoralização...

— Quanto tempo faz que seu jornal não aparece?

— Uns meses...

— Pois então? Ninguém obriga o senhor a continuar. Fique quieto por uns tempos. O Trindade me garantiu que *A Voz* já cessou por completo os ataques. É ou não é verdade?

Rodrigo sacudiu a cabeça lentamente, numa afirmativa relutante. Por alguns segundos Pinheiro Machado ficou a pitar em silêncio, mas com o olhar sempre focado no rosto do interlocutor.

— Ainda que mal pergunte, doutor, que foi que o senhor pretendeu mesmo com a sua campanha contra o intendente?

— Fazer justiça, senador.

Pinheiro Machado sorriu o seu famoso sorriso só de olhos, em que os lábios permaneciam imóveis e apertados.

Olhou para Licurgo e, fazendo com a cabeça um sinal na direção de Rodrigo, perguntou:

— Com quantos anos está essa figura?

— Vinte e quatro — respondeu o rapaz, com uma aspereza agressiva.

— Tem ainda muito que aprender...

O visitante passou pelos cabelos a mão pequena e bem modelada.

— Não, senador, ou a gente nasce decente ou nunca mais aprende.

Esperou que o outro explodisse num protesto. Pinheiro Machado, porém, olhou reflexivamente para a ponta do cigarro.

— Todas as coisas dependem del cristal com que se las mira, como dizem os castelhanos. É muito difícil fazer sempre o bem ao povo sem nunca causar-lhe algum mal. O senhor, que é médico, sabe disso melhor que eu... Um tumor às vezes pode vir a furo com emplastro de basilicão. Mas há tumores que pedem bisturi. Talho de bisturi dói, mas é para o bem do paciente.

Rodrigo sorriu. O senador sofismava.

— Eu só lamento que um moço como o senhor — continuou este último — gaste a sua energia e o seu talento nestas questiúnculas inglórias.

Licurgo olhava também fixamente para o filho. Parece que sou um réu — pensava Rodrigo.

— Calculo que o senhor não queira passar toda a vida a escrever catilinárias contra o Titi Trindade. Tem que se projetar no cenário estadual e mais tarde no federal. Não acha, coronel?

Rodrigo percebeu um tremor na pálpebra do olho esquerdo do pai.

— É, meu filho, o senador tem toda razão.

— Mas uma reconciliação agora seria vergonhosa e eu prefiro o anonimato, o ostracismo político, tudo, a ter que me retratar.

— Não estou pedindo que o senhor se retrate. Seria uma indignidade. Fique quieto no seu canto e vamos deixar que o tempo se encarregue do resto.

Quando o visitante se retirava, Rodrigo percebeu que Maria Valéria ficava a espiá-lo pela fresta duma porta. Licurgo levou o senador até a porta, onde se apertaram as mãos.

— Sua visita foi uma honra para esta casa.

Rodrigo sentiu um contentamento de namorado quando Pinheiro Machado pôs-lhe a mão no ombro, já com uma intimidade de velho amigo.

— Vamos, Rodrigo, quero que me acompanhes até a casa do Joca Prates. Não tenhas receio, o Trindade não estará lá e, se estiver, dou-te a minha palavra como não te forçarei a uma reconciliação com ele.

Foi com uma exaltada sensação de orgulho que Rodrigo saiu a caminhar pela rua do Comércio ao lado de Pinheiro Machado.

— Vou conversar com o doutor Borges de Medeiros a teu respeito — prometeu o senador. — Vejo em ti um bom corte de deputado. É só questão de tempo. Estás ainda muito moço. Mas... digamos, daqui a uns quatro ou cinco anos, quem sabe? Deixa que esses petiços de fôlego curto fiquem correndo carreira nestas canchas municipais. Tu és parelheiro que merece tomar parte em páreos mais importantes.

Está tentando me subornar — refletiu Rodrigo —, está me acenando com uma deputação...

Não sabia se devia indignar-se ou envaidecer-se ante aquelas palavras. Amanhã poderia fazer o que bem lhe aprouvesse: ressuscitar *A Farpa*, romper fogo de novo contra a situação, atacar o próprio Pinheiro Machado... (essa ideia lhe dava uma reconfortante sensação de força, por mais improvável que parecesse). Agora, porém, ele, Rodrigo Cambará, simplesmente se entregava ao esquisito prazer de ser cortejado por uma figura do porte do "Condestável da República".

Entraram a conversar sobre as últimas eleições, e, ao passarem pela frente do Centro Republicano, de cujas janelas muitos dos apaniguados de Titi Trindade viram com indisfarçável espanto Pinheiro Machado de braço dado com o diretor d'*A Farpa*, Rodrigo perguntou:

— O senhor não acha uma pena que um homem da inteligência, da cultura e do caráter de Rui Barbosa não tenha ainda conseguido chegar à Presidência da República?

O outro, que naquele momento tirava o chapéu para responder o cumprimento dum homem que passava a cavalo pelo meio da rua, pareceu não ter ouvido toda a pergunta. Deu alguns passos mais em silêncio e, depois, sem fugir completamente ao assunto, desconversou:

— Quando meus amigos vieram me dizer que o Rodrigues Alves tinha recusado sua candidatura pela oposição, estavam todos contentes, pois achavam que no senador Rui Barbosa teríamos um adversário fraco, sem dinheiro nem partido. Discordei deles e disse: "Estão enganados! Não podíamos ter pior adversário. Se o candidato fosse o conselheiro Rodrigues Alves, ele ficaria em casa, depois de fazer dois ou três discursos, e seus correligionários é que teriam de levar adiante a campanha, e, fechadas as Câmaras, a comédia estaria acabada. Mas com Rui a coisa muda de figura. Esse homenzinho vai agitar o país inteiro, na imprensa e na praça pública. Não se iludam, o Rui não teme coisa alguma. Ouçam o que lhes digo, rapazes, esse baiano só tem uma qualidade maior que seu talento: é a sua coragem".

Pouco depois, quando já se aproximavam da praça Ipiranga, Pinheiro Machado baixou a voz:

— Sabes que a situação financeira do Rui é calamitosa? Não tem dinheiro e está cheio de dívidas. Foi o que ganhou com a campanha civilista.

Rodrigo sorriu.

— Então essa história de "mártir da convenção" é mais que uma frase?...

O senador sacudiu lentamente a cabeça. E minutos depois, à frente da casa de Joca Prates, disse ao apertar a mão de Rodrigo:

— Há homens que nasceram talhados para o sacrifício. Mas uma coisa te posso garantir: *eu* não tenho vocação para mártir.

Capítulo xx

1

Foi um inverno rude e cruel, aquele. A água da lagoa do cemitério amanheceu um dia coberta com uma camada de gelo da espessura dum vidro de vidraça. As geadas eram frequentes e, para cúmulo dos males, junho fora um mês chuvoso. Agosto entrou com um rijo minuano, que soprou durante dois ou três dias sem parar, sob um céu tão límpido e rútilo, que parecia — no dizer de Maria Valéria — ter sido esfregado a coco com sabão. O Zago declarou que, desde que se estabelecera com farmácia, jamais vendera tantos xaropes e pastilhas contra tosse, tantos sinapismos, cataplasmas e linimentos. Os bolicheiros aumentaram sensivelmente a venda de cachaça. A Casa Sol esgotou seu estoque de ponchos, capas e artigos de lã.

Sempre que fazia sol, depois do meio-dia viam-se nos quintais, nas praças ou nas calçadas, homens a lagartear, metidos em ponchos, capas ou sobretudos, pitando, conversando, tossindo, expectorando ruidosamente, falando do tempo ou da política, recordando outros invernos e comparando-os com o presente. Quando anoitecia, as ruas ficavam completamente desertas e às vezes as únicas vozes que se ouviam nelas era o uivo do vento ou o ladrar de algum cachorro vagabundo. Em compensação, aquele inverno trouxe uma abundância de laranjas e bergamotas duma doçura de mel.

Os serões na casa dos Quadros recendiam confortavelmente a açúcar queimado. D. Laurentina esperava Rodrigo com uma panela cheia de pinhões quentes. Aderbal zombava do futuro genro, que, muitas vezes, para ser agradável à noiva, ficava a tomar mate doce em companhia das mulheres. E agora, passado o período de cerimônia, o noivo era recebido na cozinha, onde, durante os serões, conversavam ao pé do fogo.

No princípio daquele inverno, o cel. Maneco Macedo caíra de cama com pneumonia, ficando à morte. Chamado a atendê-lo, Rodrigo passou várias noites em claro à cabeceira do doente, conseguindo pô-lo completamente fora de perigo antes de agosto. E quando, ainda na cama, emagrecido, pálido, barbudo, numa trêmula alegria de convalescente, o estancieiro lhe pediu a conta, Rodrigo perguntou: "Por que tanta pressa?". Como o paciente insistisse, resolveu: "Bom. Fica a seu critério. O que o senhor decidir está bem". Achava ainda desagradável fazer preços, cobrar contas, principalmente quando o cliente era pessoa de suas relações. No dia seguinte Maneco Macedo mandou-lhe à casa dois contos de réis dentro dum envelope, o que pareceu a Rodrigo um pagamento mais que generoso. E estava ele a pensar na melhor maneira de gastar aquele dinheiro — mais conservas, discos novos? perfumes? roupas? um presente para Flora? — quando lhe apareceu Marco Lunardi, dizendo que a maquinaria encomendada para a fábrica estava a caminho, e, se o doutor inda se lembrava — não é? — do que haviam conversado o outro dia, pois é... E ficou com um ar acanhado, as mãos na cintura, sem muita coragem de olhar o amigo bem nos olhos. Claro! — exclamou Rodrigo. E passou-lhe sem pestanejar o dinheiro que recebera do cel. Macedo. E quando o colono falou em assinar uma letra, repeliu a sugestão. Haveria melhor documento que a palavra dum homem honesto?

— Mas os honestos também morrem, doutor...

— Pois se morreres perderei apenas dois contos de réis, ao passo que tu terás perdido a vida. Como vês, teu risco é maior que o meu. Portanto, não se fala mais no assunto. Vamos comemorar o acontecimento.

Beberam um copo de Chianti à prosperidade da fábrica de massas alimentícias de Marco Lunardi.

2

D. Emerenciana também caíra de cama em meados de julho. Não quis saber do dr. Matias nem do dr. Píndaro, o médico militar: queria era o Rodriguinho. "Chamem esse menino, senão eu morro!"

Rodrigo sentiu uma curiosa sensação ao entrar pela primeira vez em sua vida no casarão dos Amarais. No Sobrado sempre ouvira referências à velha rivalidade entre Cambarás e Amarais. Sabia que fora naquele severo casarão de pedra que seu bisavô morrera em 1836 varado por uma bala disparada possivelmente por um Amaral. Em 95 os federalistas, comandados por Alvarino, haviam sitiado o Sobrado, atirando contra a casa e seus moradores. As relações de Rodrigo com o marido de d. Emerenciana eram as mais equívocas. Pouco se viam, e quando se avistavam na rua mudavam de calçada, dobravam esquinas, faziam o possível para não se defrontarem. Rodrigo, porém, não tinha nenhum rancor por aquele homem e sabia que Alvarino mais duma vez se referira a ele em termos elogiosos e cheios de simpatia.

Agora cá estou eu entrando no casarão dos Amarais... Uma cena que bem podia estar nos folhetins de d. Emerenciana. Que dirá o papai quando souber disto? Bolas, no fim de contas sou médico e não posso faltar ao meu juramento. Recebi um chamado e vim...

Alvarino, que o esperava no vestíbulo, estendeu-lhe a mão. Rodrigo apertou-a em silêncio. D. Emerenciana recebeu-o efusivamente, com beijos na face e protestos de amizade. Rodrigo examinou-a e interrogou-a com todo o cuidado. Saiu do quarto e chamou o marido à parte.

— O coração de sua senhora não está nada bem... O que ela precisa é dum máximo de repouso e dum mínimo de emoções. Ah! É imprescindível também que emagreça uns dez quilos.

O dono da casa fez um gesto de impaciência.

— A Emerenciana é uma mulher das custosas! Gosta de doce que nem formiga. Passa o dia comendo essas porcarias.

— Vou receitar um remédio e dar instruções para uma dieta.

Durante os vários dias seguintes, Rodrigo visitou sua amiga a horas certas. Uma noite encontrou no quarto da doente tia Vanja, que, sentada ao pé do leito, com os óculos na ponta do nariz, lia à luz dum lampião o folhetim do *Correio do Povo*, enquanto d. Emerenciana, sentada na cama, especada entre travesseiros, a escutava de olhos semicerrados e uma expressão de felicidade no rosto. Rodrigo ficou entre as duas mulheres por alguns minutos, estonteado no meio de tantas expressões carinhosas que partiam ora duma ora doutra, numa espécie de torneio em que cada qual se empenhava em descobrir a frase mais tenra, o adjetivo mais elogioso para atirar sobre o "Rodriguinho". Despediu-se delas, deixando-as a discutir as personagens do folhetim como se se tratasse de criaturas vivas que conhecessem na intimidade. Será que o conde vai casar com a Marie? E por que é que aquele sem-vergonha do dr. Monet não volta para o lar? Anda bebendo pelas tavernas, enquanto a pobre da esposa fica em casa se esfalfando a costurar, a costurar, a costurar...

3

Certa manhã de espessa geada, espalhou-se a notícia de que na Sibéria uma criança havia morrido enregelada. Rodrigo tomou o carro e foi vê-la. Dava-se o nome de Sibéria a um agrupamento de ranchos miseráveis situado no alto duma coxilha, a leste da cidade. A denominação vinha do fato de ser aquela a zona mais fria de Santa Fé.

A criança morta estava atirada no chão, ao ar livre, hirta e roxa, com o rosto úmido de geada, os olhos abertos e vidrados. Os parentes achavam-se reunidos em torno do pequeno cadáver, com uma expressão de estupidez nas caras macilentas.

Rodrigo providenciou para que se fizesse o enterro à sua custa, deu dinheiro aos pais da criança e voltou para casa profundamente abalado. Era incrível que coisas como aquela pudessem acontecer. Sentia-se um pouco culpado daquilo, pois não havia levado avante seus projetos de assistência aos pobres. Andava demasiadamente absorto na fruição feliz de sua própria vida, de seus prazeres e de seus êxitos.

Naquela semana levou ao Barro Preto, ao Purgatório e à Sibéria carroças cheias de sacos de feijão, milho, arroz, batatas — gêneros que distribuiu entre os necessitados com entusiasmo e generosidade, mas sem o menor método. Comprou cobertores e andou pelas casas dos amigos a pedir roupas e cobertas velhas, sapatos usados, ponchos, palas, chapéus, meias... Encheu algumas carroças com todas essas coisas e tornou aos subúrbios da miséria. Convidou Chiru, Neco e Don Pepe para ajudá-lo. O espanhol trabalhou com os amigos sob protesto, murmurando a cada passo:

— Esta no es la manera de resolver los problemas sociales. Eso es humillante. La fétida caridad cristiana! La pútrida generosidad burguesa!

— Cala a boca, Pepito — ralhava Rodrigo, alegremente. — Trabalha, vamos!

Ele próprio andava dum lado para outro, a distribuir roupas, entrando e saindo dos ranchos e fazendo perguntas: "Quantos filhos tem? Onde é que trabalha? Quem é que está doente aqui?". Enfurecia-se quando não conseguia respostas claras ou quando, no temor de serem esquecidos, aqueles miseráveis se acotovelavam num atropelo, procurando cada qual ser o primeiro a receber os presentes.

— Ou vocês se acalmam ou eu paro com a distribuição e vou-me embora!

Erguiam-se para ele mãos ossudas e encardidas, caras terrosas e descarnadas, como de cadáveres recém-desenterrados. Santo Deus! Ali estavam mulheres feias e entanguidas, muitas delas aleijadas e quase todas com grandes olhos de tísicas; e homens guedelhudos, cujas barbas escuras e intonsas faziam ressaltar a palidez doentia dos rostos. Havia ali, numa promiscuidade repugnante, criaturas anquilosadas, roídas de tuberculose ou sífilis, escalavradas pela sarna, debilitadas pela disenteria. Crianças sem infância, algumas com cara de feto ou de bugio, outras de ventre intumescido pela opilação. Aquela gente tresandava a suor mil vezes dormido, a picumã e a urina seca. Rodrigo chegava a *ver* em alguns deles os pulmões carcomidos: quando falavam, parecia que iam vomitar pedaços dos bofes. Surgiam também homens e mulheres com feridas purulentas à mostra. Onde vai parar a nossa raça? — perguntava Rodrigo a si mesmo. — Se não tomarmos uma providência séria, dentro de cinquenta anos seremos um povo liquidado!

Tornou à casa deprimido e fatigado, com um peso na consciência. O que ele fizera naqueles dias não resolveria o problema. A miséria e a doença continuariam entre aquela população desgraçada. A chaga seguiria aberta, a verter sangue e pus. Poderia ser remediada e até mesmo curada se todos os ricaços de Santa Fé decidissem entrar com uma quantia mensal com o fim de dar assistência àqueles indigentes. Mas qual! Viviam insensíveis às desgraças alheias, passavam sempre de largo por aquela miséria.

Exaltado, Rodrigo planejava fazer mais, e mais. E ainda naquele inverno, mandou trazer a seu consultório muitos dos habitantes dos subúrbios. Examinou-os, deu-lhes remédios e dinheiro para comprar leite.

"É o pai da pobreza", dizia tia Vanja para Maria Valéria. "Cabecinha de ébano, coração de ouro."

E Cuca Lopes, adulão, uma tarde na farmácia, puxando insistentemente no guarda-pó branco de Gabriel, que mirava Rodrigo com uma expressão quase extática, exclamou: "Que seria de nós sem o Rodrigo, hein, que seria de nós?". O Pitombo da casa funerária fez um poema de pé-quebrado a que deu o título de "Pai dos desgraçados" e no qual narrava os feitos caridosos.

Do mancebo que habita
Aquela casa bonita...

4

A visita do Pinheiro Machado ao Sobrado e o fato de ter sido o grande homem visto na rua de braço dado com Rodrigo Cambará tiveram um efeito mágico sobre muitos santa-fezenses a quem a campanha d'*A Farpa* contra a situação afastara dos Cambarás. Rodrigo notava isso na maneira amável e cordial como certos republicanos agora o cumprimentavam.

Em meados de agosto, *A Voz da Serra* apareceu com um editorial cheio de subentendidos, em torno *dessas rusgas de famílias que ocorrem periodicamente dentro dos partidos, mas que nada significam, por serem meras tempestades dentro dum copo d'água.* Nesse mesmo número, publicava-se uma notícia discreta sobre *a distribuição de gêneros alimentícios, roupas e cobertores à pobreza, por iniciativa dum jovem e prestigioso conterrâneo, cujo nome deixamos de mencionar para não lhe ferir a reconhecida modéstia.*

Rodrigo leu o editorial e a notícia a sorrir e a murmurar por entre dentes "Cachorros", mas na realidade já sem muito rancor, esquecido das ofensas passadas, compenetrado de seu papel de pai dos pobres, que o predispunha à tolerância e ao perdão. Mostrou o jornal a Licurgo:

— Estão procurando uma brecha pra reconciliação. Influência do senador...
— E qual vai ser a sua atitude?
— A de sempre. Inflexível. Tenho mais que fazer do que andar me preocupando com essa corja.

Com efeito, tinha muito que fazer. Durante aquele agosto, sua atividade profissional chegou ao auge. Só numa semana atendeu quase duzentos indigentes no consultório e uns vinte em domicílio.

Um dia vieram-lhe contar que o Zago dissera: "O Rodrigo está fazendo toda essa caridade por pura exibição".

Ficou possesso, botou o chapéu na cabeça, deixou no consultório um cliente semidespido ("Fique aí que eu já volto"!), entrou na Farmácia Humanidade, segurou o Zago pela gola do guarda-pó, sacudiu-o, empurrou-o violentamente contra a parede e berrou-lhe na cara:

— Se continuares a falar mal de mim, cafajeste, eu te quebro essa cara, estás ouvindo? Fica sabendo que comigo ninguém brinca.

O Zago empalideceu. Não reagiu, ficou mudo, a boca aberta de espanto, os olhos esbugalhados, os braços caídos. Rodrigo largou-o com uma careta de nojo, fez meia-volta e ganhou a rua, já irritado consigo mesmo por ter feito aquilo. Que lhe importava o que pudesse andar dizendo dele um boticário ignorante e despeitado?

5

Ao consultório já agora não lhe vinham apenas doentes: começavam a aparecer pessoas que pediam conselhos, soluções para problemas de natureza íntima, em geral questões de família, dificuldades financeiras ou desavenças entre marido e mulher. "O senhor, que é um moço instruído e viajado, me diga o que é que devo fazer."

Em casa, à hora das refeições, Rodrigo falava à madrinha nos casos que surgiam. Maria Valéria achava uma pouca-vergonha ter uma pessoa a coragem de contar a estranhos intimidades de alcova, mazelas morais próprias ou de membros da família.

— Imagine, titia, eu agora feito juiz de paz. Era só o que me faltava!

Dava a entender que aquilo o desgostava, mas a verdade era que se sentia lisonjeado. Homens que teriam a idade de seu pai, vinham pedir-lhe o apoio moral, uma orientação na vida. Naquela última semana havia reconciliado um casal e impedido que um filho de Pedro Teixeira tirasse uma moça de casa.

Um sapateiro remendão, que tinha a banca na rua do Faxinal, e a quem Rodrigo lancetara um tumor no pescoço, apareceu-lhe um dia no consultório, contando-lhe, choroso, que um empregado da *Auxiliaire* lhe havia desonrado a filha de dezessete anos e recusava casar-se com ela.

Rodrigo foi procurar o sedutor, que era foguista, e encontrou-o nas oficinas da estação, junto da locomotiva, vestido de zuarte, com a cara riscada de carvão. Disse quem era e a que vinha. O rapaz quedou-se num silêncio constrangido. O médico começou o sermão.

— O senhor procedeu muito mal e agora a única solução decente é o casamento.

— Mas foi ela que se ofereceu, doutor.

— Não importa. Repare o mal que causou e evite que essa pobre menina caia na vida.

— Mas é que ganho muito pouco.

Rodrigo continuou a arengar o foguista. Usou a princípio de meios suasórios. Por fim, perdeu a paciência e ameaçou: ou casa ou vai pra cadeia! Com quem é que você pensa que está tratando? Tenho prestígio suficiente junto da *Auxiliaire* pra botar você pra rua imediatamente!

O foguista ficou lívido. Seus lábios tremeram e por seus olhos miúdos e escuros passou a sombra do medo. Rodrigo não tardou em compadecer-se do pobre-diabo. Tomou-lhe o braço. Não se preocupe. Eu ajudo vocês. Meu pai tem um chalezinho perto dos trilhos. Casem e vão morar lá de graça. Eu pago também as despesas do casamento. Vai ser no dia primeiro de setembro. Está bem? Vamos então providenciar pros papéis...

Assistiu ao casamento religioso como padrinho da noiva. Seu primeiro pensamento ao vê-la foi: "Não teve mau gosto, o salafrário". A menina tinha uma languidez morna e quase mórbida nos olhos castanhos, de longos cílios, e era duma sensualidade que por assim dizer estava visível à flor dos lábios carnudos.

Levou os noivos de carro para o chalé e ao voltar para casa soltou um fundo suspiro, dizendo para Bento:

— Uf! Desta estou livre.

Acendeu um cigarro, contente por ter feito uma boa ação. Mais um crédito na minha conta-corrente no Céu — pensou, sorrindo.

Duas semanas mais tarde, a noiva entrou-lhe no consultório choramingando que o marido estava embriagado em casa, ameaçando espancá-la.

Rodrigo ficou agastado. Que diabo! Que é que pensam que eu sou? Delegado de polícia? Vigário? Fiz vocês casarem, arranjei-lhes onde morar, paguei as despesas, que mais querem?

A rapariga não dizia nada, limitava-se a chorar de mansinho, mordendo os lábios, apertando os olhos e deixando que as lágrimas lhe escorressem livres pelo rosto cor de oliva.

— Está bem. Vamos embora.

Mandou o boleeiro trazer o carro, entrou nele com a moça e cinco minutos depois chegavam ao chalé.

— M'espere aqui que já volto, Bento. Se precisar de auxílio, eu grito.

Entraram. O chalé era pequeno, mas asseado e alegre. Rodrigo encontrou o ferroviário estirado na cama, de borco, a ressonar, com uma garrafa de cachaça ao lado. Olhou para a rapariga, como a pedir-lhe uma explicação. Ela balbuciou:

— Ind'agorinha ele estava acordado, querendo surrar em mim.

Saíram do quarto e fecharam a porta. Rodrigo voltou-se para a menina e pôs-se a dar-lhe conselhos. Tenha juízo, procure conversar direitinho com seu marido, seja boa para ele, não perca a esperança, vocês são muito novos...

Continuou a falar, sem prestar muita atenção ao que dizia, os olhos sempre fitos na interlocutora, que o mirava dum jeito que começava a deixá-lo perturbado. Calou-se, e o silêncio que se fez naquela sala sombria, de janelas fechadas, foi tão sugestivo, que ele de súbito teve uma consciência agudíssima da presença daquele corpo cálido e jovem ali junto do seu.

Continuou a falar... Pois é. Tenha paciência, com o tempo isso se arranja. Os seios dela arfavam, e em pensamento Rodrigo tomou-os nas mãos como se fossem limões verdes e rijos, e acariciou-os. Por que não? Por que não? Essa bruaquinha talvez nem saiba direito o que está fazendo. Mas acontece que eu sei. O melhor é ir embora antes que me metam noutra enrascada... Aquele idiota, bêbedo lá no quarto, sem saber direito o que tem em casa. Deus dá nozes... Sim, mas eu tenho dentes, e rijos. Morder esses limões.

366

A morena sorria. Rodrigo estendeu os braços, enlaçou-a e puxou-a para si.

Pensou nos chapéus de cobra que o corpo de Ondina tinha esmagado no chão do mato. Não havia cogumelos nas tábuas do chalé e a mulher do foguista, ao contrário da caboclinha do Angico, revelou uma experiência amorosa que o deixou surpreendido. Onde, diabo, essas rapariguinhas aprendem tanta coisa em tão pouco tempo?

Instinto — refletiu ele ao sair do chalé, um quarto de hora mais tarde. Onde é que os animais aprendem? Em alguma escola? Em algum compêndio? Não. Puro instinto. Sexo é instinto.

Não gostou do olhar oblíquo e malicioso que Bento lhe dirigiu, quando ele subiu para o carro. Será que o patife suspeita de alguma coisa? Será que andou me espiando?

— Me metem em cada embrulho! — exclamou.

Bento fez estalar o chicote. Os cavalos arrancaram.

No caminho, Rodrigo arrependeu-se do que havia feito. Será que nunca vou criar juízo? Traço uma linha de conduta, sigo-a durante algum tempo e de repente, sem saber como, caio no primeiro alçapão que me armam. Minha afilhada de casamento! Bom. Que seja a última vez. Mas o que eu preciso mesmo é casar o quanto antes!

Naquela noite teve uma conversa particular com o futuro sogro e sugeriu que o casamento fosse marcado para outubro próximo. Babalo chamou a mulher e consultou-a. Impossível! — declarou d. Titina. O enxoval da Flora ainda estava atrasado. Então novembro! — contemporizou Rodrigo. A futura sogra sacudiu negativamente a cabeça. Também não dá, é muito em cima do laço... Pra que tanta pressa? Até nem fica direito. Por que não deixam a coisa pro ano que vem?

Rodrigo saltou da cadeira:

— Isso não!

Babalo picava fumo, fleumático, olhando para o futuro genro como que a divertir-se com seu açodamento.

— Não se afobe. Vá comendo os bolinhos da Titina. Tem tempo! Depôs conversaremos.

Depôs! Depôs! Sempre *depôs!* As eternas conveniências sociais, os eternos "não se pode", o medo dos filhos da Candinha, da boca do povo! Soltou um suspiro de impaciência, mas não teve outro remédio senão conformar-se com a situação.

6

Um dia foi procurado pelo irmão Jacques e mais dois maristas, que lhe vieram comunicar ter sido ele eleito presidente honorário do Sport Club Charrua.

— Mas eu não entendo nada de futebol! — escusou-se, não de todo contra-riado pela notícia.

— Não é mesmo para entender, doutor — disse um dos religiosos. — Só queremos o seu nome para prestigiar o nosso clube. Já temos o nosso time, o nosso *ground*, e domingo que vem jogaremos uma partida contra o Sport Club Cruz Alta.

Rodrigo mandou buscar à adega uma garrafa de vinho branco e bebeu com os três maristas à saúde da nova sociedade esportiva.

No domingo seguinte, por volta das duas e meia da tarde, a banda de música militar rompeu a tocar inesperadamente diante do Sobrado. Maria Valéria e Licurgo correram à janela, intrigados. Rodrigo apressou-se a tranquilizá-los.

— Não se assustem! Devem ser os jogadores.

De fato, no meio da rua, à frente da banda do Regimento de Infantaria, achava-se um dos filhos do Pedro Teixeira, empunhando uma grande bandeira tricolor. A seu lado, formados em fila singela, viam-se onze rapazes metidos em camisetas de listas coloridas, calções brancos curtos e grossas meias de lã de cano comprido.

Quando Rodrigo apareceu à janela, um dos maristas ergueu o chapéu no ar e bradou:

— Viva o nosso presidente honorário!

Os jogadores romperam a gritar em uníssono: *Hip-hip-hurrah! Hip-hip-hurrah!*

Rodrigo sorria, respondendo à saudação com acenos. A seu lado, muito séria, Maria Valéria murmurou:

— Que pouca-vergonha! Uns homens grandes e peludos de calça curta!

Rodrigo teve a surpresa de ver, quase irreconhecível entre os jogadores, o irmão Jacques, também uniformizado, com um barrete vermelho na cabeça. Pendia-lhe do pescoço, amarrado a um barbante, um apito de metal.

O time de Cruz Alta, chegado aquela manhã em trem especial, estava hos-pedado no Hotel dos Viajantes, onde agora esperava os rapazes do Charrua para com eles desfilar pelas ruas, ao som de dobrados, rumo da cancha, que ficava para as bandas do cemitério.

Rodrigo não teve outro remédio senão assistir à partida. Pediram-lhe que desse o *kick-off*. Antes, porém, teve de fazer um breve discurso de saudação aos visitantes. Depois deu um pontapé na bola, sob aplausos, e voltou para as banca-das, onde ficou sentado em companhia de dois maristas.

Havia pouca gente assistindo ao jogo. Um dos religiosos disse:

— O doutor compreende, é um esporte novo e o povo ainda não está fami-liarizado com ele. Mas dentro de alguns anos o futebol terá muitos aficionados.

Entrou a explicar as regras do jogo a Rodrigo, que não conseguiu interessar--se por elas e muito menos compreendê-las. O que ele achava interessante e pictórico era ver aqueles rapazes de uniformes coloridos (os cruz-altenses tra-ziam camisetas azuis) a correr dum lado para outro, sob um céu luminoso sem nuvens, enquanto um nordeste picante fazia tremular as bandeiras de ambos os clubes. Quanto ao mais, parecia-lhe grotesco, absurdo que andassem aqueles vinte homens a correr desesperadamente atrás duma bola, a darem-lhe valentes pontapés, a se empurrarem e trocarem caneladas. Ao cabo de vinte minutos de jogo os cruz-altenses conseguiram fazer a bola passar por entre as traves do gol dos santa-fezenses, o que pôs toda a equipe visitante num delírio de pulos, abraços e aclamações. Os maristas estavam arrasados. "Foi culpa do *goal-keeper*!", bradou um deles, gesticulando. "Deixou a bola passar pelo meio das pernas."

A esfera de couro foi posta no centro do campo e Rodrigo viu irmão Jacques passá-la para o companheiro da direita, que tornou a devolvê-la ao marista, o qual se precipitou a correr com ela na direção do gol cruz-altense, esquivando-se dos adversários que o atacavam e conseguindo, por fim, com um violento pontapé, fazê-la passar por entre as mãos do *goal-keeper* de Cruz Alta. Estava empatada a partida. Os dois maristas, de pé, os chapéus no ar, gritavam: "*Épatant! Formidable! Colossal!*". E faziam sinais frenéticos para o irmão Jacques, que acenava para eles, sorridente, e quase tão vermelho quanto o barrete que lhe cobria a cabeça.

Na segunda metade do jogo houve, em dado momento, um tremendo choque, peito contra peito, entre dois adversários, e ambos tombaram ao chão, aparentemente sem sentidos. Rodrigo foi chamado para atendê-los. Empregou num deles a respiração artificial, mandou dar um gole d'água a ambos, e dentro de dez minutos declarou-os aptos para continuarem a jogar.

Pouco antes das cinco horas, voltou para o Sobrado, extenuado, o corpo moído, como se ele tivesse andado a correr durante oitenta minutos atrás daquela pelota de couro.

— Presidente honorário do Charrua! — exclamou ao estender-se na cama com um gemido. — Me acontece cada uma!

7

Na primeira semana de setembro uma trupe espanhola, Los Farsantes de Sevilla, veio dar quatro espetáculos no teatro Santa Cecília. Era um grupo pequeno, composto de Don Porfírio Palácios, barítono, de sua esposa, soprano ligeiro, duma cançonetista e dançarina ainda jovem, "La Granadina", e dum catalão atarracado e de ar aborrecido, e que batia os acompanhamentos no piano com uma má vontade que se evidenciou ao público desde o primeiro espetáculo. Don Porfírio e a esposa cantavam árias e duetos de zarzuelas como *Los Gavilanes*, *La Gran Via*, *La Verbena de la Paloma* e *Dona Francisquita*. Na primeira noite, ao interpretar o Caballero de Grada, metido numa casaca bem cortada, Don Porfírio conquistou desde logo a plateia. Era um homem bem conservado para os seus cinquenta e cinco anos de idade: estatura meã, rosto comprido e escanhoado, mas sempre sombreado de azul pela barba cerrada, a cabeleira rala com fundas entradas, o nariz longo e afilado. A esposa — alta, cheia de corpo, loura e impo-

369

nente como uma Valquíria — não estava artisticamente à altura do marido. Tinha uma voz estrídula e meio gasta, desafinava com frequência e não conseguia atingir as notas agudas das árias e cançonetas que interpretava. O verdadeiro elemento de atração dos espetáculos, entretanto, era "La Granadina", que desde o primeiro número como que prendera fogo no elemento masculino da plateia. Era uma madrilenha que beirava a casa dos trinta, miúda mas bem-feita de corpo, de olhos negros e vivos, uma voz meio rouca e um jeito canalha de menear os quadris. Dançava jotas, seguidilhas e *pasodobles* e cantava cançonetas cuja letra picante sabia enfatizar com olhares safados e oportunas piscadelas. As mulheres de Santa Fé acharam-na indecente, mas não puderam ficar indiferentes ante seu rico guarda-roupa, seus *mantons de manila*, seus leques, berloques e *pernetas*. Quando ela entrava em cena, Rodrigo, que não perdeu espetáculo, tinha a impressão de que o teatro de repente ficava mais quente, como se houvessem aberto a boca duma fornalha.

Don Pepe, que desde a chegada dos Farsantes de Sevilla travara relações com os compatriotas, disse a Rodrigo:

— Hay que conocerlos, hombre. Don Porfírio es un tipo muy culto. Hijo de una família ilustrísima de Madri, sabes? Me contó toda su vida, una verdadera novela. Es abogado pero abandonó la profesión porque su pasión es el teatro. Muy interesante. Y mira, hijo, "La Granadina", coño, que mujercita!

Não estava Rodrigo interessado em conhecer pessoalmente Los Farsantes? — indagou o pintor. Claro, homem, claro.

Combinaram que se encontrariam naquela noite na Confeitaria Schnitzler, depois do espetáculo com que a trupe se despedia "del distinguido público de esta hermosa ciudad".

Don Porfírio fez um breve discurso em cena aberta. Um admirador desconhecido mandou ao palco um ramilhete de flores para "La Granadina". A sra. Palácios cantou uma ária da *Traviata*, e Rodrigo fechava os olhos e retorcia-se na cadeira, agoniado, sempre que a cansada soprano se avizinhava dos agudos.

Terminado o espetáculo, deixou Flora em casa e, como havia combinado, dirigiu-se para a confeitaria. Don Pepe lá estava, sentado a uma mesa com Los Farsantes de Sevilla. Fizeram-se as apresentações. Don Porfírio com suas mesuras de fidalgo, parecia ainda estar no palco, no papel dum *Caballero de Grada*. "Encantado, señor, encantado, es un gran honor." A soprano, vista de curta distância, à luz de acetilene, com sua pele muito branca e gretada, tinha algo de boneco de maçapão. O aperto de mão de "La Granadina" foi quente e demorado e Rodrigo sentiu no olhar dela um mundo de promessas titilantes. Que pena essa diabinha ir embora amanhã...

Don Pepe traçou para os compatriotas uma breve biografia de Rodrigo: quem era, o que fazia, o que representava para Santa Fé. Os outros olhavam para o biografado — Don Porfírio com um ar respeitoso e admirativo; a esposa, apenas com um vago interesse; "La Granadina", com uma espécie de atenção gulosa.

— Que vamos a beber? — perguntou a sra. Palácios.

Rodrigo teve uma ideia.

— Esperem. Por que não vamos lá para casa? Temos melhores cadeiras, ótimos vinhos, umas guloseimas e um bom gramofone... Que tal?

A sugestão foi aceita com entusiasmo. Mas o bando não havia ainda chegado à calçada e já Rodrigo se arrependia do convite. Era-lhe agradável a ideia daquela tertúlia boêmia, mas ocorria-lhe agora que a visita dos espanhóis podia dar motivo a maliciosos comentários na cidade. Levar atores e atrizes a uma casa de família? Era uma coisa inaudita. Para aquela cidade provinciana, *atriz* era sinônimo de *prostituta*. Vou pagar caro por esta extravagância — refletia, caminhando ao lado de Porfírio, rua do Comércio em fora. Pensou na noiva e no que ela podia imaginar quando viesse a saber daquilo. E que diria seu pai? E sua madrinha? Felizmente eram onze horas da noite, a rua estava deserta, as casas fechadas. Ao mesmo tempo que fazia essas reflexões, Rodrigo revoltava-se não só contra os preconceitos sociais como também contra si mesmo por lhes estar pagando aquele tributo. Bolas!... Sei o que faço. Faço o que entendo.

Ao entrarem no Sobrado, Don Pepe pediu que falassem baixo, pois a madrinha de "mi amigo, una preciosa señora, ya está acostada".

Rodrigo teve o cuidado de fechar a porta da sala de visitas que dava para o vestíbulo. E quando, depois duma excursão à cozinha, voltou com uma bandeja na qual se via uma garrafa de champanha, cinco taças e um prato com pequenas fatias de pão barradas de caviar, Don Pepe olhou para os compatriotas como a dizer-lhes "miren el amigo que tengo".

Ficaram a conversar sobre cidades, viagens, vinhos e pessoas.

Rodrigo pôs o gramofone a funcionar. O Caruso, o Amato, a Tetrazzini e a Patti cantaram árias, mas Don Pepe e Don Porfírio estavam de tal modo empenhados numa discussão sobre política espanhola, que pareciam indiferentes às vozes que saíam da campânula do aparelho. E para se fazerem ouvidos um do outro, em meio do furor operático dos cantores, tinham quase que berrar. A sra. Palácios, que já bebera duas taças de champanha, dava risadinhas juvenis, com uma das mãos espalmada sobre os seios. Rodrigo divertia-se vendo o entusiasmo miudinho de roedor com que ela mordiscava o pão com caviar, exclamando de quando em quando: "Precioso, pre-ci-o-so".

Rodrigo sussurrava perguntas ao ouvido de "La Granadina". Gosta de ler? Não? E de música? Também não? De que é que gosta então? "Yo? Me gustan los muchachos guapos." E lançou-lhe um olhar que foi um convite.

Esta já tenho no papo — pensou Rodrigo. — E tem de ser agora. Nem que o mundo venha abaixo.

Correu, azafamado, à cozinha e trouxe outra garrafa de champanha. Quando a rolha saltou com um estampido e a espuma transbordou, "La Granadina" gritou "Olé!" e estendeu a taça. A soprano apanhou mais uma fatia de pão com caviar.

Don Porfírio fazia a defesa do rei Afonso XIII. Era um *caballero perfecto*, um homem de espírito e um democrata. Não tinha culpa "de las tonterias de su ministro, ese imbecil de Canalejas." Don Pepe confessou que em 1905 tomara parte no atentado da rua Rohan, em Paris, contra a vida do soberano espanhol. "No!", exclamou Don Porfírio. E quedou-se, de olhos muito arregalados, a contemplar o anarquista.

À meia-noite os dois espanhóis, a quem o champanha emprestava um ardor novo, entraram numa discussão de caráter topográfico: uma divergência sobre a localização dum determinado café de Barcelona. "Se queda en la Rambla de las Flores", dizia um. "No", retrucava o outro. "Se queda en la calle Aribau." "Estás equivocado." "Pero, hombre, he pasado quince anos en Barcelona." "Pues yo he pasado veinte, coño!"

A soprano mal podia manter os olhos abertos. "La Granadina" e Rodrigo escolhiam discos, de pé ao lado do gramofone, muito próximos um do outro, as cabeças a se encostarem, as mãos a se tocarem. Ele cochichou uma pergunta:

— Os Palácios são seus parentes?

— Oh! Não, no. Simplesmente amigos.

"La Granadina" cheirava a *claveles* e tinha mãos de criança. Rodrigo não gostava da maneira como ela se vestia: os brincos dourados de cigana, o vestido cor de morango, a *peineta* com uma imitação de brilhante... Mas, que diabo!, roupa é o que menos interessa nesse caso...

— Quer ver a minha biblioteca?

— Donde?

— Na outra sala.

— Bueno...

Rodrigo pôs a girar no gramofone um disco de Caruso — a grande ária da *Aida* — para atordoar os outros e em seguida meteu-se com a espanhola no escritório. Sei que é loucura, mas agora ninguém me ataca, nem eu mesmo. Nesses assuntos, a surpresa é tudo. É até mais gostoso.

Fechou a porta a chave.

— Señor! — exclamou ela.

Rodrigo não perdeu tempo. Atirou-se sobre "La Granadina", enlaçou-lhe a cintura e beijou-lhe a boca com tão prolongada fúria, que a espanhola chegou a perder o fôlego. Quando teve oportunidade para respirar, balbuciou:

— Pero los otros...

— Que vão pro inferno!

— Mira, por qué no vienes a mi hotel, después?

— É agora ou nunca.

Não havia acendido o gás. A luz do luar entrava pelas bandeirolas. Na outra sala, Radamés proclamava seu amor pela celeste Aida.

Diabo! Quando o disco acabar, o idiota do Pepe é capaz de vir bater à porta. Não há tempo a perder.

"La Granadina" relutou por alguns segundos, esquivou-se em passos de dança, fez um pouco de teatro e acabou por se refugiar no espaço que havia entre o *bureau* e a parede, sob o retrato do Patriarca.

É aí mesmo que eu te quero, castelhana — pensou Rodrigo.

E avançou.

Nunca ficou sabendo se os outros "se habían dado cuenta" do que acontecera. Voltaram à sala de visitas pouco depois para encontrar a soprano com a cabeça atirada sobre o respaldo da cadeira, cochilando, e Don Pepe e Don Porfírio ainda a discutir acaloradamente, enquanto a agulha do gramofone estava a rascar, a rascar, a rascar no rótulo do disco.

Los Farsantes de Sevilla retiraram-se do Sobrado à uma da madrugada em companhia de Pepe. Rodrigo ficou a sós no escritório, a fumar e a pensar em que a melhor coisa que tinha a fazer para seu bem, para o bem de Flora e do futuro de ambos era casar o quanto antes.

No dia seguinte, à noite, teve uma nova conversa com o futuro sogro e acabou por convencê-lo de que o casamento devia ser aprazado para dezembro. D. Titina foi chamada, quis espichar o prazo ("Por que não em princípios do ano que vem?"), mas Rodrigo dessa vez se mostrou inflexível. Ficou então combinado que casariam no próximo Natal.

Capítulo XXI

1

Em meados de setembro, Rodrigo embarcou para Porto Alegre, onde permaneceu durante quatro dias. Escolheu na melhor casa de móveis da capital uma mobília de quarto de dormir; mandou fazer várias fatiotas na alfaiataria de Germano Petersen; tirou retratos no ateliê Calegari; andou pelas lojas a comprar roupas brancas, gravatas, meias, lenços, perfumes; procurou alguns companheiros dos tempos de estudante; fez uma visita sentimental a Mélanie, com quem passou uma noite; comprou uma joia para Flora, um pala de seda para o pai, um revólver para Toríbio e uma série de outros presentes para distribuir entre os amigos e a negrada da cozinha... Feito isso tudo, preparou-se para voltar.

Na véspera da partida, meteu-se no Cinema Ideal. Viu uma comédia de Max Linder e um filme natural em que, entre outras coisas, aparecia, de chapéu alto e *croisé*, M. Fallières, presidente da República francesa, a caminhar ligeirinho, com movimentos de boneco de mola, a cortar fitas inaugurais e a passar tropas em revista. Seguiu-se um filme dramático da Vitagraph, uma fábrica norte-americana. Rodrigo achou-o divertido mas ingênuo. As fitas que vinham dos Estados Unidos — refletia ele — não se podiam comparar com os *capolavori* italianos da Cines nem com as artísticas produções francesas da Gaumont, da Pathé Frères ou da Eclair. Saiu do Ideal a pensar em que seria magnífico se ele pudesse dotar sua terra dum cinematógrafo.

Chegou a Santa Fé com uma euforia de turista, decidido a pôr em prática muitos de seus velhos projetos.

— Precisamos de luz elétrica urgentemente! — disse ao pai. Licurgo, porém, sacudiu a cabeça, discordando.

— Acho que é muito cedo.

— Por quê, papai? Podemos organizar uma companhia e vender ações a esses estancieiros. O dinheiro deles está criando bolor nos bancos e nas burras. A firma Bromberg & Cia. de Porto Alegre compromete-se a ficar com a metade das ações e a mandar as máquinas, engenheiros e mecânicos competentes para fazer a instalação da usina.

Naquela semana mesmo reuniu no Sobrado as pessoas mais importantes de Santa Fé e expôs-lhes o plano da organização duma sociedade anônima para explorar o fornecimento de luz elétrica à cidade. Os pró-homens o escutaram com uma atenção céptica. Quando Rodrigo lhes perguntou quantas ações iam subscrever, os estancieiros deram a entender que fora da pecuária nada os interessava. ("São mais fiéis às vacas do que às próprias esposas", queixou-se mais tarde Rodrigo a Chiru.) Joca Prates prometeu pensar no assunto. Pedro Teixeira respondeu que no momento não dispunha de numerário. Cacique Fagundes disse um não redondo. Maneco Macedo declarou que poderia ficar com umas cinco ações, em atenção a Licurgo. E a reunião terminou nisso.

Rodrigo ficou desapontado. Cruz Alta estava tratando de construir uma usina e em breve teria suas casas e ruas iluminadas a eletricidade, ao passo que Santa Fé parecia condenada a passar o resto da vida a depender dos tristes lampiões do lobisomem...

Os positivistas tinham razão. Cada povo tem o governo que merece. Para uma cidade de mentalidade pecuária como aquela, só um intendente bovino como o Titi Trindade.

2

Em princípios de outubro Rodrigo recebeu pelo correio as cópias das fotografias que tirara em Porto Alegre: doze de corpo inteiro, de frente, e doze de busto, de três quartos. Ao mostrá-las aos amigos, dizia:

— Não foi por faceirice, vocês sabem que não sou vaidoso. Mas quis ter uma lembrança deste momento feliz da minha vida...

Pepe García examinou as fotografias demoradamente, de cenho franzido, e, como Rodrigo lhe pedisse a opinião, cuspia:

— Pútridas!

— Não digas isso, homem! Estão esplêndidas, todo o mundo acha.

— Todo el mundo menos yo. Y me gusta muchísimo estar en contra el mundo.

— Mas que é que achas de mau nestes retratos? Não estão parecidos? A qualidade da fotografia não é boa? Ou é a pose? Vamos, explica-te!

— No tienen alma. Están muertos.

— Que queres dizer com "no tienen alma"?

— Mira, angelito, qué veemos en estas fotografías? La imagen miniatural, en sepia, de un hombre. Pero quién puede decir, al ver esas figuritas, como es ese hombre, lo que piensa, lo que siente?

— Mas como é possível uma fotografia exprimir tudo isso?

— Ah! Dices bien, como es posible que una *fotografía*... Bueno! Eso es lo que está mal. Una cámara fotográfica es una máquina y una máquina no tiene alma...

O pintor olhou fixamente para o amigo e recuou dois passos.

— No te muevas. Un instante... Bueno.

Soltou um suspiro.

— Rodrigo, me gustaria pintar tu retrato de cuerpo entero... No! De *alma* entera!

Rodrigo lançou-lhe um olhar enviesado.

— Como pintaste o do coronel Teixeira?

— Oh, hombre, no, tú eres diferente. Ah, hijo, si consigo hacer lo que me imagino, esa será la gran obra de mi vida. Después de eso enterraré mis pinceles y mi paleta.

Rodrigo sorria, já seduzido pela ideia. Ver-se retratado em cores, de corpo inteiro, não seria nada mau... O diabo do espanhol era habilidoso e, quando queria, era capaz de apanhar o parecido de seus modelos.

Quem sabe?

— Ya estoy a ver la obra acabada... Los hombres la miran e descubren tu alma, como si fueras transparente. Porque en el retrato estará no solamente tu cuerpo, pero también tus pensamientos, tus deseos, tus pasiones, tu pasado, tu presente y tu futuro...

— Basta, Pepito. Eu me contento com o presente. Se me pintares bem como sou hoje, ficarei satisfeito.

— Pero yo no me contentaré con menos que la perfección. Todo o nada. Las cosas hay que hacerlas con pasión o no hacerlas. Quédate inmovil. Ya veo todo. Tamaño natural, una ropa negra. La postura? Bueno, nada de convencionalismos burgueses; el modelo sentado en una silla, con la faz apoyada en la mano derecha, la izquierda apretando un libro. Nada de eso? Te veo en la cima de una colina a mirar el horizonte, el porvenir, la gloria... El viento te agita los cabellos, tu hermoso rostro...

— Pepe! — sorriu Rodrigo. — Isso até parece uma declaração de amor...

— Y por qué no, coño, en el momento en que estaré pintando yo te amaré como solo un artista sabe amar... Pero no me interrumpas... El fondo del cuadro será formado por las coxilhas y por el cielo de tu tierra, pero el observador tendrá la impresión de que en el fondo está el infinito.

— Qual é a cor do infinito?

— Te burlas de mí, no? Crees que estoy borracho, no? Pero ya tengo título para el cuadro. Puede llamarse *El favorito de los dioses*....

Rodrigo sorria, imóvel, como se fosse já a sua própria imagem pintada na tela. De súbito, como numa revelação, o pintor exclamou:

— Chantecler! Sí, tú eres el Gallo. Tu canto ha hecho el sol alzarse en el horizonte, y ahora el sol te acaricia el rostro. Es la mañana de tu vida...

— Estás borracho, Pepito.

— Sí, borracho, pero no de alcohol. Borracho de belleza como solo un artista verdadero puede estar.

Sentado agora, o pintor contemplava o amigo com olhos parados e mortiços. Foi numa voz diferente, cansada e lisa, que tornou a falar.

— Necesito preparar un lienzo... un metro de largo por dos de alto. Hay que comprar tintas, pinceles. Esa es la parte material de la cosa, hijo.

Estendeu para Rodrigo a mão magra e alongada, como a dos fidalgos e santos de El Greco.

— Dáme dinero, vamos!

Sorrindo e sem saber bem até onde Pepe ia levar aquela farsa, Rodrigo meteu a mão no bolso — gesto que sempre fazia com espontaneidade —, tirou um maço de notas e deu-as ao amigo sem contar.

3

Depois desse colóquio, Pepe García desapareceu por completo da casa dos Cambarás durante uma semana inteira. Decerto botou fora o dinheiro que lhe dei para comprar a tela e as tintas — concluiu Rodrigo, achando isso muito natural e até divertido. E esqueceu o assunto.

Uma tarde, porém, o pintor irrompeu no Sobrado, trazendo a grande tela e um cavalete.

— Dónde vamos a trabajar?

Rodrigo ficou um tanto apreensivo. Não lhe era agradável a perspectiva de ficar parado por largas horas, a posar.

— Essa história não vai levar muito tempo?

— Pero qué es el tiempo? Los hombres verdaderamente superiores no piensan en el tiempo. Yo nunca he usado reloj en toda mi perra vida. Mi medida de tiempo es la eternidad. Nosotros los españoles somos así. Pero la eternidad quizás no pase de una ilusión de los místicos. Y los místicos no pasarán de enfermos mentales. Seré yo un místico? O un enfermo mental? Bueno, los artistas verdaderos nunca son normales. Pero quién es normal? Cállate, Pepe, cállate. A trabajar y a trabajar.

Ficou combinado que Rodrigo posaria duas ou três horas por semana, preferivelmente pela manhã, num dos quartos do andar superior, cujas janelas se abriam para o nascente. Teriam assim luz natural e direta.

No dia seguinte o espanhol trouxe os pincéis, as bisnagas de tinta e a palheta. Maria Valéria acompanhou-o até o ateliê improvisado, a fazer-lhe recomendações. Não borre as paredes de tinta, não cuspa nem atire cigarros acesos no chão.

A primeira pose começou às dez horas duma clara mas ventosa manhã de outubro. De pé junto à janela, com a luz do sol a bater-lhe em cheio no rosto, Rodrigo estava imóvel. Com o rabo dos olhos via no quintal os pessegueiros floridos que o sueste sacudia com seu fresco e perfumado ímpeto.

— No te muevas... — murmurou Pepe, que, de *fusain* em punho, riscava a tela em largos traços. Recuou, olhou para o modelo e depois para o desenho, ficou indeciso por um instante, ao cabo do qual bateu com um pano na tela, apagando os traços de carvão. Pôs-se a caminhar miudinho na frente do quadro, num vaivém nervoso, trauteando coplas e imprecando. Tornou a riscar, a recuar, a avançar, olhando alternadamente do modelo para a tela.

Rodrigo estava já impaciente. O vento tinha a capacidade de deixá-lo inquieto e um pouco irritado. No Rio Grande — achava ele — a decantada beleza da primavera não passava duma lenda europeia trazida por livros, poemas, revistas, quadros e cartões-postais, e aqui mantida artificialmente por poetas e pintores, pois na realidade a estação que ia de 21 de setembro a 21 de dezembro era, no extremo sul do Brasil, uma época de vento e chuva, céu enfarruscado e temperatura instável.

Depois duma hora, o artista deu como terminada a primeira pose. Rodrigo ficou decepcionado quando, ao olhar para a tela, viu nela apenas os contornos de sua figura e uma face completamente vazia de feições.

— Só isso?

— Y que más querías? Cuánto tiempo es necesario a la naturaleza para hacer un diamante? Milenarios, chiquito, milenarios!

Dois dias mais tarde, Rodrigo tornou a posar. Pepe iniciou o trabalho de bom humor, cantarolando jotas aragonesas e acompanhando a cantiga com movimentos rítmicos de cabeça.

Rodrigo falou durante todo o tempo da pose. Estava excitado com as notícias que o jornal do dia anterior trouxera. Caíra a Monarquia em Portugal. D. Manuel II e a família real haviam sido mandados para o exílio. O Palácio das Necessidades fora bombardeado. E pelas ruas de Lisboa, onde se erguiam barricadas, as multidões tinham passeado em triunfo os cabeças da revolução.

— Que tal, Don Pepe? Estás contente?

— ... Y por qué? Fue un movimiento burgués. Es una etapa en la dirección del anarquismo. Pero no estoy interesado en la política internacional. No te muevas, hijito. Ha llegado el momento crítico. Tus ojos. *Quién sabe si el secreto de tu encanto, paloma, está em tus ojos de ágata y miel?* Pero como son tus ojos? Negros castaños? Negros. Dominadores? A veces. Tiernos? A veces. Humanos? Siempre.

Olhava do quadro para o modelo, do modelo para o quadro. De repente, num gesto brusco, cancelou o desenho do rosto com um xis de carvão.

— Coño, estoy infeliz, hoy!

Atirou longe o *fusain*, deu por terminada a pose e deixou o Sobrado sem dizer palavra. Passou uma semana ausente, sem dar o menor sinal de vida. Quando voltou, Rodrigo quase não o reconheceu. Don Pepe tinha raspado o cavanhaque.

— Que foi isso, homem? — perguntou, desatando a rir.

O pintor acariciou com a ponta dos dedos o queixo escanhoado e esclareceu:

— Una vez en Triana yo pintaba un cuadro y no conseguía acertar con un matiz. Un viejecito me dijo: "Por qué no te quitas la pera?". Respondí: "Buena idea". Me quité la pera y enseguida encontré el color deseado.

— Estás ficando completamente doido, Pepe.

— La normalidad es hermana gemela de la mediocridad. Pero vamos a trabajar, a trabajar.

Subiram para o que Pepe já chamava "mi taller". Após mais algumas tentativas frustradas, o pintor achou que tinha conseguido levar para a tela, de maneira satisfatória, os traços de Rodrigo.

— La marcación está hecha. Ahora, a pintar!

Rodrigo ficou meio confuso diante do que via na tela. Não conseguia reconhecer a própria fisionomia naquela confusão de riscos negros. O outro explicou:

— Un pintor verdadero hace casi todo con el pincel, con los colores.

No dia seguinte, Pepe começou a misturar as cores e Rodrigo, ao entrar na sala, achou agradável aquele cheiro de tinta a óleo e aguarrás. Imaginou que dali por diante tudo seria mais fácil e mais rápido. Enganava-se. A cada passo surgiam dificuldades e interrupções. Havia momentos em que Pepe estava de mau humor, nada o satisfazia, e ele acabava por fechar-se em silêncios casmurros. Duma feita, desesperado por não poder reproduzir o tom exato da tez do modelo, atirou longe a palheta, lambuzando o soalho de tinta.

Noutros dias, era Rodrigo quem — no dizer de Maria Valéria — "amanhecia com o Bento Manuel atravessado". Vendo o modelo assim de aspecto azedo e sombrio, Pepe cruzava os braços e recusava pintar.

— No eres Rodrigo Cambará. Eres una otra persona, un impostor. Vamos, la sonrisa, la faz despejada, la mirada viva y limpia, la alegría de vivir, la confianza en el porvenir!

Nas manhãs em que ambos estavam de mau humor, surgiam atritos e discussões, e mais duma vez Rodrigo abandonou a sala, intempestivo, batendo com a porta. Esses arrufos, não raro, duravam dias.

— Não sou nenhuma criança pra estar aqui fazendo papel de bobo! — exclamou ele no dia em que Pepe, de súbito, num capricho de prima-dona, largou a palheta e os pincéis e declarou que ia suspender o trabalho porque: "La luz hoy tiene algo de desfavorable, un cierto tono gris". Rodrigo, a quem a luz parecia tão clara e dourada como nas melhores manhãs, vociferou:

— Ou tu aprontas essa droga duma vez ou eu não piso mais nesta sala!

— Ingrato!

Muitas vezes, porém, Rodrigo acabava rindo das excentricidades do espanhol. Por mais que se esforçasse, não podia levar muito a sério aquele tipo, e já agora começava a duvidar de que o retrato pudesse ser terminado de maneira satisfatória.

Pepe contava que andava passando as noites em claro, a pensar naquela obra, e confessava que, se não conseguisse fazer o que queria, essa seria a mais amarga derrota de toda a sua vida.

— Me mato, chiquito, palabra de honor que me mato.

— Deixe de besteira, homem!

379

E assim se passou todo aquele resto de outubro e a primeira semana de novembro, que entrou com aguaceiros bruscos. Rodrigo já agora encontrava frequentes desculpas para faltar às poses: noites maldormidas, chamados urgentes alta madrugada, excesso de trabalho no consultório...

Certa manhã apareceu radiante no ateliê cantarolando o *La donna è mobile*, e contou a Pepe que na noite anterior uma comissão encabeçada pelo cel. Maneco Macedo viera ao Sobrado pedir-lhe licença para lançar sua candidatura à presidência do Clube Comercial.

— Ya aceptaste? — indagou Pepe, indiferente, sem tirar os olhos da tela.

— Por que não? É preciso não deixar cair a diretoria nas mãos da cambada do Trindade.

— Glorias burguesas...

— Ah! Deixa-te de bobagem. Há muito que fazer naquele clube. Vou aumentar o salão de baile, reformar o bufete, botar uns quadros nas paredes...

— Hablas como si ya estuvieras elegido...

— Se há coisa que não me passa pela cabeça é a ideia duma derrota. O coronel Macedo me garantiu que muitos republicanos vão votar em mim. Disse mais: que a situação até nem vai apresentar candidato!

— Bueno, bueno, me alegro que eso te haga feliz. Es exactamente esa expresión que deseo en tu rostro. La expresión de un triunfador.

Continuaram a conversar animadamente. Don Pepe, de quando em quando, rompia a cantar trechos de *Doña Francisquita*. Rodrigo contou-lhe seus projetos. Estava tratando de convencer o pai de que ele e Flora deviam passar a lua de mel na Europa. Disse isso e calou-se, a imaginar suas andanças por Paris em companhia de sua querida mulherzinha. Iriam ao Louvre, às Tulherias, à praça de l'Étoile, ao Quartier Latin... Céus, quanta coisa! Imaginou, sorrindo, a expressão do rosto de Flora quando ele lhe mostrasse o pequeno *pot de chambre* de Maria Antonieta...

4

Maria Valéria vinha às vezes olhar o progresso da obra. Parava diante do quadro, de braços cruzados, ficava ali por algum tempo em silêncio, e, depois de dirigir um olhar enviesado para o pintor, retirava-se.

Rodrigo observara que nos dias de ventania Pepe ficava mais agitado que de ordinário, dava voltas inúteis e incompreensíveis pelo quarto, exclamando:

— Maldita primavera! No hace más que ventar, ventar y ventar...

No dia 15 de novembro Rodrigo apareceu com ar taciturno.

— Hoje toma posse o marechal Hermes. Pobre país!

Dias depois, porém, abriu impetuosamente a porta do ateliê e, de cabeça erguida e ventas dilatadas como um potro, avançou para o pintor e despejou a notícia que o cel. Jairo acabara de lhe transmitir pelo telefone:

— A esquadra revoltou-se, Pepito!

— Qué escuadra, hombre?

— Ora, que esquadra! A nossa, a brasileira!

Contou, exaltado, que os marinheiros dos couraçados *Minas Gerais* e *São Paulo* e os do *scout Bahia*, de canhões assestados para o Rio, haviam passado um radiograma ao governo da República, exigindo a extinção do castigo da chibata a bordo, sob pena de bombardearem a capital federal.

— É o fim do governo do marechal! Imagina tu as bocas de fogo daqueles dois colossos da nossa armada assestadas para o Rio! O Hermes não tem outro remédio senão renunciar.

Pepe umedecia com a ponta da língua as bordas do cigarro que acabara de enrolar.

— Bueno, bueno, pero vamos a trabajar.

— Nunca! Hoje não vou posar. Tenho que sair pra desabafar.

Naquele mesmo dia, após o almoço, encontrou no clube, como de costume, o cel. Jairo Bittencourt, que lhe narrou detalhes da revolta.

O capitão de mar e guerra João Batista das Neves, comandante do *Minas Gerais*, fora trucidado pelos seus subordinados. Os oficiais que não tinham conseguido escapar em tempo haviam sido assassinados ou gravemente feridos pela marinhagem amotinada.

— Mas quem é o chefe da revolta, coronel?

— Um marinheiro preto, um tal de João Cândido, que há uns três anos comandou um motim a bordo do *Tamandaré*.

Sacudindo a cabeleira fulva, Jairo suspirou.

— É uma calamidade, meu amigo, uma verdadeira calamidade.

— Mas e o governo? Que faz o governo?

Jairo encolheu os ombros.

— Parece que se recusa a negociar com os rebeldes.

— Mas é uma loucura. Mais tarde ou mais cedo terá que ceder para evitar que o Rio seja destruído!

Rodrigo passou os dois dias que se seguiram em estado de exaltação, desinquieto, ansioso ante a falta de notícias. As edições do *Correio do Povo* de 23 e 24 de novembro nada traziam sobre os acontecimentos da capital federal. As comunicações telegráficas com o centro do país pareciam interrompidas.

No dia 26 Rodrigo foi pessoalmente à estação comprar o *Correio do Povo* que vinha no trem de Santa Maria. Abriu o jornal. Lá estava uma página inteira de telegramas sobre a revolta da armada. Pôs-se a ler as notícias com a sofreguidão de quem devora uma novela de aventuras. Mas já dois dos subtítulos o deixaram gelado: "A anistia — terminação da revolta". Sim, vinham ao pé da página notícias decepcionantes. O Senado apressara-se a conceder a anistia aos revoltosos, e o presidente da República não se opusera à vontade dos senadores. Os rebeldes se haviam rendido.

Neste momento os navios "Minas Gerais", "São Paulo", "Bahia" e "Deodoro" acabam de arriar o sinal de guerra, hasteando bandeira branca e salvando a terra com 21 tiros.

— Palhaços! — exclamou Rodrigo, amassando o jornal e atirando-o no chão. Naquela mesma tarde entrou no ateliê calado e de cabeça baixa.

— É uma miséria, Pepe. A revolta fracassou. O Senado concedeu anistia e o governo continua de pé. Isso significa que temos de aguentar o marechal quatro anos!

O artista, porém, estava mais interessado no seu trabalho que na revolta de João Cândido ou nas possibilidades de queda do governo.

Naquele dia deu os últimos retoques no rosto do retrato e quando, terminada a pose, o outro quis ver o quadro, ele não permitiu.

— No. Prefiero que lo veas después, cuando yo haya terminado el fondo.

Levou a tela para casa e passou sumido uma semana inteira. Novembro estava a findar quando o castelhano telefonou a Rodrigo, comunicando-lhe dramaticamente que "la obra estaba consumada" e que ele a levaria ao Sobrado dentro de poucos minutos.

Ao chegar, encarapitado na boleia da carroça que trazia a tela toda envolta em panos, encontrou o amigo a esperá-lo à porta. Levaram o retrato para a sala de visitas, onde o colocaram no cavalete.

— Prepárate, Rodrigo.

O pintor começou a desenrolar com mãos nervosas os panos que envolviam o quadro. Ao ver a própria imagem na tela, Rodrigo sentiu como que um soco no plexo solar. Por um momento a comoção dominou-o, embaciou-lhe os olhos, comprimiu-lhe a garganta, alterou-lhe o ritmo do coração. Quedou-se por um longo instante a namorar o próprio retrato. Ali estava, nas cores mesmas da vida, o dr. Rodrigo Cambará, todo vestido de preto (Pepe explicava que o plastrão vermelho era uma licença poética), a mão esquerda metida no bolso dianteiro das calças, a direita a segurar o chapéu-coco e a bengala. O sol tocava-lhe o rosto. O vento revolvia-lhe os cabelos. E havia no semblante do moço do Sobrado um certo ar de altivez, de sereno desafio. Era como se — dono do mundo — do alto da coxilha ele estivesse a contemplar o futuro com olhos cheios duma apaixonada confiança em si mesmo e na vida.

O êxtase de Rodrigo durou alguns segundos.

— Y qué tal, hombre?

Foi então que ele se lembrou de que o retrato tinha um autor.

— Magnífico, Pepito, formidável! Uma obra de arte. A parecença está surpreendente... Eu... queres saber duma coisa? Pois olha... Até...

Não encontrava palavras para exprimir seu contentamento, sua admiração. Precipitou-se para o pintor e estreitou-o contra o peito.

— Caramba! Pepe, palavra que nunca pensei...

Tornou a contemplar o quadro. Havia naquela figura uma poderosa expressão de vitalidade. Era o retrato de alguém que amava intensamente a vida, que tinha ânsias de abraçá-la, de gozá-la totalmente e com pressa. Sim, ele se reconhecia naquela imagem: a tela mostrava não apenas sua aparência física, as suas roupas, o seu "ar", mas também seus pensamentos, seus desejos, sua alma. Como era que o diabo do espanhol tinha conseguido tamanho milagre?

— Quizás sea mi canto de cisne...

— Mas por quê, homem de Deus?

— Milagros como ese no ocurren dos veces en la vida de un artista.

Os olhos do pintor estavam agora inundados de lágrimas. Rodrigo esforçava-se por dominar a própria comoção.

Maria Valéria foi chamada para ver a maravilha. Parou diante do quadro, olhou-o demoradamente em silêncio e por fim disse:

— Só falta falar.

— Pero, señora, ese retrato habla, dice todo!

Chiru e Neco também apareceram. O barbeiro achou que estava "supimpa". Chiru mirou o artista com admiração e afeto:

— Esse castelhano duma figa até que tem jeito pra coisa!

O ten. Lucas pôs-se de ponta-cabeça para olhar o quadro e deu a sua impressão mimicamente, como uma personagem de cinematógrafo.

— É uma tela digna de qualquer museu! — opinou o cel. Jairo. — Vou trazer a Carminha para vê-la.

Carmem Bittencourt veio ao Sobrado naquela mesma noite, olhou longamente para a pintura e depois para Rodrigo, dum jeito que o deixou desconcertado.

O marido perguntou:

— Então, meu amor, que achas?

Sem alterar a voz, respondeu:

— É um retrato tão revelador que chega a ser indiscreto.

Jairo desatou a rir. Rodrigo ficou perturbado, sem saber como interpretar as palavras da esposa do coronel.

5

Durante os dias subsequentes, grande foi a romaria ao Sobrado. Todos queriam ver "o portento".

Tia Vanja traçou as mãos diante do quadro, como se fosse rezar.

— A minha bolinha de ébano!

D. Emerenciana queixou-se de que, como não frequentava o Sobrado por causa "dessas bobagens de brigas políticas", ia ficar privada de ver a obra-prima. Rodrigo generosamente mandou levar-lhe à casa o retrato, em cuja contemplação a esposa de Alvarino Amaral ficou por longo tempo. O quadro veio de volta com um recado:

— Diga pro Rodrigo que é a coisa mais formosa que já vi em toda a minha vida.

Flora apareceu uma noite com a mãe e o pai, especialmente para ver a tela.

— Nunca pensei que fosse ficar tão bem assim — disse. E mirou a figura por tanto tempo e com tamanha expressão de ternura, que Rodrigo chegou a ter ciúme da própria imagem.

Babalo plantou-se por alguns segundos a pitar na frente do quadro, enchendo o ambiente com a fumaça e o cheiro acre de seu cigarrão de palha. Por fim, olhando para Maria Valéria, murmurou:

— Está más parecido com o Rodrigo do que ele mesmo. Que côsa bárbara!

Gabriel ficou de boca entreaberta diante da pintura, num silêncio meio amedrontado. O Cuca aproximou-se da tela, cheirou-a e não resistiu à tentação de encostar o dedo nela.

— Que beleza, Rodrigo, que chique! Vai fazer inveja a muita gente. Já andam até dizendo pela cidade que não está parecido. Que mentira, hein? Que injustiça!

Mariquinhas Matos, que havia muito não entrava no Sobrado, achou um pretexto qualquer para vir, em companhia da mãe, visitar Maria Valéria. Depois de contemplar por algum tempo o retrato, disse uma frase que escandalizou ambas as senhoras:

— Um rapaz bonito como o doutor Rodrigo não devia se casar nunca. É muito homem para uma mulher só.

Sua mãe empertigou-se na cadeira, alarmada.

— Mariquinhas! Isso é coisa que uma moça direita diga?

— Ora, mamãe, não estamos mais no século XIX, e sim em 1910!

Com uma loquacidade nervosa, começou a falar no movimento das sufragistas na Inglaterra. Quando ela terminou, a mãe procurou desculpá-la:

— São os malditos livros que essa menina lê, dona Maria Valéria. Eu vivo dizendo pro Terézio que não deixe ela ler essas coisas modernas.

Rodrigo ficou encantado quando a tia, ao lhe reproduzir a ousada frase da Gioconda, acrescentou:

— Aquela, se pudesse, te agarrava com as duas mãos.

Ele sorriu dum jeito que queria dar a entender que "a coisa não era bem assim como a Dinda dizia". Mas no fundo concordava com ela e sentia-se lisonjeado.

Quando Licurgo e Toríbio vieram do Angico para uma curta estada na cidade, Rodrigo ficou curioso por ouvir a opinião do pai e do irmão sobre o retrato.

— Não tinhas mais nada que fazer? — perguntou Bio.

O pai teve uma reação que Rodrigo não esperava. Olhou para o quadro, num silêncio enigmático, amaciando uma palha de milho com a lâmina da faca, depois sorriu, dizendo:

— Está muito bom. Quanto vai pagar pro castelhano?

— Não sei ainda, papai. Qual é a sua opinião?

— Pague bem. O quadro vale. Dê quinhentos mil-réis.

— Que despropósito! — exclamou Maria Valéria.

Pepe García passou muitos dias ausente do Sobrado. Uma tarde um dos moleques da mulata Celanira apareceu no consultório com este recado: "A mamãe mandou pedir pro senhor ir lá em casa, que o seu Don Pepe está doente". Rodrigo foi, imediatamente. O chalé de Celanira ficava no meio dum banhado, mas era confortável, limpo, e tinha cortinas e vasos de flores nas janelas. A mulata — gorda, grisalha e ativa — recebeu o doutor à porta com uma cordialidade de velha tia.

— Pois o Pepe caiu de cama faz dias e não quis que eu incomodasse o senhor.

— Devia ter me chamado em seguida, dona Celanira.

Muito pálido, a pera já a crescer-lhe de novo, o pintor achava-se estendido numa cama de casal, sobre lençóis imaculados que cheiravam a alfazema, e coberto por uma colcha de retalhos.

— Então que é isso, Pepito? — perguntou Rodrigo jovialmente.

— Ay que me muero, hijo, ay que me voy. Esto es el final.

— Qual nada!

Rodrigo sentou-se na beira da cama, pôs a mão na testa do amigo e achou-a escaldante. Tirou-lhe a temperatura: trinta e nove graus.

— Tem uma febrinha... — mentiu para Celanira, que se encontrava ao pé do leito.

Auscultou o pulmão e o coração do paciente. Tomou-lhe o pulso. Examinou-lhe a garganta e a língua.

— Tudo em ordem.

Apalpou-lhe os intestinos, a vesícula, os rins. Fez-lhe perguntas. Comeu alguma coisa indigesta? Não. Sente alguma dor? Não sentia nada, só aquela impressão de febre, uma excitação e ao mesmo tempo um abatimento, uma canseira...

— Passou a noite variando, doutor — contou a mulata.

— Ay, vida mía, qué noche! Si yo pudiera describir mi delirio, Rodriguito, creo que escribiría una página inmortal.

Soergueu-se de repente e exclamou:

— No. Si yo pudiera *pintar* lo que he visto en mi delirio, haria un cuadro inmortal, más terrible que el Apocalipse, más dramático que el *Toledo* de El Greco.

Rodrigo fê-lo deitar-se de novo.

— Calma, Pepito, calma. Não te exaltes. O que tu tens é puramente de fundo nervoso. A causa de tudo é o retrato.

Tirou do bolso o bloco de papel de receitas e prescreveu um calmante para os nervos e uns papéis de piramidon. Depois, mudando de tom e de assunto:

— Sabes, Pepe? O retrato tem feito um sucesso danado. É o assunto da cidade.

— Filisteus!

— Oh! Não digas isso. Há em Santa Fé muita gente instruída, capaz de apreciar o belo.

Falo-lhe agora em pagamento? — perguntou-se a si mesmo. Ou deixo tudo pra depois?

Aproveitou o momento em que Celanira saía do quarto com a receita na mão:

— Pepito, agora precisamos acertar contas.

— No te entiendo.

— Preciso te pagar.

— Por qué?

— Pelo retrato, homem!

Pepe sentou-se na cama com uma expressão de dignidade ferida no rosto macilento.

— No hables más.

— Mas Pepe! Levaste um tempão fazendo aquele trabalho. É a tua obra-prima. Vou te pagar um conto de réis. Vale até mais...

— Rodrigo, si eres mi amigo, no me hables en dinero!

— Que bobagem!

— Tú me insultas.

Rodrigo pôs-se de pé fazendo um gesto de desânimo. Estava intrigado ante a reação do pintor. Um homem que praticamente não ganhava um vintém recusava receber um conto de réis! Positivamente o castelhano era um poço de surpresas e mistérios.

— Está bom. Então quero que prometas tomar todos os remédios que te receitei e que só te levantarás quando eu te der licença. Prometes?

— Se lo prometo, Chantecler.

Rodrigo apertou a mão do amigo. Estava já à porta do quarto quando o outro gritou:

— Mira! Préstame cincuenta mil-réis.

— Homem de Deus, acabei de te oferecer um conto!

— No. Eso es diferente. Quiero cincuenta, pero prestados, comprendes?

— Está bem. Eu entrego o dinheiro a Celanira.

— Si tienes más confianza en ella que en mí...

Rodrigo sorriu. Ao sair do chalé, entregou um conto de réis à mulata, recomendando:

— Não conte a ele que lhe dei todo esse dinheiro. Diga que foi só cinquenta mil-réis. O Pepe é uma mula de teimoso.

— Está dizendo pra mim? — sorriu a mulata, mostrando os caninos de ouro.

Capítulo XXII

1

Na noite de 11 de dezembro, Rodrigo convidou os amigos a sua casa para uma ceia e uma tertúlia. "A minha despedida da vida de solteiro", explicava ao fazer os convites. Mandou Laurinda preparar uma maionese de *maquereau*, pôs cinco garrafas de champanha num balde, dentro do poço, e ao entardecer começou a abrir as "suas latinhas", sob o olhar irônico de Maria Valéria. Debruçou-se a uma das janelas laterais e gritou para o pátio da Estrela-d'Alva, "Ó Chico!". E quando o padeiro trepou na cerca com a cara e a cabeça manchadas de farinha, pediu: "Hoje ali pelas dez me manda uns vinte pães quentinhos, ouviste?".

Ainda bem que o papai voltou pro Angico — refletia ele, enquanto andava pela casa a fazer os últimos preparativos. — Assim não tenho de ver nenhuma cara feia.

Pôs-se a arranjar na sala de visitas e no escritório as rosas e os junquilhos que tia Vanja lhe mandara ao entardecer. Estava a contemplar, com a cabeça inclinada para um lado, o vaso que se achava sobre o consolo quando Laurinda entrou e, lançando-lhe um olhar truculento, murmurou: "Maricão!". Rodrigo, que a enxergava pelo espelho, respondeu-lhe com um gesto obsceno, que pretendia ser uma afirmação de sua masculinidade. "Bandalho!", exclamou a mulata, com fingida cólera.

Ao anoitecer Rodrigo acendeu os bicos de gás da sala de visitas e do escritório, escancarou as janelas e pôs a rodar no gramofone um disco de Amato. Sentou-se e ficou a pensar em Flora. Dentro de duas semanas poderia trazê-la para o Sobrado, como sua esposa legítima. Imaginou a cena... A casa silenciosa. Dinda discretamente recolhida ao quarto, Laurinda, a indecente, decerto a espiá-los por alguma fresta de porta... Flora e ele trocariam ali na sala o primeiro beijo, e beberiam ambos uma taça de champanha, num brinde ao futuro. Depois, abraçados, subiriam vagarosamente a velha escada, cujos degraus, naqueles quase sessenta anos de existência do Sobrado, tinham sido pisados por incontáveis pés: as botas dos homens que haviam defendido a casa contra os maragatos, no cerco de 95; os chinelos de ourelo de sua bisavó Bibiana; os coturnos do dr. Winter, médico e filósofo, de cuja figura ele, Rodrigo, tinha uma lembrança tão viva; os sapatinhos de sua mãe e, mais remotamente, os de sua avó paterna, criatura nebulosa e meio lendária de quem não ficara nenhum retrato, e cuja memória andava envolta numa atmosfera equívoca... E daqui a alguns anos — refletiu, sorrindo — os meus filhos estarão descendo essa velha escada, montados no corrimão, bem como Bio e eu fazíamos quando meninos.

De súbito despertou de seu devaneio para ouvir o chiado da agulha do gramofone, a qual, depois de ter percorrido a última ranhura do disco, estava a arranhar-lhe o rótulo. Acercou-se do aparelho, fez parar o prato e levantou o diafragma.

Toríbio entrou. Estava de bombachas, botas e esporas e de chapéu na cabeça. Sentou-se pesadamente, olhou para os jornais empilhados sobre o *bureau* e perguntou:

— Alguma novidade no Rio?

Interessava-se mornamente pela política, mas tinha preguiça de ler os jornais. Rodrigo contou-lhe que a situação de insegurança e inquietude, agravada pela revolta da esquadra, continuava. Circulavam pelo país os boatos mais alarmantes.

— E o pior — acrescentou — é que o marechal mandou à Câmara uma mensagem pedindo o estado de sítio!

— Se essa coisa vem, que é que vai ser da gente?

— É o fim de tudo, a debacle moral e material do país, o descalabro completo. O que as pessoas decentes têm a fazer é emigrar, homem. O remédio é fazer uma revolução e derrubar esse sargentão.

— Qual nada! Emigrar é a última coisa em que se deve pensar. Inda quero ver o senador Pinheiro passar pra São Luís, de crista caída... isso se escapar com vida e não for parar na cadeia.

Rodrigo sorriu. Aquilo era muito bonito de dizer, mas tudo indicava que o governo estava forte e que a Câmara e o Senado iam votar a favor do estado de sítio.

2

Rodrigo estava debruçado à janela quando viu três vultos aproximarem-se do Sobrado. Reconheceu neles Neco, Chiru e Saturnino. Os menestréis! — pensou com alegria, vendo que o barbeiro e o ecônomo haviam trazido os instrumentos. Quando os amigos entraram, ele os conduziu imediatamente ao andar superior para mostrar-lhes "umas coisas que recebi de Porto Alegre". Fê-los entrar no quarto nupcial, cuja mobília de jacarandá lavrado tinha um aspecto de pesada e digna solidez. Sobre o mármore rosado do lavatório de espelho oval, via-se uma bacia com um jarro, ambos de louça branca estampada de ramilhetes de flores multicoloridas. E ao pé da cama, duma larga imponência de leito imperial, estendia-se um vasto tapete "legítimo da Pérsia", assegurou Rodrigo. Escancarou as portas do guarda-roupa para exibir aos amigos as fatiotas que mandara fazer em Porto Alegre: o novo *smoking*, uma fatiota de vicunha, duas de casimira e dois ternos de linho branco. Abriu as gavetas e mostrou a roupa branca e umas duas dúzias de gravatas de cores e padrões variados.

— És um nababo! — exclamou Chiru, apalpando com visível prazer as gravatas de seda, lã, gorgorão e malha.

Neco tomou-se logo de amores por uma gravata verde com losangos negros e brancos.

— Quando essa bichinha ficar velha, não botes fora. Me dá pra mim.

Rodrigo puxou a gravata num gesto brusco e meteu-a no bolso do seresteiro.

— Toma. É tua.

— Não sejas bobo, nem usaste ainda...

— Cala a boca.

— Mas...

— Está encerrada a questão. Vamos descer.

Foi empurrando os amigos na direção da porta. Diabo! — pensou — não dei nada pros outros. Voltou ao guarda-roupa, apanhou às cegas duas gravatas e entregou uma a Chiru e outra a Saturnino. O primeiro tentou um protesto grandiloquente. O último aceitou o presente num silêncio cheio de gratidão.

— Não se fala mais nisso — decidiu Rodrigo. — Quem vê pensa que eu dei um palacete a cada um de vocês!

O cel. Jairo e o ten. Rubim não tardaram a chegar. Liroca também apareceu, poucos minutos após os militares. Como sempre, entrou com o ar reverente de quem penetra numa catedral. Silencioso, de chapéu na mão, caminhando na ponta dos pés, procurou uma cadeira, sentou-se, sem ruído, e ficou quietinho, como que a orar. Rodrigo divertia-se com aquela comédia de que eram protagonistas sua madrinha e José Lírio. Desde o dia em que Liroca voltara ao Sobrado, depois de quinze anos de ausência, o pobre homem ainda não conseguira fazer com que Maria Valéria lhe apertasse a mão ou mesmo lhe dirigisse um olhar frontal. Quando a cumprimentava — "Boa noite, dona, como tem passado?", ela se limitava a fazer uma relutante inclinação de cabeça e a murmurar algo que tanto podia ser "Boa noite" como "Vá pro diabo!".

Quando Lucas, o último conviva a chegar, entrou na sala, Toríbio correu a abraçá-lo. Naquele instante, diante do Retrato, Rubim comentava os méritos da obra:

— Nunca imaginei que esse espanhol fosse capaz de fazer uma coisa séria assim... Sempre o considerei um farsante, uma personagem de opereta.

— O que prova — observou Rodrigo — que a gente nunca chega a conhecer direito as pessoas, por mais que conviva com elas.

Rubim examinava a tela com ar professoral.

— Como será — perguntou — que um homem dotado desse talento e dessa habilidade não tira melhor proveito dele? Não posso compreender como é que um artista como Don Pepe anda perdido neste fim de mundo...

Ao ouvir essas últimas palavras, Liroca quebrou seu silêncio:

— Há gentes que pensam que só a capital federal é que presta...

Rubim prosseguiu:

— Não sou nenhum conhecedor de pintura, mas tenho visto bons quadros e posso afirmar que estou diante duma obra nada vulgar. Todo o artista, seja ele poeta, compositor, pintor ou escultor, tem o seu momento milagroso em que o acaso colabora com ele. É o minuto do mistério: uma pincelada feliz, um conjunto de circunstâncias que se combinam, e, zás!, lá está a obra de arte!

A voz do tenente de artilharia lembrava a Rodrigo as notas mais graves da flauta de Saturnino. Rubim envergava um uniforme cáqui, e naquela noite sua fealdade se fazia notada dum modo todo especial. Por quê? Talvez fosse a desordem em que estavam seus cabelos ressequidos. Ou então era porque naquele dia não havia escanhoado o rosto. Quando não se achava em cima do cavalo, num desfile militar, seu busto raramente se mantinha em postura rígida: em geral suas costas se encurvavam acentuadamente, o que lhe dava um ar de cansaço, de envelhecimento precoce e ao mesmo tempo um certo quê erudito de professor.

Jairo contou a Rodrigo como ficara sensibilizado ao ler recentemente nos jornais a notícia da morte do conde Tolstói.

— Não foi só a morte, coronel — disse Rodrigo —, mas também as circunstâncias dramáticas que a precederam.

A tragédia do grande romancista causara-lhe profunda impressão. Desgostoso com o artificialismo e o materialismo da civilização ocidental, Leon Tolstói, o apóstolo da vida simples e do amor ao próximo, pregara nos últimos anos de sua vida o retorno ao cristianismo primitivo. Um dia, ao voltar dum passeio pelo campo com o coração partido pelo espetáculo da sórdida miséria em que viviam os camponeses, encontrou à frente de sua casa uma esplêndida carruagem, símbolo do fausto e do conforto de Yasnaya Poliana. Ficou tão abalado pelo contraste, que decidiu abandonar a família para levar a vida dum simples camponês. Deixou à esposa uma carta em que lhe dizia não poder mais continuar naquela vida de grão-senhor, tão contrária a suas crenças. Pedia que lhe perdôasse o desgosto que ele ia causar e suplicava-lhe não tentasse fazê-lo voltar atrás, pois sua decisão era irrevogável. Numa madrugada de novembro meteu numa maleta roupa branca, livros e outros objetos de uso pessoal e, ajudado por um amigo, deixou a mansão de Yasnaya Poliana. Quatro dias depois era encontrado na estação de Astapovo em estado febril, consequência duma inflamação pulmonar. Os médicos chamados para socorrê-lo nada puderam fazer. Uma semana mais tarde, Leon Tolstói expirava, e sua morte comovia o mundo inteiro.

— Que grande homem e que grande vida! — exclamou Rodrigo.

— Que era um gênio, não resta a menor dúvida — disse Rubim. — Mas que tinha um cérebro doentio, também é coisa que ninguém em boa razão poderá negar. Um homem sadio de espírito não procede como Tolstói procedeu. Essa obsessão com os humildes não passa duma fraqueza, o desejo, talvez, de ganhar o Céu.

— Não faça tamanha injustiça a um dos maiores escritores que a humanidade produziu! — protestou Rodrigo.

Rubim armou o seu melhor sorriso cínico:

— A explicação mais simples que encontro para o caso do conde Tolstói é: cristianismo complicado com sífilis!

O cel. Jairo soltou um oh! escandalizado. Rodrigo teve vontade de esbofetear o tenente. Voltou bruscamente as costas ao irreverente artilheiro e, aproximando-se do gramofone, pô-lo a tocar a *Serenata*, de Schubert, num solo de flauta.

3

As conversas estavam animadas. Lucas e Bio confabulavam a um canto da sala, soltando risadinhas e trocando-se palmadas nas costas. Estava claro que falavam em mulheres — concluiu Rodrigo. E Chiru, que suava em bicas, e que já havia pedido licença "aos patrícios e circunstantes" para tirar o casaco, dirigiu-se ao cel. Jairo:

— Pois é como lhe digo, comandante. Este verão vou buscar o tesouro dos jesuítas. O Rodrigo é meu sócio na empresa. Vamos achar uma verdadeira salamanca.

Laurinda entrou, trazendo uma bandeja cheia de cálices com vermute, que começou a distribuir entre os convivas. Rubim discutia com Jairo as possibilidades da decretação do estado de sítio.

— Não tenho a menor dúvida — dizia. — A Câmara votará o sítio por uma maioria esmagadora e o Senado confirmará.

— Teremos então a ditadura! — exclamou Rodrigo. — E às pessoas decentes deste país não restará mais nada a fazer senão emigrar para o Paraguai.

Rubim sorriu.

— Não seja tão dramático — disse, depois de bebericar o vermute. — Acredite que a ditadura é o único meio eficiente de governar um país como o nosso.

— Não diga tamanha asneira!

Jairo, que aquela noite estava um tanto taciturno, interveio na discussão, mas sem muito calor:

— Eis um assunto delicado e cheio de perigos — murmurou com sua voz paternalmente grave. — Eu preferia que vocês, rapazes, não o levassem muito longe...

— Ora, coronel — tranquilizou-o Rodrigo —, estamos em família, aqui somos todos amigos. E não vejo no momento assunto mais importante, mais vital que esse. E ouçam o que eu digo: o marechal talvez não chegue ao fim do quatriênio...

Rubim sacudiu a cabeça numa vigorosa negativa.

— Vou fazer outra profecia. O estado de sítio será decretado e o marechal irá até o fim do período!

— Mas por que razão afirmas que a ditadura é a única forma de governo para o Brasil? — perguntou Rodrigo.

— Porque este é um país de mestiços e analfabetos. Os eleitores em sua maioria mal sabem *desenhar* o nome e não têm idoneidade intelectual para escolher seus administradores e legisladores. Cabe, portanto, às elites cultas dirigir o povo e organizar os governos.

Chiru saltou de seu canto.

— E onde fica a democracia? — gritou.

— A democracia — replicou o tenente de artilharia — é uma ficção baseada na romântica ilusão de que o homem é essencialmente bom e que portanto a vontade da maioria será sempre uma expressão da verdade.

Jairo, muito vermelho, sacudia a cabeça, discordando, mas sem dizer o que pensava do assunto.

— E depois — prosseguiu Rubim —, se por um lado a democracia tem como objetivo o bem-estar do povo em geral, por outro a história tem provado sobejamente que essa felicidade só poderá ser atingida por meio dum governo aristocrático. Continuo a afirmar que não tem nenhum sentido lógico ou prático essa busca da *felicidade geral*. É uma absoluta perda de tempo que atrasa a produção de super-homens. Neste ponto Platão e Aristóteles estão de acordo com Nietzsche ou, melhor, Nietzsche está de acordo com esses dois filósofos clássicos.

Jairo continuava a menear a cabeça, o cenho franzido.

— Pois eu — declarou Rodrigo — sou liberal, isto é, um partidário da tolerância religiosa, da livre-iniciativa, do livre-pensamento, do respeito ao indivíduo. Acho que todos os homens nasceram iguais e o que os torna desiguais são as circunstâncias em meio das quais crescem.

Rubim soltou uma risada e a dentuça projetou-se para a frente, agressiva. Depois de tomar o último gole de vermute, replicou:

— O liberalismo, meu caro Rodrigo, não passa dum disfarce muito transparente do medo. O liberal é um cidadão que se recusa a admitir em voz alta que o homem é um animal de rapina e que o verdadeiro, o único direito que existe na natureza é o direito da força. Por ser liberal ele se considera muito nobre, uma espécie de farol a iluminar o mundo. No entanto, o liberalismo, como o decantado amor cristão, tem origem apenas num sentimento inferior: o medo de que o próximo nos possa fazer mal. Isso nos leva a "amá-lo" (como se tal coisa fosse possível!) a fim de que ele também nos ame ou, pelo menos, não nos queira muito mal nem nos agrida. No entanto, se o liberal se sentisse invulnerável na sua torre de marfim, o que ele faria era seguir a sua tendência natural, ficar indiferente ao próximo ou transformá-lo em seu escravo.

— Absurdo! — aparteou Jairo. — Sem a menor base científica!

Rodrigo aproximou-se do tenente de artilharia e fez-lhe uma pergunta incisiva, marcando bem as sílabas:

— E esse desejo de força, essa necessidade de afirmação que vocês os nietzschianos sentem, não será também um produto do medo?

— Não. É antes um desafio aos deuses!

Ao pronunciar essas palavras Rubim soltou com elas sua gargalhada convulsiva. Rodrigo teve a impressão que estava na frente dum grande boneco mecânico a que tivessem dado toda a corda para que ele se pusesse a imitar uma dança de são Vito.

— Mas que mérito podemos ter, tenente, nesse desafio a entidades em cuja existência não acreditamos?

— Muito bem dito — aprovou Jairo —, muito bem respondido!

Rodrigo avistou a tia, que, à porta da sala de jantar, lhe comunicava mimicamente que a ceia estava servida.

Liroca soltou um profundo, sentido suspiro que lhe sacudiu o peito.

— Vamos cear, minha gente! — exclamou Rodrigo. Segurou afetuosamente o braço de Jairo. — Venha, coronel.

Fez um sinal para os outros. Entraram todos na sala de jantar e sentaram-se à mesa.

Lucas e Toríbio continuavam em seus segredinhos, e o tenente de obuseiros de quando em quando soltava risadas secas e curtas.

— A maionese está divina — avisou Rodrigo.

Serviu primeiro o coronel, depois passou a travessa a Chiru.

— Agora, que cada um faça pela vida. Sirvam-se à vontade!

Houve uma alegre troca de pratos, no meio das conversas e dos tinidos dos talheres. Rodrigo trouxe duas garrafas de champanha, abriu-as e andou com elas ao redor da mesa a encher as taças.

Em dado momento ouviu-se, alta e clara no meio das outras, a voz de Toríbio:

— ... uma morena macanuda, com uns peitorais de respeito, recém-caída na vida...

Fez-se um súbito silêncio. Chiru e Neco romperam a rir e quiseram saber de quem se tratava.

— Respeita os mais velhos, Bio — troçou Rodrigo, fazendo com a cabeça um sinal na direção do coronel. E enchendo pela segunda vez a taça de Rubim, perguntou-lhe, provocante: — Será que participas também do desprezo do teu mestre pelas mulheres?

O artilheiro inclinou o busto para trás.

— *Modus in rebus.* Nietzsche não levava as mulheres muito a sério. O que ele pensa do sexo oposto parece estar consubstanciado naquela frase de Zaratustra: "O homem deve ser exercitado para a guerra e a mulher para a recreação do homem".

Toríbio ergueu o garfo:

— Esse é dos meus!

Rodrigo comia com gosto e ao fim da terceira taça começou a sentir os efeitos do champanha.

4

Deixaram a mesa pouco depois das dez horas. Rubim tomara e mantivera a palavra durante os últimos quinze minutos, procurando mostrar que a história da jovem República brasileira não passava duma sucessão de golpes de força em que havia prevalecido sempre a vontade duma elite ou dum super-homem, mas nunca a do povo. A propaganda fora feita por um grupo de tribunos e jornalistas em meio da indiferença popular, pois o povo ou não sabia do que se tratava ou estava ainda fascinado por aquele imperador lendário, paternal e fracalhão.

Apenas uma minoria esclarecida desejava o novo regime, que fora proclamado por Deodoro, um militar, num golpe de força. E esse militar, a quem se entregara depois a Presidência da República, irritado ante a oposição do Congresso, dissolvera-o, tentando o golpe de Estado. E quando, pouco depois, impotente diante da onda insurrecional que sacudia o país, Deodoro renuncia, Floriano, o vice-presidente, assume o governo e, com mão de ferro, sufoca a revolução, salvando a República. Seu sucessor, entretanto, põe-se a falar a linguagem cristã e feminina da concórdia, quando o que devia fazer era seguir a política enérgica e masculina do antecessor. Como resultado da indecisão e da cordura de Prudente de Morais, faz-se sentir de novo em todo o país o fermento revolucionário. O drama de Canudos — afirmara Rubim — ilustrava de maneira viva a sua tese de que o Brasil era um país de mestiços analfabetos capazes de todos os fanatismos.

— Não, senhores! Nos momentos de crise em nossa história sempre surgiu um Homem cuja vontade mudou o rumo dos acontecimentos. A figura que vejo hoje no cenário nacional, capaz de influir nos destinos da nação, é a de Pinheiro Machado. Digam dele o que quiserem, mas a verdade é que o senador é uma força contra a anarquia, um dique oposto à enxurrada popular, um mantenedor inflexível do prestígio da autoridade.

Voltara-se para o anfitrião:

— No entanto, um homem culto e inteligente como o Rodrigo chegou a desejar que o negro João Cândido depusesse o marechal Hermes e instituísse no Brasil o governo da patuleia!

* * *

Sentaram-se nas cadeiras da sala de visitas.

— O que eu temo — disse Rodrigo — é que o senador Pinheiro acabe chamando sobre o Rio Grande a antipatia do resto do Brasil.

— Um homem verdadeiramente forte não necessita da simpatia de ninguém. Ele se basta a si mesmo. Talvez nunca venha a ser amado, mas é fora de dúvida que será sempre respeitado e temido.

Toríbio e Lucas chamaram Rodrigo à parte.

— Olha — disse o primeiro —, nós vamos embora. Tem muito homem aqui, não é, Lucas? Vamos correr as casas das chinas.

— Bom proveito — murmurou Rodrigo, dando palmadinhas protetoras nas costas do irmão e do amigo.

Pouco depois Chiru e Saturnino também se retiraram. Iam fazer uma serenata para a filha do coletor estadual, que Chiru estava tentando conquistar. Havia já escolhido o repertório: "Elvira"; "Perdão, Emília"; "Ai Maria" e "Talento e formosura".

Chiru puxou Rodrigo para o vestíbulo.

— Escuta, me empresta aí uns dez pilas. Estamos despilchados.

— E aqueles duzentos que te dei o outro dia?

Chiru fez uma cara grave.

— Não. Aquele dinheiro é sagrado. É pra expedição.

Rodrigo sorriu, meteu a mão no bolso e tirou uma cédula.

— Não tenho nenhuma de vinte. Leva cinquenta.

— Depois te trago o troco.

— Não sejas cínico.

Os menestréis ganharam a rua e, ao voltar à sala de visitas, Rodrigo ouviu, vindos de fora, os trinados da flauta do Saturnino.

Jairo folheava um número de *L'Illustration* e estava particularmente interessado nas reportagens ilustradas sobre as famosas semanas de aviação da França. Numa das páginas da revista estampava-se o retrato da aviadora Mme. Laroche, que, na festa aviatória de Champagne, fora ferida num acidente.

— Imaginem! — comentou o coronel. — Até as mulheres já andam de aeroplano. Estamos sem dúvida no limiar duma nova era de prodígios.

— Que diria teu Nietzsche — perguntou Rodrigo — se fosse vivo e presenciasse essas maravilhas?

Rubim encolheu os ombros.

— Diria talvez que o avião não é produto do povo, mas sim do cérebro privilegiado dum homem superior.

— E parece — prosseguiu Jairo, sem tirar os olhos das páginas da revista — que no futuro o avião será usado também como arma de guerra, não só para reconhecimentos como também para lançar bombas explosivas sobre tropas e cidades inimigas.

Rodrigo sorriu:

— De acordo com o nunca desmentido amor cristão...

— Ah! — fez o coronel. — Aqui está um clichê interessante. Um automóvel equipado com uma metralhadora: *pour la poursuite des aéroplanes*. É fantástico!

Rodrigo repoltreou-se na cadeira, com uma taça de champanha na mão.

— Estamos vivendo uma grande hora!

Jairo apanhou um outro exemplar de *L'Illustration* e pôs-se a folheá-lo com grande interesse.

— Ouçam esta! — exclamou, ao cabo de alguns minutos. — O título é: "A mais gloriosa façanha da aviação em 1910".

Traduziu em voz alta:

Essa coisa inaudita que, mesmo depois das múltiplas travessias da Mancha, depois das performances dos representantes do Circuito de Leste, depois das proezas quase cotidianas e cada vez mais audaciosas dos aviadores, há já algum tempo, essa coisa que, apenas três meses atrás, parecia o mais insensato dos sonhos do mais louco dos campeões do ar, a travessia dos Alpes em aeroplano, é um fato consumado. *Hélas!* Tal como o marinheiro que depois de ter percorrido todos os mares e afrontado todas as tempestades vem morrer em terra firme, num acidente banal, o infortunado Chavez, cuja coragem tocou verdadeiramente as raias do heroísmo, sucumbiu em consequência duma queda terrível começada a alguns metros do solo, no momento de aterrir... de aterrar (se é que se pode usar este neologismo) na planície de Domodossola.

Calou-se. Ergueu depois os olhos para os amigos.

— Pobre rapaz! Quebrou ambas as pernas, mas veio a morrer mais tarde em consequência do deslocamento do coração.

— Uma bela morte — disse Rubim. — Morte de herói... Aí está, a aviação é um esporte para super-homens.

— E supermulheres... — sorriu o coronel.

— É a França, meu caro tenente — exclamou Rodrigo —, a eterna França, que está à frente de todas as outras nações do mundo como pioneira da aviação!

— Mas foi um brasileiro — interveio Jairo — quem inventou o aeroplano.

— Ponto a discutir — replicou o tenente. — Os americanos afirmam que foram os irmãos Wright.

— Absurdo! — protestou Rodrigo. — Está provado que Santos Dumont voou muito antes desses ianques...

Naquele instante a campainha do telefone tilintou e Rodrigo precipitou-se para o vestíbulo, voltando pouco depois:

396

— Um chamado para o senhor, coronel.

— Santo Deus! Será que aconteceu alguma coisa a Carminha?

Correu para o telefone. Rodrigo ouviu-lhe a voz ansiosa. Sim... Quem? Ah! Pode dizer... Sim... Quando? Sim... Quantos?... Ah... muito obrigado. Boa noite.

O comandante do Regimento de Infantaria tornou à sala.

— Senhores — disse, quase com solenidade —, acaba de chegar ao quartel um telegrama do Rio comunicando que a Câmara votou o estado de sítio. Do total de cento e cinquenta e oito votos apenas treze foram contrários. O Senado confirmou por trinta e seis a um.

— Então — perguntou Rubim, olhando para Rodrigo —, quando é que vai embarcar para o Paraguai?

— Não, tenente, vou esperar um pouco mais. Porque estou com o pressentimento de que quem vai para o Paraguai não sou eu, mas o presidente Hermes da Fonseca...

5

Jairo deixou o Sobrado às onze. Rubim ficou a beber e a conversar com Rodrigo até as doze, hora em que também se retirou. Don Pepe apareceu inesperadamente depois da meia-noite, com os olhos brilhantes, a voz arrastada, o hálito alcoólico.

— Pepe, não devias andar na rua a estas horas! Com licença de quem saíste da cama?

O espanhol segurou-lhe ambos os braços com força.

— No he podido resistir, hijito. Tengo que ver el Retrato esta noche. No te enojes. Estoy bien.

Sentou-se na frente da tela e ficou a mirá-la com apaixonada fixidez. Rodrigo deu-lhe uma taça de champanha, que o pintor apanhou distraidamente e bebeu com ar de quem não sabe o que está fazendo.

— Coño, hay que respectar el castellano. Puede ser un borracho, un miserable, puede no tener dinero ni carácter. Vive con una mulata y no tiene valor como para seguir su destino. Pero, mierda, Don Pepe García es un artista, un verdadero artista!

Voltou-se para o amigo.

— Qué dices, príncipe?

Rodrigo ergueu a taça:

— À saúde do artista e de sua obra-prima!

O pintor atirou com força a taça no chão, partindo-a. Ergueu-se, aproximou-se de Rodrigo e segurou-o pela gola do casaco.

— Todo pasará, hijo. Tu padre, tu hermano, tu tía, tus hijos, tú. Pero el Retrato quedará. Tu envejecerás, pero el Retrato conservará su juventud. Vamos,

Rodrigo, despídete del otro. — Fez um sinal na direção da tela. — Hoy ya estás más viejo que en el día en que terminé el cuadro. Porque, hijito, el tiempo es como un verme que nos está a roer despacito y es del lado de acá de la sepultura que nosotros empezamos a podrir.

— Não sejas fúnebre, Pepe. Hoje estou feliz. Caso-me dentro de duas semanas. Vamos beber e esquecer a velhice e a morte.

O artista sacudia a cabeça com uma obstinação de bêbedo.

— Hay hombres que están ya completamente podridos.

— Eu sei, eu sei...

Pepe bateu no peito com força.

— Yo estoy mitad podrido, sabes?

— Ora, Pepe, muda de assunto.

— Si nosotros tuviéramos el olfato más desenvuelto como los perros, sabes?, podríamos sentir el hedor de los cadáveres al rededor nuestro... Y nuestro propio hedor nos sería insoportable, sabes?

Rodrigo sorria amarelo. Para manter o amigo à distância, dizia:

— Está bem, Pepito, estamos todos mortos. Mas senta, descansa.

— Ya sé, crees que estoy borracho, no? Pues... tienes razón. Qué otra cosa puede hacer un hombre lúcido, sino emborracharse?

— Que tal uma xícara de café bem forte, hein?

— Café? Ridículo!

Empertigou-se, tomando um ar digno. Rodrigo pôs-lhe a mão no ombro e, com voz persuasiva, disse:

— Pepito, estás doente. Tens de ir pra casa imediatamente. Vou chamar o Bento pra te levar de carro. Quem está te falando não é o amigo, mas o doutor. E isso é uma ordem.

Don Pepe fez meia-volta e apontou para a tela.

— Aquél, sí, es mi amigo. Mi único amigo. Pero tú, tú eres un impostor! Precipitou-se para o Retrato de braços abertos e com tanta fúria que perdeu o equilíbrio e tombou ruidosamente, abraçado com o quadro.

Passava já de uma hora da madrugada quando Rodrigo conseguiu que Bento levasse o pintor do Sobrado para os braços de Celanira.

Pôs-se então a fechar as janelas. Sentia-se num estado muito agradável de pré-embriaguez: o suficiente para deixá-lo aéreo, eufórico e satisfeito com o mundo. Era delicioso estar tonto e ao mesmo tempo conservar a lucidez.

Maria Valéria atravessou a sala de jantar com uma vela acesa na mão: como de costume examinava as portas e janelas, antes de recolher-se ao quarto de dormir. Parecia um espectro. Parou à porta e perguntou:

— Não vai dormir?

— Já vou, Dinda.

A tia entrou no vestíbulo e subiu a escada. Rodrigo seguiu-a com o olhar, sorrindo. O meu fantasma de estimação...

Despejou na taça o resto de champanha que havia na garrafa, tomou um largo trago, olhou para o Retrato e recitou baixinho:

Je recule,
Ébloui de me voir moi-même tout vermeil
Et d'avoir, moi, Le Coq, fait lever le soleil.

A sombra do anjo

Capítulo 1

1

Passava das quatro da manhã quando Rodrigo e a esposa deixaram o salão do Clube Comercial.

— O melhor *réveillon* da minha vida! — exclamou Flora, com um suspiro de canseira feliz, apoiando-se no braço do marido.

Rodrigo inclinou-se sobre ela e tocou-lhe os cabelos com os lábios. Estava tonto: misturara durante a festa muitas bebidas — *bowle*, champanha, cerveja, conhaque... Que baile! Que noite! Pouco antes das três da madrugada, Saturnino lhe viera segredar que em toda a existência do clube jamais se consumira tanta bebida como naquele 31 de dezembro. Dois ou três rapazes das melhores famílias de Santa Fé haviam caído no meio do salão em estado de coma. Senhores respeitáveis e damas de ordinário quietas e tímidas estavam num alegrete cômico, a rir, a dizer asneiras e — francamente, Rodrigo — a dançar dum jeito que só em cabaré...

— Qual, Saturno! Não sejas puritano. Santa Fé civiliza-se!

Parados na área lateral do clube, Rodrigo e Flora olhavam sorrindo para o Bento, que dormia ao guidom do automóvel, lá embaixo junto da calçada, a boca entreaberta, a cabeça caída sobre o respaldo do banco dianteiro, a aba do chapelão puxada sobre os olhos. Rodrigo sorriu. Achava uma graça irresistível naquele hibridismo. O Bento, peão analfabeto natural de Três Forquilhas, feito chofer dum automóvel de fabricação alemã... Como lhe fora custoso convencer o boleeiro de que ele podia aprender a dirigir aquele carro sem cavalos! Mandara buscar um mecânico de Porto Alegre, especialmente para ensinar-lhe o manejo do Adler. E que sucesso fizera o caboclo no primeiro dia em que descera a rua do Comércio sozinho na direção do automóvel, a fonfonar faceiro e a receber das calçadas e das janelas os acenos de parabéns e os gracejos dos amigos e conhecidos! Havia, porém, um ponto em que Bento se mantinha irredutível. Negava-se a substituir o chapéu de campeiro pelo boné de chofer: recusava obstinadamente trocar as bombachas e as botas pelo uniforme azul e pelas perneiras de couro que o patrão mandara vir da capital.

Os Cambarás desceram lentamente a escada, num equilíbrio meio instável, e entraram no carro.

Rodrigo sacudiu o caboclo.

— Vamos, Bento, acorda!

Bento endireitou bruscamente o busto, atirou para cima com um tapa a aba do chapéu e voltou a cabeça.

— Ah! — fez, com os olhos piscos, pondo à mostra a forte dentadura amarelada. — Feliz Ano-Novo!

— O mesmo para ti — respondeu Flora.

— E que o 915 seja melhor que o 914 — desejou-lhes o caboclo.

Saiu do carro em movimentos lerdos, agachou-se diante do radiador e, resmungando e gemendo, ficou a dar manivela.

— Ooooi, bicho bem custoso, seu! Puxa-lo alazão caborteiro!

Por mais voltas que desse à manivela, o motor não pegava.

— Filho duma grandessíssima... — Engoliu o palavrão. — Corno duma figa! — continuou a resmonear. — Tu pega ou conta por que não pega!

Deu com toda a força um novo giro na manivela. A hélice do motor pôs-se a rodar e o carro foi sacudido por uma tremedeira.

— Está corcoveando, o bicho! — exclamou Bento, alegremente, precipitando-se para o assento dianteiro, onde ficou a regular, azafamado, a faísca.

Destravou o automóvel e fê-lo arrancar dum modo tão abrupto, que Rodrigo e Flora, que estavam sentados na beira do banco, foram atirados para trás.

— Barbeiro! Quando é que vais aprender a sair sem solavanco? Estou vendo que tenho de mandar vir um chofer de Porto Alegre.

— Pois mande. Eu quero voltar pra boleia...

Às vezes Rodrigo também tinha saudade do carro, que lhe parecia um veículo mais romanesco que o automóvel. *Numa chuvosa tarde de dezembro do ano de 1830, uma carruagem puxada por dois fogosos alazões e conduzida por um cocheiro de libré estacou diante do nº 18 da rua T...* Era assim que começava um dos romances que lhe haviam deliciado a adolescência. Seria ridículo, prosaico, inconcebível, escrever: *Naquela madrugada do verão de 1914 um automóvel da afamada marca Adler parou à frente do nº 15 da rua do Comércio.*

Pensou no primeiro automóvel que aparecera em Santa Fé, lá por fins de 1911. Era um estranho veículo elétrico de três rodas e dois lugares, mandado vir da Alemanha pelo Spielvogel. Causara pânico a primeira vez que percorrera as ruas da cidade. Ao ver a engenhoca passar, um gaúcho que se achava à frente da Casa Schultz, levara a mão ao revólver e só não alvejara o "bicho" porque Marco Lunardi, que aparecera na ocasião, impedira-o disso, imobilizando-o com seus braços possantes.

Com o tempo, entretanto, Santa Fé habituara-se à "aranha" do Spielvogel. Mas fora ele, Rodrigo, quem adquirira o primeiro automóvel de quatro rodas e cinco lugares, movido a gasolina. O Adler fizera também os seus "estrupícios" no dizer do Liroca, assustando pessoas e animais com as explosões de seu motor e os roncos de sua buzina. Muitas vezes, por imperícia do Bento, o auto subira nas calçadas, indo de encontro a muros ou a paredes. Incontáveis também foram as ocasiões em que, por causa de desarranjos no motor ou da falta de alguma peça, o Adler tivera de ficar imobilizado na garagem. (Esta última palavra e outras como *faísca, radiador, marcha a ré, guidom, pneumático, fonfom e chofer* começavam a ser incorporadas ao vocabulário corrente.) Fosse como fosse — concluía Rodrigo —, valia a pena ter automóvel.

Joca Prates animara-se a comprar no ano passado um Mercedes igual ao que Spielvogel trouxera da Alemanha em 1913. Dizia-se que o Maneco Macedo encomendara, havia pouco, um Fiat. Era uma espécie de competição entre um pequeno grupo de estancieiros e comerciantes locais: cada qual procurava exibir nas ruas, em passeios dominicais, o automóvel maior e mais caro. Rodrigo esperava agora um Ford de quatro cilindros, não porque quisesse entrar no torneio — coisa que achava supinamente tola —, mas sim porque lhe haviam assegurado ser esse o carro indicado para vencer com sucesso aquelas estradas deploráveis que levavam ao Angico.

2

— Guarda o auto e vai dormir, Bento! — disse ele ao apear à frente do Sobrado. Tirou a chave do bolso, abriu a porta e empurrou Flora para dentro, docemente. Procurou às apalpadelas o comutador e torceu-o: o vestíbulo iluminou-se de súbito. Tinham energia elétrica em Santa Fé desde fins de 1912, mas era sempre com a sensação de fazer um milagre que Rodrigo dava volta à chave da luz. Como aquilo era infinitamente mais prático, mais fácil e mais limpo que o acetilene! No entanto, ele jamais poderia imaginar Mme. Bovary ou Ana Karenina a outra luz que não fosse a de gás...

Como que sem forças para subir, Flora estava parada ao pé da pequena escada, de braços caídos e olhos quase fechados.

— Que é que tens, meu amor?

— Ai! Estou com uma moleza... Acho que foi o *bowle*. Rodrigo ergueu-a nos braços e subiu a escada. Flora enlaçou o pescoço do marido e como que se lhe aninhou de encontro ao peito.

— É a vantagem de ter uma esposa portátil — murmurou ele ao pô-la de pé no chão do vestíbulo.

Encaminharam-se abraçados para a escada grande, acendendo as luzes das peças por onde passavam.

— Se eu fosse casado com uma grandalhona como a Esmeralda...

Calou-se, arrependido de haver mencionado esse nome.

De olhos entrecerrados, a voz sonolenta, Flora balbuciou:

— Pensas que não vi o jeito dela olhar pra ti no baile?

— Hein?

— Eu bem que vi. Sempre que podia, vinha falar contigo. Uma vez chegou até a encostar a mão no teu braço. E que olhos ela te botava, Nossa Senhora!

— Ora que bobagem, Flora!

Ela sorria, com ar de sonâmbula.

Que intuição diabólica tinham as mulheres! — refletiu Rodrigo.

Naquela noite tivera realmente um flerte com Esmeralda Pinto. Haviam dançado uma valsa e por mais duma vez ela projetara com força os seios contra seu peito, ao mesmo tempo que a pressão de seus dedos se fazia mais forte. Vá a gente entender as mulheres! Há quatro anos quando nós dois éramos solteiros, só por causa duma brincadeira inocente a criatura fez um barulho dos demônios. Agora, que estamos ambos casados, sem a menor provocação da minha parte, ela me vem com esses olhares e esfregações.

Tornou a erguer a mulher nos braços.

— Não quero que digas mais essas bobagens, estás ouvindo? — repreendeu ele carinhosamente.

— Que bobagens?

— Essa história da Esmeralda Pinto. Tu sabes que não sou homem dessas coisas.

Flora não respondeu. Com a cabeça pousada no ombro do marido, parecia adormecida.

— E tu sabes muito bem — continuou ele, enquanto subia lentamente os degraus — que pra mim só existe uma mulher no mundo inteiro. Tu!

Como única resposta, Flora espichou os lábios e beijou-lhe o pescoço.

— Se eu não tivesse a certeza de que te amava, não me casava contigo. Se há coisa que não me passa pela cabeça é namorar as mulheres dos outros.

Flora beijou-lhe chochamente a ponta do queixo.

— Está espinhando — queixou-se, lambendo os lábios.

— É que a esta hora da madrugada a barba já está meio crescida.

— Que horas são?

— Mais de quatro, meu bem.

Entraram no quarto, Rodrigo acendeu a luz e depôs a mulher sobre a cama.

— Estou com preguiça até de tirar a roupa... — murmurou ela.

Pela cabeça de Rodrigo passou uma ideia picante.

— Queres que eu te dispa?

Como se lhe tivessem atirado um jorro d'água fria, Flora abriu os olhos num sobressalto.

— Rodrigo!

— Estou brincando, meu bem.

Mas na realidade falava sério. Estava excitado e sem sono. Por um instante ficou a despir a mulher em pensamento, a tirar-lhe as roupas, uma por uma, com propositada lentidão, a antegozar o sensacional momento da nudez completa. Não precisava fazer aquilo com a luz acesa... Ficaria até mais interessante se deixassem o quarto numa penumbra azulada de luar... Diabo! Por que não po-

404

diam entregar-se de quando em quando a extravagâncias como aquela? Não seriam por acaso marido e mulher? Ou estarei bêbedo?

De pé, no meio do quarto, contemplava a companheira. Estavam casados havia quatro anos e Flora jamais se despira em sua presença. Esse pudor geralmente o encantava: em certas ocasiões, porém, deixava-o irritado. Muitas vezes chegava à conclusão de que, em matéria de sexo, preferia que o casal fugisse à consabida burocracia conjugal, que acabaria por transformar-se com o passar do tempo numa rotina insípida: amor em dias e horas certos, com a luz apagada e sob as cobertas, dentro da mais rigorosa ortodoxia — tudo muito digno, muito sério, muito "família". Flora entregava-se com o ar de quem cumpre um dever grave. Jamais dera a entender por gestos ou palavras que aquilo lhe dava prazer. Rodrigo, às vezes, desejava que na alcova ela fosse mais amante que esposa. Tinha, porém, a antecipada certeza de que, se tal acontecesse, ele próprio ficaria escandalizado e tomado duma ciumenta e meio alarmada apreensão.

Flora ressonava, e seus seios miúdos (nem parece que já amamentou os dois filhos!) subiam e desciam num ritmo lento e regular. Rodrigo despiu o casaco do *smoking* e jogou-o sobre uma cadeira. Arrancou o colarinho e a gravata, atirando-os em cima da cama. Descalçou os sapatos e deixou-os virados no meio do quarto. Sorriu ao lembrar-se do que a mulher costumava dizer: "És um desorganizado! Quando tiras a roupa, deixas tudo espalhado pelo chão. Pareces uma criança". Mas como era possível ter método e ordem, fazer todas as coisas da vida com um cuidado meticuloso? Havia observado que os chamados metódicos eram geralmente homens incapazes de paixão, tipos frios, eficientes e insuportavelmente cacetes.

Sentou-se na beira da cama, acendeu um cigarro e pôs-se a fumar, com os olhos postos na mulher. O casamento fizera bem a Flora. Deixara-a mais fornida de carnes, sem entretanto deformar-lhe o corpo. Notava-se nela um certo amadurecimento que não se revelava apenas nas feições, nos gestos, na maneira de andar e olhar, mas também e principalmente nas palavras, nos juízos, na atitude diante das pessoas e da vida. Tinha um bom senso desconcertante. Era agora, por assim dizer, o poder moderador de sua vida. Ele notara o ressentimento, a ciumeira de sua madrinha quando vira entrar no Sobrado, como senhora, aquela menina inexperiente. Flora, entretanto, desde o primeiro dia suportara as impertinências de Maria Valéria com um sorriso tolerante e compreensivo, evitando qualquer atrito. E, com uma sabedoria digna dum político consumado, sempre que a outra com visível má vontade vinha consultá-la sobre assuntos domésticos, respondia: "Ora, titia, a senhora é quem manda. E, depois, eu não entendo nada desses negócios de casa...".

E Maria Valéria, aparentemente satisfeita, continuara a governar discricionariamente o Sobrado.

3

Galos amiudavam, longe. Dentro duma hora estaria a nascer o novo dia — pensou Rodrigo —, mas o sono não lhe vinha. Estendeu-se na cama, com os pés para a cabeceira, e ali ficou com o cigarro preso entre os lábios, os braços cruzados, os olhos postos no teto. Sempre imaginara que o casamento lhe pudesse trazer um certo apaziguamento sexual. Talvez no fundo não chegasse a esperar nem isso: estava mas era procurando um pretexto para trazer Flora legalmente para aquela cama. Cínico! Ora, seria tolice tentar tapar o sol com uma peneira. Sabia que não era homem que se contentasse com uma única mulher. Apesar disso, fora absolutamente fiel à esposa durante... quantos anos mesmo? Sorriu. Não. Não haviam sido anos, mas meses. Uns seis ou sete... Quando Flora chegara às últimas semanas de sua primeira gravidez, ele se vira de tal maneira acicatado por uma tão grande insatisfação sexual que, sem saber como resolver seu problema discretamente ali em Santa Fé, inventou um pretexto para ir a Porto Alegre, onde passara dez dias inesquecíveis: noitadas no Clube dos Caçadores, ceatas com amigos e mulheres, muitas mulheres. Durante uma semana inteira "chafurdara", sem a menor inibição ou antecipado remorso. Como médico, encontrava uma explicação natural para aquilo: era uma purga. Que o organismo humano necessita periodicamente duma purga, isso era coisa que nem o dr. Matias ignorava. Pois aquela prolongada farra em Porto Alegre, em setembro de 1911, tinha sido a purga de que ele tanto precisava. Voltara para casa, aliviado, com um leve sentimento culposo que fizera redobrar seu amor, sua ternura pela mulher, a quem cumulara de atenções e presentes. Chegara, satisfeito, à conclusão de que Flora não havia sido prejudicada em coisa alguma por aquela escapada, ao passo que ele, tendo salvo as aparências, se sentia renovado, pronto para enfrentar um longo período de respeitabilidade monogâmica. E assim, depois do nascimento de Floriano, o casal tivera sua segunda lua de mel...

De olhos cerrados, a fumar e a ouvir os borborigmos do estômago, Rodrigo lembrava-se, divertido, das juras que então fizera a si mesmo, a olhar para o filho adormecido no berço: "Prometo nunca mais andar atrás das outras mulheres. Para mim a Flora é e continuará sendo a única até à morte". Curioso! Apesar de tudo quanto aconteceu nos anos seguintes, aquela promessa havia sido formulada com a mais absoluta sinceridade.

Tivera a princípio a impressão de que a paternidade o tornara um homem novo. Não pudera nem tentara reprimir as lágrimas no dia em que pela primeira vez vira a mulher amamentando o filho. E que sensação agradável e ao mesmo tempo embaraçosa a de ter na cama à noite uma Flora maternal, de seios túmidos de leite, uma Flora alvoroçadamente feliz e apesar disso agoniadamente inquieta, a acordar a cada passo para olhar o filho no berço ao lado da cama. ("Será que essa criança está respirando direito? E se ela pega crupe? Meu Deus! O Floriano está ficando roxo...") Rodrigo observara, perturbado, que a mulher e o filho tinham o mesmo cheiro: recendiam ambos a leite, cueiros de flanela úmidos e talco. Com frequência Flora trazia Floriano para a cama e dormia com a criança nos braços. Todas essas coisas concorriam para deixá-lo inibido, com a impressão de que possuir fisicamente a mulher naquela conjuntura seria cometer incesto.

Abriu os olhos e ficou olhando para a espiral da fumaça do cigarro. Os chineses (que grande povo, que sábia gente!) tinham razão em reconhecer que todo o varão necessita, além da esposa legítima, de uma ou mais concubinas. Porque o homem é, sem a menor dúvida, um animal polígamo. Não existe nenhuma lei natural que justifique a monogamia. Mas que é que a gente vai fazer, com dois mil anos de cristianismo na consciência?

Voltou a cabeça e pôs-se a contemplar com certa fascinação os tornozelos de Flora, que estavam a poucos centímetros de seus olhos. Sentiu um desejo travesso de erguer o vestido da esposa para ver-lhe as pernas, mas conteve-se no temor de que, despertando, ela o pilhasse a fazer aquele gesto juvenil.

Cerrou os olhos. Os borborigmos continuavam. Estou precisando duma dose de bicarbonato. Amanhã a ressaca vai ser colossal.

Retomou o fio dos pensamentos de alcova. Que é que vai fazer um homem moço, sadio e sensual quando vê que a esposa, grávida, perde as formas, deixa de despertar-lhe desejo? Ficar na abstinência como um eremita? Ora, isso não é para qualquer temperamento. A solução mesmo é a concubina, queiram ou não queiram, doa a quem doer...

Atirou o cigarro no chão, revolveu-se na cama à procura duma posição e acabou deitado de bruços.

A segunda gravidez de Flora não lhe trouxera menos problemas. Lembrava-se duma certa noite em que, já tarde, chegara à casa de volta do teatro, aonde fora sozinho. Despira-se de luz apagada, no maior silêncio, para não despertar a mulher, e depois deitara-se ao lado dela, mas bem na beira da cama, pois vivia obcecado pelo temor de, durante a noite, bater inadvertidamente no ventre dela, apertar-lhe os seios ou magoá-la fisicamente de qualquer outra forma. Era uma noite quente de fevereiro de 1913 e por muito tempo ele permanecera de olhos abertos, a recordar cenas da opereta a que assistira no Santa Cecília. Tinha a mente cheia de música, vozes e imagens. Ficara impressionado com Gina Carelli, a melhor *Viúva Alegre* que jamais vira em toda a sua vida. Era uma jovem italiana, muito bem-feita de corpo, de cabelos oxigenados e olhos escuros, dona duma voz quente, duma doçura pegajosa. A soprano da companhia era uma *ragazza* de feições clássicas: sua beleza, tranquila e pura, convidava à contemplação estética. Mas La Carelli, a *soubrette*, essa tinha uma boniteza jovial e meio canalha, que provocava a ação erótica. Não era, entretanto, uma fêmea que fizesse pensar em sérias, vagarosas, profundas paixões de alcova, mas sim em escapadas ocasionais, amores roubados e urgentes, tanto mais excitantes quanto mais furtivos e temperados de acidentes e incidentes grotescos.

Como lhe custara trazer aquela companhia de operetas a Santa Fé! O empresário exigia-lhe como garantia um mínimo de cento e vinte assinaturas para cinco espetáculos, de sorte que ele, Rodrigo — que só conseguira passar noventa e cinco entre os amigos —, tivera de pagar do próprio bolso as vinte e cinco restantes. Mas valera a pena gastar todo esse dinheiro para ter o privilégio de ver La Carelli a dançar um cancã no palco do Santa Cecília, mostrando quase meio palmo de coxa.

Estava ainda a pensar na *soubrette* quando ouviu o choro mal abafado de Flora. Voltando a cabeça, vira na penumbra os ombros dela sacudidos por soluços.

— Que é isso, minha filha?

Nenhuma resposta. Tomara-a nos braços, com todo o cuidado, e, fazendo-a voltar-se para ele, estreitando-a suavemente contra o peito, sentindo contra a boca do estômago aquele ventre bojudo e quente.

— Que é isso, meu bem? Conte pro seu maridinho o que é que tem. Está sentindo alguma dor? Não? Então o que é? Teve algum sonho mau?

Depois de muita relutância Flora contara por que chorava. É que estava feia, disforme, velha, medonha...

— Tu nem me olhas mais. Tens tanto horror de mim que chegas a dormir na beira da cama, bem longe...

— Mas, meu bem, é que eu tenho medo de te magoar, não compreendes?

Com a cabeça da esposa aninhada no peito, ficara como que a niná-la, sussurrando-lhe ao ouvido ternas palavras de amor. O choro fora cessando aos poucos, mas, mesmo depois de verificar que Flora dormia, ele não tivera coragem de retirar o braço sobre o qual a cabeça dela repousava. Por muito tempo permanecera naquela posição, a sentir no peito o bafo úmido e morno da mulher, e a pensar no encontro que marcara para o dia seguinte com Gina Carelli. O plano era simples. Convidara-a para um passeio de automóvel, que diabo!, a coisa mais natural do mundo, pois a *soubrette* não era nenhuma provinciana... Iriam os dois contemplar o pôr do sol ao pé dos muros do cemitério. Voltariam para a cidade ao anoitecer e o Bento já estava instruído para, à altura da Sibéria, desviar o Adler da estrada real, levá-lo até a orla do Capão das Almas e lá, sob qualquer pretexto, desaparecer...

O resto fica por minha conta. Mas preciso não esquecer que La Carelli não pode chegar tarde para o espetáculo da noite. Para o *outro* espetáculo.

Estava sorrindo a pensar nessas coisas quando sentira contra o próprio ventre a palpitação do ventre da esposa. Era seu filho que esperneava... Santo Deus! A criaturinha estava a tocá-lo, como que a fazer-lhe um sinal. Essa ideia deixara-o de tal modo sensibilizado, que ele rompera a chorar e a beijar, arrependido, os cabelos de Flora.

4

Despertou no dia seguinte quase às duas da tarde, com a cabeça pesada, a boca amarga, o corpo lasso e lavado em suor. Soergueu-se na cama, ficou por um instante a piscar e a olhar atarantado em torno do quarto. Flora dormia a seu lado completamente vestida, tal como estava ao chegar do baile. Ele também não havia tirado a camisa de peito engomado nem as calças do *smoking*.

Ergueu-se, zonzo, aproximou-se duma das janelas e abriu-a. A claridade da tarde feriu-lhe os olhos. Um bafo de fornalha subiu da rua. Que calor, mãe de Deus! Sentia a camisa colada ao peito e às costas, o suor a escorrer-lhe pelo rosto, pelo corpo todo. O remédio era um chuveiro frio... Dirigiu-se para o quarto de banho. Pelo caminho foi tirando a roupa: jogou o colete no chão do corredor, deixou a camisa sobre o corrimão da escada, baixou os suspensórios e livrou-se das calças na sala de jantar... Ao chegar ao quarto de banho estava já completamente despido. Soltou um suspiro de profundo gozo quando o fresco jorro d'água lhe envolveu o corpo. Sentou-se debaixo do chuveiro e ali ficou longo tempo, de olhos cerrados, os braços a enlaçar os joelhos. E quando, pouco antes das três, tornou a descer para o andar inferior, Maria Valéria lançou-lhe um olhar crítico:

— Grossa farra, hein?

— Bom dia — disse ele com voz amarga.

— Boa tarde!

A mania de horário que tinha aquela gente antiga! Eram os supersticiosos da ordem, da disciplina, da regularidade. Don Pepe é quem tinha razão. *Que es el tiempo? Nosotros los españoles somos asi.* (Onde estaria o diabo do castelhano àquelas horas? No Pará? No Amazonas?)

Flora apareceu pouco depois do marido. Desceu as escadas devagarinho, segurando o corrimão, como uma convalescente que arrisca os primeiros passos depois de longa enfermidade.

— Está na mesa! — anunciou Laurinda com a jovialidade de quem havia dormido suas sete horas tranquilas e deixado a cama às seis da manhã.

Flora franziu o nariz.

— Não me falem em comida. Eu quero é uma boa dose de bicarbonato.

Com todo o cuidado, os olhos semicerrados, a cabeça ereta, inclinou-se para beijar os filhos, que brincavam na sala de visitas.

— Ano novo, vida nova — sentenciou Maria Valéria.

Flora declarou que ia apenas fazer ato de presença à mesa. Estava pálida e com olheiras. Rodrigo achou que não lhe ficava nada mal aquela máscara de ressaca.

Feijão com toicinho; carne frita com batatas assadas; talharim coberto de queijo parmesão ralado; galinha ensopada; arroz luzidio...

Rodrigo atirou-se à comida com um apetite que não só surpreendeu a mulher e a tia como também a ele próprio. Ao despertar jurara que não teria coragem de botar o que quer que fosse na boca, a não ser talvez café preto sem açúcar.

— Invejo o teu estômago — disse a mulher.

Naquele instante Alicinha desatou o choro: Floriano lhe havia arrebatado das mãos o cavalinho de pau.

— Faça essa criança calar a boca, Dinda! — suplicou Rodrigo.

409

Os gritos da menina pareciam atravessar-lhe o cérebro como pontaços de fogo.

— Quem pariu Mateus que o embale! — retrucou a tia.

Disse isso apenas no automatismo do hábito, pois levantou-se imediatamente e dirigiu-se para a sala, onde arbitrou à sua maneira decidida a pendência dos irmãos.

— Dê o cavalo pra sua maninha. Ué, gente! Onde se viu?

Floriano obedeceu, a cabeça baixa, o beicinho trêmulo. Era uma criança quieta, duma docilidade que preocupava um pouco Rodrigo, que preferia vê-lo — homem que era — mais rebelde e turbulento.

Alicinha parou de chorar. Maria Valéria tornou a sentar-se.

— Como se foi de discurso no clube?

— Uma beleza, titia! — exclamou Flora. — Um dos melhores que Rodrigo tem feito.

— Tapei a boca de muita gente — disse ele. — Na minha primeira gestão, em 911, me acusaram de ser um presidente perdulário, de ter ficado com as glórias de reformador do clube e deixado as dívidas pras outras diretorias pagarem. Pois bem. Minha gestão de 1914 foi um modelo de equilíbrio e economia. Entreguei ontem o clube à nova diretoria sem uma única conta a pagar e com quase um conto de réis em caixa!

— Sim — observou Maria Valéria —, mas quanto gastou do seu bolso?

— Sei lá! Perdi a conta, Dinda, perdi a conta. Reformei a sala de jogo carteado com o meu dinheiro. A mobília da toalete das senhoras também fui eu quem pagou. E as cortinas do salão de baile... e o novo coreto...

— E que foi que ganhou com isso? Vão continuar a falar mal de você do mesmo jeito. E esse dinheiro não volta mais pro seu bolso.

Rodrigo encolheu os ombros.

— Por que é que as moedas são redondas? Pra rolar! Dinheiro não nos falta, Dinda. Estamos na época das vacas gordas.

Sim, sua farmácia atravessava um período de grande prosperidade. As vendas aumentavam dia a dia. O movimento agora era tão grande, que tivera de admitir mais dois empregados. Esse progresso se devia em grande parte às operações do dr. Carlo Carbone. Felicitava-se por ter tido a ideia de trazer aquele italiano para Santa Fé. O diabo do gringo tinha mãos de mago: era indubitavelmente o maior operador que jamais aparecera no Rio Grande do Sul. Outra grande ideia fora a de construir no quintal da farmácia aqueles pavilhões de madeira com os quartos onde ficavam os doentes após as operações. Era uma espécie de paródia de sua sonhada casa de saúde... E esse hospital improvisado vivia sempre cheio e não raro tinham de acomodar precariamente os operados nos corredores em cima de colchões estendidos no soalho. De todos os pontos de Santa Fé e dos municípios vizinhos afluíam doentes. O doutor Carbone trabalhava desde o raiar do dia e às vezes tinha de continuar operando noite adentro. Cada operação deixava para a farmácia um apreciável lucro, isso sem contar a renda do aluguel dos quartos.

Era realmente uma época de vacas gordas. Tolice preocupar-se a gente com dinheiro!

5

No dia seguinte pela manhã, em companhia da mulher e dos filhos, Rodrigo foi visitar os sogros, que viviam agora numa pequena chácara situada a um par de quilômetros a noroeste do cemitério municipal. Como as estradas para aquelas bandas fossem sofríveis, arriscou-se a fazer o percurso de automóvel. E, enquanto Flora ia calada no seu canto, os olhos cerrados, a cabeça pendida (o balanço do Adler e o cheiro de gasolina queimada causavam-lhe tonturas e náuseas), Rodrigo pensava na singular história do sogro, que continuava a ser para ele uma fonte inesgotável de surpresas.

Numa tarde de fevereiro de 1911, exatamente no dia em que havia chegado com Flora a Santa Fé, de volta da viagem de núpcias a Buenos Aires, espalhara-se pela cidade a notícia de que Aderbal Quadros estava falido. Flora desatara logo o choro, pois em seu espírito a palavra *falência* estava associada a outras igualmente dramáticas como *cadeia, fuga, vergonha, suicídio...*

Rodrigo ficara chocado pela subitaneidade do golpe e ao mesmo tempo magoado com o sogro por não tê-lo avisado com antecedência do que estava por acontecer. Claro, havia muito, murmurava-se que Babalo andava mal de negócios, mas sempre que amigos íntimos tratavam de esclarecer o caso, o velho desconversava. Escondera tudo até a última hora. Por quê, Santo Deus? Por quê?

O acontecimento produzira em Santa Fé uma espécie de pânico, pois várias dezenas de pessoas de condição humilde — que confiavam mais em Aderbal Quadros que nos estabelecimentos bancários — tinham pequenas quantias nas mãos dele, a render juros.

Rodrigo correra à casa do sogro, esperando encontrá-lo arrasado. O velho, entretanto, viera sorrindo a seu encontro.

— Então, já soube do estouro da boiada? — perguntara ao abraçá-lo.

— E agora, que é que o senhor vai fazer?

— Agora? Liquidar a massa falida e começar de novo. O principal é não prejudicar ninguém. Pagarei tudo e todos até o último tostão. — E em seguida, mudando de tom e evidentemente buscando um pretexto para fugir do assunto: — Então? Como se foram de viagem? Se divertiram muito?

Naquele mesmo dia Rodrigo procurara o dr. Ruas, o advogado de Aderbal, para saber ao certo da situação do sogro. Estava pasmado. Um cidadão que não bebia, não jogava nem se metia com mulheres; um homem que levava a mais espartana das vidas, trabalhando de sol a sol — como podia ter chegado a uma situação como aquela?

Muito simples — explicara o advogado. Aderbal Quadros recebia dinheiro a juro alto — mais alto que o de qualquer banco do país — e emprestava-o a juro baixíssimo, sem garantia de espécie alguma. E o pior de tudo — esclarecera ainda o dr. Ruas, alteando a voz indignada —, o pior de tudo era que o simplório chegava ao cúmulo de não exigir nenhum documento das pessoas a quem fazia empréstimos, pois achava — o inocente! o anjinho! o idiota! — que a palavra de um homem de bem valia tanto quanto qualquer letra selada, com assinatura reconhecida em cartório. Ah! Mas as "loucuras" do Babalo não pararam aí. Descobrira também que o homem não trazia nada anotado, suas transações eram feitas sob a palavra e registradas apenas na memória. Livro? Invenção estrangeira para complicar as coisas.

E o produto da venda das terras que o velho possuía — indagava Rodrigo — não daria para cobrir com folga as dívidas? Nas estâncias de Santa Rita e Santa Clara estavam os melhores campos da região serrana... Seriam no mínimo umas boas quinze léguas bem povoadas. E o gado? E os prédios que o velho possuía na cidade?

O dr. Ruas sorria sardonicamente. Babalo não era apenas seu constituinte, era também seu amigo de muitos anos: por essa razão a coisa toda o deixava furioso. Nunca me consultava! Nunca me ouvia! Decerto acha que advogado é sinônimo de vigarista.

— Pois saiba duma coisa, doutor Rodrigo, depois de vendidas essas duas estâncias com todo o gado, aos melhores preços do momento; depois de vendidas todas as casas, pagos os impostos, et cetera, et cetera... o total apurado mal dará pra pagar o que esse cretino deve!

— É assombroso!

— As pessoas a quem ele emprestou dinheiro estão insolventes, já morreram ou se mudaram de Santa Fé sem deixar nem rastro.

— Espantoso!

— Só no ano passado seu sogro perdeu uns cento e tantos contos numa charqueada de Rosário. Imagine, sócio duma charqueada que nunca viu! E pior que isso: faz uns cinco ou seis anos que vem perdendo dinheiro com a tal lavoura de trigo. Essa é que foi a grande sangria. Ora, se os nossos avós deixaram de plantar trigo no Rio Grande deve ter sido por alguma razão muito boa!

Ao saber da falência do amigo, Licurgo precipitara-se do Angico para a cidade, fechara-se com Babalo numa sala durante mais duma hora, tentando convencê-lo da necessidade de salvar as estâncias a qualquer preço. Ele, Licurgo e mais um grupo de amigos estavam dispostos a levantar o dinheiro para atender aos principais credores. O resto se arranjaria com o tempo...

Babalo passara quase todo o colóquio a sacudir negativamente a cabeça. Não queria sacrificar os amigos. Mas não é sacrifício, vivente de Deus! Se eu estivesse nessa situação, sei que vassuncê faria o mesmo por mim.

Não conseguiu, porém, convencer o outro. Aderbal Quadros queria vender tudo o que possuía, pagar as dívidas até o último vintém, e começar de novo, com o cofre e a consciência igualmente limpos. Parecia até que, naquela história toda, a única coisa que realmente o interessava era recomeçar a vida na estaca zero, como se fosse ainda um piá e não um homem de mais de cinquenta anos.

Agastado, Licurgo encerrara a entrevista com uma frase muito de seu agrado: "Amarra-se o burro à vontade do dono". E Babalo, chupando o cigarrão, glosara: "O burro nesse negócio fui eu. Portanto eu é que devo aguentar as consequências".

Pensando nessas coisas Rodrigo olhava para as coxilhas, sob a soalheira daquela manhã de verão. Numa das invernadas que margeavam a estrada, queimava-se campo, e o vento trazia até o automóvel uma fumaça azulada e espessa, cujo cheiro lhe evocava longínquos verões da infância, no Angico.

6

Aproximavam-se da chácara a que Babalo dera — ninguém sabia ao certo por quê — o nome de Sutil. Bento pôs-se a fonfonar. Uns cinco ou seis guaipecas, dos mais variados pelos e tamanhos, surgiram na estrada e entraram a perseguir o automóvel, ladrando furiosamente.

Rodrigo avistou a casa dos Quadros, uma meia-água de porta e duas janelas, de paredes que haviam sido brancas num passado remoto, e coberta de telhas-vãs esverdinhadas de limo. Parecia uma velha triste e encolhida, com um xale sobre os ombros, sentada quietinha atrás daquele renque de coqueiros.

— Quem diria? — murmurou Rodrigo. — O dono das estâncias de Santa Rita e Santa Clara reduzido à condição de rendeiro duma chacrinha!

Flora entreabriu os lábios num desbotado sorriso:

— Deixa o coitado. Ele gosta dessa vida...

— Pois é exatamente isso que me intriga. O velho gosta!

— Quando morávamos na casa da rua do Comércio, às vezes o papai ia sestear no fundo do quintal, debaixo das árvores e em cima dos arreios. Dizia que era pra se lembrar dos tempos de tropeiro...

O Adler parou à frente da casinhola. Babalo e a mulher, que os sons da buzina haviam atraído para fora, aproximaram-se do automóvel.

As duas crianças apearam e precipitaram-se, de braços erguidos e aos gritos na direção dos avós. Babalo acocorou-se, enlaçou os netos, um em cada braço, puxou-os contra o peito e beijou-lhes as faces. D. Titina, secarrona, limitou-se a dar-lhes a mão:

— Tomem a bênção da vovó.

Levou-os depois para dentro e, sob os protestos de Flora, encheu-lhes as mãos de roscas de polvilho e rapadurinhas de leite.

Aderbal quis saber como ia a guerra.

— Um pouco parada — informou Rodrigo. — Na Europa agora é inverno. Cai muita neve, os caminhos estão impraticáveis, o frio é brabo. O remédio é fazer guerra de trincheira enquanto a primavera não vem.

Babalo sorriu.

— Às vezes até chego a pensar que toda essa história de guerra não passa duma invenção do *Correio do Povo* e dos outros jornais. Só pra terem assunto.

— Antes fosse...

Entraram. A "varanda", de chão de terra batida, teria quando muitos três metros de frente por dois e meio de fundo. Viam-se grandes falhas no reboco das paredes manchadas de umidade e onduladas de calombos. A mobília era a mais rústica e resumida possível: uma mesa de pinho sem lustro, quatro cadeiras de assento de pau e um velho guarda-comida meio desmantelado. Moscas zumbiam no ar recendente a queijo fresco, charque e cinza fria.

Flora e a mãe conversavam animadamente sobre assuntos domésticos. Aderbal puxou o genro para fora.

— Venha olhar a minha *estância* — convidou com mansa ironia. — Não é tão grande como a de Santa Clara ou a de Santa Rita, mas sempre é melhor que nada...

Ficaram parados a conversar por um instante à sombra das árvores do pomar. Babalo tirou do bolso um pedaço de fumo em rama e começou a picá-lo com a faca de cabo de prata. O Sutil — refletia Rodrigo — era mesmo uma estância em miniatura. Tinha um pomar com laranjeiras, bergamoteiras e pessegueiros; uma coxilha em cuja encosta Babalo fizera sua roça de milho e feijão; um caponete por dentro do qual corria um riacho; um potreiro, uma horta, uma mangueira, um galpão...

— Está vendo o galinheiro novo? A Titina está criando umas legornes. Diz que vai vender ovos pra fora. Quero só ver. Se ela for tão boa negociante como o marido, vai acabar quebrando...

Soltou sua risada clara.

— Tenho também três vacas leiteiras. Estamos bebendo um leite mui especial. A semana passada a velha fez uma batelada de queijos. Levem uns pra vocês.

Rodrigo avistou o rosilho de Babalo amarrado a um tronco de cinamomo e completamente aperado. Sabia que todas as manhãs o sogro montava a cavalo e saía a percorrer "suas terras". Seis pobres hectares... Um homem que já tivera de seu tanto campo que a vista nem alcançava!

Ali estava um caso que lembrava o duma personagem d'*O Pato selvagem*. Ekdal, o velho caçador, ao fim duma vida de frustrações e derrotas, para aplacar a saudade dos tempos heroicos da mocidade, em que caçava ursos nas montanhas, metia-se no viveiro da casa do filho e lá ficava a dar tiros em pobres coelhinhos assustados. Babalo procurava matar no Sutil a saudade de suas grandes estâncias... Ah! Mas havia uma diferença: a personagem de Ibsen era uma alma submersa, um vencido, ao passo que Aderbal Quadros lutava com o aprumo dum triunfador. E com que alegria, com que entusiasmo, com que gosto!

— Vou te mostrar uma coisa — murmurou ele, tomando o braço do genro.

— Botei nomes de políticos importantes em algumas dessas árvores mais bonitas.

Aproximaram-se do sopé da colina. Aderbal apontou para a árvore alta que se erguia ao lado do galpão:

— Aquele cedro é o doutor Júlio de Castilhos. Está vendo aquela cabriúva no topo da coxilha? É o conselheiro Gaspar Martins. Lá na beira do riacho tem uma corticeira que dá uma flor mui linda, é o doutor Assis Brasil. Ando meio brigado com o doutor Borges de Medeiros, mas botei o nome dele num desses cinamomos...

Enrolou o cigarro, acendeu-o e soltou um par de baforadas. Um sorriso de malícia apertou-lhe os olhos e fez saltar os zigomas, acentuando a angulosidade do rosto.

— Aquela arvorezinha enfezada ali perto da horta (está vendo?) é o marechal Hermes. Sabe por que é que não cresce? Por causa da grande, do jacarandá, que, a bem dizer, está por cima dela. O jacarandá se chama senador Pinheiro Machado.

Rodrigo sorriu, olhando para o sogro com uma admiração tocada de inveja. Gostava do velho, mas a presença dele deixava-o levemente perturbado. Sempre que via aquele homem bom, simples e sólido a lidar com a terra, descalço e em mangas de camisa, era tomado dum estranho sentimento de remorso e culpa, da vaga sensação de haver traído todo um passado, rompido uma tradição de família, renegado o pai, a mãe, os avós — as origens, enfim. Sentia-se (mas todo esse mal-estar desaparecia logo que ele se afastava do sogro) frágil e vulnerável no seu extremado apego à vida urbana, com suas máquinas, seu conforto amolecedor e todas as superficialidades que Babalo tanto desprezava: roupas, perfumes, festas, vinhos, guloseimas, honrarias...

Aquele homem telúrico parecia contentar-se com as coisas essenciais da vida: o ar, o fogo, a água, o pão, o sol, a terra. Vivia numa tal comunhão com a natureza que, com sua pele dum tom terroso, parecia algo que houvesse brotado do chão e que longe dele não pudesse vicejar. Em toda a sua vida nunca tinha lido um livro ou entrado num teatro. Desprezava o dinheiro e jamais procurava o prestígio ou o poder político. Mesmo quando morava no casarão da cidade, nunca deixara de falar com saudade dos tempos em que carreteava ou fazia tropas. Talvez — refletia Rodrigo, olhando para o sogro — talvez os maus negócios que haviam levado aquele homem à falência não tivessem sido pura obra do acaso. Não era impossível que o próprio Aderbal Quadros houvesse colaborado com o destino, procurando inconscientemente a própria ruína, a fim de poder voltar à vida simples, rústica e dura que tanto amava. Porque aquele campeiro parecia ter a volúpia de vencer dificuldades.

— Qualquer dia — disse o velho quando subiam a encosta, margeando a roça — vou fazer uma tropa. Já ando cansado desta vadiação.

Vadiação? Rodrigo sabia que o sogro trabalhava de sol a sol todos os dias, inclusive os domingos.

Os guaipecas lançaram-se a correr coxilha acima e, latindo e sacudindo os rabos, cercaram o amo, a fazer-lhe festas. Amigo dos animais, Babalo recolhia e,

415

por assim dizer, perfilhava todos os cachorros e gatos extraviados que apareciam no Sutil.

— Veja que freguesia, Rodrigo! — murmurou ele, acocorando-se para brincar com os guaipecas.

Ficou por alguns segundos a resmungar frases carinhosas e alisar o pelo dos cachorros, que, ganindo, lhe lambiam as mãos e as faces. Depois ergueu-se e continuou a subir com o genro fazendo alto no cimo da coxilha, de onde se avistava o casario de Santa Fé.

— Vamos ali pra sombra do Conselheiro.

Aproximaram-se da cabriúva. Babalo espraiou o olhar pela paisagem.

— Campos lindos. Parecem um veludo.

As coxilhas desdobravam-se a perder de vista, rumo daqueles luminosos horizontes de janeiro.

Aderbal apontou para a encosta da colina a cujo sopé ficava o capão do riacho.

— Sabe o que é que vou fazer aqui? Uma lavourinha de trigo. O ano que vem, se Deus quiser, vou comer pão feito com trigo do Sutil.

7

Todos os dias, após o almoço, Rodrigo subia para o quarto com um exemplar do *Correio do Povo* debaixo do braço, deitava-se e ficava a ler, com lenta e preguiçosa volúpia, até adormecer. Invariavelmente caía no sono com o jornal aberto sobre o peito.

Naquele 3 de janeiro, mal Bento lhe entregou o jornal que fora comprar à estação, subiu para o quarto, já a bocejar. Fazia um calor abafado e as pedras das ruas e calçadas escaldavam como chapa de fogão. ("Dá pra fritar ovo", garantiu o caboclo.) Rodrigo foi tirando a roupa aos poucos e, sem encontrar alívio para o calor, acabou por ficar completamente nu. Estendeu-se na cama e abriu o jornal. As duas primeiras páginas estavam cheias de telegramas da guerra, que continuava na sua estagnação de inverno. Passou ao editorial, cujo título era — "1914-1915".

Ano-Novo! Ano-Bom!

A alma popular teima, a cada novo ano que surge, em querer ver no seu despontar os raios duma nova aurora, o início dum novo período de ventura e de bondade. O Ano-Novo é sempre o Ano-Bom. Assim nos iludíamos todos a 10 de janeiro desse malsinado 1914. Todos esperávamos que ele nos viesse compensar dos desgostos de 1913, que nos viesse ressarcir dos males que este nos causara. E, no entanto, nunca houve ano de tão dolorosas provações para todo o mundo, de tantas misérias, de tantas dores, de tantos horrores.

Aqui no Brasil tivemos, logo aos primeiros meses desse ano terrível, a tragédia do Ceará e o seu longo cortejo de desgraças; vieram depois o estado de sítio, a perseguição à imprensa, os crimes do Contestado; a debacle financeira, o abalo do nosso crédito no estrangeiro, arrastando-nos ao beco sem saída do "funding loan". Não foram mais felizes os outros países do continente.

O editorialista passava a enumerar as desgraças continentais: revoluções no México e o conflito desse país com os Estados Unidos; o assassínio do presidente da República da Colômbia; crimes no Prata e luto na Argentina pela morte de Saenz Peña. A Europa não fora mais feliz: a "semana vermelha" na Itália, com os desatinos revolucionários de Ancona; agitação política na França, onde a tragédia do *Figaro* — o escandaloso *"affaire* Calmette" — agitara a nação e o mundo; greves na Rússia; novos rumores de guerra entre a Turquia e a Grécia; a farsa das sufragistas na Inglaterra e boatos de guerra civil na Irlanda. Por fim — continuava o editorial — a maior catástrofe de todas: o assassínio do arquiduque herdeiro do trono dos Habsburgos, que desencadeara na Europa a mais terrível guerra da história da raça humana. E era à sombra dessa pavorosa hecatombe que surgia o ano de 1915.

Que das duras provações de hoje surja uma humanidade melhor, mais tolerante, menos egoísta, mais inclinada a perdoar as culpas do próximo e desculpar-lhe os erros.

Rodrigo deixou o jornal cair sobre o peito, trançou as mãos por cima dele e ficou a pensar naquela fria noite de julho de 1914, em que o Cuca Lopes entrara esbaforido no Sobrado, trazendo a dramática notícia.

8

— Rebentou a guerra na Europa!
Havia semanas que os jornais andavam cheios de negros presságios em torno da possibilidade dum conflito armado no continente europeu. Depois da tragédia de Serajevo, esperava-se para qualquer momento a deflagração da guerra. Entretanto, no seu incurável otimismo Rodrigo achava que as dificuldades seriam contornadas e a crise vencida graças aos esforços conjugados das diplomacias francesa e inglesa.
— Quem foi que te contou, homem de Deus?
— Chegou um telegrama ind'agorinha. Por acaso eu estava no Telégrafo...
— Adeus, viagem a Paris! — exclamou Rodrigo, sentando-se, prostrado, numa cadeira.
No dia seguinte o cel. Jairo confirmou a notícia. A Áustria declarara guerra à Sérvia, à qual se unira o Montenegro. A esquadra alemã concentrava-se em

pontos estratégicos. A austríaca bloqueava o porto de Antivari. A Rússia já declarara que ordenaria a mobilização geral, caso os austríacos ocupassem Belgrado. A Alemanha ameaçava mobilizar todas as suas forças de terra e mar, se a Rússia fizesse qualquer movimento de tropas, ainda que parcial.

— Não vejo a menor esperança duma solução pacífica do problema — declarou o comandante do Regimento de Infantaria, sacudindo penalizado a cabeleira ruiva. — A entrada da Alemanha, Rússia, Inglaterra e França no conflito é questão apenas de dias, talvez de horas. A conflagração vai ser geral. As bestas apocalípticas andam de novo às soltas. Pobre humanidade!

Generalizado o conflito, Rodrigo ficou a segui-lo avidamente através dos jornais. Desde logo ficara evidente que a maioria da população santa-fezense era simpática à causa aliada. Quanto a Rodrigo, não tivera a menor hesitação. Onde estivesse a França, lá estaria também seu espírito e seu coração. Em meados de agosto organizou uma marcha *aux flambeaux* em que os partidários dos aliados, puxados pela banda de música militar, desfilaram pelas ruas de Santa Fé com bandeiras da França, da Inglaterra e do Brasil, a soltar vivas a Poincaré, ao czar da Rússia, ao rei Jorge da Inglaterra e ao rei Alberto da Bélgica.

A Farmácia Popular ficou sendo conhecida como o mais importante centro de concentração aliadófila da cidade, ao passo que a Confeitaria Schnitzler era o ponto de reunião dos membros da colônia alemã e dos teuto-brasileiros, cujas simpatias naturalmente estavam voltadas para o *Vaterland*.

Os jornais noticiavam que nas sociedades germânicas de Porto Alegre, São Leopoldo e Santa Cruz faziam-se subscrições e festas em benefício dos soldados alemães e austríacos. Rodrigo enfurecia-se com isso, pois o Brasil em peso — afirmava — achava-se coeso ao lado da causa aliada, que era a causa mesma da democracia e da civilização! Aqueles alemães e seus descendentes deviam meter a viola no saco e ficar quietinhos no seu canto, pois se continuassem naquelas manifestações insolentes acabariam mas era levando bordoadas!

Tomou assinaturas de revistas e jornais espanhóis e platinos que começavam a trazer reportagens e comentários ilustrados sobre a Guerra Europeia. Não podia ver retratos do Kaiser sem sentir o sangue ferver-lhe nas veias. Compare-se a fisionomia de Raymond Poincaré com a de Guilherme II. Dum lado temos esse homem culto e civilizado, com ar de professor universitário, uma expressão de bondade paternal no rosto. Do outro, todo enfarpelado no seu vistoso uniforme, o maldito Hohenzollern, de bigodes de guias torcidas para cima, o olhar duro e cruel como o aço de seu antipático capacete. Senhores, entre um e outro não podemos ter a menor hesitação.

A batalha do Marne trouxera Rodrigo angustiado durante mais duma semana. Dela dependia a sorte de sua amada Paris e talvez o desfecho da guerra. Quando chegou a Santa Fé a notícia de que a grande ofensiva alemã havia sido repelida, chamou o negro Sérgio e mandou-o soltar duas dúzias de foguetes à frente da Farmácia Popular. E quando, atraídos pelos estrondos, curiosos se aproximaram, formando pequena multidão sugestiva dum comício, Rodrigo transmitiu-lhes a notícia em altos brados e acabou fazendo um veemente discurso em que exaltou a coragem e o gênio dos gauleses e atacou "os hunos que com o tacão de suas botas de bárbaros estão ameaçando a civilização, a cultura e a democracia!".

À medida que ia lendo as notícias das atrocidades cometidas pelas tropas alemãs na Bélgica, onde — informavam os jornais — aldeias inteiras eram destruídas, velhos, mulheres, inválidos e crianças fuzilados juntamente com homens válidos — sua indignação crescia de tal forma, que ele já nem podia discutir com o cap. Rubim, germanófilo empedernido, sem que acabassem ambos vermelhos e aos berros, como se estivessem prestes a engalfinhar-se em luta física.

— Não acredite nessas notícias — dizia Rubim. — Isso é pura propaganda aliada. E, depois, guerra é guerra e não podemos esperar que os soldados se portem como anjos. Os alemães não são melhores nem piores que os ingleses e os franceses. Mas uma coisa lhe digo, meu caro. São mil vezes mais humanos que os russos. Esses eslavos, sim, é que são bárbaros.

O que mais deixava Rodrigo agastado era saber que em Nova Pomerânia se faziam comícios e festas pró-Alemanha. *Kerbs* em que se cantavam hinos alemães e em que o *Deutschland über alles* era repetido entusiasticamente como um refrão de vitória. Contava-se que muitos colonos tinham mandado seus filhos alistarem-se nas forças do Kaiser. Desaforo! — vociferava Rodrigo. — O governo deve proibir isso. Afinal de contas esses boches vivem na nossa terra, comem o nosso pão, bebem a nossa água, respiram o nosso ar, dependem, enfim, da nossa generosidade e da nossa tolerância.

Rubim sorria ante essas explosões. "Só lhe falta", ironizou ele um dia, "organizar e comandar uma expedição punitiva contra Nova Pomerânia." Rodrigo não achou nenhuma graça na observação. "E por que não?", replicou. "Há de chegar esse dia!"

Cortou o cumprimento a Júlio Schnitzler e começou a boicotar-lhe a confeitaria. Olhava com rancor e má vontade para os Spielvogel, os Kunz, os Schultz, enfim, para todos os que ali em Santa Fé tinham nomes germânicos. "Se algum desses boches me olhar atravessado, parto-lhe a cara!"

Continuava a acompanhar a guerra através das revistas e jornais que lhe chegavam do Prata. Aqueles primeiros dias do conflito tinham abalado o Brasil. O governo decretara moratória e férias comerciais para os bancos, muitos dos quais foram fechados e guardados pela polícia. Havia no tom das notícias econômicas e financeiras algo que sugeria um princípio de pânico.

Rodrigo, que via a guerra através dum prisma apaixonadamente romanesco (a revanche de Sedan, o estudante alsaciano, o *esprit* contra o *Kultur*), ficava indignado quando Cacique Fagundes, Joca Prates e Pedro Teixeira, revelando um descaso assustador pela sorte dos belgas, pela segurança de Paris ou pelas vitórias da formidável esquadra britânica, mostravam-se preocupados apenas com as alterações de preços nos gêneros de primeira necessidade e com a paralisação do mercado da banha. Naquelas primeiras semanas os estancieiros andavam apreensivos, alarmados mesmo, ante a possibilidade de a guerra trazer desastrosos prejuízos à pecuária. O couro, que havia pouco estava a um conto e seiscentos e quarenta mil-réis, agora não tinha cotação. Os proprietários das barracas do interior do Estado ordenavam aos seus representantes que suspendessem todas as compras.

Aquela gente só pensava na barriga — concluía Rodrigo, entristecido e revoltado. Seu próprio pai não era diferente dos outros. Não tinha a menor noção do que fosse realmente a Europa e sua importância no mundo. Bélgica, Sérvia, Montenegro, França? Pura invenção dos jornais e dos compêndios de geografia...

Don Pepe, esse andava tomado duma agitação toda particular. Nos últimos dias de julho ainda afirmava, com a fé dum apóstolo, que a guerra não seria deflagrada porque a consciência socialista do mundo não apoiaria sob nenhum pretexto aquela criminosa aventura capitalista!

Vibrara de emoção e esperança ao ler no *Correio do Povo* que em Porto Alegre o Partido Socialista, considerando uma exploração iníqua contra o interesse do Povo o aumento injustificável de certos produtos nacionais, o que viria agravar a miséria das classes trabalhadoras, convocara a população para um *meeting* de protesto na praça da Alfândega.

— Es para lo que sirven las guerras capitalistas! — exclamara, sacudindo o jornal no ar como uma bandeira. — Para explorar el pueblo. La Standard Oil ya aumentó el precio del kerosén y de la nafta.

— Mas não se trata de explorar ninguém, Pepito — retrucara Rodrigo com uma falsa paciência. — É uma guerra de vida e de morte, a civilização contra a barbárie, o despotismo contra a liberdade. É necessário esmagar a Alemanha para que o mundo possa de novo respirar em paz.

Ao ler a notícia de que um estudante assassinara em Paris o deputado Jean Jaurés, líder do Partido Socialista, Don Pepe ficara tão acabrunhado, que caíra de cama, com febre alta.

— Está todo perdido — murmurava ele.

E nos seus delírios fazia discursos incendiários.

Se por um lado as atrocidades dos alemães causavam a Rodrigo a mais profunda revolta, por outro a leitura de telegramas que relatavam atos de heroísmo e sacrifício por parte de soldados aliados enchia-o dum cálido, comovido entusiasmo. Foi com lágrimas nos olhos e com calafrios a percorrerem-lhe o corpo que leu a narrativa da proeza do aviador Garros:

esse Garros que, para destruir um dirigível alemão, não hesita em atirar contra ele o aeroplano que pilotava com maravilhosa destreza, tendo a tranquila certeza de que essa morte seria simplesmente sublime. Poucas vezes subiu tão alto o aliás tradicional heroísmo francês.

Rodrigo tomou-se de grande ternura pelo Japão ao saber que seu governo declarara guerra à Alemanha. Aquele pequeno país isolado nos confins do continente asiático honrara sua aliança com a Inglaterra, apesar de não estarem em jogo os interesses nacionais!

E a Itália? Que fazia a Itália que não entrava também no conflito ao lado da França, sua irmã latina? "Marco Lunardi!", gritava ele quando encontrava o amigo. "Quando é que vocês entram nessa guerra, homem?" Interpelava-o com ar de brincadeira, mas com certa impaciência, como se a declaração de guerra dependesse do jovem proprietário da Fábrica Ítalo-Brasileira de Massas Alimentícias. Fazia a mesma pergunta ao dr. Carbone, que sorria: "Paciência, carino. Espera a primavera. Agora faz muito frio".

Um dia, quando no Sobrado Rodrigo comentava apaixonadamente a guerra à mesa do jantar, Licurgo observou:

— Estão morrendo patrícios nossos nessa luta no Contestado, e o senhor parece que nem se importa com isso. Ainda ontem passou por aqui um trem cheio de soldados que iam pra Marcelino Ramos. Estão falando que os fanáticos vão invadir o nosso Estado pelo Passo Fundo.

— Ora, papai, não acredito que esses caboclos mal armados possam pôr em perigo a vida da República. Mas o Kaiser, esse sim é um pesadelo para toda a civilização.

Nos primeiros dias daquele setembro de 14, Rodrigo organizou em Santa Fé uma grande festa, com leilão e tômbola, em benefício da Cruz Vermelha belga.

— Essa tua paixão pela Bélgica — disse-lhe Rubim — tem origem na velha piedade cristã pelos fracos. Segundo um conceito corrente mas errôneo, o fraco é necessariamente o bom, ao passo que o forte é o mau. Ora, vamos e venhamos, isso é um raciocínio infantil!

Rodrigo apanhou um exemplar do *Correio do Povo* que transcrevia um discurso que Rui Barbosa pronunciara recentemente no Senado.

— Veja o que diz da Bélgica o maior brasileiro vivo.

Leu:

Agora que a Bélgica atravessa as provações de seu martírio sobre-humano, com um heroísmo cuja sublimidade obumbra às vezes as páginas mais belas da antiga história grega...

(Aqui há um "muito bem" do senador Azeredo)

— Boa bisca — interrompeu-o Rubim. — Deem-lhe um baralho e um parceiro e ele ficará feliz...

O outro prosseguiu:

[...] da luta helênica contra as hordas do Oriente, se por ali voltássemos só encontraríamos naquele solo da indústria, do progresso, das letras, vastas necrópoles, campos ermos, chão gretado pelas ossadas, cidades consumidas, construções em ruínas. É que a guerra escolheu aquele torrão de liberdade e trabalho para a sua semeadura de cinzas e luto. A guerra, uma guerra que baniu o direito, a humanidade, o cristianismo; uma guerra que eliminou as inviolabilidades mais sagradas, uma guerra que passa com a iracúndia do furacão sobre o princípio tutelar das neutralidades; uma guerra que rasga todas as leis internacionais, uma guerra que considera os tratados como trapos, que não admite os direitos dos fracos, que não conhece o dever dos fortes; uma guerra que incendeia museus, bibliotecas e templos, uma guerra que arrasa cidades abertas, queima aldeias pacíficas, tala campos sorridentes, cativa populações desarmadas; uma guerra que fuzila velhos, inválidos, corta seios das mulheres, decepa mãos das crianças; uma guerra que sistematiza a crueldade, a destruição e o terror; uma guerra que escancara as fauces hiantes para a Europa dilacerada e se sacia nas presas sanguinolentas, no meio dum ciclone, a cuja rajada o mundo todo parece estremecer, como se o próprio solo da consciência se lhe houvesse abatido debaixo dos fundamentos divinos, e sorvedouros do inferno se abrissem para tragar a civilização fecundada pelo céu [...]

Rubim escutou o discurso até o fim com um sorriso céptico.

— Até o nosso grande Rui — comentou ele por fim — caiu na esparrela da propaganda aliada...

"O que se passava", acrescentou, "era tão claro e de natureza tão prática que dispensava a eloquência e a retórica. A Alemanha e a Áustria tinham, havia muito, os olhos voltados para o Oriente e para a Ásia Menor: falava-se até em estender a Grande Germânia de Berlim a Bagdá. Por outro lado a Rússia queria impor o domínio eslavo a Constantinopla, numa expansão rumo do Adriático, passando pela Sérvia... Não havia no mundo inteiro área mais confusa e inflamável que os Bálcãs. Jamais houvera na história das nações zona mais confusa e cheia de intrigas políticas e complicações religiosas e raciais. Aqueles países, verdadeiras comédias de erros, colchas de retalhos de nacionalidades que se repeliam, não tinham estatura para se tornarem nações independentes. Eram apenas presas em estado potencial cobiçadas por dois colossos: o alemão e o russo. Ora, a França, que vivia iludida com o poderio militar da Rússia, tinha com esta uma aliança. O povo francês esperava de certo modo tirar a revanche de 70. Quanto à Inglaterra, a velha raposa ficaria de bom grado fora do conflito, deixando que as outras potências se destruíssem, a fim de que ela, intervindo no fim, pudesse ficar com a parte do leão. O diabo era que, vencedora a Alemanha, a sorte do Reino Unido estaria selada. Não devíamos esquecer também que entre a Inglaterra e a Alemanha existia uma tremenda rivalidade comercial. Os produtos alemães, em geral melhores e mais baratos que os ingleses, estavam começando a dominar os mercados mundiais. A destruição da Alemanha, portanto, era coisa indispensável não só para a saúde econômica do Império Britânico como também para a tranquilidade da França.

"O resto, meu amigo", rematou o capitão, "é rui-barbosismo, pura retórica dum país de mulatos pacholas e pernósticos."

422

Capítulo 11

1

Abolir a sesta... Essa era a grande resolução que Rodrigo havia tomado. Andava entusiasmado com o movimento da farmácia e do hospital e com as atividades do dr. Carbone. Queria dedicar mais horas ao consultório, acompanhar o negócio mais de perto, enfim, não perder tempo a dormir estupidamente, enquanto o operador e seu assistente lá estavam a abrir e fechar barrigas de colonos e nativos, e o pobre Gabriel se desdobrava entre o laboratório, o balcão e a sala de operações, onde o cirurgião, como era natural, queria tudo a tempo e a hora.

Mas não era fácil cortar drasticamente um hábito tão velho e gostoso. A resolução era antiga, e ele vivia a prometer a si mesmo que ia pô-la em prática "na segunda-feira que vem"... Semana nova: vida nova. Mas qual! Mal terminava de almoçar, vinha-lhe o torpor, o peso nas pálpebras, os bocejos, e ele acabava sempre encontrando um bom pretexto para subir ao quarto e deitar-se. Uma vez na cama, estava tudo perdido: dormia até as três.

Naquela segunda-feira de janeiro, decidiu: hoje não sesteio. Apanhou na biblioteca *Les Maladies de la volonté*, de Ribot, e sentou-se. Era preciso educar a vontade, seguir o exemplo dos hindus. *L'Illustration* publicara, havia pouco, uma série de gravuras mostrando um iogue nos seus incríveis exercícios. Aqueles monstros conseguiam libertar o espírito da matéria, desviar os sentidos do mundo exterior. Ora, eu quero apenas perder o hábito da sesta...

Abriu o livro, passou os olhos por alguns parágrafos do prefácio (coisa que já fizera em outras ocasiões), mas não pôde concentrar a atenção no que lia. O diabo era o calor. No inverno seria mais fácil dispensar a sesta. Mas no verão, depois dum almoço pesado... É, mas seja como for, hoje não durmo. Está resolvido.

Fechou o livro e os olhos. (Não vou dormir — comunicou a si mesmo. — Só descansar um pouquinho.) Estava à beira do sono quando um grito agudo o despertou. Pôs-se de pé, sobressaltado, e precipitou-se para a sala de jantar, de onde partiam os berros duma das crianças.

— Que foi? Que foi?

Maria Valéria veio a seu encontro, com Alicinha nos braços. A menina chorava, o rosto contorcido de dor, as lágrimas a rolarem pelas faces afogueadas. Um filete de sangue escorria-lhe do canto da boca.

— Santo Deus! — exclamou Rodrigo.

Quis arrebatar a filha dos braços da tia, mas esta o repeliu com um gesto decidido.

— Deixe de fita! Não é nada. A criança caiu e cortou o beicinho por dentro. Bota-se maravilha curativa e está pronto.

Com uma expressão de angústia no rosto, Rodrigo ficou a acompanhar com os olhos a Dinda, que subia a escada grande com a menina nos braços.

A meio caminho, Maria Valéria deteve-se por um instante e olhou para o afilhado:

— Não precisa fazer essa cara de capão de pinto. Já disse que não é nada.

Rodrigo voltou para sua cadeira. Por algum tempo ficou a ouvir, penalizado, o choro da filha. Quando alguma das crianças se feria ou adoecia, ficava desnorteado, portava-se — no dizer de sua madrinha — como uma solteirona histérica, e só lhe faltava romper também o choro.

Um dia Floriano rolara pela escada e tombara com um estrondo a seus pés, ficando estatelado e imóvel no chão, como que sem sentidos. Desatinado, ele erguera o filho nos braços e por algum tempo quedara-se aturdido, incapaz duma palavra, duma resolução.

— Chamem um doutor, depressa! — gritara depois. — Esta criança está com o crânio fraturado!

Lágrimas brotaram-lhe nos olhos, soluços rebentaram-lhe do peito. Flora, muito pálida, andava dum lado para outro, cega e perdida no seu desespero. Fora nesse instante de confusão que Maria Valéria interviera, arrebatando Floriano dos braços do pai e deitando-o no sofá, onde o sacudira até fazê-lo abrir o berreiro. Apalpara-lhe depois a cabeça, as pernas, as coxas, os braços, tirara-lhe a camisa para examinar-lhe o tórax. E quando o menino cessara de berrar, ficando apenas a fazer beicinho, os ombros sacudidos por soluços secos, ela tornara a apalpar-lhe várias partes do corpo, perguntando: "Dói aqui? E aqui?". Ele respondia que não, com movimentos de cabeça. Poucos minutos depois estava de pé a brincar, como se nada lhe tivesse acontecido.

— Estão vendo? Não ficou nem galo. Eu sempre digo que vocês se assustam por qualquer coisinha.

Rodrigo agora sorria, recordando a cena. Reconhecia que era um pai sentimental e bobo. Vivia a contar as gracinhas dos filhos, coisas que nos tempos de solteiro achava tão ridículo nos outros. Quando vinham visitantes ao Sobrado, chamava Floriano à sala, punha o gramofone a tocar um disco e perguntava ao menino: "Que música é essa?". Floriano hesitava por um instante e depois, com o dedo na boca, os olhos baixos, respondia: "É o 'Palhaço do Caruso'" ou "É a 'Traviata'". Estão vendo a figurinha? Com três anos e já entende de ópera! Eu queria que vocês vissem como essa criança gosta de música! É capaz de ficar horas e horas (claro que era um exagero!) sentadinha ali no sofá, escutando a Tetrazzini, o Tamagno, o Amato...

Rodrigo tornou a fechar os olhos. Juro, dou a minha palavra de honra como não vou dormir.

Da cozinha veio a voz doce e afinada da Laurinda:

Ai, Filomena!
Se eu fosse como tu,
Tirava a urucubaca
Da careca do Dudu!

Sorriu. Ah! Os tempos do Dudu... Aqueles quatro anos de governo do marechal haviam sido um prolongado pesadelo, uma enfiada de desastres políticos e administrativos. A revolta dos marinheiros. O estado de sítio. Os fuzilamentos do *Satélite*. O escândalo da *prata*. A intervenção em Pernambuco. O bombardeio da Bahia. O caso do Amazonas. Nunca em toda a história do Brasil houvera governo mais catastrófico e acidentado. Jamais se vira tanto mandonismo, tanto nepotismo, tanta arbitrariedade, tanta política de corrilho. E o marechal — todo o mundo sabia — não passava dum fantoche nas mãos hábeis e poderosas de Pinheiro Machado. Por mais que admirasse o senador, Rodrigo não podia deixar de reconhecer que ele era autoritário, prepotente e egocêntrico. Durante aqueles quatro anos tormentosos, a voz eloquente de Rui Barbosa não cessara de clamar no medonho deserto nacional na defesa da Constituição, da liberdade de pensamento e palavra, e da autonomia dos Estados. No entanto, um homem da cultura e da fibra moral do senador baiano havia sido derrotado nas urnas por Hermes da Fonseca! Ah! Mas o povo tirara a sua desforra. Sem recursos materiais para derrubar o governo pelas armas, usara da caricatura, do humorismo para lançá-lo ao ridículo. E por todo o Brasil se espalhara a lenda da estupidez do presidente. O Dudu transformara-se em personagem de anedota. Atribuíam-se-lhe os ditos mais obtusos, as intenções mais lorpas, as ignorâncias mais crassas, as atitudes mais rastaqueras, as gafes mais clamorosas. Era um verdadeiro golpe de Estado pela sátira. E através de quadrinhas, chistes, piadas, trocadilhos, a figura do marechal fora projetada no país inteiro como uma espécie de bobo da própria corte. Sabem a última do Dudu? E lá vinha a anedota... Apareciam em jornais e revistas, eram repetidas pelo homem da rua. Por fim inventara-se que o Dudu tinha *urucubaca*, *azar*, caiporismo. E a palavra urucubaca da noite para o dia ganhara foros nacionais. Aonde quer que fosse, afirmava-se — o Dudu levava a sua aura negativa. O que quer que fizesse saía torto; o que quer que dissesse era sempre errado ou cômico.

No entanto — refletia Rodrigo — uma coisa sempre lhe parecera clara: o Zé Povo da caricatura não queria mal a Hermes da Fonseca. Atacava-o por achá-lo mais vulnerável do que a pessoa que realmente o populacho odiava. Pinheiro Machado era imune à sátira. O ridículo não atingia aquela figura olímpica.

Rodrigo abriu a boca num prolongado bocejo. Na cozinha, Laurinda continuava a cantar.

Abra os olhos. Não. Vou ficar assim só um pouquinho mais...

Imaginou que Pinheiro Machado estava ali na sala, pitando o seu crioulo bem como naquele dia de inverno, em 1910...

Olhe, senador, vou lhe dizer uma coisa com toda a franqueza que me caracteriza. O senhor cometeu um erro quando procurou candidatar-se à sucessão presidencial. Foi muito bom terem eleito o Wenceslau Braz. Outro erro seu é esse de querer agora fazer do Dudu um senador da República. Deixe o homem em paz. Não provoque a sanha popular. Não chame mais ódios sobre a sua pessoa e sobre o Rio Grande!

Já agora Pinheiro Machado estava seminu como um faquir, sentado no soalho a fazer horrendas deslocações de membros, como um contorcionista de circo. "Quem me ensinou estes exercícios", dizia ele, "foi um iogue, um índio velho de Nonoai. Nisto está o segredo de meu poderoso magnetismo pessoal."

O escritório estava completamente às escuras e Rodrigo só via um ponto luminoso, que não sabia bem se era o olho ou o cigarro do senador.

Quando Flora entrou, poucos minutos depois, encontrou o marido a dormir profundamente.

2

Rodrigo passou no Angico com a família todo o mês de janeiro e boa parte de fevereiro, aproveitando da maneira mais plena uma sucessão de dias luminosos, dum calor seco e agradável: campereadas em companhia do pai e do irmão; largas sestas na rede, à sombra de cinamomos; caçadas de jacutingas e bugios nos matos; banhos na sanga ao entardecer.

Encontrou Licurgo ainda mais taciturno que de costume, e isso o deixou apreensivo. Que grande mágoa estaria a roer-lhe o coração? Sabia que o pai não aprovava o tipo de vida que ele, Rodrigo, levava na cidade: achava-o um perdulário, um boêmio, um dândi. Estaria o velho zangado com ele? Ou toda aquela tristeza vinha da situação de constrangimento criada por suas relações com a Caré, as quais já agora ninguém mais ignorava?

Por que papai não se abre? Por que não põe as cartas na mesa francamente, atacando o problema de frente e tratando de resolvê-lo? Qual! Aquela gente antiga sofria porque procurava viver de acordo com um código de honra que quase sempre estava em violento desacordo com suas necessidades e desejos mais profundos.

— Que diabo! — exclamou uma tarde em que viu o pai sair a cavalo à hora da sesta, rumo do rancho de Ismália Caré. — Por que é que não se casam duma vez e acabam com esse mistério?

Mas ele sabia que tal casamento seria impossível e que a solução do problema não era tão simples assim.

Outra coisa que lhe causava grande mal-estar eram as relações do pai com Maria Valéria. Nas poucas vezes em que se falavam era em diálogos lacônicos: duas lixas a se tocarem em contatos ásperos e rápidos. Nunca se olhavam de frente: evitavam-se o mais que podiam. Era evidente que se queriam mal. Mas por quê? Por quê?

À hora das refeições Rodrigo fazia o possível para alegrar o ambiente, quebrar a atmosfera de gelo criada pela presença do pai e da cunhada. Contava histórias, ria alto, encontrando em Flora e Toríbio uma plateia interessada e entusiasta, sempre pronta a achar graça em suas anedotas, ditos e casos. O pai, porém, parecia não escutá-lo. Mantinha a cabeça baixa, os olhos no prato.

Será que ele tem alguma coisa contra mim? — perguntava-se Rodrigo. E a ideia de não contar com a estima e a admiração do velho era-lhe tão opressiva que chegava a embaciar-lhe a limpidez daqueles dias de verão. Um dia em que caminhava ao lado de Licurgo (dirigiam-se para a mangueira, a ver um terneiro que acabava de nascer), resolveu abrir-se.

— Papai, tenho notado que o senhor anda sério comigo. Será que fiz alguma coisa que não foi de seu agrado?

Licurgo deu alguns passos em silêncio; depois, sem voltar a cabeça, respondeu:

— Não. O senhor não fez nada. Se tivesse feito eu lhe dizia, como é meu costume.

— Então que é que tem?

— Nada. É o meu jeito.

Entrou na mangueira. Inclinou-se sobre o animal recém-nascido, acariciou-lhe o pelo e sorriu. Era o primeiro sorriso que Rodrigo via naquele rosto queimado e melancólico, desde que chegara ao Angico.

— Se não fosse um insulto à memória da nossa mãe — disse ele ao irmão, duma feita em que discutiam o pai —, eu diria que não somos filhos do velho Licurgo.

Toríbio soltou uma risada. Eram seis da tarde e ambos se despiam para mergulhar na sanga. Rodrigo ficou a contemplar o corpo troncudo e musculoso do outro. Toríbio parecia-lhe mais forte que nunca, e muito mais "judiado", como já lhe observara Maria Valéria. Seus olhos estavam injetados, a pele curtida pelo sol e pelo vento, as mãos calosas e encardidas. Com sua cabeça raspada a máquina número zero e seu cachaço nédio dava a impressão — fantasiou Rodrigo — dum guerreiro tártaro.

Um dos seus divertimentos prediletos era segurar um novilho pelas aspas, torcer-lhe o pescoço e tombá-lo, mantendo-o por longo tempo subjugado. Os peões — a quem Bio tratava como iguais — adoravam-no. Rodrigo não se lembrava de jamais ter visto no rosto do irmão a mais leve sombra dum cuidado. Toríbio parecia achar que todos os problemas, mesmo os chamados morais, eram passíveis duma solução física. Nada lhe dava mais alegria que a ação. Comia desmedidamente e não podia passar por uma venda sem entrar para "tomar uma talagada". Confessava, aparentemente sem a menor mossa, ser pai de uns dois ou três guris ali no Angico e arredores, acrescentando: "E nem sei direito que cara têm os desgraçadinhos".

E naquela tarde, depois do banho, quando, ainda despidos, estavam ambos deitados na grama, Toríbio fez um relato de suas andanças e divertimentos na estância e redondezas, durante os cinco meses em que andara ausente de Santa Fé: aventuras amorosas com chinocas e colonas, algumas sob os maiores riscos; bailes de "cola atada" que quase sempre terminavam em tiroteio; caçadas e pescarias que duravam dias; carreiras dominicais em cancha reta nas quais se apostava à grande e se brigava a fartar; rinhas de galo e jogos de osso em que não raro os jogadores "se estranhavam" e acabavam arrancando os facões...

— E o velho que diz de tudo isso?

— Não diz nada, porque não sabe da missa a metade. Vou te contar uma coisa que ainda não contei a ninguém. Um dia briguei com um cabra numa cancha de osso. Fui pra cima dele desarmado porque não queria lastimar o infeliz. Deitei ele no chão com uma tapona no ouvido. Pois não é que o canalha se levanta e vem pra cima de mim com um facão desta idade e me finca o bruto na coxa? Apliquei-lhe um soco nas ventas que lo deixei dormindo. Botei creolina no talho, amarrei um pano por cima e me toquei pra casa. Passei uma noite cachorra, o ferimento doendo e latejando, acho até que tive febre alta, mas não soltei um pio pro velho não descobrir a coisa. Porque, se ele descobrisse, acho que morria de desgosto.

Acariciando o peito nu com as mãos espalmadas, Rodrigo olhava para o desbotado céu do entardecer, enquanto escutava a voz lenta e fosca do irmão.

Um dos divertimentos que mais apreciava — prosseguiu ele — era ir aos domingos a Garibaldina especialmente para jogar luta com os "forçudos" da colônia. Tiravam as camisas e as botas e atracavam-se, pelo puro prazer de lutar. No fim, suados, ofegantes e sujos, iam abraçados beber vinho nas cantinas. — Isso é que é vida, Rodrigo. E é por essa e por outras que eu passo tanto tempo sem ir à cidade.

Nada, porém, divertia mais Rodrigo do que o espetáculo que lhe proporcionava o quarto do irmão. Era uma peça acanhada, de chão de terra batida, com uma cama de vento, uma cadeira de palhinha e um caixão vazio de sabão que fazia as vezes de mesa de cabeceira e sobre o qual se via uma garrafa com um toco de vela metido no gargalo. Espalhados pelo chão, por cima da cama e sobre o peitoril da janela, jaziam muitos livros — brochuras esbeiçadas de capas encardidas e manchadas de espermacete. Rodrigo lia-lhes os títulos com delícia: *Os mistérios de Paris, Rocambole, O último dos moicanos*. Havia também folhetins ilustrados: aventuras de Buffalo Bill, Nick Carter, Arsène Lupin e Raffles.

— Sabes o que é que estou estranhando? — disse um dia ao irmão. — É não teres aqui nenhum livro pornográfico.

Bio encolheu os ombros.

— É porque não sou nenhum bandalho. Essas coisas a gente não lê, faz. E quem faz não tem necessidade de ler.

3

No domingo de Carnaval, mascarados começaram a aparecer nas ruas desde as primeiras horas da manhã. Uns vinham a pé, outros a cavalo, e eram — segundo a classificação de Maria Valéria — os "sujos". Peões de estâncias e chácaras próximas, changadores ou vagabundos, conservavam a indumentária habitual, em geral calças de riscado ou bombachas com ou sem botas, o colete aberto sobre a camisa suja, chapéus sebosos de aba revirada para cima, as caras escondidas sob velhas máscaras de papelão ou barbas feitas grosseiramente de pedaços de pelego ou chumaços de lã. Um que outro envergava um fraque dum preto ruço e trazia um espadagão à cinta. Aparentemente o único divertimento dos sujos era andar pelas ruas, acima e abaixo, a gritar fininho — hi-hi-hi-hi! — e a dirigir gracejos em falsete para as pessoas que se encontravam nas calçadas ou às janelas. Bandos de moleques perseguiam os mascarados, provocando-os com dichotes — "Mascarado esculhambado!"... "Óia a cara dele, vovó!" —, puxando-lhes os rabos dos cavalos ou dos fraques, numa gritaria estridente. Os "mascras" reagiam, erguiam os rebenques, perseguiam os garotos e, quando os alcançavam, desciam-lhes com vontade o chicote sobre os lombos.

Havia também os fantasiados "de família". Os ricos e os remediados exibiam fantasias de cetim-Paris, tarlatana e lentejoulas. Eram pierrôs, pierretes, colombinas, arlequins, ciganas, damas e cavalheiros antigos, piratas, caraduras, apaches... Os pobres improvisavam disfarces baratos com o que encontravam em casa: fraques, vestidos, cartolas e chapéus avoengos.

Mas esses mesmos — observava Rodrigo — eram tão tristes quanto os "sujos", e muito menos dinâmicos. Andavam pelas ruas sozinhos ou aos bandos, sérios e solenes como se estivessem travestidos de anjos ou santos numa procissão. Traziam nas mãos bisnagas, limões e pacotes de serpentina ou confete, e parecia divertirem-se principalmente com a ideia de que estavam sendo vistos e "apreciados" pelo povo naquelas fantasias.

Duma das janelas do Sobrado Rodrigo observava que desde às nove da manhã um solitário pierrô cor-de-rosa dava voltas à praça, com a cara coberta de alvaiade, a cabeçorra metida num gorro de meia preta, os braços caídos, o passo lento, a expressão melancólica, a larga túnica com pompons negros a dançar-lhe no corpo magro. Depois de dar muitas voltas, sentou-se num banco, que os moleques em breve cercaram em algazarra, e ali ficou apático e inerte, sem reagir à provocação dos garotos. Aquele homem estava se divertindo! — observou Rodrigo, perplexo.

À tarde começou o entrudo. Nas ruas as pessoas se encontravam e jogavam umas nas outras os limões de cera com água de cheiro, ou se trocavam os esguichos de suas bisnagas de metal. Era, porém, na Terça-Feira Gorda que o entrudo atingia o auge e, no fim do dia, esgotado o estoque local de limões e excitados os ânimos, os carnavalescos saíam para a rua com canecas ou baldes cheios d'água do poço e se davam banhos espetaculares.

Nos bailes do Comercial, o jogo de lança-perfumes assumia um caráter geralmente romântico entre os namorados, mas entre os casados transformava-se quase sempre em ferozes duelos ou batalhas, em que o objetivo supremo era esguichar o éter perfumado dentro do olho do adversário, que ficava a sapatear, a gemer, a lacrimejar e a esfregar as pálpebras com os dedos, num frenesi. Esses combates tinham um aspecto selvagem e não raro degeneravam em luta corporal — mas tudo dentro do espírito carnavalesco, em meio de risadas e exclamações de alegria. Rodrigo observava essas cenas, divertido. Por que será — perguntava a si mesmo — que o gaúcho acaba sempre por transformar seus jogos e divertimentos em simulacros de guerra? Deve ser porque o Rio Grande começou com um acampamento militar e seus habitantes passaram mais de metade da vida de armas na mão.

Ao entardecer daquele domingo, estando à janela do Sobrado em companhia de Flora, Rodrigo viu passar na rua um carro de tolda arriada, conduzindo uma dama espalhafatosamente vestida de seda azul-elétrico e trazendo na cabeça um chapelão de palha, de largas abas, coroado de plumas tricolores. Era corpulenta, tinha as mãos e os antebraços cobertos por mitenes negras e abanava-se com um amplo leque, em movimentos lentos e majestosos, batendo-o contra os volumosos seios. Voltou o rosto para a janela do Sobrado, fez um aceno de cabeça e sorriu. Rodrigo correspondeu ao cumprimento, intrigado. Quem seria? Havia naquela cara branca de pó de arroz, com um indecente excesso de carmim nas faces, algo de estranho e ao mesmo tempo de repulsivamente familiar.

— Quem é? — perguntou Flora.

— Alguma mulher da vida. Decerto me conhece do consultório...

De repente, porém, como que lhe veio à mente um clarão de reconhecimento.

— Cachorro! — exclamou, batendo com o punho cerrado no peitoril da janela. — Desavergonhado! Sabes quem é aquela *mulher*? O Salomão Padilha, o alfaiate. É o cúmulo do descaramento. Só a bala. Só ca...

Engoliu as duas últimas sílabas do verbo, em atenção à esposa.

4

Na Terça-Feira Gorda Rodrigo convidou Rubim para vir assistir da janela do Sobrado à passagem do préstito carnavalesco que *A Voz da Serra* anunciava como *o mais belo destes últimos anos, e da autoria do habilidoso artista conterrâneo, Sr. José Pitombo.*

Os rapazes do "Zé Pereira" local saíram à rua pouco depois das quatro horas e fizeram uma volta pela praça. Onze deles rufavam em caixas-claras; cinco batiam em tambores surdos; o filho do Marcelino Veiga tocava bombo; um corneteiro do Batalhão de Infantaria solava o Zé Pereira. Achavam-se os componentes do grupo fantasiados de "caraduras": calças brancas, fraques de cetim verde-vivo, gravatas-borboleta da mesma cor; nas cabeças, cartolas altas e negras como chaminés. Suas caras pintadas a carvão estavam sérias, solenes mesmo, apesar de o cronista d'*A Voz* chamar-lhes habitualmente "os alegres foliões do Zé Pereira". Marchavam numa cadência dura, quase militar, e parecia que sua noção de divertimento tinha muito a ver com a produção de barulho. Que moçada sem graça! — pensou Rodrigo, que os contemplava de sua janela. Mas não gostou quando Rubim, pousando-lhe a mão no ombro, disse:

— Os gaúchos, me desculpe a franqueza, são um povo triste e sem encanto. Olhe só esses rapazes: não cantam, não dançam, não riem, não brincam. Ali vão graves e compenetrados como se estivessem a cumprir um dever cívico ou religioso. E depois, meu caro, vocês aqui no Sul não têm música própria nem arte popular nem tradição.

— Como não? — protestou Rodrigo. — Temos uma tradição muito rica e muito nossa.

Procurou exemplos para atirar na cara do capitão de artilharia, mas eles não lhe ocorreram com a desejada espontaneidade.

— Que queres? Passamos a vida brigando desde os primeiros tempos do povoamento do Continente. Tivemos onze campanhas em setenta e sete anos, veja bem, onze! Não nos sobrou muito tempo para fazer música, dançar ou cantar. Os castelhanos nunca nos deixavam em paz!

— E quando deixavam, éramos nós que íamos provocá-los...

— Isso! Praticamente trabalhávamos com a enxada numa mão e a espingarda na outra, porque o inimigo podia surgir a cada momento. Ou então vinha de repente *lá de cima* uma ordem de mobilização.

Mascarados macambúzios passeavam lentamente pelas calçadas da praça, solitários ou em pequenos grupos.

— Queria que você conhecesse o Norte — disse Rubim —, que visse o Carnaval do Recife com os seus tradicionais blocos como os "Vassourinhas", os "Abanadores"... E as danças! e as cantigas! O chão de barriga, o frevo, o maracatu, as congadas! Aquilo é que é riqueza folclórica, seu Rodrigo! O Bumba meu boi, os Pastoris, as cheganças...

Rodrigo fechara-se num silêncio enciumado, e olhava para os rapazes do Zé Pereira, que agora passavam pela frente da igreja, a repetir a cadência barulhenta e enjoativa de seus tambores, enquanto o pistão traçava no ar, hesitante e fanhoso, a velha melodia carnavalesca.

— E não é só no Recife — continuou Rubim. — Em todo o Norte você encontrará uma arte popular riquíssima, na forma de cerâmica, canções, danças, superstições e lendas.

Fez avançar o rosto, com a dentuça à mostra, como se quisesse morder o interlocutor.

— E que é que vocês têm aqui que não seja importação ibérica, quando não é pura imitação dos vizinhos platinos?

— Ora, não diga isso! A lenda do Negrinho do Pastoreio é autóctone, e, sem favor algum, a mais bela do Brasil!

— Não é a *mais* bela lenda do Brasil, não. Reconheço que é *uma das mais* belas. Mas é a única. Não, meu caro, a imaginação de vocês é pobre.

Rodrigo sacudia a cabeça, numa negativa obstinada.

— Não senhor, não concordo. O que nos tem faltado não é imaginação, mas tempo, vagares, tranquilidade. E, depois, me parece fora de dúvida que as lendas e superstições nascem do mistério, do medo. Ora, na nossa paisagem não há mistério. São campinas rasas, horizontes largos, céus imensos, tudo limpo, claro, amplo, convidando à ação, ao arremesso, à carga. Quanto ao medo, creio que é coisa que aqui não conhecemos.

— Isso é que nos irrita lá em cima! — replicou Rubim. — Vocês gaúchos vivem dando a entender que têm no Brasil o monopólio da coragem. Só vocês são machos, só vocês sabem brigar, só vocês lutaram pela pátria! Ora, isso não é verdade. Abra a nossa história militar e veja o contingente com que o Centro e o Norte sempre contribuíram para todas as campanhas guerreiras.

— Sim, mas o campo de batalha era quase sempre o nosso território. Esta foi a terra devastada. Já pensaste nisso? Imagina só as incertezas duma fronteira móvel a subir e a descer ao sabor das guerras e dos tratados. O perigo constante, as nossas mulheres sempre de luto e meio abandonadas, as lavouras destruídas ou sem braços, o gado dizimado, os homens mortos ou mutilados. Já pensaste?

Rubim soltou uma risada.

— Estamos conversando como se fôssemos representantes de duas nações rivais, hein? E quem tem culpa disso são vocês, com essa mania de separatismo, de...

— Alto lá, capitão! — interrompeu-o Rodrigo. — Nunca fomos separatistas, mas sim liberais que sempre desejaram uma República Federativa. Esse foi o sentido da Guerra dos Farrapos. Aliás, para seres coerente com tuas ideias nietzschianas, devias admirar um Estado espartano como o nosso, que é uma espécie de Prússia brasileira...

— Claro que admiro, homem! Mas eu queria que você conhecesse o Nordeste, para ver que gente rija é aquela, que gente brava e que gente pitoresca. Não tivemos vizinhos castelhanos com quem brigar, mas tivemos e ainda temos um inimigo que nunca nos deu tréguas: a terra, o clima. E o pior, ou o melhor, é que apesar de tudo nós amamos esse inimigo.

Calaram-se à aproximação do préstito, que foi anunciado pelos clarins da banda do Regimento de Artilharia, cujos soldados, fantasiados de mandarins, abriam o cortejo.

5

Na noite do último sábado de março, Rodrigo reuniu alguns amigos no Sobrado, para se despedirem do cap. Rubim, que havia sido transferido para a guarnição de São Paulo.

Pouco depois das oito chegou o cel. Jairo com a esposa, que estava trajada como para um baile de gala. Flora, que vestia uma simples blusa de musselina verde-jade e uma saia cor de chocolate, pareceu ficar desconcertada ao ver entrar, toda de negro e coruscante de joias, aquela branquíssima criatura cuja esbeltez e elegância lembravam a dos desenhos dos figurinos parisienses. Carmem Bittencourt dirigiu-se para a sala de visitas no seu andar lento e frágil de garça, a fisionomia impassível, os grandes olhos amortecidos por um desinteresse cansado. Flora seguiu-a a balbuciar amabilidades, a elogiar-lhe o vestido e o aspecto. Rodrigo observara que a esposa perdia a naturalidade na presença da carioca: ficava numa atitude humilde, era a provinciana diante da dama da capital federal. Suas palavras, de ordinário fluentes, transformavam-se num tartamudeio acanhado de colegial. Carmem não fazia o menor gesto nem dizia a menor palavra para deixar a outra à vontade. Portava-se com uma altivez um tanto desdenhosa (era sabido que aborrecia Santa Fé e não perdia ocasião de pôr em ridículo seus habitantes, principalmente as mulheres) e não raro dirigia a Flora ditos irônicos que deixavam Rodrigo indignado, ansioso por dar-lhe o troco na mesma moeda — coisa que não fazia apenas em consideração ao marido. Esnobe! — exclamou ele mentalmente, lançando um rápido olhar na direção da sala, onde Flora fazia a carioca sentar-se no sofá. Pomadista! Nem que te multipliques por dez chegarás aos pés da minha mulher! Imaginava despiques torpes: despir aquela insolente e amá-la da maneira mais aviltante. E ao pensar nisso verificava, um pouco contrariado, que a ideia de possuir a mulher do coronel não lhe era indiferente. Sentia por ela uma curiosidade sexual meio mórbida, com um esquisito sabor de incesto.

— Passe pra cá, coronel — disse em voz alta, puxando o outro pelo braço e fazendo-o entrar no escritório. — Sente-se naquela poltrona.

Jairo Bittencourt obedeceu. Rodrigo acendeu um charuto e sentou-se também, soltando uma baforada feliz.

— É uma pena o senhor não fumar. Não sabe o que perde. Um charuto não é apenas um prazer físico, mas uma delícia também para o espírito. Será que alguém já escreveu sobre os efeitos psicológicos dum bom charuto? Não há nada de melhor que um Havana para levantar a moral!

Esperou que o coronel aproveitasse a deixa e, como era seu costume, entrasse numa dissertação que acabaria fatalmente no positivismo. O amigo, porém, continuou silencioso, a fisionomia tristonha, a mão a acariciar num gesto perdido a cabeleira fulva onde já apontavam fios prateados.

Rodrigo falou na guerra e deu voz à sua indignação ante o fato de os alemães estarem empregando o lança-chamas.

— É uma monstruosidade! — exclamou. — Uma arma de bárbaros!

Jairo encolheu os ombros.

— A guerra em si mesma já é a maior das monstruosidades. Pode parecer estranho que eu, um militar, faça tal afirmação. Mas é que antes de ser militar sou uma criatura humana.

— Veja como nesse assunto de guerra a humanidade tem retrogradado desde os tempos das nobres liças medievais, de homem contra homem, até este nosso século em que se massacraram populações civis indefesas e os boches andam a empregar essa arma horrível que chamusca e torra os inimigos, como se eles fossem ratos pesteados. Aonde é que vamos parar?

Fez-se um curto silêncio. As janelas do escritório e da sala de visitas estavam abertas para aquela serena e tépida noite de princípios de outono. Da praça, onde crianças cirandavam, vinham vozes finas e musicais em coro:

O *meu belo*
do castelo,
mata-tira
tirarei.

Rodrigo sorriu. As crianças de hoje — pensou — vivem numa paz e numa segurança que as de meu tempo não conheceram... O charuto preso entre os dentes, as pernas trançadas, atirou a cabeça para trás e ficou a escutar a cantiga. Sentia-se feliz e em paz com o mundo. Havia jantado bem, sua vida estava em ordem; não tinha problemas materiais nem espirituais. Mas que diacho teria o coronel que estava tão deprimido?

— E o bandido do Rubim? — perguntou afetuosamente. — Já capitão, hein?

— Foi uma promoção merecida. Não tenha dúvida: esse moço vai fazer um carreirão.

— Talvez chegue a ministro.

— Por que não? É dessa massa que se fazem os estadistas.

Rodrigo sorriu.

— Mas no dia em que o Rubim assumir a pasta da Guerra, a Argentina deve decretar sem tardança a mobilização geral.

Jairo atirou o braço no ar, num gesto de quem quer afugentar uma mosca.

— Ora! As tolices do Rubim! Não é ele o único oficial do nosso exército que vive com essa ideia fixa duma guerra entre o Brasil e a Argentina. Isso é pura falta de visão sociológica, dum conhecimento mais profundo da história e da psicologia dos povos.

Depois de uma curta pausa, Rodrigo perguntou:

— Tem sabido do Lucas?

— Notícias recentes, nenhuma. Só sei que ainda está no Mato Grosso.

— A nossa Sibéria.

Jairo suspirou.

— Quando nos querem castigar é para lá que nos mandam.

Rodrigo sorria, pensando no tenente de obuseiros. Havia três anos, Lucas Araújo provocara um escândalo que fizera a cidade inteira vibrar. Como o cel. Joca Prates continuasse a opor-se ao seu namoro com a Ritinha, o rapaz vivia em constantes bebedeiras e mais duma vez ameaçara desacatar aquele "coronel de bobagem". Um dia cumpriu a ameaça. Embriagou-se, despiu-se por completo, enfiou na cabeça o quepe militar, apanhou uma espada, montou a cavalo e, saindo do quartel por entre as sentinelas embasbacadas, precipitou o animal a galope na direção da cidade. Sua tenção era entrar assim na rua do Comércio e cruzar pela frente da casa de Joca Prates. Ao avistá-lo, as mulheres que estavam nas calçadas ou debruçadas às janelas soltavam gritos, tapavam os olhos com as mãos ou fugiam. Os homens, uns rompiam em ditos chistosos e gargalhadas, outros protestavam, indignados, contra o ultraje. Maneco Vieira, que se encontrava a cavalo na frente da Casa Schultz, a conversar com um amigo, viu o tenente de obuseiros passar, compreendeu tudo num relance e não teve a menor hesitação. Meteu as esporas nos flancos do animal, tocou-se atrás de Lucas e alcançou-o quando ele já entrava a praça da Matriz. Tirou o laço dos tentos, reboleou-o no ar e laçou o oficial, colhendo-o pelos ombros e imobilizando-lhe os braços. Lucas tombou do cavalo no chão da praça, com um baque surdo. Maneco Vieira apeou, envolveu o tenente no seu poncho, levou-o a um médico — "pra ver se o moço não tinha quebrado alguma coisa" — e depois entregou-o a seu comandante.

Rodrigo e outros amigos do alagoano tentaram abafar o escândalo, mas nada conseguiram. Era tarde demais: a cidade inteira já sabia do ocorrido. Lucas foi recolhido à prisão militar. Poucas semanas depois era transferido para Mato Grosso.

— Bom coração — sentenciou o cel. Jairo — mas *mala cabeza*.

E assim se vão os amigos, um por um — refletiu Rodrigo. Em setembro de 1914, depois da morte súbita de Celanira, Pepe García decidira deixar Santa Fé, "huir a los recuerdos tristes", sair a burlequear pelo Brasil. Queria conhecer o Norte, subir o Amazonas num gaiola, passar uma temporada em Manaus, pintar a selva, "quizás morir de malária o devorado por una onza".

O cel. Jairo olhava fixamente para o soalho. E com uma voz sentida que Rodrigo jamais lhe ouvira, queixou-se:

— Pois é, meu amigo, e a todas essas eu vou ficando por aqui. Nem promoção nem remoção. Tenho a impressão de que se esqueceram de mim. Não é que eu não goste desta terra e desta gente, mas, que diabo!, já era tempo de me mandarem para um lugar maior.

Baixou a voz, lançou um olhar furtivo para a sala de visitas.

— A Carminha não tem saúde para aguentar este clima. Num destes invernos, o vosso minuano pode levar a pobrezinha.

Rodrigo ia dizer-lhe uma palavra de conforto quando foi interrompido pelo cap. Rubim, que entrou no Sobrado soltando a sua risada convulsiva e arrastando pelo braço o pe. Astolfo.

6

Alto, esguio, meio encurvado, o rosto duma palidez oleosa de seminarista, o novo vigário de Santa Fé tinha algo de adolescente na fisionomia, apesar de já haver completado trinta e três anos. O cabelo cortado à escovinha e os grandes óculos de aros de tartaruga davam-lhe um ar estudioso de ginasiano aplicado. Suas feições eram regulares e duma delicadeza quase feminina. "Que tal é o novo vigário?", perguntara Maria Valéria ao afilhado, no dia em que este fora apresentado ao pe. Astolfo. A resposta viera espontânea: "Um gurizão simpático". Já agora, depois dum convívio mais íntimo e prolongado, Rodrigo acrescentava algo à definição: "Um homem culto e inteligente, duma seriedade que impressiona".

Natural de Minas Gerais, o pe. Astolfo Neves, segundo se murmurava, fora já chamado à ordem por mais dum bispo, por causa de sua perigosa tolerância no domínio das ideias. Era indisfarçavelmente um liberal, embora não chegasse aos extremos do lendário pe. Romano, que aceitava o evolucionismo e lia com paixão Voltaire, Diderot e Renan.

Depois de cumprimentar as senhoras na sala de visitas, Rubim apertou a mão do cel. Jairo e do dono da casa, exclamando jovialmente:

— Vou m'embora de Santa Fé sem ter convertido o vigário à minha filosofia!

Rubim envergava um uniforme de brancura imaculada, num contraste com a batina negra do padre. E não haveria — pensou Rodrigo — uma oposição identicamente radical entre as ideias daqueles dois homens?

O vigário sentou-se, cruzou as longas pernas e, num cacoete muito seu, ficou a puxar o lóbulo da orelha, apertando-o entre o polegar e o indicador.

— Eu vinha procurando convencer o padre — contou Rubim — de que o homem cristão, na sua monstruosa tentativa de abafar os instintos, acabou perdendo a vitalidade e hoje em dia só pode achar interesse na vida recorrendo a entorpecentes como a religião, o esporte, a morfina, a música, a literatura, a arte, enfim. Todas essas coisas são alcaloides. — Deu uma palmada no respaldo da cadeira e exclamou: — Aí está! Deus também é um alcaloide!

O vigário olhava para o capitão e sorria com benevolência. Rodrigo interrompeu a discussão para perguntar que música queriam ouvir.

— Verdi! — pediu Jairo. — É o meu alcaloide predileto.

Rodrigo encaminhou-se para a sala de visitas, abriu uma das gavetas da estante do gramofone e escolheu um disco. Pouco depois saía da campânula do aparelho a melodia do prelúdio do último ato da *Traviata*. O coronel cerrou os olhos e reclinou a cabeça. Rubim encarava o vigário, provocador.

— Que diz da minha classificação, reverendo? Deus, o Grande Alcaloide!

— Bem achada — respondeu o sacerdote. — Por que não? Deus é o bálsamo para todas as dores morais, o remédio para todas as doenças da alma...

Sua voz, grave e lenta, tocada duma fadiga precoce, era muito mais velha e vivida que o rosto.

Violinos e violoncelos choravam o prelúdio. Rodrigo inclinou-se sobre a esposa do coronel e perguntou-lhe se gostava da *Traviata*.

— É a minha ópera predileta — respondeu ela, erguendo para o anfitrião os olhos de tísica.

Mais um agosto e um par de minuanos, *ma chère*, e tua alminha voará para o céu. E não terás conhecido o amor, *mon ange*. Não me refiro a esse amor filosófico e senil de Augusto Comte por Clotilde de Vaux, mas o amor carnal dum homem jovem e ardente como o dr. Rodrigo. Pois *c'est dommage!*

Voltou para o escritório, onde Rubim continuava a provocar o padre.

— Não é possível aceitar a existência de Deus a não ser através da cegueira da fé, que é outro entorpecente.

Astolfo puxava com força o lóbulo já congestionado da orelha.

Rodrigo sentou-se e ficou a observar o vigário. Admirava e estimava aquele sujeito quieto e sisudo, que era hoje um dos convivas mais assíduos à mesa do Sobrado. Observava-o com um interesse cheio de afeição e, à medida que o tempo passava, ia descobrindo nele facetas novas, muitas das quais pareciam destoar por completo do conjunto. Nossa tendência — achava Rodrigo — é imaginar que as personalidades são geométricas, e assim costumamos vê-las como cubos, cones, cilindros ou esferas. Mas o diabo é que na realidade as pessoas psicologicamente podem ser poliédricas, como no caso do pe. Astolfo. Quem diria que aquele pernilongo pachorrento e de aspecto franciscano era um dos melhores atiradores do município, e que já arrebatara aos ases do Turnverein local mais de um campeonato de tiro ao alvo? Quem poderia imaginá-lo metido em botas de cano alto, um chapelão de campeiro na cabeça, a atolar-se em banhados, embrenhar-se em matos a caçar veados, antas e jaguatiricas? Contava-se até que mais duma vez Astolfo fora visto no pátio da casa paroquial a alvejar tico-ticos e rabos-de-palha com uma arma de salão. Hábil manejador de funda e bodoque, com frequência tomava parte, com os moleques da vizinhança, em torneios de tiro em que os alvos eram velhos vasos noturnos amassados e sem fundo, tirados aos monturos. Coisas como essas — concluía Rodrigo — pareciam-lhe incompatíveis com aquele sacerdote de hábitos austeros, que privava com santo Tomás de Aquino, amava os escritos de santa Teresa de Ávila e lia por puro prazer tratados de cálculo integral e diferencial.

Rodrigo olhava para o padre, que dizia:

— A Fé é apenas um dos muitos caminhos que levam ao conhecimento e ao amor de Deus. A revelação é o atalho dos eleitos, mas um fanático da lógica, como o capitão, um dia poderá chegar a Deus pelos meandros da inteligência.

— Absurdo! — replicou Rubim.

Ergueu-se. Os cabelos eriçados, a dentadura à mostra, parecia um ouriço-cacheiro. Aproximou-se do vigário, bateu-lhe no ombro e perguntou com ar gaiato:

— Deus é sólido, líquido ou gasoso? Vamos lá! Qual é a essência de Deus?

Jairo, sempre de olhos cerrados, sacudia a cabeça num movimento de pêndulo, como se quisesse dar a entender que aquela discussão não só era inútil como também inoportuna.

O padre não perdeu a calma.

— Nosso conhecimento da essência divina — redarguiu — é muito imperfeito, por isso não podemos deduzir a existência de Deus da sua essência.

— Mas não se diz que Deus criou o homem à sua imagem e semelhança? — perguntou Rubim, dirigindo-se ao padre mas voltando a cabeça na direção de Rodrigo e piscando o olho. — Deus deve então ter como nós um corpo...

— Deus não tem um corpo — respondeu o sacerdote, como um aluno que está sendo submetido a uma sabatina oral — porque os corpos têm partes e em Deus não há composição. Deus é a Sua própria essência, razão por que Ele é simples.

O capitão cruzou os braços, alçou um pouco a cabeça e lançou para o interlocutor um olhar que pareceu deslizar ao longo do nariz.

— Mas os doutores da sua Igreja não afirmam que Deus é *composto* da essência e existência?

— Composto? — repetiu Astolfo. — Absolutamente! N'Ele existência e essência são idênticas.

Rodrigo estava estonteado. Sentia-se perdido quando entrava no território das ideias abstratas, e não escondia seu desamor às "filosofanças". Queriam discutir história? Que viessem e ele faria brilhantes dissertações sobre o Império Romano e as campanhas napoleônicas, seria capaz de falar horas inteiras sobre a Revolução Francesa e seus líderes. Sempre, porém, que a discussão enveredava para o domínio da metafísica ele ficava tomado duma sensação de insegurança, era como um navegante sem bússola nem estrelas num mar brumoso.

— Dê-me então uma definição clara de Deus — pediu o artilheiro e, enquanto o padre descruzava e tornava a cruzar as pernas, ele tirava o pincenê, embaciava as lentes com o hálito e limpava-as meticulosamente com o lenço.

— Deus não pode ser definido — disse o sacerdote, encarando placidamente o militar. — Sua natureza só nos é conhecida através do que ela não é...

Rubim tornou a acavalar o pincenê no nariz e fez um muxoxo.

— Confuso, padre, muito confuso. Sou um soldado, tenho um espírito matemático. Não aceito a existência de nenhuma coisa que não possa ser provada.

— Bom... — murmurou o outro.

E por um instante seu olhar vagou, meio perdido, pela sala.

— Mas haverá coisas que Deus, o Todo-Poderoso, possa *não* ser e *não* fazer? Jairo protestou:

— Por amor desse Deus que estais discutindo, vamos ouvir música, a divina música. Deixem a discussão para outro dia.

Rodrigo foi até a sala de visitas para virar o disco. Flora lançou-lhe um olhar no qual ele leu um pedido de socorro. (Nossa Senhora! Já não sei mais o que é que vou conversar com esta mulher.) Rodrigo sorriu:

— Manda servir alguma coisa, Flora.

Quando voltou para o escritório, o pe. Astolfo estava enumerando pacientemente as coisas que Deus não podia ser:

— Não pode ser um corpo, nem mudar-se a si mesmo. Não pode falhar...

A cada uma dessas asserções, Rubim perguntava com uma insistência automática: "Mas por quê? Por quê?". O vigário, entretanto, prosseguia sem responder:

— Deus não pode cansar-se nem encolerizar-se nem esquecer nem arrepender-se... nem entristecer... nem alterar o passado... nem pecar... nem fazer outro Deus...

— Mas pode deixar de existir, não pode?

O sacerdote sacudiu a cabeça.

— Não, absolutamente. Deus é uma entidade sem acidentes: não pode ser especificada por nenhuma diferença substancial...

— Ora viva! — exclamou Rubim. — Seu Deus no fim de contas é mais limitado do que eu imaginava.

— Posso dizer-lhe também muitas coisas positivas sobre Ele. Deus é o que move mas nunca é movido.

O cel. Jairo voltou a cabeça e abriu os olhos.

— Axioma velho como Aristóteles.

— Nem por isso menos verdadeiro. Mas deixem-me continuar... Deus é o movedor inamovível, a causa primeira e a origem mesma de toda a necessidade. Deus é a fonte de todas as perfeições do universo...

Rodrigo achou que devia meter sua colher torta na discussão.

— E todo o serviço malfeito é empurrado pra cima do diabo...

Como se não o tivesse ouvido, Astolfo prosseguiu:

— Deus é bom e ao mesmo tempo Ele é a Sua própria bondade.

— Isso é forte demais para um simples capitão de artilharia... — murmurou Rubim. — Comparada com essa espécie de metafísica, a balística chega a ser brinquedo de criança.

Apanhou o cálice de vinho do Porto que Laurinda lhe oferecia. Jairo fez com a mão um sinal negativo: não queria beber nada.

O padre, porém, aceitou o vinho, levou o cálice aos lábios, bebeu um pequeno gole e continuou:

— Deus é inteligente. — Subitamente animado, pôs-se de pé, como se fosse fazer um discurso: — E o Seu ato de inteligência é Sua essência.

— Uma bela frase que nada esclarece — replicou Rubim.

O homem de preto e o de branco estavam de pé, frente a frente. Rodrigo contemplava-os, sorrindo. Jairo continuava de olhos cerrados a escutar o prelúdio.

— Deus é imutável — afirmou o padre — porque n'Ele não se contém nenhuma potencialidade passiva. Em suma: Deus é Verdade.

Rodrigo bebeu um largo gole de vinho e aproximou-se dos amigos com uma pergunta:

— O padre também acredita como Aristóteles que a alma está localizada na glândula pineal?

— Claro que não. A alma inteira está presente em todas as partes do corpo.
Rubim baixou a voz:

— Será que a alma é transmitida de pai para filho por meio do esperma?

O sacerdote meneou vigorosamente a cabeça:

— Absolutamente. Uma alma nova é criada por Deus para cada ser que nasce.
Rubim deu uma palmada na coxa, vociferando:

— Como se explica então a transmissão do pecado original de pai para filho,
hein? Como se explica? Se é a alma que peca e não o corpo, e se alma não é
transmitida de pai para filho, como pode cada ser novo que nasce herdar o pecado de Adão?

— Saia agora dessa, padre! — sorriu Jairo.

O vigário olhava reflexivamente para dentro do cálice.

— Pois é — disse ele, franzindo os lábios. — Santo Agostinho, que era melhor e mais esclarecido que eu, também ficava perplexo diante desse problema...

Ergueu os olhos para Rubim, encarou-o por um instante e por fim começou
a rir a sua risada grave e lenta.

Jairo ergueu-se e caminhou para o vigário.

— Deus conhece as coisas particulares ou só as universais, as verdades gerais?

O padre não hesitou.

— Está claro que Deus conhece até as coisas que ainda não têm existência,
assim como... — Olhou em torno e apontou para o retrato de Rodrigo. — Assim
como o artista que pintou aquele quadro já o conhecia antes de pintá-lo...

— Don Pepe não é exatamente a minha ideia de Deus — troçou Rubim.

A música havia cessado e agora só se ouvia o chiado da agulha. Rodrigo
correu para o gramofone e pô-lo a tocar uma valsa de Strauss.

— Mas como é que Deus pode conhecer os contingentes futuros? — tornou
a perguntar o coronel.

— Porque Ele está fora do tempo.

— Em suma — observou Rubim —, numa posição muito cômoda. Uma verdadeira sinecura, um posto de comando sem superiores hierárquicos e sem patrão.
Não é de admirar que Deus possa dar-se ao luxo de ser bom e justo e perfeito
como os teólogos afirmam. Tem carta branca e está acima de qualquer tribunal.

Por um instante o vigário ficou a escutar o gramofone, movendo a cabeça ao
ritmo da valsa.

Rodrigo olhava, meio apreensivo, para a sala de visitas, onde Carmem e Flora estavam imóveis e silenciosas. Por que diabo havia o coronel trazido a esposa,
se era evidente que ela não tinha a menor simpatia por Flora? Tomara que che-
guem os Carbone para salvar a situação!

Quando Laurinda entrou com os pratos de fiambre, de pão com caviar e
croquetes, colocando-os sobre o *bureau*, Rubim e o padre discutiam as delícias
deste e do outro mundo. Procuravam, sem chegar a nenhum acordo, uma
definição para a palavra felicidade. Para Rubim felicidade era sinônimo de
força, de poder, de vitória: vitória do homem sobre a natureza, sobre o medo

e sobre os outros homens. Não compreendia os que encontravam prazer na prática dos chamados "atos virtuosos". O padre trincou um croquete e glosou o mote:

— É aí que muita gente se engana! Os atos de virtude não podem ser um fim em si mesmos. São apenas meios...

— Para que fim?

— Para chegarmos um dia à contemplação de Deus, que é a felicidade suprema. Neste mundo não podemos ver Deus na Sua essência nem atingir a verdadeira felicidade. Na outra vida, se nos tivermos feito merecedores da suprema graça, gozaremos o privilégio de ver a face do Criador.

— Mas Deus tem uma face? — perguntou Rubim, com os lábios e os dentes pontilhados de caviar.

— Ora, isso é uma figura de linguagem.

Rubim insinuou:

— Quem sabe se Deus não será também apenas uma figura de linguagem?

Rodrigo soltou uma risada e fez andar à roda o prato de fiambre. Jairo segurou cordialmente o braço do padre e, como para encerrar a discussão, disse-lhe com uma ironia paternal:

— O senhor sabe a sua *Summa contra Gentiles* na ponta da língua. Aprovado com distinção!

Rubim, porém, quis ficar com a palavra final:

— Santo Tomás de Aquino foi um homem de gênio que andou em busca de razões para coonestar sua fé. Partiu de conclusões dogmáticas e saiu à cata das premissas. Encontrou algumas com admirável habilidade, não nego. Agora: aceitá-las é uma questão de fé, não de inteligência.

O vigário sorriu e, para dar a entender que não estava ressentido, bateu de leve no ombro do capitão.

7

Chiru chegou ao Sobrado depois das nove. Sem dar-lhe ao menos tempo de dizer boa-noite, Rodrigo investiu para ele, segurou-lhe a lapela como se fosse agredi-lo fisicamente:

— Por que não trouxeste tua mulher, miserável?

— Ora, Rodrigo, tu sabes, quem tem filhos pequenos... Boa noite, coronel, boa noite, vigário, boa noite, capitão... Pois é. A coitada da Norata anda sempre envolvida com as crias.

Dirigiu-se para a sala de visitas e aproximou-se das damas, diante das quais ficou a fazer mesuras.

O casamento de Chiru Mena, em 1912, com uma órfã herdeira de três léguas de campo bem povoadas, causara quase tanta sensação em Santa Fé quanto a notícia do naufrágio do *Titanic*, ocorrido poucos dias antes. O namoro começara num baile, continuara durante algumas serenatas e conversas ao pé da janela da casa da moça — que vivia com um casal de tios pobres — e encaminhara-se a passo acelerado para um noivado-relâmpago. O pe. Kolb casou-os num gélido dia de julho, em que soprava o minuano, e a noiva, no seu vestidinho branco, tremia de frio e emoção. Rodrigo, um dos padrinhos do noivo, pagou a este o fraque, as calças a fantasia, os sapatos de verniz, o plastrão, e presenteou o casal com a mobília do quarto de dormir. Na hora em que o noivo assinava o nome no registro, Saturnino inclinou a cabeça para Rodrigo e cochichou: "Até que um dia o Chiru desenterrou um tesouro!". Parecia despeitado por perder o velho companheiro de perambulações noturnas. Efetivamente, nos primeiros tempos de casado Chiru foi um marido exemplar: dedicado, amoroso e caseiro. A lua de mel, porém, durou dois escassos meses, ao cabo dos quais Chiru voltou à velha vida, às caminhadas noturnas em companhia de Saturnino, às serenatas com o Neco e às pândegas com quem quer que o acaso lhe deparasse. Levantava-se às dez da manhã e passava o dia na vadiagem, de roda de mate em roda de mate, ou então metido no Comercial a jogar cartas ou bilhar. A todas essas não cessava de proclamar seus propósitos de trabalho: cuidar da estância, multiplicar o gado, fundar uma charqueada ou uma barraca de couros. Parecia ter esquecido por completo o tesouro dos jesuítas. Nunca deu, porém, o menor passo para realizar os grandes planos. Achou mais fácil e conveniente arrendar o campo e vender o gado. Por algum tempo andou com os bolsos cheios de dinheiro, pagando as despesas nas rodas de café e nos bordéis e convidando os amigos para ceatas e cervejadas. A esposa dera-lhe dois filhos, o último dos quais nascera havia apenas quatro meses. Em 1913, assediado pelos credores, hipotecara a estância. Sabendo que a hipoteca estava prestes a vencer-se e que o amigo não tinha dinheiro para resgatá-la, Rodrigo censurara-o: "És um pródigo, um desorganizado, um vadio! Vais botar fora a segunda fortuna que a Providência, que é cega, te atirou nas mãos. Por que não fazes alguma coisa, homem? Não tens pena da tua tia, que se esfalfa pra sustentar a tua família?". Tia Vanja, porém — sabia-o ele —, vivia no sétimo céu. Conservara o "velocino de ouro" em casa, ganhara uma "nora" e "netos". E, para cúmulo da felicidade, o *Correio do Povo* estava agora publicando o mais formoso, o mais edificante dos romances: *A toutinegra do moinho.*

— Salafrário! — exclamou Rodrigo quando o amigo voltou para o escritório. — Podias ter deixado as crianças com tua tia. Não trouxeste a Norata porque não quiseste. És um mau marido, um mau cidadão, um mau exemplo. Mas come alguma coisa, animal!

Chiru apanhou um croquete, meteu-o inteiro na boca e pôs-se a mastigá-lo com gosto e ruído. Havia engordado naqueles últimos anos: ostentava uma corpulência imponente de embaixador. A papada estava nédia, a cara rubicunda, a juba loura, mais abundante que nunca. As costeletas espessas e longas ameaçavam transformar-se em suíças — o que já lhe dava uma certa parecença com os retratos de d. João VI.

— O doutor Carbone ainda não chegou?

— Não — respondeu Rodrigo. — Tinha uma operação marcada pras oito. — Hérnia estrangulada.

— Aquele gringo é um carniceiro! — exclamou Chiru. — Mas tem um coração de pomba. Para com esse gramofone, homem, pra gente poder conversar. Tenho um prato de primeira ordem pra vocês...

Quando a valsa terminou, Chiru olhou de soslaio na direção das mulheres, voltou-lhes as costas, inclinou um pouco o busto e, num tom de voz a que Maria Valéria chamava "murmurim", sussurrou:

— Sabem que está pra estourar um escândalo na cidade?

Três pares de olhos focaram-se no rosto de Chiru Mena. Comentava-se com insistência — contou ele — que o irmão Jacques Meunier, o marista, e a filha mais velha do cel. Cacique Fagundes, a quem ele dava lições particulares de francês, estavam perdidamente apaixonados um pelo outro.

— Calúnia! — reagiu Rodrigo. — Santa Fé é um burgo maldizente. Não respeitam nem um sacerdote, isso pra não falar na honra duma moça de boa família. Então, só porque o rapaz está ensinando francês pra Doralice Fagundes... ora, seu Chiru, ora!

Calou-se, o cenho franzido. Não estava tão revoltado como queria parecer para agradar o pe. Astolfo. Na realidade não só achava os boatos verossímeis como também sentia certo alvoroço ante a perspectiva do escândalo.

Chiru empertigou-se, assumiu um ar grave de respeitabilidade, espalmou a mão sobre o peito:

— Perdão, não sou eu quem diz. Apenas vendo a coisa pelo preço que compro. Todo o mundo fala nessa história.

Tornou a lançar um rápido olhar cauteloso na direção da peça vizinha, onde as duas mulheres, imóveis e caladas, pareciam figuras dum museu de cera.

— Dizem que ficam horas e horas fechados numa sala — murmurou. — Que diabo! Padre é de carne e osso como qualquer um de nós, não é, vigário?

Astolfo, que estava a puxar o lóbulo da orelha, sorriu, meio constrangido, e explicou, com seu jeito paciente e atencioso, que um marista não é propriamente um padre como os outros.

— A Sociedade de Maria tem três graus. O primeiro é o dos aspirantes, que fazem todos os anos um voto singelo de obediência. O segundo é o dos professores, que depois do noviciado canônico e de haverem completado vinte e um anos, fazem três votos singelos de castidade, pobreza e obediência. Há finalmente o terceiro grau, que é o dos professores estáveis, que devem ter trinta e cinco anos completos e, após o segundo noviciado, pronunciam o voto de estabilidade na Congregação. O irmão Jacques, creio, está no segundo grau...

— Pode então, *não* renovar o voto? — indagou Chiru.

— Claro.

443

— Estás ouvindo? — gritou Chiru na cara de Rodrigo. — Dizem que o homem vai tirar a batina pra casar com a moça. Não vejo nenhum mal nisso, meus patrícios!

Apanhou outro croquete e meteu-o na boca.

— Que é que o coronel Cacique diz de toda essa lambança? — indagou Rubim.

Por um instante Chiru lutou com um arroto. Encostou as pontas dos dedos nos lábios e deixou-o escapar suavemente, sem ruído, e com certa dignidade.

— Quando o Cacique descobrir a coisa — disse — acho que bota o marista pra fora de casa com um pontapé no rabo, com o perdão aqui do reverendo...

Sentou-se, desabotoando o colarinho e afrouxando o nó da gravata.

Rodrigo mandou Laurinda trazer taças e foi à cozinha buscar uma garrafa de champanha. Fez questão de abri-la no meio da sala, para que todos ouvissem o estouro da rolha e vissem a espuma jorrar. Serviu primeiro as mulheres. Depois encheu as taças dos homens e apanhou a sua.

— Se temos hoje champanha gelado é graças à diligência de Marco Lunardi, o nosso grande industrial, que teve a luminosa ideia de comprar uma máquina de fabricar gelo!

Voltou-se para Rubim:

— Tu não mereces um brinde, soldado. Amanhã, quando estiveres longe daqui, sei que esquecerás esta cidade, esta casa e estes amigos. Em todo caso, quero beber à tua saúde. — Ergueu a taça. — Desejo-te felicidades, sucesso e o Ministério da Guerra!

Chiru e o vigário ergueram também as taças e beberam. Rubim olhava fixamente para o anfitrião. De repente operou-se-lhe no rosto uma mudança completa: os olhos se umedeceram, os lábios tremeram sobre a dentuça e ele ficou ali mudo e imóvel, numa súbita nudez psicológica. Rodrigo, surpreso, percebeu que o capitão estava comovido, o que o deixou também com os olhos turvos e um aperto na garganta.

8

Os Carbone fizeram sua entrada no Sobrado depois das dez, quando os Bittencourt já se haviam retirado por insistência de d. Carmem, que se queixara duma súbita enxaqueca. Livre da pesada obrigação de entreter a esposa do coronel, Flora recebeu Santuzza com grandes demonstrações de alegria. Ali estava uma criatura simples, fácil, espontânea, com quem a gente se podia abrir e ser natural sem o menor perigo de dar ratas. Alta, fornida, com um busto abundante de prima-dona lírica e uma cintura surpreendentemente fina para as largas ancas calipígias, dava a esposa do dr. Carlo Carbone a impressão duma camponesa na qual não assentavam bem as roupas citadinas. Andava já pelo fim da casa dos trinta, tinha as faces coradas, a pele lisa, uns grandes olhos honestos de mãe de família, uma risada saudável e uma voz levemente roufenha, que lembrava a Rodrigo a de certas cantoras aposentadas de café-concerto.

Depois de distribuir seus formidáveis apertos de mão entre os presentes, Santuzza sem a menor cerimônia e, com o mais sadio dos apetites, atirou-se sobre os croquetes.

— Então, Carbone, como correu a operação? — perguntou Rodrigo, dando uma palmadinha nas costas do cirurgião. Nunca lhe apertava a mão com força, pois temia desmontar o homenzinho.

— Maravilhosamente bem! — respondeu o italiano com sua rica voz musical que, por uma tola associação de ideias (empostada-empastada-empastelada), Rodrigo classificava como "voz de pastel".

O cirurgião trincou um croquete e bebeu um gole de champanha com um jeito de conhecedor.

— Uma hérnia belíssima! — exclamou, estalando os beiços num simulacro de beijo, levando à boca os dedos unidos e depois abrindo-os em leque, como para espalhar o *bacio* no ambiente. — Belíssima! — repetiu, mais cantando do que pronunciando a palavra.

Serviu-se de pão com caviar. Rodrigo ficou a observá-lo com apaixonado interesse. Aquele homenzinho fascinava-o. Era uma fabulosa mistura de gnomo, feiticeiro, diplomata e *maître d'hôtel*. Figura minúscula — teria quando muito um metro e cinquenta e oito de altura — no seu fraque preto, suas calças a fantasia, colarinho e punhos engomados, era o tipo clássico do médico francês, segundo a caricatura. O que lhe dava ao todo um ar um tanto grotesco era a desproporção entre a cabeçorra — que bem podia estar plantada nos ombros dum homem de estatura acima da mediana — e o corpo franzino de meninote. A testa era larga e alta, e a barba — crespa, castanha e abundante como a cabeleira — estava cortada em bico, o que lhe dava à face algo de agudo, acentuado pelo nariz comprido e afilado, de narinas dilatadas e duma transparência de porcelana. Acima dos olhos meio exorbitados, de pupilas dum cinzento metálico, eriçavam-se as sobrancelhas grossas, com as pontas externas retorcidas para cima à maneira de minúsculos cornos. Rodrigo costumava chamar ao cirurgião "o meu simpático satanás". Homem de idade indefinível — pois tanto se lhe podia dar trinta e cinco como quarenta e cinco ou cinquenta anos —, tinha uma natureza apaixonada e a sensibilidade à flor da pele. Admirava D'Annunzio e Petrarca, era católico praticante, amava a ópera e, *gourmet* de gosto apurado, levava em grande conta os prazeres da mesa. Comer, para ele, era uma espécie de ritual. Aos sábados tinha sempre ao jantar algum prato raro, geralmente rãs à milanesa — o que era motivo de escândalo e falatório na cidade. Rodrigo não pudera conter o riso ao encontrar um dia o dr. Carbone enfarpelado na sua roupa de caçador, de veludo verde-musgo, um boné de pano enfiado na cabeça, as finas pernas envoltas em perneiras de feltro — prestes a sair em excursão pelos banhados das redondezas de Santa Fé, em busca de rãs e cogumelos comestíveis.

O casal Carbone causava sensação quando aparecia nas ruas da cidade: ela alta e imponente, ele baixinho e serelepe no seu inseparável fraque negro, a cabeça metida num chapéu-coco, a longa piteira de âmbar apertada entre os dentes. Diziam os gaiatos: "Lá vem dona Santuzza com sua bengala". Todos sabiam, entretanto, que, apesar daquela desproporção física, quem cantava de galo em casa era ele. Afirmava-se até que aquele homenzinho de maneiras afáveis e duma cordialidade beijoquenta era na intimidade um tiranete — exigente, neurastênico, cheio de manias — e que a mulher, não obstante seu aspecto de amazona e sua energia transbordante, apequenava-se diante dos gritos do marido, fazendo--lhe todas as vontades e desculpando-lhe todas as impertinências.

Logo ao entrar, Santuzza perguntou pelas crianças. Flora respondeu que estavam dormindo. Casal sem filhos, os Carbone se haviam tomado de amores por Floriano e Alicinha e enchiam-nos de mimos e presentes.

A esposa do cirurgião insistiu em subir para olhar *i piccoli*. Fez uma provisão de croquetes e encaminhou-se para a escada grande, seguida de Flora, a qual — observava Rodrigo — não cessava de rir quando estava na presença da italiana.

Chiru aproximou-se de Carbone.

— Como é o negócio, doutor? Quando é que a Itália entra na guerra? A coisa está feia, precisamos de aliados.

O homenzinho colocou a taça vazia sobre o *bureau*, enfiou um cigarro na longa piteira, acendeu-o e soltou uma baforada de fumaça que subiu para o rosto de Chiru.

— Quando a primavera despontar, carino... — cantarolou, pondo-se nas pontas dos pés como para que suas palavras pudessem chegar aos ouvidos do outro.

Rubim pousou-lhe no ombro a mão protetora.

— Se vocês italianos entrarem no conflito do lado dos aliados, cometerão um ato de traição e ao mesmo tempo um erro: romperão uma aliança e perderão a guerra.

Carlo Carbone olhou reflexivamente para o cigarro, bateu-lhe a cinza com a unha do dedo mínimo, deu três passinhos na ponta dos pés, como se estivesse dançando um xote e depois, voltando-se para o capitão, respondeu, evasivo:

— Eh... *già*.

O pe. Astolfo interveio, tendo entre os dedos um dos dourados quindins que Laurinda acabava de servir:

— O capitão não há de querer — disse — que o berço da latinidade entre na guerra ao lado desses bárbaros germânicos!

Rubim voltou-se para o sacerdote:

— O senhor acha que os padres alemães que servem no Exército do Kaiser são da mesma opinião?

O dr. Carbone estava agora como um quebra-mar entre o homem de branco e o homem de negro, a piteira entre os dentes a balançar o corpo, apoiando-o ora na ponta dos pés, ora nos calcanhares. Chiru passou pela cara o lenço vermelho e esmagou um quindim na boca, atento à discussão que se acendera entre o padre e o militar, que já agora estavam às voltas com o Congresso de Viena, as guerras napoleônicas e as intrigas balcânicas.

Rodrigo, escanção feliz, andava de taça em taça, com a garrafa de champanha nas mãos, sorrindo:

— Paz, senhores, paz!

O cirurgião aproximou-se do gramofone, pô-lo a funcionar e, quando voltou para o escritório, já se ouviam os primeiros acordes da "Serenata de Arlequim". Segurou o braço de Rodrigo e, os olhos entrecerrados, ficou a acompanhar a ária em surdina, com sua voz de tenorino.

Rubim puxou o italiano pela manga do fraque:

— Estive procurando provar ao padre que a guerra é uma coisa necessária. Imagine o senhor, doutor, as oportunidades de progresso que a cirurgia vai ter. Positivamente, a paz é a inércia e o desfibramento dos povos.

Carbone não lhe prestou nenhuma atenção. Continuou a cantarolar e agora a reger também a orquestra, com a piteira à guisa de batuta.

Rubim prosseguiu:

— Moltke disse que a paz perpétua é uma ilusão que nem chega a ser uma bela ilusão, e a guerra é um elemento de ordem no mundo, um mandamento de Deus, pois sem a guerra, a humanidade se estagnaria e perderia no materialismo.

— Que é que o padre diz a isso? — perguntou Rodrigo.

— Digo que há muita gente no mundo que fala em nome de Deus sem ter a menor autoridade para isso.

Laurinda entrou com um novo prato de croquetes recém-saídos da frigideira. Chiru atacou-o sem perda de tempo. Arlequim calou-se, Carbone correu para o aparelho.

— Pare com essa droga! — suplicou-lhe Chiru. — Queremos conversar em paz.

O cirurgião tornou ao escritório e sentou-se numa poltrona, ficando com os pés no ar, como uma criança. Rubim acercou-se dele.

— Se a Itália entrar na guerra, qual vai ser a sua atitude?

Carlo Carbone não teve a menor hesitação. Ergueu os olhos para o capitão e declarou que ofereceria seus serviços de médico à cara pátria.

9

Da escada veio um ruído pesado de passos, um cascatear de risadas femininas, e pouco depois Santuzza irrompeu no escritório, trazendo Floriano e Alicinha, um em cada braço. Nos seus macacões de pelúcia, as crianças tinham os olhos piscos e nos rostos afogueados uma expressão de sonolento espanto.

— Dona Santuzza! — repreendeu-a Rodrigo. — Então isso é coisa que se faça? Acordar as crianças a esta hora da noite... Com efeito!

Flora esboçou também um protesto. O dr. Carbone precipitou-se para a esposa, arrebatou-lhe Alicinha dos braços e começou a dar sonoras beijocas no rosto da menina, cujas mãozinhas se lhe aferraram às barbas. Floriano enlaçava o pescoço de Santuzza, a qual lhe murmurava ao ouvido palavras carinhosas.

— *Cara, carina* — resmungava o dr. Carbone, apertando Alicinha contra o peito. — *Topolino mio*.

Rubim, que se havia aproximado da janela, estava a olhar a noite. Rodrigo sabia que o sergipano não gostava de crianças e não procurava esconder essa idiossincrasia, nem mesmo justificá-la. Ficava impaciente sempre que Alicinha e Floriano entravam na sala. (Um dia, quando estava a ensaiar os primeiros passos, a menina perdera o equilíbrio e, para não cair, agarrara-se às pernas do oficial. Este permanecera impassível, não fizera o menor gesto nem sequer esboçara um sorriso: limitara-se a esperar que Flora acudisse, livrando-o daquela "coisa".)

Durante alguns minutos houve ali no escritório uma alegre balbúrdia em que as duas crianças passaram de braço em braço, sob o olhar indiferente do capitão. Depois que Santuzza os levou de volta para a cama, Rubim afastou-se da janela, dizendo:

— Criança e cachorro, só em gravura... Nunca fico tranquilo quando vejo esses bichinhos a meu redor.

Carbone lançou-lhe um olhar duro.

— Celerado!

Rodrigo abriu outra garrafa de champanha e tornou a encher as taças. Lá de cima vinha agora a voz roufenha de Santuzza, a cantar uma *berceuse* napolitana. Como é que as crianças vão dormir com um barulho desses? — sorriu o pai.

Naquele momento chegaram Neco e Saturnino com seus instrumentos. Vinham buscar Chiru para uma serenata.

— Mas comam e bebam alguma coisa antes de irem! — convidou Rodrigo.

— E cante um pouco para nós — pediu o padre, dirigindo-se a Neco.

O seresteiro, que havia pedido cerveja, bebeu um largo sorvo, lambeu os bigodes, afinou o violão e depois olhou para o padre:

— Que é que vai ser?

— Aquela modinha nova que está fazendo tanto sucesso. "O luar do sertão"? Todos aprovaram a escolha. Neco pigarreou e começou:

Não há,
Ó gente,
Oh, não,
Luar
Como esse
Do sertão.

Rubim pôs a mão no ombro de Rodrigo.

— Aí tem você a alma, a poesia do sertão, meu caro. É como lhe digo. Querem um guerreiro? Mandem buscar um gaúcho. Querem um poeta? Procurem um nordestino. Um homem como Catulo da Paixão Cearense não podia ter nascido nestas coxilhas...

— Ora, não diga asneiras!

— Preste atenção na beleza desses versos...

Neco cantava com sentimento.

O dr. Carbone escutava com ar sonhador e seus olhos começavam a ficar enevoados. Santuzza, que havia descido ao ouvir a voz de Neco, estava agora junto da porta, os seios arfantes, o rosto sério. Recostado à janela, com a flauta apertada contra a axila, como um enorme termômetro, Saturnino contemplava o companheiro. Chiru passeava o olhar em torno, com um ar orgulhoso de empresário.

Quando o barbeiro terminou a canção, houve aplausos calorosos.

— É ou não é uma joia, essa modinha? — perguntou Chiru.

O padre ergueu-se, deu algumas passadas sem rumo pelo escritório e por fim, entortando a cabeça e alçando os olhos com ar sonhador, disse:

— Não é mesmo estranho que enquanto estamos aqui alegres, cantando, em paz, seres humanos matam-se, destroem-se e sofrem as misérias da guerra nas terras da Europa?

O dr. Carbone, que acabara de acender outro cigarro, olhou para a ponta das botinas (feitas a mão pelo Cervi, pois nas lojas não havia calçados suficientemente pequenos para seus pés de menino) e depois, numa surdina teatral, recitou:

— Vejo um soldado morto, e seu sangue sobre a neve é como uma rosa vermelha...

— Puro D'Annunzio! — exclamou Rodrigo.

E o italiano soprou-lhe um beijo.

Rubim soltou uma risada sarcástica.

De novo se falou na guerra, nos mortos, nos mutilados, nas cidades destruídas, e no perigo de um dia o conflito estender-se até o continente americano.

Chiru bravateou:

— O Kaiser que não se meta com a cavalaria gaúcha!

Rodrigo apontou para as taças:

— Nada de tristezas. Vamos beber!

Neco tirava acordes plangentes do violão. Saturnino olhava para as estrelas. De súbito, Santuzza aproximou-se do gramofone e pô-lo a tocar um *cake-walk*. A melodia saltitante, produzida por uma orquestra de negros de Nova Orleans, encheu o ar. A italiana tomou a mão do marido:

— *Andiamo, Carlo. La vita è breve.*

Puseram-se a dançar. De braços dados, as cabeças e os bustos inclinados para trás, fizeram a volta da sala, atirando as pernas, como a darem pontapés no ar. O soalho soava como um tambor surdo às batidas cadenciadas dos pés dos dançarinos. Vasos tremiam sobre mesas, consolos e aparadores. E os Carbone, como consumados artistas de *vaudeville*, prosseguiam no seu *cake-walk*, sob aplausos e risadas.

Capítulo III

1

Em princípios de abril Rodrigo sentiu, mais forte que nunca, aquela sensação de inexplicável ânsia e descontentamento que o vinha assaltando ultimamente com certa frequência. Haveria algo de errado em sua vida? Se havia, que era? Estaria ficando neurastênico? Faltava-lhe alguma coisa? Tinha tudo quanto um homem pode desejar: a melhor das esposas, os mais belos e saudáveis dos filhos, dinheiro, posição, prestígio, bons amigos... No entanto era às vezes tomado daquela sensação de inanidade que o deixava apático, deprimido, abúlico ou — o que era mais frequente — irritado e insofrido, a desejar que acontecesse algo capaz de agitar a superfície de sua vida, a qual — comparava ele — era agora como a dum açude em dia sem vento: azul, mas parada e sem vibração.

Talvez estivesse precisando de novos amigos, de outros horizontes e interesse: duma viagem em suma. Mas viajar para onde? Para a Europa era impossível. Os Estados Unidos, com suas chaminés a vomitar fumaça e fuligem, seus negociantes grosseiros, sua falta de bons museus, não o seduziam; de resto ele não falava nem entendia o inglês. Buenos Aires era uma cidade sem alma. Montevidéu nem chegava a ser uma cidade...

Estás precisando mas é duma aventura amorosa — segredava-lhe uma voz interior. Não. Ele não devia, não queria aceitar a explicação. Era imperativo que sentasse o juízo duma vez por todas. Que diabo! Tinha de respeitar a esposa, pensar nos filhos, na reputação profissional... Há loucuras que um homem pode cometer até os vinte e quatro anos. Depois, não se justificam nem desculpam mais.

Seja como for, é a rotina que está me embolorando a alma — concluiu certo dia em que o trabalho do consultório lhe fora particularmente penoso.

Logo que o dr. Carlo Carbone chegara, ele o ajudara nas primeiras operações. Cedo, porém, cansara daquele contínuo abrir e fechar de abdomens, daquela sangueira, daquela carnificina. Havia muito que entregara a farmácia aos cuidados do Gabriel, cuja admiração apaixonada pelo patrão levava-o a imitá-lo nos

450

gestos, nas palavras e até na maneira de vestir, o que não era difícil, pois ele lhe dava as fatiotas, sapatos e gravatas que não usava mais. Quanto à administração do pequeno hospital, confiara-a à sra. Carbone, que era duma energia e duma eficiência assustadoras. Assim, tudo marchava normalmente sem que fosse necessária sua presença num e outro lugar. De quando em quando, porém, sentia-se picado de ciúmes à ideia de que tudo aquilo pudesse funcionar tão bem e render tanto dinheiro sem sua interferência. Enchia-se, então, de zelos patronais e tentava tornar-se indispensável. Ia examinar os livros de Santuzza e dar-lhe sugestões quanto à direção da casa de saúde. Fiscalizava as prateleiras da farmácia, passava os olhos pelas faturas das drogarias, sabatinava Gabriel... Esses "acessos" de interesse, entretanto, duravam poucos dias e, depois que desapareciam, Rodrigo ficava semanas inteiras sem visitar o hospital e apenas passava pela farmácia quando entrava ou saía do consultório.

Já sei o que me falta — disse um dia a si mesmo, contemplando da janela do Sobrado a fachada da Intendência. É uma boa campanha política. O patife do Rubim até certo ponto tem razão. Um homem não pode viver sem lutar. A paz é a estagnação, o amolecimento, o tédio. Minha "doença" não passa da nostalgia dos tempos d'*A Farpa*, dos Dentes Secos, das polêmicas e das voluptuosas sensações de perigo.

No entanto, tudo aquilo havia terminado, agora que o Joca Prates governava Santa Fé e ele, Rodrigo Cambará, era frequentemente chamado à Intendência para dar sua opinião e conselho sobre assuntos de administração e até de política. O Titi Trindade lá estava em sua casa, imobilizado numa cadeira, inválido, com o lado esquerdo do corpo paralisado, a língua emperrada, o cérebro semimorto. Todas essas coisas davam a Rodrigo uma sensação de derrota, como se ele, por interesse pessoal ou covardia, houvesse aderido à situação. Entretanto, em verdade podia afirmar que a eleição do pai de Ritinha fora obra sua. Só sua? Claro que não. Deus, que escreve direito por linhas tortas, também colaborara.

Em fins de 1911, quando os santa-fezenses se preparavam para as eleições municipais, Titi Trindade, o eterno candidato republicano, fora subitamente acometido duma hemorragia cerebral. Houve pânico entre os correligionários, que se viram na contingência de escolher às pressas um substituto, o que não era difícil, pois não podiam contar com o conselho de Trindade, que não estava em condições de pensar e muito menos de falar. Formaram-se logo duas facções: uma tinha como candidato Laco Madruga; a outra inclinava-se para Joca Prates. Rodrigo pôs-se imediatamente em ação. Passou boa parte duma noite no telégrafo a conferenciar com Pinheiro Machado, tratando de convencê-lo de que a eleição do Madruga seria ruinosa para Santa Fé e para o partido. Conseguiu que o senador passasse um telegrama ao dr. Borges de Medeiros, recomendando Joca Prates como o candidato de sua simpatia. E a palavra de Pinheiro Machado encerrara definitivamente a questão.

— Não tem graça! — disse Rodrigo em voz alta, sempre a olhar para a fachada da Intendência. — Está tudo muito parado!

Em meados daquele mesmo mês chegou-lhe do Rio uma carta de Pinheiro Machado, a qual, como um cálido vento cheio de promessas, teve a virtude de agitar as águas do açude. Informava-lhe o senador que sua candidatura para deputado à Assembleia do Estado achava-se definitivamente assegurada.

Já me dirigi ao Dr. Borges de Medeiros, que está de pleno acordo, de maneira que podes contar como certa a tua indicação. Quanto à eleição, penso que não haverá também nenhuma dúvida.

Abril ainda lhe reservara outra surpresa: a chegada do automóvel Ford de quatro cilindros que encomendara havia meses, e que lhe custara três contos e quinhentos mil-réis. Junto com o carro veio-lhe também um novo chofer, o Epaminondas, mulato pernóstico, de cabeleira besuntada de vaselina e nariz quebrado de boxeador.

Uma tardinha Rodrigo meteu toda a família no Ford, inclusive Maria Valéria, e saiu a passear pelas ruas centrais da cidade.

Quando o carro fazia a volta da praça Ipiranga, avistou Titi Trindade à janela de seu palacete, a cara duma tristeza macilenta, a face esquerda como que caída e morta. Sentiu-se tomado duma piedade tão profunda que se debruçou sobre a porta do carro e, num assomo de cordialidade, cumprimentou o inimigo com um largo e generoso aceno.

— Coitado! — murmurou. — Não posso guardar rancor de ninguém. E, depois, se o Trindade tinha pecados, agora os está pagando. Ó Epaminondas, passa pela fábrica do Lunardi e me compra dois quilos de gelo.

Recostou-se no banco, apertou a mão de Flora e começou a assobiar, feliz, uma valsa de opereta.

2

Naquele sábado Flora convidou o marido.

— Vamos ao cinema hoje? Imagina só: uma fita da Asta Nielsen!

Na tarde daquele dia, o negro Sérgio andara a distribuir de casa em casa o programa do Cinema Santa Cecília, que anunciava para a noite *o majestoso drama* "*Levada à morte*", *dividido em três longas partes* e produzido pela conceituada fábrica dinamarquesa Nordisk.

Com uma seriedade juvenil, que deixou Rodrigo enternecido, Flora apanhou o papelucho verde e leu:

Suntuosa festa de arte que marcará época nos anais da cinematografia moderna. Grande arrojo da fotografia animada. Fuga em balão, fuga a cavalo, fuga dum transatlântico em pleno mar. Ação do telégrafo sem fio. Escalada de montanhas. Garden-party maravilhoso. Danças características por sessenta bailarinas. Requinte de toaletes. Encenação riquíssima. Glória do amor. Grandiosa produção de fina escola.

Olhou para o marido com uma expressão aliciante.

— E tem ainda no programa um filme natural e duas comédias, uma do Bigodinho e a outra do Deed!

Rodrigo enlaçou a cintura da mulher, estreitou-a contra o peito, deu-lhe um sonoro beijo na boca.

— Contigo vou a qualquer parte, meu bem, com ou sem o Deed, com ou sem Bigodinho, estás entendendo?

Antes das oito horas estavam ambos no Teatro Santa Cecília, onde funcionava o cinematógrafo, sentados no camarote que o gerente da empresa reservava habitualmente para os Cambarás. Flora gostava de chegar antes de a função principiar, para ver como estavam vestidas as outras mulheres e para dar uma prosa com as pessoas do camarote vizinho, que naquela noite estava ocupado pelo cel. Cacique Fagundes, a esposa, as duas filhas mais velhas e o irmão Jacques. Ao ver o marista, Flora lançou um olhar significativo para Rodrigo, que mal pôde disfarçar um sorriso de malícia. Afinal de contas — refletiu ele —, o boato parecia ter fundamento. Que diabo! Como podia um homem moço, forte, sanguíneo e até bonitão como *frère* Jacques viver indiferente aos encantos femininos?

O cel. Cacique inclinou-se para o camarote de Rodrigo e lançou o seu protesto:

— Estou aqui nesta droga porque me trouxeram à força. Cinematógrafo é coisa pra criança, tempo perdido, dinheiro posto fora.

Tornou a recostar-se no respaldo da cadeira e ali ficou, a pança tombada sobre as coxas, sonolento, lustroso e impassível como a imagem dum Buda.

Apenas três dos camarotes da ala fronteira se achavam ocupados: um deles pelos Amarais e os outros dois pelo clã dos Macedos. Toda vestida de negro, com um boá sobre os ombros, um broche de brilhante a coruscar-lhe no peito, Emerenciana olhou na direção de Rodrigo, sorriu e fez-lhe um aceno. Alvarino, sentado atrás da mulher, limitou-se a uma discreta inclinação de cabeça.

Rodrigo passeou o olhar pela plateia, cujas cadeiras estavam quase todas ocupadas. Percebeu que Amintas Camacho procurava cumprimentá-lo com insistência. Achava-se ao lado da mulher. Depois do casamento, havia engordado, estava com as bochechas como que inchadas e com umas gordurinhas indecorosas nas ancas e nas nádegas. Lesma! — pensou Rodrigo. E continuou a fingir que não via o rábula. De repente deu com o Júlio Schnitzler a pequena distância de seu camarote. Uma vermelhidão cobriu o rosto, o pescoço e até a calva do alemão, cuja boca se abriu num sorriso, ao mesmo tempo que ele cumprimentava os Cambarás com rígidos acenos de cabeça. Rodrigo procedeu como se não o tivesse visto. Flora censurou-o:

— Cumprimenta o homem, Rodrigo, não sejas rancoroso. O coitado não tem culpa dos banditismos do Kaiser.

— Quando me lembro do que os patrícios dele fizeram na Bélgica, o sangue me ferve. Depois, esse tipo sempre que tem notícia de alguma vitória alemã reúne os patrícios na confeitaria pra comemorar.

— Afinal de contas a Alemanha é a terra dele...

— Pois que volte pra lá!

Naquele instante percebeu que alguém da plateia lhe fazia sinais frenéticos. Ah! A tia Vanja, e sozinha! Ergueu-se e foi buscar a velha amiga, trazendo-a pelo braço para o camarote. Onde se viu? — murmurava, enlaçando-lhe carinhosamente a cintura — a senhora sozinha na plateia...

Tia Vanja beijou Flora em ambas as faces e sentou-se, muito tesa, ao lado dela. Contou que a Norata — ai que flor de moça! que coração! — tinha ficado em casa com as crianças, a fim de que "a vovó" pudesse vir. Ah! Era uma sorte morarem tão pertinho do Santa Cecília...

— Sou louca por cinematógrafo! — exclamou. — Eu já disse lá em casa: tirem-me tudo, o pão, a água, o oxigênio que respiro, as estrelas do firmamento, tudo, mas não me privem do folhetim do *Correio do Povo* nem do meu rico cinematógrafo. Não achas, Rodriguinho, que é um invento tão instrutivo? Que maravilhosos espetáculos nos proporciona! E que privilégio podermos ver naquele rico paninho branco os melhores atores e atrizes do universo! Eu só imagino se meu pai ressuscitasse dentre os mortos e pudesse ver essas fotografias animadas. Ele já achava o daguerreótipo uma coisa mágica, imaginem! Ai! É como sempre estou dizendo, bendito seja o progresso!

Na mente de Rodrigo soou o espectro da voz de Maria Valéria: "A dona Vanja é uma velha fiteira". *Fiteira!* Ali estava uma expressão nova trazida pelo cinematógrafo, o qual já começava a exercer uma sensível influência sobre o povo. Agora, quando uma pessoa era teatral na maneira de falar ou gesticular, quando gostava de ostentações ou se dava a exageros — dizia-se que ela era *fiteira*. Rodrigo sorriu. Lembrava-se de que um dia ouvira o pai gritar para um mascate que lhe batera à porta e tentava impressioná-lo com seus truques, a fim de lhe vender umas bugigangas: "Deixe de fita!".

No entanto o velho jamais assistira a uma sessão de cinematógrafo!

3

Pouco depois das oito horas, o pianista — um escrivão da Coletoria Estadual — sentou-se ao piano e começou a tocar o que o programa anunciava como uma "linda *ouverture* pelo maestro Salcede". Era um tango de Nazaré, *O brejeiro*.

Rodrigo franziu o cenho, e fazia muxoxos ante as hesitações dos dedos do pianista sobre os teclados daquele velho piano desafinado.

Gostava de cinema, sim, mas não tinha paciência de ficar sentado numa cadeira de assento de pau durante mais duma hora, nem de esperar os longos intervalos entre uma parte e outra. Quando a exibição era interrompida porque a película se rompia ou queimava, sentia ímpetos de gritar, assobiar ou bater pés como faziam os espectadores do galinheiro.

Tinha a mais agradável das recordações da primeira sessão de cinematógrafo a que assistira em 1900, ano em que se matriculara num ginásio de Porto Alegre. Ficara sentado na ponta da cadeira, o busto teso, a respiração contida, vendo na tela o milagre daquela lanterna mágica em ponto grande, cujas imagens se moviam como gente de carne e osso. O primeiro filme que vira se intitulava *Viagem a Jerusalém*: vistas das ruas do Cairo, das pirâmides, duma caravana de camelos, das margens do Nilo e finalmente das ruas, monumentos e templos da Cidade Santa. Seguira-se um episódio fantástico: a história duma grande carruagem puxada por um cavalo mecânico e que conduzia a toda a velocidade quatro negros. Num dado momento os negros transformavam-se em palhaços brancos, que se punham a brigar, e de súbito voltavam a ser de novo negros para mais tarde tornarem-se outra vez brancos. Por fim as quatro figuras se uniam, formando o corpo dum único negro de proporções gigantescas, o qual se recusava a pagar a passagem do ônibus. O condutor, enfurecido com isso, prendeu fogo na carruagem e o negrão ardeu e se extinguiu como um boneco de celuloide.

Eram os tempos da primeira infância do cinematógrafo em que não se faziam ainda filmes de enredo, e sim pequenos relatos ou coleções de vistas naturais: a chegada dum trem; o Vesúvio em erupção; operários saindo duma fábrica... Havia também cenas de magia: o homem da cabeça de borracha, diabos que saltavam de dentro de relógios, pessoas que andavam com uma rapidez sobre-humana sobre os telhados... Vieram depois fábulas e histórias de fadas: o *Chapelinho Vermelho*, o *Pequeno Polegar*, *Jack, o matador de gigantes*. Rodrigo jamais esquecera uma das cenas de *A Gata Borralheira* — aquela em que a abóbora se transforma na maravilhosa carruagem que levará Cinderela ao baile do príncipe.

Doze anos depois, como uma prova de que o cinema atingia a idade adulta, ele vira ali mesmo no Santa Cecília as versões cinematográficas dos *Miseráveis*, de Hugo, do *Germinal*, de Zola, e tivera também a satisfação de apreciar Sarah Bernhardt na *Tosca* e n'*A Dama das Camélias*. Eram filmes vindos de Paris, pois em matéria de cinematógrafo, como em tudo o mais, a França estava sempre na vanguarda. Os italianos produziam também grandes filmes e eram especialmente inimitáveis em suas reconstituições da Roma do tempo dos césares. Rodrigo assistira emocionado à exibição de *In hoc signo vincis*, filme em que aparecia com um realismo impressionante a grande batalha entre as legiões de Constantino, o Grande, e as de Maxêncio. Outro sucesso da mesma época fora o *Quo vadis*, inspirado no romance de Sienkiewicz, com suas majestosas cenas do Coliseu de Roma, onde gladiadores e retiários se empenhavam em lutas de morte, e cristãos eram lançados às feras. Da Itália também vinham dramas da vida moderna, em sua maioria histórias escabrosas de amor, com cenas duma lubricidade tórrida. O público que ia às funções de cinematógrafo já começava a guardar na memória os nomes de seus atores e atrizes favoritos. Uma das vedetes mais apreciadas era

Francesca Bertini, formosa e esbelta mulher de feições finas, ancas escorridas, olhos lânguidos sob pálpebras machucadas, e especialista em papéis dramáticos. Seus beijos duravam longos minutos e suas agonias (pois os romances daqueles filmes italianos terminavam quase sempre em morte) arrastavam-se longuíssimas ao som das valsas lentas batidas precariamente no piano pelo escrivão da Coletoria. Havia outras belas fêmeas como a loura Hespéria, que, para o gosto de Rodrigo, era demasiado corpulenta; a Pina Menichelli, de ancas venustas, lábios grossos, narinas palpitantes, mulher duma sensualidade avassaladora. A predileta de Rodrigo, porém, era Leda Gys, de cabelos e olhos escuros, mais franzina que suas colegas, e com algo de etrusco no rosto moreno. Quanto aos atores, Gustavo Serena fizera-se famoso no seu papel de Petrônio, o *arbiter elegantiarum* do *Quo vadis*. Emilio Ghione notabilizava-se em papéis de personagens do *bas-fond*, o apache cujos beijos não raro eram rematados por um golpe de punhal. Havia ainda Alberto Capozzi, de cara descarnada e dramática. E, talvez o maior de todos, Amleto Novelli, o trágico que o cinematógrafo trouxera do teatro.

Uma vez que outra — raros mas seletos — vinham os filmes da Nordisk, de Copenhague, cujo principal galã, W. Psilander, começava a inspirar paixões com sua figura alta e esbelta de *gentleman* sempre impecavelmente trajado. (Dizia-se que Mariquinhas Matos, a Gioconda, alimentava por ele uma paixão platônica e que até lhe escrevia cartas.)

As fábricas norte-americanas produziam filmes esportivos, histórias de aventuras vertiginosas em que pioneiros e caubóis andavam em correrias pelas planícies do faroeste a caçar búfalos e índios peles-vermelhas. Exploravam também os batidos temas da Guerra Civil ou ingenuidades como as da *Cabana do Pai Thomas*. Rodrigo aborrecia esses filmes que sempre terminavam bem, mercê dum enredo feito de coincidências absurdas, e que pareciam encerrar uma lição de moral, como as fábulas. Cheiravam a sermão de pastor protestante e não tinham o realismo e a paixão dos dramas da Cines, da Ambrosio e da Pascuali e muito menos o refinamento e o valor artístico das produções da Pathé, da Gaumont e da Eclair.

Quando discutia o assunto, Rodrigo costumava dizer:

— É natural que assim seja. Os americanos do norte são anglo-saxões; ora, nós somos latinos e os filmes que nos vêm da França e da Itália falam mais diretamente aos nossos corações.

Nenhum brasileiro sensato e de bom gosto podia preferir as palhaçadas absurdas de Charlie Chaplin — aquela figurinha ridícula, de chapéu-coco, bigodinho mosca, casaco curto, calças largas e sapatões descomunais — às finas comédias de Max Linder, o perfeito cavalheiro, que sempre trajava fraque, calça a fantasia e chapéu alto, e que era a encarnação mesma do *esprit* francês. Como poderia o buldogue britânico superar em matéria de arte o Galo gaulês?

4

Quando a *ouverture* terminou, da galeria vieram risotas e ditos gaiatos em falsete, acompanhados dum simulacro de aplauso cortado de assobios. As orelhas do pianista ficaram vermelhas.

Apagou-se a luz, ouviu-se um ratatá metálico e cadenciado, um feixe luminoso irradiou-se da janelinha da cabina de projeção e clareou o pano branco. Quando o primeiro quadro apareceu — letras claras sobre um fundo negro — o operador não havia conseguido ainda ajustar as lentes do projetor, de sorte que foi com dificuldade que Rodrigo leu — *Jornal Gaumont*. Salcede rompeu a tocar um dobrado. A primeira cena mostrava a chegada de M. Poincaré à gare de Moscou, por ocasião de sua visita ao czar Nicolau II da Rússia. O quadro luminoso começou a tremelicar (os inimigos do cinematógrafo afirmavam que aquele pisca-pisca fazia um mal terrível aos olhos), a tremelicar com tamanha intensidade que as imagens ficaram pálidas e embaralhadas. Do galinheiro partiram assobios, gritos e sapateados. Por fim, quando o treme-treme cessou, o público pôde ver com relativa clareza o presidente Poincaré no momento em que, de cartola em punho, descia do trem e apertava a mão a cavalheiros de *croisé* e de uniforme militar. Rodrigo teve ímpetos de gritar: "Viva a França!". A projeção, porém, continuava enevoada e as figuras caminhavam e gesticulavam em movimentos rápidos e duros, como grotescos bonecos de mola. Na cena seguinte, M. Poincaré era visto no convés dum encouraçado russo, passando em revista a tripulação formada em sua honra. O terceiro quadro mostrava o Exército alemão em suas manobras de outono: um regimento a desfilar em passo de ganso. E quando o imperador da Alemanha apareceu numa cena fotografada a curta distância — o porte marcial, o peito coberto de medalhas, o agressivo capacete na cabeça altivamente erguida, as mãos pousadas sobre o copo da espada — todo o teatro prorrompeu numa vaia. Rodrigo, que também assobiava e batia pés, inclinou-se para o camarote dos Fagundes e gritou para o irmão Jacques: "Olha só o canalha". O marista exclamou: *Sale cochon!*

A assuada cessou quando na cena seguinte apareceu um aeroplano a voar ao redor da Torre Eiffel. E o jornal terminou com uma corrida de bicicletas — o Circuito de Paris.

A luz tornou a acender-se. Tia Vanja, risonha e de rosto afogueado, chupava com grande entusiasmo uma de suas balas de ovos. Estava num alvoroço meio nervoso: parecia uma criança solta numa loja de brinquedos.

O próximo filme era uma comédia — *O casamento de Deed* — em que o herói é perseguido por uma preta, que o obriga a casar-se com ela. O resultado da união é uma série de filhos com raias pretas e brancas, como zebras.

— Uma anedota infantil — murmurou Rodrigo para a mulher.

Achava ridículas todas as comédias de correrias em que André Deed recebia pastelões de nata em plena cara ou se punha a quebrar pratos e a virar cambalhotas como um saltimbanco. Mas o povo, que adorava aquelas palhaçadas, ria tanto e tão alto que suas vozes abafavam os sons das mazurcas, polcas, tangos e habaneras que o pianista tocava distraído, com os olhos erguidos para a tela e também sacudido de riso.

A segunda comédia da noite — *Bigodinho e o formigueiro* — apresentava o famoso M. Prince, ator do Odéon e do Variétés de Paris, numa excursão ao campo com a namorada. No momento em que está a fazer-lhe uma declaração de amor, tem a infelicidade de sentar-se sobre um formigueiro, e quando as formigas começam a entrar-lhe pelo canhão das calças, pelas mangas do casaco e a correr-lhe pelo corpo, fica tão desesperado, que se põe a tirar a roupa. Umas solteironas pudicas que passam na ocasião, ficam escandalizadas e chamam um gendarme, que leva Bigodinho para a cadeia. Por uma feliz coincidência, a namorada do herói é uma advogada e consegue livrá-lo da polícia.

Quando a luz se acendeu Rodrigo voltou-se para o marista e meneou lentamente a cabeça ao mesmo tempo que fazia uma careta. Queria que o outro visse que ele não apreciava aquelas infantilidades.

Olhou depois para o camarote dos Amarais e avistou Emerenciana ainda sacudida de riso, os seios arfantes, a mão sobre o coração, a cara congestionada.

— Ai, meu Deus! — exclamou tia Vanja. — Agora vem o rico draminha. Já vou me preparar para o choro...

Pôs-se a procurar na bolsa de crochê o lencinho rendado, recendente a patchuli.

A luz tornou a apagar-se. Apareceram nos primeiros quadros o título do drama e os nomes dos intérpretes.

— A Asta Nielsen é uma beleza — murmurou Flora ao ouvido de Rodrigo, que lhe acariciava a mão.

— Mas eu gosto é de ti, meu bem.

O escriturário da Coletoria começou a tocar uma valsa lenta. E quando Asta Nielsen apareceu na tela, muito loura e fina, alguém gritou em falsete no galinheiro: "Mamãe, quero queijo!".

Tia Vanja ficou indignada:

— Que falta de respeito. Logo na hora do drama.

De súbito ouviu-se um baque surdo seguido dum grito de mulher. Vozes altearam-se, confusas e aflitas. Algumas pessoas ergueram-se na plateia e o pânico começou com exclamações e atropelos. — Luz! — gritou Cacique, pondo-se de pé. Outras vozes repetiram: "Luz! Luz! Luz!". Quando o recinto de novo se iluminou, Rodrigo viu uma aglomeração no camarote dos Amarais e teve logo a intuição do que acontecera. Precipitou-se para lá, correndo, quando já alguém gritava: "Doutor Rodrigo! Ligeiro, pelo amor de Deus!". Abriu caminho por meio da multidão. "Por favor, me deixem passar!"

D. Emerenciana achava-se estendida no chão, de costas, a boca entreaberta, os olhos vidrados. O marido, num desespero, sacudia-a pelos ombros, gritando-lhe o nome com voz engasgada. As meninas estavam em pranto. Rodrigo afastou Alvarino, ajoelhou-se ao pé da amiga e não levou muito tempo para verificar que ela não tinha mais pulso e que seu coração cessara de bater. Acendeu um fósforo e aproximou-o dos olhos da matrona: as pupilas estavam dilatadas e não reagiam à luz.

Não tinha mais nada a fazer.

5

Quando, havia pouco menos dum ano, Emerenciana Amaral caíra gravemente enferma, tendo sido desenganada pelos médicos reunidos em conferência ao pé de seu leito — Zé Pitombo apressara-se a fazer um fino caixão nas dimensões da matrona, com galões dourados e belas alças de metal prateado. Como, porém, a doente tivesse conseguido salvar-se, "Graças a Deus no céu e ao doutor Rodrigo na terra", o armador encolhera os ombros filosoficamente, murmurando — segundo o testemunho do Cuca Lopes — "Não morreu? Paciência. Seu dia chegará. A morte é a única coisa certa que há na vida".

Guardou o esquife. E foi dentro dele que depositaram d. Emerenciana naquele sábado de abril, às dez e vinte da noite, na sala de visitas do casarão dos Amarais. O próprio Pitombo acendeu os círios com lágrimas nos olhos. Chiru Mena, que o observava, murmurou para Rodrigo, mal contendo a indignação: "Hipócrita! É capaz de cobrar também essas lágrimas de crocodilo quando mandar a conta do enterro".

As caras compungidas, o olhar velado, parentes, amigos e até desafetos dos Amarais entravam na ponta dos pés na casa mortuária, iam direito aos quartos, abraçavam os membros da família, aproximavam-se depois do esquife, contemplavam o cadáver por breves momentos e, isso feito, ficavam pelos corredores e cantos, a pontuar a quietude do velório com murmúrios, cochichos, pigarros, suspiros e tosses, afundando num silêncio contrafeito e cabisbaixo toda a vez que as filhas da defunta rompiam em acessos de choro ou exclamações de dor.

Rodrigo andava de quarto em quarto, a atender a gente da casa, a ministrar calmantes às mulheres e abraços e palavras de conforto aos homens. Aturdido pelo golpe, Alvarino Amaral estava deitado na cama do casal, os olhos secos e exorbitados fitos no teto, o peito sacudido por soluços convulsivos. Deixava-se abraçar passivamente, e quando alguém tentava consolá-lo, o mais que conseguia articular era: "Que barbaridade... que barbaridade...".

Quando se ouviram as badaladas da meia-noite, Rodrigo teve a impressão de que o velho relógio do casarão batia-lhe no peito, ecoando doloridamente nas paredes do crânio. Ah, como ele detestava todo aquele cerimonial da morte: seus aspectos, cheiros, gestos, convenções... Queria achá-lo ridículo, antiquado, medieval, mas na realidade a coisa toda o comovia e ao mesmo tempo atemorizava. Havia pouco desmanchara-se em pranto ao ver a mais moça das filhas de d. Emerenciana a rolar em cima da cama, gritando num desespero: "Mãezinha, não me deixe, por amor de Deus, não vá embora!". Estava deprimido, com um aperto no coração, o corpo quebrado por uma sensação de frio que não era apenas da epiderme, mas também das entranhas, dos ossos. Desejava que um novo dia raiasse, o sol tornasse a brilhar, a morta fosse sepultada e a vida retomasse o passo normal. Aquele cheiro de cera derretida que impregnava o ambiente, mesclado com a fragrância das flores, levava-o de volta a outro velório, numa noite de 1898, e ele tornava a sentir com esquisita pungência sua tristeza pela perda da mãe e ao mesmo tempo o seu horror ao imaginar que ela ia ser fechada para sempre no mausoléu da família — ela, tão frágil, tão meiga, tão triste... Os senhores de preto iam levá-la para o cemitério... Ah! Mas o culpado de tudo era o velho Pitombo, o desenterrador de defuntos, aquele homem hediondo que estava encolhido num canto da sala, esperando a hora de fechar o caixão. E o pior é que iam fazer aquilo com a cumplicidade de seu pai, que chorava mas não dizia nada, ia permitir que levassem para sempre a sua mulher... Como ele odiara o pai naquela noite!

Rodrigo entrou na câmara-ardente. Envolta numa mortalha negra, Emerenciana Pereira do Amaral jazia no seu esquife, coberta de flores até o peito. As chamas dos círios lançavam-lhe móveis reflexos rosados no rosto de cera, acentuando-lhe as sombras. Por alguns instantes o único som que se ouviu ali na sala foi o da voz cavernosa de Sérgio, o lobisomem, que rezava com um rosário nas mãos, ao pé do ataúde.

Ao redor da defunta, a acotovelarem-se com o intendente de Santa Fé, com o juiz de comarca, o coletor federal, o promotor público e membros das famílias Macedo, Prates, Teixeira e Fagundes, estavam os negros e negras da cozinha do casarão, muitos dos quais eram filhos, netos e bisnetos de escravos. Entre eles viam-se mulatos e caboclos em cujos rostos se percebiam nitidamente traços da família Amaral. O peito convulsionado de soluços, chorando e fungando, uma negrinha de onze anos, que Rodrigo muitas vezes encontrara a fazer cafuné em d. Emerenciana, agarrava as bordas do caixão com as mãos pretuscas, o rosto contorcido numa expressão de dor, as faces lavadas de lágrimas, e na ponta dos pés esforçava-se por ver o rosto da defunta.

Rodrigo sentiu que lhe seguravam o braço. Voltou a cabeça e viu tia Vanja, que se aconchegou a ele, com o lenço no nariz, os olhos úmidos.

— Que calamidade, meu filho... — murmurou ela, olhando para o caixão. E com doçura, quase a sorrir, acrescentou: — Coitadinha da Emerenciana, não vai poder ler o fim da *Toutinegra do moinho*...

Rodrigo sorriu, mas não pôde evitar que as lágrimas lhe viessem aos olhos. Bateu de leve na mão da amiga numa carícia silenciosa.

Gente continuava a chegar. Salomão, o alfaiate, todo vestido de preto, depôs um ramo de violetas sobre o cadáver. O dr. Matias aproximou-se do rosto da morta, como se fosse dizer-lhe algum segredo, enxugou disfarçadamente uma lágrima e depois tirou um chumaço de fumo da bolsa de borracha e pôs-se a enrolar um cigarro. Liroca saiu do seu canto e acercou-se de Rodrigo.

— Uma federalista dos quatro costados. Gente antiga, de boa cepa. — Deixou escapar um suspiro. — Mundo velho sem porteira!

Pouco depois entrou o dr. Carlo Carbone. Ajoelhou-se ao pé do ataúde, trançou as mãos, abaixou a cabeça, cerrou os olhos e ficou a rezar por alguns instantes. Ergueu-se, fazendo o sinal da cruz e, ao avistar Rodrigo, soltou um ah! musical e encaminhou-se para ele.

— Uma laparotomia fortunatíssima! Terminei há poucos minutos. O paciente é de Garibaldina, um bravo jovem. Sabe onde está agora a Santuzza? Lavando o chão da sala de operações. Guarda, que gerenta!

Lançou um olhar para a morta.

— Mas que catástrofe! Uma dama virtuosíssima. Uma vera catástrofe!

Saiu na pontinha dos pés na direção do quarto do casal.

6

Às duas da madrugada a maioria das pessoas havia já deixado a casa dos Amarais. Ficaram apenas os que estavam dispostos a fazer a vigília da noite; eram não só os parentes e amigos mais chegados da família como também os "aficionados" de velório, gente que tinha certo prazer em passar a noite em claro ao pé dum defunto e que para isso dispunha por assim dizer duma técnica especial.

A atmosfera do casarão como que se desanuviou. Cuca Lopes tomou o comando do velório, formou uma roda na sala de jantar e começou a contar histórias. Algum tempo depois foi à cozinha sugerir que servissem nova rodada de café bem forte, insinuando também que já era hora de obsequiar os presentes com algo de sólido.

Chiru Mena organizou no escritório de Alvarino uma roda de truco que aos poucos se foi animando de tal modo, que em breve os parceiros pareciam esquecidos do lugar e das circunstâncias em que se encontravam. Houve um instante em que o vozeirão de Chiru encheu jovialmente a casa, anunciando que "tinha flor":

Doña Manuela Contrera
A su hijo Manuel escribe,
Mandando decir que vive
Como flor en la tapera.

Rodrigo apareceu à porta do escritório e fez *cht!*

Na cozinha começou o terço, puxado pelo negro Sérgio: e o coro roufenho invadiu a casa, doloroso, arrastado, fúnebre. Os jogadores de truco aplacaram-se. O choro recomeçou nos quartos. Eram coisas como aquela — refletiu Rodrigo — que tornavam a morte ainda pior e mais negra do que era...

De mistura com as vozes dos negros começou a vir da cozinha um cheiro de frituras. Esfregando as mãos, Cuca Lopes saiu a comunicar aos presentes que estavam fritando os famosos sonhos de d. Emerenciana, preparados segundo uma receita antiquíssima que passara de mãe para filha, através de muitas gerações.

Rodrigo achava bárbaro comer na presença dum cadáver. O cheiro de fritura misturado com o de vela queimada e flor era-lhe ofensivo à sensibilidade. Teve um súbito desejo de ar livre. Segurou o braço do pe. Astolfo, que até então andara de Amaral em Amaral tentando convencê-los de que a morte não era o Fim mas o Princípio:

— Vamos tomar um pouco de ar lá fora, padre.

Saíram, atravessaram a rua, ganharam a calçada da praça, sobre a qual ficaram a andar lentamente. O ar da madrugada estava picante. Não havia lua, mas as estrelas cintilavam no céu dum azul fosco de tinta de escrever. Cachorros latiam em ruas longínquas e um que outro galo amiudava.

Ambos acenderam os cigarros em silêncio e, sempre calados, continuaram a andar e a pitar. Ao passarem pela frente da igreja, Rodrigo falou:

— Padre, estive olhando para aquela gente amontoada em roda do caixão de dona Emerenciana e pensando umas coisas engraçadas...

O vigário continuou calado, com o cigarro preso entre os lábios, as mãos às costas, esperando que o outro continuasse.

— Negros descendentes de escravos, mulatos, índios, caboclos... Gente miserável do Barro Preto e do Purgatório, pobres-diabos descalços, molambentos e cheirando mal... E também fazendeiros ricos, com boas roupas e boas botas... E tipos como o Lunardi e o Spielvogel, cujos antepassados nasceram na Europa, em terras distantes. Pois bem. Comecei então a perguntar a mim mesmo se essa coisa que se chama vida tem um sentido, uma finalidade, ou se todos nós não passamos de simples fantoches nas mãos dum manipulador que se diverte à nossa custa.

O padre sorriu mas não disse nada. Passavam agora pela frente da Intendência, em cuja cúpula estava pousada uma ave noturna.

— Às vezes — prosseguiu Rodrigo — tenho a impressão de que Deus, o movedor inamovível, é um jogador de xadrez e nós somos as pedras. Uns poucos reis, rainhas, bispos e torres, mas uma infinidade de pobres peões. Ele joga apenas para se distrair e, a fim de tornar o espetáculo mais divertido, dá-nos a ilusão de que nós é que nos movemos por vontade própria... Agora! Nossa tendência é acreditar que Ele nos move com algum propósito certo e que o jogo todo tem um grande sentido.

O padre deu um puxão na própria orelha. Dirigiram-se ambos para a figueira, e só depois de se haverem sentado no banco, sob a grande árvore, é que o sacerdote tomou a palavra:

— A imagem não deixa de ser curiosa, mas não é exata. A coisa toda é séria demais para se lhe dar o nome de *jogo*. Está claro que Deus tem um propósito com relação ao mundo e às suas criaturas. E não devemos esquecer que as pedras do xadrez têm vontade própria, um intelecto que as capacita a escolher entre o bem e o mal. Enfim, se o amigo quiser insistir em usar a imagem do jogo de xadrez, poderemos dizer que as regras do Grande Jogo estão contidas nos ensinamentos da Santa Madre Igreja, e quem as seguir ganhará na certa...

Rodrigo olhou na direção da casa dos Amarais.

— Vou lhe contar uma coisa, padre, que lhe dará uma ideia de como sou preso aos prazeres deste mundo, por menores que sejam. Tia Vanja me disse lá no velório que foi uma pena dona Emerenciana morrer sem ter visto o final do folhetim do *Correio do Povo*. Acho que a velhinha não disse nenhuma tolice. Viver é bom por causa duma série de coisas grandes e pequenas, entre as quais está também a de ler a *Toutinegra do moinho*. A ideia da morte me é tão desagradável que nem a certeza de ganhar o Céu me faria encará-la com menos horror.

— E o senhor já pensou alguma vez na morte... quero dizer, a sério, como uma coisa que lhe pode acontecer a qualquer momento, amanhã, depois... agora?

— Não. Para falar a verdade, tenho a impressão de que morrer é coisa que não pode acontecer a mim, Rodrigo Cambará.

— Espere a casa dos quarenta... — murmurou o padre, atirando longe o cigarro.

— Por que diz isso, se ainda não chegou aos trinta e quatro?

— Falo com a experiência alheia. Ao chegar aos quarenta o homem torna-se inquieto, faz a si mesmo perguntas ansiosas, reexamina os seus valores morais. É a fase da vida em que começa a pensar na velhice que se aproxima e consequentemente na Morte e em Deus...

Rodrigo sorriu.

— Sempre ouvi dizer que na casa dos quarenta os homens perdem a cabeça e saem a correr atrás das mulheres. E que, voltando-se pra trás, ficam assombrados por verem o tempo que perderam e, olhando para a frente, compreendem que têm poucos anos de vigor viril, e toca a aproveitar enquanto podem.

— Exatamente. Esse é o caso da estúpida maioria. Entre o tempo e a eternidade escolhem o tempo, que lhes parece mais próximo e certo, e atiram-se aos prazeres carnais. Mais tarde, velhos e doentes, quando o corpo de nada mais lhes vale, eles o hipotecam à Igreja, procurando trocar uma carcaça perecível pelo tesouro da vida eterna. Muitos deixam o arrependimento para a última hora. Pensam assim: Deus deve ser um bom sujeito, um papai bonachão sempre disposto a perdoar. Mas, quando menos esperam, o Anjo da Morte se interpõe entre eles e o sol... e adeus! Aí é tarde demais.

Rodrigo olhava para as janelas iluminadas do casarão dos Amarais, arrependido já de ter provocado aquele assunto. O sacerdote, entretanto, prosseguiu:

— Às vezes a sombra do Anjo se projeta no nosso caminho, e nós nos recusamos a compreender o aviso, dizemos que é apenas uma nuvem que cobriu o sol, e continuamos a andar, esquecidos de Deus.

Rodrigo pôs-se a assobiar baixinho, como se não estivesse escutando o que o outro dizia.

Um bólide riscou o céu. Chegava ainda até eles as vozes dos negros, que continuavam no terço.

— Lembra-se da doença que quase matou dona Emerenciana há coisa dum ano? — perguntou o vigário. — Depois disso ela se preparou para morrer. Confessava-se e comungava todas as semanas. Esta noite, ao erguer os olhos para a face do Anjo, sua alma estava limpa de pecados.

Houve uma curta pausa. Rodrigo procurou desconversar:

— O doutor Carbone me disse que fez hoje uma "laparotomia fortunatíssima". — Soltou uma risada falsa. — Laparotomia... Não acha que essa palavra foi feita especialmente para ser pronunciada pelo italiano com aquela bela voz de queijo derretido e massa, temperada de manjerona e nadando em óleo de oliva?

A mão do padre pousou leve no ombro de Rodrigo.

— Há muito que estou para lhe falar neste assunto, mas não tenho encontrado oportunidade. Acho que a hora é propícia. Por amor de Deus, não se ofenda nem me julgue um intrometido. Afinal de contas, além de ser um sacerdote, sou também seu amigo e admirador...

Levantou-se num movimento brusco e começou a puxar furiosamente o lóbulo da orelha: um ginasiano perplexo diante dum problema de matemática.

— Sua vida tem sido até agora um rosário de triunfos, uma estrada atapetada de rosas e batida de sol. Mas não pense que isso vai durar sempre. Ora, se um dia vai ter de fazer uma revisão completa de valores e procurar o amparo da Igreja, por que não começa agora? Olhe, é melhor, é mais fácil...

Rodrigo pensava no rosto de cera da defunta. Imaginou-se a si mesmo dentro dum esquife, coberto de flores. Vou pedir a Flora — decidiu — que quando eu morrer não deixe ninguém ver meu rosto. Botem um lenço em cima. Ou fechem logo o caixão e não o abram mais.

— Está claro — continuou o sacerdote — que no púlpito, falando para essa gente de poucas letras, tenho de simplificar os problemas da alma, da fé e da vida eterna, falar em céu e inferno, em castigo e recompensa. O povo é criança. Mas a coisa toda não é tão simples assim. Olhe, leia os pensamentos de Pascal. Vou lhe emprestar o meu exemplar...

Calou-se. Rodrigo acendeu outro cigarro. O terço havia cessado. Agora as únicas vozes da noite eram o trilar dos grilos e um que outro cantar de galo. Astolfo começou a andar dum lado para outro, dentro da zona de sombra que a figueira projetava no chão. De repente parou diante do amigo e segurou-lhe os ombros com ambas as mãos.

— Deus é uma coisa muito séria, meu querido amigo, muito séria!

Rodrigo encolheu-se todo, num súbito calafrio. Levantou-se.

— Estou ficando gelado, padre. Deve ser o ar da madrugada... Vamos até o Sobrado, tomar um traguinho de conhaque.

Capítulo IV

1

Durante as últimas semanas de abril, Rodrigo acompanhou com apaixonado interesse, através dos jornais, o desenvolvimento da batalha de Ypres, e quando um telegrama urgente anunciou ao mundo que os alemães haviam empregado nuvens de gases asfixiantes contra tropas canadenses e argelinas, sua indignação foi tamanha, que ele teve ímpetos de sair para a rua e quebrar a cara do primeiro alemão que encontrasse. Precipitou-se para o telefone, pediu o número do quartel do Regimento de Infantaria, chamou o cel. Jairo e, depois de pô-lo ao corrente do monstruoso acontecimento, comentou:

— É o cúmulo da barbárie. Gases asfixiantes! Dizem os telegramas que a tortura física produzida por essas nuvens é dantesca. Os soldados caem sufocados, alguns até vomitando pedaços dos pulmões... uma coisa medonha!

Da outra extremidade do fio o positivista soltava também exclamações de horror.

— Venha logo de noite ao Sobrado, coronel. Preciso desabafar com alguém, senão rebento. Olhe, até estimo que o Rubim já tenha ido embora, porque se nos encontrássemos hoje e ele quisesse justificar mais esse banditismo dos boches, acho que eu perdia a paciência e a coisa acabava em briga!

Por aqueles dias chegavam também notícias da campanha submarina em que os alemães, sem aviso prévio, punham a pique navios mercantes e de passageiros não só das nações inimigas como também das neutras. No princípio de maio os jornais trouxeram um comunicado revoltante: um submarino alemão torpedeara em águas da Irlanda o transatlântico *Lusitânia*, causando a morte de 1153 passageiros! Ao ler a notícia, Rodrigo ficou tomado duma fúria indignada: deixou o Sobrado de bengala em punho, disse um mundo de desaforos ao Otto Spielvogel, que encontrou a soltar gargalhadas à frente da Casa Schultz, e ameaçou:

— Bandidos! Vocês todos deviam ser capados para acabar com essa raça maldita. Enquanto existir um alemão na face da Terra a humanidade não poderá viver em paz!

Espantado, Spielvogel não reagiu: recuou na direção da parede da casa, limitando-se a murmurar: "Mas doutor... mas doutor...".

A cena atraíra curiosos, o que deixou Rodrigo ainda mais exaltado. Vendo na vitrina da loja do Schultz uma tricromia do Kaiser, não se conteve: ergueu a bengala e fê-la descer com toda a força contra o vidro, partindo-o. E para o dono da casa, que apareceu à porta no momento em que ele arrebatava o retrato da vitrina e rasgava-o em muitos pedaços, vociferou:

— Não me exponha mais a cara desse bandido, ó Schultz, senão eu mando prender fogo nesta pocilga, estás ouvindo, lambote?

Dito isto, fez meia-volta, deu alguns passos e, sem olhar para trás, gritou: "Me mande a conta dos prejuízos, que eu pago". E, vermelho, o ritmo da respiração alterado, as narinas dilatadas, um formigueiro no corpo todo, caminhou uma quadra inteira com passo duro. Ao chegar à praça tinha-se-lhe arrefecido um pouco a fúria e ele começava quase a envergonhar-se do papelão que fizera diante de tanta gente. Mas, que diabo!, o que me corre nas veias é sangue, e não limonada. Alguém tem de jogar bruto com esses boches, senão amanhã eles querem tomar conta do Brasil. O que fiz está muito bem-feito. Então, já se viu? Torpedearem um navio de passageiros sem aviso prévio... Quase mil e duzentos mortos, diz o jornal. Mulheres, crianças, velhos... O maior crime da história! Uma vergonha para a raça humana!

Quando, dias depois, Flora o convidou para irem ao teatro assistir ao espetáculo da Philarmonische Familie, uma família de músicos austríacos que percorria a América do Sul dando concertos, Rodrigo replicou:

— Não vou. Não quero saber de nada com esses boches.

Flora olhou para Maria Valéria, que encolheu os ombros como quem diz: "Que é que vou fazer?".

— Mas Rodrigo...

— Não tem fun-fun nem fole de ferreiro — replicou ele, fazendo um gesto cortante para encerrar a discussão. — Guerra é guerra. A Áustria-Hungria é aliada da Alemanha. Se a população de Santa Fé tivesse um pingo de vergonha na cara, ninguém ia ao espetáculo e essa alemoada morria de fome!

— Está bem — disse Flora, entre amuada e irônica. — Está bem. Não precisas brigar comigo. Sou brasileira puro sangue.

Caindo em si, Rodrigo enlaçou a cintura da esposa e beijou-lhe os cabelos.

— Eu sei que tu e a madrinha acham que sou um exagerado, um apaixonado. Mas não é... Nessa guerra da civilização contra a barbárie, não pode haver dois pesos e duas medidas.

— Mas tu precisas compreender que essa pobre gente nem estava na Áustria quando a guerra rebentou...

— Se quiseres, podes ir, meu bem. Convida a Dinda e a tia Vanja... Porque *eu* não vou.

Flora deixou escapar mansamente um suspiro, sorriu e replicou que não iria, porque afinal de contas a coisa toda não tinha nenhuma importância.

Quando Rodrigo deixou a sala, Maria Valéria tranquilizou a outra:

— Não faça caso do que ele disse. Aposto como amanhã ele bota esses burlantins pra dentro de casa.

2

No dia seguinte a Família Filarmônica era o assunto obrigatório em quase todas as rodas de Santa Fé. O teatro estivera completamente cheio na primeira noite e o espetáculo fora um sucesso. Os espectadores afirmavam com unanimidade que, além de músicos consumados, os austríacos eram pessoalmente simpaticíssimos. *Herr* Weber tocava violino, clarineta e flauta. *Frau* Weber, piano e órgão. O jovem Wolfgang, além de admirável tocador de cordeona, era um prodígio no xilofone. E os moços da terra estavam positivamente entusiasmados ante a beleza e a graça de *Fräulein* Weber, que tocava violoncelo e oboé.

Pela manhã, ao sair para o consultório, Rodrigo já começou a ouvir elogios à Philarmonische Familie. O primeiro partiu do Pitombo, que, ao avistá-lo, atravessou a rua e veio dizer-lhe com os olhos pegajosos de emoção:

— Que beleza, doutor! Que coisa sublime! Nunca vi orquestra melhor em toda a minha vida. Quando fechei os olhos na plateia, tive a impressão que estava no reino dos céus, escutando os anjos. É bem como diz o poeta, a música é o idioma dos deuses.

Cuca Lopes atacou-o à entrada da farmácia. Já sabia coisas sobre os Weber. Eram naturais de Viena, vinham percorrendo o Brasil desde Belém do Pará e estavam a caminho do Prata. Achavam-se hospedados no Hotel dos Viajantes e davam-se mal com a comida. Dizia-se que o velho sofria do estômago e só se alimentava de leite e frutas. A *Frau*, ah! essa gostava de cerveja e era muito alegre. O rapaz tinha um jeito suspeito, meio adamado. A moça era linda como uma estampa, e os machos da terra já andavam assanhados.

Rodrigo não lhe disse palavra. Continuava no seu boicote psicológico à família austríaca, embora sem nenhum rancor.

Na farmácia, o Gabriel contou-lhe que estivera no teatro e que chorara ao ouvir a *Serenata* de Schubert tocada pela mocinha.

Rodrigo entrou no consultório, sentou-se à mesa e dali ficou a olhar, através da janela aberta, um trecho da praça. Andava no ar parado esse olor seco e matinal de bruma tocada de sol. O chão sob os plátanos estava juncado de folhas amarelentas. *Les sanglots longs des violons de l'automne...* Não. Estava errado. O instrumento cuja voz mais sugeria o outono era o violoncelo. Tinha mais profundidade que o violino, um acento mais humano, uma tristeza serena e digna que tão bem se casava com a languidez da atmosfera e com sua luz de âmbar. Aqueles dias de maio pareciam encher as criaturas duma dormência gostosa que as predispunha à paciência, a uma certa ternura meio sonolenta e esquisitamente melancólica. Eram manhãs e tardes em que — mistura de ouro e violeta — pairava no ar uma névoa que parecia amortecer todos os sons e acalentar todos os desejos, de sorte que a gente ficava com a impressão de andar física e espiritualmente envolta em paina. Era como ele, Rodrigo, se sentia agora: com o espírito acolchoado em paina; nenhum atrito de ideias, nenhum conflito interior ou exterior. Abriu a boca num bocejo cantado. Com uma tênue sombra de aborrecimento pensou nos clientes que teria de atender dentro em breve — malcheirosos, tristes e duma fealdade encardida e vil.

Ouviu uma batida à porta, que se entreabriu devagarinho. A cabeça do dr. Carlo Carbone apontou na fresta.

— Se pode?

— Ah! Entre, doutor.

O cirurgião entrou, com o avental branco todo manchado de sangue. Acabava de sair da sala de operações e trazia nas mãos uma cubeta.

Rodrigo ergueu-se e caminhou para o colega.

— Que é que traz aí?

— Uma vera beleza. Guarda.

Mostrou-lhe a cubeta dentro da qual um rim humano boiava num líquido viscoso laivado de sangue.

— Opa! — exclamou Rodrigo, franzindo o nariz e a testa. — Donde saiu isso?

— Dum colono de Nova Pomerânia. Um tumor. O paciente é morto. E mostrava com o dedo "le bele ramificazioni".

Sorria. Dava a impressão dum ogre que trazia nas roupas o sangue ainda quente da criança que acabara de devorar.

— Mas o senhor entrou aqui só pra me mostrar esse rim?... — sorriu Rodrigo. — O doutor sabe que não preciso de aperitivos...

— Ah! — fez o outro, dando uma palmada na testa.

Depôs a cubeta sobre o *bureau*, pegou o telefone, deu-lhe manivela, pediu ao centro um número e, enquanto se fazia a ligação, ele olhava para o amigo com uma expressão diabólica.

— Pronto! Sei tu, Santuzza? Guarda, carina, mi fai a colazione rognoni alla griglia, capito? Eh! Ma no! Tutto bene. A mezzogiorno. Tanti baci. Ciao!

Carbone largou o telefone, tornou a apanhar a cubeta e acercou-se de Rodrigo, que recuou um passo.

— Por que não foi ao teatro ontem?

— Ora, acontece que...

O italiano não esperou a explicação:

— Um espetáculo divino! — cantarolou.

E derramou-se em elogios à Família Filarmônica. Fazia muito que não ouvia tão boa música nem via tão brava gente. *Herr* Weber parecera-lhe um "gran maestro", *Frau* Weber, uma contralto "de la più pura scuola" e la *ragazza* — aqui o cirurgião estralou os lábios num simulacro de beijo — ah! la *Fräulein* tinha um rosto belíssimo que lembrava o das madonas de Botticelli.

468

Rodrigo, porém, relutava em deixar-se seduzir.

— As madonas de Botticelli não são o meu gênero.

— Mas a música, carino, a música!

— Prefiro a do meu gramofone.

Carbone aproximou perigosamente a cubeta do peito de Rodrigo, que deu mais um passo à retaguarda.

— O gramofone? — exclamou o operador. — Aquilo não passa de música em conserva, ao passo que a dos Weber era palpitante, viva, tinha o calor da presença física dos artistas que a produziam.

Rodrigo tornou a sentar-se, para colocar o *bureau* entre si e aquele repugnante rim humano.

— Pra lhe falar com toda a sinceridade, resolvi não tomar conhecimento dessa família — explicou sem muita convicção. — Estou revoltado com o torpedeamento do *Lusitânia* e com todos os outros crimes que os alemães estão cometendo nesta guerra. Afinal de contas os Weber são austríacos, aliados do Kaiser.

Carbone sorriu, e quando seus lábios vermelhos se abriram, pondo à mostra os dentes miúdos e as gengivas rosadas, Rodrigo teve a impressão de ver partir-se uma romã madura.

— Mas a arte não tem pátria, carino, a arte é universal e eterna!

O outro sacudia a cabeça, numa fraca negativa. Começava já a sentir uma certa curiosidade por aquela família vienense que os ventos do destino haviam soprado para Santa Fé. Depois, como era possível odiar alguém ou alguma coisa num dia de maio?

Carlo Carbone continuava a falar, e sua voz melodiosa enchia o consultório. Rodrigo odiava a Alemanha? Pois quebrasse então todas as chapas que continham composições de Beethoven e Schubert, queimasse todos os livros de Goethe, Schiller, Heine...

Rodrigo quis ainda replicar, mas Carbone deteve-o com um gesto e entrou a cantar em surdina uma das canções de Schubert que *Frau* Weber interpretara na véspera. Rodrigo contemplava aquele homúnculo de roupas ensanguentadas a cantar em alemão — língua que nada tinha a ver com sua voz quente, redonda e doce — enquanto suas mãos apertavam a cubeta, e uma lágrima lhe brotava no canto do olho e rolava pela face. Quando ele se calou, Rodrigo disse:

— Estou desconfiado de que o senhor é empresário dos Weber e o que quer é me vender um camarote...

— Mas não! — exclamou o italiano, tirando do bolso e jogando sobre a mesa um papelucho cor-de-rosa. — Tenho este camarote para hoje e requesto ao signore doutor Rodrigo e sua signora o prazer e o honor da vossa companhia esta sera...

3

A primeira parte do programa da Família Filarmônica naquele segundo espetáculo foi dedicada a canções folclóricas do Tirol e da Baviera. Rodrigo ficou vagamente irritado ao ver ali na plateia do Santa Cecília o rubicundo entusiasmo dos alemães e teuto-brasileiros, que não só apreciavam as melodias como também, por entenderem a letra das canções, soltavam grandes risadas às suas passagens humorísticas e, ao fim de cada *Lied*, rompiam em aplausos ruidosos, quase sempre pedindo bis. A verdade era que desde o primeiro número se estabelecera uma tão forte corrente de simpatia entre os artistas e o público, que Rodrigo teve a sensação de que a própria atmosfera física do teatro se aquecera e de que os Weber não se encontravam num palco, e sim numa das salas de sua residência, em Viena, no início dum tranquilo serão musical.

Herr Weber era um homem de estatura mediana, basta cabeleira alourada, olhos muito claros e um jeito distraído e abandonado de professor. Ao erguer-se o pano, entrara no palco bisonho e desajeitado e Rodrigo tivera a impressão de que o homem não sabia que fazer com as mãos. *Frau* Weber, porém, pareceu mais à vontade diante do público. Baixinha, bem fornida, seguira o marido em passadas decididas, quase marciais, e, quando os aplausos começaram, seu sorriso se alargara, pondo-lhe à mostra os belos dentes brancos e parelhos, e seus olhos pareceram ganhar mais fulgor, ao mesmo tempo que uma vermelhidão lhe cobria as faces, as orelhas e o pescoço. O jovem Wolfgang, vestido dum modo demasiadamente infantil para seus presumíveis dezoito anos, fizera uma curvatura rápida e rígida de autômato e depois quedara-se, sério e imóvel, os olhos postos num ponto indefinível do espaço, à espera de que os aplausos cessassem. A atenção de Rodrigo, porém, desde logo se concentrara em Toni Weber, que estava vestida de branco e trazia laçarotes de fita azul nas pontas das tranças — o que lhe dava um ar comovedor de colegial.

O dr. Carbone estava enganado. A *Fräulein* não tinha a cara rechonchuda das madonas de Botticelli, cujas bocas em geral pareciam estúpidos botões de rosa. Sua face era dum perfeito oval e os olhos claros duma tonalidade que Rodrigo de longe não podia discernir. Entretanto, o que mais o fascinava naquele rosto emoldurado por cabelos castanhos com reflexos de bronze, eram os zigomas levemente salientes e a boca rasgada de lábios polpudos e sugestivos.

— Guarda que maravilha! — murmurou o dr. Carbone.

— A menina é uma belezinha... — sussurrou Flora, voltando a cabeça para o marido.

— Não é feia... — respondeu este, com fingida indiferença.

Na segunda parte os Weber evocaram a Viena da opereta, tocando valsas e *pot-pourris*, com um gosto e uma alegria contagiantes. Quando o jovem Wolfgang interpretou ao xilofone alguns trechos de Offenbach e Strauss, acompanhado pela mãe ao piano e pelo pai ao contrabaixo, o público aplaudiu freneticamente e um dos Spielvogel chegou a erguer-se na plateia para gritar bis. Rodrigo também aplaudiu. Já naquela altura do concerto não só se declarava vencido e convencido como também enternecido por aquela esplêndida família de músicos.

Durante o segundo intervalo, o dr. Carbone trouxe o pe. Astolfo da plateia para o camarote. Inclinada sobre Flora, Santuzza deixava transbordar sobre ela todo o seu entusiasmo e fazia planos de convidar os artistas para uma macarronada em sua casa. E o sacerdote, que também estava encantado com o espetáculo, contou que havia sido procurado naquele dia pelos Weber.

— São católicos! — revelou com alegria. — Vão à missa e comungam!

Os olhos do dr. Carbone estavam empapados de ternura. Rodrigo queria saber mais coisas sobre a vida dos austríacos.

O padre contou que o filho mais velho do casal estava na guerra e que, numa localidade de São Paulo, durante um espetáculo da Família, um grupo de aliadófilos provocara uma tremenda vaia, chegando ao ponto de atirar nos Weber ovos podres e tomates.

— Canalhas! — exclamou Rodrigo, indignado. — Onde está a nossa tradição de hospitalidade? Que ideia essa gente vai fazer de nossa educação e de nossa cultura? Precisamos prestigiar essa família.

Flora lançou-lhe um olhar pasmado.

A terceira parte do programa era composta de música séria. Quando *Herr* e *Frau* Weber tocaram o adágio da *Sonata Kreutzer*, Rodrigo sentiu que de repente a atmosfera perdia um pouco de seu calor e nas faces da maioria dos espectadores se ia estampando lentamente uma expressão de quase impaciente aborrecimento, e, à medida que a sonata se prolongava, as pessoas começavam a remexer-se nas cadeiras e algumas bocas se abriam em mal disfarçados bocejos. Num dado momento, um ratão atravessou o fundo do palco e essa inesperada nota cômica, que provocou risinhos, contribuiu um pouco para aliviar a tensão ambiente criada por Beethoven. Quando a peça terminou, os aplausos foram fortes mas breves.

Wolfgang tocou na flauta um *Romance* de Schumann. A seguir, Toni apanhou o oboé e postou-se ao lado do piano. Quando levou o bocal do instrumento aos lábios, ouviram-se risos abafados na plateia. Rodrigo teve gana de gritar: "Silêncio, bagualada!". Jamais se vira em Santa Fé uma mulher tocar qualquer instrumento de sopro. Para aquela gente, os únicos instrumentos decentes recomendáveis a uma moça de família eram o piano, o violino e o bandolim.

A voz pastoral e merencória do oboé começou como que a riscar um sereno desenho no ar. Era um trecho do *Oratório da Páscoa*, de João Sebastião Bach. Rodrigo teve a sensação de que o erguiam da cadeira, deixando-o em levitação. Aquela melodia pura, duma tristeza profunda mas sem desespero, despertava nele ecos misteriosos, saudades inexplicáveis. Tinha a intuição de que já ouvira, sentira, amara e até tocara numa outra vida muito remota e numa outra paisagem igualmente perdida... Sim, ele também achava um nadinha ridículo uma moça soprar naquele instrumento. Sentia para com aquela menina de ar tão inocente uma certa piedade mesclada de ternura e ao mesmo tempo de um desejo lúbrico que procurava exorcizar, indignado consigo mesmo, pois tanto a música como a intérprete deviam inspirar-lhe sentimentos e pensamentos puros. No entanto, a coisa era superior às suas forças, pois seu olhar estava poderosamente preso aos lábios de Toni, que se preguevam, carnudos e móveis, em torno do bocal do oboé. Fechou os olhos. Foi pior, porque a Toni de seus pensamentos estava completamente despida à beira da sanga do Angico, e a voz de Bio misturava-se com a melodia de Bach, esta a elevar Rodrigo para o céu, rumo das estrelas, a outra a arrastá-lo para a grama e a insinuar libidinagens.

Abriu os olhos e focou-os no camarote fronteiro, de onde o cel. Jairo, avistando-o, lhe fez um lento, solene aceno de cabeça.

Quando os sons do oboé e do piano morreram no ambiente morno do teatro, houve uma pausa duma fração de segundo. De súbito estalaram os aplausos. Quem se pôs de pé dessa vez foi Rodrigo. "Bravo!", gritou. "Bravo! Bravo!" E aplaudia com tanta força que as palmas das mãos começaram a arder. Toni agradecia com reverências graciosas, o rosto iluminado por um sorriso que lhe fazia saltar os zigomas.

O próximo número foi um quarteto de Mozart, durante o qual o cel. Cacique se retirou ostensivamente do teatro com toda a família. Irmão Jacques acompanhou-os, mas antes de deixar o camarote voltou-se para Rodrigo, encolheu os ombros e fez uma careta, como a dizer: *Qu'est-ce que tu veux que je fasse?*

O penúltimo número foi "Rêverie", de Schumann, que Toni interpretou ao violoncelo. Rodrigo escutou a melodia, perturbado, como se a voz do instrumento tivesse o dom de penetrar-lhe nas camadas mais profundas do ser, revolvendo-as e fazendo vir à tona lembranças de tempos idos, tristezas recalcadas, desejos esquecidos. Sentiu a respiração opressa, um aperto na garganta. Se não tratasse de dominar-se, acabaria chorando como o dr. Carbone, que ali a seu lado de quando em quando limpava os olhos com as pontas dos dedos.

Quando menino, Rodrigo interessava-se tanto pelos atores e atrizes dos circos e companhias teatrais que visitavam Santa Fé, que esse interesse às vezes chegava a revestir-se da intensidade duma paixão. E quando o circo ou a trupe se ia para outras terras, ele ficava tomado duma melancolia e duma saudade que durante dias e dias lhe empanavam a vida. Sempre se sentira atraído por aquela gente de palco e picadeiro, tão diferente do comum dos mortais no vestir, no falar, no viver e até nos traços fisionômicos. Ah! Quantas vezes, depois que o circo se ia, ele se punha a andar pela cidade, falando sozinho, a curtir a saudade da mocinha do trapézio ou da malabarista! Seu único consolo, então, era fazer peregrinações ao lugar onde estivera armado o barracão. Lá estava, como uma tortura em meio do terreno baldio, o redondel do picadeiro, ainda coberto de serragem, cujo cheiro ele aspirava com dolorosa delícia. Apanhava do chão, para guardar como lembranças, pedaços de madeira ou papel, pontas de cigarro, botões...

Para o menino Rodrigo os atores eram criaturas dum mundo que pouco ou nada tinha a ver com Santa Fé — um mundo que só encontrava par nas novelas de Dumas, Ponson du Terrail, Richebourg e Júlio Verne. Sempre achara fascinante a linguagem dos palhaços, aquela mistura de português e castelhano que para ele era o vernáculo dum misterioso país de onde provinham todos os *clowns* e *tonies* que andavam pelo mundo. Por muitos anos entesourara na memória a palavra mágica que ouvira o diretor dum circo pronunciar repetidamente no picadeiro para o cavalo amestrado, sempre que o animal executava bem cada uma de suas proezas: *verigude*. Atribuía-lhe um misterioso poder de encantação. Mais tarde, porém, ao iniciar os estudos de inglês, tivera a desilusão de descobrir que *verigude* era *very good* e queria dizer apenas *muito bom*.

Agora, ouvindo a "Rêverie" e contemplando Toni Weber, ele tornava a sentir milagrosamente a volta do antigo fascínio.

Que tristeza na fisionomia da menina! Como seria a voz dela? Grave como a do violoncelo ou alta como a do oboé? De que cor seriam seus olhos?

Rodrigo ficou um pouco desconcertado quando, ao voltar casualmente a cabeça para o lado de Flora, percebeu que ela estava a observá-lo disfarçadamente com o canto dos olhos.

4

Quando o espetáculo terminou, o pe. Astolfo sugeriu que esperassem os Weber no saguão, a fim de que ele pudesse apresentá-los aos Cambarás e aos Carbone.

— Mas não é muito tarde? — perguntou Flora, consultando o marido com os olhos.

— É cedo — respondeu Rodrigo, que não olhara para o relógio desde que saíra de casa.

Os Weber, entretanto, tardavam. O teatro achava-se já completamente vazio e começavam a apagar-se as luzes. Flora insistiu para que fossem embora. Estava ansiosa por saber das crianças. Agastado, Rodrigo tomou-lhe o braço:

— Pois então vamos.

Encaminharam-se para a porta, seguidos do padre e dos Carbone. Havia na noite sem lua nem estrelas um arrepiante prenúncio de inverno. Na calçada fronteira alguns homens conversavam em voz alta, um tanto exaltados. Uma figura destacou-se do grupo e atravessou a rua. Era o Cuca Lopes. Acercou-se de Rodrigo e despejou a novidade:

— A Itália declarou guerra à Áustria!

— Não diga!

— Por Deus Nosso Senhor! — jurou o Cuca, tirando rapidamente o chapéu. Contou que viera do telégrafo, onde havia um despacho para o intendente.

— Até que enfim! — exclamou Rodrigo, voltando-se para o dr. Carbone e envolvendo-o num abraço, enquanto Santuzza desatava o pranto. O cirurgião beijou Rodrigo em ambas as faces, deu alguns passos sem rumo nem propósito na calçada para depois cair nos braços da mulher, cobrir-lhe o rosto de beijos e misturar suas lágrimas com as dela.

— Padre — disse Rodrigo com a voz alterada pela comoção —, a Itália não nos decepcionou. O sangue latino falou mais forte que qualquer aliança ou interesse material!

O sacerdote acariciava o lóbulo da orelha, olhando para a porta do teatro.

— Isso torna os Carbone inimigos dos Weber — disse ele, entre sério e trocista.

O italiano parecia ter perdido a voz. Meteu nervosamente um cigarro na piteira e levou muito tempo para conseguir acendê-lo.

— Vamos todos ao Sobrado comemorar o acontecimento — convidou Rodrigo.

Olhou para o Cuca.

— Mas essa história é certa mesmo ou é boato?

Cuca, que cheirava azafamado a ponta dos dedos, apressou-se a fazer novo juramento.

— Por esta luz que me alumia: eu vi o telegrama.

Desejou boa noite a todos e abalou.

— Vamos embora! — gritou Rodrigo.

Meteu a mulher e os Carbone no Ford e mandou o chofer tocar para o Sobrado.

— Nós vamos a pé.

Depois que o automóvel dobrou a primeira esquina, ele se voltou para o pe. Astolfo.

— Ficará mal a gente levar os Weber agora lá pra casa? Será que os Carbone vão ficar sentidos?

— Esses italianos são criaturas boníssimas. Não creio que possam ter a menor má vontade para com a Família, principalmente depois dum espetáculo desses.

— Que diabo! Afinal de contas somos todos filhos de Deus, não é mesmo, padre?

Naquele momento os Weber saíam do teatro. Padre Astolfo puxou o amigo pelo braço, aproximou-se dos austríacos e começou as apresentações. Fez o elogio de Rodrigo em francês. Vir a Santa Fé e não conhecer o dr. Rodrigo Cambará e o Sobrado era o mesmo que ir a Roma e não ver o papa nem a basílica de São Pedro. O dr. Rodrigo era médico, uma bela cultura, um grande caráter. Possuía a melhor biblioteca do município, era um amante da boa música e tudo indicava que em breve seria eleito deputado. Enquanto o vigário falava, *Herr* Weber murmurava de instante a instante *ja, ja*, ao passo que *Frau* Weber dava risadinhas curtas e cordiais. Toni e Wolfgang achavam-se num segundo plano, silenciosos. O rapaz trazia o contrabaixo num estojo negro, que ali na sombra parecia um estranho monstro. Toni abraçava o estojo do violoncelo, como a um irmão mais moço. *Herr* Weber tinha debaixo do braço a caixa do violino. Quando Rodrigo, fazendo questão de falar francês sem o menor sotaque, convidou a

Família para ir ao Sobrado tomar alguma coisa, *Herr* Weber fez uma curvatura, formulou desculpas num francês eriçado de erres rascantes. Impossível! Era muito tarde, mamã Weber e as crianças estavam cansadas. *Merci beaucoup! Merci! Merci!* Cada *merci* era acompanhado duma inclinação de cabeça.

Rodrigo estava desapontado. Queria ver Toni de perto, descobrir-lhe a cor dos olhos, ouvir-lhe a voz. Deixou escapar um suspiro de impaciência e, olhando para o padre, disse:

— Bom, não vamos deter por mais tempo esta simpática família...

Os adeuses foram rápidos e cálidos da parte de Rodrigo: um tanto formais da parte de *Herr* Weber, que fez uma prolongada curvatura. *Frau* Weber apertou-lhe a mão com vigor. Wolfgang, timidamente. Toni deu apenas as pontas dos dedos e murmurou algo que ele não chegou a ouvir direito. *Adieu? Au revoir?*

Rodrigo chamou um carro e mandou levar a Família Filarmônica ao hotel:

— Não cobre deles — gritou para o cocheiro. — Quem paga sou eu!

Depois, de braços dados com o padre, voltou a pé para o Sobrado. O vigário falava apreensivo na guerra. Onde ia parar o mundo? Havia indignação nos Estados Unidos, pois no naufrágio do *Lusitânia* tinham perdido a vida quase duzentos cidadãos norte-americanos. Era possível que Washington acabasse declarando guerra ao Kaiser.

Rodrigo olhava para a sombra alongada do padre na calçada. Mas não pensava na guerra. Na sua mente, Toni Weber soprava no oboé: estava num vestido curto de bailarina, no picadeiro do Circo Sabattini.

5

No dia seguinte, pela manhã, o pe. Astolfo entrou no consultório de Rodrigo e contou-lhe que a Philarmonische Familie se encontrava numa situação crítica. Seu empresário, um romeno que os contratara na Europa para aquela turnê sul-americana, abandonara-os em Bagé, seguindo para Montevidéu, de onde — prometera — não só telegrafaria dando informações sobre a data dos próximos concertos no Prata, como também lhes mandaria o dinheiro para as passagens. No entanto havia já quase um mês que o homem se fora e até agora não dera o menor sinal de vida.

— A Família está alarmada! — contou o vigário, sentando-se numa cadeira e fitando em Rodrigo seu olhar transparente. — O romeno era o tesoureiro da trupe e levou consigo todo o dinheiro que tinham apurado nos últimos concertos em Porto Alegre, Cachoeira e Santa Maria. O que os Weber fizeram aqui dá para pagar o hotel mas não é o bastante para as passagens...

Rodrigo esbofeteava em pensamento aquele romeno cuja mãe não conhecia mas à qual já dirigia mentalmente os maiores insultos. O canalha! O vigarista!

Levantou-se e deu dois passos na direção do padre.

— O bandido fugiu, não resta a menor dúvida. Veja bem: a Família está em

Bagé, já perto de Montevidéu, onde deve dar o próximo concerto. Que faz o sacripanta? Manda essa pobre gente de volta para o noroeste do Estado, para Santa Fé. Por quê? Me diga: por quê? Porque já tinha o plano formado!

— E o pobre do velho Weber agora lá está no hotel, atirado em cima duma cama, sem saber que fazer. É um homem tímido, desprovido de qualquer senso prático, um verdadeiro artista. As duas crianças, coitadinhas, estão com os olhos deste tamanho, dá pena vê-las... Por sorte *Frau* Weber é uma mulher decidida. Veio me procurar hoje às oito para me contar a história e me pedir conselho.

Olhou intensamente para Rodrigo e estendeu os braços num gesto de desamparo.

— Mas que é que a gente pode fazer?

Recostado contra o *bureau*, Rodrigo olhava para o amigo, pensativo.

— Não há de ser nada... — disse, após alguns segundos de reflexão. — Deixe, que eu dou um jeito na vida desses austríacos.

— Como?

— Vou arranjar o dinheiro pra viagem a Montevidéu.

— Mas acontece que, depois duma troca de telegramas com os teatros de Montevidéu e Buenos Aires, os Weber descobriram que os falados contratos não passavam de mais uma mentira do romeno!

Ideias brotavam vivas e efervescentes no espírito de Rodrigo, começando a deixá-lo exaltado.

— Não há de ser nada. Arranjaremos um concerto da Philarmonische Familie em Nova Pomerânia. Foi o diabo a Itália ter declarado guerra à Áustria, pois eu ia ajeitar também um concerto em Garibaldina. — Soltou uma risada. — Por que o rei Vittorio Emanuele não esperou mais uma semana?

O padre parecia não ver a menor graça naquilo tudo. Apertava o lóbulo da orelha com uma expressão de incerteza no rosto juvenil.

— Sim, mas depois desse concerto, que vai ser dos Weber, que não sabem uma palavra de português e não conhecem ninguém no Rio Grande do Sul? Está claro que não poderão voltar para a Europa, por causa da guerra. É uma situação dos diabos.

— Por que então não ficam em Santa Fé?

— Esta cidade não comporta mais de dois concertos.

— Sim, mas eles podem fazer outras coisas. Olhe, por que não tocam no cinema? Aí está uma ideia. O velho e a velha podem dar lições de canto, piano e violino. Que é que estão fazendo as filhas do coronel Cacique que não aprendem algum instrumento? E as Teixeiras? E as Macedos? Já é tempo de civilizar essa gente. Não se aflija, padre, deixe a coisa por minha conta. Que diabo! Precisamos manter o prestígio da hospitalidade gaúcha. Seria o cúmulo se uma família talentosa como essa morresse de fome na nossa terra.

Teve um rompante de generosidade.

— Em último caso, eu levo essa gente pro Sobrado.

O padre sacudia a cabeça numa lenta, obstinada negativa: a coisa não era assim tão simples.

— E o pior — disse — é que a saúde do velho é péssima. Cá para nós, acho que ele tem úlceras gástricas.

— Eu também dou jeito nas úlceras do maestro.

Tirou o relógio do bolso e tornou a guardá-lo sem ver direito a hora.

— Vamos agir, padre, antes que a coisa esfrie. Diga ao velho Weber que me apareça no consultório hoje às quatro, que eu quero fazer-lhe um exame completo. Vá logo avisando que a consulta é grátis, pro homem não ficar preocupado. E hoje de noite leve toda essa simpática família ao Sobrado, lá pelas oito, pra gente fazer um serãozinho com música, boa prosa e salsichas de Viena legítimas, não se esqueça de dizer isso, ouviu?, legítimas! Pro velho mando preparar um mingau de maisena. Precisamos levantar o moral dos Weber. No final de contas não podemos responsabilizar esses pobres austríacos pelas crueldades das tropas do Kaiser. Seria o mesmo que culpar Goethe ou Beethoven pelo torpedeamento do *Lusitânia*, não acha, padre?

Segurou com força o braço do sacerdote.

— A gente vira, mexe e acaba sempre nos Evangelhos. Quem tinha mesmo razão era Jesus Cristo...

Procurou, para citar, uma frase sobre a fraternidade humana, mas não lhe ocorreu nenhuma. Despediu-se do vigário, botou o chapéu, saiu da farmácia e foi bater à porta da casa do Podalírio Leal, concessionário do cinematógrafo. Podalírio apareceu, recém-saído da cama, os olhos piscos, a voz pastosa. Convidou Rodrigo a entrar e sentar-se. E quando o visitante lhe falou na possibilidade de o cinema contratar a Família Filarmônica para tocar nas suas três funções semanais, o homem exclamou:

— Só se eu estivesse louco varrido! Isso vai me custar os olhos da cara!

— Criatura de Deus! Você terá uma orquestra de primeira ordem. Muita gente que não gosta de cinema irá ao Santa Cecília só para ouvir a orquestra.

Podalírio mirava-o de boca entreaberta, os dois únicos dentes superiores que lhe restavam a apontarem amarelos nas gengivas descoradas.

— O senhor pensa que cinematógrafo é alguma mina de ouro? Pois fique sabendo que é um negocinho mui mixe. O que faço mal dá pro fumo. Por muito favor pago trinta pilas pro Salcede tocar aquelas porcarias no piano.

Rodrigo brincava, impaciente, com a corrente do relógio.

— Pois você vai contratar a Família Filarmônica, e hoje mesmo.

— Hein?

Podalírio lançou para o outro um olhar alarmado.

— Sim. E vai pagar aos Weber duzentos mil-réis por mês.

Ergueu-se, aproximou-se do concessionário do cinematógrafo e segurou-o pela gola da camisa:

— Não se assuste, que esse dinheiro não sairá de seu bolso e sim do meu.

Viu que o homem não havia compreendido. Repetiu a proposta lentamente,

477

escandindo as sílabas de cada palavra, com uma falsa paciência. Nunca simpatizara com o Podalírio e muito menos com o filho, o Calgembrino: eram dois pulhas, dois sovinas sem escrúpulos, que não mereciam a menor consideração.

— Vamos, homem, sim ou não?

— Se o senhor paga, a coisa é diferente, mas não estou entendendo direito...

— Nem precisa entender. Quero ajudar esses estrangeiros que estão em dificuldades e ao mesmo tempo fazer que o cinema da minha terra tenha a melhor orquestra do Estado. Está claro agora?

O outro encolheu os ombros.

— Mas... e o Salcede?

— Continue a pagar-lhe os trinta mil-réis mensais, e ele que fique em casa se quiser. Se não quiser, que vá pro inferno!

Podalírio acariciou a calva, de beiço caído.

— Outra coisa — acrescentou Rodrigo. — Essa história tem de ficar entre nós dois. Ninguém precisa saber que sou eu quem vai pagar o ordenado da Família Filarmônica. Está entendido?

— Está, mas é que...

— Que é que há?

— Não era melhor a gente fazer um contrato, um compromisso escrito e assinado pelo senhor, dizendo que se responsabiliza...

Rodrigo atalhou-o:

— Já viu algum Cambará faltar à palavra empenhada?

— Não, doutor, longe de mim duvidar da sua palavra. Mas é que todos estamos sujeitos a morrer duma hora para outra...

Rodrigo, que já se encontrava na rua, de chapéu na cabeça, gritou:

— Pois eu não pretendo morrer tão cedo. Tenho ainda muito que fazer neste mundo. Passe bem!

6

Cheios de gratidão e num comovido abandono, os Weber entregaram seu destino a Rodrigo, maravilhados com as coisas que ele lhes dava, e fazendo, numa obediência filial, tudo quanto ele lhes sugeria. Aceitavam o emprego no cinema e os alunos de canto, violino e piano que foram aparecendo naquelas últimas semanas de maio, alguns trazidos pelo próprio Rodrigo — que doutrinava calorosamente os chefes de família sobre a necessidade de dar uma educação musical aos filhos —, outros mandados espontaneamente por famílias alemãs e teuto-brasileiras. Otto Spielvogel empregara o jovem Wolfgang Weber em seu escritório, como arquivista e correspondente em língua alemã. E *Herr* Weber, cuja saúde melhorara visivelmente, graças aos remédios que Rodrigo lhe prescrevera, fora convidado pelo intendente para reorganizar a banda de música municipal.

Achando que a Família Filarmônica por motivos econômicos não podia continuar no hotel, Rodrigo cedeu-lhe de graça uma casinha de propriedade de seu pai e que no momento estava desalugada — uma meia-água com pomar, situada à rua do Poncho Verde, nas proximidades dos trilhos. Resolveu o problema dos móveis da maneira mais rápida e simples: pôs numa carroça e mandou para os Weber uns tarecos fora de uso que estavam atirados no porão do Sobrado: uma cômoda e um guarda-comida de pés lascados; cadeiras com os assentos de palha furados ou pernas quebradas; e uma mesa em cuja prancha sem lustro se viam talhos de facas feitos por mais duma geração de cozinheiras. Os Spielvogel e os Schultz contribuíram com camas, cadeiras, louças e talheres. Contava-se que, a cada móvel ou utensílio que chegava à meia-água, *Frau* Weber desatava o choro, murmurando: "Que santa gente, meu Deus, que santa gente!".

Os membros da Philarmonische Familie passaram uma semana inteira a trabalhar na casa. Convidado um dia a visitá-los, Rodrigo ficou surpreendido ao ver a transformação que sofrera aquela meia-água que sempre lhe dera a impressão dum cachorro sentado a olhar melancolicamente para o céu. A fachada tinha sido caiada por Wolfgang, auxiliado por Toni, e os caixilhos das janelas — onde se balouçavam alegremente vaporosas cortinas brancas — pintados dum azul de índigo. Dentro, Rodrigo não reconheceu os velhos móveis que mandara: estavam lustrados, reluzentes, com o aspecto de novos. No chão da sala de jantar estendia-se um tapete feito por *Frau* Weber com retalhos multicores. Em cima duma prateleira alinhavam-se canecos para cerveja, pratos de cerâmica alemã e os cachimbos de louça de *Herr* Weber. Havia naquele interior um tal aspecto de asseio e ordem, que Rodrigo chegou a ficar perturbado. Derramou-se em elogios à casa, e *Frau* Weber, num assomo de agradecida ternura, tomou-lhe do rosto com ambas as mãos, pôs-se na ponta dos pés e aplicou-lhe dois sonoros beijos nas faces.

— *Notre protecteur! Le plus généreux et le plus beau des hommes!*

Rodrigo ficou comovido. Sentado numa cadeira, *Herr* Weber contemplava-o com um ar de devoção quase canino. Seu olhar — notou Rodrigo — exprimia não só gratidão como também estranheza. Era como se ele não pudesse compreender por que aqueles estranhos faziam pela Família todas aquelas coisas desinteressadas.

Nas ruas de Santa Fé durante muito tempo os Weber constituíram um espetáculo que os naturais do lugar não cansavam de apreciar. Quando os austríacos passavam, mulheres assomavam às janelas e portas e ficavam a segui-los com o olhar, trocando comentários com os vizinhos. Toda a vez que *Frau* Weber saía às compras ou com livros debaixo do braço dirigia-se à casa de seus alunos, as comadres de Santa Fé mal continham o riso, achando-a "esquisita" no seu vestido cor de chumbo, de golilha alta, cintura de vespa, saia rodada e comprida cuja fímbria varria as calçadas por onde ela passava com seu jeito azafamado e seu caminhar miúdo e rápido.

Frau Weber fizera já amizade com tia Vanja, que a adorava, pois a austríaca lhe evocava personagens de romances que se passavam em Berlim, Viena e Budapeste. Rodrigo enternecia-se ao ver aquelas duas mulherzinhas em seus colóquios, a trocarem sorrisos, amabilidades, receitas de doces e crochê, uma sem poder falar a língua da outra, mas a entenderem-se por um milagre de boa vontade e simpatia humana.

Herr Weber também chamava a atenção quando saía à rua, de chapéu-coco pardo, gravata à Lavalière, o guarda-chuva sempre a pender-lhe do braço. Andava de ordinário apressado, tinha um caminhar arrastado, as costas encurvadas e um modo vago de olhar, como se estivesse com o corpo neste mundo e o pensamento no outro. O jovem Wolfgang fazia também sucesso com sua roupa de veludilho verde, de casaco cintado, os sapatões de alpinista e o chapéu de feltro com uma pena de pavão enfiada na fita.

As moças de Santa Fé não podiam esconder sua má vontade para com aquela "alemoazinha" que parecia andar virando a cabeça a muitos dos rapazes do lugar. Toni Weber pouco saía, pois era ela quem cozinhava e fazia a limpeza da casa. Quando, porém, aparecia na rua do Comércio, sempre em companhia do pai, da mãe ou de ambos, as mulheres a miravam com ar crítico e os homens com olho lúbrico.

— Anda de trança só pra parecer menina — comentara a Gioconda. — Mas garanto que já tem uns vinte e cinco anos, fora os que andou de tamancos...

Esmeralda Dias inventava coisas horríveis: os Weber não eram casados, mas amigados, Wolfgang era um maricas e Toni, ah! "essa cadelinha está aqui em Santa Fé pra fisgar marido rico, isso ninguém me tira da cabeça". E já se murmurava que, dos pretendentes que rondavam Toni, o mais palpável era o Erwin Spielvogel, moço rico, com o qual a jovem austríaca já fora vista a passear de automóvel.

Por muito tempo foram os Weber o assunto predileto dos mexericos da cidade, onde havia até discussões em que se tratava de chegar a uma conclusão sobre qual dos dois casais estrangeiros era o mais grotesco, os Weber ou os Carbone.

7

Nas noites de segunda, terça e sexta-feira, quando não havia função no cinema, os Weber compareciam aos serões do Sobrado, onde ficavam a conversar, a comer, a beber e a fazer música. Desde que a Família Filarmônica começara a frequentar sua casa, Rodrigo procurava evitar qualquer referência direta ou indireta à guerra. Os Carbone, que raramente faltavam aos serões, ficavam-se agora meio bisonhos pelos cantos, enciumados — percebia Rodrigo —, sestrosos, decerto a temer que aqueles austríacos lhes roubassem o lugar que ocupavam no coração dos Cambarás. *Frau* Weber apaixonara-se também pelas crianças da casa, e era divertido ver a austríaca e a italiana numa guerra surda, na disputa da amizade de Alicinha e Floriano, cada qual procurando trazer-lhes o brinquedo mais interessante, o doce mais gostoso ou então inventar as palavras e os gestos mais cômicos para fazê-los rir. Havia momentos em que era necessário Flora intervir, a fim de evitar um atrito entre as duas estrangeiras.

Outro que parecia ralar-se em silencioso despeito era o Saturnino, cuja flauta andava calada desde o dia em que *Herr* Weber entrara no Sobrado. Uma noite, depois que o "maestro" interpretara na flauta uma composição de Schumann, Saturnino aproximou-se do Neco e sussurrou-lhe:

— Toca bem, mas não tem alma. Esses gringos são frios.

E o seresteiro, com ar de entendido, completou:

— Frios como focinho de cachorro.

Jairo não cansava de elogiar aqueles serões em que tinha a oportunidade rara de ouvir tão boa música e tão boa prosa.

Carmem, que agora vinha com mais frequência ao Sobrado, aproveitava a ocasião para exibir seus conhecimentos de francês e de arte, o que parecia deixar Flora um tanto deprimida. E o vigário, que se sentia responsável pela aproximação entre os Weber e os Cambarás, dava mostras de estar contente de tudo e de todos.

Numa noite em que se discutiam compositores, *Herr* Weber, comendo seu mingau e lançando olhares compridos para o prato de pão com caviar, fez uma dissertação sobre a decadência da música italiana, para tortura de Rodrigo, que ficou todo o tempo como que sobre brasas, a observar, apreensivo, o dr. Carbone. Quem examinasse — dizia o maestro — a música italiana do século XIX e daquele princípio do XX, com seus xaroposos compositores operáticos como Verdi, Puccini e Leoncavallo, dificilmente compreenderia que aquela mesma pátria, onde o Renascimento tivera seu apogeu, houvesse produzido no passado músicos como Vivaldi, Cimarosa, Pergolesi, Scarlatti e tantos outros.

O dr. Carbone avançou com um copo de vinho numa das mãos e a piteira na outra. Verdi xaroposo? Era o cúmulo da estupidez, da ignorância e da má vontade fazer uma afirmação como aquela! Detestável era Wagner com suas cacofonias pretensiosas! Dali a mil anos, Verdi, Puccini e Leoncavallo seriam ainda ouvidos, cantados e amados, porque sua música era bela, doce, clara e ia direito ao coração do povo. E dizendo isso, Carbone batia heroicamente no peito com a ponta da piteira.

Herr Weber não perdeu a calma.

— A ópera não passa duma paródia musical. A verdadeira música, para meu gosto, é a clássica. Deem-me Bach e podem ficar com o resto!

Numa bem torneada frase, e com boa dose de falsa modéstia, Rodrigo confessou que sua ignorância o impedira de compreender e amar Bach. *Herr* Weber mirou-o com seus olhos vagos.

— *Mon cher Doktor*, só se pode apreciar devidamente Bach depois dos quarenta anos.

— Guarda que absurdo! — exclamou Carbone.

Liroca, que uma vez por semana comparecia aos serões, estava no seu canto, calado, a ouvir aquela língua que não entendia, o olhar fito nas portas, por cujo vão de quando em quando passava o vulto de Maria Valéria.

Herr Weber certa noite desenvolveu uma tese: a da comunhão universal através da música. Sim, o mundo só poderia viver em paz se todas as criaturas amassem verdadeiramente a arte e se reunissem à noite, nas suas comunidades, como uma grande família, para fazerem música. Ah! Mas tinha de ser um tipo de música puro, desses que elevam a alma e jamais embriagam os homens de entusiasmo marcial a ponto de levá-los à violência, à destruição e à guerra. O mal da ópera é que, sendo descritiva, verista, ela se apega excessivamente às mais baixas paixões humanas. A música pela música — esse era o grande, o supremo ideal.

Jairo concordava em que a música poderia ajudar o congraçamento da família humana, mas achava que só a música não era o bastante. Fazia-se necessária também uma religião, não a do pe. Astolfo, que estava comprometida em sua pureza original por quase dois mil anos de contaminação política, mas uma religião de bases científicas de perfeito acordo com o Progresso.

A discussão foi interrompida quando os Weber começaram a tocar um quarteto de Mozart para cordas e piano. Carbone escutou-o num silêncio reverente, movendo a cabeça ao ritmo da melodia ou usando a piteira como uma batuta. De momento em momento, Maria Valéria espiava a sala, escudada por uma folha de porta. E Chiru, que não escondia sua impaciência naqueles serões em que só se falava "língua de gringo", marcava o compasso com o pé, fungava, suspirava, olhava o relógio e abafava bocejos. De olhos cerrados, a cabeça reclinada contra o respaldo da cadeira, o pe. Astolfo parecia adormecido, as mãos trançadas à altura do estômago.

Por mais que se esforçasse, Rodrigo não podia desviar os olhos de Toni. Estava um tanto inquieto por causa de Flora, temendo que ela interpretasse mal seu interesse pela rapariga. De quando em quando lançava-lhe um olhar oblíquo, para ver se ela o estava observando ou não.

A verdade é que aquela família estrangeira trouxera para sua vida um interesse novo. Os serões do Sobrado tinham ganho mais animação, o gramofone jazia mudo e esquecido no seu canto, e às vezes Rodrigo julgava ver na campânula do aparelho uma certa expressão de ciúme que lhe lembrava a da fisionomia dos Carbone.

A cor dos olhos de Toni continuava a ser para ele um enigma. Era um cinzento que ainda não se havia decidido bem entre o verde e o azul, mas que às vezes lhe parecia puxar mais para o azul. E agora, enquanto ouvia o adágio do quarteto e observava a *Fräulein*, ele encontrava por fim uma definição satisfatória para aquele par de olhos. Eram duas águas-marinhas puríssimas: dois lagos redondos, frescos e límpidos, em cujo fundo nadavam peixes. Quando estava na frente da rapariga, Rodrigo tinha a impressão de que sua própria imagem, refletida no fundo daqueles poços, era como um grande e estranho peixe. E essa ideia deixava-o conturbado.

Uma das coisas de que mais gostava era a risada de Toni — uma risada musical, com algo de vidro e de água, a sugerir um parentesco próximo com os olhos.

No princípio daquele serão Rodrigo permitira-se tomar a mão de Toni (Que mal podia haver nesse gesto, se ele o fazia na frente dos pais da moça e da própria Flora?) e, numa atitude avuncular que lhe era esquisitamente voluptuosa, voltara-se para Chiru:

— Apresento-te a minha nova sobrinha. Que achas dela?

O outro não hesitara:

— Um peixão!

Pouco depois, puxando Rodrigo para um canto, murmurou:

— Sobrinha, hein, maganão? Com essa parte de tio o que tu queres é apalpar a alemãzinha...

Rodrigo lançara um olhar rancoroso para o amigo. Aquele porcalhão do Chiru só pensava em imoralidade. Não compreendia que pudesse existir entre homem e mulher um sentimento de pura, desinteressada amizade. Ora, ele gostava de Toni do mesmo modo que gostava do "Hino ao Sol", ou do céu do Angico ao entardecer. No fundo, entretanto, sabia que a coisa não era bem assim, pois sempre achava difícil esquecer que Toni Weber afinal de contas era uma mulher. Quando mirava aqueles olhos de água-marinha, ficava lírico, tinha vontade de escrever poemas. A boca da criatura, entretanto, não o convidava a pensamentos puros: tinha lábios polpudos, palpitantes, dum vermelho vivo e úmido. Diante desse contraste, quanta confusão de sentimentos! Bom — concluía ele, não sem uma pontinha de ironia —, Toni é minha sobrinha do nariz para cima: do nariz para baixo, não.

Mas até quando a água fresca daqueles olhos conseguiria neutralizar o fogo daquela boca? — perguntou a si mesmo, com o olhar fito na rapariga, esquecido do quarteto, dos circunstantes, de tudo...

8

Naquela mesma noite, depois que Flora se retirou para o quarto e Maria Valéria terminou a costumeira inspeção de portas e janelas, Rodrigo ficou sentado sozinho na sala, a olhar para o Retrato e a lembrar-se da expressão de encantada surpresa que se estampara no rosto de Toni, a primeira vez que vira o quadro. *Mein Gott!* — balbuciara ela, de mãos trançadas. — *Mein Gott!* Tinha-se a impressão de que seu rosto se iluminava, como se a tela irradiasse luz. *Comme c'est beau, mon Dieu, comme c'est beau!* Disse essas palavras baixinho, como para si mesma, indiferente às outras pessoas em derredor. Que era que *Fräulein* Weber achava belo? o quadro ou o homem?

Rodrigo aspirou o ar com força, na esperança de que andasse ainda no ambiente um pouco do perfume de Toni, aquela morna fragrância de carne moça recendente a sabonete de alfazema.

Cerrou os olhos e ficou a fumar e a ruminar o prazer, o doce choque daquele momento do serão em que — estando os outros a conversar animadamente — ele surpreendera Toni a contemplá-lo de seu canto com um olhar comprido e cheio dum amoroso interesse. Embora aquele encontro de olhares tivesse durado apenas uma fração de segundo, fora o suficiente para dar-lhe um arrepio e acelerar-lhe o ritmo do sangue.

Por que não? — perguntou em voz alta, erguendo-se e pondo-se a caminhar dum lado para outro na sala deserta. Aproximara-se do piano, bateu distraído numa tecla, tornou a olhar para o Retrato e quedou-se num diálogo mental com o Outro.

Qual é a tua opinião?

Tudo pode acontecer.

Mas não será bom parar enquanto é tempo?

Agora é tarde.

Eu sei...

Desde o princípio sabias que um dia havia de ser tarde, mas quiseste criar o inevitável.

Acho que ela gosta de mim.

E de mim também.

Ah, mas tu estás preso nessa tela, és de tinta, ao passo que eu sou de carne e osso e nervos!

Era bom estar vivo, brincar com fogo, embriagar-se com aquela vertiginosa sensação de perigo próximo.

Acercou-se do gramofone. Não. Não toco. É tarde, os outros estão dormindo. Depois, não convém desmanchar a impressão do quarteto...

Ficou de cabeça alçada a seguir a fumaça que subia do cigarro, e tentando rememorar trechos da música. Era engraçado: podia lembrar-se, com uma clareza cristalina, das melodias que ouvia, no entanto jamais conseguia reproduzi-las assobiando ou cantarolando. Aquele quarteto de Mozart — aéreo, inocente, matinal — podia bem ser uma descrição musical de Toni Weber. Mas até onde iria a inocência da criaturinha?

Tornou a sentar-se e a trançar as pernas, preparando-se para um diálogo consigo mesmo.

Sabia que Toni tinha vinte anos. Eram as tranças que lhe davam a aparência de menininha, e era esse ar infantil que o fazia sentir-se um pouco pervertido, até mesmo incestuoso, toda a vez que sentia por ela desejo físico. Por que é que não faz outro penteado? Mas que é que o penteado tem a ver com o que eu sinto por ela ou com o que ela possa sentir por mim? Mas que será que Toni sente por mim? E eu por ela? Que absurdo — concluiu, sem muita convicção — estar eu, um homem de quase trinta anos, casado e pai de dois filhos, a preocupar-se com uma mocinha de vinte, solteira e provavelmente virgem!

Levou o cigarro à boca e imediatamente em pensamento viu Toni com os lábios pregueados em torno do bocal do oboé. Por alguns instantes ficou a imaginar que tinha a rapariga nos braços e lhe beijava sofregamente a boca.

Que diabo! Se um homem não goza de toda a liberdade no reino da imaginação, onde é que vai gozar? Não há de ser nesse mundo de mexericos e mesquinhezas das Esmeraldas, dos Cucas e dos Zagos — concluiu, indignado já ao pensar no que poderiam estar murmurando na cidade a respeito de suas relações com *Fräulein* Weber.

Por alguns instantes soou-lhe na mente a voz de Toni, que não tinha nada de extraordinário, a não ser o fato de sair daquela boca. Recordou a conversa que tivera com ela no dia em que lhe mostrara, orgulhoso, sua biblioteca, com as obras completas de Flaubert, Balzac, Victor Hugo, Renan... Diante do armário de livros, lera-lhe em surdina um trecho do *Chantecler*.

— *J'aime bien Rostand* — disse-lhe Toni. — Mas ele me parece um poeta menor, apenas hábil, brilhante, agradável. Corresponde em música a Tchaikovski ou Lizst. O mundo poderia passar perfeitamente sem Rostand e Lizst, mas duvido que fosse o mesmo se nunca houvesse nascido um Goethe ou um Bach.

Essas palavras, ditas por uma menina de tranças com laçarotes de fitas azuis, haviam-no deixado não apenas surpreendido, mas também desconcertado, pois elas como que o derrubavam inesperadamente do pedestal de paterna superioridade em que ele se colocara perante a jovem austríaca.

Relembrando agora a cena, Rodrigo sorria. Toni era a Europa. Não tinha apenas vinte anos, mas dois mil, ao passo que ali no Rio Grande, em matéria de arte e cultura, estava-se ainda numa espécie de idade da pedra lascada.

Ergueu-se, apagou a luz, subiu para o quarto, despiu-se, enfiou o pijama e deitou-se sem fazer ruído ao lado de Flora, que lhe pareceu adormecida. Apagou a lâmpada, sobre a mesinha de cabeceira, e ficou de olhos abertos, a pensar. Estava sem sono, inquieto, com um peso no estômago. Decerto comera demais. Pôs-se a apalpar o peito, o ventre, os braços. Começava já a engordar. Era preciso cuidar da dieta, abolir a feijoada, o talharim, os doces, a cerveja... Entre o que ele era hoje e o Rodrigo do Retrato havia já algumas diferenças de volume visíveis a olho nu. Era o diabo...

Não sou nenhum vaidoso, mas — bolas! — ninguém quer parecer ridículo aos olhos alheios nem aos próprios. Gordura é uma coisa grotesca. Olhem só o indecente do Chiru, a imagem viva de dom João VI. E o cel. Cacique, nédio como um capão cevado...

Flora estava deitada de lado, com as costas voltadas para ele. Rodrigo enlaçou-a e fê-la voltar-se.

— Estavas dormindo, meu bem?

— Dei uma cochilada — bocejou ela. — Que horas são?

— Pouco mais de meia-noite.

— Perdeste o sono?

— Acho que sim.

Rodrigo beijou-lhe os lábios com um ardor que não deixava dúvida quanto às suas intenções.

— Vamos dormir — resmungou ela.

— Pra dormir não falta tempo.

— Mas é tão tarde, querido!

Procurou desvencilhar-se, mas não conseguiu. Soltou um suspiro.

— Tu és um homem impossível. Quando queres uma coisa, queres mesmo.

E não lhe ofereceu mais nenhuma resistência.

Nos momentos que se seguiram Rodrigo não pôde nem quis afastar da mente a imagem de Toni Weber.

9

Rodrigo e Flora iam agora com mais frequência ao cinema e achavam, como de resto quase todos os frequentadores do Santa Cecília, que os seus programas andavam muito mais interessantes, graças ao acompanhamento musical. A Philarmonische Familie ordinariamente iniciava o espetáculo com *ouvertures* de von Suppé, Offenbach, Strauss e até Wagner. As músicas eram escolhidas de acordo com a natureza do filme: marchas e dobrados para os naturais; galopes frenéticos e polcas ou mazurcas saltitantes para as fitas cômicas; valsas lentas, fantasias ou trechos de ópera para os dramas.

Numa daquelas primeiras noites de junho, o Santa Cecília exibiu um *capolavoro* de Cines, cuja protagonista era Francesca Bertini. *Herr* Weber, com uma honestidade profissional que impressionara a população de Santa Fé, exigira que Podalírio lhe passasse o filme à tarde, numa sessão especial, a fim de que ele pudesse escolher as músicas adequadas ao acompanhamento de suas diversas cenas. Foi por isso que à noite os espectadores puderam assistir à longa agonia final da personagem encarnada pela grande Bertini ao som da marcha fúnebre de Chopin.

De seu camarote, Rodrigo com frequência desviava o olhar da tela para focá-lo no vulto de Toni, que lá estava ao pé da tela, metida no seu casacão de lã azul-marinho, fazendo gemer seu instrumento. A menina lhe dava às vezes uma tão comovedora impressão de fragilidade e desamparo, que ele se sentia invadido pelo desejo de tomá-la sob sua proteção e trazê-la para casa como uma filha (ou como uma amante, patife?). Imaginava o que podia estar-se passando naquela alminha exilada. Ficava enternecido ao pensar em que, tendo nascido e crescido em Viena, ela pudesse estar agora, naquela noite de fins de outono, a esfregar o arco nas cordas do violoncelo no cineminha do Podalírio. Achava aquilo tudo ao mesmo tempo belo, triste e improvável, principalmente improvável... E no instante mesmo em que pensava essas coisas, a imagem do pai se lhe desenhou na mente e lhe gritou com a habitual aspereza: "Deixe de fita!".

Que iria o velho dizer quando soubesse das coisas que ele, Rodrigo, fizera pela Família Filarmônica? Não tardou a saber, pois Licurgo chegou do Angico dois dias depois e, tendo sido informado por Flora da situação dos Weber, comentou:

— Esse rapaz nem trata de saber direito quem são as pessoas. Vai logo botando qualquer estrangeiro pra dentro de casa.

Quem era aquela gente? — perguntava. — De onde tinha vindo? Podiam ser pessoas de bem, mas podiam ser também uma pandilha de vigaristas. Conhecia casos...

Quando Flora lhe transmitiu esses comentários, Rodrigo sorriu sem surpresa, pois era exatamente essa a reação que esperava do velho. Licurgo Cambará, como todo o homem do campo, tinha para com o estrangeiro uma invencível desconfiança, temperada de má vontade.

Quando, certa noite, os Weber chegaram ao Sobrado trazendo seus instrumentos, cantarolando e rindo, na expectativa dum alegre serão, Licurgo retirou-se ostensivamente para o quarto, recusando-se a ser apresentado aos "lambotes". No dia seguinte voltou para o Angico, mas não sem antes ter dito à nora:

— Seu marido nasceu para miliardário. Se continua gastando desse jeito, ainda vai acabar sem um vintém pra fazer cantar um cego.

Maria Valéria repetiu essas palavras ao afilhado.

— E a senhora acha que o papai tem razão?

— Acho.

— Pois eu não. Mais vale um gosto que três vinténs.

Rodrigo ainda não conseguira saber ao certo o que a Dinda pensava dos Weber, aos quais ela se obstinava em chamar "os polacos". Raramente aparecia na sala quando os austríacos visitavam o Sobrado. Uma noite Rodrigo surpreendeu-a a fazer uma simpatia para as visitas irem embora: estava atrás duma porta virando uma vassoura.

Foi também por aqueles dias que Flora se queixou ao marido de que os serões já começavam a cansá-la. Estava muito bem que os Weber aparecessem de vez em quando, mas três ou quatro noites por semana, em horas e dias certos, era positivamente uma coisa aborrecida. A casa não parava mais limpa, as despesas de armazém aumentavam. Depois, as crianças estavam ficando mal-acostumadas, pois *Frau* Weber e d. Santuzza tinham o hábito de acordá-las e tirá-las da cama tarde da noite, trazendo-as para baixo e excitando-as de tal forma, que depois era um caro custo fazê-las adormecer de novo. Além do mais, comia-se, bebia-se, cantava-se e fazia-se tanto barulho naqueles serões, que o povo até podia falar...

Nesse ponto Rodrigo atalhou a mulher com certa aspereza:

— Não me interessa o que o povo possa pensar ou dizer. A casa é minha e quem manda aqui dentro sou eu!

Flora fitou nele os olhos espantados.

— Mas Rodrigo...

— Está bem. Vou dizer ao coronel Jairo, ao padre Astolfo, aos Carbone, aos Weber e aos outros amigos que não venham mais à minha casa porque a minha mulher não quer mais saber de reuniões. É isso que queres que eu faça?

Flora cobriu o rosto com as mãos, desatou a chorar e saiu da sala precipitadamente, subindo para o quarto. Por alguns instantes Rodrigo ficou onde estava, os músculos da face tensos, a respiração lenta e funda, um calorão no corpo todo. Estavam bem-arranjados se fossem dar ouvidos à boca do povo. Havia de ter graça que o Zago ou a Esmeralda Dias passassem a governar o Sobrado. O que acontecia — ah! isso ele via agora com clareza — era que Flora começava a ter ciúmes de Toni... Ficou a andar dum lado para o outro, as mãos nos bolsos, os olhos no soalho. Os soluços da mulher continuavam em seus ouvidos. Coitadinha! Não estava habituada a ser tratada com rispidez. Ele simplesmente perdera a tramontana, portara-se como um cavalo.

Olhou para o Retrato, viu-se todo de negro, de colete claro, plastrão carmesim, bengala e cartola — um dândi, um gentil-homem, um perfeito cavalheiro. No entanto tratara a esposa como um brutamontes... Aos poucos foi se sentindo invadido por uma fria vergonha. Precipitou-se para a escada, galgou os degraus quase a correr e entrou no quarto de dormir. Flora estava deitada de bruços, o rosto metido no travesseiro, o corpo convulsionado de soluços. Rodrigo sentou-se na cama e pôs-se a acariciar os cabelos da esposa, murmurando:

— Me perdoa, meu amor, fui um bruto, um animal... Olha, meu bem, estou arrependido. Quem tem razão és tu. Vamos acabar com esses serões e viver a nossa vidinha. Não precisamos de estranhos para sermos felizes.

Os soluços continuavam, cada vez mais fortes.

— Que é isso, minha flor? Escute, olhe pro seu maridinho...

Magoava-o ver a mulher chorando e essa mágoa era agravada pela ideia de que fora ele o causador do pranto. Orgulhava-se de ser um marido atencioso, delicado e terno. Agora se sentia diminuído ante os olhos dela e os seus próprios.

— Meu bem, escuta...

Inclinou-se, beijou os cabelos, as faces, as mãos de Flora e depois, como os soluços dela não cessassem, encostou as próprias faces no travesseiro e, já com lágrimas nos olhos e a voz alterada, ficou a ciciar-lhe ao ouvido as mais apaixonadas juras de amor.

Capítulo V

1

Em muitas daquelas tardinhas de junho, com um prenúncio de inverno no ar, Rodrigo levou os Weber de automóvel à coxilha do cemitério, para que de lá eles pudessem contemplar os fabulosos crepúsculos daquele fim de outono. *Frau* Weber soltava exclamações de espanto ante os cambiantes do céu. *Herr* Weber exprimia sua admiração num movimento repetido de cabeça: ficava como um boneco de mola a fazer que sim, que sim, que sim... No rosto de Wolfgang, cuja personalidade Rodrigo achava cada vez mais inescrutável, havia uma expressão indefinível que ora parecia tristeza ora mal contida revolta. Toni quedava-se numa contemplação muda, extática e ofegante do horizonte. Nessas ocasiões Rodrigo portava-se com um alvoroço cheio de orgulho. — Olhem só aquele verde por baixo da nuvem cor-de-rosa... Já viram coisa igual? — Como se fosse o proprietário ou o autor mesmo daqueles poentes.

Voltavam para a cidade quando Vênus já brilhava num céu em que havia muito da tonalidade e da transparência dos olhos de Toni. A presença da rapariga no automóvel a seu lado, a paz do anoitecer, o aroma de folhas secas queimadas a evolar-se das fogueiras que meninos acendiam nas ruas suburbanas — tudo isso lhe dava uma sensação de profunda felicidade na qual existia um insituável elemento de inquietação. Não raro, ao entrar em casa de volta duma dessas excursões — o corpo e o espírito amolentados por uma languidez quase triste, cortada de longe em longe por calafrios —, ele chegava a se perguntar se não estaria doente. Olhava-se no espelho longamente, examinava a língua, tomava a própria temperatura...

Passava agora os dias a pensar em Toni. Nas noites em que os Weber não vinham ao Sobrado, ficava infeliz e, à medida que os minutos se escoavam, essa sensação de infelicidade se ia transformando em impaciência e era pouca ou nenhuma a atenção que prestava às palavras do cel. Jairo e do pe. Astolfo, os quais, como de costume, se entregavam a intermináveis discussões sobre Deus, Religião, Ética, Moral e história. A cada ruído de passos na calçada, a cada batida na porta, o coração de Rodrigo disparava, na esperança de ver entrar Toni.

Às vezes, quando passava mais de um dia sem vê-la, inventava pretextos para ir à meia-água de janelas azuis. Levava presentes à moça — livros, bombons, perfumes —, procurando fazer isso tudo com um ar desinteressado de parente mais velho, temeroso de que os pais de Toni interpretassem mal suas intenções. Mas quais eram, afinal de contas, suas *intenções*? Nem ele próprio sabia ao certo. Por mais que se esforçasse (e para falar a verdade nunca se esforçava muito) ao analisar os próprios sentimentos e propósitos, não conseguia ver claro neles. Duma coisa estava convencido e quanto a isso não tinha a menor dúvida, pois era algo que sentia na carne, nos nervos: gostava de Toni, necessitava de sua presença e quando a tinha perto de si, o desejo de tocá-la, de abraçá-la, de beijá-la era tão intenso, que chegava quase a doer fisicamente. Disso ele tinha certeza; quanto ao resto... Mas, que era o resto? Possuí-la? Descobrir se ela o amava? Não podia esperar que Toni pudesse levar muito longe aquele interesse por ele, um homem casado, pai de dois filhos. Não podia esperar, mas esperava. Mais duma vez surpreendera a rapariga a mirá-lo dum modo que não deixava dúvidas. Duma feita, estando os dois lado a lado no auto, sua mão tocara de leve a dela. Nesse momento os olhos de ambos se encontraram e ele lera nos de Toni tudo quanto desejava saber. Ela retirara a mão, sim, desviara o olhar, mas ficara toda perturbada, o rosto afogueado, os lábios trêmulos.

Que iria acontecer agora? Seus sentimentos para com *Fräulein* Weber eram de tal natureza que ele já achava difícil escondê-los aos olhos dos outros. Havia instantes em que chegava a lamentar que o destino houvesse trazido para Santa Fé a Philarmonische Familie. Essas ocasiões, porém, eram raras, e, quando vinham, breves. Na maioria das vezes ele se enchia dum furioso orgulho e resolvia não renunciar a Toni, enfrentar todos os perigos, arcar com todas as consequências...

2

Era um dos primeiros serões de inverno no Sobrado (o frio chegara súbito, no dia anterior, com nuvens cor de chumbo e uma garoa gelada) e Laurinda trouxera para a sala uma grande panela cheia de pinhões cozidos, que os Weber por insistência de Rodrigo começaram a provar com desconfiada cautela, mas depois acabaram comendo com gosto.

Toríbio, que chegara inesperadamente do Angico aquele entardecer para mostrar a Rodrigo a ferida inflamada que tinha no antebraço direito, passou o serão inteiro escarrapachado numa cadeira de balanço a cocar Toni com olhinhos cheios duma curiosidade lúbrica. Rodrigo percebeu tudo e ficou contrariado. Não se mostrou muito cordial para com o irmão quando, no dia seguinte pela manhã, o levou ao consultório para o primeiro curativo. Examinou a ferida, limpou-a com um algodão embebido em água oxigenada, fez-lhe algumas perguntas profissionais e depois continuou a trabalhar em silêncio. Foi Bio quem falou primeiro:

— Eu não te disse que não devias casar?

Rodrigo ergueu os olhos, mas não respondeu. Pressentindo aonde o outro queria chegar, fazia-se de desentendido. Depois de pequena pausa, disse:

— Me casei e me sinto perfeitamente feliz.

— Vai ver se eu estou ali na esquina...

— Que besteira é essa?

— Pensas que eu não sei que andas querendo dormir com a alemãzinha?

— Bio!

— Te conheço das casas velhas...

Rodrigo quis protestar, zangar-se, dizer um palavrão, mas achou melhor não continuar fingindo.

— Como foi que descobriste?

— Ora, mal ela entrou, eu vi tudo.

— Não admira. Não tiraste os olhos de cima da menina a noite inteira.

— Ué, eu também gosto do que é bom.

Rodrigo achava vagamente sacrílego estarem a falar de Toni naqueles termos.

— A moça não é o que tu estás pensando.

— Eu não estou pensando nada.

Rodrigo apanhou um vidro de iodo e uma pinça.

— Então a coisa dá muito na vista? — perguntou, com um falso sorriso.

— Só não vê quem é cego. Ouve o que te digo. A Flora não é cega. Mulher enxerga longe...

— E que é que achas dessa coisa toda?

— Acho que o negócio é muito perigoso. Pode não dar certo.

— Viraste moralista?

— Vai-te pro diabo! Tu sabes que sou amigo da Flora, e não quero que ela sofra com essa história.

— Que queres então que eu faça?

— Acaba com isso.

— Não posso.

— Já dormiste com a guria?

Rodrigo encarou Bio, disposto a protestar contra a grosseria da pergunta, mas a expressão do rosto do irmão desarmou-o. Tinham demasiados pecados em comum e conheciam-se demais para guardarem segredos um do outro.

— Ainda não.

— Pois então desiste enquanto é tempo.

— Agora é tarde.

Impaciente, Rodrigo mergulhou no vidro de iodo a pinça com as pontas envoltas em algodão.

— Não te encomendei sermão...

— Já pensaste em tudo que pode acontecer?

— Já.

— Estás disposto a aguentar todas as consequências?

— Quem tem medo de barulho não amarra porongo nos tentos.

— Está bem. Estou só te prevenindo...

Rodrigo baixou os olhos.

— Cuidado, que vai arder um pouco.

— Traça fogo. Tenho o couro grosso.

Rodrigo pincelou de iodo a carne viva.

— Pensa também no velho... — acrescentou Bio, enquanto o outro lhe soprava a ferida.

— Sou maior de idade e papai não é nenhum santo.

— Te lembra ao menos das crianças.

— Ora, Bio! Estás fazendo drama quando não há nenhum drama.

— Não há mas pode haver.

— Pois que haja. Chegaste tarde com o teu sermão. Agora ninguém me ataca mais. Nem o papa.

— Puxa! Então a coisa é séria mesmo?

Rodrigo deu de ombros. Admitir que estava apaixonado era de certo modo ficar numa situação inferior. Negar seria absurdo. O Bio que pensasse o que quisesse!

Cobriu a ferida com uma pomada, pôs-lhe em cima uma gaze e depois envolveu-a com uma atadura. Por alguns instantes ficaram ambos calados.

— Quando voltas para o Angico?

— Achas que posso ir embora amanhã?

— Se é pela ferida, podes. Lava todos os dias com água oxigenada e depois bota essa pomada. Numa semana isso está seco.

Bio meteu o pote no bolso. Ao sair do consultório, aplicou uma palmada nas costas do irmão.

— Não tens mais cura — disse.

E se foi, rindo.

3

Em princípios de julho, numa tarde em que soprava o minuano, Cuca Lopes entrou afobado no consultório da Farmácia Popular, encolhido dentro dum sobretudo seboso, o pescoço envolto numa manta de lã cor de vinho, que lhe tapava completamente a boca e parte do nariz.

— Pomba, que vento! — exclamou, com olhos lacrimejantes, desenrolando a manta.

— Então, Cuca — perguntou Rodrigo —, qual é a última?

Por alguns segundos ficou apreensivo, temendo que a "última" fosse algum mexerico da cidade em torno de suas relações com Toni Weber. Preparou-se para o pior.

O outro aproximou-se do *bureau*, esfregando as mãos.

— O irmão Jacques tirou a batina e pediu a Doralice Fagundes em casamento! O coronel Cacique ficou fulo, quase botou o padre pra fora de casa a rabo de tatu. A moça disse que vai tomar lisol. O marista anda por aí feito louco. Está um angu danado.

— Isso tudo não será invenção tua, Cuca?

— Por esta luz que me alumia... Eu vi o padre ind'agorinha à paisana!

Poucos minutos depois que Cuca Lopes se foi, Jacques Meunier procurou Rodrigo, contou-lhe seu drama e suplicou-lhe fizesse as vezes de juiz de paz: convencesse o velho Cacique a concordar com o casamento, para evitar que a história tivesse um desenlace fatal.

— Por que não me quer para genro? Porque fui marista? Mas é que sou um homem como os outros, de carne e osso!

Dizendo isso apalpava o corpo, procurando dar provas anatômicas de sua masculinidade. Rodrigo mirava-o com olho curioso. Estava já tão habituado a ver o homem dentro duma sotaina negra, que não podia deixar de achá-lo grotesco naquela fatiota cinzenta mal cortada.

— Diga ao coronel que se ele continuar irredutível na sua conduta, eu tiro a Doralice de casa!

— E o velho provavelmente lhe meterá cinco balas no corpo.

O rosto do ex-marista endureceu. Como única resposta, tirou do bolso traseiro das calças um revólver de cabo de madrepérola e mostrou-o.

— Só se ele for mais ligeiro que eu!

Rodrigo ficou surpreendido. Era-lhe difícil acreditar que aquele sujeito agitado e resoluto que tinha agora na sua frente era o tímido irmão marista que, havia pouco mais de cinco anos, lhe oferecera candidamente uma banana no trem de Santa Maria...

— Guarde o seu revólver, irmão... perdão!... professor. Vou falar com o coronel Cacique. Se eu não lhe trouxer o consentimento do homem, não me chamo mais Rodrigo Cambará. Pode ir preparando o enxoval.

— Evite a tragédia, doutor.

— Não haverá tragédia, fique descansado.

Apertaram-se as mãos à porta da farmácia. Gabriel olhava para o ex-marista com olhos cheios de espanto.

— Então, como vai o Sport Club Charrua? — gritou Rodrigo, para dar à palestra um fecho menos dramático.

O rosto de Jacques Meunier iluminou-se de súbito, num largo sorriso juvenil.

— Vamos dar uma sova no Avante no próximo domingo — respondeu ele.
— Uns quatro a zero no mínimo.

E se foi rua em fora, segurando a aba do chapéu para o vento não arrebatá-lo.

Rodrigo voltou para o consultório coçando a cabeça e murmurando para si mesmo: Neste mundo tudo pode acontecer. Eu já não duvido de mais nada.

Quem, entretanto, lhe proporcionou a maior surpresa do dia foi o próprio Cacique Fagundes, que ele visitou aquela mesma tarde. Esperava vê-lo sombrio ou irritado, mas encontrou-o sorridente, na melhor disposição de espírito imaginável.

— Abanque-se. Mas que milagre é esse... visitando os pobres?

Rodrigo sentou-se, sério, e foi direito ao assunto. Usou da melhor dialética de que era capaz e daquele ar entre carinhoso e paternalmente autoritário que assumia com tanto sucesso à cabeceira dos doentes. Dissertou sobre a ordem dos maristas, sobre a falibilidade humana e as qualidades pessoais de Jacques Meunier. Que diabo! Os dois jovens amavam-se, eram sadios e livres e queriam unir-se em matrimônio perante Deus e os homens. Haveria coisa mais natural, mais humana, mais bela? O cel. Cacique escutou-o num silêncio pachorrento, as mãos trançadas sobre o ventre, os olhinhos entrecerrados e um risinho enigmático a encrespar-lhe os lábios gretados pelo frio. Quando o outro se calou, ele soltou um suspiro que foi quase um ronco, e disse:

— Mas acontece que essa história está resolvida. Não faz nem uma hora que dei o meu consentimento pra esse casório.

— Mas como? — estranhou Rodrigo. — Não foi isso que me disse há menos de uma hora o próprio Jacques Meunier!

— Decerto ele ainda não sabia. É que o padre Astolfo veio me ver e ficou aqui um tempão, proseando comigo e acabou me convencendo. Me explicou que marista não é bem padre como os outros e teretetê e tal, e que o homem tinha tirado a batina na legalidade e teretetê e tal, enfim, foi um verdadeiro sermão. E vassuncê compreende, o vigário fala dum lado, minha patroa fala do outro, a filha lá no quarto se exclamando e querendo morrer, e as outras meninas me olhando assim como se eu fosse um bandido... O que eu quero é o meu sossego, e cuidar das minhas vaquinhas teretetê e tal e enfim quem vai dormir com esse gringo não sou eu, é a Doralice. Dei minha palavra ao vigário, mas mandei dizer pro moço que a noiva não tem dote. E eu só quero ver o que vai sair dessa cruza de estrangeiro de olho azul com cabocla de pelo duro.

Rodrigo estava desapontado. Perdera seu latim, pois o pe. Astolfo se lhe antecipara. Ergueu-se.

— Já vai? É muito cedo. Vamos tomar um amargo.

— Não, coronel, fica pra outra ocasião. Tenho muito que fazer.

No corredor, a caminho da porta, murmurou:

— Pois eu o felicito pela sábia resolução. Pode ficar descansado, que sua filha vai casar com um excelente rapaz. E, não tenho dúvida, o patife do francês pegou o melhor partido de Santa Fé!

— Fagundes nunca negou fogo.

Já à porta, o dono da casa indagou:

— E a política? Parece que as coisas estão ficando pretas, não?

— Pretíssimas.

— Ainda que mal pergunte, o amigo vai votar no marechal Hermes?

— Não diga isso nem brincando, coronel. Já avisei a Joca Prates que não conte comigo pra propaganda. Se o marechal foi um desastre na Presidência da República, por que não deixam o homem quieto no seu canto? A troco de que vamos levar essa nulidade pro Senado? E, depois, o Rio Grande livre está repudiando essa candidatura imposta pelo mandonismo do Pinheiro Machado.

— Ué! Pensei que o senador fosse seu amigo...

— É meu amigo, sim, o homem que mais admiro neste país, mas isso não quer dizer que eu seja seu lacaio.

— Pois é, mas o doutor Borges de Medeiros diz amém a tudo quanto o senador faz. Mandou os republicanos votarem no marechal, e a carneirada vai obedecer.

— Nem todos, coronel. O partido está cindido. Temos na oposição homens como o Ramiro Barcelos, o Carlos Barbosa e parece que até o Firmino de Paula. A corrida vai ser braba.

Cacique fez uma careta de pessimismo.

— É, mas o marechal vai ganhar outra vez. O Pinheiro quando teima é pior que mula. Este país está perdido. Precisamos é duma boa revolução como a de 83.

Rodrigo sorriu.

— Se sair outra revolução, coronel, acho que desta vez nós dois vamos ficar do mesmo lado.

O dono da casa coçou o queixo, onde apontava uma barbicha rala de bugre.

— Um filho do Licurgo Cambará com lenço vermelho no pescoço? Qual, seu Rodrigo! Isso nem no dia em que as galinhas criarem dentes!

4

Quando, naquela tarde de domingo, Rodrigo viu Toni passar no automóvel dos Spielvogel, ao lado de Erwin, pela primeira vez em toda a sua vida sentiu ciúme — mas ciúme violento, na forma duma súbita sensação de desfalecimento, dum choque fisicamente doloroso. No momento em que o Mercedes cruzava pela frente do Sobrado, Toni avistou-o à janela e fez-lhe um aceno alegre. Rodrigo, porém, cerrou o cenho e virou-lhe as costas ostensivamente. Seus olhos deram então com o Retrato, lá na parede da sala de visitas, e ele teve a sensação de que era surpreendido por um estranho num momento de absoluta nudez espiritual em que ficavam à mostra todas as suas fraquezas.

Sentia-se diminuído, logrado, insultado. Então o que se murmurava na cidade a respeito de Toni e Erwin era verdade? Não havia comadre que não comentasse, excitada, as possibilidades daquele noivado. Ele nunca dera crédito aos falatórios, mas agora começava a ter suas dúvidas. Dúvidas? Qual! Agora tinha a certeza!

Era incrível que uma moça bonita, instruída e inteligente como Toni pudesse achar algum encanto naquele colono boçal, sardento e desengonçado. Sim, Erwin Spielvogel não valia coisa alguma: só tinha estatura física.

Se Toni não gosta do rapaz, por que é que anda sozinha com ele de automóvel? Por que vai aos bailes com aquele jerivá?

Tentou chamar-se à razão. Acontece que ela é livre, solteira, pode andar com quem quiser. Nunca me prometeu nada, prometeu?

Não, mas... e a maneira como me olha? E sua perturbação quando está perto de mim? E os apertos de mão demorados?

Imaginação tua.

Qual! Nunca me engano.

Mas desta vez foste logrado!

Começou a andar dum lado para outro. O simples fato de sentir ciúme de Erwin Spielvogel dava-lhe uma abjeta sensação de rebaixamento, feria-lhe o orgulho de homem.

Ora, eu me nivelar com aquele alemão analfabeto!

Decerto já se beijaram. Ou dormiram juntos. São do mesmo sangue, entendem-se. Pois bem. Que se casem, sejam felizes, vão pro diabo!

Acendeu um cigarro, aspirou a fumaça com força, expeliu-a num sopro cheio de raiva.

Decerto os pais de Toni é que insistem no namoro, veem no Spielvogel um bom partido. É natural... A eterna história.

Ah! Mas não acredito que ela se deixe vender. Ora, por que não? Não será a primeira mulher no mundo a casar-se por interesse.

Mas se ela não quer, por que não lhe diz não duma vez por todas? Por que anda com o Erwin em festas e passeios?

Imaginou-se a insultar os Weber, a perguntar-lhes se a filha estava em leilão. Sim, porque se é questão de preço eu pago mais!

Envergonhava-se, entretanto, desses pensamentos. E de súbito lhe veio uma grande ternura pela rapariga, um desejo protetor de estreitá-la ao peito, beijar-lhe os olhos, as faces, a boca. E através da ternura e de todos esses desejos, o sentimento de ciúmes perdurava.

Passou a tarde e a noite irritado. E no dia seguinte a irritação se agravou ao chegar-lhe aos ouvidos a notícia de que Toni havia partido em companhia dos pais para Nova Pomerânia, onde tomaria parte num *Kerb*. Rodrigo conhecia bem aquelas farras que duravam às vezes três dias e três noites. O que se bebia de cerveja! O que se comia! O que se cantava! O que se dançava! Toni estaria no meio daqueles rudes colonos — ela, que lia Goethe e tocava Bach —, Toni, a sua Toni de olhos de água-marinha. Cantaria com os outros o *Deutschland über alles*, e beberia à vitória das forças do Kaiser...

Bem feito! Vives te iludindo com as pessoas.

Mas não. Tudo isso deve ter uma explicação. Tira a coisa a limpo!

Como?

Fala com ela. Fala claro. Abre o coração.

Não desci a tanto. Um homem tem o seu amor-próprio.

Então trata Toni como ela merece: despreza-a.

É o que vou fazer. A primeira vez que ela entrar nesta casa encontrará em mim um estranho. Está tudo acabado.

Ficou perturbado quando descobriu Maria Valéria parada junto da porta, a mirá-lo com seu olhar verrumante.

— Ué — fez ela. — Agora deu até pra falar sozinho?

— Falo e não é da conta de ninguém.

— Maroto!

5

Não viu Toni no dia seguinte nem durante o resto daquela semana chuvosa e fria em que seu estado de espírito oscilou entre uma melancolia depressiva — que o levava a ficar sentado ou deitado numa sonolência estúpida — e uma irritação nervosa, que o tornava impaciente com tudo e com todos.

Já não pensava mais em humilhar Toni, em feri-la com mostras de indiferença. O que queria agora era simplesmente tornar a vê-la, tê-la a seu lado. Esse desejo se lhe estava tornando uma ideia fixa, uma espécie de doença que nem por ser crônica perdia o caráter agudo. Às vezes, quando os filhos se aproximavam e tentavam subir-lhe pelas pernas, gritava:

— Flora, tira estas crianças daqui! Que diabo! Um cristão não pode ficar em paz nem na sua própria casa?

Certa ocasião, exasperado por uma travessura de Floriano, pela primeira vez bateu no filho: uma palmada seca nas mãozinhas. A criança desatou num choro sentido e Rodrigo, imediatamente arrependido, ergueu-a nos braços, apertou-a contra o peito, beijou-lhe as faces, murmurando palavras de conforto. Como o menino continuasse sacudido de soluços apaixonados, ele se comoveu também até as lágrimas e prometeu a si mesmo que dali por diante trataria de dominar-se, vencer aquela irritação que o estava transformando num sujeito azedo e intratável.

Notava que Flora havia algum tempo estranhava sua atitude, embora jamais a comentasse. Andava tristonha e meio arisca. Passava fechada no quarto horas inteiras, ao cabo das quais saía, pálida, os olhos vermelhos e inchados.

Uma tarde de chuva, percebendo que a mulher estivera a chorar, Rodrigo tomou-a nos braços, perturbado por um sentimento de culpa, beijou-lhe os cabelos, a testa, os olhos, sussurrando-lhe ao ouvido palavras carinhosas e penitenciando-se de seu comportamento. Explicou que estava sofrendo de *surmenage* e que ia fazer um tratamento de fosfatos. Talvez o melhor fosse irem todos passar uma semana no Angico e "tudo, meu amor, tudo dentro de pouco vai voltar à normalidade". Sorriu e pediu um sorriso à mulher. Flora, porém, mirava-o com seus olhos escuros e sérios, o rosto anuviado por uma expressão de constrangida tristeza. E seus lábios se recusavam a sorrir.

A chuva continuava a cair fina e mansa. Fazia quase uma semana que os Weber não apareciam no Sobrado. Onde estaria Toni? — pensou Rodrigo aquela mesma tarde no consultório, vendo da janela o chuvisqueiro cair tristemente sobre as árvores da praça. Por onde andará essa ingrata? — murmurou, encostando a testa no vidro que seu hálito embaciava.

Num impulso calçou as galochas, vestiu o impermeável, pôs o chapéu e saiu. Achou agradável o contato gelado da garoa no rosto escaldante. Seus passos o levavam para a rua do Poncho Verde. O que ia fazer era tolo, juvenil, ridículo, indigno dum homem de sua idade, de sua posição. Podia dobrar a esquina e tomar outro rumo, ir direito ao clube, entrar numa roda de pôquer ou ficar bebendo um conhaque com o Saturnino. No entanto aproximava-se cada vez mais da casa dos Weber. Ou via Toni ou estourava. Lá estava a meia-água caiada, triste sob o céu enfumaçado. Aproximou-se da casa com o coração aos pulos e uma ardência na garganta. Bateu à porta, uma, duas, três vezes, primeiro em pancadas curtas e fracas, depois repetidamente, com força. Fez uma pausa. A porta continuou fechada. Tornou a bater. Um vizinho apareceu à janela de seu chalé e gritou: "Não tem ninguém em casa, doutor. Os Weber foram tocar numa festa na colônia". Sem ao menos agradecer pela informação, Rodrigo fez meia-volta, com a desnorteante sensação de ter sido pilhado no momento em que tentava arrombar uma casa para roubar. Voltou sobre seus passos, com um sentimento de malogro, entrou na farmácia, casmurro, sentou-se numa cadeira e ficou a olhar para o cartaz colorido em que havia um pescador de suíças com um bacalhau às costas. Santuzza Carbone aproximou-se dele com um papel na mão. Era a conta do armazém. Queria saber se o doutor não achava que deviam mudar de fornecedor, porque os preços...

Atalhou-a, brusco:

— A senhora faça o que entender e o que fizer estará muito bem-feito.

O dr. Carbone passou de avental branco, a caminho da sala de operações. Fez um gesto amistoso:

— Hérnia estrangulada. Quer me ajudar?

— Não.

— Ciao, carino!

Rodrigo meteu-se no consultório, fechou a porta à chave, atirou o chapéu sobre a mesa e sentou-se. Toni outra vez em Nova Pomerânia! Teria ido com ela o idiota do Erwin? Era o que ele desejava ardentemente saber. Pensou em telefonar para a firma Spielvogel e chamar Erwin sob qualquer pretexto, a fim de verificar se ele estava ou não na cidade. Oh! Mas isso era dum ridículo de matar! Sentiu-se mais uma vez ferido no seu orgulho de macho. E essa ferida ardia, sangrava e, como Toni fosse a causa de tudo, odiou-a. Mas nem por isso desejou com menos urgência vê-la.

6

Esperou com ansiedade a festa de aniversário de Flora, para a qual os Weber haviam sido convidados.

Pouco antes das oito horas começaram a chegar os convidados. Chiru Mena, que como de costume deixara a esposa em casa ("coitada da Norata, sempre envolvida com os guris"), apareceu enfarpelado na roupa do casamento, trazendo pelo braço tia Vanja, apertadinha num vestido de rendão preto que cheirava a baú velho.

O pe. Astolfo entrou em companhia do cel. Jairo, cuja esposa, havia algumas semanas, tinha partido para o Rio de Janeiro, fugindo a mais um inverno gaúcho. Liroca infiltrou-se no Sobrado à sua maneira discreta, e só muito tempo depois de começado o serão é que Rodrigo, surpreso, deu com ele num canto do escritório a picar fumo. Ao contrário de José Lírio, os Carbone irromperam ruidosamente, distribuindo abraços e beijos e enchendo de presentes os braços de Flora.

Aderbal Quadros, que chegara do Sutil aquela tarde com a mulher, envergava uma roupa de casimira preta e tinha os pés apertados em botinas de elástico: trazia ao pescoço um lenço branco de seda, pois "só depois de morto é que me botam colarinho duro". Andava dum lado para outro nas salas a pitar seu cigarrão de palha.

Sobraçando os estojos dos instrumentos, os Weber entraram pouco depois, envoltos numa aura de alfazema e naftalina. Rodrigo recebeu-os no vestíbulo com uma cálida cordialidade. *Frau* Weber beijou-lhe ambas as faces. *Herr* Weber apertou-lhe a mão, sacudindo-a repetidamente, os olhos claros cheios dessa expressão vazia de quem não sabe com quem está falando. Rodrigo não prestou a menor atenção ao que Wolfgang lhe disse no momento de cumprimentá-lo, porque seus olhos estavam já postos em Toni, que recostava o estojo do violoncelo contra o consolo.

Mas seria mesmo Toni quem ali estava a olhar furtivamente para o espelho e a umedecer faceiramente os lábios com a ponta da língua? Rodrigo franziu a testa. Achava-a mais alta, mais adulta, mais mulher, e isso não só o surpreendia como também lhe aumentava o desejo de possuí-la. Que se passara com *Fräulein* Weber? Ah! Cortara as tranças, penteara o cabelo em bandos, calçava sapatos de salto alto...

Caminhou para ela de braços estendidos, tomou-lhe de ambas as mãos e beijou-as num doce estontamento. E no momento em que a ajudava a tirar o casaco, apertou por alguns segundos os ombros dela, aspirou-lhe a fragrância dos cabelos e murmurou: "Tenho sentido muita falta de ti...".

Toni nada disse. Caminhou para Flora, que naquele instante vinha a seu encontro, e ambas as mulheres apertaram-se as mãos.

Rodrigo voltou a cabeça e viu a própria imagem refletida no espelho: a face dum homem de orelhas afogueadas e olhar apaixonado. Ajeitou a gravata num gesto automático e acompanhou o grupo que se dirigia para a sala de visitas.

Abriu duas garrafas de champanha, encheu as taças dos convivas e por fim ergueu a sua:

— Nesta data, precisamente há cento e vinte e seis anos, na cidade de Paris caía a Bastilha, e exatamente nesta data há...

Olhou para a mulher e sorriu:

— Posso dizer?... Há vinte e cinco anos nascia a Flora. O primeiro aconteci-mento foi de importância capital na história da humanidade. O segundo, decisi-vo na história da minha vida. Eu poderia citar os nomes de Robespierre, Marat, Danton, Saint-Just e dezenas de outros como os heróis do primeiro fato...

Olhou para o casal Quadros, que estava sentado no sofá e prosseguiu.

— Mas ali estão os dois responsáveis pelo segundo acontecimento. É à saúde de Flora e à deles que eu bebo.

Todos ergueram as taças e beberam. Rodrigo beijou a testa da esposa, em cujas orelhas faiscavam os brincos de brilhante que ele lhe dera aquela manhã como presente de aniversário.

7

O relógio de pêndulo bateu nove badaladas. O Sobrado estava cheio duma alegre algazarra. Como de costume as mulheres se haviam reunido na sala de visitas; os homens tinham ficado no escritório.

Espremida no sofá entre *Frau* Weber e d. Santuzza, tia Vanja comentava o noivado de Jacques Meunier e Doralice Fagundes.

— Bem como nos romances! Dir-se-ia uma página saída duma obra de Ga-boriau ou Perez Escrich... Quem havia de imaginar, não é mesmo? O amor tudo pode e a constância tudo vence. Deus, na sua infinita sabedoria, deve ter com-preendido as "necessidades" do moço. E de resto, mais vale um bom marido que um mau padre!

Frau Weber escutava a tia de Chiru com ar atencioso, e como não entendes-se o que ela dizia, limitava-se a sorrir e a sacudir a cabeça. D. Santuzza, desaten-ta à conversa, seguia com o olhar o marido que naquele momento atravessava a sala, entrava no escritório, batia no ombro de Rodrigo e entregava-lhe um papel.

— Que é isso, doutor Carbone?

O cirurgião fez o amigo ler uma cópia da carta que naquele dia ele dirigira ao cônsul da Itália em Porto Alegre, oferecendo seus serviços médicos ao exér-cito de Sua Majestade o Rei da Itália. Rodrigo passou os olhos distraidamente por aquelas linhas, compreendendo apenas aqui e ali o sentido duma frase — o suficiente para ver que a coisa toda era uma mistura de patriotismo de ópera, imagens dannunzianas e jargão cirúrgico.

A um canto do escritório Babalo contava a Liroca suas proezas no Sutil: a próxima colheita de trigo, planos de comprar um touro *polled angus*, nome este que ele aportuguesava, reduzindo-o a "culango".

Impassíveis e pétreas como um par de cariátides, Maria Valéria e Titina, sentadas lado a lado, os braços cruzados sob os xales, olhavam a cena com uma serenidade crítica. E Flora, com o prato de croquetes numa mão e o de pastéis na outra, andava de conviva em conviva, servindo-os.

Vindo da cozinha, Chiru entrou na sala com uma perna de galinha na mão, a mastigar com gosto. Olhando para o lenço vermelho cuja ponta sobressaía do bolso superior do paletó do "velocino de ouro", o cel. Jairo perguntou:

— Como vai a situação política, senhor Mena?

Chiru arrancou mais um naco de carne da perna da galinha, antes de responder:

— A coisa está feia, coronel. Acho que vai haver barulho.

Havia menos de duas semanas, Borges de Medeiros, que estava gravemente enfermo, passara o governo do Estado ao vice-presidente, gen. Salvador Pinheiro Machado. Por toda a parte os ânimos andavam exaltados por causa da candidatura de Hermes da Fonseca à senatoria. O dr. Ramiro Barcellos, republicano dissidente, aceitara finalmente a sua em contraposição à do marechal. O Comitê Central Acadêmico de Porto Alegre telegrafara a Rafael Cabeda e Fernando Abbott fazendo-lhes um apelo para que apoiassem a campanha de Ramiro Barcellos contra o que ele chamava de "a ignomínia da candidatura marechálica".

— A esta hora — disse Chiru — está havendo um *meeting* em Porto Alegre, na praça Senador Florêncio. E as orelhas do marechal e do senador Pinheiro devem estar ardendo...

Jairo pôs a mão no ombro do interlocutor:

— Nunca em toda a história de nossa Pátria houve homem público mais injustamente atacado e difamado do que o marechal Hermes!

— Injustamente? — estranhou Rodrigo.

— E por que não? — retrucou Jairo com veemência. — A caricatura, a imprensa oposicionista e a malícia popular ajudadas pela insídia dos inimigos do marechal, haviam-no apresentado ao país como um imbecil, um débil mental, quando na verdade ele era um homem culto e talentoso, um grande estrategista, o único chefe militar sul-americano que realmente impressionara o Estado-Maior do Kaiser.

— Xô mico! — exclamou Babalo.

E, num eco, Liroca repetiu: — Xô mico.

— Além disso — prosseguiu o coronel —, Hermes da Fonseca é um homem honesto, decente, de vida privada limpa e coração generoso. — Sim, não negava que em seu governo tivesse havido excessos, inépcias, erros... Mas pode um presidente da República ser responsável por tudo quanto acontece no imenso território nacional? A Hermes da Fonseca, o Exército devia sua reorganização e muitos estados a extinção de suas odiosas oligarquias.

Rodrigo não prestava mais atenção ao que o amigo dizia, pois estava com o olhar e a atenção voltados para Toni, que conversava animadamente com o pe. Astolfo junto à porta da sala de jantar. De repente a moça atirou a cabeça para trás e soltou uma risada. Rodrigo sentiu-a como uma carícia que lhe percorreu o corpo inteiro, num calafrio.

Desviou o olhar da *Fräulein* e fitou-o no irmão, que lá estava no escritório, sentado em silêncio ao lado do pai. Que diabo terá o rapaz? — tornou a perguntar a si mesmo. A proximidade de Wolfgang causava-lhe certo mal-estar. Achava-o demasiadamente belo, duma beleza feminina, e isso de certo modo o ofendia. Enfim...

Naquele instante Flora tomou o braço de Toni e levou-a para o fundo da casa. O pe. Astolfo aproximou-se do grupo masculino.

—Já discutindo política? — perguntou, sorridente, apoiando os cotovelos no respaldo duma cadeira.

Aderbal ergueu os olhos para o vigário.

— Eu estava dizendo ao coronel que o doutor Júlio de Castilhos está fazendo uma falta danada. O partido está dividido. O Borjoca se deixa engambelar pelo Pinheiro Machado, faz tudo o que ele quer...

Babalo — refletiu Rodrigo, olhando para o sogro — não deixava apagar-se nunca sua lâmpada votiva ao pé do altar de são Júlio de Castilhos. Por sua vez Liroca vivia a acender velas de libra diante da imagem de são Gaspar Martins. Aqueles dois exemplos de fé e devoção deixavam-no comovido.

— O Borges não tem vida pra muito tempo — declarou Chiru, de maneira peremptória.

— Deus te ouça! — murmurou Liroca.

E o cel. Jairo lançou-lhe um olhar de reprovação.

— Não diga uma coisa dessas, senhor Lírio. O doutor Borges de Medeiros é um dos maiores estadistas vivos do Brasil!

— Xô mico!

E o rosto de Liroca de súbito mudou de expressão quando ele avistou Maria Valéria, que entrava com um prato de pastéis fumegantes, recém-saídos da frigideira.

Rodrigo procurava Toni com os olhos. Para onde diabo teria Flora levado a menina? Era angustiante tê-la sob o mesmo teto e não poder sequer aproximar-se dela.

Chiru segurou o braço de Rodrigo, arrastou-o para perto da janela e segredou-lhe:

— Já reparaste no jeito do Weberzinho olhar para ti?

— Não. Por quê?

— Aquilo é paixão, menino, e paixão cabeluda.

— Deixa de bobagem!

— Meu olho nunca me engana. Não é de hoje que eu venho observando a coisa. Disfarça e olha... como se não existisse mais ninguém nesta casa, só tu.

Rodrigo ficou embaraçado, pois de repente compreendia certas coisas que antes lhe pareciam obscuras. Sempre notara no olhar do rapaz uma expressão estranha que lhe tornava insuportável encará-lo. E agora ele recordava o dia em que Wolfgang lhe aparecera no consultório, queixando-se de dores no peito e pedindo-lhe um exame geral. Ele lhe dissera: "Tire o casaco e a camisa", aproximara-se da pia e ali ficara a lavar demoradamente as mãos. Ao voltar-se, vendo o rapaz completamente despido, murmurara com certa irritação: "Não era necessário...". E ficara contemplando, conturbado, aquele adolescente que ali estava de braços caídos, nu, alvo e louro como um jovem deus da mitologia germânica. E o rapaz mirava-o com um olhar súplice, ansioso, tristonho, e pelo pulsar acelerado de sua veia jugular Rodrigo podia avaliar o ritmo daquele pobre coração. Era uma situação embaraçosa. "Sente-se", ordenara com rispidez. O rapaz obedecera. Ele lhe auscultara os pulmões e o coração descompassado, apressando-se a dizer: "O senhor não tem nada de orgânico. Deve ser uma dor muscular". Receitara-lhe um linimento e mandara-o embora. E agora que Chiru lhe dizia aquelas coisas embaraçosas, ele via toda a cena a uma nova luz.

— Deixa de bobagem! — repetiu.

— Atiraste no que viste e acertaste no que não viste. A vida é assim mesmo, rapaz.

Aquela referência velada a Toni exasperou Rodrigo, que fechou a cara.

— Proíbo-te de me tocares outra vez nesse assunto. E se contares isso a outra pessoa, palavra que corto as relações contigo.

— Está bem, não te ofendas, está bem. Este peito é um túmulo.

8

Quando Rodrigo voltou para o grupo, Jairo fazia a defesa de Borges de Medeiros e da ditadura republicana positivista, a qual, a seu ver, seria a única salvação para o Brasil. E o coronel, que chegara um tanto macambúzio à festa, falava agora com paixão, de pé, a gesticular na frente do vigário.

— Que panorama oferece nossa época? — perguntou. — O da mais profunda e desoladora anarquia moral e mental. Ninguém acredita em mais nada, não se adora nem sequer a deusa Razão, como os revolucionários de 1789, mas a deusa Dúvida...

— Nem todos, coronel — protestou o vigário —, nem todos...

— As velhas bases intelectuais e morais da humanidade ruíram por terra por culpa do regime que por tanto tempo dirigiu os destinos da humanidade: o católico feudal.

— Mas o senhor se esquece — obtemperou o padre, com seu jeito ponderado e respeitoso — do serviço que o feudalismo prestou ao mundo com as Cruzadas, por exemplo...

— Ah! Mas depois das Cruzadas o catolicismo perdeu toda a iniciativa social e ficou numa triste dependência dos poderes políticos. O que tem feito de lá para cá é simplesmente tratar de sobreviver...

— O que não é pouco — observou Rodrigo, com os olhos a andar dum lado para outro, em busca de Toni.

Babalo alisava uma palha de milho com a lâmina da faca, dando ao que o coronel dizia uma atenção meio céptica.

— Isso é o que diz Comte — reagiu o padre. — Mas o que nós católicos lemos na história é coisa muito diferente.

— Ora — prosseguiu o coronel, apanhando distraidamente um croquete —, o regime feudal se foi aos poucos decompondo à medida que o espírito positivo e a atividade industrial se iam desenvolvendo. E que aconteceu quando a velha organização tombou desfeita em pó? Não havia nada para substituí-la. Em suma: a humanidade necessitava e necessita ainda hoje duma doutrina de caráter geral, uma doutrina social e religiosa capaz de constituir um regime para esta nossa época desencantada.

— Creio que o senhor saltou por cima de alguns capítulos importantes da história universal — observou Rodrigo, no momento exato em que Wolfgang lhe lançava mais um de seus olhares desconcertantes. — Onde fica a Revolução Francesa?

O positivista fitou o croquete que tinha entre os dedos, e franziu a testa:

— A revolução de 89 apenas apressou a derrubada do velho regime, mas acabou insistindo na metafísica revolucionária, que é uma arma de destruição e não de construção, pois está baseada no princípio da negação de todo o governo e de toda a organização social. Em suma: o passo que se deu com a Revolução Francesa não foi à frente. Foi, por mais paradoxal que pareça, à retaguarda.

Começou a comer o croquete.

— Heresia! — exclamou Rodrigo.

— A crise social em que nos debatemos começou no século XIV e se tornou mais aguda ainda depois da Revolução Francesa.

Naquele momento Toni voltava à sala de visitas. O dr. Carbone aproximou-se da moça, enlaçou-lhe a cintura, tomou-lhe uma das mãos e começou a dançar com ela uma valsa de opereta, que ele próprio trauteava.

Patife! — pensou Rodrigo. Ali estava a vantagem de usar barbas. Como é que posso parecer um tio inofensivo com esta cara raspada, e todo perfumado de Chantecler de Caron?

Tornou a encher a taça de champanha e bebeu um prolongado sorvo.

— Qual é então — perguntou o padre — a solução que o coronel propõe?

— Precisamos duma nova fé, reverendo.

— E que é que há de errado na velha?

— A vossa fé diz respeito às coisas e às almas do outro mundo, ao passo que estamos precisando duma fé que ponha em ordem as coisas e a gente *deste* mundo.

— Mas este mundo é apenas uma passagem para o outro, coronel. E o grande problema não é apenas de ordem política, mas antes de natureza moral.

— De pleno acordo! Temos de fazer que a reorganização mental e moral preceda a reorganização política. Necessitamos regular o quanto antes as relações entre a Família e a Sociedade.

— Só quem pode fazer isso é a Igreja, com a sua autoridade moral.

— E por que não o fez nestes quase dois mil anos de sua existência? Mas não mudemos o rumo desta palestra, caro reverendo. Veja bem o meu ponto de vista. A única coisa capaz de evitar as perturbações sociais oriundas da anarquia espiritual em que nos debatemos é a criação duma autoridade temporal verdadeiramente poderosa, capaz de efetuar a regeneração moral e mental da humanidade, criar, em suma, uma nova Fé.

— Uma ditadura? — exclamou Rodrigo.

— Sim — confirmou o coronel. — Não a ditadura orgulhosa, cruel e desumana preconizada pelo nosso Rubim, mas a ditadura republicana positivista.

Babalo escutava o coronel, muito sério, como a fazer um esforço para compreender aquela dissertação. Rodrigo não conseguiu decifrar a expressão do rosto de Liroca: não era de perplexidade ou confusão, mas de aborrecimento temperado de leve ironia: era como se o velhote achasse que tudo aquilo não passava de conversa fiada.

Rodrigo deu um passo na direção do coronel, segurou-lhe um dos botões da túnica e, com voz já um pouco arrastada, disse:

— Pois permita que eu faça mais uma vez a minha declaração de princípios. Creio nos Direitos do Homem e em todas as conquistas da Revolução Francesa. Creio na liberdade, na igualdade e na fraternidade. Numa palavra: creio na democracia.

— Mas, meu amigo...

— Não me interrompa, coronel, por favor. Quero terminar o meu pensamento. Acredito no progresso e, como Saint-Just, acho que a felicidade é possível sobre a Terra. O que vai pôr essa felicidade ao nosso alcance, no que diz respeito ao conforto material e à saúde, é a ciência, a ciência aplicada. Estamos no limiar duma grande era!

Aquele princípio de embriaguez dava-lhe um otimismo exaltado e fácil.

— Neste momento — prosseguiu — a grande tarefa que temos pela frente é a de derrotar o Kaiser e as forças da barbárie, limpando o caminho para a democracia. Não tenho a menor dúvida: vamos entrar na idade de ouro da história!

— Pois eu... — começou Jairo. Mas de novo Rodrigo o interrompeu.

— Olhe, coronel, não tenho a menor simpatia pelos Estados Unidos, mas admiro a Constituição dos ianques, que reza: "Todos os homens foram criados iguais... et cetera... et cetera... et cetera...".

O coronel segurou-lhe com força ambos os braços:

— A influência norte-americana na Constituição brasileira é uma influência anárquica e retrógrada. Quisemos fazer uma imitação empírica da república americana e qual foi o resultado? Acabamos caindo na metafísica parlamentar.

— Pois eu sou pelo Parlamento — afirmou Rodrigo, já desinteressado da discussão, a vasculhar a sala com o olhar. (Toni, onde estás, meu bem?)

— O regime parlamentar é caro e inoperante — replicou o positivista.

Naquele momento Carbone aproximou-se do gramofone e pô-lo a funcionar. Amato rompeu a cantar a grande ária d'*O barbeiro de Sevilha*. Chiru fez uma careta e tapou os ouvidos com as mãos. Olhando para *Herr* Weber, que comia o mingau que Flora acabava de lhe trazer, Rodrigo teve a impressão de que o maestro sofria: para ele ópera era cacofonia, caricatura musical. Mas Carlo Carbone, este estava feliz, andava de grupo em grupo, com a taça na mão, em passinhos de balé a cantarolar com o barítono — *fìgaro, fìgaro, fìgaro!* Parecia um gnomo bêbedo em meio duma floresta.

Rodrigo deixou os amigos e acercou-se de Toni. Era horrível não poder ficar a sós com a *Fräulein*, levá-la para algum canto escuro daquela casa, ou pô-la dentro do Ford e sair com ela a andar pelo campo sob as estrelas.

— Está gostando da festa? — perguntou.

— *Épatant!* — exclamou ela. — *Vraiment épatant, mon ami*.

E de novo ele se viu como um peixe imóvel no fundo daqueles dois lagos de água-marinha. Ia dizer-lhe um galanteio, mas com o rabo dos olhos viu que Titina e Maria Valéria o vigiavam como cães de fila.

Santuzza ergueu-se, pegou no braço de Toni e convidou-a a subir para ver *i bambini*. Sem esperar a aquiescência da menina, arrastou-a consigo.

Gringa maldita! — pensou Rodrigo. Será que fez isso de propósito, porque desconfia de alguma coisa? O remédio era beber mais, mais, sempre mais. Trouxe da cozinha outra garrafa de champanha, abriu-a no meio da sala, com estardalhaço, encheu sua taça e bebeu como quem se dessedenta. O barbeiro de Sevilha cessou de cantar. Chiru postou-se na frente do gramofone e gritou para Carbone, que se aproximava:

— Se o senhor me bota outra chapa nós nos estranhamos!

— Brigante! — sorriu o cirurgião. E com a piteira riscou o colete branco do outro. — Que belo ventre para uma laparotomia!

Chiru acercou-se, mesureiro, de mamã Weber.

— Por que a senhora não toca alguma coisa, dona *Frau*?

A austríaca sorriu, encolheu os ombros e ergueu as mãos espalmadas: não entendia a pergunta. Rodrigo traduziu o pedido.

Frau Weber caminhou para o piano, abriu-o, fez girar o assento do banco, sentou-se e começou a tocar uma valsa de Chopin. A princípio todos escutaram em silêncio, mas em breve as conversas se reataram, primeiro em murmúrios e cochichos, depois livremente, em tom natural.

9

Quando Rodrigo tornou a entrar no escritório, o coronel ainda atacava o sistema parlamentarista. Seria um regime de desigualdade — dizia — em que só teriam representantes os fazendeiros de café e de gado, os usineiros de açúcar e o alto comércio. Como acontecera no tempo do Império, seriam eleitos apenas os que possuíssem dinheiro, posição social, qualidades de orador ou bons padrinhos. Em suma: o parlamentarismo era o governo da burguesia!

— Mas poderá haver regime realmente republicano — perguntou Rodrigo — sem Parlamento, isto é, sem a participação no governo dos representantes do povo?

— É uma ilusão imaginar que os parlamentares seriam verdadeiros representantes do povo. O povo nunca os elegeu e jamais os elegerá. O povo vota em quem os chefetes locais mandam. E depois, veja quanto custa um Parlamento. E o povo terá de pagar por um luxo de que ele não tira o menor benefício. De resto, todos sabemos que o sufrágio universal é uma farsa.

O padre fez um gesto que exprimia o seu desacordo. Rodrigo encheu a taça dos amigos.

— Em suma — disse o pe. Astolfo —, o que o senhor preconiza é um ditador...

— Padre, não pronuncie com tanto desprezo a palavra *ditador*. Digamos antes que o governo ideal será o de um estadista, veja bem o sentido desta palavra, um *estadista* capaz de exercer a ditadura republicana, a qual, segundo Augusto Comte, deve concentrar todo o poder político, deixando a uma câmara, com um número reduzido de membros, as funções puramente financeiras.

— É o que temos no Rio Grande! — disse Rodrigo.

— Para felicidade vossa e do resto do Brasil.

— Não estou muito certo disso...

Jairo voltou a cabeça para o dono da casa e mirou-o com uma expressão de surpresa.

— Mas o meu caro amigo não vai candidatar-se a um lugar na Assembleia, indicado pelo partido governista?

Rodrigo sorriu:

— Também disso não estou muito certo...

O padre olhou para dentro de sua taça.

— Mas quem é que vai fiscalizar essa sua admirável ditadura, evitando que o ditador cometa excessos, o que é de se esperar dum ser humano falível?

— A opinião pública! — exclamou o coronel. — No dia em que o ditador tentar entravar o progresso social, o povo o forçará a demitir-se.

— Como? — insistiu o vigário. — Senhor de baraço e cutelo, o ditador poderá perpetuar-se no poder, abafando pela força ou pela fraude essa opinião pública!

— A própria Câmara será o porta-voz da opinião pública, negando-se a votar impostos.

— Falácias, coronel — retrucou o pe. Astolfo —, falácias.

— Não precisamos ir muito longe para achar um exemplo de bom republicanismo positivista. O vosso Estado segue o ideal de Comte no que diz respeito à liberdade espiritual. O governo do doutor Borges de Medeiros é progressista e social e não se imiscui em crenças e doutrinas religiosas. Dá plena liberdade de discussão e reunião, de sorte que o povo, bem informado, será sempre o melhor fiscal do governo. O mal da civilização teocrática foi a fusão do poder temporal com o espiritual. O governo político tem de evitar o terreno teórico.

A valsa terminou. Houve aplausos distraídos.

— E que é que os senhores positivistas querem dizer — perguntou o vigário, puxando o lóbulo da orelha — com a "incorporação do proletariado à sociedade moderna"?

Rodrigo sentou-se pesadamente. Por que o padre provocava o coronel? Assim não havia nenhuma esperança de que o homem se calasse. Que importava a ele, Rodrigo, a ditadura positivista, o dr. Borges de Medeiros, Augusto Comte e a confusão mental do Ocidente? Seu corpo ardia de desejo pelo de Toni. Não havia partícula de seu ser que não estivesse faminta de Toni dum modo cálido, latejante, insuportável. Por onde andaria ela? Ah! Se eu pegasse essa guria sozinha num desses cantos escuros...

Lá estava o doutor Carbone a encher de novo a taça de champanha. Como podia caber tanta bebida num corpo tão pequeno? Quis erguer-se e fazer essa pergunta em voz alta ao cirurgião, mas deixou-se ficar sentado, num estonteamento que lhe dava desejos de dizer e fazer tolices.

O coronel estava inflamado. O proletariado — discursava —, produto da época industrial pacífica que se seguira à Idade Média, havia ficado à margem da sociedade. Seus membros ganhavam pouco, viviam expostos à fome e à miséria, eram uma mancha na face da Terra. Ora, os diretores das indústrias que se beneficiavam do trabalho desse proletariado, deviam assssegurar-lhe melhores condições de vida. Os ricos não cumpririam jamais esses deveres se não fossem forçados a isso sob a pressão da opinião pública esclarecida. Assim era necessário um novo sacerdócio, uma nova Fé para esclarecer essa opinião pública. Era indispensável uma Religião Definitiva baseada na liberdade de crença e culto e no livre exame.

— Mas até onde — perguntou o padre — devem ir essas liberdades?

— Até o ponto em que não ponham em perigo a ordem pública. E ouça mais isto, meu caro vigário, essa nova Fé de que tanto necessitamos deve ser o fundamento duma verdadeira educação nacional que abranja todas as ciências, desde a matemática até a moral...

Rodrigo tinha vontade de gritar: "Calem a boca! Que importa a matemática e a moral? O que eu quero é a Toni, a Toni, a Toni! O mais é conversa".

— O poder temporal — prosseguiu Jairo — deve governar apenas os atos. As doutrinas e as opiniões, a Fé, em suma, são coisas que pertencem ao reino da consciência e devem ser deixadas ao arbítrio de cada indivíduo.

O padre parecia estar empenhado em dilacerar a própria orelha.

— Tudo isso é muito confuso, coronel.

— E vós aqui no Rio Grande do Sul tendes no doutor Borges de Medeiros o homem capaz de exercer essa benéfica ditadura científica. É um estadista duma probidade indiscutível, um verdadeiro varão de Plutarco. Seu governo tem sido modelar. Conseguiu o milagre do equilíbrio orçamentário e criou para o resto do Brasil um padrão exemplar de honestidade.

Achegou-se ao padre e pousou-lhe ambas as mãos nos ombros:

— E a divisão de terras entre os colonos, obra de seu governo, é o primeiro passo sério que se dá neste país no sentido de arrancá-lo do regime feudal no qual de certo modo ele ainda se encontra!

Sentou-se, ficou por alguns instantes a olhar para o padre e depois, à guisa de remate:

— O Progresso — disse — é o desenvolvimento da Ordem. Não poderá haver Progresso sem Ordem. E só poderemos conseguir Ordem e Progresso se combinarmos inexoravelmente o estado ditatorial com o republicano. O primeiro assegurará a Ordem mediante a autoridade e o segundo garantirá o Progresso por meio da liberdade.

Babalo e Liroca trocaram um olhar céptico.

10

Chiru levou a tia Vanja para casa antes das dez, segredando ao ouvido de Rodrigo que não voltaria, pois Saturnino o esperava para uma vagabundagem noturna. Babalo e Titina estavam já recolhidos a seus aposentos quando o vigário e o coronel fizeram as despedidas e saíram juntos de braços dados. Ninguém viu quando Liroca se esgueirou da sala como um ladrão, apanhou no vestíbulo o chapéu e a bengala e ganhou a rua.

Flora, que acabava de descer, murmurou para Rodrigo:

— Sabes o que aconteceu pra dona Santuzza? Estava cantando pras crianças dormirem e acabou também pegando no sono. Agora estão os três na nossa cama...

Rodrigo sorriu.

— Quero só ver como é que vamos remover de lá aquela baleia...

Carlo Carbone, completamente bêbado, começou a dançar sozinho no meio da sala uma fantástica tarantela, sob o olhar reprovador de Maria Valéria, que o observava muito séria, sentada na sua cadeira de balanço.

Herr Weber ergueu-se, tirou o relógio do bolso do colete, olhou o mostrador e fez um sinal para o resto da família.

— Não senhor! — protestou Rodrigo. — É muito cedo. Agora é que a festa vai ficar boa. Titia, mande vir mais um mingau pro maestro!

Foi empurrando o austríaco cordialmente na direção duma cadeira e obrigando-o a sentar-se de novo. Num assomo de cordialidade abraçou Wolfgang.

— Toque um pouco de cordeona — pediu.

O rapaz tirou o instrumento do estojo, acomodou-o sobre as coxas e arrancou um acorde que encheu a casa.

Flora sentou-se com um suspiro de canseira. Maria Valéria levou a mão à boca para abafar um bocejo.

— Uma valsa! — pediu Rodrigo.

Wolfgang começou a tocar a valsa d'"A viúva alegre", e Toni, *Frau* e *Herr* Weber, Rodrigo e Flora puseram-se a acompanhar a melodia com movimentos de cabeça. Carbone olhava fixamente para *Herr* Weber e, quando a valsa terminou, ergueu um dedo acusador na direção do maestro e disse com voz solene:

— Um submarino austríaco ha torpedeado o cruzador italiano *Amalfi*. Maledizione!

Herr Weber mirava-o com seus olhos ausentes, mas em seu rosto havia uma vaga expressão de alarma. O cirurgião continuou.

— Eu devia te odiar, tedesco duma figa, mas tu sei mio fratello in Cristo. Io te bacio la faccia!

Aproximou-se de *Herr* Weber, tomou-lhe a cabeça com ambas as mãos e aplicou-lhe um sonoro beijo em cada face. Rodrigo bateu-lhe nas costas com tanta força que Carbone quase caiu por cima do austríaco.

— Bravo, doutor! Isso é que é espírito cristão.

Carbone recuperou o equilíbrio e disse algo que ninguém ouviu, pois o som da cordeona abafou-lhe a voz. "La paloma".

Rodrigo namorava Toni com olhos famintos. Wolfgang olhava para Rodrigo, que Flora também observava disfarçadamente. *Herr* Weber piscava: o sono já lhe havia jogado areia nos olhos. Mas quando Wolfgang, inesperadamente, entrou a tocar a "Pequena fuga", o maestro sorriu, voltou-se para Rodrigo e gritou-lhe com uma alegria de criança:

— Bach!

O outro fez com a cabeça um sinal afirmativo. Afinal de contas até Bach lhe sabia bem aquela noite. Olhou para a Dinda, que parecia balouçar-se na cadeira ao ritmo de fuga. Ó mistérios do mundo! Bach, a cadeira da velha Bibiana, Maria Valéria, o Sobrado, a Guerra e Toni, sobretudo Toni. A vida era misteriosa, absurda e bela. E como era bom estar vivo!

Wolfgang fez uma pausa, ficou a olhar para a janela, com uma expressão noturna nos olhos de cílios longos. Rodrigo aproximou-se de Toni, tomou-lhe ambas as mãos e disse em português:

— Agora a minha sobrinha vai interpretar alguma coisa no seu violoncelo.

Traduziu a frase para o francês e Toni fez um sinal de assentimento. Naquele momento Wolfgang rompeu a tocar o "Boi barroso". *Frau* Weber desatou a rir. Flora empertigou-se na cadeira, como se tivesse despertado de súbito e Carlo Carbone começou a andar ao redor da peça, em passo de *cake-walk*.

No meio da confusão, Toni deixou apressadamente a sala. Rodrigo seguiu-a, numa insensata esperança (é agora ou nunca!). Entrou no vestíbulo. Lá estava a *Fräulein* a mirar-se no espelho. Correu para ela, agarrou-a pelos ombros, fê-la dar meia-volta, puxou-a contra o peito e beijou-a com furor. Sua boca sugou como uma ventosa os lábios da rapariga, que no primeiro momento ficou como que paralisada, o corpo retesado numa instintiva atitude de defesa. Em seguida, porém, ele sentiu que os dedos dela entravam em seus cabelos, numa carícia desordenada, e que aquele corpo quente, tenro e palpitante não apenas se entregava, mas procurava também o seu. Pôs-se a beijar-lhe as faces, a testa, os olhos, numa pressa gulosa. A boca de Toni então tomou a iniciativa, colou-se avidamente à sua, o que o deixou desatinado. Suas mãos começaram a percorrer o corpo da *Fräulein*, numa ânsia cega e dilaceradora. Sentindo, porém, que ela desfalecia — a cabeça atirada para trás, os olhos semicerrados, um débil gemido a escapar-lhe da boca entreaberta —, teve de enlaçar-lhe a cintura para que ela não caísse. Passou-lhe pela mente uma ideia alucinada; erguê-la nos braços, subir a escada e levá-la para um dos quartos, lá em cima... Mas o corpo de Toni tornou a enrijar-se e, desvencilhando-se dele, a rapariga apanhou o violoncelo e se foi quase a correr, rumo da sala de visitas.

Aturdido, Rodrigo desceu a escada, abriu a porta e saiu. Seu corpo inteiro latejava de desejo, o coração descompassado. Sentia ainda nos lábios a pressão dos lábios de Toni, e nas narinas o perfume de seus cabelos. Pôs-se a andar meio às tontas na calçada, depois atravessou a rua na direção da praça, meteu a mão no bolso, tirou um cigarro, prendeu-o entre os dentes e, esquecido de acendê-lo, sentou-se num banco e dali ficou a olhar, ofegante, para as janelas iluminadas do Sobrado. Ela me ama... ela me ama... ela me deseja... ela é minha. O resto não importa. O resto é nada.

Cuspiu longe o cigarro. Só aos poucos é que foi tendo consciência do ar frio da noite e do fato de estar com a cabeça descoberta. Levou as mãos às faces e sentiu-as escaldantes. Tirou outro cigarro do bolso e acendeu-o com dedos trêmulos. Chegavam agora até ele, vindos de sua casa, os sons aveludados do violoncelo. "Rêverie." Rodrigo ficou a escutar... E a melodia caiu como um doce óleo sobre as queimaduras de seu desejo, mas não as apaziguou: deu-lhes, isso sim, uma esquisita pungência. E de novo ele teve vontade de ver Toni. Ergueu-se, passou a mão pelos cabelos, ajeitou a gravata e tornou a atravessar a rua.

O relógio bateu a última badalada da meia-noite. Flora estava já recolhida. Maria Valéria, depois da ronda habitual, subira para o quarto. Os Carbone dormiam, completamente vestidos, num dos quartos do andar superior. O casarão estava silencioso. Sozinho na sala de visitas, Rodrigo olhava para o próprio retrato e pensava em Toni. O efeito do champanha havia passado: bebera havia pouco uma xícara de café preto, sem açúcar. Sabia que não poderia dormir e ali estava a fumar, inquieto, com um sentimento de irritação que lhe vinha do desejo insatisfeito — um desejo que já agora era mais do cérebro que propriamente do corpo. Onde iria ele parar com aquela obsessão pela rapariga? Conhecia-se suficientemente bem para saber que não descansaria enquanto não a possuísse e que, mesmo depois de possuí-la, seu apetite por ela não ficaria saciado, pois havia de querer tê-la mais vezes, muitas vezes... Até quando, santo Deus, até quando? Pensou em Flora com um sentimento de culpa. Ela não merecia aquilo... Deu uma palmada no respaldo da poltrona, ergueu-se de súbito e começou a andar dum lado para outro. Pensou nas consequências que aquela aventura podia ter, mas sabia — com que profundeza, com que plenitude, com que certeza! —, sentia que agora era tarde demais para recuar, mesmo que quisesse.

Ficou olhando para a cadeira junto do piano aberto — a cadeira onde Toni se sentara para tocar a "Rêverie". Era ridículo, absurdo, mas ele envolvia na sua ternura erótica até o violoncelo de Toni, como se o instrumento fosse uma parte anatômica daquele corpo querido.

Enfiou o sobretudo e o chapéu e saiu. Parou na calçada, indeciso. Não seria melhor avisar Flora de que ia sair? Deu de ombros. Fechou a porta à chave e começou a andar, as mãos nos bolsos, o cigarro pendente dos lábios. Era uma noite clara, grilos trilavam, estrelas luziam, cachorros latiam em ruas longínquas. Seus passos soavam solitários na calçada, levando-o para a rua do Poncho Verde. Rodrigo deixava-se conduzir. Que adiantava pensar? O instinto sempre tinha razão, e o instinto o levava para Toni. O resto era covardia. Talvez fosse uma caminhada perdida, uma excursão platônica de namorado que se contenta apenas com ver a casa onde sua bem-amada está dormindo. Mas Toni não podia estar dormindo. Se estivesse, que se rasgassem então todos os tratados de psicologia e que ele, Rodrigo, atirasse aos cachorros sua experiência das mulheres. O mundo estava errado — concluiu, parado à esquina, a contemplar a meia-água dos Weber. Lá dentro daquela casinhola vivia uma mulher de vinte anos que o amava, e ali fora estava ele a arder de desejo por ela. Não havia na natureza nenhuma razão por que não se juntassem e amassem. No entanto, erguia-se entre ambos um muro, e um muro transparente, feito de convenções, mentiras, hipocrisias, fraquezas. Estava tudo errado, tragicamente errado — refletiu mordendo o cigarro e aproximando-se vagarosamente da casa. No fundo, a solução do problema era uma questão de coragem. E coragem era o que não lhe faltava.

A janela do quarto de Toni dava para um terreno baldio. Rodrigo aproximou-se dela, pisando de leve, e ficou a escutar e a olhar para as vidraças. Não viu o menor sinal de luz: a casa estava silenciosa e às escuras. Chegou a levantar a mão para tamborilar nos vidros com a ponta dos dedos. Mas conteve-se. Seria uma temeridade: os outros podiam ouvir. Talvez Toni tivesse trocado de quarto... E mesmo que isso não houvesse acontecido, teria ela coragem de abrir a janela? Recostou-se na parede, e de repente o ridículo da situação caiu sobre ele, deixando-o com uma sensação de frio interior.

O melhor era voltar para casa — decidiu, contrariado. Mas naquele exato momento ouviu um ruído e seu coração disparou. Viu entreabrir-se a gelosia. Deu alguns passos e postou-se à frente da janela. Aos poucos a gelosia se foi abrindo e à luz do luar ele divisou o vulto de Toni por trás da vidraça. Por alguns segundos ambos ficaram imóveis, como que presos dum mesmo sortilégio. Depois Rodrigo acercou-se da janela e com sinais pediu à *Fräulein* que erguesse a vidraça. Ela, entretanto, continuava imóvel, com um ar de sonâmbula. Rodrigo encostou nos vidros as mãos espalmadas e tentou erguer a guilhotina. Toni procurou detê-lo com um gesto, mas, como ele insistisse, veio ajudá-lo. E estava ainda de braços erguidos, tratando de prender a guilhotina, e já Rodrigo lhe enlaçava a cintura, beijava-lhe as faces, os olhos, procurava-lhe a boca. Os braços da moça desceram e envolveram-lhe o pescoço, e de novo ele lhe sugou os lábios, cortando-lhe a respiração. Quando lhe deu um alento, ela murmurou: "Por amor de Deus, vá embora!". Rodrigo sentia-a toda trêmula — de medo, de frio, de amor? — e seus braços ora o repeliam ora o chamavam. "Por tudo quanto é sagrado neste mundo", suplicava ela, "vá embora!"

Como única resposta Rodrigo largou-a, firmou-se com ambas as mãos no peitoril e saltou para dentro.

11

No momento exato em que saía do quarto de Toni, pulando para o terreno baldio, um galo cocoricou num quintal próximo. (Galo cantando fora de hora: moça roubada.) Ficou por um instante acocorado onde tinha caído. Depois ergueu-se e começou a andar por entre as ervas respingadas de sereno, na direção da rua. Sentia-se aéreo e trêmulo, com um vácuo no crânio. Tinha a sensação de que caminhava dentro dum sonho. A noite, o ar frio e o silêncio das ruas desertas contribuíam para essa impressão de irrealidade. Ao alcançar a calçada oposta, fez alto, voltou-se e ficou contemplando a casa de Toni. Sentiu um aperto no coração, uma súbita fraqueza e começou a chorar. As lágrimas escorriam-lhe pelas faces e ele não procurava enxugá-las. Tirou um cigarro do bolso, levou-o à boca e acendeu-o. Ficou a fumar, a fungar e a olhar ora para a meia-água dos Weber ora para a lua, que luzia sobre os telhados úmidos. Pensou comovido naquela menininha que nascera havia vinte anos num subúrbio de Viena, frequentara um colégio de freiras onde aprendera a falar francês e a tocar violoncelo, naquela menininha que percorreu léguas e léguas e léguas de terra e mar para vir entregar sua virgindade a um Cambará num quartinho recendente a alfazema, lá naquela meia-água caiada. Algo de assustadoramente importante acontecera no universo: depois duma separação de milhões e milhões de anos, dois corpos celestes de órbitas diferentes se haviam encontrado. O mundo não poderia continuar a ser o mesmo depois desse encontro.

Pôs-se a andar na direção de sua casa, ouvindo mentalmente vozes familiares — a do pai, a da esposa, a da madrinha. "Fizeste mal a uma moça." Até tia Vanja lhe apareceu no pensamento, censurando-o: "Ai, cabecinha de ébano, desonraste uma donzela!". Rodrigo queria sentir remorso pelo que acabara de fazer, procurava achar-se indigno, pois talvez por meio da autorrecriminação pudesse até certo ponto redimir-se perante... Perante quem? Perante si mesmo? Mas a verdade é que não se sentia culpado de nenhum crime. Amava Toni e Toni o amava. O que fizera não fora premeditado (ou fora?). Como podia saber que ela era virgem? Ora! um incidente anatômico. Mas não era bem assim, ele sabia que não era. Toni ia sofrer. Viriam complicações. Santo Deus! Se eu faço coisas como essa é porque estou vivo, vivo, vivo!

Mesmo que vivesse mil anos jamais poderia esquecer os momentos que passara na perfumada escuridão daquele quarto. Sentia uma certa pena de Toni. Sim, pena, porque para ela aquele episódio erótico representara sofrimento. Não fora apenas um dilaceramento físico, mas também psicológico, moral. Ah! O quanto a criaturinha relutara, mesmo depois que estavam na cama. Defendera-se durante um tempo que a ele parecera uma eternidade. Eram os seus preconceitos religiosos, seus escrúpulos com relação a Flora e até às crianças... Por fim, todas aquelas inibições se sumiram, ele como que as apagara a beijos, bem como uma esponja apaga riscos de giz num quadro-negro. Recordava com uma nitidez pungente a crise de desespero de que Toni fora tomada depois que o irremediável acontecera. Lembrava-se também da própria surpresa ante o acesso de ternura que se seguira a esse desespero, uma ternura que aos poucos se fora aquecendo até transformar-se num desejo que levara Toni a se lhe oferecer, mas dessa vez num abandono completo. Rodrigo pensava também no longo período de calma em que ambos tinham ficado, enlaçados na cama, peito contra peito, ventre contra ventre, coxa contra coxa, perna contra perna, a respirarem um dentro da boca do outro sob a calidez das cobertas — quietos, mudos, num delicioso torpor —, ele a sentir as lágrimas dela a caírem-lhe no peito numa cócega úmida. E quando Toni lhe sussurrara ao ouvido que era hora de se separarem, ele se despegara dela com a dolorosa impressão que lhe arrancavam metade do próprio corpo.

Começou a assobiar distraidamente a "Rêverie". Que iria dizer Flora se a encontrasse acordada? Cheirou as próprias mãos, temendo que conservassem ainda o perfume de Toni. Se houvesse água quente em casa, tomaria um banho de corpo inteiro antes de deitar-se... Encolheu os ombros, fatalista. De qualquer modo Flora ia desconfiar de que algo de extraordinário se passara com ele. Era viva e tinha uma intuição agudíssima.

Avistou o Sobrado e, como acontecia sempre, a casa lhe deu uma sensação de segurança e proteção. Atravessou a rua em passos apressados e, quando ia meter a chave no buraco da fechadura, ouviu um ruído de passos e uma voz.

— Rodrigo!

Fez meia-volta. Um vulto aproximou-se. Era o Neco.

— Que sorte eu te encontrar!

— Que foi que houve?

— Aconteceu uma coisa horrorosa. Em Porto Alegre a Brigada Militar dissolveu à bala o comício dos estudantes contra a candidatura do marechal.

— Não diga!

— Mataram cinco pessoas e feriram umas trinta. Uma barbaridade, um banditismo!

— Como foi que soubeste?

— Acaba de chegar um telegrama pro coronel Prates.

Rodrigo olhou na direção da Intendência e viu uma janela iluminada.

— Vamos até lá.

12

Encontraram o cel. Joca Prates em companhia do delegado de polícia e do secretário municipal. Tinham os três o aspecto sombrio.

— Então, já soube? — perguntou o primeiro.

Rodrigo sacudiu afirmativamente a cabeça, sentou-se numa poltrona e ficou a olhar por cima da cabeça do intendente para o busto do dr. Júlio de Castilhos que ali estava contra a parede, sobre pequena coluna de granito polido. Com um certo constrangimento, o cel. Prates lhe resumiu o texto do telegrama: o piquete da Chefatura fora obrigado a carregar contra os manifestantes, que estavam perturbando a ordem.

— Mas é uma monstruosidade! — bradou Rodrigo. — Não há nada que justifique atirar contra os estudantes, contra o povo. Na certa, havia mulheres e crianças nas ruas, não?

Joca Prates encolheu os ombros. Rodrigo pôs-se de pé.

— Essa candidatura desastrada está dividindo o nosso partido e vai acabar lançando o Estado numa nova guerra civil!

Num silêncio estúpido, o intendente olhava fixamente para o telegrama que jazia sobre o *bureau*. Rodrigo apanhou o papel e leu. O despacho esclarecia que o comício correra em perfeita ordem e que a intervenção da força policial se fizera mais tarde, quando os manifestantes percorriam em préstito a rua dos Andradas, gritando vivas e tentando perturbar a ordem.

— Canalhas! — murmurou ele. — É a história de sempre. Quem tem força abusa dela.

Depois, encarando firme o intendente, acrescentou:

— Vou passar um telegrama de protesto ao presidente do estado e outro ao presidente da República. E vou telegrafar também ao senador Pinheiro dizendo que me envergonho de pertencer a um partido cujos chefes não trepidam em espingardear o povo.

O delegado olhava espantado do intendente para Rodrigo. O secretário municipal limpava as unhas com a ponta dum canivete.

— Tenha calma, doutor — pediu Joca Prates. — Não se precipite. A gente não sabe direito como foi a coisa.

— Só sei é que há cinco mortos e trinta feridos. Para mim é o quanto basta!

— Pode ter havido provocação.

— A desculpa de sempre! O que acontece é que nossos governantes não toleram oposição. Nossa democracia é apenas de fachada. Estou farto dessa farsa!

Neco olhava para o amigo com afetuosa admiração.

— Se o doutor Borges de Medeiros estivesse no governo — murmurou o delegado —, nada disso acontecia...

— O doutor Borges não é diferente dos outros — replicou Rodrigo. — O que ele quer mesmo é eternizar-se no poder.

515

— Aí, bichão! — gritou Neco Rosa, com ar belicoso.

Rodrigo enfiou o chapéu na cabeça.

— Vou passar agora mesmo pelo telégrafo...

— Está fechado — atalhou-o Joca Prates.

E essa informação prática, que valeu como um jorro d'água fria sobre seu fervor cívico, irritou Rodrigo.

— Pois passarei amanhã de manhã.

O intendente soltou um suspiro.

— É sempre bom a gente dormir em cima dos casos. O travesseiro é o melhor conselheiro.

Rodrigo voltou-lhe as costas e saiu da Intendência acompanhado de Neco.

Na praça encontraram Chiru e Saturnino, que já sabiam da notícia. Ficaram a conversar, sentados sob a figueira grande. Chiru achava que ia rebentar uma revolução. Saturnino, com seu ar reservado e grave, dizia que preferia aguardar os jornais para ler os detalhes e formar um juízo definitivo com conhecimento de causa. Rodrigo pensava já em barricadas.

— Eu dava o braço direito pra estar na rua da Praia na hora em que o piquete carregou contra o povo. Mas queria estar armado e com algumas caixas de balas no bolso! Corja!

— Enquanto o senador Pinheiro estiver vivo, este país não pode viver em paz — declarou Chiru.

Rodrigo pensava em Toni. Que noite! Suas ideias eram um tumulto. Ele precisava fazer algo de violento para descarregar os nervos. Que horas seriam? Chiru tirou o relógio do bolso, Neco riscou um fósforo e aproximou-o do mostrador: duas menos cinco.

Rodrigo despediu-se dos amigos e entrou em casa. Agora uma espécie de feroz alegria apoderava-se dele. Tinha na mente uma efervescência de planos. Sim, era preciso lutar, tomar posição. Deixaria o Partido Republicano, escreveria uma carta ao dr. Fernando Abbott aderindo aos democratas. Faria ali em Santa Fé e arredores a propaganda de Ramiro Barcellos... Só de pensar na luta seu peito como que inflava de esperança e alegria.

Acendeu a luz da sala de visitas e ficou por alguns instantes parado na frente do Retrato. O outro Rodrigo lá estava no topo da coxilha, a olhar para o futuro com certa arrogância.

Tens cinco anos menos que eu, rapaz, mas não te invejo, porque estás preso nessa tela e eu estou livre, e vivo, compreendes? Livre e vivo! E, caso ainda não saibas, comunico-te que Toni é minha. E que pretendo romper com o partido e com o senador. Daqui por diante sou um homem novo. O que vai acontecer não sei, nem quero saber. Só sei que vai ser divertido.

Como estivesse com fome, entrou na sala de jantar, abriu uma lata de língua em conserva, tirou algumas fatias de pão do guarda-comida e improvisou uma ceia. Comeu com uma pressa nervosa, mastigando com muito ruído. Abriu uma garrafa de vinho Borgonha e bebeu sofregamente três cálices cheios. Depois, subiu. Não acendeu a luz do quarto para não acordar a mulher. Despiu-se em silêncio. Trazia ainda no corpo (ou era apenas nas narinas?) o perfume de Toni.

— Rodrigo?

— Sou eu, não te assustes.

— Que horas são?

— Mais de duas.

— Onde é que andavas?

— Às voltas com o coronel Prates. Aconteceu uma coisa horrível em Porto Alegre.

Contou-lhe tudo. Flora soergueu-se na cama. O luar caía-lhe agora em cheio no rosto estremunhado e Rodrigo encheu-se duma súbita ternura pela mulher.

— Nossa Senhora, que será que vai acontecer? — balbuciou ela.

— Seja o que Deus quiser.

Flora tornou a deitar-se e ficou de olhos entreabertos, pensativa. Rodrigo estendeu-se a seu lado e puxou-a contra si, achando gostosa a proximidade daquele corpo quente.

— Este país não tem compostura... — murmurou ele.

— E tu vais te meter também nessa questão?

— Já estou metido, meu bem.

— Ora...

Rodrigo sentia o latejar das têmporas. Estava excitado, sabia que não poderia dormir aquela noite. Começou a acariciar os ombros da mulher.

— Tem modos, Rodrigo. É tarde.

— Que é que o relógio tem a ver com essas coisas?

Um desejo que a princípio foi apenas do cérebro ("Tens o olho maior que o estômago", ralhou a Dinda) começou aos poucos a tomar-lhe conta do corpo e a regular a intensidade e o ritmo de suas carícias.

— Que homem impossível! — resmungou Flora.

E entregou-se.

Capítulo VI

1

No dia seguinte Rodrigo leu no *Diário do Interior* de Santa Maria pormenores dos acontecimentos da noite de 14 de julho.

O *meeting* na praça Senador Florêncio, organizado pelo Comitê Central Acadêmico contra a candidatura do marechal Hermes, terminara por volta das oito horas da noite, sem incidente. A massa que comparecera ao comício se dissolvia em ordem pelas ruas adjacentes quando os estudantes espontaneamente se organizaram num préstito e subiram a rua dos Andradas vivando nomes de políticos da oposição. Quando os manifestantes defrontavam os cafés Gioconda e América, alguns acadêmicos resolveram dirigir o préstito rumo das redações dos jornais. A rua dos Andradas estava atestada de gente — homens, mulheres, crianças que tinham ido assistir ao comício ou se dirigiam para os cinemas.

Os soldados do piquete da Chefatura de Polícia, de prontidão desde o anoitecer, fizeram junção com a escolta presidencial à esquina da rua Gen. Câmara e, sem que houvesse da parte dos civis a menor provocação, desembainharam suas espadas e arremessaram os cavalos contra os manifestantes. A multidão foi tomada de pânico. Gente corria para todos os lados, aos gritos, procurando abrigo nos cinemas, cafés e casas comerciais que ainda estavam de portas abertas. Muitos tombavam, golpeados pelas espadas dos soldados ou derrubados pelos seus cavalos. Outros rolavam sobre o calçamento, pisoteados pelas patas dos animais. O terror era indescritível. Ouviram-se vários estampidos. Alguns populares reagiam e alvejavam a tiros de revólver os soldados que, por sua vez, atiravam contra o povo com seus Nagants, em descargas cerradas. Num largo trecho de rua houve uma confusão medonha de gritos de raiva, dor e medo, de mistura com o estrépito de patas, estampidos e tinir de ferros.

Quando tudo serenou, viam-se estendidas pelas calçadas e sobre o pavimento da rua cerca de vinte e cinco pessoas, das quais cinco mortas ou agonizantes. Um dos mortos era um acadêmico que cursava o último ano de medicina. (Emocionado, Rodrigo leu: *uma das figuras mais salientes da Faculdade de Medicina, moço distinto, verdadeira expressão de intelectualidade rio-grandense.*) Havia sangue nas calçadas, nas pedras da rua, nas paredes...

Os telegramas davam detalhes horripilantes. No meio da rua jazia morto um desconhecido com a testa perfurada por um ferimento de bala que lhe punha à mostra a massa encefálica. Durante a luta, um soldado caíra do cavalo e fora apanhado e arrastado por um automóvel que passava no momento...

— É monstruoso! — exclamou Rodrigo, dobrando o jornal e atirando-o sobre a mesa.

O pe. Astolfo e o cel. Jairo, que naquele dia haviam almoçado no Sobrado, achavam-se sentados na frente do amigo, ambos sérios e apreensivos.

— Logo no dia do aniversário da Constituição do estado! — disse Rodrigo. — Da vossa famosa Constituição positivista, coronel, tão cheia de amor pela Humanidade.

Jairo cofiou o bigode com dedos incertos.

— O meu amigo não vai culpar a Constituição pelo que aconteceu. Nem o doutor Borges de Medeiros, que não está no governo.

— Qual! — retrucou Rodrigo. — O general Salvador Pinheiro Machado é um preposto do doutor Borges. São vinho da mesma pipa.

Floriano entrou na sala, aproximou-se do padre e puxou-lhe a manga da batina, murmurando: "Cavalo". O vigário sorriu, fez o menino montar-lhe nos joelhos, tomou-lhe ambas as mãos e pôs-se a sacudir as pernas.

— E depois — continuou Rodrigo — está se vendo que a coisa toda foi premeditada. Na noite do comício o piquete da Chefatura está postado na rua Sete, de prontidão. A escolta presidencial também se acha alerta, nas proximidades do Palácio. Na rua Riachuelo está o primeiro regimento de cavalaria. Santo Deus! Pra que tudo isso? Será que o comício dos estudantes ia pôr em perigo o regime?

— A coisa toda deve ter outra explicação... — arriscou Jairo.

Floriano ria, atirando a cabeça para trás, e o padre agora sacudia as pernas com maior rapidez, pondo o "cavalo" a galope.

— Explicação coisa nenhuma! — vociferou Rodrigo. — Veja o que diz o jornal. *Quando terminou o comício, as forças da Brigada Militar foram se aproximando da rua dos Andradas.* Está clara a premeditação. O chefe de polícia devia ser demitido e julgado como um criminoso vulgar!

Laurinda entrou trazendo uma bandeja com três xícaras de café fumegante. Os homens serviram-se. Rodrigo bebeu o seu dum sorvo só e sentiu o líquido descer-lhe escaldante pelo esôfago.

Quando, alguns minutos mais tarde, Joca Prates entrou no Sobrado, Rodrigo correu para ele e, sem dar-lhe sequer a oportunidade de cumprimentar os presentes, empurrou-o para cima duma cadeira.

— Sente-se e ouça o telegrama que passei hoje de manhã, e cujo texto será publicado em seção livre pelos principais jornais do Rio Grande, dentro de dois dias.

Tirou do bolso um papel, desdobrou-o e leu:

Senador Pinheiro Machado. Palácio Monroe. Rio de Janeiro. Revoltado e envergonhado ante os bárbaros acontecimentos da noite de quatorze de julho último, em que o governo de vosso irmão não hesitou em mandar espingardear o povo indefeso, inclusive mulheres e crianças, nas ruas de Porto Alegre, comunico-vos que acabo de me desligar do Partido Republicano, pois não posso continuar pertencendo a um grêmio político cujos chefes com tanta frequência recorrem à brutalidade e ao assassínio, na estúpida e criminosa ilusão de que as patas dos cavalos de sua Brigada Militar e as armas de seus beleguins e capangas possam abafar os gritos e anseios de liberdade do nobre e bravo povo gaúcho. Aproveito a oportunidade para manifestar o meu repúdio à nefasta candidatura do Marechal Hermes, que em tão má hora resolvestes eleger senador, para escárnio do Rio Grande e do Brasil.

Terminada a leitura, Rodrigo tornou a dobrar o papel, metendo-o no bolso num gesto brusco que valeu como um vigoroso ponto final.

Joca Prates coçou a coroa da cabeça, embaraçado.

— O senhor botou fora a sua candidatura. O senador não vai lhe perdoar nunca mais esse telegrama...

Rodrigo encolheu os ombros.

— Que me importa? Por esse preço não quero ser nem presidente da República.

— Pois é uma pena. Ia dar um deputado de mão cheia. Podia prestar muitos serviços à sua terra...

— Não faltarão capachos!

2

Durante aquele resto de julho e as duas primeiras semanas de agosto, Rodrigo geralmente deixava o Sobrado às oito da noite, metia-se no clube, jogava várias mãos de pôquer e, quando o sonolento relógio do bufete dava a última batida das doze, ele saía, encaminhava-se para a rua do Poncho Verde, ficava a rondar a casa dos Weber, com os olhos postos na janela do quarto de Toni. Se a vidraça estava erguida (haviam convencionado sinais) e só a gelosia fechada, esgueirava-se para o terreno baldio, achegava-se à janela e assobiava ou tossia baixinho. Toni vinha abrir cautelosamente a gelosia e ele saltava para dentro.

Quando, porém, encontrava a vidraça descida — e isso era o que acontecia na maioria das noites — passava de largo, e seu cálido desejo pela rapariga era violentamente cortado pelo gelo da decepção, e à medida que se afastava da meia-água a sensação de malogro ia aumentando de tal forma, que ao chegar ao Sobrado ele se punha a fumar cigarro sobre cigarro, no silêncio do escritório deserto, a andar dum lado para outro, impaciente, agastado, com agonia de fazer um gesto violento que lhe descarregasse o peito, livrando-o daquela angustiante impressão de abafamento. Dificilmente ficava a sós com Toni mais duma vez por semana, e mesmo quando, vencidas as dificuldades — alguma janela aberta e iluminada nas vizinhanças, um passante inesperado que o obrigava a dar voltas ridículas ao redor do quarteirão —, conseguia pular para dentro do quarto, nem sempre podiam gozar por completo daquela intimidade, pois ficavam ambos cheios de apreensões e sustos, sobressaltando-se aos menores ruídos da casa: uma viga ou móvel que estalava, uma tosse ou arrastar de pés nos quartos contíguos... Até mesmo o rumor de vozes e passos vindos da rua deixava-os perturbados. E na penumbra daquela pequena peça, deitado com a rapariga nos braços, Rodrigo sentia dum modo tátil o medo que agitava a criaturinha. E, como por um processo de osmose, esse medo passava para seu próprio corpo, deixando-o desinquieto e ao mesmo tempo humilhado. Sabia que sua vida não corria perigo, mas a possibilidade de ser descoberto naquele quarto causava-lhe um temor quase infantil. Detestava a ideia de ver-se envolvido num escândalo. Pensava com horror no ridículo de ser pilhado a saltar da janela, como um gatuno...

Nos breves instantes que passavam juntos naquele universo morno e sombrio, falavam pouco e, quando o faziam, era um sussurro, um no ouvido do outro. Rodrigo sentia que esses cochichos lhe aguçavam o desejo, pois davam a sensação de que as palavras saídas da boca de Toni eram como dedos a lhe roçarem a orelha, numa cócega úmida e morna. A verdade é que não necessitavam falar. Seus corpos diziam tudo quanto era indispensável dizer, e as mãos e os lábios possuíam uma eloquência e uma sutileza que faltavam às palavras.

No entretanto, terminada aquela espécie de luta corporal que se avizinhava da epilepsia, quando os dois ficavam lado a lado, numa calma exausta e meio triste — mais duma vez ele sentira que devia dizer alguma coisa, fazer alguma promessa, lançar enfim uma luz sobre o futuro. Esforçava-se, mas em vão, por encontrar palavras convincentes e ao mesmo tempo tão leves que não ofendessem Toni. No entanto, o mais que conseguia era balbuciar "eu te quero, eu te quero muito" — enquanto seus dedos se metiam pelos cabelos dela ou passeavam numa carícia esfrolante pela nudez dos seios e do ventre.

Rodrigo em geral pagava esses minutos de prazer com dias e dias de separação de Toni, vendo-a apenas na rua, de longe e fortuitamente, ou então quando ela vinha ao Sobrado em companhia do resto da família. Nestas últimas ocasiões ele continuava a representar o papel do titio cordial e meio trocista, esforçando-se por não trair seus verdadeiros sentimentos. Não cessava, porém, de olhar de instante a instante para Flora, tratando de ler-lhe os sentimentos e os pensamentos através da expressão fisionômica, querendo ansiosamente saber se ela desconfiava ou não do que se passava. Quanto a Toni — coitadinha! —, ficava no seu canto, mais silenciosa e acanhada que nunca, e pelos seus gestos, olhares e palavras, Rodrigo percebia que a menina estava a debater-se numa terrível luta de consciência.

Havia momentos em que ele pensava, apreensivo, no futuro. Não queria perder Flora e era-lhe insuportável a ideia de ficar diminuído perante os olhos dela. Achava que não poderia ser feliz sem seu amor, sua admiração, seu respeito. Sabia, sem a menor sombra de dúvida, que não cessara de amar a esposa. Que diabo! Não era possível catalogar os sentimentos, metendo-os em escaninhos numerados. O coração humano era um poço de mistérios e contradições. Sim, ele amava *também* Flora. Tinha ainda por ela a mesma afeição dos tempos de namorado e noivo. (Olhava para o Retrato e o outro Rodrigo parecia dizer-lhe: "A mesma? Ou *quase* a mesma?".) Certas noites desejava a mulher legítima com uma intensidade de amante e isso o alegrava, pois de certo modo esse desejo o redimia — pelo menos perante si mesmo — do pecado de amar e desejar Toni Weber.

Tratava Flora com um carinho redobrado. Prometera levá-la a Buenos Aires, onde assistiriam à temporada lírica do Teatro Colón. Não perdia ocasião de fazer-lhe elogios, principalmente na presença de terceiros. "Como estás linda hoje, meu bem." "Esse vestido te fica uma maravilha, meu amor." "Como é possível ficares mais bonita à medida que o tempo passa?"

Nos momentos em que o remorso não o picava e seu espírito parecia aceitar sem nenhum atrito aquela situação ambígua, comprazia-se em fazer confrontos. Flora era um fruto sazonado e tenro, de sumo alcalino. Toni, uma fruta meio verde, de polpa rígida e sabor agridoce.

Às vezes, à hora das refeições, contemplando a mulher e como que redescobrindo nela as feições que tanto o haviam atraído — o rosto oval dum moreno desmaiado, os olhos amendoados de expressão serena e límpida —, ficava enternecido e mentalmente se dizia os piores nomes.

Bolas! Só porque apareceu na minha vida essa austríaca não quer dizer que eu vá deixar de amar e respeitar minha mulher, adorar os meus filhos, gostar da minha casa!

Maria Valéria mirava-o com frequência dum jeito que o deixava desconfiado. Teria ela farejado alguma coisa? Não raro, depois do meio-dia ele se deitava no sofá da sala, com a cabeça pousada no regaço da madrinha, que ficava a fazer-lhe cafuné. Numa dessas ocasiões, a propósito de nada, a Dinda lhe dissera em voz muito baixa: "Se tiver de fazer alguma patifaria, faça de jeito que sua mulher não descubra, j'ouviu?". Seu primeiro ímpeto fora o de explodir num protesto. Achou melhor, porém, manter-se num mutismo cauteloso.

Os amigos continuavam a comparecer ao Sobrado, onde os serões de inverno tinham um sabor especial na sala aquecida por uma estufa de querosene, cujo cheiro evocava a Rodrigo a lanterna mágica de sua infância.

Andava ele agora intrigado com a atitude de Wolfgang, que não lhe dirigia mais aqueles longos olhares apaixonados, mas sim relances rápidos em que se podia perceber um mal contido ressentimento. Desconfiaria o rapaz de alguma coisa? Quanto a *Frau* e *Herr* Weber, não haviam mudado. Ela ainda lhe beijava as faces, afirmando que ele era o mais belo homem do mundo. O maestro continuava a contemplá-lo com aquele olhar em que havia um misto de gratidão e perplexidade. E pela maneira natural e afetuosa com que Flora continuava a tratar Toni, Rodrigo chegava à reconfortante certeza de que sua mulher não suspeitava de nada.

3

Em meados de agosto leu com emoção no *Correio do Povo* um dos últimos discursos de Pinheiro Machado, ficando particularmente impressionado pelo seu tom dramático:

> É possível que durante a convulsão que sacode a República em seus fundamentos, possamos submergir. É possível. É possível mesmo que o braço assassino, impelido pela eloquência das ruas, nos possa atingir. Afirmamos, porém, aos nossos correligionários que, se esse momento chegar, saberemos ser dignos de vossa confiança. Tombaremos na arena, fitando a grandeza da nossa Pátria, serenamente, sem maldição nem desprezo, sentindo tão somente compaixão para com aquele que assim avilta a nobreza inata do brasileiro.

Rodrigo sabia que o senador não era homem que dissesse tais coisas levianamente, com o intuito apenas de criar uma auréola de martírio em torno de sua cabeça. Como consequência das últimas eleições, nas quais ficara iniludivelmente assegurada a vitória do marechal Hermes — eleições em que mais uma vez a oposição se declarara esbulhada, fraudada e coagida —, a atmosfera do país estava carregada de ressentimentos e ódios, e muitos políticos, publicistas e demagogos tratavam de instigar o povo contra a pessoa de Pinheiro Machado, cujo assassínio era abertamente pregado em comícios no Rio de Janeiro. Um deputado federal chegara a dizer da tribuna da Câmara que, se apresentasse um projeto, seu artigo primeiro seria: "Elimine-se o sr. Pinheiro Machado".

Já em princípios daquele ano o senador reunira em sua residência do morro da Graça os representantes do Rio Grande, exortando-os a manterem-se unidos para o bem da República, caso ele viesse a tombar assassinado. Em palestra com o jornalista João do Rio, confiara-lhe: "Morro na luta, menino. Eles me matam. Mas pelas costas. São uns 'pernas-finas'. Pena é que não seja no Senado, como César. Há de ser na rua. Morro em defesa da República".

Contavam-se histórias que ilustravam bem a atitude serena e impávida do senador em meio dessas malquerenças e ameaças. Duma feita, ao passar de automóvel por meio duma multidão exaltada que, havia pouco, gritava insultos a seu nome, disse em voz alta ao chofer, para que todos ouvissem:

— Só tire o revólver quando eu tirar o meu. Só dispare o seu primeiro tiro depois que eu tiver disparado o meu.

E o automóvel passou pelo meio da multidão, onde se fizera de súbito um silêncio respeitoso.

Noutra ocasião, ao deixar o Senado, a cuja porta se aglomeravam populares dispostos a vaiá-lo, instruiu o chofer:

— Siga. Não tão depressa que possam pensar que tenho medo, nem tão devagar que possa parecer acinte.

Quando um amigo bajulador assegurou que o país inteiro seria convulsionado caso atentassem contra sua vida, Pinheiro Machado replicou:

— Sim, se o atentado falhar.

Rodrigo lia ou ouvia todas essas histórias e ficava a pensar, já tomado de remorsos, no telegrama que passara ao senador após os acontecimentos de 14 de julho. Não se arrependia de ter jogado fora a oportunidade duma carreira política sob a proteção de Pinheiro Machado. Lamentava, isso sim, ter perdido a amizade daquela figura que admirava, apesar de todos os seus defeitos, e pela qual sentia uma afeição quase filial. Relia os termos do telegrama e achava-os insolentes e agressivos. E agora que os inimigos do senador açulavam o povo contra ele, apontando-o como a causa de todos os males que desgraçavam o país, agora que escribas e oradores de praça pública recomendavam claramente seu assassínio, Rodrigo achava que era seu dever apoiar aquele homem, sem olhar conveniências pessoais e nem mesmo ideias políticas.

Chegou a rascunhar um telegrama em que exprimia sua solidariedade irrestrita ao representante do Rio Grande no Senado. Mas rasgou-o, insatisfeito com a redação.

Fica para outro dia — decidiu. Mas esse dia não chegou. Rodrigo esqueceu o senador, pois Toni Weber absorvia-lhe os pensamentos, fazendo-o alternadamente feliz e desgraçado. Feliz porque descobria que a rapariga o amava com uma intensidade cada vez maior, desgraçado porque era exasperante ter de esperar às vezes uma semana inteira pela oportunidade de ficar a sós com ela.

Aqueles encontros no quarto da moça faziam-se cada vez mais difíceis, arriscados e constrangedores.

Numa daquelas noites de agosto em que o minuano soprava, fazendo tremer as janelas da meia-água, *Frau* Weber ergueu-se da cama, subitamente indisposta, e veio bater à porta do quarto de Toni, para pedir-lhe um remédio. Rodrigo enfiou às pressas o sobretudo e, descalço, com a roupa e os sapatos nas mãos, saltou pela janela e ficou sentado no chão gelado, atrás dum arbusto, a vestir-se atabalhoadamente e a tremer de frio, de despeito e vergonha, amaldiçoando — quem? quê? — por se achar naquela situação grotesca. Prometeu a si mesmo que jamais voltaria àquela casa. Precisava descobrir outro lugar onde encontrar-se com Toni. Passou mais duma semana sem falar com a rapariga. E ficou de novo enciumado ao vê-la, durante esse período, umas duas ou três vezes em companhia de Erwin Spielvogel, que costumava ir esperá-la à saída do cinema, nas noites de função.

Um dia em que Toni veio ao Sobrado com os pais, Rodrigo, sem que os outros vissem, conseguiu meter-lhe na mão um bilhete em que lhe pedia fosse no dia seguinte, sob qualquer pretexto, ao consultório.

Toni foi. E enquanto Rodrigo, alvoroçado, fechava a porta à chave, ela se sentava numa cadeira, constrangida como uma visita de cerimônia. E quando ele a beijou, seus lábios permaneceram inertes, como que mortos, o busto retesado, os braços caídos. Que era que ela tinha? — quis saber Rodrigo. Estava enfarada dele? Não o amava mais? Havia outro homem? Sim, ele a vira muitas vezes aquela semana com o Spielvogel... Vamos, diga alguma coisa!

Tomando-a nos braços, sacudiu-a. Toni mirava-o com os olhos cintilantes de lágrimas, mordendo os lábios, num silêncio que deixava Rodrigo cada vez mais exasperado. Por fim largou-a e foi sentar-se atrás do *bureau*, procurando parecer indiferente à presença dela.

Houve um silêncio de alguns segundos, ao cabo dos quais Toni se ergueu, aproximou-se dele, passou-lhe a mão de leve pelos cabelos, beijou-lhe a testa, as faces e murmurou-lhe ao ouvido: *"Mais je t'adore! Je t'adore!"*.

Então ele não compreendia? Aquela sala excessivamente clara, a mesa de operações, os instrumentos cirúrgicos no armário de vidro, a proximidade dos empregados da farmácia, o ruído das vozes e passos dos que passavam pela calçada... *Tu sais...* Rodrigo ficou enternecido. Sim, era um estúpido, um animal. Compreendia tudo e pedia-lhe perdão. Fê-la sentar-se sobre seus joelhos, beijou-lhe a boca com uma ternura arrependida que procurava ser pura, mas que pouco a pouco se foi transformando em desejo, fazendo que suas mãos começassem a passear pelo corpo da rapariga. Toni pôs-se subitamente de pé, compondo o vestido e aproximando-se da porta.

— Por favor, deixe-me ir agora, sim?

Ele soltou um suspiro, passou as mãos pelos cabelos. — Então? — perguntou. — E agora?

Ela lhe suplicou que esperasse um pouco, tivesse paciência. Tudo estava tão confuso... E, com os olhos úmidos, contou-lhe que ultimamente não dormia direito, sonhava muito, tinha pesadelos aflitivos, e o remorso e o medo a atormentavam. O que estavam fazendo era errado, era mau, era pecaminoso. Tudo fora uma loucura. Ela o amava, sim, de tal maneira que às vezes lhe parecia que ia perder a razão. Mas nem por isso sofria menos. Vivia assaltada de temores. Os pais estranhavam sua atitude, não compreendiam por que ela recusava ir ao confessionário. Por outro lado, pediam-lhe com insistência que tratasse melhor Erwin Spielvogel. Era uma situação insuportável!

Rodrigo olhava perdidamente para Toni. Havia no rosto dela, como na voz, algo de machucado que o penalizava.

Começou a andar dum lado para outro, as mãos nos bolsos, a pensar numa solução.

— Queres então terminar com tudo? — perguntou, estacando bruscamente diante da *Fräulein*.

Como única resposta ela desatou o choro. Rodrigo puxou-a contra o peito, beijou-lhe os cabelos, e ficaram assim abraçados em silêncio por longos minutos. Por fim, enxugando os olhos, Toni murmurou:

— Preciso ir.

Disseram-se adeus, ele abriu a porta e ela se foi.

4

A primeira pessoa a receber a notícia em Santa Fé foi o telegrafista que estava de plantão na noite de 8 de setembro. Principiou a transformar os sinais de Morse em letras, com uma indiferença profissional temperada apenas pela tênue curiosidade que lhe vinha de o telegrama trazer a rubrica de urgente e ser endereçado ao cel. Joca Prates. À medida, porém, que as letras iam formando as palavras e estas as sentenças, os olhos do funcionário se agrandavam, sua caligrafia tornava-se menos firme e por fim, depois de escrever a última letra do nome do signatário do despacho — um deputado estadual —, os lábios do telegrafista tremeram e ele ficou olhando para o papel com uma expressão de mudo horror, como se tivesse acabado de ler nele sua própria sentença de morte.

Levou alguns segundos para se refazer do choque. Depois passou a limpo o telegrama e chamou o estafeta.

— Leve isto depressa ao intendente. Se ele não estiver em casa, está no clube. Raspa, que a coisa é séria.

Joca Prates jogava pôquer com três correligionários quando Saturnino veio entregar-lhe o despacho. Abriu-o de cenho cerrado, leu e ficou lívido. Depois passou o papel para um dos amigos e, como se tivesse perdido a fala e o movimento, ficou a olhar com uma fixidez estúpida para as cartas sobre o pano verde.

— Que barbaridade! — exclamou um dos jogadores. Os outros dois, que haviam lido a dramática mensagem por cima do ombro do primeiro, saíram a andar pelas dependências do clube numa pressa ofegante e atônita.

Joca Prates pôs-se de pé lentamente e, como um sonâmbulo, encaminhou-se para o telefone do bufete, comunicou-se com a própria casa e, ao ouvir a voz da esposa, balbuciou:

— Dedé, aconteceu uma coisa horrorosa...

Não pôde continuar, pois o pranto lhe cortou subitamente a voz. Atrás do balcão do bufete, Saturnino cofiava sombriamente o bigode, murmurando: "Que calamidade! É o fim do mundo. Que calamidade!".

A notícia chegou aos ouvidos do gerente do Cinema Santa Cecília quando a função estava já quase a findar. O homem esperou, aflito, que terminasse a última parte do drama e, quando a luz se acendeu, subiu para o palco e deu a notícia ao público com voz sumida e ar trágico, como se estivesse anunciando o juízo final. Quando terminou de falar, fez-se um silêncio duma fração de segundo e depois um clamor se ergueu da plateia, dos camarotes e da galeria, onde um homem se pôs de pé e berrou: "Bem feito! Era o que esse canalha merecia!".

De vários pontos do teatro surgiram protestos indignados. Ouviu-se um grito: "Lincha!". Foi então o pânico. Os espectadores precipitaram-se atropeladamente na direção da porta, como se alguém houvesse gritado — incêndio!! Algumas mulheres soltavam lamentos histéricos, muitas desatavam o choro; outras gritavam os nomes dos maridos e dos filhos. Alguns cidadãos trepavam nas cadeiras e pediam calma. Vários deles empenhavam-se em discussões que degeneravam em briga. De quando em quando no meio da balbúrdia ouviam-se frases como: "Abaixo a tirania!". "Viva a liberdade!"

No centro telefônico, não podendo dar conta de todos os chamados, a operadora rompeu a chorar, numa crise de nervos, e teve de ser substituída.

Vinte minutos depois de chegado o telegrama a Santa Fé, quase toda a população da cidade, pelo menos as pessoas que residiam na rua do Comércio e nas transversais, já estavam a par do acontecimento que começava a abalar o país inteiro: o senador Pinheiro Machado havia sido assassinado pelas costas com duas punhaladas!

Rodrigo estava em casa em companhia do vigário e do cel. Jairo quando Joca Prates entrou intempestivamente e deu-lhe a notícia. Teve a impressão de que recebia uma bordoada na cabeça. Sentou-se, aturdido. Por alguns instantes nenhum dos quatro homens falou. Refeito do choque inicial, Rodrigo pediu pormenores. Quem fora o assassino? Onde se dera o fato? Conte alguma coisa, homem de Deus!

O cel. Prates passou-lhe o telegrama. Era dum laconismo dramático. Dizia apenas que o crime fora cometido cerca das cinco horas da tarde, no Hotel dos Estrangeiros, no Rio, e que o criminoso, natural do Rio Grande do Sul, estava preso.

— A coisa não vai ficar assim — murmurou o intendente. — O Rio Grande não pode ficar acovardado depois duma barbaridade dessas. Matarem o nosso Pinheiro!

E, num assomo de ódio, exclamou:

— Vai haver uma revolução!

— Contra quem, coronel? — perguntou o padre placidamente.

— Ora... ora, contra os inimigos do Rio Grande!

— Mas não foi um gaúcho que assassinou o senador? — perguntou o vigário com um bom senso desarmante.

Joca Prates lançou-lhe um olhar em que já havia um elemento de rancor.

— Mas deve estar a soldo da camarilha política que não gosta de nós!

Astolfo encolheu os ombros filosoficamente.

— Isso não se faz — murmurava o cel. Jairo, sacudindo a cabeça. — Isso não se faz...

Rodrigo aproximou-se da janela e por alguns instantes ficou a olhar a praça, através dos vidros meio embaçados. O desaparecimento do senador dava-lhe uma estranha sensação de orfandade que ele não procurava explicar nem combater. E agora lhe vinha uma súbita e enternecida saudade do pai, o desejo de vê-lo, ouvi-lo, tê-lo ali no Sobrado como companheiro naquela hora amarga.

Desenhou-se-lhe na mente, nítida, a imagem de Pinheiro Machado tal como o vira no inverno de 1910. O senador apertava-lhe a mão e dizia: "Há homens que nasceram talhados para o sacrifício. Mas uma coisa sei te dizer: eu não tenho vocação para mártir".

Rodrigo fez uma brusca meia-volta:

— Pelas costas, os miseráveis!

Ao saberem da notícia, Flora e Maria Valéria vieram para a sala e ficaram junto da porta, mudas, num silêncio apreensivo.

Rodrigo leu nos olhos de ambas uma expressão que com frequência vinha ao semblante das mulheres do Rio Grande: o medo ancestral da guerra.

— Precisamos fazer alguma coisa! — exclamou, olhando para o intendente. — Vou redigir um telegrama à nossa bancada no Rio. Algo de vibrante que leve o nosso protesto, a nossa indignação ante esse crime bárbaro, esse...

Calou-se, engasgado.

E naquela mesma noite, ao entrar no Comercial, onde esperava colher assinaturas para o telegrama, ouviu um forasteiro comentar em altos brados: "Bem feito! Foi uma limpeza! Era um caudilho, um déspota, a asa negra do Brasil!". Precipitou-se sobre ele, segurou-o pela gola do casaco, deitou-o sobre um dos bilhares e esbofeteou-lhe repetidamente a cara, vociferando:

— É para aprenderes a respeitar os homens, canalha!

5

Nos dias que se seguiram leu nos jornais os pormenores da tragédia do Hotel dos Estrangeiros.

Pinheiro Machado havia sido apunhalado pelas costas no momento em que, ladeado por Bueno de Andrade e Cardoso de Almeida, se encaminhavam para o salão situado entre o refeitório e o saguão do hotel.

Cardoso de Almeida contou mais tarde à polícia que tivera a impressão de que alguém desferira um soco nas costas do senador e como ao voltar-se visse um jovem armado dum punhal, precipitara-se sobre ele para desarmá-lo, enquanto Pinheiro Machado dava alguns passos, cambaleante, e caía nos braços de Bueno da Cunha, exclamando: "Fui apunhalado!". O assassino, porém, conseguira fugir, sendo perseguido por populares, um guarda e o próprio Cardoso de Almeida. Preso por um civil na travessa de São Salvador, entregou a arma que ainda empunhava e na qual não se via o menor vestígio de sangue. Suas palavras foram: "Sou o assassino do senador Pinheiro Machado".

Interrogado pela polícia, declarou chamar-se Francisco Manso de Paiva Coimbra, ser padeiro e natural do Rio Grande do Sul. Confessou que odiava Pinheiro Machado e que ao ler nos jornais as notícias de que o país estava dividido por causa da candidatura do marechal Hermes, chegara à conclusão de que era indispensável que alguém matasse o homem que infelicitava o Brasil. Mais tarde, sabedor dos acontecimentos da noite de 14 de julho, em que a Brigada Militar carregara em Porto Alegre sobre o povo reunido em *meeting* contra a candidatura do marechal, assassinando estudantes e, entre eles, um filho duma protetora sua, convencera-se de que ele, Manso de Paiva Coimbra, devia ser o assassino, para vingar a morte do jovem. Comprara então uma faca a um preto no largo de São Salvador (e Rodrigo estremecia de horror ante o detalhe), a faca custara ao criminoso seiscentos réis. Apesar disso, pouco depois desistira do intento, resolvendo procurar um emprego. Em breve, porém, lera na *Gazeta de Notícias* um artigo sobre a candidatura de Hermes da Fonseca e de novo ficara tomado do desejo de eliminar Pinheiro Machado...

Com o jornal na mão Rodrigo caminhava dum lado para outro no escritório, na frente do pe. Astolfo, para quem estivera a ler em voz alta o relato da tragédia.

— Essa história está mal contada! — exclamou. — Alguém pagou o sicário pra assassinar o senador, isso ninguém me tira da cabeça. Foi dinheiro grosso, e o homem é capaz de cumprir a pena sem confessar o nome dos mandantes. Ah! Mas a história não pode ficar assim. Havemos de desmascarar essa camarilha de assassinos e levá-los à barra dos tribunais, nem que para isso tenhamos de provocar uma guerra civil!

O laudo dos médicos-legistas dava como *causa mortis* uma hemorragia interna provocada por ferimento no pulmão direito e na respectiva artéria, produzido por um instrumento perfurocortante. A autópsia — declaravam os médicos à imprensa — revelara ausência de lesões graves no organismo do ilustre morto. Notava-se-lhe apenas um começo de esclerose arterial, pelo que se concluía que o senador ainda poderia viver longos anos.

— Que estupidez! — exclamou Rodrigo. — Uma faca comprada a um negro por seiscentos réis cortou a vida do maior político do Brasil! E não me admirarei se o bandido for absolvido. Este país não cria vergonha, o que ele merece mesmo é um ditador da fibra do senador pra botar a canga no pescoço da canalha!

O pe. Astolfo mirava-o em silêncio.

— Agora, vigário, vou ler-lhe um trecho do telegrama que Rui Barbosa passou à viúva de Pinheiro Machado. Veja que nobreza de sentimentos, que dignidade, que estilo!

Apanhou o jornal e leu:

Para mim que sempre considerei inviolável a vida humana, a dele era duplamente, ainda por mais dois títulos, sagrada: o da antiga amizade e do antagonismo atual. Faço votos para que todos vejamos neste crime deplorável uma lição viva contra os excessos da violência e do sangue, com os quais nunca transigi e de que sempre preguei o horror. Queira V. Exa. aceitar as homenagens de meu pesar e o respeito que ponho, comovido, a seus pés.

A descrição que o jornal trazia dos momentos que se seguiram ao crime, comoveram Rodrigo até as lágrimas.

Ao ver o cadáver do senador Pinheiro Machado, Rivadávia Corrêa rompera em pranto, abraçando-se com Flores da Cunha, que também chorava sentidamente. E quando o delegado de polícia mandou pôr o corpo sobre uma padiola, muitas das pessoas presentes começaram a disputar o privilégio de conduzi-la. Alguém, entretanto, exclamou:

— É a bancada do Rio Grande que vai conduzi-lo.

À porta do hotel, Pompílio Dias bradou:

— Esperem pela revanche. Havemos de vingar essa morte!

Da multidão que se aglomerava na rua partiram gritos: "Apoiado! Apoiado!". Voltando-se para o chefe de polícia e apontando-o com dedo acusador, Pompílio Dias disse em voz alta:

— O senhor é responsável por este crime, pois permitia *meetings* em que se aconselhava o assassínio do senador Pinheiro.

Terminada a autópsia, a viúva foi levada à presença do corpo do marido. Segurando-lhe a cabeça com ambas as mãos, beijava-lhe nervosamente o rosto, soluçando:

— Deixem-me, deixem-me aqui. Tenho muita coisa a conversar com ele.

Um fazendeiro, amigo íntimo de Pinheiro Machado, beijava-lhe freneticamente as faces. Ao entrar no hotel, o alm. Alexandrino de Alencar exclamou:

— Que horror! Mataram-no pelas costas.

O cadáver foi transportado para o morro da Graça em meio duma multidão de onde partiam lamentos, protestos e vivas à República e à liberdade.

O Rio de Janeiro estava convulsionado. Viam-se por toda a cidade bandeiras hasteadas a meio pau. O governo decretara luto nacional e concedera honras militares à memória do senador. Todas as diversões aquela noite foram suspensas. À frente da redação dos jornais o povo se aglomerava em grupos onde de quando em quando rompiam discussões e brigas. Dizia-se que o corpo do senador seria embalsamado e levado para o Rio Grande do Sul, cujo governo tomara luto oficial por oito dias.

O pe. Astolfo chamou a atenção de Rodrigo para o conteúdo da carta encontrada no bolso do assassino no momento em que fora preso:

Caso eu seja morto pelos capangas deste homem que me leva a praticar este ato, não culpem ninguém. Como rio-grandense vingo meus conterrâneos mortos nas ruas de Porto Alegre; como brasileiro, a afronta atirada sobre um povo roubado e esfomeado.

— Aí está a prova de que o crime teve como mandante algum graúdo, padre! Leia bem essa carta e me diga se isso é estilo de padeiro!

Havia na reportagem da tragédia detalhes que comoviam Rodrigo dum modo particular, pois lhe recordavam a presença física de Pinheiro Machado, o homem que um dia ele vira de perto e que o tratara por tu, chegando a caminhar de braço dado com ele pelas ruas de Santa Fé.

Contava o repórter que, no dia em que fora assassinado, o senador trajava fraque aberto, com um cravo vermelho na botoeira, calças escuras, e colete a fantasia em cuja cava se via um punhal de cabo de ouro e marfim. Ao lado do cadáver jazia seu chapéu do chile e a bengala de unicórnio.

Rodrigo lia e relia, sensibilizado, o inventário das coisas que o comissário de polícia arrecadara dos bolsos do morto: uma cigarreira e uma lapiseira, ambas de ouro, um relógio de platina, uma corrente com pérolas, um alfinete com um chuveiro de brilhantes, uma carta, dois telegramas, um pincenê, um revólver Smith and Wesson, um lenço de seda e três mil e duzentos réis em dinheiro...

— Veja, padre, se isso não tem uma significação enorme! O homem de maior prestígio do Brasil morre com três mil e duzentos réis no bolso!

O vigário sacudiu lentamente a cabeça. Rodrigo ergueu-se, acendeu o cigarro e pensou em Toni, com um desejo lânguido de tê-la a seu lado, de pousar a cabeça cansada no colo dela. Precisava vê-la o quanto antes. Ficou a imaginar o encontro... Ia explicar-lhe o sentido daquela morte, o valor simbólico daquele homem e as consequências tremendas que o crime podia ter para o Rio Grande e para o Brasil. Anteviu a expressão do olhar de Toni, tão puro, tão longínquo, tão incapaz de compreender aqueles dramas violentos duma terra de homens morenos, apaixonados e semibárbaros. Depois eles esqueceriam o assassinado, o assassino, a política, tudo, para se entregarem ao ato do amor, que era também uma espécie de homicídio, em que havia um apunhalador e um apunhalado e uma agonia convulsiva, seguida duma deliciosa morte.

6

Seu encontro com Toni, entretanto, não lhe proporcionou as delícias imaginadas e desejadas. Trouxe-lhe, isso sim, um novo e terrível choque. A moça apareceu-lhe inesperadamente no consultório na tarde do dia seguinte e, logo depois que Rodrigo fechou a porta, tomada duma formigante alegria que lhe vinha da antecipação das coisas que iam acontecer, ela se sentou no divã coberto de oleado negro, fitou nele os olhos alarmados e disse: *Je suis enceinte*.

Quê? Rodrigo julgou ter ouvido mal a frase. Pediu-lhe que a repetisse. Toni repetiu. Não havia dúvida: *Estou grávida*. Grávida, grávida... Ficou a contemplá-la com um olhar vazio, imbecil, como se não a estivesse vendo, como se não compreendesse ainda o sentido daquelas palavras.

Toni pôs-se então a murmurar frases em alemão, numa pressa nervosa. Seu corpo tremia sob o casacão de lã.

Grávida? — repetiu ele. Não era possível. Como era que sabia? Que provas tinha? Que entendia ela daquelas coisas?

Sem coragem agora de encarar Rodrigo, os olhos postos no chão, a *Fräulein* contou que sentia tonturas, enjoos e que, *vous savez* — hesitou. — Já fazia quase quarenta dias que... *vous savez*.

Santo Deus! — balbuciou ele. Aquilo também era demais! A cabeça começou a doer-lhe e ele teve ímpetos de gritar. Toni desatou o choro, estendeu-se no sofá e escondeu o rosto nas mãos. E agora — soluçava ela — e agora, que vai ser de mim?

Rodrigo contemplava-a, de braços caídos, com uma consciência dolorosamente aguda das batidas de seu próprio coração, do latejar do sangue nas têmporas e daquelas ferroadas que pareciam trespassar-lhe os miolos. Por longos segundos quedou-se imóvel e calado, enquanto Toni continuava a chorar.

Rodrigo procurava alguma coisa para dizer, mas as palavras francesas ou não lhe acudiam à mente ou, quando vinham, ele não sabia como dispô-las numa frase coerente. Pensava no que podia acontecer se as suspeitas de Toni se confirmassem. Era o escândalo, o ridículo, seu nome arrastado na lama. Perderia o amor e o respeito de Flora, não teria mais coragem de olhar de frente o pai, a madrinha, os amigos... Ao mesmo tempo recriminava-se por causa desses sentimentos e pensamentos egoístas que excluíam Toni, como se ela não tivesse tanta coisa a perder quanto ele, ou mais.

Acercou-se dela, sentou-se na beira do divã e pôs-se a acariciar-lhe de leve os cabelos. Tenha calma — pediu —, não desespere, pode ser um rebate falso...

Toni, porém, sem tirar as mãos do rosto, sacudia a cabeça numa negativa desesperada.

Mas que experiência tinha ela daquelas coisas para julgar? Foi com o rosto em fogo e com uma vil sensação de constrangimento que ele propôs fazer-lhe um exame, *je vous prie*, o exame normal a que se submetem as mulheres que desejam ver confirmada a suspeita de gravidez. Toni meneava ainda a cabeça: não, não, não! Rodrigo indagou: Mas... e se o dr. Carbone fizesse aquilo? Era um homem decente, de bom coração, e, fosse como fosse, teria de manter o segredo profissional.

Toni alçou para ele a face desfigurada:

— Eu preferia morrer a fazer isso.

Rodrigo ergueu-se, começou a caminhar dum lado para outro, as mãos metidas nos bolsos das calças.

— Alguém mais sabe disso além de nós dois?

Toni sacudiu a cabeça negativamente. Pôs-se a enxugar os olhos soluçando ainda, mas agora de mansinho.

Os minutos passavam. Da farmácia vinham vozes: Gabriel gritou uma ordem para o aprendiz. O dr. Carbone passou a cantarolar pelo corredor. Rodrigo temeu e ao mesmo tempo desejou que ele entrasse. Temeu porque sabia que, se o italiano entrasse, bastar-lhe-ia um relance para descobrir-lhes o segredo. Desejou porque, uma vez descoberto o segredo, Toni seria forçada pelas circunstâncias a deixar-se examinar pelo cirurgião. O dr. Carbone, porém, passou de largo. Um auto buzinou na rua. Depois fez-se silêncio e no silêncio Rodrigo ficou escutando o pulsar do próprio sangue nas fontes. Oh! Mas a maneira como se estava portando era egoísta, mesquinha, covarde. Num assomo de ternura sentou-se no divã ao lado de Toni e enlaçou-a. Ela recostou a cabeça em seu ombro e cerrou os olhos. Apertou com ambas as mãos a mão que Rodrigo tinha livre e ficaram assim por longo tempo num trêmulo silêncio.

Rodrigo pensava numa saída. Já agora a situação lhe parecia menos negra. Era impossível que um homem como ele fosse afogar-se em tão pouca água...

Claro! No estonteamento da surpresa, a princípio lhe parecera que o mundo vinha abaixo, mas agora, refletindo melhor, via a possibilidade de encontrar uma solução para o problema. Primeiro era preciso verificar com certeza se Toni estava mesmo grávida. Se estava, teriam ainda no mínimo três meses para agir, antes que começassem a aparecer sinais externos de seu estado.

Se, entretanto, tivessem de recorrer ao aborto (a ideia lhe causava um frio horror, e ele não pôde deixar de lançar um olhar para o armário dos instrumentos cirúrgicos) deveriam praticá-lo sem perda de tempo. Mas quem ia fazer aquilo? Ele? Nunca. Não teria coragem para tanto. Carbone, talvez... pedir-lhe-ia esse obséquio especial. Se o homenzinho recusasse, iria até a ameaça para obrigá-lo. Sim, Carbone era o homem indicado. Seu oferecimento ao Exército italiano havia sido aceito e dentro de um mês ele embarcaria para a Europa, levando consigo o segredo. Mas... e se sobreviesse uma infecção ou uma hemorragia e Toni morresse?

Rodrigo beijava com ternura os cabelos da *Fräulein*, apertava-lhe a mão com força e por mais que fizesse não podia afastar da mente um quadro perturbador: Toni, pálida, estendida sobre a mesa de operações, a esvair-se em sangue e Carbone com o avental todo manchado de vermelho a trabalhar com seus ferros nas entranhas da criaturinha... Como tudo aquilo era sórdido, estúpido!

E se Toni casasse com Erwin Spielvogel? Só de pensar nessa saída Rodrigo sentiu que as faces e orelhas ficavam em fogo. Como era capaz de pensar numa coisa tão torpe, tão baixa? A possibilidade daquele casamento lhe dava um sentimento de ciúme. No entanto — insistia dentro dele uma voz cínica — era uma solução... Sim, mas e o filho? Mesmo que casassem em seguida, poderia Erwin acreditar que era o pai da criança? Céus, como é que tenho coragem de estar pensando essas coisas?

Como para redimir-se de tamanha vileza, pensou num recurso corajoso: procurar *Herr* e *Frau* Weber, contar-lhes tudo honestamente, sem omitir nenhum detalhe, e depois dizer-lhes: "Agora façam o que entenderem: me processem, me denunciem, me matem...". Talvez — tornou a insinuar a voz cínica — talvez o maestro e sua *Frau* te peçam uma indenização para irem-se de Santa Fé com toda a família sem fazer escândalo...

E se eu me aconselhasse com o pe. Astolfo? Qual! Que é que um celibatário pode entender desses assuntos de amor e filhos ilegítimos? Provavelmente ele me falará em pecado, em inferno e repetirá a história da sombra do anjo.

No entanto, por mais brutal que parecesse, a solução mais prática, mais rápida era a do aborto. Feito este, tudo voltaria a ser como antes e ele saberia no futuro tomar precauções... Porque agora, passado o susto do primeiro momento, começava a vir-lhe o temor de perder Toni para sempre.

Lembrou-se do primeiro dia em que a vira no palco do Santa Cecília, toda vestidinha de branco, com laçarotes de fitas azuis nas pontas das tranças. Era, toda ela, um símbolo matinal de juventude, graça e pureza. Agora a coitadinha ali estava desfeita em pranto com as feições descompostas e como que envelhecidas pelo sofrimento. Era como se entre a noite de seu segundo espetáculo em Santa Fé e aquele momento não se tivessem passado apenas alguns meses, mas muitos anos. E ele, Rodrigo, era o culpado daquela transformação. Ele a desgraçara, por egoísmo, por vaidade, por lascívia.

Veio-lhe à mente um dia da infância em que, caminhando por uma estrada e vendo uma andorinha pousada num fio telegráfico, apanhara uma pedra e alvejara o passarinho, matando-o. Seu primeiro sentimento fora de orgulho. Que pontaria! Que tiro! Correra para o lugar onde a andorinha caíra e tomara-a nas mãos. Vendo, porém, a ferida sangrenta que a pedra abrira na cabeça do passarinho e sentindo o contato daquele corpo frágil e ainda tépido, tivera de repente uma consciência dolorosamente aguda da extensão de seu crime, de sua malvadeza. Matara o bichinho apenas para provar a si mesmo que era um bom atirador. Fora então tomado dum tão forte sentimento de culpa e remorso, que desatara a chorar sentidamente.

E agora Rodrigo também chorava, abraçando Toni e beijando-lhe os cabelos, com a impressão de que tinha nos braços uma andorinha morta.

7

Durante a semana seguinte — que passou sem ver Toni — Rodrigo viveu num estado de angústia que em casa tratava de justificar dizendo que era a situação política do país que o trazia preocupado.

Por mais duma vez esteve a pique de procurar o vigário e abrir-se com ele. Às vezes quedava-se a olhar para o cel. Jairo e a perguntar a si mesmo como havia de aquele homem cordial e aparentemente compreensivo receber sua confissão ou, melhor, julgar sua conduta no caso de Toni. Mas não! Se confiasse seu segredo ao padre e ao militar, ficaria perante ambos numa situação de inferioridade insuportável para seu orgulho. Preferia que tanto um como o outro continuassem a considerá-lo, como até então, um dono da vida, um homem capaz de remover todas as dificuldades e resolver todos os problemas, não só os próprios como os alheios.

Por quê, então, não contar tudo ao Chiru, velho amigo? Não. Chiru com sua exuberância havia de propor para a questão uma solução simplista e provavelmente grosseira. Depois, não saberia guardar o segredo: iria logo passá-lo ao Saturnino, e era natural que assim fizesse, pois não há nada no mundo que predisponha mais uma pessoa à confidência do que uma caminhada pelas ruas desertas, na calada da noite.

E Carlo Carbone? Rodrigo riscava-o sumariamente da lista dos possíveis confidentes, pois sabia da profunda afeição e respeito que o italiano votava a Flora.

Se ao menos Bio estivesse na cidade... Sim, teria de dar a mão à palmatória, ouvir do irmão o inevitável "eu não te disse?". Mas, que diabo!, preciso desabafar com alguém.

Lia com um interesse muito aguado as notícias da guerra. E o conflito que sacudia a Europa, o mundo inteiro, parecia-lhe tão remoto no tempo quanto a guerra das Rosas ou a dos Trinta Anos. Abria livros, mas não conseguia ler. Andava de atenção vaga e seu pensamento fugia sempre para Toni. Reduzira as horas de consulta, não tinha paciência com os clientes e irritava-se quando Santuzza vinha pedir-lhe a opinião sobre algum problema administrativo do hospital.

Até a voz de Caruso soava-lhe diferente aos ouvidos, depois que Toni lhe fizera a terrível revelação. A música que saía da campânula do gramofone parecia-lhe sem brilho nem relevo. Perdera também o apetite, e os vinhos lhe sabiam mal. Enfim — concluía ele — era como se houvessem passado sobre as pessoas e as coisas uma pincelada gris. Levava agora uma vida opaca e sem ressonância e passava a maior parte das horas oprimido pela desconfortante sensação de que algo de muito mau estava por acontecer.

Notava que Flora andava tristonha e arisca, a mirá-lo de longe com olhos interrogadores e apreensivos. Em certas ocasiões isso lhe aumentava o sentimento de culpa: noutras, porém, apenas o irritava, levando-o a perguntas bruscas:

— Por que estás me olhando desse jeito? Nunca me viste?

Quando isso acontecia, Flora desatava a chorar e subia para o quarto. Ele ficava por algum tempo a ruminar seu ressentimento, mas depois, serenado e arrependido, subia para pedir perdão à mulher.

— Dinda — disse ele um dia em que se vira a sós com Maria Valéria —, há momentos na vida duma pessoa...

Não terminou a frase, temeroso de romper uma confissão completa.

Olhava para o próprio retrato com certa animosidade. Aquele outro Rodrigo agora chegava a parecer-lhe insuportável na sua serenidade olímpica. Chegou a invejá-lo. Bons tempos aqueles em que não tinha cuidados nem problemas!

Pensou em fazer uma longa viagem com Flora, irem a Buenos Aires, Montevidéu, Santiago, ficarem alguns meses ausentes de Santa Fé. Quanto ao resto, fosse o que Deus quisesse. Mas como poderia ele passar tantos meses longe de Toni quando não podia suportar nem uma separação de dias?

Muitas vezes, sob os mais absurdos pretextos, cruzava no seu Ford pela frente da casa dos Weber, na esperança de avistar Toni. Uma tarde ficou tomado dum sentimento de despeito e ciúme quando, ao defrontar a meia-água, viu Erwin a bater-lhe na porta, tendo nas mãos um pacote embrulhado em papel de seda, com toda a certeza um presente para a namorada.

Naqueles dias espalhou-se pela cidade a notícia de que *Fräulein* Weber havia contratado casamento com o filho de Otto Spielvogel.

— Impossível — exclamou Rodrigo numa reação automática, quando Chiru lhe contou a novidade.

— Por quê, impossível? Fazem um lindo par. Diz que o maestro e a *Frau* andam tão satisfeitos que não fecham mais a boca. Que diabo! O rapaz tem dinheiro, tem futuro.

Dois dias depois, o jornal de Amintas Camacho trazia a participação do noivado. Rodrigo leu-a e sua primeira reação foi de revolta. Teve gana de sair porta fora, procurar Toni e atirar-lhe em rosto um insulto. Mas sentiu ao mesmo tempo uma curiosa sensação de alívio: talvez ali estivesse mesmo a solução do problema. Se se casassem antes que se revelasse o estado da moça, a honra dela (oh! o ridículo daquelas fórmulas) ficaria salvaguardada. Se Erwin a amasse de verdade, não teria coragem de abandoná-la mesmo depois de descobrir a verdade. E, bolas, o rapaz também não havia de querer envolver-se num escândalo...

Ao cabo dessas reflexões, Rodrigo soltou um suspiro. Aos poucos, porém, começou a sentir-se esporeado pelo ciúme e a querer saber como era que Toni, a sua Toni, ia sujeitar-se àquele casamento sem amor. Era-lhe inconcebível e repugnante a ideia de que Toni ia dormir com Erwin Spielvogel. Por muito tempo ficou amargando aquela sensação de desapontamento e logro. Tudo vai ser resolvido à melhor maneira alemã — refletiu com amargor. O outro ficará com a mulher que amo e com o filho que fiz nela. E amanhã os dois virão com *Herr* e *Frau* Weber ao Sobrado, e todos beberemos champanha juntos e trocaremos amabilidades, como se nada tivesse acontecido.

Deu um murro na guarda da cadeira, ergueu-se, botou o chapéu e saiu. Havia no ar sinais de primavera. Um vento frio perfumado de glicínias agitava as folhas novas dos plátanos da praça. Grandes nuvens brancas flutuavam no céu.

Quem é que pode compreender a alma duma mulher? — perguntava Rodrigo a si mesmo, as mãos enfiadas nos bolsos, os olhos postos na calçada. Seus passos o levavam para a rua do Poncho Verde. Não lhe saíam da mente as palavras que ele lera na *Voz da Serra*, naquela participação idiota dentro duma cercadura que era uma ridícula imitação dum cartão de visita com uma das pontas dobrada.

Otto Spielvogel e Senhora têm o prazer de participar aos parentes e pessoas de suas relações o contrato de casamento de seu filho Erwin com a Srta. Antônia Weber (Toni).

Está tudo bem — concluiu, despeitado. Encerra-se um capítulo da vida amorosa do doutor Rodrigo Cambará. Agora, meu amigo, é criar juízo, cuidar da sua mulher, que é a melhor mulher do mundo, dos seus filhos, da sua casa, da sua clínica, da sua vida.

Mas, apesar desses conselhos e propósitos, continuava a aproximar-se da casa dos Weber. Ao passar pela frente da meia-água, avistou o vulto de Toni, imóvel por trás das vidraças. Sentiu-se invadido por uma tão cálida ternura por ela, que esqueceu todo o seu ressentimento e só teve um desejo: atravessar a rua correndo, erguer a guilhotina da janela, tomar a criatura amada nos braços e cobrir-lhe o rosto de beijos. Ficou, no entanto, parado na calçada oposta, esperando que Toni lhe fizesse um gesto, um sinal. O vulto, porém, continuava imóvel.

Vou ou não vou? — hesitava ele. Deu alguns passos ociosos, dum lado para outro, começou a assobiar (numa das casas vizinhas uma mulher assomara à janela) e, confuso, sentindo-se grotesco e infeliz, continuou a andar, sem voltar a cabeça para trás.

Desejava Toni com uma intensidade dolorosa. Sentia uma saudade aguda dos beijos dela, daquela excitante combinação: a frescura elástica dos lábios e a mornidão úmida do hálito.

Será possível, Deus meu, que eu não vá mais beijar aquela boca? Claro que vou. Claro que vou. Toni me ama. Solteira ou casada, ela é minha, minha, minha!

Antes de dobrar a esquina, olhou furtivamente para trás. A vizinha curiosa continuava à janela, com meio corpo para fora, a cabeça voltada na direção dele. Bruaca! Um sentimento de revolta cresceu-lhe no peito. Odiou todas as pessoas e todas as coisas que se interpunham entre ele e Toni. E sua incapacidade para vencê-las lhe dava uma fria sensação de impotência.

Custou-lhe conciliar o sono aquela noite. Ficou de olhos abertos a fumar na cama e a ouvir o relógio grande bater as horas.

8

Na manhã seguinte, pouco antes do meio-dia, teve a satisfação de ver Toríbio apear do cavalo no pátio do Sobrado. Abraçou-o com grande efusão e, depois do almoço, levou-o para a água-furtada. Fechou a porta à chave e contou-lhe tudo. Toríbio escutou em silêncio sem a menor mostra de surpresa. Quando o irmão terminou a história, a única coisa que disse foi: "É o diabo...". E ficou olhando reflexivamente através da janela para as copas das árvores da praça que o vento de setembro sacudia.

— Vamos, homem! — exclamou Rodrigo. — Diz alguma coisa. Que é que eu vou fazer?

— Deixa correr o barco...

— Não tenho sangue de barata. Preciso fazer alguma coisa, senão estouro.

— Fica firme. Deixa que ela case com o Spielvogel.

— E depois?

— O futuro a Deus pertence.

— Eu te peço um conselho e me vens com ditadinhos... Te esqueces de que eu gosto da menina.

— Então tira ela de casa.

— Bio!

— Que é que queres que eu diga?

— Sei lá!

Deu um pontapé num livro que estava no chão, atirando-o contra uma das pernas do catre. Bio inclinou-se, apanhou o volume e começou a folheá-lo.

— Te lembras do velho Winter?

— Não mudes de assunto.

Toríbio soltou um suspiro de impaciência.

— Te meteste nessa enrascada e agora tu mesmo é que tens de sair dela.

— Não sei, não sei, não sei!

Toríbio atirou o toco de cigarro sobre o telhado.

— Uma coisa te peço. Aconteça o que acontecer, poupa a tua mulher. Não deixa que ela venha a saber dessa história.

— O pior é que ando sem paciência, irritado, intratável. A Flora já deve estar desconfiada. As mulheres têm um sexto sentido...

Toríbio estendeu-se no catre, de costas, e trançou as mãos sob a nuca. Rodrigo sentou-se no peitoril da janela e ficou a olhar para o cata-vento da Matriz, que o sueste mantinha num contínuo rodopio.

— Parece até feitiço, Bio. Essa menina não me sai da cabeça. Penso nela o dia inteiro e quando durmo sonho com ela. Não podes avaliar o que sinto porque... ora, tu sabes... Às vezes acho que o melhor é terminar com tudo, deixar que ela case e viva a sua vida. Mas é que não vou poder viver em paz sabendo que a Toni está em Santa Fé, tão pertinho de mim, e que continua a me amar e que me basta ir à casa dela, bater na porta pra ela cair nos meus braços. Depois, só de pensar que ela vai dormir com aquele alemão, chego a sentir engulhos e me vem uma vontade danada de esbofetear o cachorro!

Toríbio escutava em silêncio. Com os olhos sempre fitos no galo de ferro, o outro prosseguiu:

— A primeira vez que fui pra cama com ela, vi que estava perdido. Compreendi que a Toni tinha sido feita pra mim, que não podia pertencer a ninguém mais, que aquilo tudo estava acontecendo por determinação do Destino e que portanto não adiantava fugir... E te confesso sem nenhuma vergonha que, quando deixei o quarto dela na primeira noite, cheguei a chorar de tão comovido.

Rodrigo sentia que a voz lhe saía fosca e incerta. Mas era bom aliviar o peito.

— Tu sabes que na minha vida tenho tido muitas mulheres, de todos os tipos e idades... Mas esta... esta é diferente, palavra de honra que é. O que sinto por ela não é só desejo, mas também ternura. Estás dormindo?

— Não. Estou só de olho fechado. Vai falando...

— E quando penso que desgracei essa menininha que veio de tão longe, e que chegou aqui de tranças compridas... palavra que chego a...

Calou-se de súbito, com um aperto na garganta.

— Não há de ser nada — murmurou o outro. — Um dia tudo isso passa.

— Quando me contaram que ela tinha contratado casamento com... com esse colono, fiquei louco de ciúme e de despeito. Depois pensei: com que direito? Que é que eu posso oferecer pra essa moça?

— Claro. E esse casamento talvez resolva o problema.

— Isso é fácil de dizer, mas acontece que a história toda não me sai da cabeça. Não posso fazer mais nada. Se a coisa continua assim, a minha vida familiar, a minha tranquilidade, a minha clínica, e eu mesmo... vai tudo águas abaixo.

— Poupa a Flora, é o que te digo. Ela merece outra sina. E tens de pensar nos teus filhos, na tua madrinha e, que diabo!, também no velho. O resto não tem importância. O resto se arranja com o tempo.

Rodrigo aspirou o ar com força.

— Este perfume de flor que anda por toda a parte, este... esta... Eu sei que é besta estar dizendo essas coisas, mas afinal de contas um homem precisa desabafar com alguém. Esta primavera está me bulindo com o sangue. Faz quase um mês que eu tive a Toni pela última vez. Não aguento mais a saudade. Sei que depois desse contrato de casamento eu devia ter mais amor-próprio e esperar que ela me procurasse, mas não posso. A falta que sinto dela às vezes chega a doer, como se me tivessem cortado um pedaço do corpo. E a voz dela, o cheiro dela, o jeito dela beijar... sinto falta de tudo.

Rodrigo olhava agora para a grande nuvem bojuda que o vento impelia na direção do poente.

— Em certas horas — continuou ele — fico assim meio lírico, me lembro daqueles olhos de boneca, e me vem uma pena danada da menina, tenho vontade de pô-la no colo, passar a mão nos cabelos dela e fazer a criatura nanar como uma criança. Estás achando graça, não é? Pois podes rir, não me importo.

— Continua, homem.

— Ah! Mas o mais difícil é quando sinto saudades da fêmea. Nessa hora é na boca de Toni que eu penso. Nunca reparaste na boca dessa menina?

— Mais ou menos. Por quê?

— Não sei, tem qualquer coisa que me deixa meio louco. Uma vez fiquei tão excitado que dei uma mordida naqueles beiços. No outro dia ela amanheceu com o lábio inferior inchado, teve de mentir em casa que era mordida de marimbondo.

Bio devia estar achando ridículas aquelas confidências. Sim, o amor tinha sempre algo de grotesco para quem o examinava de fora, a frio. Dali a um ano ou dois, ao pensar em todas aquelas coisas, talvez ele próprio viesse a achá-las ridículas. Mas agora...

— Não penses que não vejo que toda essa história é uma loucura — disse Rodrigo em voz alta — e que mais tarde ou mais cedo tenho de voltar à minha vida normal. Não quero perder o amor nem o respeito da Flora. Sei que tudo que fiz está errado e que procedi como um canalha. Tu me previniste em tempo. Eu mesmo me preveni. Mas que adianta a razão recomendar uma coisa quando o corpo está gritando violentamente por outra muito diferente? Estou cada vez mais convencido de que amor é doença, e doença infecciosa. Uma espécie de febre, Bio. E o pior é que o doente não quer nem ouvir falar em cura.

Houve um curto silêncio. Uma pandorga metade amarela, metade escarlate apareceu, muito alto, por cima da cúpula da Intendência.

— E agora essa gravidez agravou tudo. Já pensaste no que pode acontecer se os outros vierem a saber desse filho? Já pensaste no escândalo, no falatório, nas

539

sujeiras? Pensas que acredito que essas pessoas que me cercam e adulam são meus amigos de verdade? Qual! A maioria não me perdoa por eu ter dinheiro, talento, boas roupas, prestígio, posição... Meus inimigos vão aproveitar a oportunidade pra me atirarem lama na cara. Não descansarão enquanto não me virem completamente derrotado.

Calou-se e ficou a esbofetear em pensamento todos os maldizentes da cidade. Depois esqueceu-os, pois Toni passou a ocupar-lhe a mente por completo. Como seria bom sair agora com ela para longe de todas aquelas misérias! Iriam os dois de mãos dadas para o campo, ao encontro da primavera.

— Eu podia deixar que o barco corresse, como queres. Mas é que não sei esperar. Fico exasperado. Se ao menos pudesse ver a Toni mais uma vez... Queria que ela me dissesse: "Ainda te quero, vou me casar com o Erwin porque meus pais me obrigaram, e porque este filho que está dentro de mim precisa dum pai. Mas é a ti que eu quero e hei de querer sempre". Bastava que ela dissesse isso. Eu só queria falar com ela uma vez mais...

Falar? Não, não podia enganar-se a si mesmo. O que ele desejava, com uma intensidade pungente, era de novo apertar Toni nos braços, beijar aquela boca, morder aqueles lábios.

Não eram ainda quatro horas da tarde quando o telefone do Sobrado tilintou e Rodrigo, ao atender o chamado, reconheceu a voz de *Frau* Weber, que tentava dizer-lhe alguma coisa que ele não entendia, pois a mulher falava aos gritos, num desatino, a misturar francês com alemão. Compreendendo que algo de terrível se passava na casa dos Weber, precipitou-se para lá a correr, com um pressentimento medonho. Entrou na meia-água, foi direito ao quarto de Toni e encontrou-a tombada no chão, os olhos exorbitados e vítreos, o rosto lívido contorcido numa expressão de dor violenta, os lábios e o queixo queimados pelo veneno que tomara.

Estava morta.

9

Achavam-se ambos fechados no consultório havia já quase meia hora. Toríbio olhava para o irmão, que, sentado no divã, tinha o rosto escondido nas mãos e o corpo sacudido por soluços secos. Rodrigo esforçava-se por chorar, mas não podia: era como se uma mão de ferro lhe apertasse a garganta e oprimisse o coração, retendo o pranto. E ele precisava chorar porque do contrário alguma coisa ia rebentar-lhe dentro do peito. Sentia contra o rosto o contato gelado das próprias mãos. Ardia-lhe a garganta e a boca estava seca. Houve um instante de ânsia e náusea em que sentiu contraírem-se-lhe os músculos do estômago, como se fosse vomitar. Deitou-se de borco no divã e apertou o peito e o ventre contra o oleado... Se conseguisse vomitar — concluiu estonteadamente — talvez toda a angústia saísse pela boca e ele ficasse aliviado... Lembrou-se do dia em que Toni viera a seu consultório (*Je suis enceinte*) e ficara ali deitada no divã, bem como ele estava agora. Por mais que se esforçasse, não podia apagar a lembrança horrenda. Toni estendida no chão, os olhos arregalados e imóveis, a boca queimada, a boca queimada, a boca queimada... De novo o peso daquela desgraça caiu sobre ele com uma força esmagadora. Rodrigo apertou os olhos num novo e vão esforço para chorar, mas os soluços secos e agônicos continuaram.

— Vou pedir um calmante ao doutor Carbone — murmurou Toríbio.

— Não! Me deixem em paz. Vai-te embora!

Naquele instante bateram à porta. Toríbio aproximou-se dela.

— Quem é?

De fora veio uma voz:

— Sou eu, o padre Astolfo.

Após um breve momento de hesitação, Toríbio abriu a porta. O vigário entrou, parou no meio da sala, olhou longamente para Rodrigo, em silêncio, depois acercou-se dele, inclinou-se e tocou-lhe de leve a face com a ponta dos dedos, numa desajeitada e tímida carícia. Rodrigo ergueu os olhos e, vendo o amigo, rompeu finalmente num choro convulsivo. As lágrimas lhe rolaram em grossas bagas pelas faces. Ficou assim por longos instantes a soluçar, enquanto o padre e Toríbio conversavam em voz baixa a um canto do consultório.

Por fim, desoprimido, Rodrigo sentou-se no divã, enxugou as lágrimas com a manga do casaco, tirou um cigarro do bolso, prendeu-o entre os lábios e aproximou-o da chama do fósforo que Toríbio havia riscado. Soltou algumas baforadas com uma lânguida, trêmula e culposa sensação de bem-estar. Olhou para o vigário demoradamente e teve um desejo súbito de confessar-lhe tudo.

— Padre, a menina estava grávida e o filho era meu. Ela se matou por minha causa.

Sentiu que ao dizer essas palavras estava pedindo piedade, simpatia, apoio; no entanto o que queria era incriminar-se, bater no peito, fazer um ato de contrição. O sacerdote mirava-o com expressão melancólica.

— O senhor sabia? — perguntou Rodrigo.

— Sabia.

— Ela lhe contou?

— Não. Quem me contou foi o senhor mesmo: o seu olhar, os seus gestos, tudo...

Rodrigo baixou os olhos para o chão e murmurou:

— Procedi como um covarde.

— Não se trata de achar um qualificativo para a sua conduta. Já que o mal está feito, o que o senhor tem a fazer agora é salvar o que sobrou.

— Não sobrou nada, padre, nem a minha dignidade.

— Sobrou muito. Sua mulher, seus filhos, sua vida enfim.

— Mas que é que vai ser da minha vida daqui por diante, com essa morte na consciência?

E num acesso de autocomiseração rompeu de novo a chorar, mas dessa vez um choro silencioso, sem soluços, frio, mole, abjeto.

Tornou a voltar em pensamento àquele quarto. Toni no chão, os lábios queimados, queimados, queimados...

— Sou um egoísta, um vaidoso, um canalha...

Deixou cair o cigarro e de novo escondeu o rosto nas mãos.

Toríbio, que agora picava fumo com sua faca de prata, olhou para o sacerdote.

— Mas a moça não deixou mesmo nenhuma carta... nada?

— Não.

— É esquisito.

— Deve ter feito aquilo num momento de desespero, num repente. Se pensasse um pouco, não faria. Era uma boa católica.

Contou que desde o dia anterior *Herr* Weber e Wolfgang estavam em Nova Pomerânia, e que *Frau* Weber saíra pela manhã, muito cedo, ficando para almoçar na casa duma de suas alunas de canto. Toni, dizendo-se indisposta, permanecera em casa, fechada no quarto. Tudo indicava que ingerira o veneno cerca das oito da manhã. Ao tornar à casa pouco antes das quatro da tarde, *Frau* Weber batera à porta do quarto da filha e, como não tivesse resposta, ficara alarmada e correra a pedir o auxílio de vizinhos, os quais arrombaram a porta, encontrando a menina já sem vida.

Rodrigo imaginava a longa agonia da pobre Toni, sozinha naquele quarto a estorcer-se no chão, a boca, a garganta, o esôfago, o estômago corroídos pelo veneno, um vômito sanguinolento com pedaços de mucosa a escorrer-lhe dos lábios queimados. E a dor dilacerante, a ânsia espasmódica, a falta de ar... Aquilo durante horas, horas, horas... Santo Deus!

Rodrigo queria afastar da imaginação aquela cena de horror, mas não conseguia. Entrou a tremer e a suar frio.

O pe. Astolfo caminhava dum lado para outro, em passadas largas e compassadas. Bio enrolava o crioulo.

Rodrigo olhou para o sacerdote.

— Quando vai ser o enterro?

— Amanhã às oito. Diz o doutor Matias que não convém esperar mais tempo.

— E o corpo... vai ser encomendado?

O padre sacudiu a cabeça numa desalentada negativa.

— Um sacerdote católico não pode encomendar a alma dum suicida.

Rodrigo pensou no golpe que aquilo ia ser pra os Weber. Sim, os Weber. Não tinha ainda pensado neles. Pobre gente!

— Tudo por culpa minha — balbuciou. — Se eu tivesse um pingo de vergonha na cara, o que fazia era meter uma bala nos miolos.

Disse essas palavras sem nenhuma convicção, pois por trás de seu desespero o que havia era ainda uma descomunal vontade de viver.

— O suicídio é sempre uma solução covarde — replicou o sacerdote.

Covarde? Então o padre achava que Toni era covarde? Como ousava ele dizer aquilo?

— Que entende o senhor dos assuntos do coração? — perguntou num assomo de indignação. — Como pode ser juiz das ações dos homens se nem homem inteiro o senhor é?

Por um curto instante Rodrigo como que se aliviou da carga de culpa, transferindo para o homem de batina negra a responsabilidade da tragédia. Astolfo era o confessor de Toni, um guardião da virtude, da moral, de todos os preconceitos sociais que haviam impedido que ele e Toni fossem felizes juntos.

— E se existe um Deus e esse Deus é bondoso e justo — acrescentou com os olhos iluminados dum repentino brilho — Toni vai para o Céu sem precisar da interferência de sua Igreja!

O pe. Astolfo escutou-o sem que um único músculo de seu rosto se movesse. Só os olhos traíam sua mágoa.

— Pode desabafar, meu amigo, se isso lhe faz bem. O que pensa de mim não tem a menor importância. O que importa é evitar que o senhor cometa outro desatino.

Rodrigo, que se havia erguido para dizer as últimas palavras, tornou a sentar-se. Tinha o corpo dolorido, as pernas bambas.

— Seu irmão tem algo de importante a propor-lhe — murmurou o padre, após um breve silêncio.

— Tu não vais ao enterro amanhã — disse Toríbio.

Rodrigo teve um sobressalto.

— Por quê?

— Teu desespero pode dar na vista e todo o mundo vai compreender o que aconteceu. Já basta a cena que fizeste na casa dos Weber, na frente de toda aquela gente.

Por alguns segundos Rodrigo ficou perdido, dando uma ansiada busca na memória. Não se lembrava de como tinha vindo da casa de Toni para o consultório.

— Mas é impossível — reagiu — que a esta hora a cidade continue ignorando a verdade.

O pe. Astolfo relatou-lhe então, com visível constrangimento e algumas reticências, o que se comentava em Santa Fé a respeito do suicídio. Corria uma versão segundo a qual Toni se matara porque não amava Erwin Spielvogel, com quem os seus queriam obrigá-la a casar-se. Bio contou-lhe uma história mais sórdida: Toni suicidara-se de vergonha, ao descobrir que o irmão era um invertido sexual. E o Zago — acrescentou o vigário, hesitante — veiculava maliciosamente o boato de que Toni estava grávida e que o pai da criança era um dos filhos de Maneco Macedo, com o qual a moça fora vista um dia passeando de automóvel.

— Que infâmia! — vociferou Rodrigo. — O filho é meu.

E por um rápido instante ficou turbado pela sombra duma ciumenta suspeita.

Toríbio pôs-lhe a mão no ombro.

— Vais hoje mesmo pro Angico.

— Estás doido!

— Já preparei tudo. Disse à Flora que o papai mandou te chamar com urgência porque não anda se sentindo bem.

— Mas é um absurdo ... — replicou Rodrigo, mas já com menos veemência. — Que é que vão dizer se não me virem no enterro?

O padre interveio:

— O essencial é evitar que a situação piore. Temos de impedir que outras pessoas sejam atingidas por essa desgraça. Vá para a estância e fique lá uns dias. A fase aguda do caso passará e então o senhor poderá voltar para casa e recomeçar sua vida sobre uma base nova.

Rodrigo relutava:

— Que é que vocês pensam que eu sou? Desde quando estão me dando ordens?

O vigário fez um gesto de desamparo. Bio alteou a voz:

— Não compreendes, idiota, que estamos tratando de poupar tua mulher, tua família, teu futuro?

Rodrigo tinha agora a impressão de que estava no fundo dum poço. De que lhe adiantava lutar? Fez ainda uma objeção, mas com a esperança de que os outros o convencessem do contrário.

— Mas de que vai servir toda essa comédia? A Flora deve saber de tudo... não sabe, padre?

Astolfo levou algum tempo para responder. Quando o fez foi em poucas palavras:

— Dona Flora é uma mulher inteligente e de bom senso.

Toríbio estava agora impaciente.

— O Ford já está pronto — anunciou. — Precisas ir o quanto antes, pra chegares ao Angico antes do anoitecer. Deixa o resto por minha conta: fico aqui até voltares.

Saiu do consultório e tornou pouco depois, trazendo um copo graduado e uma garrafa de conhaque. Ergueu o copo contra a luz e derramou nele a bebida.

— Vamos, bebe, homem. Sessenta gramas. Vai te fazer bem.

Rodrigo bebeu.

— Mais um pouco?

O outro disse que não com um meneio de cabeça.

— E o senhor, padre?

— Não, obrigado.

— Pois eu estou precisando de uma talagada, que não sou de ferro. Umas cem gramas... ou cento e vinte.

Serviu-se, levou o copo aos lábios e emborcou-o. Estralou os beiços e olhou para o irmão:

— Agora enxuga essas lágrimas, penteia esse cabelo e vai te despedir da tua família. Te lembra do velho Babalo: desgraça pouca é bobagem.

Rodrigo ergueu-se, aproximou-se da pia e ficou a mirar-se no espelho, no qual viu a imagem do padre por trás da sua. Uma voz macia mas grave soou-lhe junto ao ouvido:

— Lembra-se daquela nossa conversa na praça, na madrugada do velório de dona Emerenciana?

Rodrigo franziu a testa. E lembrou-se.

10

O sol já se tinha posto quando chegou ao Angico. Fez um esforço para não desatar o choro no momento em que, ao abraçá-lo, o pai perguntou:

— Que surpresa é esta? Que foi que houve?

Gaguejou uma escusa. Estava cansado, trabalhara demais nos últimos dias, precisava passar algum tempo na paz do campo, para se refazer. O senhor compreende: aquela lida do consultório, uma operação atrás da outra e, por cima de tudo, essas histórias de política...

— Fiquei muito abalado com a morte do senador. Foi como se eu tivesse perdido um parente chegado.

Sim, ele sentira sinceramente a perda de Pinheiro Machado, mas por que razão essas palavras agora soavam como uma mentira?

— Foi uma coisa bárbara... — murmurou Licurgo.

Pouco depois, sentado à mesa de jantar, falaram ainda na tragédia do Hotel dos Estrangeiros. Licurgo recordou passagens da vida política e privada de Pinheiro Machado.

Rodrigo, porém, estava abstrato, não prestava atenção no que o pai dizia.

— O senhor não come?

— Estou sem apetite.

— Tome então um copo de leite.

— Não, papai. Ando meio enfastiado.

E de súbito a primeira frase da "Rêverie", de Schumann, soou-lhe na mente e, sentindo que ia romper o choro, ergueu-se, saiu da sala em passos apressados, meteu-se no quarto escuro e atirou-se na cama. Oh! Tudo estava muito pior do que ele imaginara! A solidão do campo, os lampiões a querosene, o cheiro de picumã e sebo frio, o desconforto, o vento, aquele vento alucinado que uivava lá fora, fazendo bater folhas de janelas, o vento implacável a raspar, a raspar, a raspar como uma lixa nos nervos da gente!

Uma tábua do soalho rangeu. Rodrigo voltou a cabeça e viu o pai no meio do quarto com uma vela acesa na mão.

— Meu filho, fale a verdade. Que foi que aconteceu?

Deitado de bruços, com ambas as mãos agarradas às barras do lastro da cama, Rodrigo continuava a chorar.

— Morreu alguém, eu sei.

Licurgo fez uma pausa em que o castiçal lhe tremeu na mão.

— Diga quem foi. Estou preparado pra tudo.

— Por favor, apague essa vela...

Licurgo hesitou por uma fração de segundo. Por fim soprou a chama e o quarto ficou de novo às escuras.

Rodrigo contou então sua história desde a noite em que conhecera Toni Weber até o momento em que a encontrara morta com a boca corroída de ácido. Sentiu um certo prazer em esmiuçar pormenores que o incriminavam, em procurar agravantes para sua culpa. Quando terminou a narrativa, fez-se um silêncio que só o pigarro seco de Licurgo cortou.

— Eu tinha de tirar esse peso do peito. O senhor é meu pai. Pode dizer que sou um miserável, um canalha, porque sou mesmo. Me castigue, tem todo o direito. Diga o que quiser, que eu curvo a cabeça. Não tenho desculpa, não tenho perdão.

No coração de Licurgo havia uma praça e no centro dessa praça um monumento: a estátua do jovem dr. Rodrigo Cambará, homem de caráter, médico humanitário, bom filho, bom irmão, bom marido, bom pai, bom amigo. Agora ele próprio, Rodrigo, derribara a estátua com aquela confissão, atirara sua própria imagem no barro. Isso o fazia sofrer, mas ao mesmo tempo o redimia um pouco.

Licurgo riscou um fósforo: a chama subiu, trêmula, parou à altura do cigarro e depois apagou-se, ficando apenas um ponto luminoso na escuridão.

Por que o velho não dizia alguma coisa? A fumaça de seu crioulo espalhou-se no ambiente e, aspirando-lhe o cheiro acre, Rodrigo teve a impressão de que estava vendo e tocando o corpo do pai.

— O Bio me aconselhou que viesse... Achou que eu não devia ir ao enterro, estava com medo que eu me traísse... Meu dever era ficar e enfrentar a situação, mas fugi como um covarde.

— Fez bem em vir. Seu irmão andou acertado. O senhor tem que zelar pela sua mulher, pelos seus filhos, isso é o principal.

Rodrigo não queria que o pai dissesse aquelas coisas. Preferia que ele o insultasse, que o esbofeteasse, que o expulsasse de casa.

— O senhor não procedeu bem — murmurou Licurgo —, fez mal pra moça. Isso não é direito, não é decente, mas é da vida, pode acontecer pra qualquer homem. O principal agora é não perder a cabeça. O mundo não vai acabar. O senhor tem que continuar vivendo como dantes, sua família também, e o Sobrado. Sinto muito o que aconteceu. Que lhe sirva de lição.

Não havia no tom de voz do pai nem indignação nem solenidade, mas apenas uma tristeza seca de serrano.

E no silêncio que de novo se fizera, Rodrigo escutava o uivo do vento e o farfalhar do bambual.

11

O quarto frio e úmido estava fracamente alumiado pela chama dum lampião a querosene. Deitado de costas, completamente vestido, Rodrigo olhava para o teto e pensava na longa noite que tinha pela frente. Havia mais de uma hora que a cabeça lhe doía sem cessar. Era uma dor surda e latejante, que lhe dava a impressão de ser produzida pelas pancadas do sangue nas têmporas. Ah! Se ao menos tivesse trazido algum narcótico...

Acendeu um cigarro, soltou uma baforada, cerrou os olhos e ficou escutando o pulsar do coração, pensando nas muitas noites em que sentira contra o peito nu as batidas medrosas do coração de Toni. Sobre o fundo escuro das pálpebras ele como que viu uma menininha de longas tranças, com a face ternamente encostada no braço do violoncelo, tocando a "Rêverie". Em sua mente soaram as primeiras oito notas da melodia, e ficaram a repetir-se dum modo obsedante, acompanhando a cadência lenta e regular do sangue.

Pobre Toni! Àquela hora seu corpo estava sendo velado na pequena sala da meia-água dos Weber. Rodrigo imaginou a cena: o caixão negro, o cadáver coberto de flores, o rosto tapado por um lenço e, debaixo do lenço, os lábios queimados, os lábios queimados, os lábios queimados... *Herr* Weber decerto olhava em torno, atarantado, com o ar de quem continua a não compreender. *Frau* Weber chora num desespero, a pobre *Frau* Weber para quem o dr. Rodrigo Cambará era o mais belo e generoso dos homens... E Wolfgang ali está a olhar tristemente para a irmã morta...

Ao pensar que Cuca Lopes estaria também no velório a animar as conversas com suas piadas, e que Chiru talvez naquele instante mesmo estivesse a propor alegremente uma partida de truco —, Rodrigo encolhia-se, sensibilizado, à ideia de que a pobre Toni jazia abandonada, exposta à indiferença ou, pior ainda, à maledicência geral numa terra de gente estranha que não lhe queria nenhum bem. Isso lhe deu tamanha pena da menina, que lágrimas lhe vieram aos olhos.

Pôs-se de pé, cuspiu fora o cigarro e ficou com as mãos a segurar a cabeça. Começou depois a dar voltas pelo quarto numa ânsia aturdida. Olhou o relógio: ainda não eram onze horas. Tornou a atirar-se na cama. Teve a impressão de que seu crânio era uma casa enorme como o Sobrado, onde soava um violoncelo enorme, tocando uma música enorme, e cada nota era como uma ferroada que lhe varava o cérebro. Depois sua cabeça passou a ser misteriosamente uma meia-água de janelas pintadas de azul (santo Deus, acho que estou ficando louco) e em seguida já era apenas um pequeno quarto recendente a alfazema. De súbito, num desespero, abraçou o corpo cálido da mulher que sentia palpitar contra o peito. E com que fúria lhe beijou a boca! Mas cuidado, animal! cuidado, porco! que estás machucando os pobres lábios queimados, queimados de ácido, queimados...

Não. Toni não podia ter feito aquilo. Toni não estava morta. Era tudo um sonho. Quando rompesse a manhã ia descobrir, aliviado, que tudo tinha sido apenas um pesadelo.

Revolveu-se na cama e ficou deitado de costas, a olhar para a própria sombra projetada na parede branca, ouvindo os baques surdos do coração e aquele tan--tan impiedoso dentro do cérebro. Decerto vou ficar louco, já estou meio louco...

Sem saber quando nem como, afundou num mundo confuso de febre, dor e ânsia, num escuro torpor que não era bem sono nem chegava a ser vigília — modorra agônica em que continuou a sentir a angústia que lhe oprimia o peito, e o latejar dolorido da cabeça. Seu espírito andou perdido por uma região crepuscular e equívoca povoada de vagos vultos e vozes, sombras e sons que ele procurava identificar numa aflição, mas que lhe fugiam (era de endoidecer!) no momento mesmo em que iam revelar seu mistério, dissolviam-se na grande cerração através da qual ele se esforçava por ver claro, orientar-se, pois sentia que só vendo claro e descobrindo onde estava podia salvar-se, evitar a loucura, abrir uma picada para o dia, para o sol, porque estava extraviado, louco não — querem ver uma coisa? —, eu sei quem sou e onde estou... Sou Blau Nunes estou na furna do Jarau ninguém me engana porque eu sei querem que eu fique louco, mas sei não estou louco é só esta dor achei a Salamanca tenho que ir adiante adiante adiante até o tesouro as onças de ouro e sol não volto não volto nem por ouro nem por prata nem por sangue de lagarta nem me assusto com cobras, almas do outro mundo, aranha morcegos avantesmas abantesmas feras fetos eu sei eu sei meus inimigos querem que eu me assuste e fuja fique louco não ache o tesouro o sol não me entrego, não enlouqueço é só esta dor mas sei quem sou um tal Blau Nunes esta cabeça é a furna do Jairo esta dor batendo batendo nas paredes são morcegos monstros, mas não me entrego vou achar o tesouro e sol moi le coq moi le coq moi le coq não me entrego vou achar o tesouro, o sol quando romper o dia tudo passa é um pesadelo eu sei que sou Blau Nunes minha cabeça é o cerro do Jairo do Jarau do Jarau do Jairo só peço que não batam não batam não pisem no meu peito não batam não batam na minha cabeça não batam...

E a furna se fez ainda mais escura e seu espírito então ficou preso numa ilha tórrida de febre, dor e angústia, em parte nenhuma do tempo, em parte nenhuma do espaço.

Acordou de repente, sentindo que havia soltado um grito. Pôs-se de pé e por alguns segundos ficou desorientado, com a impressão de que estava à beira da loucura. Deu uma volta pelo quarto, às tontas, depois sentou-se na cama e ali ficou por algum tempo a olhar para a chama do lampião, que minguava. Era estranho: não ouvira o grito: *vira-o.* Aos poucos lembrou-se do sonho. Ia ser enterrado vivo. Era na sala de visitas do Sobrado, ele estava sentado no seu ataúde, no meio de flores de alfazema, e não podia reconhecer aquelas gentes que ali estavam no seu velório, porque todos tinham as faces carcomidas de ácido. Aos poucos foi distinguindo as fisionomias... O velho Pitombo, o desenterrador de cadáveres, insistia para que ele se deitasse: estava na hora do enterro, tinham de fechar o caixão. Ele gritou: "Por amor de Deus, não me enterrem. Não estou morto! Não estou morto!". Apelava para Flora, que chorava de mansinho, sacudindo tristemente a cabeça, como a dizer que nada podia fazer. Apareceu-lhe então o pai com um enorme relógio de pêndulo na mão, dizendo: "Meu filho, não há outro remédio, tem que ser, é a lei, tem que ser, é a lei, tem que ser, é a lei". Viu então, apavorado, que tinha sido traído. Seus parentes e amigos iam enterrá-lo vivo. Tudo aquilo era uma conspiração. Quis gritar, mas o horror lhe tirava a voz. De súbito teve a revelação do mistério: morrer não era uma fatalidade biológica, mas um dever social. Morria-se porque era uma lei. Tremendo de medo, deitara-se no caixão, mas no momento em que Pitombo e Sérgio erguiam a negra tampa, ele soltara o grito.

Olhou em torno do quarto e começou a sentir uma sufocação, uma estonteada angústia de emparedado. Correu para a janela e escancarou-a. Firmou as mãos no peitoril e saltou para fora.

12

Ficou um instante parado à frente da casa, os olhos entrecerrados, recebendo em plena cara o vento frio e úmido da madrugada. O farfalhar do bambual chegava-lhe aos ouvidos como um ruído de mar. Meteu as mãos nos bolsos, trêmulo de frio. Pensou em voltar para enfiar o sobretudo e o chapéu. Mas não. Precisava castigar o corpo. Pôs-se a andar em passadas rápidas e largas, como se tivesse destino certo. Ergueu o rosto. Grandes nuvens brancas e móveis escondiam a lua. Nas nesgas de céu limpo entre as nuvens, tremeluziam estrelas. A grama estava empapada de sereno e Rodrigo sentia as bocas das calças baterem-lhe nas pernas, molhadas e frias.

Continuou a caminhar e a cada pisada mais forte a cabeça lhe doía numa ferroada. *Volte já pra casa, menino, senão vai apanhar uma pulmonia!* De onde vinha aquela voz? De que boca? De que mundo?

Sob o céu vertiginoso em que nuvens passavam sobre a face luminosa da lua num apaga-acende fantástico, as coxilhas tinham uma amplidão desolada e glacial de estepe. E era só o sopro frio do vento que dava a Rodrigo a certeza de estar acordado e não a vaguear ainda dentro dum pesadelo.

Dali a poucas horas sairia o enterro de Toni. Lá está a meia-água. Muita gente aglomerada à porta. Curiosos aparecem às janelas, na vizinhança. Quem é que vem carregando o caixão? Mas que importa saber quem carrega o caixão? O horrível é que o cortejo não poderá entrar na igreja, o pavoroso é que não haverá encomendação. (E pensando essas coisas Rodrigo apressava o passo cada vez mais, como se quisesse chegar a Santa Fé a tempo para acompanhar o enterro.) A alma de Toni tinha ido direito para o inferno. Não! Não! Não acreditava no inferno. Era uma sobrevivência medieval, uma invenção estúpida. O inferno estava na Terra. Ele próprio se sentia agora no pior dos infernos. (E essa ideia de certo modo o consolava, pois ele precisava expiar seu crime.) Inferno é uma cabeça que não cessa de doer nem de pensar, de doer e de pensar os pensamentos mais confusos, mais doidos. No inferno devia ter penado Toni desde o dia em que descobrira que estava grávida. Inferno fora para a coitadinha a hora em que resolvera matar-se. Inferno, medonho inferno, o instante em que tomara o veneno, em que sentira a dor da queimadura nos lábios, na boca, no esôfago, no estômago. Inferno, inferno, inferno aquela longa agonia convulsiva em que vomitava pedaços de vísceras. Agora estava morta, tinha encontrado finalmente a paz. Pobre Toni! Pobre Toni! (E nas profundezas de seu ser uma voz respondeu apagada: pobre de mim!)

Fez alto e voltou-se. Como já estava longe a casa da estância! Quedou-se por algum tempo no meio do campo, transido de frio e com a sensação do mais absoluto desamparo. Sentiu uma repentina piedade de si mesmo, quis chorar mas não pôde. Desejou o sol, o novo dia, o Sobrado, um aconchego humano, um peito amigo onde pousar a cabeça fatigada e dolorida. Pensou na madrinha, em Flora, nos filhos... Como podia ter ficado tanto tempo sem lembrar-se da família? Seu egoísmo persistia, mesmo na dor. Só ele sofria no mundo, ninguém mais. Veio-lhe uma súbita esperança. Era impossível que tudo estivesse perdido. Voltaria para casa, o tempo cicatrizaria todas as feridas e de novo a vida tornaria a ser o que era antes... Mas não! Ele não merecia ser amado, admirado, respeitado. Era um canalha. Tinha assassinado Toni, dera-lhe a pior espécie de morte: não só lhe destruíra o corpo como também a alma.

Pobre Toni! Vou mandar fazer um túmulo para ela. Um túmulo para Toni: Santa Cecília sentada numa lápide, a cabeça inclinada, chorando. Ao lado, uma roseira de rosas vermelhas como as que ela tanto admirava no jardim do Sobrado. Rosas vermelhas para Toni, para a pobrezinha da Toni que viera de tão longe para ficar sepultada no cemitério de Santa Fé...

Veio-lhe à mente a imagem do pe. Astolfo. Se ao menos pudesse orar... Balbuciou as primeiras palavras do Padre-Nosso. Faltava-lhe contrição. Devia ser o frio da madrugada, o vento, a canseira, a dor e a confusão que o impediam de concentrar-se na prece, sentir a presença de Deus. Mas... e se Deus estivesse morto? Morto Deus, o mundo estava perdido, não haveria mais sol, nem esperança, nem amanhã. Mas Deus não podia morrer. Se pudesse, não seria Deus. E se ele não fosse Deus? E se Deus tivesse enlouquecido? Não. Quem está ficando louco sou eu. Por castigo, por castigo.

Continuou a caminhar. Precisava redimir-se, regenerar-se, mudar de vida. Juro por Deus que daqui por diante vou viver só pra minha família. Ainda amava Flora. Precisava compensar o mal que lhe fizera. Ou seria demasiado tarde? Sim, era tarde. Talvez nem a encontrasse mais em casa. Pensou com horror nos dias que estavam por vir. A cidade inteira a apontá-lo como um criminoso. (Era impossível que já não soubessem de toda a verdade.) O casarão vazio, as horas vazias, a vida vazia. E a saudade de Toni, a saudade de Flora, a saudade dos filhos, a saudade do outro Rodrigo, o remorso, o remorso e lembrança daqueles lábios carcomidos. Santo Deus, aqueles lábios queimados...

Tornou a fazer alto, ofegante, com a garganta a arder. Caiu de joelhos, depois sentou-se e por fim estendeu-se no chão de todo o comprimento, sentindo contra a face e as mãos a fria umidade da grama. Precisava flagelar o corpo, aquele corpo vil que era o culpado de tudo. "Deixe de fita! Levante-se, deixe de fita!" Mas não, papai, o senhor não compreende, estou muito doente, ardendo em febre, uma pontada nas costas...

Estava perdido. Tinha apanhado uma pneumonia dupla. Ergueu-se de inopino e desandou a correr na direção da casa. Não queria morrer, não podia morrer. Ia acordar o pai, os peões, mandar o Bento à cidade em busca dum médico, de remédios... Não. Ele precisava sofrer, devia morrer, porque tinha matado Toni. O remédio era curvar a cabeça e aceitar o castigo. Continuou, porém, a correr...

Escalou a janela e saltou para dentro do quarto. Correu à sala de jantar, tirou do guarda-comida uma garrafa de cachaça, desarrolhou-a, levou o gargalo à boca e bebeu um largo sorvo. Voltou para o quarto com a garrafa debaixo do braço e pôs-se a procurar atabalhoadamente uns comprimidos que se lembrava de ter visto na gaveta da mesinha de cabeceira. Achou duas aspirinas, meteu-as na boca, tomou um novo gole de cachaça e engoliu-as. Deitou-se, enrolado num cobertor, e ficou encolhido como um feto, desejando como nos tempos de menino as mãos frescas da Dinda em sua testa escaldante.

Começou a bater dentes, o corpo sacudido de calafrios. Não queria fechar os olhos porque temia entrar na furna do Jarau, sabia que se entrasse de novo naquela medonha noite ficaria irremediavelmente louco. O que ele precisava era lutar contra a conspiração, os inimigos, pois quando viesse um novo dia e o sol, estaria salvo, a vida ia ser como antes e ele descobriria que todo aquele horror não passara dum pesadelo... Mas como podia evitar a furna se não cessavam de bater-lhe nas paredes do crânio, se ele já *era* a furna do Jarau, um tal de Blau Nunes em busca da Salamanca oh! não batam pelo amor de Deus não batam nas paredes da furna estou com febre chamem o doutor Matias o doutor Carbone o doutor Taboca o doutor Tabocarbone Tabocarbonato estou suando sangue, me mordeu a cobra, suando sangue vermelho rosas sangue sepultura de Toni eu sou a sepultura de Toni está dentro de mim enterrada em mim mas não batam não batam que dói muito sou um tal de Blau Nunes e só peço que não batam não batam não batam ai! não enterrem Toni esperem esperem esperem eu chegue ela está viva não enterrem Toni viva vai morrer sufocada não enterrem bandidos não batam esperem não enterrem viva não batam não batam não enterrem só eu sei ela está viva um engano está viva enterrar é um crime esperem mas não batam não batam não batam...

Uma vela pro Negrinho

Floriano Cambará caminhava pela aleia central do cemitério, àquela hora da tarde completamente deserto. Fazia poucos dias que chegara a Santa Fé, após uma ausência de quatro anos, três dos quais passara nos Estados Unidos. E agora, a espiar distraidamente para dentro dos jazigos perpétuos — o dos Amarais, o dos Macedos, o dos Fagundes —, tratava de descobrir as raízes da estranha fascinação que aquele lugar exercia sobre seu espírito. Durante sua estada no estrangeiro, as imagens que com mais frequência lhe vinham à mente eram a daquele cemitério, a da Matriz e a da casa onde nascera. Um dia, observando os movimentos dos patinadores na pista de gelo da Rockefeller Plaza, surpreendera-se a pensar naqueles mausoléus e sepulturas, mas com tal intensidade, que chegara a ver minúcias que julgava ignorar por completo: a racha em forma de forquilha no velho túmulo do pe. Romano; a letra quebrada no frontão do jazigo dos Teixeiras; a mancha escura a lembrar uma tartaruga, na fachada da capela... Doutra feita, na Ópera de San Francisco da Califórnia, ouvindo Jascha Heifetz interpretar Brahms, sentira-se inexplicavelmente levado pela melodia de volta à casa paterna; durante os quatro movimentos da sonata ficara a vaguear como uma assombração pelas salas do Sobrado, revendo seus moradores vivos e mortos, apalpando os móveis, aspirando os cheiros — e cada canto, cada pessoa, cada coisa lhe evocara cenas da infância e da adolescência. Mais tarde, quando caminhava por uma rua de Cingapura dentro dum estúdio de Hollywood, viera-lhe de súbito à lembrança a Matriz de Santa Fé: a fachada, o interior, a pia encardida, a corda do sino, o olor de incenso, as faces dos santos, as velas dos altares... Era, porém, o cemitério de sua terra natal o espectro que com mais assiduidade lhe assombrava a memória. Pensara nele num dia tórrido e úmido, ao burlequear pelas ruas de Panamá City, enquanto esperava o barco que o devia levar a Valparaíso; e certa noite em que, da amurada do vapor, olhava para as luzes de Antofagasta; e ainda no momento em que o empregado dum drugstore de Los Angeles, rapaz louro de olhos verdes e vazios, lhe servia um café. Repetidas vezes, em terras e hotéis remotos, andara a caminhar em sonhos por entre aqueles túmulos. Era por tudo isso que ali estava agora, tratando de comparar a coisa real com as imagens dela recordadas e sonhadas.

***

Havia naquele cemitério duas sepulturas em torno das quais a imaginação popular tecera lendas. Uma delas — a do velho Sérgio — ficava na parte pobre e era procurada por gente de cor, devota da macumba, e que ao fazer suas promessas depositava ao redor da carunchada cruz de madeira fumo e fósforos para o cachimbo do negro velho, galinhas mortas para o lobisomem e velas acesas em intenção à alma do defunto. A outra ficava ao lado da capela, perto dos grandes jazigos, e consistia numa lápide cinzenta, com a inscrição já meio apagada por baixo duma cruz em alto-relevo. Seus devotos, em geral gente branca e moça, acreditavam que a alma da criatura cujo corpo ali jazia, tinha o dom de obrar milagres como os de santo Antônio. Solteirona que quisesse casar, mulher casada que desejasse recuperar a afeição do marido, enfim, quem quer que tivesse um problema sentimental a resolver, vinha rezar e fazer suas promessas ao pé daquela lápide, sobre a qual acendia velas e depunha flores. Floriano leu a inscrição.

ANTÔNIA WEBER
(TONI)
1895-1915

Talvez ali estivesse o ponto de partida de seu próximo romance... O autor visita o cemitério de sua terra e fica particularmente interessado numa sepultura singela a que a superstição popular atribui poderes milagrosos. Vem-lhe então o desejo de, através da magia da ficção, trazer de volta à vida aquela morta obscura. Desce para a cidade, sai à procura de seus mais antigos moradores, e a cada um deles faz esta pergunta: "Quem foi Antônia Weber?". Alguns nada sabem. Outros contam o pouco de que se lembram. Um teuto-brasileiro sessentão (Floriano começava a visualizar as personagens, a inventar a intriga) ao ouvir o nome da defunta fica perturbado e fecha-se num mutismo ressentido. "Aqui há drama", reflete o escritor: "Este homem talvez tenha amado Antônia Weber...". Ao cabo de várias tentativas frustradas para fazê-lo falar, consegue arrancar dele uma história fragmentada e cheia de reticências, cujas lacunas, entretanto, o novelista vai preenchendo com trechos de depoimentos de terceiros. Por fim, de posse das muitas peças do quebra-cabeça, põe-se a armá-lo e o resultado é o romance duma tal Antônia Weber, natural de Hannover e que emigrou com os pais para o Brasil, vindo a estabelecer-se em Santa Fé, onde...

Mas qual! — exclamou Floriano, parando à sombra dum plátano e passando o lenço pela testa úmida de suor. Ia cair de novo nos alçapões que seu temperamento e suas limitações lhe armavam. Os melhores críticos literários do país não negavam mérito a seus romances, mas eram unânimes em afirmar que em suas histórias faltava o cheiro de suor humano e de terra. Achavam que, quanto à forma, eram bem escritas e tecnicamente aceitáveis; quanto ao conteúdo, porém, tendiam mais para o artifício que para a arte, fugindo sempre ao drama essencial do homem. Pouco lhe importaria o que pensassem os críticos se ele próprio não estivesse de acordo com essas restrições. Não podia nem queria iludir-se a si mesmo. Os três romances que publicara não o satisfaziam. Quando os relia era com a impressão de beber um vinho feito sem uva, apenas com essências, anilinas e muita habilidade química. Chegara à conclusão de que, embora a perícia técnica não devesse ser menosprezada, para fazer bom vinho era necessário antes de mais nada ter uvas, e uvas de boa qualidade. No caso do romance a *uva* era o tema — o tema legítimo, isto é, algo que o autor pelo menos tivesse *sentido* se não propriamente *vivido*. Floriano não achava que a história da desconhecida da sepultura de pedra fosse pura uva. De resto, qualquer drama individual, por mais terrível que fosse, empalideceria quando comparado com a tragédia coletiva que o mundo acabava de presenciar. A humanidade emergia da mais sangrenta e cruel das guerras. Nomes como Conventry, Rotterdam, Lídice, Hiroshima, Buchenwald e Dachau haviam de ficar na história como negros marcos a evocar horrores nunca antes imaginados pelo mais doentio dos cérebros.

Começou a andar lentamente rumo do portão do cemitério. Havia pouco, num artigo que não chegara a publicar e nem mesmo a terminar, esboçara um paralelo entre o horror antigo e o horror moderno. O antigo era o das histórias que a velha Laurinda costumava contar em torno de casas assombradas, cemitérios noturnos, bruxas e almas do outro mundo. Era também o horror gótico dos contos de Poe, Hoffmann e Villiers de l'Isle-Adam: o coração humano a pulsar de medo em face da Morte e do Desconhecido. O horror moderno era o pavor da Vida e do Conhecido, o horror social causado pela violência e crueldade do homem contra o homem.

Depois da Primeira Guerra Mundial o medo da fome, do desemprego, da miséria e o medo do próprio medo haviam preparado o caminho para o Estado Totalitário. Este por sua vez industrializara e racionalizara o medo a fim de fortalecer-se, sobreviver e ampliar suas conquistas geográficas e psicológicas. Com a colaboração da ciência, da arte e da literatura convenientemente dirigidas, criara o Horror Moderno, cujos aspectos mais dramáticos eram o mito do Estado e do Líder; os ministérios de propaganda; a polícia secreta com seus refinados métodos de tortura; a militarização da infância e da juventude; os campos de concentração; as tropas de assalto; o orgulho racial; a exaltação fanática do nacionalismo e a glorificação da guerra como o esporte dos povos másculos. O Estado Totalitário elevara a delação à categoria de virtude cívica. Seu mais monstruoso feito, porém — e essa proeza ultrapassava o sonho mais alucinante dos alquimistas da Antiguidade —, fora o de transformar a pessoa humana num mero número, o que tornara possível encarar o massacre de milhões de homens e mulheres como uma simples operação de aritmética elementar. O Deus Estado subvertera os Mandamentos: "Denuncia teu pai e tua mãe se eles murmurarem o que quer que seja contra o Estado". "Matarás com alegria sempre que isso for necessário aos interesses do Partido." "Darás falso testemunho contra teu próximo, se essa mentira puder ser útil à Causa."

O pior de tudo é que o Horror Moderno, sob seus múltiplos e sedutores disfarces, exercia poderoso fascínio sobre a juventude. "Deixai vir a mim os pequeninos", dizia o Chefe, "que eu os transformarei em robôs para servirem o Estado." O Horror Moderno oferecia aos jovens máquinas e armas vertiginosas e mortíferas. Era um belo horror de formas aerodinâmicas que lhes proporcionava uniformes, bandeiras, hinos, tambores, clarins, paradas — um horror organizado, eficiente, metálico, mecânico, simétrico e rítmico. Preconizava os métodos e a moral do gângster, glorificava a violência, libertava, enfim, o animal de presa que dorme no fundo de cada menino. Oferecia aos moços um Pai na figura do Führer, do Duce, do Líder e, se por um lado exigia deles uma disciplina de aço e uma obediência cega, por outro, sempre que lhes dava a oportunidade de usar as máquinas e as armas em competições esportivas, expurgos, *pogroms*, torturas e expedições punitivas, propiciava-lhes como prêmio a suprema volúpia de se sentirem temidos e de se afirmarem por meio da brutalidade e da destruição. Ninguém simbolizara melhor os efeitos do Horror Moderno no espírito da juventude do que Vittorio Mussolini ao afirmar que para ele a coisa mais bela do mundo era ver abrirem-se como rosas de fogo as bombas que de seu avião deixava cair em solo africano, reduzindo os abissínios a pedaços.

Adulterando a história, a biologia, a sociologia, a antropologia e a filosofia, de acordo com os interesses da Causa, o Estado Totalitário pretendera reduzir a sabedoria dos séculos a um punhado de axiomas, fórmulas e gritos de guerra que seus jovens robôs repetiam com feroz orgulho, contentes por se verem livres da dura e fastidiosa tarefa de ficarem debruçados durante anos e anos sobre os livros. Abaixo as universidades! Morte aos cientistas, filósofos e artistas cujas obras não sirvam os objetivos do Partido!

Fazia poucos meses que terminara a Segunda Guerra Mundial — o apogeu do Horror Moderno — e já se podia ver que a desejada paz não passava duma trégua. Falava-se abertamente na Terceira Guerra. No entanto fumegavam ainda os fornos de Oswiecim e Birkenau, nos quais haviam sido cremados os cadáveres de cinco milhões de seres humanos assassinados e torturados em campos de concentração e prisões, onde milhares deles tinham servido como cobaias para as mais cruéis experiências pseudocientíficas. Em vários pontos do globo continuavam ainda muitos desses sinistros campos, onde se amontoavam numa promiscuidade animal homens, mulheres e crianças sem lar, sem pátria e sem esperança.

E agora a todos esses horrores juntara-se o Horror Atômico. No dia 6 de agosto de 1945 nascera para a humanidade um novo deus tremendo: a Bomba. Por entre os escombros de Hiroshima vagueava uma população de fantasmas. Eram os sobreviventes da Explosão: criaturas em cujos corpos a radiação fizera brotar estranhas flores purulentas, nas mais horríveis ulcerações; seres humanos imbecilizados pelo choque, trêmulos de febre, os cabelos a caírem, as gengivas a sangrarem — chamuscados, deformados, esterilizados, medonhos...

O Estado Totalitário desintegrara a personalidade humana. Os físicos desintegraram o átomo. Uma terceira guerra desintegraria o mundo. Mas talvez — refletiu Floriano — o mundo não passasse dum número nos arquivos de Deus.

Parou à porta do jazigo perpétuo de sua família e espiou para dentro. Lá estavam, sobre o mármore do altar, os retratos de alguns de seus antepassados. Aquela gente havia conhecido épocas mais tranquilas, mas ele não a invejava; estavam todos mortos. E se tua ressurreição depender de mim, Toni Weber, continuarás defunta e esquecida. Talvez seja melhor assim... Descansa em paz, e adeus!

Pôs-se a assobiar uma frase do andantino do quarteto de Debussy. Pensou no irmão, que detestava Debussy e com ele todos os "músicos reacionários". Floriano sorria, enquanto a voz de Eduardo lhe soava na memória:

"O mal de vocês, intelectuais apolíticos, é não quererem enxergar os dramas da vida real e ficarem a criar personagens e problemas imaginários. Fazem tudo para fugir à realidade, porque no dia em que encarassem de frente e a sério o drama social, seriam obrigados pela própria consciência a tomar uma posição de combate, e se fizessem isso com honestidade, essa posição só poderia ser a da extrema esquerda, com o comunismo, o que fatalmente os arrancaria do comodismo, da criminosa e covarde indiferença em que vivem".

Floriano lembrava-se do apaixonado fervor, tão típico dum Cambará, com que Eduardo lhe pregara aquele sermão.

"Para meu gosto, Proust é o mais repelente de todos os escritores burgueses. Proust é típico. Tinha dinheiro e vagares para ficar enrolado num xale a reconstituir a infância perdida, os chás com as titias, os pequenos nadas da vida burguesa, enfim, o seu universozinho protegido e ridículo em cujo centro estava o seu euzinho asmático, egoísta e efeminado."

(Antes de descobrir Karl Marx, Eduardo adorava Proust, e a fúria com que agora procurava arrasá-lo como escritor e como homem talvez fosse uma prova de que ele ainda não se havia libertado por completo da fascinação que o *À la Recherche du temps perdu* exercera sobre seu espírito.)

"Na minha opinião, Proust é o padroeiro dos escritores *dégagés* como tu, Floriano. E foram esses intelectuais chamados puros, que se compraziam em estéreis jogos de ideias e paradoxos, num cerebralismo doentio que os afastava do povo e da própria vida, foram esses onanistas da literatura que direta ou indiretamente abriram as portas de Paris ao invasor nazista. E está claro que o colaboracionismo era a única atitude que se podia esperar duma burguesia apodrecida como a francesa, que preferia levar pontapés no traseiro a perder seu rico dinheirinho!"

Floriano continuou a andar. Procurava não levar Eduardo muito a sério, mas a verdade é que o rapaz o perturbava, não porque ele temesse acabar convertido à sua ideologia, mas porque sempre ficava impressionado e meio perplexo ante o espetáculo da fé — fé no que quer que fosse, em Deus, no espiritismo, em Krish-namurti, no esperanto, em Stálin ou em Antônio Conselheiro.

Entrou no automóvel que o esperava do lado de fora.

— Divertiu-se? — sorriu o chofer.

— Muito.

— Pois eu não gosto de entrar em cemitério. Quem não é visto não é lembrado.

O carro pôs-se em movimento, descendo a encosta da coxilha, na direção da cidade. Floriano lançou o olhar para o casario raso e pardacento do Purgatório, que se estendia ao tépido sol daquele fim de tarde. Ainda lá estavam as sórdidas malocas com sua população de marginais, bem como nos tempos de sua infância. Nada parecia ter mudado. Santa Fé tinha agora um aeroclube, uma estação de rádio, as ruas centrais pavimentadas de paralelepípedos, mas a miséria do Barro Preto, do Purgatório e da Sibéria continuava.

— Que será que vão fazer com o Velho? — perguntou o chofer.

— Que velho?

— O doutor Getulio.

— Ah! Não sei... Talvez deixem o homem em paz em Santos Reis.

— Eles que não mexam com o presidente, porque o povo é capaz de fazer uma revolução.

Dentro em breve o automóvel deixou as poeirentas ruas de terra batida para entrar na zona calçada de pedra. O chofer tornou a falar.

— Mas um dia ele volta. Pode demorar um ano, dois, quatro... mas o Velho volta e essa corja toda ainda vai beijar a mão dele.

Ali estava outro caso de fé — refletiu Floriano. Inclinou-se para a frente.

— Me deixe na frente do clube.

Poucos minutos depois o carro estacou. Floriano pagou a corrida e apeou. Um homem que estava parado à frente do Comercial, avançou para ele.

— Don Pepe! Então, como vai essa vida?

— Mal, homem, mui mal. Bamos a tomar algo.

Puxou Floriano para dentro do Café Minuano.

— Me pagarás uma cerveja.

— Com prazer, Don Pepe, com prazer.

— Garçom! Eh!, animal! Duas cervejas e dois copos.

Sentaram-se a uma mesa.

— Uma só. Para mim, água mineral.

O espanhol lançou-lhe um olhar torvo.

— Degenerado!

Floriano sorriu. O castelhano mirava-o agora com tamanha intensidade que ele começou a ficar embaraçado.

— Por que é que estás me olhando desse jeito?

— É sorprendente, menino.

— Que é que é surprendente?

— Como és parecido com o teu papá!

— Dizem.

— Dizem nada, coño! Don Pepe García, artista plástico, autor do Retrato, te assegura que és a imagem viva de teu papá na tua idade, caramba!

Vieram as bebidas. O pintor encheu o copo e tomou um largo trago. Depois, lambendo os bigodes, resmungou:

— Mas o parecido é só no físico, sabes? Te falta algo. Fogo. O fogo que o Velho tem no olhar. — Bateu no próprio peito. — E fogo acá dentro, estás ouvindo? Pero não és culpado. As generaciones novas não têm fibra. Está tudo podrido. Hoje são feitos de matéria plástica e têm Coca-Cola nas veias. É a maldita influência ianque. Me cago em Truman!

Floriano sorriu, pensando nos fuzileiros navais americanos que haviam tomado Iwo Jima e plantado sua bandeira no alto do monte Surabachi.

— Estás rindo... Pensas que me podes comprar elogios com uma cerveja ou duas ou três? Estás enganado. Don Pepe tem opinião, é dos antigos, sabes? Tem caráter. Não vi ainda teu pai. Não quero ver. Mas se me encontrar com ele, vou dizer-lhe na cara: traidor!

Floriano bebeu um gole d'água, sem tirar os olhos do interlocutor.

— Por quê?

— Porque sim. Fomos traídos. Eu e o outro, o Rodrigo do Retrato.

Tornou a encher o copo e a beber.

— Garçom! Outra cerveja. Pagarás, Florianito, pagarás. És um membro da aristocracia rural decadente. Teus antepassados foram gigolôs das vacas. Mas os dias de tua classe estão contados. Pagarás mais uma cerveja p'a este velho borracho que tem alma de artista e corpo de bestia.

Ficou a olhar para a porta do café com uma expressão vazia.

— Me lembro mui bem de quando estava pintando o Retrato. Teu papá era um príncipe, um triunfador, o favorito dos deuses. Hoje... puf! Coração escangalhado, don Getulio deposto, o futuro incerto, una mierda! Te pregunto: que fez ele de sua mocidade? Eh? Está todo perdido, pero não tens culpa, és um bom muchacho. Salud!

Ergueu o copo. O garçom pôs sobre a mesa outra garrafa de cerveja.

— He visto Eduardo.

— Sim?

— Aquele tem fogo nos olhos, no peito, como don Rodrigo. Aquele é um homem inteiro. Pero é um stalinista, el imbécil! Nosotros los anarquistas não toleramos o comunismo. Te acordas do que fizeram os comunistas a los anarquistas em Barcelona durante a guerra civil? Atiraram contra nosotros, los traidores! Pero Eduardo é um muchacho de coragem. Tiene caracu. Salud!

Tornou a erguer o copo e a beber. Ficou depois com os cotovelos fincados na mesa, as mãos segurando as faces, e uma ternura alcoólica nos olhos lacrimejantes e avermelhados.

Floriano chamou o garçom, pagou a despesa e ergueu-se.

— Vais me dar licença, Don Pepe...

— Não queres ser visto numa mesa de café com o boêmio, o borracho, o anarquista, o renegado, não?

— Não é isso. Tenho de voltar para casa...

— Está bem. Vai. Mas m'empresta cincoenta.

Floriano deu-lhe o dinheiro.

— Um dia te farei o Retrato, sabes? Segunda edição de Rodrigo Cambará, versão moderna. Te pintarei em aquarela porque não tienes sangre nas veias, mas água mineral. Tu e toda tua generación, menos Eduardo. Pero esse chico é um idiota, sigue aquele perro de Stálin...

— Está bem. Até logo!

Apertou a mão do espanhol e se foi. Já na calçada ainda ouviu a voz do outro: Salud!

Sentou-se num banco da praça debaixo da figueira e ficou olhando para o Sobrado. A ideia de voltar para casa não lhe era nada tranquilizadora. Desde que chegara, sentia lá dentro uma atmosfera equívoca, feita de temores e ressentimentos mal disfarçados, de antagonismos que a qualquer minuto podiam explodir em conflitos. Aquela inesperada reunião de família, precipitada pela queda de Getulio Vargas, só servia para provar o de que havia muito ele, Floriano, desconfiava: o Rio em quinze anos havia desintegrado o clã dos Cambarás e tudo indicava que Santa Fé não conseguiria uni-lo outra vez.

A situação fascinava o contador de histórias que havia em Floriano, mas, como homem e personagem daquela comédia de erros, ele não podia deixar de sentir uma certa inquietação e um desconcertante mal-estar.

Seu pai lá estava no quarto, estendido numa cama, convalescendo da terceira crise de infarto, proibido de fumar e fazer qualquer excesso — ele, o homem dos excessos! —, imobilizado num repouso de estátua. Floriano sabia o que isso significava para uma criatura apaixonada e turbulenta como Rodrigo Cambará. Ainda aquela manhã o velho lhe dissera com uma falsa resignação: "Sou como um homem irremediavelmente preso dentro duma casa em cujo porão alguém deixou uma bomba de relógio para explodir numa certa hora... Ele não sabe quando vai se dar a explosão, se dali a dois minutos, dois dias, dois meses ou dois anos. Só sabe que está condenado". E, com um sorriso tristonho, acrescentara: "Acho que vou ser o primeiro Cambará macho a morrer na cama".

Raramente, porém, se entregava a essa veia melancólica. Seu estado de espírito mais comum era o duma exasperada impaciência. Queria fumar, comer mais, beber vinho, deixar a cama... Havia momentos em que sua irritação era tamanha que, para desabafar, punha-se a murmurar nomes feios numa surdina explosiva. Os horrores que dizia dos militares que haviam obrigado Vargas a deixar o governo! Sua raiva parecia concentrar-se principalmente no gen. Rubim Veloso. "Canalha! Traidor! Fascista!", exclamara o velho certa manhã, enquanto o Neco

Rosa lhe fazia a barba. "Ainda na véspera do golpe jantou comigo e não me disse nada. Tu te lembras da bisca do Rubim, não, Neco? Vivia aqui no Sobrado nos seus tempos de tenente. Pois o Getulio fez por esse sargentão mal-agradecido o que muito pai não faz pelo filho, e no entanto o crápula cuspiu na mão que o amparou! Quando os nazistas estavam ganhando a guerra, o Rubim volta e meia ia beber uísque e champanha na embaixada alemã. Recebeu uma comenda do Mussolini e vivia conspirando com o Plínio Salgado. No entanto, quando a sorte do Hitler mudou, o cachorro virou democrata e só faltou lamber as botinas do Roosevelt!"

O dr. Dante Camerino entrara certa vez no quarto por ocasião duma dessas explosões. "Fique quieto pelo amor de Deus. Olhe que assim vamos para um novo ataque." O velho soergueu-se: "Que me importa? Que arrebente duma vez este coração. O que eu quero é fumar um cigarro e levantar desta maldita cama!".

As relações de Rodrigo Cambará com o filho mais moço andavam tensas. O terceiro ataque sobreviera após uma altercação que ele tivera com Eduardo ao discutirem as personalidades de Vargas e Prestes. Floriano ficara abismado ante a frieza com que o irmão encarara o fato. O pai ainda não estava fora de perigo de vida e o rapaz já andava na rua a ultimar os preparativos para o comício comunista do dia seguinte. Floriano chamara-o à parte.

— Por que não esperas mais uns dois ou três dias pra fazer esse comício? O velho não está nada bem...

— Uma coisa nada tem a ver com a outra.

— Para mim tem.

— É que raciocinas ainda sob a influência dum sentimentalismo pequeno-burguês do qual há muito me libertei.

— Faz ao menos esse comício na outra praça...

— Vai ser na frente do Sobrado, e com alto-falante. Se o velho não quiser escutar, que tape os ouvidos com algodão.

Eduardo entregava-se à luta política com a mesma paixão, o mesmo ímpeto agressivo com que o pai se metera em todas as suas campanhas eleitorais e revoluções. Tinha o zelo exagerado e o ardor incendiário dum cristão-novo. Floriano compreendia que o irmão precisava dar aos seus camaradas provas de sinceridade e firmeza partidárias, pois sua situação de filho dum burguês latifundiário como que lhe criara um complexo de inferioridade perante os outros comunistas.

Como era possível que três irmãos tivessem temperamentos tão diferentes? Jango era o homem da terra, conservador, tradicionalista, apegado a seus bens. Tinha um sagrado horror a tudo quanto cheirasse a esquerdismo. Enquanto Eduardo agitava o problema agrário, pregando a divisão das terras entre os camponeses e a liquidação do latifúndio, Jango tratava não só de conservar o que possuía como também de adquirir mais campos e mais gado. Era um homem simples e bom, mas duma secura destituída de qualquer encanto ou pitoresco. Não lhe entrava na cabeça a ideia de que os tempos haviam mudado e de que a sociedade estava em processo de transformação. Queria a continuação do *status quo* dentro do qual fora educado e que era tão conveniente a seus interesses e afeições.

Floriano inclinou o busto para a frente e, com a ponta dum pau de fósforo, riscou no chão uma circunferência.

Se Eduardo, Jango e ele fossem dar como náufragos às praias duma ilha deserta, em companhia dum punhado de outras criaturas, era bem possível que Jango dentro em breve fosse eleito chefe da colônia. Homem sólido e prático, tinha o hábito do mando, sabia lidar com a terra e fazer coisas com as mãos; conhecia os ventos, as árvores, os bichos e as gentes. Dentro em pouco seria o membro mais rico da colônia, o que teria a melhor casa, a mesa mais farta, o maior número de bens móveis e imóveis. Quanto a Eduardo, não tardaria muito em organizar um partido de oposição, e era provável que acabasse encabeçando um movimento revolucionário para tomar o governo pela força e estabelecer uma ditadura em nome do proletariado.

E eu? (Sempre inclinado, Floriano agora traçava no chão o mapa da ilha.) Eu talvez permanecesse na minha famosa equidistância, a escrever a biografia dos dois líderes e a crônica da ilha. Isso se Eduardo ao tomar o poder não me botasse na cadeia ou mandasse matar, coisa que o próprio Jango já poderia ter feito antes por "meios legais", caso meus escritos entrassem em conflito com os "superiores interesses da comunidade", que ele naturalmente identificaria com os seus próprios.

Sim, aquele era o destino dos intelectuais que queriam conservar a independência, a lucidez e o senso de humor. Eram eternos marginais, olhados com desconfiança e desamor pelos reacionários e com desdenhosa má vontade pelos revolucionários.

Mas, no final de contas, que sou eu? Aos trinta e quatro anos ainda não encontrara uma resposta satisfatória para cada pergunta. Como o velho Babalo, seu avô materno, Jango tinha nítida tábua de valores morais: acreditava na nobreza do trabalho, na hierarquia, no código de honra gaúcho e na dignificação do homem pelo convívio com a terra. Jamais seria capaz de fazer a menor restrição à pessoa do pai. Parecia aceitá-lo integralmente, sem discutir, como aceitava a existência e a perfeição de Deus. Talvez nunca lhe passasse pela mente a ideia de que o pai e Deus fossem entidades suscetíveis de exame crítico. Mas Eduardo, em quem Maria Valéria desde pequenino procurara incutir o amor e o temor da Santíssima Trindade, acabara desiludindo-se dos mitos cristãos e substituindo-os por uma outra trindade, para ele não menos santa: Marx, Lênin e Stálin. E em nome dessas divindades ele se atirava à luta e estava disposto a matar e a morrer.

Com a sola do sapato Floriano apagou a ilha.

Às vezes invejava a capacidade de paixão do pai. Certo ou errado, o Velho vivera com plenitude, tivera a coragem dos próprios defeitos e desejos: fora um homem afirmado, ao passo que ele, Floriano, sempre se mantivera numa espécie de morna surdina, cultivando suas pequenas ternuras, escravo daquele desejo de ver claro, de conservar a lucidez — uma lucidez que não só lhe criava o horror ao ridículo, ao excesso e ao absurdo como também o fazia compreender que ninguém pode viver com plenitude e profundidade sem incorrer no ridículo (coisa, aliás, tão relativa e discutível), sem cometer excessos ou ver-se a cada passo frente a frente com o absurdo. Fizera tábua rasa dos valores que sempre haviam norteado a vida de gente como Babalo, Licurgo e Maria Valéria. Seu horror a qualquer espécie de fanatismo não o livrara, entretanto, do fanatismo da liberdade. E o desejo de permanecer física e espiritualmente livre, a fruir com orgulhosa volúpia sua solidão, acabara por transformá-lo quase num fugitivo da vida e por fazê-lo prisioneiro da própria ideia de liberdade. Compreendia agora que o preço do equilíbrio é a monotonia. A preocupação de não se deixar envolver pelas pessoas, pelos problemas e pelas paixões o havia levado a uma espécie de quietismo que no fundo não passava da contemplação inútil e palerma do próprio umbigo.

Claro que estava exagerando? As coisas com ele não eram *sempre* assim. A verdade é que não acreditava nem mesmo na própria descrença.

Tornou a olhar para o Sobrado, a uma de cujas janelas surgia agora um vulto. Bibi... Esquecera-se por completo da irmã. Era uma omissão que ocorria com frequência quando ele fazia aqueles inventários mentais da família. Não tinha nenhuma afinidade espiritual com a irmã. No Rio raramente se viam, e quando se encontravam eram como pessoas que entretinham apenas relações de cerimônia: falavam-se sem naturalidade, com a polidez apressada de quem quer logo dizer adeus e passar adiante.

Bibi era outro *caso* — refletiu Floriano. Fora para o Rio com dez anos e tivera sua educação sentimental a bem dizer sobre as areias de Copacabana. Fizera-se adolescente e finalmente mulher dentro da Era Getuliana. Casara-se aos dezoito anos com um médico de Minas Gerais, sujeito quieto, decente e estudioso, do qual se aborrecera e divorciara dentro de dois anos, para se juntar num casamento uruguaio com um tal Marcos Sandoval, verdadeira flor do Estado Novo, produto daquela fabulosa época de *boom*, negócios e negociatas fantásticas, daquela era trepidante que mudara o curso da vida brasileira, dando-lhe um novo padrão moral e um novo ritmo. Mas como era possível não gostar do Sandoval? Embora lhe fizesse muitas restrições no terreno moral (afinal de contas o sangue dos Terras e dos Quadros tinha muita força), Floriano não podia permanecer insensível aos encantos do "cunhado". Marcos Sandoval estava no meio da casa dos trinta. Era moreno, de estatura meã e atlética (tênis, voleibol, jiu-jítsu). Simpático, simpaticíssimo, tinha uma voz agradável, de entonação carinhosa. "Meu bem, você está com um aspecto admirável!" "Que é feito de você, meu querido? Então não quer mais saber dos amigos?" E lá vinham os abraços, e os favores, e as pequenas atenções, os telefonemas oportunos ("Então, estamos completando mais um aniversário, hein, meu velho? Pois fica aqui o meu abraço, e conte sempre com este seu admirador") e as flores para madame, os convites para jantar nos cassinos... Era prestimoso, otimista, bem relacionado. Vivaracho, apanhava as coisas no ar e tinha uma espantosa capacidade de improvisação. Sabia que relações cultivar e jamais gastava dinheiro, energia ou tempo com quem não lhe pudesse ser útil no momento ou no futuro. Um dia, como alguém o censurasse por ter servido de intermediário num negócio duvidoso, respondera com um cinismo encantador: "Ora, velhote, a técnica é simples. Criam-se legalmente as dificuldades para depois se venderem clandestinamente as facilidades".

Sandoval estava agora no Sobrado, desnorteado também pela inesperada deposição de Getulio Vargas, e decerto a preparar sua adesão ao novo governo, ansioso já por descobrir quem eram os novos deuses, a fim de apressar-se a queimar incenso em seus altares.

Como seria conveniente ao Sandoval! — pensava Floriano — a morte de Rodrigo Cambará! Perderia algum tempo ali em Santa Fé a acompanhar o andamento do inventário, exigiria a parte de Bibi em dinheiro e voltaria com ela para o Rio, para a vida que ambos tanto adoravam: *cocktails parties*, noitadas nos cassinos, rodas de pife-pafe, fins de semana no Quitandinha, viagens ocasionais aos Estados Unidos em *strato clippers*.

Essa era a situação no Sobrado. E em meio de tantos interesses desencontrados e conflitos em estado potencial, estavam agora aquelas duas mulheres que Floriano tanto amava e respeitava: sua mãe e Maria Valéria. A primeira portava-se com uma dignidade comovedora. Não tinha ilusões quanto ao marido, conhecia-lhe todas as fraquezas e pecados, tanto os passados como os presentes, e não ignorava nem mesmo a existência daquela amante de vinte anos... Floriano, porém, jamais lhe ouvira a menor palavra de queixa ou censura. Quanto a Maria Valéria, lúcida aos oitenta e cinco anos, apesar de seu ar de alheamento das pessoas e das coisas, parecia compreender muito bem o que se estava passando no velho casarão. Havia pouco, Floriano ouvira a Dinda murmurar: "Que bicho terá mordido essa gente? Está tudo tão esquisito...".

Jango estava para chegar do Angico em companhia da esposa. E ao pensar na cunhada, Floriano ficou numa confusão de sentimentos: o temor e ao mesmo tempo o desejo de revê-la, a curiosidade sobre o que poderia resultar daquele encontro, e o horror de imaginar que... Bom, era melhor nem pensar naquilo. Fosse como fosse, a presença de Sílvia naquela casa não ia tornar a coisa mais fácil para ele.

Com um encolher de ombros, ergueu-se e pôs-se a caminhar lentamente na direção do Sobrado.

Eram quase dez horas da noite e o comício estava a findar. Sentado junto duma janela, Floriano escutava o discurso do irmão, cuja voz, que tanto se assemelhava à do pai no timbre e na entonação, era ampliada e deformada pelo alto-falante que se achava preso a um dos galhos mais altos da figueira.

Uma pequena multidão, que Floriano calculava em duzentas e poucas pessoas, agrupava-se no redondel da praça, em cujo centro estava a tribuna que tinha sido ocupada primeiro por um operário e a seguir por um bancário, um comerciário e um advogado, cujos discursos haviam seguido todos a mesma linha: exaltação de Prestes, do PC Brasileiro, de Stálin e da União Soviética; ataques a Getulio Vargas e ao mesmo tempo aos generais que o haviam apeado do governo; acenos amistosos para a "burguesia progressista" e gestos ameaçadores, de punhos cerrados, para a Wall Street.

A voz vibrante de Eduardo Cambará enchia o largo. Começara seu discurso fazendo um rápido esboço da formação histórica do Rio Grande do Sul à luz do marxismo, procurando revelar a origem dos latifúndios e a do proletariado rural e urbano. Agora estava a bater com vigor na sua tecla favorita:

— Setenta por cento de nossa população vive no campo, num nível de vida miserável! Precisamos resolver com urgência o problema agrário. É sobre isso que deve legislar o Parlamento que vai ser escolhido nas próximas eleições. Mas para que esse Parlamento legisle com justiça e conhecimento de causa, é indispensável que ele seja composto não apenas de delegados dos estancieiros e latifundiários, como tem acontecido até agora, mas também e principalmente de representantes do peão, do operário, do comerciário, das verdadeiras expressões do povo! Precisamos destruir o cruel e vergonhoso regime semifeudal que nos desgraça e que permite a um homem, a uma família, possuir terras imensas do tamanho de reinos, terras que em pouco ou nada aproveitam à coletividade, e nas quais se emprega um escasso número de peões irrisoriamente mal pagos. Como muito bem disse Luiz Carlos Prestes...

Nesse ponto o orador foi interrompido pela multidão, que começou a gritar num uníssimo cadenciado: Pres-tes! Pres-tes! Pres-tes!

Quando o clamor cessou, Eduardo prosseguiu:

— Como bem disse o líder do povo, temos terras e mais terras abandonadas junto das vias de comunicação, perto das estradas, dos meios de escoamento duma produção que poderia sair a mãos cheias dessas mesmas terras! E no dia em que essa gleba for entregue ao povo, veremos aumentar fabulosamente nosso mercado interno, para maior progresso da nossa indústria!

De novo o orador foi interrompido por aplausos e aclamações.

Floriano olhou a praça. Pelas calçadas passeavam bandos de raparigas, como nas noites de retreta. A alguma distância do redondel, de pé ou sentados nos bancos, curiosos espiavam o comício, numa atitude de cautelosa neutralidade. E no céu de Santa Fé estavam presentes as mesmas estrelas que cintilavam naquela remota noite de 23 em que, da sacada do Sobrado, Rodrigo Cambará falara a seus correligionários, concitando-os à revolução.

— Mas não é só o panorama social do campo como também o da cidade que nos preocupa a nós comunistas — continuou Eduardo. — Os tubarões da indústria e do comércio engordaram durante a guerra com lucros extraordinários, mas nem por isso proporcionaram vida melhor aos operários e empregados que contribuíram com seu trabalho, com o seu suor para esse enriquecimento! A miséria e a desigualdade continuam. Não precisamos ir muito longe para encontrar exemplos desse desnível social monstruoso. Comparemos a vida dos que gozam o luxo e os privilégios dos sobrados com a daqueles que vegetam na indigência das malocas da Sibéria!

Novas aclamações encheram o largo.

— Mas a burguesia reacionária, meus compatriotas e camaradas, está condenada à morte! Se eu tivesse de escolher um símbolo de todos os defeitos e vícios dessa classe decadente, eu vos apresentaria a figura dum desses pró-homens do falecido Estado Novo, dum egoísta que, em virtude de sua vida de dissipações, orgias e indulgências tivesse ficado com o coração irremediavelmente abalado e à beira da morte!

Floriano sentiu um choque desagradável. Aquilo era uma referência clara ao velho Rodrigo. Como podia Eduardo ficar tão cego de paixão política a ponto de gritar aquelas coisas em praça pública? E o pior era que com toda a certeza o pai estava a escutá-lo...

— Nós os comunistas — gritava o orador — somos o sangue novo que vai revigorar o coração do Brasil, fazendo que ele se fortaleça e pulse normalmente, levando o organismo da nação a uma perfeita saúde social. A vós liberais, democratas e progressistas, nós os comunistas estendemos fraternalmente a mão, convidando-vos a colaborar conosco na grande obra da recuperação de nossos marginais e da libertação do Brasil das garras dos banqueiros internacionais e do capital estrangeiro colonizador. Vinde e marchai conosco, porque nós somos a esperança do mundo!

Por entre palmas frenéticas, de novo rompeu o coro. Pres-tes! Pres-tes! Pres-tes! Pres-tes!

Quando, pouco depois das onze, Eduardo voltou para casa, Floriano esperava-o na sala de visitas.

— Ouvi o teu discurso.

— Ah... sim?

Eduardo pareceu pouco interessado na informação. Afrouxou o nó da gravata, sentou-se e acendeu um cigarro.

— Assisti ao comício sentado ali perto da janela...

— É uma posição que bem simboliza tua atitude diante dos problemas sociais. Sentado à janela do Sobrado, com a cabeça para fora e o corpo para dentro... Com a cabeça, com a inteligência compreendes que o sistema econômico e político em que vivemos é errado, está podre e deve ser destruído. Mas com o corpo estás escravizado aos confortos e molezas da vida burguesa, cujos hábitos e vícios tens no sangue, nos ossos. Teu comodismo te impede de ir para a praça pública como um soldado da Revolução.

Floriano ergueu-se, enfiou as mãos nos bolsos e começou a andar dum lado para outro, assobiando baixinho um trecho de Mozart.

— Mas uma coisa te garanto — continuou o outro. — Os burgueses te olham com desconfiança por causa de teus namoros com o socialismo. Os comunistas te desprezam por acharem absurda e covarde a tua neutralidade.

Floriano soltou uma risada. Eduardo lançou-lhe um olhar carregado de censura.

— Estás rindo, não? É a velha atitude do intelectual *blasé* e cínico. É Próspero rindo da vitória de Caliban. Vocês riam quando Hitler ameaçava o mundo. Riam e ficavam indiferentes. Pois os escritores que cruzaram os braços diante do nazismo são tão culpados quanto os que colaboraram abertamente com ele!

Floriano deu de ombros.

— Pelo menos eu tenho a liberdade de rir ou ficar sério — retrucou. — Conservo o direito de exercer o meu senso de humor. Um comunista não pode achar graça em coisa alguma sem antes indagar qual é a linha do Partido. Não tem licença de gostar ou não gostar dum partido, dum livro, dum quadro, duma sinfonia sem primeiro consultar o Comissário.

— Não digas asneiras. Vocês escritores pequeno-burgueses iludem-se, julgando que têm liberdade, mas a verdade é que são pagos para divertir a plutocracia, como palhaços, e para entorpecer o povo com o ópio duma literatura cor-de-rosa, sem raízes na realidade.

— Palhaços? Talvez. Mas que serão os escritores que seguem sem discutir a linha comunista? Na minha opinião não passam de outros tantos cachorros de Pavlov. O Comissário faz estalar o chicote e provoca neles certos reflexos condicionados que os põem a escrever automaticamente, produzindo a literatura que convém ao Partido.

— Dizes ter horror a qualquer propaganda e no entanto és o primeiro a acreditar nas mentiras da imprensa capitalista e nos depoimentos desses Koestlers e Kravchenkos...

E Eduardo entrou a falar mal de Arthur Koestler e dos outros "comunistas renegados". Floriano quedou-se a escutá-lo sem o menor rancor. Tinha uma ternura toda particular por aquele irmão mais moço, e se essa afeição não se exprimia em gestos e palavras era só porque o outro por assim dizer recusava deixar-se querer bem. Depois que ele se tomara de paixão pelo comunismo, Floriano fora aos poucos perdendo a esperança de poderem reatar a boa camaradagem antiga que lhes permitia conversarem despreocupadamente, dum ângulo apolítico, sobre pessoas, animais e coisas... Agora sempre que se encontravam, Eduardo parecia sentir que era seu dever provocá-lo e pregar-lhe sermões políticos. E o resultado disso eram geralmente diálogos que soavam falsos como os duma peça teatral pretensiosa.

— Está bem, Eduardo, está bem. Mas achei que tua referência ao velho no discurso foi dum mau gosto deplorável.

— Mau gosto, bom gosto... Isso é terminologia burguesa!

Eduardo voltou-se para o Retrato de Rodrigo Cambará que pendia da parede da sala, dentro de sua moldura cor de ouro velho.

— Ali está o símbolo das coisas que nós comunistas combatemos. O dono da vida, o moço do Sobrado, o morgado, a flor de várias gerações de senhores feudais, muitos dos quais começaram como ladrões de gado e foram aumentando seu patrimônio por meio do saque, do roubo, da conquista à mão armada e à custa do suor e do sangue do trabalhador rural. Olha só a empáfia, a vaidade... Parece que ele está dizendo: "Eu sou o centro do mundo, o sal da terra!".

— Fala baixo, sim? O Velho pode estar ouvindo...

O outro, entretanto, continuou no mesmo tom de voz.

— No tempo em que esse retrato foi pintado, a questão social era um caso de caridade, pretexto para os senhores morgados darem provas de sua magnanimidade, de seu excelente coração. Mais tarde passou a ser um caso de polícia.

Floriano agora sorria, vendo apontar à cintura de Eduardo o cabo do punhal de prata que, segundo rezava uma tradição oral, acompanhava, havia mais de um século, a família Terra, tendo pertencido mais recentemente ao velho Florêncio e passado depois para as mãos inquietas de tio Toríbio. No fundo — refletiu Floriano — Eduardo tinha um pouco de caudilho, como o pai.

— Eis um liberal à melhor maneira do século XIX — prosseguiu o comunista, olhando ainda para o Retrato. — Dizia acreditar na democracia, adorava os líderes da Revolução Francesa e sabia de cor discursos de Danton e Robespierre...

— Fala baixo, homem!

— Fez demagogia, meteu-se em revoluções em nome dos oprimidos contra a tirania, a ditadura e a desonestidade administrativa. Um dia saiu de Santa Fé com um punhado de outros "centauros do pampa" decidido a regenerar a República. Amarrou seu cavalo no obelisco da avenida Rio Branco e tornou-se um figurão do Estado Novo...

No fim de contas — filosofava Floriano olhando para o irmão — o povo andava sempre em busca dum Pai. No Brasil imperial, Pedro II, barbudo e bondoso, preenchera suas funções paternais à maravilha. O Estado Novo produzira o Pai dos Pobres. Na Rússia czarista o povo chamava Paizinho a Nicolau II, que os bolchevistas acabaram depondo e fuzilando. No fundo, o comunismo talvez não passasse duma revolta contra o Pai. Joãozinho e Ritinha rebelavam-se contra o pai que, sem meios para prover-lhes a subsistência, os abandonara à fome e às feras em meio da floresta. Mas a busca do pai assim mesmo continuava. Stálin era agora considerado o Pai do Proletariado. E em nome daquele pai georgiano, simbólico e remoto, Eduardo renegava o pai legítimo.

— Não sejas tão esquemático — disse Floriano em voz alta. — Vocês comunistas querem saltar impunemente por cima da biologia. Na minha opinião esse é também o erro do catolicismo. Segundo a Igreja, o doutor Rodrigo Cambará está condenado ao inferno porque pecou contra os mandamentos. De acordo com o marxismo, o Velho está desgraçado porque pecou contra o proletariado. Mas eu me recuso a aceitar esses veredictos, tanto o de Roma como o de Moscou.

— Essa indulgência irresponsável de intelectuais como tu é que tem atrasado a Revolução.

Naquele instante Maria Valéria apareceu à porta da sala empunhando um castiçal. A Dinda entrou na Era Atômica com uma vela acesa na mão — sorriu Floriano.

— Suba, Eduardo — ordenou a velha. — Seu pai quer falar com você.

— Por favor, tem cuidado, não excites o Velho. Olha que ele pode ter outro ataque...

Sem dizer palavra Eduardo encaminhou-se para a escada. Maria Valéria fez um sinal para Floriano.

— Vamos lá no quintal.

— Fazer o quê, Dinda?

Ela não respondeu. Tomou do braço do afilhado e, lado a lado, atravessaram a sala de jantar e a cozinha. Quando desciam vagarosamente a escada dos fundos, Floriano perguntou:

— O sereno não vai lhe fazer mal?

Maria Valéria continuou silenciosa. A chama da vela alumiava-lhe o rosto severo e descarnado, de olhos cegados pela catarata. O luar prateava as copas do arvoredo. Da Estrela-d'Alva vinha um cheiro de pão quente.

Fizeram alto perto da marmeleira-da-índia. Maria Valéria tirou o toco de vela do castiçal, inclinou-se e cravou-o no chão.

— Pra que é isso? — perguntou Floriano.

— Uma promessa pro Negrinho do Pastoreio.

A velha endireitou o corpo e fez com a cabeça um sinal na direção do Sobrado.

— É pr'aquela gente achar o que perdeu.

FIM DO SEGUNDO TOMO

Cronologia

Esta cronologia relaciona fatos históricos a acontecimentos ficcionais dos dois volumes de *O Retrato* e a dados bioráficos de Erico Verissimo.

Chantecler		
	1890 Nascimento de Flora Quadros, esposa de Rodrigo Terra Cambará.	
1895 Termina a Revolução Federalista no Rio Grande do Sul.	**1895** Nascimento de Toni Weber em Viena, Áustria.	
1897 Guerra de Canudos. O Exército e tropas das polícias estaduais massacram os sertanejos.		
1898 Os Estados Unidos declaram guerra à Espanha pelo controle de Cuba. Campos Sales assume a presidência. Borges de Medeiros assume pela primeira vez o governo do Rio Grande do Sul.	**1898** Morte de Alice Terra Cambará, mãe de Rodrigo e Toríbio.	

1902

Rodrigues Alves assume
a presidência.
Euclides da Cunha
publica *Os sertões*.

1903

Júlio de Castilhos morre
em Porto Alegre, durante
operação na garganta.

1904-1905

Conflito entre a Rússia
e o Japão.

1905

Primeira tentativa de
revolução na Rússia, com
severa repressão.

1906

Afonso Pena assume
a presidência.
Início da política
café com leite, em
que representantes das
oligarquias paulistas
e mineiras se alternam
no poder.
No Rio Grande do Sul
cria-se uma Federação
Operária, e ocorrem
manifestações e greves.
Em Paris, Santos
Dumont realiza o voo
com o *14-bis* no campo
de Bagatelle.

1910

Pinheiro Machado, no
auge de seu prestígio
nacional, articula a
candidatura de Hermes
da Fonseca, sobrinho do
marechal Deodoro, para a

1909

Em 20 de dezembro,
Rodrigo Terra
Cambará, formado pela
Faculdade de Medicina
de Porto Alegre, chega
a Santa Fé.

1910

Dr. Rodrigo começa a
exercer a profissão ao
abrir a Farmácia
Popular e o consultório.
Em 12 de maio,
Rodrigo oficializa o

1905

Em 17 de dezembro,
na cidade de Cruz Alta,
nasce Erico Lopes
Verissimo, filho de
Sebastião Verissimo
da Fonseca e Abegahy
Lopes Verissimo.

1908

Nasce Ênio, irmão
de Erico.

1909

Erico fica gravemente
doente e chega a ser
desenganado pelos
médicos. Mas salva-se
graças ao tratamento do
dr. Olinto de Oliveira.

1910

O menino Erico
Verissimo, com 5 anos,
fica a espiar da janela da
sua casa o cometa
Halley, que luzia no céu
sobre uma fábrica de

presidência da República. Contra essa candidatura, Rui Barbosa arma a campanha civilista, de grande repercussão. Hermes da Fonseca sai vencedor. Em Paris, em 7 de fevereiro, estreia a peça *Chantecler*, de Edmond Rostand, que dá nome ao episódio do romance. Revolução Mexicana. O episódio tem repercussão mundial. Na Irlanda, rebelião pela independência. Em 15 de novembro o marechal Hermes assume a presidência. Pouco tempo depois, eclode a chamada Revolta da Chibata, liderada por João Cândido, em que marinheiros rebelam-se contra os castigos corporais.

noivado com Flora Quadros. Aparição do cometa Halley durante a madrugada. O senador Pinheiro Machado visita Santa Fé. É recebido por Licurgo Cambará no Sobrado e fala do futuro político de Rodrigo. Em junho, morte de Fandango, capataz centenário da família Terra Cambará. Em outubro e novembro, o artista espanhol anarquista Don Pepe García pinta o Retrato.

massas alimentícias, "anunciando o fim do mundo".

A sombra do anjo

1912
Em Pelotas, Simões Lopes Neto publica *Contos gauchescos*. Movimentos armados e religiosos agitam o planalto de Santa Catarina.

1911
Nascimento de Floriano Cambará, filho primogênito de Rodrigo e Flora. Rodrigo é eleito presidente do Clube Comercial. Aparece o primeiro automóvel em Santa Fé.

1912
Erico Verissimo frequenta, simultaneamente, o Colégio Elementar Venâncio Aires e a aula mista particular da professora Margarida Pardelhas, em Cruz Alta.

1913

Borges de Medeiros assume mais um mandato do governo do Rio Grande do Sul. Simões Lopes Neto publica *Lendas do Sul*. Começa em Santa Catarina a Guerra do Contestado, que opõe o Exército, milícias armadas pela Estrada de Ferro e os sertanejos rebelados.

1914

Em julho, início da Primeira Guerra Mundial.

1915

No Rio de Janeiro, Pinheiro Machado articula a candidatura de Hermes da Fonseca para o Senado do Rio Grande. Em 3 de julho, Borges de Medeiros passa o governo do estado a Salvador Pinheiro Machado, irmão do senador e veterano militar republicano. Em 14 de julho há um grande comício em Porto Alegre, contra a candidatura de Hermes. A repressão feita pela Brigada Militar deixa cinco mortos e dezenas de feridos. Hermes vence a eleição, mas não assume, e vai para a Europa. Em Santa Catarina, a Guerra do Contestado

1913

Nascimento de Alice Quadros Cambará, filha de Rodrigo e Flora.

1915

Em maio, uma família de músicos austríacos, a Família Filarmônica, chega a Santa Fé. A guerra na Europa impede o retorno dos estrangeiros à Áustria. Rodrigo apaixona-se por Toni Weber e os dois iniciam um romance. Ao descobrir-se grávida de Rodrigo, Toni Weber fica noiva, a contragosto, de outro homem e comete suicídio pouco tempo depois. Rodrigo, em crise, vai para o Angico.

chega ao auge. Depois
declina, com a derrota
dos sertanejos.
Em 8 de setembro,
o senador Pinheiro
Machado é assassinado
no Rio de Janeiro. O
assassino se justifica
apelando para os
acontecimentos de 14 de
julho em Porto Alegre.

Rosa-dos-Ventos

1945

A pressão oposicionista
sobre Getulio Vargas se
fortalece com o fim da
Segunda Guerra
Mundial. As manobras
políticas de Vargas não
são suficientes para
mantê-lo no poder e, em
30 de outubro de 1945,
em meio a um golpe de
Estado, ele renuncia e vai
para São Borja, sua terra
natal.

1945

A ação desta parte
começa em novembro
de 1945 com a
caracterização de
Rodrigo Terra
Cambará, político aliado
de Vargas,
segundo as vozes de
várias personagens.
Vindo do Rio de
Janeiro, após a
deposição de Getulio
Vargas, ele se encontra
novamente em Santa Fé,
idoso e doente,
sofrendo do coração.

Uma vela pro Negrinho

1945

Fim da Segunda Guerra Mundial e do Estado Novo.
Campanha eleitoral de redemocratização política brasileira.
Libertado Luiz Carlos Prestes, o Partido Comunista se reorganiza e sai da clandestinidade.

1945

O escritor Floriano Cambará, de volta a Santa Fé, reflete sobre a desagregação do clã familiar durante os anos de permanência no Rio de Janeiro.
Floriano relembra suas viagens aos Estados Unidos durante a guerra, a explosão da primeira bomba atômica na cidade japonesa de Hiroshima.
Seu irmão Eduardo, comunista, organiza comícios em Santa Fé.

1945

Em outubro, Erico volta ao Brasil com a família, depois de uma temporada dando aulas em universidades norte-americanas.

Crônica biográfica

Erico Verissimo começou a escrever *O Retrato* em 1950, e o romance foi publicado num volume único em 1951. É um momento de contradições: Getulio Vargas é deposto, porém, apeado do poder, encilha-o novamente, desta vez nos braços de uma eleição popular. No romance, a família Terra Cambará volta a Santa Fé sem as galas do poder para um ajuste de contas familiar, à beira do leito do patriarca, o dr. Rodrigo.

Essa contradição se espelha em *O Retrato*, que apresenta uma estrutura bipartida: nas partes que evocam 45, a queda se faz presente. Eduardo, o jovem comunista filho de Rodrigo, vê sua cidade do alto, a bordo de um aeroplano que tem o nome do mundo: *Rosa-dos-Ventos*. Floriano, o mais velho, chega à cidade para o encontro com a Dinda, Maria Valéria, sua tia-avó, que possui um baú onde estão guardados todos os segredos da casa — veio dele a inspiração do próprio romance. Ao mesmo tempo, *O Retrato* evoca a ascensão de Rodrigo Terra Cambará ao plano político local, mas já voltado ao nacional pela presença e bênção do senador Pinheiro Machado, um dos tantos gaúchos investidos do estilo caudilhesco a se impor na política nacional. Diante do destino de Vargas, *O Retrato* assume a condição de reconstituição, reflexão e vaticínio, o que revela a fina sensibilidade do pensador Erico Verissimo.

Em *Solo de clarineta*, seu livro de memórias, Erico diz que concebeu o personagem do dr. Rodrigo como uma pessoa que leva seu clã rústico ao destino da urbanização — sentimento brasileiro naquele fim de Segunda Guerra e de Estado Novo. O escritor revela que a inspiração de Rodrigo também lhe veio do pai — pelo que teve ("amor à vida, generosidade, vaidade à flor da pele") e pelo que não teve ("beleza, ambição política"), mas neste caso atribuindo ao personagem as lacunas do pai.

Erico escreveu quase toda a primeira parte de *O tempo e o vento* — *O Continente* — em seu escritório na Editora Globo, no centro de Porto Alegre. A todo momento era incomodado por telefonemas e por visitas que o procuravam pelas mais variadas razões: literárias ou de natureza pessoal. Já *O Retrato* coincide com o momento em que ele se profissionaliza mais como escritor, diminuindo o ritmo de trabalho na editora. Começa a escrever na praia de Torres, durante o verão de 1950, e continua em sua casa, na rua Felipe de Oliveira, improvisando um escritório na sala de jantar.

O fato de já ser nascido na época em que se passa a ação mais remota desta parte de *O tempo e o vento* (1910 a 1915) ajudou na composição da obra, mas também trabalhou contra Erico. Em seus livros de memórias ele declara que suas lembranças pessoais e as semelhanças dos personagens com familiares e conhecidos (como no caso do dr. Rodrigo e seu pai) a toda hora ameaçavam "invadir" a obra, atrapalhando-o, pois punham em risco a espontaneidade da ficção.

É evidente a marca de *O retrato de Dorian Gray*, de Oscar Wilde, leitura obrigatória daqueles tempos, no retrato do dr. Rodrigo feito por Don Pepe. Contudo, se na novela de Wilde a figura do quadro se degrada, aqui o retrato do jovem caudilho emergente guarda o frescor da impavidez de sua alma, enquanto o personagem se perde e se esmaece em suas contradições.

ERICO VERISSIMO nasceu em Cruz Alta (RS), em 1905, e faleceu em Porto Alegre, em 1975. Na juventude, foi bancário e sócio de uma farmácia. Em 1931 casou-se com Mafalda Halfen von Volpe, com quem teve os filhos Clarissa e Luis Fernando. Sua estréia literária foi na *Revista do Globo*, com o conto "Ladrão de gado". A partir de 1930, já radicado em Porto Alegre, tornou-se redator da revista. Depois, foi secretário do Departamento Editorial da Livraria do Globo e também conselheiro editorial, até o fim da vida.

A década de 30 marca a ascensão literária do escritor. Em 1932 ele publica o primeiro livro de contos, *Fantoches*, e em 1933 o primeiro romance, *Clarissa*, inaugurando um grupo de personagens que acompanharia boa parte de sua obra. Em 1938, tem seu primeiro grande sucesso: *Olhai os lírios do campo*. O livro marca o reconhecimento de Erico no país inteiro e em seguida internacionalmente, com a edição de seus romances em vários países: Estados Unidos, Inglaterra, França, Itália, Argentina, Espanha, México, Alemanha, Holanda, Noruega, Japão, Hungria, Indonésia, Polônia, Romênia, Rússia, Suécia, Tchecoslováquia e Finlândia. Erico escreve também livros infantis, como *Os três porquinhos pobres, O urso com música na barriga, As aventuras do avião vermelho* e *A vida do elefante Basílio*.

Em 1941 faz uma viagem de três meses aos Estados Unidos a convite do Departamento de Estado norte-americano. A estada resulta na obra *Gato preto em campo de neve*, o primeiro de uma série de livros de viagens. Em 1943, dá aulas na Universidade de Berkeley. Volta ao Brasil em 1945, no fim da Segunda Guerra Mundial e do Estado Novo. Em 1953 vai mais uma vez aos Estados Unidos, como diretor do Departamento de Assuntos Culturais da União Pan-Americana, secretaria da Organização dos Estados Americanos (OEA).

Em 1947 Erico Verissimo começa a escrever a trilogia *O tempo e o vento*, cuja publicação só termina em 1962. Recebe vários prêmios, como o Jabuti e o Pen Club. Em 1965 publica *O senhor embaixador*, ambientado num hipotético país do Caribe que lembra Cuba. Em 1967 é a vez de *O prisioneiro*, parábola sobre a intervenção dos Estados Unidos no Vietnã. Em plena ditadura, lança *Incidente em Antares* (1971), crítica ao regime militar. Em 1973 sai o primeiro volume de *Solo de clarineta*, seu livro de memórias. Morre em 1975, quando terminava o segundo volume, publicado postumamente.

Obras de Erico Verissimo

Fantoches [1932]
Clarissa [1933]
Música ao longe [1934]
Caminhos cruzados [1935]
Um lugar ao sol [1936]
Olhai os lírios do campo [1938]
Saga [1940]
Gato preto em campo de neve [narrativa de viagem, 1941]
O resto é silêncio [1943]
Breve história da literatura brasileira [ensaio, 1944]
A volta do gato preto [narrativa de viagem, 1946]
As mãos de meu filho [1948]
Noite [1954]
México [narrativa de viagem, 1957]
O senhor embaixador [1965]
O prisioneiro [1967]
Israel em abril [narrativa de viagem, 1969]
Um certo capitão Rodrigo [1970]
Ana Terra [1971]
Incidente em Antares [1971]
Um certo Henrique Bertaso [biografia, 1972]
Solo de clarineta [memórias, 2 volumes, 1973, 1976]

O TEMPO E O VENTO

Parte I: *O Continente* [2 volumes, 1949]
Parte II: *O Retrato* [2 volumes, 1951]
Parte III: *O arquipélago* [3 volumes, 1961-1962]

OBRA INFANTOJUVENIL

A vida de Joana D'Arc [1935]
Meu ABC [1936]
Rosa Maria no castelo encantado [1936]
Os três porquinhos pobres [1936]
As aventuras do avião vermelho [1936]
As aventuras de Tibicuera [1937]
O urso com música na barriga [1938]
Outra vez os três porquinhos [1939]
Aventuras no mundo da higiene [1939]
A vida do elefante Basílio [1939]
Viagem à aurora do mundo [1939]
Gente e bichos [1956]

O tempo e o vento parte II

O Retrato vol. 1
1ª edição [1948] 26 reimpressões
2ª edição [2002]
3ª edição [2004] 12 reimpressões
4ª EDIÇÃO [2017] 6 reimpressões

O Retrato vol. 2
1ª edição [1948] 26 reimpressões
2ª edição [2002]
3ª edição [2004] 10 reimpressões
4ª EDIÇÃO [2017] 6 reimpressões

tipologia JANSON TEXT
diagramação VERBA EDITORIAL
papel PÓLEN, SUZANO S.A.
impressão GRÁFICA SANTA MARTA

A marca FSC® é a garantia de que a madeira utilizada na fabricação do papel deste livro provém de florestas que foram gerenciadas de maneira ambientalmente correta, socialmente justa e economicamente viável, além de outras fontes de origem controlada.